新編石頭記脂硯齋評語輯校

增訂本

陳慶浩編著

目錄

導論

紅樓夢在乾隆五十六年辛亥（一七九一）萃文書屋排印以前數十年間，是以抄本形式流傳的。現存十二個抄本①看來，早期的書名都作「脂硯齋重評石頭記」，只有前八十回，而且八十回中還欠第六十四、第六十七兩回，個別回還沒完成、沒分好、缺回目，每回完結的形式也不統一②。這時期的抄本大概只在和作者、批者有關的一小圈子中流傳。稍後此書傳入社會，形式有了變化。附在早期抄本上的某些署名和日期的批語，署名和日期都被删去了；「脂硯齋重評」的招牌被取消，只剩下「石頭記」三字作書名；缺的回補全了，沒分好

① 據說鄭振鐸、吳曉鈴都藏有若干紅樓夢抄頁，因殘缺過甚，仍不見著錄。

② 一般傳統小說的結尾有「欲知後事如何，請聽下回分解」的套語，有時用「正是」加上總結性的聯語或詩詞。早期抄本石頭記的結尾有時用第一種形式，有時用第二種形式，有時根本不用套語。用第二種形式的，有時只有「正是」兩字而沒有聯語或詩詞。後期的抄本慢慢地只採用第一種形式，而且將沒有套語的回補上，不完全的補全。到印本，各回套語的形式就統一了。此方面資料，可參考：拙作「列藏本石頭記初探」附表七：脂本回末套語統計表，見「中國古典小說研究專集」一，頁二〇八。

的回分妥了，少了的回目補上了。但還只有八十回。早期批語經過整理、增刪，以較整齊的形式出現在書中。我們知道，此書有「石頭記」、「情僧錄」、「紅樓夢」、「風月寶鑑」、「金陵十二釵」五個名字。早期抄本個別回回末已出現「紅樓夢」字樣①，批語中提及本書多用「石頭記」，但也有用「紅樓夢」的。而且凡例中又提及本書總名爲「紅樓夢」。後期的抄本就直接用「紅樓夢」作書名。早期的批語被刪削，而且又雜入後人的批語。出現後四十回合前八十回的百二十回少帶批語或根本不帶批語的紅樓夢抄本來。一七九一、一七九二年萃文書屋兩種印本都不帶批語，而且都是百廿回。

現存早期抄本石頭記，大都附有批語；這些批語主要是脂硯齋和他一班朋友所寫的。脂硯齋是石頭記稿本的整理者和主要評書人，所以早期抄本以「脂硯齋重評石頭記」做書名，我們也稱這些批語爲「脂硯齋評語」，簡稱「脂評」或「脂批」。由於脂硯齋一班人是此書作者曹雪芹本家或朋友，他們不但批書，也參加了整理校對工作。他們看過此書稿本的演變，原稿的後半部；他們知道曹雪芹的生活，以及他創作時所用的某些素材。當然他們在批書過程中也透露自己的生活情況和思想。因而脂批爲我們提供了石頭記作者曹雪芹的重要資料，提供了有關此書素材、此書演變、此書後半部的重要資料，提供了脂硯齋等的思想及批書情況的重要資料。脂評又是對紅樓夢作評點或批評的最早一批成果。這些對紅樓夢研究有很大的價值。我們知道，自從石頭記面世後，研究的人很多，成了一門特殊的學問：紅學。從事紅樓夢研究的人被稱爲紅學家。脂評是此書正文外紅學的最重要資料；脂硯齋一班人其實

① 列藏本第十回回首及第六十三、第六十四、第七十二回末。

就是最早的紅學家。在考據的範圍內，每一論點的提出和討論，幾乎都不能不涉及脂評的；每一篇文章的提出，也不能不涉及脂評的。但帶有脂評的石頭記抄本，流散世界各地，收藏在公家或私人手中，應用極不方便。五十年代初期，俞平伯先生就當時他能收集到的資料，編纂成「脂硯齋紅樓夢輯評」（簡稱「俞輯」）一書，脂評才開始廣泛地為研究者應用，也由此開展了一個新的紅學時代。俞先生的書後來又經過多次的修訂重印，影響很大①。但由於新資料的發現和舊抄本的影印流通，俞輯已不能滿足研究者的需要，我遂在俞先生書的基礎上改訂凡例，增補資料，纂成「新編紅樓夢脂硯齋評語輯校」（簡稱「輯校」）一書②。輯校印數不多，只在香港和海外發行，流通面不大。一九七八年臺灣聯經出版事業公司陳秀芳小姐和我聯繫，要重印此書。我覺得趁這機會，修訂初版的錯失，補充新發現的資料，讓脂評更廣泛流通，也許對紅樓夢研究有點幫助。因而增訂原書，又增加些註釋和比較詳細的索引，編成「新編石頭記脂硯齋評語輯校」（以下簡稱「新輯」）③。新輯出版後我有機會上京，得讀到「己卯」、「王府」、「甲辰」、「鄭藏」原本、「己酉」的影抄本和「戚寧」的影印本。以上各書，在編新輯時我只能應用第二手資料，部分本子（如「王府本」），發表的資料亦不齊全。此次得據原本校勘，改正了新輯不少的錯誤，且又增補了很多新材料。

① 「俞輯」有上海文藝聯合出版社，一九五四年初版；古典文學出版社，一九五七年新一版，一九五八年再版；中華書局一九六〇年修訂新一版、一九六六年修訂新二版。又香港太平書局一九七五年四月翻印中華書局新一版。

② 「輯校」由巴黎第七大學東亞出版中心和香港中文大學新亞書院紅樓夢研究小組出版，香港，一九七二年一月初版。

③ 「新輯」，臺北，聯經出版事業公司，一九七九年十月初版。

因此當聯經通知我初版售完，擬重印時，我即要求不照原版重印，另出增訂本。增訂本除了正文和批語盡可能依據原書核對外，又補充了注釋，吸收海內外近年來脂評整理的新成果，並依照實際的需要擴大索引的範圍，導論亦相應加以修訂。這篇導論擬談版本和脂評，大致是根據拙著「脂評研究」①一書，只將結論提出來，具體研究則要見原書。我希望通過這樣的敍述，使本書應用者對脂評有一個較完整的概念；對各脂批出現期間、可靠性等有一定認識，或許就能更好地使用脂評來進行研究。本文分爲五部分：壹、現存古本石頭記版本系統及脂評資料的來源；貳、脂評概況及其類型；叁、各本評語及其相互關係的研究；肆、批書情況和批書人；伍、幾點說明。

壹　現存古本石頭記版本系統及脂評資料的來源

就我們所知，目前存有十二個抄本紅樓夢，現將各版本情況簡介如下：

(一)　甲戌本

「脂硯齋重評石頭記」，現存第一至第八回、第十三至第十六回和第二十五至第二十八回，共十六回書。其中第四回末缺半頁，第十三回首頁回前總批處由左上角至右下角被撕去

① CHAN Hing-ho, 《Le Hongloumeng et les commentaires de Zhiyanzhai》, Paris, Collège de France, IHEC, 1982.

半面。半頁十二行，行十八字。第一回楔子述書名處有「至脂硯齋甲戌抄閱再評，仍用石頭記」一句爲此書特有，故稱「甲戌本」。又此書各頁版心下有「脂硯齋」三字，亦爲其它各版本所無，正文又有上引一段文字，故此書底本極可能爲脂硯齋所有，且爲脂硯齋之編輯本。甲戌本每四回前有「脂硯齋重評石頭記」書題，一般以原本每四回裝爲一册。據此書同治年間的收藏者劉銓福跋：「惜止存八卷」，則劉銓福所得到的只有三十二回，已是殘本。周紹良以爲「在劉銓福收藏時可能只是兩回裝釘一册」，「十六回書便是八册」，否則劉氏和其它人的跋語便不能保存①。

跟其它脂評本石頭記一樣，此書只是過錄本。這可從正文批語的大量錯字②，批語與正文位置的不相配合，和不同批者的批語，但卻爲同一人所抄可看出。校對庚辰本，本書有丁亥夏批，與正文一色抄錄，可知抄錄時間最早亦在丁亥年以後了。此本第十三回末有硃筆眉批：

此回只十頁，因刪天香樓一節，少却四五頁也。③

今此本第十三回共十一頁，是知不按原底本格式抄錄。按此書正文半頁十二行，每行十八字。吳世昌據本書第二回回前總批衍文二行共三十八字，推測原書總批每行十九字。總批

① 周紹良，「讀劉銓福原藏殘本『脂硯齋重評石頭記』散記」，見「紅樓夢研究論集」（太原，山西人民出版社，一九八三），頁一三九—一四〇。
② 參潘重規，「紅樓夢新辨」，臺北，文史哲出版社，一九七四年，頁一〇八—一一五。
③ 甲戌本頁一三七b。

比正文低一格抄錄，則原書正文每行二十字。第十三回在原書爲十頁空八十四字①。王三慶發現本書正文有兩條抄胥無意間脫失的文字，一在第七回第六頁上半頁，較它本缺十八字，一在第十六回第十三頁下半頁，較它本缺二十一字。估計是在由每行二十字本抄錄時失去的。而且就與諸本比較，發現甲戌本現存十六回正文，文字經過最少的改動，行款格式的變革最少，失眞率最低，並且僅經過一次更變行款(由每行二十字改爲每行十八字)的手續②。

據王秉恩光緒二十七年（一九〇一）二月間紀錄：「聞此稿廛半部，大興劉寬夫位坦得之京中打鼓擔中。」③寬夫傳給兒子銓福，其後流傳不詳。甲戌本於一九二七年在上海出現，由胡適購藏。直到一九六一年，胡氏以朱墨二色套版影印，以後又經重版和翻印④。原書則由胡氏家人藏在紐約。影印本比較忠實地保存原書面貌，我們所輯錄甲戌本的評語，是根據影印初版本⑤。

(二) 己卯本

「脂硯齋重評石頭記己卯冬月定本」，簡稱「己卯本」。現有部分分裝四冊，每十回一

---

① 吳世昌，「殘本脂評『石頭記』的底本及其年代」，見「紅樓夢探源外編」（上海古籍出版社，一九八〇）頁一〇四—一〇六。

② 參王三慶，「紅樓夢版本研究」（以下簡稱「王研」），臺北石門書局，一九八一年，頁三九—一一〇。

③ 參潘重規，「紅樓夢新辨」，臺北，文史哲出版社，一九七四年，頁九六—九八。

④ 「乾隆甲戌脂硯齋重評石頭記」，臺北，胡適印，一九六一年初版；一九六二年重版；一九七五年胡適紀念館三版；此外還有各種翻版本。又上海中華書局一九六二年翻印；上海人民出版社一九七三年再翻，一九七五年出平裝本。

⑤ 第二十七回有一夾批，可能漏印「方見」兩字。參本書頁五二五註。又胡適印本删去俞平伯、周汝昌等跋（參本書頁七四四—七四五），以後諸本均缺此數跋。上海印本修去胡適批、跋，補抄頁及印章。

册，每册前有十回回目總錄。現第一册回目總錄已缺，第一回首缺三頁半，第十回末缺一頁半。第二册總目著明「脂硯齋凡四閱評過」，其中第十七、十八回未分，第十九回沒回目。第三册總回目頁，除有「脂硯齋凡四閱評過」外，又標明「己卯冬月定本」，即此版本現稱之根據。第四册收第六十一至第七十回，目錄頁注「內缺第六十四回、第六十七回」，今本有人補抄了第六十四回，武裕庵又據「乾隆抄本」補抄了第六十七回。第七十回末三面前二面殘破，最後一面失去。此外全書還有六個夾條。此抄本半頁十行，行三十或二十五字左右。現藏北京圖書館。一九五九年中國歷史博物館又收得「石頭記」抄本一殘册，存第五十五回後半回，第五十六、五十七、五十八三整回和第五十九回前半回。一九七五年送吳恩裕鑒定，認爲可能是己卯本散失部分，因與馮其庸一同比對北京圖書館藏的己卯本，發現二本所用紙張、抄寫款式、筆迹都一樣，而且更重要的是兩本都有「玄」、「祥」、「曉」字缺末一筆避諱，故確定殘抄本是己卯本佚散部分。由於所避的是怡親王祖孫三代（康熙玄燁，康熙十三子允祥，允祥第七子弘曉）的諱，和「怡府書目」一致，因此確信己卯本是怡親王府原抄本，是怡曉（一七二二——一七七八）的藏書①。這是紅樓夢版本史上一次大發現。但因己卯本亦有「祥」、「曉」不缺末筆避諱例，說它是怡府藏本的過錄本，似較周延些②。

己卯本散佚部分墨筆抄寫，只有極少的幾個改字，這大概是它本來面貌。估計當時八十

① 参馮其庸，「夢邊集」，陝西人民出版社，一九八二年，頁八—九。

② 己卯本避諱及不避諱情況，見馮其庸「論庚辰本」，上海文藝出版社，一九七六年，頁九三—九五「附表一：己卯本『石頭記』避諱情況表」。

回書中，缺第六十四、第六十七回。後來有人據程甲本，或程甲傳抄本補抄第六十四回。到嘉慶、道光年間，又有武裕庵按「乾隆年間抄本」補抄第六十七回。這個所謂「乾隆抄本」，很可能是程乙本①。武裕庵不單補抄過這一回書，又在書中依據程本圈改誤字。他的特殊硃墨粗筆觸出現在補抄入的第六十四回中，可知此回抄入時間較早。現存己卯本，除去殘佚部分，各回都可看到武氏筆迹，故知佚稿是在武氏校改前散出的。其它硃墨的批注，第十九回前的夾條，乃至在回末寫某回終，亦多是他的傑作。以後此書流傳歷史不詳。據梅節考證，此書於二十年代末至三十年代初爲董康購得，董康可能在此書加批注或夾條②。董康抗戰時當漢奸，勝利後瘐死獄中，此書流入他的好友陶洙手中，可能部分散失③。陶洙據甲戌、庚辰二本補抄入其它缺頁缺回，以藍色筆校補甲戌正文及批，以硃筆校補入庚辰異文及批；至此，全書朱墨藍三色斑駁，反而見不到原本面貌了。陶洙後來將書讓給北京圖書館。一九八〇年上海古籍出版社合北京圖書館及中國歷史博物館藏本影印，影印時將部分陶洙的校字刪去。一九八一年臺北里仁書局據以翻版。同年，上海古籍出版社印行平裝縮印本。本書是根據平裝縮印本過錄批語的④。

① 「王研」二七八—二七九。
② 參本書頁七四七。
③ 梅節「論己卯本『石頭記』」(上)、(下)，「中報月刊」第十七期(一九八一年六月號)，頁八四—九〇，第十八期(一九八一年七月號)頁八二—八八。
④ 一九八〇年影印的線裝本頁次在裝釘線後，很難看出，且將附頁影入正文中，未加說明。陶洙的跋語亦沒印入。一九八一年縮印本改正了上列三種毛病；且此本較普及，一般易得到，故用來作為錄批的根據。

現存己卯本較它本有七處落行①：計第一册四處，第十一、第卅四、第五十六回各一處。其中五處廿字左右，二處卅字左右，可知現存己卯本最少經過二次過錄，一次原底本每行廿字（和甲戌原底本一樣），一次原底本行卅字。第一册落行最多，可知所據的底本較其它各册爲差。但總的來說，比較其它本子，現存己卯本落行相對的少，說明它的過錄次數較少，比較接近原本面貌。

㈢ 庚辰本

「脂硯齋重評石頭記」，現藏北京大學圖書館，存八册，每十回爲一册。半頁十行，行廿五至卅字不等。每册首頁除了標明該册各回回次、回目外，均有「脂硯齋凡四閱評過」八個字。自第五册起，又另添「庚辰秋月定本」一行，故稱「庚辰本」。庚辰本第十七、十八回未分開，標明「第十七至十八回」，只得一個回目，與己卯本同。第十九回已分出，無回目，回前書回次及「脂硯齋重評石頭記」一行。第二十二回未完成。第七册註明缺第六十四、第六十七兩回，此册只得八回；全書共七十八回。第八册目錄頁只得九個回目，第八十回沒回目。此外又有缺頁，如第六十八回缺去一大段，六百字左右，估計缺去一頁。和己卯本一樣，此本第一册各回，除混入正文批外，沒有別的批語。且除第一回外，其它各回回前皆有一標題，左側題「石頭記」三個大字，下面靠右題「第×回」三小字。其它各册回前均無標題頁。

① 頁三九、八三、八六、一二一、二一五、四八七、六八二。

庚辰本第二十一回末有一附頁，記寶釵謎，並有「丁亥夏、畸笏叟」的批語。此一附頁與正文一式抄錄，爲同一抄手所寫，所以可知正文和與正文一式抄錄的批註抄寫的日期不可能早於丁亥夏（一七六七），且據以抄錄原本卽有此類批語。硃墨批的抄錄，在正文和跟正文一式抄錄的批語之後。庚辰的硃筆批，不少署有日期，所署日期最後一個是丁亥夏。是知庚辰本硃筆批抄錄，也應在丁亥夏以後。照此書所保留的抄寫殘缺形式，很可能抄於程印本之前。

庚辰本是過錄本，很多錯字。七十回後的批語錯得一塌糊塗，又不按抄寫通例，造成批語的錯亂，且有複抄漏抄正文、批語的現象。王三慶發現此本最末一冊，有回抄重文四處。又此本訛奪四十二條①，計第一冊七條，第二冊一條，第三冊三條，第四冊二條，第五冊五條，第六冊六條，第七冊三條，第八冊十五條。重文及落行字數或是廿字左右，或是卅字左右，可知原底本已經過最少二次更變行款抄錄。我們知道，甲戌原底本半頁十二行，行廿字，己卯更早底本亦如此，庚辰遠祖本中亦有行廿字者。可知半頁十二行，行廿字款式爲現有抄本之祖本。再抄時改變成每行卅字上下，如現存己卯、庚辰格式。比較各本重文脫行，庚辰較甲戌、己卯、高閱、程本爲高，可知是經過多次抄錄的本子了。此本第十二至第二十八回有很多眉夾批，其中署的日期有己卯、壬午、丁亥。庚辰本八冊，每冊目錄頁前都標明「脂硯齋凡四閱評過」，可知和正文一道抄錄的批語是來自「四閱評本」，而這些眉夾批則是「四閱評過」以後才加上去的。但由己卯到丁亥，長長的八年間，卻只在這十七回書上加

① 「王研」，頁二二二—二二三。

批，不及其它各回，可能性不大。甲戌就有署日期丁亥春的批，沒有在此書發現。第十四回有一眉批所引正文，又與此本不同，可知庚辰本這些批語是從別本錄來的。

庚辰抄寫格式，所用紙張、回目、正文及與正文同時抄錄的批語都幾乎和己卯本完全相同。和己卯本避諱一樣，庚辰本第七十八回末有一個缺末筆避諱的「祥」字，故馮其庸認為己卯抄錄後得到庚辰原本，將異文改到己卯上，現存庚辰本即據這已經改過的己卯本照錄①。上節「己卯本」中，我們已指出己卯原本只有極少的改動，朱墨的校文，小部分是後人武裕菴據程乙系統的本子校改的，大部分是陶洙等據庚辰本校改的。庚辰本第三回第五回的三條缺文，己卯本不缺，且己卯原本和改稿還有不少和庚辰本不同的地方，說庚辰據己卯抄顯得不合理。倒不如說庚辰原本乃據己卯原本加校改，現存己卯本、庚辰本皆較忠實地抄錄原稿，故他們十分相似。同樣的避諱只能說明某些部分有相同的遠祖。馮其庸又指出庚辰本由五個以上抄手抄成，其中有二個參加過己卯本抄寫的。且己卯第五回回首詩的夾條抄者，又是庚辰第七回回末聯夾條的抄者，兩書抄藏者可能有密切的關係①。王毓林則認為庚辰這一夾條，原為己卯本所有，是陶洙在校兩書時誤夾入的②。己卯、庚辰皆是「脂硯齋四閱評過」，兩本和正文一色抄錄的批語幾乎完全相同，正文則一署己卯冬月定本，一署庚辰秋月定本。梅節以為己卯冬月定本指前四十回，庚辰秋月定本指後面四十回，由己卯冬到庚辰秋修訂定全書，故就全書而論，己卯、庚辰實為同一期定本③。但就校對資料看來，兩書前四

① 馮其庸，「論庚辰本」，見上引。
② 王毓林，「論『石頭記』己卯本和庚辰本（下）」，「文獻」，第二十一輯，頁三三—三五。
③ 梅節，「論己卯本『石頭記』」（上）、（下），見上引。

十回頗有不同，似乎經過有意識的修訂。庚辰前四十回雖未標明「庚辰秋月定本」，顯然和「己卯冬月定本」有別，還是看作兩個不同本子爲宜。

庚辰本早期流傳經過不詳，王三慶據書中有人將「貂鼠頦子襟㹬襖」，添點改爲「貂鼠下頦子訥爾庫」，（訥爾庫爲滿語 **NEREKN** 漢字譯音，「意義是衣服類中的斗篷，卽雨雪間穿戴但有襟衲的皮衣或上衣」）①。因知此書曾滯留在一位旗人的手中。按此書有玉藍坡批，亦透露此一消息。此書後歸徐星曙。據徐的女婿陳善銘說徐氏於一九三二（或三三年）在北平東城隆福寺小攤上以八銀幣購得此書，可能自旗人家流出來的②。此書後歸燕京大學，再藏入北京大學圖書館。一九五五年由北京文學古籍刊行社用朱墨兩色套版縮影發行。所缺第六十四、第六十七回以己卯本後人補抄二回補入。一九六二年出重印線裝本。一九五八年臺北文淵出版社翻印，一九七六年臺北聯亞出版社再翻版，一九七九年臺北廣文書局又再版。此舊印本「對評語的硃墨套色，有十幾處失誤，並有因修版而發生的其它錯誤多處。又原書第六十八回『敎我要打要罵的纔』至『得錢再娶』之間缺失一葉，舊印本未有說明或處理」③。一九七四年北京人民文學出版社據原書重新製版套色影印出線裝、平裝本二種。原書所缺三處，用王府本相應文字補入。一九七七年香港中華書局翻版。一九七九年臺北宏業書局

① 「王研」，頁一六二。

② 周汝昌，「異本紀聞」，「紅樓夢學刊」（下稱「學刊」），一九七九年第二輯，頁一六〇—一六一。按：胡適在一九三三年一月已讀到庚辰本並寫了「跋乾隆庚辰本脂硯齋重評石頭記鈔本」一文。一九六二年他在「跋乾隆甲戌脂硯齋重評『石頭記』影印本」中提及此事時說：「大約在民國二十年，叔魯就向我談及他的一位親戚家裏有一部紅樓夢，直到民國二十二年我才見到那八册書。」估計徐氏得書，不可能遲到一九三三年，可能是一九三一或一九三二年。

③ 「脂硯齋重評石頭記」，北京，中華書局，一九七四年影印本「出版說明」。

據中華版套色翻印。新舊本子的頁號不同，這次是按新影印（中華版）本輯收評語的①。新影印本雖比舊本有進步，卻還有錯失，馮其庸就指出第六十六回首夾的小紙條在線裝本誤印成書上原有批語，在平裝本卻又失去。第七回回末本是附條，沒說明而印入正文中。又以「王府本」補所缺回頁也不對②。中華版有數頁眉批缺上半字。

(四) 王府本

一九六一年春，北京圖書館購得一部乾隆抄本紅樓夢。此書第七十一回回末總評後半版

---

① 本書採用新版頁次，為方便有舊版者對照參考，茲將兩版頁次比較如下：

新版頁數	舊版頁次	新版較舊版
一—二三三	七—二三九	減六
二三四—二三五	缺	
二三六—三四四	二四〇—三四八	減四
三四五	三五〇	
三四六	三四九	
三四七—一五二〇	三五一—一五二四	減四
一五二一—一五七〇	一五二五—一五五四	
一五七一—一六一〇	一五五五—一五九五	加一六
一六一一—一六五二	一五九六—一六二四	
一六五三—一六七〇	一六二五—一六四二	加二八
一六七一—一六七四	缺	
一六七五—二〇〇五	一六四三—一九七三	加三二

② 馮其庸，「論庚辰本」，頁五九—八四，一二二。

有「柒爺王爺」字樣，疑出自清王府，故稱「王府本」。王府本共一百二十回，分十二卷，每卷十回，分裝四函，函八册，計三十二册。首程偉元序，次總目，接下正文。此本可分三個部分：

(1)前八十回總目錄，正文第一至第五十六回及第六十三至第八十回，用朱絲欄豎格粉紙抄錄。此紙是專爲抄「石頭記」用的，象鼻印就「石頭記」三字，四周文武邊，版心上部有單魚尾，均硃色印就。魚尾下手寫「卷×」，騎縫；「×回」，右側小字。版心下部，手寫頁碼，回各爲編。各回回前總批另頁，入編與否不一。林冠夫指出：「行款也還算嚴格，版十八行，行基本上是二十字，偶爾也有增減一、二字者。增減現象，多半是在彌補傳抄衍奪時出現。如果一行衍（或奪）一字，當即發現時，則在本行或下行擠緊（或鬆開）一字，以保持各行起訖字與底本一致。抄寫的格式也算劃一。各回的第一頁（如回前總評一頁在編碼之內的，則是第二頁），第一行低一格，寫回序，第二行低二格抄回目，回目上下聯之間空一字，第三行頂上框開始正文，直至結束。」①

(2)程偉元序，拆下上一部分空白餘紙（其中一頁版心書明「卷五」）抄錄。

(3)後四十回總目錄，第五十七至第六十二回和第八十一至第一百二十回用素白紙抄錄。正文各頁中縫手寫「石頭記」，「卷×」「×回」以及頁碼，而總目部分則空白。正文第五十七回版十八行，行自二十二字至三十字不等。其餘各回如其它正文，版十八行，行廿字。後四十回則版十八行，行二十四字，與前八十回不同。程印本是版二十行，行二十四字。按

① 林冠夫，「論『王府本』——『紅樓夢』版本論之二」，「學刊」，一九八一年第一輯，頁一八〇。

素白紙抄正文底本是程甲本，可能同時配抄。總回目版面形式獨特，字迹亦不同，似乎後來抄補，且第一百十四回回目上句「王熙鳳歷幻返金陵」缺去。

以上三部分之第二、三部分是後來據程甲本補抄上的，原來的王府本就只存第一部分七十四回。但原書應是八十回，第五十七至第六十二回原本已有，後來散佚，據程甲補抄入。這可從前八十回總回目此六回不缺，而且與補抄的正文回前分回目不同。「僅六個回目，異文卽達九處之多。這九處異文中，總目有八處同戚序本，另一處『栢榴裙』，同庚辰本。」①王府本原來六回，大致同戚序本的。本書就北京圖書館藏王府本錄批，以下所指王府本，除非特別說明，只指原本七十四回，不包括後來補入部分。

在早期抄本系列中，王府本和戚序本一系最接近，他們都出自立松軒批本石頭記，現存王府本和戚序本，行款相同，批語和正文亦較少差別。王府本除第六十七回外，有卅五條脫文，戚序系的有正本皆同樣脫去，足證他們來自同一祖本，且祖本卽有此類脫文。但有幾條戚序有正本的脫文，王府本不脫，可知王府本更接近底本，過錄次數亦較少。脫文可分三類：一是廿字左右，一是卅字左右，一是廿四字左右。推測王府底本經過由行廿字、行卅字、行廿四字轉化而又回到現在的抄寫形式行廿字。但行卅字和行廿四字的抄寫款式，亦可能只是同一次過錄。現有己卯、庚辰卽行廿五至卅字不等。這就是說，現存王府本已經過最少二次以上行款的變化。

己卯、庚辰都在第七卷總目前注明第六十四回、第六十七回缺。王府本已有此二回。但

① 同頁十四註①，頁一七九。

二回情況不同，第六十四回跟其它各回一樣，已有立松軒等增入的回前總批和回後總評，且正文又與戚序本相同，可知來自同一祖本。估計此回在立松軒等整理增補時已補入了。但第六十七回既沒有和其它各回一樣的總批總評，且正文亦和戚序本有較大的區別。故知是立松軒批本出現後才補入的，各自來源又不同。且王府本底本可能沒有這一回，待全書抄蕆後補上。可能抄胥當時存下專用紙無多，補抄到最後兩頁，發現原留的紙不够用，只得愈抄愈密，有的達到每行廿七字之多。據林冠夫研究，王府本此回和高閱、程甲屬同一系統，相比之下，更接近程甲本。王府本此回因似過錄程甲本，則全書抄錄時間約在乾隆五十六年程甲本問世前後①。按比對程甲本，王府本此回脫文達六處（依次序爲二十六字、四十二字、二十一字、二十一字、二十字、二十二字）。由脫文情況看來，據以抄錄的底本質量差，更可能是行廿字，而非行廿四字的程甲本。如此王府本抄錄時間或可稍爲推前，但還在甲戌、己卯、庚辰諸本之後。

王府本除第六十七回外，皆有回前總批、回末總評，四十回前有雙行批註。此外又有七百多條夾批。批語和正文同一人抄錄，可知原底本已有此類評語。

王府本抄錄質量不高，正文訛誤甚多。版心手寫回次編碼都有錯失②，批語錯抄更多（詳下）。此本又有後人點改正文，有時又補入脫文，較長的甚至整行補入③。各回多少都有

① 同頁十四注①，頁一八九。
② 如第六十七回第二十頁，第六十八回第十八頁，第七十五回第二十一頁等。
③ 如第六十八回第十二頁。

改動，第六十四回亦然，而第六十七回則一清如水，推測改動當在第六十七回抄入前後，而依此回據以抄入的底本改的。這底本不一定是程甲，但屬程甲系統。又此本有後人寫入文字二處，一是「柒爺王爺」，前已提及。另一則在第七十二回回前總批後，接寫「爲此一嘆，向以此事（？）柒拾而不富。」

(五) 戚序本：戚滬本、有正本、戚寧本

和王府本同來自立松軒評本的，還有戚蓼生序本石頭記。現存戚序本石頭記，一藏上海，簡稱戚滬本，一藏南京，稱戚寧本。前者曾經上海有正書局影印。按戚序本除第六十七回正文和列藏、甲辰屬同一系統，而與王府本迥別外，其它各回，無論正文、批語，乃至行款，幾乎和王府本完全相同。就脫行及其它校勘材料看來，王府和戚序本是兄弟本，而戚滬、戚寧，則是戚序的過錄本。

由於戚序沒有署日期，戚蓼生何時獲得抄本石頭記並寫序，我們不能得知。但石頭記抄本最早在北京流傳，估計他是在北京得到此書的。據戚氏資料①，他曾三次上京應試，最後一次是乾隆卅四年（一七六九）中進士，歷任京官多年，其間曾至四川、河南、雲南任考官，到康熙四十七年才外放。按庚辰本抄於乾隆丁亥夏之後而其中仍缺第六十四、第六

---

① 周汝昌，「戚蓼生考」，「紅樓夢新證」（下簡稱「新證」），北京，人民文學出版社，一九七六，頁九四一—九五二。
周紹良，「有正書局印『國初鈔本原本紅樓夢』跋」，見「紅樓夢研究論集」，頁二六三—二六五。
徐恭時，「『紅樓夢』版本有關人物資料札記」，見「紅樓夢版本論叢」（下簡稱「版本」），南京師範學院中文系資料室編，南京圖書館翻印，一九七六，頁二二九—二三〇。

十七回，書既署名「脂硯齋重評石頭記」，評語中又有不少署名「脂硯齋」者。立松軒等批書時似較遲，第六十四回已補入，脂硯齋的署名被易去，可能在乾隆四十年前後。戚序本既自立松軒本而來，又補入第六十七回，應更遲了。但大概不會在書名改爲紅樓夢之後。乾隆四十九年已有夢覺主人序的八十回本紅樓夢，故戚序之出現，估計在乾隆四十五年左右。

以下介紹戚滬、有正、戚寧各書。

(1)戚滬本　有正本

戚滬本是有正書局據以影印「國初抄本原本紅樓夢」的底本。戚滬本前戚蓼生序與正文均爲一抄手所錄，故知此本爲戚蓼生序本的過錄本。此本「寧」、「奕」、「載」三字皆不避諱。「玄」易作「元」，避康熙諱。「藩郡餘禎」改作「藩郡提携」，是避雍正諱，可知抄錄於道光之前①。據版本鑒定專家指出：「根據紙張墨色來看，這個抄本約在乾隆末年至嘉慶年間抄成。」②戚滬本早期流傳歷史不詳，後歸張開模(一八四九——一九〇八)，現書上有「桐城張氏」、「守詮子」和「讐珠室」印章，皆是張氏藏書印。又有「狼籍畫眉」一章，其篆法刀法與前三方印雷同，似出一人之手，故亦可能是張氏閑章③。張死後，書流入俞明震(一八六〇——一九一八)手，後借有正書局老闆狄平子(一八七三——一九三九)

① 「新證」，頁九七四，頁一〇二二—一〇二三。
② 上海書店，「舊鈔戚蓼生序本『石頭記』的發現」，「文物」，一九七六年第一期，頁三三—三五。
③ 魏紹昌，「新發現『有正本』『紅樓夢』底本淺說」，「學刊」，一九七九年第二期，頁一六五—一七八。按此本筆者未見，本節據頁十七註①及魏氏文章所提供資料作介紹。

影印。此書後傳燬於火，至一九七五年冬，上海古籍書店在清倉整理庫存時發現前半部。

戚滬本原本八十回，以十回爲一卷，分爲八卷。現存前四十回，分裝十册，每册四回。書用白色連史紙抄寫，板框、界欄全部是木版水印好的，序文和目錄是淺色絲欄，微黃略帶青，近於隱格。正文是烏絲欄，半頁九行，行二十字。書中各頁象鼻上書明「石頭記」，單魚尾下作「卷×、×回」，後編碼。目次在版心偏右側處，一如王府本。回前總批另頁抄錄，皆不入編碼中。回末總評則入編碼。按此本原已有個別蛀損處，後經補寫。影印後因長期保管不善，第四册、第五册、第七册、第八册皆有部分被蟲蛀損，不少字被吃空、或殘缺，非常可惜。

此書似爲同一人用乾嘉時流行的館閣字體抄寫，楷法嚴謹，字體工整，抄寫仔細，少錯字漏字。原抄手發現抄寫有錯漏時則挖補改正。全書有朱墨圈句，亦似爲同時所爲。現存本又有二十處用小塊白紙黏貼抄本上糾正錯字和塡充漏字，計有三十二個字，其中五個字只貼改一半。此類貼改字筆迹和原本不同，如第二十五回第二十頁反面第七行「我笑彌陀佛比人還忙」句中「彌陀」二字是貼改的，原底本作「如來」，此段有正影印本上有眉批：「『彌陀佛比人還忙』，今本改作如來佛。不知如來佛乃婆娑世界之佛，彌陀佛乃極樂世界之佛，吾乃知擅改此書者，不但不知佛法，卽佛典之事迹名號亦均茫然，可笑甚矣。」可知「擅改此書者」極可能是有正書局老闆狄葆賢其人。

「國初抄本原本紅樓夢」，是上海有正書局據戚滬本整理稍爲縮小影印的。由於經過整理，已不是戚滬本原貌，因此稱爲有正本。上面談戚滬本時已指出：原書名是「石頭記」，「國初抄本原本紅樓夢」及扉頁「原本紅樓夢」云云，是有正書局爲提高本書身價而加上的。有正攝影前在底本上某些地方貼上小白紙塊改字，前四十回的眉批也是用白紙浮標貼上底本拍攝的。這些加上的眉批，雖已取下，但原底本書眉上還有未去淨的黏迹。此外，影印時又對各段邊欄和行界加以修描，加深加粗，使得本書和正文不同款式的序言和目錄顯得一致了。又修去六處朱文印章。戚滬本每回的回前總批，正文和回末總評都是每頁正面另起的。有正本的回後總評接印在每回結束之後另一面上，不另起一頁。第十三、第三十七、第三十九、第四十回因回後總評較短，就緊接在正文結束同一面上。第十九回回末總評有十行，而此本每面九行，爲了不使剩下一行再佔去一頁，故此回第二十六頁後半頁多出一行，共十行。這很顯然是爲節省印刷紙張而採取的措施。第十三回回末有二個總評，後面一則和第十五回回末總評同，戚滬本第十三回末亦沒有此則總評，是有正裝訂時誤置的。以上還只是有正前四十回和原底本不同的地方，因戚滬後四十回還未找到，究竟和有正本有什麼不同，無從比較。但個別地方改字，修描版框界欄，改動回末總評位置等大概都和前四十回一致的。

一九二〇年有正書局又據初印本剪貼，每三行改爲二行，變成半頁十五行，行三十字，版心加「原本」二字，縮小影印。比對初版，字體較小，爲了區別，前者稱「大字本」，新版本稱「小字本」。除了行款改變外，大字本和小字本有下列各不同點：

A、大字本前四十回有狄平子（一八七三—一九三九）加上的眉批，小字本又增入他爲求到的後面四十回的眉批。

B、大字本回末總評多已不遵原底本格式另頁錄入，而是移到每回正文結束後另一面。小字本爲進一步節省紙張，將回末總評，直接移到正文之後。

C、大字本修改原本的地方還留下痕迹，小字本將這些痕迹修去了。大字本第六十八回有三頁經後人圈改過，小字本依照圈改了的文字，重新抄錄一遍，再抄錄的一頁未加句讀。

D、大字本原來錯的地方，小字本改正了。如第十五回回末總評，大字本重出，又誤置在第十三回末，小字本取銷了此一重出部分。

E、將大字本的三行、剪黏成小字本二行時，因黏貼不愼，前後誤置造成錯誤。且大字本原系以劣質油光紙印刷，估計到出小字本時紙已黃脆，兼以黏貼不好，字形破損，需再描補。但描補時又沒有校對大字本，弄出不少誤字①。

小字本距原底本已很遠了，錯誤太多，不足以作爲研究的根據。大字本除了上面指出個別改變底本的地方需加注意外，大致可以看成戚滬本的影印本。特別是目前戚滬已失去後半部，而王府本又未影印流通，且亦不全，我們只能拿有正大字本作爲戚序本的代表來作研究。本書輯錄批語，用的也是大字本。

上面談王府本時，我們已指出它與戚序極接近，都是從立松軒等批本系統傳抄下來的。幾乎所有王府本的脫行，有正都同樣脫去，足證明他們來自同一祖本。就是說有正和王府一樣，底本都經歷過由本來每行廿字，到改成卅字、廿五字（或廿五——卅字），又再改成每行廿字的傳抄過程。但較之王府，有正的脫行更多些。有五條王府不缺而有正獨缺的脫文，

① 參戴不凡，「版本識小錄」，「紅樓夢研究集刊」（下簡稱「集刊」），第四集，頁二六二。

都近廿字，說明所增的脫文，是在照現格式抄錄時抄胥無意識跳行造成的。很可能較之王府，有正抄錄次數還要多些。有正有大約五十處脫行，有時一脫就是三行之多，是現時脫行情況最嚴重的本子。

由於立松軒等批書時還欠第六十七回，書傳出後，各自補入第六十七回，王府和戚序此回來自不同的系統。戚序此回和列藏、甲辰較相近。文字比不上王府等一系的。

北京人民文學出版社曾於一九七三年影印有正大字本，影印時將第十三回末原版誤重的第十五回總評除去。一九七五年又再次影印。臺北學生書局於一九七六年照原版影印大字本，和人民文學出版社影印本一樣都編有總頁次，方便引用。由於人民出版社版除去一頁，故自第十四回起兩本頁次相差二面。本書引用有正脂評，是用學生書局本。一九七八年臺北廣文書局亦影印大字本。有正書局於一九二七年翻印小字本。一九七六年臺北藝文書局又翻印小字本。此一翻印本錯漏甚多。

(2)戚寧本

南京圖書館藏的抄本石頭記，上有戚蓼生序，稱戚寧本。高一涵謂此本「抄寫時代約在清咸同之間」①，周汝昌謂「親自獲見此本，看見紙墨，恐怕是道咸間舊抄」②。戚寧本早期流傳歷史不詳。有謂「此抄本在一九三〇年前後曾屬昆山于氏」，後歸陳羣（一八九〇

① 參毛國瑤，「談南京圖書館藏戚序本『紅樓夢』」，見「版本」，頁一六〇—一六八。按這是筆者所知，第一篇談戚寧本的專文。筆者未見此抄本，本節所談戚寧本資料，主要根據此文。

② 「新證」，頁一〇四〇。

——一九四五）「澤存書庫」。今存書上有標簽：「澤存書庫藏書，子部，小說家類，平話之屬，淸曹雪芹撰，石頭記，八十回，二十册，抄本。」陳羣當漢奸，於抗戰勝利時自殺，書入南京圖書館，收藏至今。

此書素白紙抄，抄手不一，抄寫較工整。抄本未標書名，只在每頁中縫標「石頭記」，且書明卷、回、頁碼，有些頁中縫缺去書名或卷次。但就總的情況來說此本抄寫行款、內容與戚滬本幾乎完全相同。特別是有正書局影印改動的地方，此本同戚滬，故不可能是「根據有正書局石印大字本重抄」。此本與戚滬偶有異文，圈斷亦偶有不同，彼此關係究竟是兄弟本還是父子本？因戚寧仍未影印，且至目前又未有確切研究，故不可知。

(六) 列藏本

一九六二年蘇聯亞洲人民研究院列寧格勒分院（現改爲蘇聯科學院東方研究所列寧格勒分院）抄本室在藏品中發現一部抄本石頭記，簡稱「列藏本」，未有影印流通。現據有關此本報導及研究文字①，綜述如下。

---

① ⓐ N. L. Men'shikov, B. L. Riftin, 'Neizuestnyi Spisok romana "Son V Krasnom tereme". Narody Azii I Afriki, No. 5 (1964) pp. 121-8.
ⓑ柳存仁，「讀紅樓夢研究專刊第一至第八輯」，「紅樓夢研究專刊」（以下簡稱「專刊」），第十輯（一九七三年），頁一—五二。
ⓒ潘重規，「讀列寧格勒紅樓夢抄本記」，收入「紅學六十年」，臺北，文史哲出版社，一九七四年，頁一五一—四〇。
ⓓ龐英，「關於蘇聯列寧格勒本『石頭記』的兩封信（摘要）」，上海師院學報，一九八二年四月號，頁三七—四二。

列藏本係由一個在北京的俄國希臘正教會學習漢文的俄國大學生帕淮爾・庫連濟夫（Pavel Kurliandtsev），於道光十二年（一八三二）由北京帶返俄國的。庫連濟夫於一八三〇年到中國，二年後因病離開北京，此抄本第一頁背面有庫連濟夫名字的褪色墨水字迹，並有兩個筆迹拙劣的「洪」字。可能是他自取的中國姓。此抄本原存外交部圖書館，後移交列寧格勒分院圖書館。列藏本存第一至第八十回，內缺第五、第六回，共七十八回書。分訂三十五册，每册二、三回不等。用竹紙墨筆抄寫，抄手最少四人。抄本每半頁九行，第一至第四十、第四十六至第四十八、第五十二至第五十六、第五十八至第六十四每行十六字。第四十一至第四十五、第四十九至第五十一、第五十七、第六十一至第七十九回每行二十字。四位抄寫人中A君寫字常逾此限，故每行十八至廿四字，其它三人則甚爲謹飭。抄本中改正甚多，有用墨筆旁改，亦有用硃墨者。抄寫者亦有將誤抄處貼補重書；旁改多爲A君筆迹；全部眉夾批亦A君手筆，用行草，正文則用正楷；此抄本可能爲A君所有。此書曾經重釘，以清高宗御製詩第四、第五集作襯葉。按清高宗御製詩第五集刻於一七九五年，故知重釘應在一七九五至一八三二年間。列藏本個別眉批之最上面的字被切去一部分，可知這些眉批在重裝前就已存在的。原抄本較御製詩稍大，重裝時不愼切去了。因未見原本，不能從其避諱情況估計抄寫大約日期。此本無書前題頁、目錄，各回首題書名作「石頭記」，但第十回回首，第六十三、六十四回、第七十二回末則題作「紅樓夢」。而第九、第十六、第十九、第三十九及第四十回皆無書名，僅有回目。

此本第十二回回末至「再講這年多底，兩淮林如海的書信寄來，卻爲身染重疾，寫書」

後空白，顯未抄完；書眉浮簽已失去，僅存「俟再」二字殘筆。第十四回至「不知近看時又怎樣，且聽下」止，缺半葉；第五十回止於黛玉謎，缺半葉；第七十五回末「要知端的」下脫半葉；第六十五回重裝錯脫，分釘於第二十九、第三十、第三十一冊中。此抄本第十七、十八回僅存一共同回目，回末完全分開，但中間有「再聽下回分解」一句，當爲第十七回回末。第十九回已分妥，且有回目。此本有第六十四、第六十七回。第六十四回有回目後批和詩，又有回末對，形式近早期抄本，正文接近王府、戚序，龐英以爲最接近「石頭記」原貌；又因其中有廿字脫文一段，故推測原底本爲每行廿字。第六十七回則近戚序、甲辰一系。第七十九回、第八十回不分，中間並沒有分回痕跡；回目與己卯、庚辰本同。又列藏本第五十三回有一段重出七行，上有眉批「自此至七行皆不寫」，可知此抄本曾作爲抄錄底本。根據此書的正文、凡例、分回、缺回及書名各方面與其它各抄本的比較研究，知道「列藏本後於甲戌、己卯、庚辰本，大致相當於有正本的時代。當然由於各本子並不一定根據某一固定的底本，而可能根據不同的底本，本子有拼湊現象，所以情形較爲複雜。但在大量資料的比證中，定下各本子在版本系統中的次序還是可能的。」①

此書據龐英所錄收入列藏批語。列藏有眉批一百一十條，夾批七十三條，無一與現存抄本批語相同，批者態度又與脂硯齋等相異，可知「都不是脂評，只是抄得這脂評本的讀者，閱

---

① 參拙著，「列藏本石頭記初探」，收入「中國古典小說研究專集」一，臺北，聯經出版事業公司，一九七九年，頁一五七—二一四。

讀後隨意添加的評語」①。這些批語都是A君字迹。夾批對應正文字傍常加圈，間亦加點。眉批頂字部分被裁去，夾批亦有壓在書縫中心的，可知這批語在重裝前已有了。因爲確定不是脂批，我們就將之收入附錄中。

(七)　靖藏本

南京浦口靖應鵾祖傳石頭記，簡稱靖藏本。靖氏是旗人，以軍功賜姓。原籍遼陽，約在乾嘉時從北京移居揚州，民初遷浦口。靖本何時入藏，已不可知。一九五九年夏，毛國瑤發現此書，借去，與家藏有正本相校，將有正所缺的一百五十條批語錄出。同年秋末將抄本還靖氏。一九六四年毛國瑤將批語寄交俞平伯，俞平伯發現此本價值，要求商借原書，而靖家已遍找不獲。是否被人借去，還是於一九六一年被當作廢品賣掉？亦不能知，此書遂迷失②。毛國瑤閱讀時所抄錄的批語和所附的若干正文，成爲此抄本的唯一資料。靖藏批曾由毛國瑤根據過錄本整理發表了二次，但因整理或排印校對不精，略有差錯。最近唐茂松又據過錄本

---

① 參潘重規，「論列寧格勒藏抄本紅樓夢的批語」，收入「紅學六十年」，臺北，文史哲出版社，一九七四年，頁四一—五九。

② 關於此本流傳歷史，參：

ⓐ靖寬榮、王惠萍，「靖本瑣憶及其它」，香港「中報月刊」，一九八一年七月號。

ⓑ毛國瑤，「再談靖應鵾藏抄本『紅樓夢』批語及有關問題」，見「江蘇省紅學論文選—一九八二」（江蘇省紅樓夢學會編印，一九八二），頁一〇九—一一八。

ⓒ魏紹昌，「靖本『石頭記』的故事」，見「新觀察」，一九八二年第十七期，頁三一—三二。

的照片整理，再將批語發表①。此次本書所收靖藏批，卽據毛氏過錄本照片抄入，又參考已發表的資料。由於原本已迷失，過錄本抄入批語相應的正文不多，而這些正文，又是極重要的研究材料，故每有提及，卽特別註明；沒有提及的只能按其內容，繫於其它抄本正文之後。

靖藏本存前八十回，中缺第二十八、二十九兩回，第三十回殘失三頁，實存七十七回餘，分裝十九小册，再合裝成十厚册。每小册前皆有藍色封面，並鈐有「明遠堂」及「拙生藏書」篆文圖記。按「明遠堂」爲靖氏堂名，靖氏遷居浦口，卽名所居地爲「明遠里」。「拙生」則不詳爲何許人。靖家本有宗譜，惜於文革時毀去，無從考察。從靖應鵾等所見靖藏面貌看來，估計原書未缺前，每四回爲一册，與甲戌、戚滬、戚寧本的裝釘法相同。這大概也就是乾隆年間石頭記抄本的裝釘法。「抄本因保存不善，已很敝舊，多處遭蛀蝕、書葉黃脆，每葉騎縫大多斷裂」。「抄手記得不只一人，未標書名，亦無序文，中縫亦無頁碼，用竹紙抄寫，字迹尙工整。每葉抄寫行數及每行字數未察，現在追憶，此抄本大小約廿乘卅公分左右。就書品及抄寫情況判斷，估計不晚於乾隆年代。」②

此本第一册封面下黏一長方形字條，墨筆抄寫七言古詩一首，此詩爲曹寅題張見陽所畫「楝亭夜話圖」，左下方撕缺，尙有辨爲「丙申三月□錄」字樣。據此，則此書可能於乾隆丙申（一七七六）年前抄錄。按曹寅此詩與他的手迹和楝亭集所收，都有異文。又此本有另

① 毛國瑤，「脂靖本『紅樓夢』批語」，「版本」，頁三〇一——三一七；又見「江蘇省紅學論文選——一九八二」，頁一一九——一二九。

② 唐茂松，「關於脂靖本『紅樓夢』批語的校正」，「文教資料簡報」，一九八五年第五期，頁一二九——一五一。同①毛國瑤文，頁一一〇。

一同式樣紙條，據原藏者云，本來亦黏在封面下，後來脫落，夾入「袁中郎集」中。一九六四年，靖本迷失後，靖應鵾在一次晒書時翻出，即由毛國瑤寄俞平伯轉送文學研究所保存。文革初俞平伯被抄家，此條乃不知下落。所幸者當時攝有照片，至今保存①。此頁首行書「夕葵書屋石頭記卷之一」，後面錄下那條有關曹雪芹卒年的批語。周汝昌說：「夕葵書屋是吳鼒的書齋名。鼒字山尊，全椒人，也是乾嘉時期的一位詩文書畫俱能的著名文士。他晚年居揚州，據說靖本原藏者的先人八旗某氏，因罪由京遷揚，如此則可能和吳鼒有所交游，所以靖本中才會有這一頁殘紙。吳鼒富收藏，精校勘，又是八旗詩匯熙朝雅頌集的主要編纂者，其中竟然選錄了有關曹雪芹的詩篇，我看很可能跟他的編纂有關。他如曾收藏石頭記，應非一般常本。」②按吳鼒生於一七五五年，卒於一八二一年，此附頁當是後來補抄的。

毛國瑤當年用有正本和靖本對閱，抄出有正缺短的批語，據他的回憶：「兩本文字比較接近，似無很大差異。」毛氏偶然抄出和批語對應的正文，則亦有和現存各抄本不同，而來源大概很早的文字，如第十三回「設壇於西帆樓」句。「全部抄本中，第十一回，第十九回至二十一回，第二十五回至第二十七回，第三十一回至三十六回，第三十八回至第四十回，第四十四回至四十六回，第五十一回至五十二回，第五十五至六十二回，第六十八至七十七回，共計三十九回沒有批語，已占全書之一半。其無批語之各回，抄手是否爲一人，抄寫格式與有批語回是否相同，現已毫無印象。何以造成這種現象，原因不明。我個人推測，這部

① 參本書正文頁一三。
② 「新證」，頁一〇六一。

抄本或是經過抄配的，並非從一個完整的底本過錄，但也不能遽斷，因抄本批語轉錄的過程

往往相當複雜，非能簡單作出定論。」①

㈧　**甲辰本**

五十年代山西發現的紅樓夢抄本，前有「甲辰菊月中浣夢覺主人序」，故簡稱「甲辰本」。此本原藏山西文物局，現歸北京圖書館。甲辰本未影印面世，本書據原本收評語資料。

甲辰本分裝八函，函五册，册二回，共八十回書。紙用朱色印就，四周雙邊，絲欄。半頁九行；序文行十八字，正文行廿一字。版心象鼻上靠右手書「紅樓夢」，「第×回」及編碼。目錄及正文每回前亦書「紅樓夢」，間於回末寫「紅樓夢第×回」。這是第一次出現全書以「紅樓夢」而不是「石頭記」命名的八十回抄本。此本正楷大字精抄。第八十回缺末頁。序文、目錄及正文第一、二回個別頁下部間有殘缺，其它各回書頁亦間有破損處，但均精工裝裱。

此本第一、第二回回前總批均置回目後，比正文低一格抄錄，與其它各本混入正文者不同，較近甲戌本格式。第二十二回末已補全，但又不同戚序或程本。第六十七回則和戚序本同一系統。又此本回末結尾對聯和各本亦間有不同：第十三、第廿一、第廿三回各本共有的回末對此本獨缺，而第四、第九、第十九回則此本回末對爲各本所無。第十八回回末甲辰有七言詩四句，是特例。與早期抄本比較，甲辰本正文删改甚多，一般認爲是抄本及刋本的中

① 同頁二六註2ⓑ。

間本子。但因未影印問世，故研究者不多。

㈨　高閱本

「乾隆抄本百廿回紅樓夢稿」，因第七十八回末有「蘭墅閱過」硃批，蘭墅爲高鶚字，故稱「高閱本」。此本爲程偉元排印程乙本前的一個稿本，以後流傳歷史不詳，似經旗人收藏。咸豐初，書流入楊繼振（一八三二——一八九〇）手時已有殘缺，楊氏據程甲本補足。一九五九年春，北京文苑齋收得此書，後歸中國科學院文學研究所。現藏中國社會科學院文學研究所。一九六三年中華書局初版線裝印行，一九八三年出洋裝本。一九七七年臺北鼎文書局翻版，改爲精裝二册，印本頗有錯失；臺北廣文書局又據鼎文版再翻印；聯經出版事業公司據中華版縮印，有欠套色處。中國文化大學紅樓夢研究小組以此本與別本校勘，又將此本改文部分用朱色套印於原文中，於一九八三年出版了「校定本紅樓夢」，這是第一個用套色印刷的紅樓夢排印本。本書據中華書局初版本收批。

高閱本全書分釘十二册，每册十回，共百二十回。封面標「乾隆抄本百廿回紅樓夢」爲後來加上的。次頁乃原書封面，題「紅樓夢稿本」，下署「佛眉尊兄藏」，「次游簽」，並分押「幼雲秘笈」、「次游」等篆字陽文方章。接下又有楊繼振題字二頁和于源題字一頁。次目錄五頁，前三頁原佚，是文學研究所補抄上的，其中第七回留空，正文此回亦沒回目。第四頁起有楊繼振鑑別章，可知他收藏自此始。全書用竹紙墨筆抄。據楊繼振題記，原缺第五册，他據擺字本抄足。但細按字迹和藏書章，他還補抄第十回第四、五頁，第十一回第

一、二頁，第廿回第五頁，第廿一回第一、二頁，第四十回第六、七頁，第五十一回第一至四頁，第六十回第五頁，第六十一回第一至四頁，第七十一回第一頁，第八十回第四頁，第一百回第四、五頁，計十回又廿二頁。補抄的都是每册的起首或末尾，可知原來卽是十回一册的裝釘，經過較長時間傳閱佚去的。

高閱本抄寫格式不一致。原本前八十回除第一回、第六十七回外，回首無「紅樓夢」書名，回次和回目各佔一行，半頁十四行，行四十到六十字不等。但第六十七回之格式同後四十回。後四十回原本除第一百十一回、第一百十二回外，回首皆有「紅樓夢」三字。半頁十二行，但第九十一回半頁十四行，第百十一回和第百十二回半頁十六行；行四十到六十字不等。楊氏補抄部分每回首行作「紅樓夢第×回」，次行回目，半頁十四行，行三十至五十字不等。此外，又有十七個附條，其中第八十一回第三頁正面和第一百六回第三頁反面的兩個附條下都有缺損。楊繼振批又指明第三十七回第一頁正面有一附條佚去。據研究，佚去的還有另外十八個附條①。

高閱本楊氏補抄部分是據程甲本。其它正文據抄手字迹推知，前八十回和後四十回都是一次過錄的結果。過錄本就是預備添改用的，後四十回每半頁十二行部分最明顯。行與行間距離特別大，是預先留下來作改文用的。改文除直接就正文改外，又有旁改；旁改不足，又加夾條。但現存本有些正文很少改動，估計是改後經過再次謄抄的結果。就這些回的重文脫

① 「王研」，頁四五二—四五五。又參徐仁存、徐有為，「附條的奧秘——『紅樓夢稿』研究之一」，見「中外文學」第十二卷，第三號，頁八—三六。

行有四、五十字的行距，可知清本是據改本過錄的①。但脫行亦有廿、卅字左右的，又可知此本祖本曾經歷過每行廿、卅字的階段。

高閱本來源不一，是個百衲本。第十六回第一頁背面未抄完，第二頁另一人抄，開首的三行半共三百二十一字與上頁重複。而二者異文竟達六處十四字之多，可知二者所據底本不同。第二十七回第三頁被刪去二十七字，這些字是和第二頁末重複，有異文五個字，亦說明兩抄手所據底本頗不同。此本第一至第七回有脫行三處，皆同己卯本，足證它們有相同的祖本。比照校勘材料，亦發現二本頗相近。但己卯這七回是已刪去批語的本子，而高閱有批。高閱此三條脫文中，有一條與庚辰同，證明他們亦有共同遠祖，而其它二條庚辰不脫。庚辰此七回書中另有脫文四處，高閱均不脫，亦說明它們間距離較遠。比對校勘材料亦然。高閱第廿九、第卅五、第五十六、第六十五、第六十八回脫行各一條，第六十九回二條，共七條，訛奪文字與戚序本相同，證明二本此數回有共同祖本。按高閱第六十五至第六十六、第六十八至第六十九回爲同一抄手字迹，或可推測高閱抄入底本中有一部分較近戚序本，而此數回即據此部底本抄入。至於在校勘材料發現高閱本前八十回改文有時接近甲戌、甲辰等本，甚至看到個別回（如第六回）呈現出較早版本的面貌，則正足以說明此本爲百衲本。

高閱改文（包括附條）及已清抄的各回最接近程乙本，有人認爲是據程乙本校改及謄抄則是不確的。因無論改文及已清抄各回，均與程乙本有不少異文。據王三慶指出：「全部的改文，同於程乙本者約佔百分之九七，同於程甲本則有百分之九二。可是改文總數卻只居

① 「王研」，頁四三一。

全抄本（按：即高閱本）和程本異文的百分之六〇左右。」①前八十回一般的改文有增有刪，第六十七及後四十回則盡量保持原底本，只增不刪。程乙後四十回又較改文後清抄各回再有增補。因此高閱只能算抄本到程乙間的一次稿，而非程乙據以排印的底本。前八十回爲我們保留一些脂本；後四十回，特別是未經清抄的各回，又保存原稿眞實面貌，對我們了解從抄本到刊本間的演變有很大的幫助。

(十) 己酉本

吳曉鈴藏抄本紅樓夢，首有乾隆五十四年（己酉，一七八九）年舒元煒序，故稱「己酉本」。據舒序，此本主人是筠圃，疑即玉棟（一七四五——一七九九）②。玉棟是著名藏書家。先是玉棟和他的朋友當保（?——一七八五）並錄八十回，後爲「力之強者索去」，己酉年歸回，只存五十三卷，乃交舒氏讐校，又「借鄰家之二十七卷，合付鈔胥」，成八十卷。玉棟死後藏書散出，此書流傳不詳。歸吳曉鈴時，只存前四十卷。此抄本有副錄，藏北京圖書館。本書所收此本資料，即據副錄本。

己酉本首舒元煒序，接舒元炳「沁園春」詞，次「紅樓夢目錄」，至「第四十回」後撕去五頁，故此回回目誤與第八十回回目相接。各回回首作「紅樓夢第×回」，正文每半頁八行，行廿四字。所存四十回爲拼湊本，紙張字跡均有不同。因未見原本，未知具體情況。兪

① 「王研」，頁四五〇。
② 本節參周紹良，「舒元煒序本『紅樓夢』跋」，見「紅樓夢研究論集」，頁二六六—二七一。

平伯指出此書第五回筆迹，和第一至四回迥別①。

林冠夫謂此本正文「有一類訛奪，與庚辰本相同，特別是第一回，兩本都有錯行奪文廿六字，足證明來自同一祖本。且第一回二條回前總批之抄寫格式兩本亦相同，既與正文一色抄錄，卻又在批語後留下空格，第二條總批和正文都另起行抄錄。第二回亦如是。但此抄本第十七、十八回已分出，又各有回目。第八十回亦有回目，可知較庚辰本爲後。此本回目和正文和各早期抄本比較，有很多異文，如第一回甄士隱看見太虛幻境牌坊的七言對聯，此書卻作『色色空空地，眞眞假假天』。但到第五回賈寶玉夢遊時，又作通常本的『假作眞時眞亦假，無爲有處有還無』了。第十三回異文特別多，第十六回結尾、第十七回分回皆與各本不同，似都是經後人改動整理的結果。」②

(十一) 鄭藏本

鄭振鐸舊藏抄本紅樓夢，簡稱「鄭藏本」。此本上有「哲庵」白文圖章，估計爲早期藏書人印。鄭藏本現歸北京圖書館。

鄭藏本只存第二十三、第二十四兩回，合裝一册。封面「鄭藏乾隆抄本紅樓夢」爲後人所題。回首題「石頭記第二十三回」、「石頭記第二十四回」，版心象鼻上作「紅樓夢」，魚尾下標「第×回」及編碼。抄本用紙先已印好，四周雙邊，烏絲欄。半頁八行，行二十字。

① 俞平伯，「讀紅樓夢隨筆」，「專刊」第三輯（一九六八），頁四五—五一。
② 參林冠夫，「色色空空地，眞眞假假天」，見「學刊」，一九八三年第二期，頁二七五。

工楷精抄，兩回抄者字迹不同。行間有改字，似是後人所爲。第二十三回回目首聯缺二字。

此本雖只存兩回，但與早期抄本有較大的不同。兪平伯指出書中人名「賈薔」作「賈義」，賈芹母「周氏」作「袁氏」，花兒匠「方椿」作「方春」、「秋紋」作「秋雯」，「檀雲」作「紅檀」，第二十三回「茗烟」作「焙茗」等，其它零碎改文還多①。第二十三回末缺去黛玉聽牡丹亭曲一段，較庚辰本少二百七十一字，與回目不相應。第二十四回末缺去介紹小紅一段二百多字。此二段早期抄本有雙行批註、行間夾批、眉批、總評等，爲脂本原有，分明是被刪去。結合起用「紅樓夢」書名，可知是爲較後期之抄本。

(十二) 程印本

「新鐫全部繡像紅樓夢」，乾隆五十五年辛亥（一七九一）萃文書屋木活字本，一百二十回；次年重排。兩版皆爲程偉元所印，故稱程印本。爲分別初版及重排版，一般稱前者爲「程甲本」，後者爲「程乙本」。兩本文字頗有不同，但都刪去批語，又有相同的少數混入正文的批。本書據青石山莊影印本引用資料②。

程印本全部百二十回，用連史紙印，分釘廿四册，裝四函。扉頁題「新鐫全部繡像紅樓夢」、「萃文書屋」。全書最後一頁末行左下角有「萃文書屋藏版」六字。程甲本首程偉元

① 本節參：ⓐ俞平伯，「讀紅樓夢隨筆」，「專刊」第三輯（一九六八），頁七〇—七三。ⓑ清暉，「鄭振鐸藏殘抄本『石頭記』簡介」，見「我讀紅樓夢」（天津人民出版社，一九八二），頁二六六—二七〇。

② 「影乾隆壬子年木活字百廿回紅樓夢」，臺灣，青石山莊，一九六二年。此影印本特點可參「王研」頁五九二—五九四。王三慶指出：此本第一至第六十回、第七十一至第七十五回是程乙本，其它為程甲本。

序，次高鶚敍。程乙本首高鶚敍，次程偉元、高鶚引言。程印本皆有繡像廿四頁，前圖後贊，次目錄。正文半頁十行，行廿四字。程本版心象鼻上作「紅樓夢」，魚尾下回次及編碼。程甲本四周雙欄；程乙本則上下雙欄，左右單欄，惟最後十回同程甲。又兩本界欄均不甚清晰。程甲本第三回第九頁、第四十七回第十二頁重編，程乙缺後一頁。第六十八回第十頁版心被誤排作第六十七回。按現存程印本常有甲、乙二本混裝現象。卽同一版，又因爲木活字排印，有異植的情況，故有據以證明程本不只二版。然至目前所發現程印本，雖個別頁有同版異植的情形，又似未有出程甲、程乙二版之外的。但不能因此排除程本有超過二次排印的可能，是否有「程丙本」？仍有待於新資料解答。

王三慶指出：「程本雖是遲至乾隆五十六年辛亥才以活字排印，然而底本也是源自一個脂本。如以其它脂本校勘，我們可發現前八十回也有廿八條脫文。其中十條是在第九、十、十一、十五、十六、五二、七一、七三、七四（二條）諸回，並脫去廿字左右；另外廿八、五一回各一條，第七一到八十回有五條，共達七條，並脫廿四字或其倍數（連跳兩行的款式）。此外第六二回一條，七十到八十回裏脫去十條三十字行款的格式，顯示程本第七十到八十回抄寫或所用的底本極差。據此現象，足以說明程底本也經二至三次的過錄工序。尤其是這種廿四字的行款，可能是程本排印時候的脫失。」①

程印本脫文中有四條和庚辰本相同的，說明他們來自相同的祖本。此四條中又有一條是已卯本亦脫去的。另外有三條脫文同高閱本，說明程印本和高閱本的關係較密切。

①「王研」，頁二二五。按程印本脫文不只此數，筆者發現還有另外二條。

程甲出版後不久，即有北京琉璃廠東觀閣刻本，以後刻本百多種，都是據程甲、或程甲的翻刻本翻印的。間亦有版本據抄本校對若干字的。程乙本則淹沒無聞。至一九二一年上海亞東書局接受胡適的建議，用胡藏的程乙本標點排印，以後印本又多爲亞東本後裔。這種局面直至兪平伯的八十回校本出現才有轉變，此本前八十回已直接用脂抄本，但後四十回則仍用程甲。中國藝術研究院紅樓夢研究所的「紅樓夢」校注本，中國文化大學紅樓夢研究小組「校定本紅樓夢」都是用早期抄本集校，不屬程印本系統。程本自後衰落，也是可預料的。但爲研究用，各類程刻本仍有影印的必要。目前已影印的胡天臘叟青石山莊本和臺灣大學本①，兩種均爲程甲、程乙配本。如能將其它程印本影印出來，供研究者應用，則於版本研究，當有大幫助。

貳　脂評概況及其類型

脂評有種種不同的類型，這些不同種類的評語，究竟是怎樣形成的呢？讓我們看看批書的過程。

假定有一個不帶批語的抄本，我們在上面加批；一般來說，能用的空間不是行間，就是書眉，這就形成了夾批和眉批。行間的空間較少，但緊靠正文，對其中一字一句或數句加批較方便，當然批語不宜太長。書眉空間較多，適宜於對某一段或全回加批，批語也可以寫得

①「紅樓夢叢書：程乙本」，臺北廣文書局，一九七七年。此本特徵參「王研」，頁五九一—五九二。

較長一點。當然我們還可以將批語寫在各回回前或回末的空位，形成了跟正文抄錄不一致的回前總批和回末總評。但除非預先留定，這類空間也是極有限的。這本帶有批語的抄本，經過整理，就可以將其中涉及全回的，或回中某些較重要情節或某一大段的評論抄到回前或回末，成了跟正文一式抄錄的總批。那些屬於對一字一句一小段的批語，可以插入正文間，成了雙行批註。經過這種整理，就再沒有眉批、夾批，可以在騰出的空位上重新加批。如此加批、整理、加批、整理、再加批的過程，就形成了種種不同類型的批語。脂評本石頭記有下列各類批語：

㈠回前總批　分與正文一道抄錄和另外加上去兩種。與正文一式抄錄的，位於回目前，通常是另紙錄出，附在該回前，如己卯、庚辰、王府、有正本；也有與正文同頁抄錄，但比正文低一格的，如甲戌本。不與正文一式抄錄的，通常放在回目前自然空出的位置。如庚辰本第十三回的回前總批，卽抄於此册目錄頁後面，墨色、字跡與正文不同。

㈡回目後批　與正文一樣格式，抄錄在回目之後、正文之前者。通常比正文低一格抄錄，如甲戌本。

㈢回首詩　與正文一式抄錄，放在回目後正文前，通常是七言或五言絕句。它的性質和回目後批一樣，位置亦相同。回首詩可以看成是以詩的形式寫出的回目後批。

由於回目後批、回首詩跟回前總批只是位置稍有不同，性質卻是一樣，且數量不多，因此，爲了研究方便，多數場合，就將他們併入回前總批，算爲一類。

㈣雙行批註　小字雙行，夾寫在正文當中，如普通典籍的註。此類在脂批中數量最多。

有時個別抄手太草率了，將雙行批註變成單行，小字寫在正文中間①。有的甚至是將批註與正文一樣格式抄寫，只在上面加上一『批』字②。這些夾在正文間可以辨認的批語，我們都歸入雙行批註一類中。

(五)行間夾批　夾寫在正文行間的批語。亦有稱這一類爲側批。

(六)眉批　寫在書眉上的評語。

第(五)(六)二類抄手常跟正文不同。

(七)回末總評　寫在一回正文之後，或與正文同一形式，比正文低一格抄寫，如甲戌本③；或如眉批夾批一類方式，批於回末，如甲戌、庚辰本④；乃或與正文同一格式書寫的，亦可見於庚辰本中⑤。

以上七類都是正常的批語，我們可以在傳統小說中看到同樣的類型。但脂批還有下列非正常形式：

(八)特批　由於回目，韻文的另行寫，或因圖畫說明而留下空位，或因回已完、行未寫盡，而寫在留下的空位上的批語。他們既不是像雙行批註那樣在特意留下的位置上寫批，又

① 如庚辰本頁三四〇、三五一—三五四、三五六、三五九、三六二、三六四、三六六、三六八、三七〇、三七一。

② 如高閱本第六回，頁九六。

③ 甲戌第六、第二十五至二十八回回末總評。

④ 如甲戌本第十三回回末總評；庚辰本第十二、第十三、第十四、第二十三、第二十五回回末總評。

⑤ 如庚辰本第二十、第三十一回回末總評。

不像行間夾批那樣將批語放在正文外，因爲所處位置特殊，我們稱之爲特批。特批有時單行寫有時雙行寫，形式上比較像雙行批註；就評寫的時間看來，又似乎是行間夾批。可以說，特批是介乎批註和夾批間的一種批語。某些本子批註和夾批用不同墨色抄寫，如庚辰本，則這些處在特殊位置的批語，可以根據墨色定出該批的類型來。有些本子，根本沒有夾批，如有正本，則這些特殊位置的批語是批註，也是不成問題的。但有些本子，如甲戌，批註夾批都用硃墨抄寫，既不能靠墨色分辨，故特批也最多。

㈨混入正文批　在上面㈣雙行批註一項中，我們已指出有些批語寫在行間，跟正文一式抄寫，只在上面標明「批」。還有些批語，完全和正文一式抄錄，又沒有標明，成了正文的一部份，這就是混入正文批。程印本已全部削去批語，還有混入正文批五條。

上列九類批語在各脂評本中出現情況，各有不同。不同脂評本的批語，有各自不同的特點，留待下一部分介紹。這裏，我們分開三方面來談各脂評本批語的某些共同特質。

㈠　脂批的特殊現象

脂硯齋等是在未完成的稿本上批石頭記的。每次易稿，不單影響了正文，也影響到跟正文血肉相連的批語。而且批書者不止一人①，整理也不止一次，因而脂評有異於一般評語的特殊現象。更何況直至目前，我們能獲得的都只是過錄本，由於過錄草率及不同本子間的拼合，加重了脂評的複雜性。以下我們試找出造成這些特殊現象的原因。

① 參「導論」肆之㈢脂評者研究。

(1)批語的轉化

如上所述，批語是由夾批、眉批向雙行批註、回前總批和回末總評轉化的。經過整理的批語，都跟正文一道抄錄，其中也有個別不跟正文一道抄錄的回前回末總批，變為跟正文一道抄錄總批的現象。但在脂批中，以甲戌本為例，我們可以看到下列幾組批語：

(A)甲戌有十五條夾批是靖藏的眉批①；

(B)甲戌有一條夾批是庚辰的眉批②：

(C)甲戌有二條眉批是庚辰的夾批③。

我們知道，夾批眉批可以整理成其它批語，但他們彼此不可能互相轉換。造成這種現象的原因是抄手在過錄時並沒有完全按照底本抄錄。如(B)項，庚辰的那條眉批，字寫得比其它眉批小，倒跟夾批差不離，又較其它眉批低一格抄錄，處處都留下原來由夾批抄為眉批的跡象。一般說來，書眉空位較行間多，抄寫方便，某些抄手為了方便，不尊重原來的格式，將夾批抄成眉批。相反的可能性也存在，但較少。

再看下面另一組批語：

① 見本書頁九、四二—四三、五八、六六、八一、一〇二、一三四、一四一。
② 本書頁二四一。
③ 本書頁二八〇—二八一、二八四。

(A)甲戌有一回前總批是己卯、庚辰、王府、有正的批註①；

(B)甲戌有三回末總評是己卯、庚辰、王府、有正的總批②。

我們知道，雙行批註和與正文一道抄錄的回前總批、回末總評都不可能一開始就有的，他們大致上是由眉夾批轉化來的。除非抄胥同時又是批書人，可在抄錄整理同時加入批語。但就現存抄本看來不大可能，抄胥程度較低，旣常看不淸行草，且又白字連篇。故同一批語在不同版本中以不同形式出現，只能證明整理者採取的方法不同，卽證明現存的脂本評語的整理工作，不是同一個人，在同一時期整理出來的成果，而是同一批語，經過不同的整理者或同一整理者，不同時期工作才有的現象。但同一人整理一次又一次的相同批語的可能性不大。

(2)批語的合併和簡化

某版本兩條或兩條以上的批語，在另一本子中只作一條批語，這就是批語的合併現象。脂評中，我們收到約五十組這樣的批語。最常見的是合兩條批語作一條的③，但亦有合多條④作一批的現象。批語合併，是經過整理、再抄錄的結果，可分有意識合併和無意識合併兩種情況。前者有下列幾種情形：

① 本書頁二七八、二八九—二九〇。
② 本書頁五一六、五三一、五三三、五四八。
③ 本書頁一五、二九一、三九一等。
④ 本書頁五五〇。

(A)批語內容相近，整理者將其中一部份刪改而加以合併的①；
(B)刪去原來批語的署名和日期而加以合併的②；
(C)批語由眉夾批變爲批註過程而合併的③。
(C)項亦可能變爲批註後，批註抄錄者不小心，無意識合併的結果。大部份的合併批語都是由於整理者不小心造成的，這些無意識合併的批語，亦有下列三種情形：
(A)有些批語簡單到只有一個字，很容易被整理者跟別的批語抄在一起④。
(B)有些頁眉批夾批特別多，特別是夾批，抄在行間，位置少，十分擠迫，不同批語間只能空一兩格間開。抄錄的人只要字寫得大些，又要照顧到批語和正文位置相配合，就很容易將這一兩格表示分開批語的空間佔去，形成了不同批語連著抄的現象。有時同一頁批語不多，只是抄錄者沒有小心留下空位，也會造成這種現象。⑤
(C)在相同正文下的雙行批註常不只一條，這些批註之間，也跟夾批一樣，只空一格或二格，或用圓圈來表示分開。跟(B)項同一理由，這些批語有很多合併的現象。更因爲雙行批註寫在正文中間，照格式抄錄的要求更高，而且字體小，抄書人更易忽略，因而這類批無意識

① 本書頁一二八、一三一、五八二—五八三、五八六。
② 本書頁五一一、五一五。
③ 本書頁五九、七一。
④ 本書頁一五、一五九。
⑤ 本書頁四八三、四八四、四九二。

合併的情形更爲嚴重①。這種情形跟有意識合併的(C)項很相像。但前者指在眉夾批變成批註的過程中的合併，這裏指的則是已成爲批註之後的合併。但目前我們掌握的本子不多，又都是過錄本，故此二項有時頗不好分別。

另外有一種情況，就形式上看來是合批，但就內容研究，則是一條批語被分成二條的現象。這種情形跟抄書人無意間擠去批語間的空格，形成合批的現象正相反，是抄書人在抄錄時由於不認識原稿本的字而空格②，或由於對原稿本不明顯的空間加以錯誤的判斷（原稿本的批語，大概是以行草書寫出來的，因而批者有意留下的分批的空格跟某些字間的空位有時不易分）而留下空間，就造成了形式上將一批分爲二批的現象③，甚至有將一批分爲三批的④。根據批語的內容和在別的本子出現的情況，我們還可以作出合理的判定。

同一批語在不同抄本中文字常有差別是脂批的另一現象。不少批語在不同抄本中相差一句到數句。相對於原來複雜或較完全的批，我們稱這些減少文字的批語爲簡省批。這些批大部分是由眉夾批轉化成批註時簡省了的，這使我們看到原批語經整理的簡省現象⑤。但亦有

① 如本書頁一五九、一六二、一六五等。
② 本書頁四九九。
③ 如本書頁一一五、五一八—五一九等。
④ 像甲戌本第一回「滿紙荒唐言，一把辛酸淚；都云作者痴，誰解其中味？」有一長批，在甲戌本被分成一特批、二眉批，而附在靖藏本上另紙抄錄的「夕葵書屋」本批，此三條合為一長批。估計原本亦為長批，由於受抄錄位置限制而分為三條的。
⑤ 如本書頁二八、三九等。

個別批語的夾批形式比它批註形式的文字較爲簡單①。這類簡省夾批內容比不上它的批註周延，我們看到的複雜文字才是原批。造成這種現象的原因，可能是某一本子在這夾批向批註轉化的過程中並沒有簡省，在另一本子這夾批沒經整理，卻在再抄錄的過程中被簡省了。這使我們看到再抄錄簡省批語的現象。一般來說，同一批語的文字由複雜變爲簡單是脂評的通例。這是很容易了解的，因爲由於位置的限制，在批語，特別是夾批中增加文字十分困難，批者如要增加對某一批語的意見，最簡單的就是加批。批語的簡化是在整理和抄錄過程中產生的，故簡省批是後起的批語。只有個別的簡省批較原批好②，大部份是刪後意思不完全③或不成文④，有的失去了原批的意思⑤，有的根本跟原批的意思相反⑥；因此我們懷疑這些刪削批語的人，大概不會是原批書人，而是後來的抄手，爲了抄錄方便，或是抄錄的錯誤所造成的，或是後來讀者妄改，都不是什麼有計畫的工作。

(3)批語的位置和文字之錯亂及其原因

批語是對正文加批產生的。批語因正文而有，因而批語附屬於正文。眉批夾批在所批正文之上或傍邊，經過整理後，總批放在該回之回前或回後，雙行批則在所批正文句之下。這

① 如本書頁一二六、一三四、一三五、一三六等。
② 本書頁二八三、五九四。
③ 本書頁二三八、四四〇—四四一、五八四。
④ 本書頁五七九。
⑤ 本書頁四二六。
⑥ 本書頁三七三。

是正常的情形。但脂批中有不少批語的位置跟正文不相配合，有的跑在正文之前，有的在後，有的甚而跑到別回去了。各類批語，都有錯安位置的現象。有時同一批語在不同本子中有不同的位置，有的正確，有的不正確。有時候位置雖不同，卻又不能斷定何者爲對，何者不對①。有時候各種本子都錄錯了②。這些都可從批語所批的對象來找出它相應的正文。但有些批語，表面上看不出位置是否正確，而要跟其它批語對勘才能知道的③。

批語位置不對的原因，可就各種不同批語來看。先說眉夾批。我們知道，由於眉批夾批位置上受到限制，批語多了，又靠得近，要緊跟著相應的正文是很困難的。但只要他們依照順序，就不應該算批語錯了位置。除了這種情形，眉夾批錯安位置是因爲抄書人疏忽，抄錄時不小心的結果。庚辰和有正都有回前回末批安錯了回④，這些批語都是另紙抄錄，我們認爲不是抄錄的錯誤，而是釘書的時候搞混了的結果。某一次抄錄釘混了，以後照抄，也就抄錯了位置。雙行批語搞錯位置的情形稍爲複雜，抄時不小心漏抄，待到發現時再補上去，因而補上的批語，常在原來應有位置一字或一句之後⑤。但補抄的說法不足以完全解釋所有批註的問題。因爲有些批註在所批正文好些句子之後，有時與原來正文有關連，可以看出是由

---

① 本書頁三〇三。
② 本書頁一四八、四二四。
③ 本書頁四二〇。
④ 庚辰第二十一回回前總批，有正第十五回、第三十七回回末總評皆是。參本書頁四〇六、二七七、五八七。
⑤ 如本書頁一六〇。

於兩處正文某些意思相近，整理者不加注意而放錯了①。不同本子的整理者不同，因而有些本子的位置對，有的不對。這也可以解釋爲什麼有些批語跑到所屬正文前面②的緣故了。又有些批語在不同版本中位置都錯了，又錯在相同的位置③，那是因爲各抄本批語除了各自整理的部份外，又有一些批語是根據相同的已整理好的底本而來的，初期的底本不小心弄錯了，以後的人照抄，就會有錯得一致的現象。這裏涉及批書過程的問題，下面還要細論。

又現存的脂評本石頭記都是過錄本，有些本子，過錄者文化程度很低，他們只爲職業做這工作，大概興趣不大，過錄十分草率。最明顯的例子是庚辰本，正文已有很多錯漏，夾在正文間的批註，字體小，抄起來吃力，錯誤就更多。庚辰本七十回後的批語，很多是錯到一塌糊塗的。甲戌、有正抄得比較好，但錯誤還是很多的。上面我們所指出的批語合併、簡化，批語位置跟正文不相配合等，除了有種種原因外，抄書者的疏忽和能力有限，是一個重要因素。此外，跟正文一樣，批語亦有複抄的現象④，漏抄情形自然更多。

脂評錯字，觸目皆是，不勝枚舉，我們儘可能在「新輯」校訂，此處不再討論。造成這種錯誤除了抄手不小心外，可能原底本用行草，抄書人看不懂，猜錯了。有的則是因聲音或

① 參王佩璋，「曹雪芹的生卒年及其它」，「文學研究集刊」，第五冊，頁二三八—二四〇；又本書頁三三七—三三八、四二四、五八〇。
② 同前註。
③ 本書頁一四八、四二四。
④ 甲戌本第二回回前總批重抄了三十八個字，庚辰本第七十七回有一批註抄了兩次。參本書頁三六、七一一。

字形相近搞錯了。由於批語錯了字、抄漏字，有時弄得意思完全相反，這是讀批語時不能不細加注意的。

過錄改變了原底本行款，是批語位置錯安的另一重要原因。上面討論各抄本時，我們常指出後期抄本改變原底本的行款，從由於抄錄不愼所造成的重文、脫行字數，我們還可以將原底本及其祖本行款推算出來。石頭記傳出的祖本每半頁十二行，行二十字。甲戌過錄時改成每行十八字。正文行款改變，相應的批語，特別是眉夾批的位置卽起變化。由於正文和眉夾批是分次抄錄的，卽正文先抄，抄完後再抄眉夾批，就要求批語的抄錄者注意爲批語找到相應正文的位置。正文行款改變，就要求抄錄者特別小心。但有時抄錄者不留意，依原底本的批語位置照錄，而不是依改變了行款相應的正文位置過錄，就不免造成批語和正文不相應的現象。這方面眉批還可湊合，只要尊重次序，問題就不大；夾批則一差錯全頁皆錯。最明顯的是甲戌本第一回的「好了歌」夾批，就是由於正文行款已改變而夾批照原底本位置抄而造成整段皆錯的例子①。安錯位置的批再由抄錄者整理成雙行批註，就更容易造成錯誤。

行間夾批還有因抄手不小心，將原本分列二行的批語後半截，回抄到上半截同一行上，形式像二條批語，後半截反倒置在前半截前邊，變成前後倒置。這種現象，多次在王府本中出現②。

---

① 參楊光漢，「關於甲戌本『好了歌解』的側批」，「學刊」，一九八〇年第四輯，頁二三一—二四〇；又參本書頁三〇—三三。

② 本書頁一九二、五五八。

脂評批註還有另外一種很嚴重的錯抄現象。通常抄批註時是先抄右邊，再抄左邊。遇到提行，則是ⓐ抄第一行右邊；ⓑ抄第一行左邊；ⓒ抄第二行右邊；ⓓ抄第二行左邊，讀時也照這次序，如圖一。但抄書者有時並沒有完全照次序抄錄，他先抄批註ⓐ，再抄ⓒ，又抄ⓑ，再抄ⓓ。又因抄錄本和原底本行款格式並不相同，因而在原底本提行的批，在過錄本倒常不提行，於是成了圖二的情況①。相反的例子是原底本批註不跨行，如圖三，抄成圖四的樣子②。可以想像，若將已錯抄的批註，依同一方法錯抄一次，再加上錯字漏字，則要恢復原批面貌幾乎是不可能的，這或可解釋，爲什麼有直到現在有些錯亂的評語還不能解讀③。次序亂了的批註，庚辰本最多，王府本亦不少。有正本也有二條，都屬第一類④。靖藏本我們沒有看到，據記載⑤批語是錯亂到不堪卒讀的地步。可以想像，這裏指出的種種毛病此本都有。

① 庚辰頁一七四五、一七六九、一七八九、一八七〇；本書頁六八四、六八七—六八八、六九三、七〇五。
② 庚辰頁一七四四、一七四五、一七六二、一七六七、一七六九、一七七五；本書頁六八四、六八六、六八七—六八八、六九〇。
③ 庚辰頁一七六一、一九四〇、一九七〇；本書頁六八六、七一四、七二三—七二四。
④ 有正頁八〇三，本書頁四四一。
⑤ 「新證」，頁一〇五一。

圖一

圖二

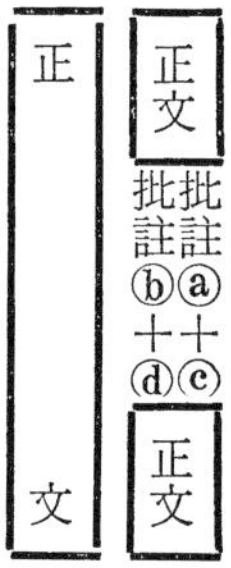

圖三

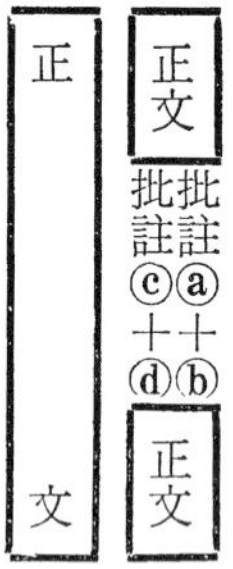

圖四

(二) 批語與正文附回首詩

批語與正文混雜是現存石頭記抄本的另一特色。在後來已删去批語的印本中，還可以找出痕迹來。批語跟正文混雜的情形有三種：

(A)批語混入正文；

(B)正文被改爲批語；

(C)至今尚難決定是正文還是批語。

以下我們分别論述並探求其原因。

先談批語混入正文。除了第一、第二回回前總批情況較爲特别，留待下面討論外，混入正文的批語，同時在一個以上本子出現的有十多組①。他們在某一本子作正文，在其它本子中作批語，一經比對，立卽可以看出來的。還有其它十來處②沒有别的本子可比對的正文批，卻也很容易看出它們的身份來。首先它們插入正文顯得很不自然，不是正文的一個組成

① 如本書頁一五、六三、四一六、五六八等。
② 如本書頁六五八、六六八。

部分，而是註釋或評論正文，跟正文口氣不同，不能連貫。有的混入正文批甚至埋怨正文寫得不合情理①；有一處則叫人將祭晴雯誄當作笑話去「醒倦」②。而更重要的，這些「正文」只在某一抄本中出現，別的本子找不著。他們是批語，而且有些甚至不是脂評而是後人批。

形成這類混入正文批的原因是抄手教育程度低，工作態度不認眞。他們有時將批註單行抄，只是字寫得小一點，有時將批註抄得跟正文一模一樣，只在上面加個「批」字。再抄錄時將字體寫大了些，或者忘記抄下「批」字，則批語自然混入正文中。有些本子跨行的批註在第一行雙行抄，第二行單行抄③。再抄錄時將單行抄的一行抄成正文，就會出現同一批語，一半作批註，一半混入正文的現象④。也可能出現另一種情況：抄手再抄錄時，很仔細將單行抄的一行又恢復雙行抄，但沒有小心分辨那部分是批語，那部分是正文，於是多抄了正文，形成了一條批註中部分是正文的事實⑤。自然這類作爲「批註」的正文也是很容易分出來的。一是它跟原來批註意思不聯貫，而更重要的，在別本中它是正文。

正文之被誤認爲批註，有時跟某些正文的特殊形式有關。如「護官符」口碑下所註的始祖官爵並房次，元春題字下所註明的用途及懸掛地點，實質是正文，形式像批註，因此常被

① 高閱第九回頁二下、第六十三回頁二上；參本書頁二〇八、六六八。
② 庚辰第七十八回頁一九五七；參本書頁七一五。
③ 如庚辰第十七、八回頁三八五、三八六、三九二等。
④ 本書頁一一四、二四九。
⑤ 本書頁一四九、四〇七。

當作批語，在刪批時被削去，或者照批語抄寫。「新輯」爲了作比較，也酌量列入。

有了批語混入正文的現象，自然有人想將這些混入正文的批語提出來。我們說過，混入正文的批語跟正文意思不聯貫，是不難辨識的。但整理的人要是不小心，不是眞正了解全書，也可能弄錯，將正文當作批語提出來。甲辰本就有三條這樣的「批註」①。這三條「批註」在別本作正文，甚且有批語評論。就是說，在脂硯齋等批書的時候，批書人眼中，這三段文字是正文。將他們提出來當批語，當然是刪去批語後的事，否則整理者不至於誤會。

以上所談是批語和正文的互相轉化，而憑現存資料，我們可以指出那一條應是批語，那一條應是正文。但也有二段正文，因爲語氣似是批語，後來的讀者或者將他們直接刪去，或者特別勾出，標明是批語②。但我們又沒有甚麼堅實的理由，證明它們不是正文。

這裏順便談談回首詩③。回首詩應該算作正文還是算作批語？也是很難確定的。形式上，它們在回目之後，連著正文，似乎當作正文較合適。傳統小說一般都有這類的入話詩詞，而且第二回、第十七回的回首詩都有批。特別是第二回的回首詩，甲戌本既有特批，又有眉批。特批且指明這詩是曹雪芹寫的④。但我們知道，有些回前總批，也放在回目後，甚

① 本書頁六二—六三、三三四—三三五。
② 庚辰第七十四回，頁一八二〇；參本書頁六九八。
③ 本書下列各回收有回首詩：第二、四、五、六、七、八、十三、十七、六十四回。
④ 本書頁三七。

至混入正文。就像第二回的二條回前總批，各抄本都放在回目後，而且除甲戌、甲辰兩本外，又都混入正文。這一回首詩算是連著批語，還是連著正文，也很難說。庚辰、己卯前十一回是白文本，除了混入正文批外，刪去一切批語，其它各本第四、五、六、七、八回的回首詩，此本一首也沒有，可見整理者當這些回首詩是批語般的刪去了。程本刪批，也將這些回首詩當作批語刪去。第十七回庚辰、有正在回前總批後有一首詩，是在回目前。同一首詩，高閱本在回目後，作回首詩。這使我們看到，回首詩有時是當作回前總批的。王府、有正的回前總批，特別是其中後面一段，常採詩的形式，跟回首詩相同。為了方便研究，「新輯」將回首詩作為批語錄入，在作批語研究上，我們可以看成回前總批。

㈢ 凡例及第一、第二回回前總批

上面我們討論混入正文的批語時，沒有討論第一、第二回回前總批。這兩段批語很早混入正文，長期以來成了正文不可分割的一部份，特別是第一回回前總批，一直被保存在各種抄本印本中，即使是最近出版的中文版紅樓夢，還保留這段文字。……甚至很多人根據這一段不是作者寫出來的文字，來討論紅樓夢的思想。其實早在一九三四年，素癡就指出這一段原是總批，因傳抄而誤與正文相混①。但根本沒人理會。甲戌本影印出版後，陳毓羆又對這兩段文字提出懷疑②，指出它們是批語，不是正文，亦沒有引起足夠的重視。近年討論的文

① 素癡，「跋今本『紅樓夢』第一回」，天津「大公報」、「圖書副刊」第十七期（一九三四年三月十日）。

② 陳毓羆，「紅樓夢是怎樣開頭的？」，「文史」第三期（一九六三年十月），頁三三三—三三八。

章增多了，再沒人將這些批語看成正文。以下談我們的看法。

先看甲戌本。此本第一回前有凡例五條，七律一首。凡例第一條是「紅樓夢義旨」，指出紅樓夢諸名的命名根據。第二條說明本書「不欲著跡於方向」。第三條指出此書著意於閨閣中。第四條是「此書不敢干涉朝廷」。第五條是第一回解題，又再三致意「作者本意原爲記述當日閨友閨情，並非怨世罵時之書矣」。

己卯本缺去前面三頁半，按其行款每半頁十行，行卅字計算，己卯這一部分，大致和庚辰本相同。

庚辰本無凡例。在第一回回目後有一段文字，相當於甲戌本凡例第五條，計十行又十個字；下空，再提行寫「此回中凡用夢用幻等字是提醒閱者眼目，亦是此書立意本旨」兩句，下卽緊接正文。按庚辰本這段相當於回前總批的文字，形式上全同於正文。因爲庚辰本與正文一式抄錄的回前總批是在該回回前另紙抄錄，紙上如每回開頭第一頁，頂格有「脂硯齋重評石頭記」一行，接下第二行低一格再抄批語。庚辰本這裏唯一特殊的地方是兩段文字間空了二十一格。但要不是我們有甲戌本對照，就形式而言，是不可能知道這一段是總批的。就內容來說，這一段解釋第一回回目的意思，當然不可能是正文。按庚辰、己卯前十一回原來是白文本，可見當日整理删削者將這段文字當作正文，才保留下來。

王府、有正本亦沒有甲戌的五條凡例和詩，只存下庚辰本混入正文、類似回前總批一段，沒有空格，也沒有空格後庚辰本獨有的兩句話，就緊接著正文。王府、有正本這段文字全同正文，沒有任何批語的痕跡。甲辰本此段文字大致同有正本，但比正文低一格抄錄，形式上同回前總批①。高閱本、程印本此段都作正文，文字近庚辰本。以後印本一直都保存這一形式。

我們設想前四條凡例本就有的。按早期抄本每半頁十二行，行廿字的格式，此四條凡例恰好佔一頁。甲戌本整理者大概嫌這麼四條凡例分量太少了，就抽出第一回總批併進去，成爲第五條凡例，而第一回亦就沒有回前總批。己卯、庚辰等本傳抄時首頁凡例佚去，抄錄時沒有尊重回目後批比正文低格的形式，照正文形式抄，成了混入正文批。此總批被當作正文，已是很早的事了。王府本就有人在上面加批。程印本刪去所有的批註，因它混入正文，被僥倖保留下來，就一直保留這種形式二百多年。

當然，凡例亦可能是批書者有意抽去的。四條凡例，第一條解釋紅樓夢書名，與早期抄本以石頭記爲書名不太切合。其中解釋金陵十二釵處十分猶疑，大概與後來末回情榜的構想不太一致。因而這條凡例變成多餘。其它三條說明的無非此書「不欲著跡于方向」，「此書只著意於閨中」，「此書不敢干涉朝廷」。這大概是受當時文字獄的影響②。但這樣的聲明有時反而像做賊心虛似的，引起反效果。

有研究者懷疑這五條凡例不是批書人作，倒是後來書商湊上去的③。這是無根據的說法。按甲戌本第四回有夾批：

……可謂此書不敢干涉廊廟者，卽此等處也④。

① 周祐昌，「夢覺主人序本『紅樓夢』的特點」，「光明日報・文學遺產」第四五五期（一九六三年三月十七日）；又收入「新證」，頁一〇二五。
② 參潘重規，「紅樓夢新解」，新加坡青年書局，一九五九年，頁一七七—二二〇。
③ 吳世昌，「殘本脂評『石頭記』的底本及其年代」，見「紅樓夢研究資料」（下簡稱「資料」），北京師大學報叢書之三，一九七五年，頁二〇三—二〇五。
④ 本書頁一〇四。

就是引凡例第四條的文字。第五回甲戌有眉批：

……按此書凡例本無讚賦閑文。……①

此批王府、有正作批註。王府、有正已沒有凡例，而批語提及，可見批書人看過凡例。而且凡例存在時間大概很早，除甲戌本外，現存各本都刪去了。

甲戌本第二回回目後有總批兩段，回首詩七絕一首，下接正文。總批比正文低一格抄寫，又隔了回首詩，不致於與正文相混。這兩段批語完全針對第二回內容加批的。甲辰本亦有這兩段批語，抄寫形式同甲戌本。己卯、庚辰、王府、有正、己酉本這兩段批語連同回首詩都已依正文格式抄寫，混入正文中。己卯、庚辰、己酉本第一段批語恰好在行的最末一字結束，我們看不出兩段是否文字分開；王府、有正本則兩段文字已合併在一起，而且另有回前總批。這些文字被當成正文是不成問題的了。高閱本也有這些文字，抄錄的形式同正文，但又分成兩段，多少有批語的味道。這兩段文字連回首詩被勾去。程印本及以後印本也就沒有這混入正文的回前總批和回首詩了。第二回這兩段文字混入正文相當早，大概與第一回的總批混入正文同一時期。看來抄本都有這些混入正文批，是待到印本才刪去的。

叁　各本評語及其相互關係的研究

現存十二個紅樓夢抄本中，己酉本只有一回回首詩，鄭藏本沒有批語，可以置之不論。另

① 本書頁一二〇—一二一。

外十個本子，我們可以獲得影印本的有：甲戌本、己卯本、庚辰本、有正本（戚滬）、高閱本。王府、列藏、甲辰三本雖然沒有影印，但評語絕大部份已發表出來，亦可供研究應用。戚滬、戚寧本沒有影印。但有正原底本既是戚滬，而戚寧又是戚滬的兄弟本，就批語而論，有正本足以代表它們了。特別戚滬本原來下半部仍未找到，而有正八十回完整，要研究戚滬，也非靠有正不可。王府本與正文一道抄錄的批語，跟有正本大致相同。靖藏本亦未影印，卻已「迷失」。我們只有此本不同於有正的批語，但那些是有正跟此本相同的批，則因沒記錄而不可知。程印本保存了幾條混入正文批，我們有青石山莊和廣文書局影本。以下我們談各本評語大概情況及評語間的關係。

(一) 甲戌本

用硃墨抄錄雙行批註是甲戌本的一個大特色。脂硯齋的署名，正說明批者用硃墨批書。其它抄本石頭記，絕大部分的雙行批註是和正文一道用墨筆抄寫的。甲戌的批註分佈很不均勻，十六回書中，竟有九回沒有批註的，可見當初整理批語時並不系統，有的回有整理，有的回沒有。甲戌的批註還有下面兩個特點：

(1)甲戌跟其它各本相同的批註，在各本中都作批註。

(2)甲戌獨有的批註都在第六、第八兩回。此兩回中，各本沒有批註可供比較。甲戌第十三回起的批註全同於它本。

因而甲戌批註是最早整理出來的脂批，爲各脂本所共有。其它本子沒有甲戌的批註，是因爲漏抄或刪削的結果。甲戌批註既是最早的一批評語，我們可以用它作爲鑒定脂批的一個標準。這些批語，估計是脂硯齋在甲戌再評及以前部分評語中整理出來的。

甲戌本批註，都沒署名。但其中有些和己卯、庚辰相同的批註，在己卯、庚辰署名作「脂研」①，故知這些批註，最少其中一部分，是脂硯齋所評。

甲戌總批、總評都是跟正文一式，比正文低一、兩格抄錄。只在第十三回有一硃墨後加上的總評。總批、總評似乎互相補充，第二十五至第二十八四回，就有總評而無總批；除了第六、第十三回外，其它各回有總批的回就沒總評。甲戌的總批、總評，很多是它自己特有的。與其它本子相同的批語，譬如在己卯、庚辰本中，作混入正文批、批註、與正文一道抄錄和不與正文一道抄錄的總批、總評以及眉批。同一批語在不同本子中，除了眉夾批向批註、總批、總評演變外，有不同的形式，可知經過不同的整理。

此本總批總評皆無署名及日期，比對庚辰本相同批語，我們發現甲戌有一總批，在庚辰中署「畸笏」②，又有五條總評在庚辰中有署名及日期，又一總評是由二條庚辰眉批組成的。庚辰這二條眉批也都有署名和日期，故甲戌總評與庚辰眉批相同的批語，在庚辰本中有日期或署名的計七組：「己卯冬夜」二條③，「壬午孟夏、雨窗、畸笏」一條④，「丁亥

① 這樣的批註有四條，見本書頁二八○、二八四、二八九、二九○。
② 本書頁二九○。
③ 本書頁五二七、五四一。
④ 本書頁五○九。

夏、畸笏」四條①。一般而論，就同一本子來說，眉夾批比批註和與正文一道抄錄的總批總評出現時間要稍爲後些。甲戌批註出現時期最早，但和正文一道抄錄的總批總評卻非常特別，根據其中有日期的批語，可知它們和眉夾批相同。這使我們看到，甲戌的總批總評最少其中一部分不是跟批註同時期整理，而是在丁亥夏以後，從眉批中提出部份批語整理出來的，我們可以將它們看成跟眉夾批同一性質的批。

甲戌的特批與其它本子比較研究，證明它們應屬夾批。甲戌夾批、特批，都是用硃墨抄寫的。有些行間夾批跟所批的正文不相應，顯示出批語是後於正文過錄的。與正文不相配合的批語，大部分可以跟據批語內容，找出相應的正文來。夾批比批註多，而且每回都有，是甲戌本的另一大特色。可知甲戌本的批語較少經過整理，較接近原來面貌。

甲戌眉批也是硃墨抄寫的，跟夾批一樣，數量多，除第十五回外，各回都有，但分佈不均匀。甲戌有署日期批兩條，一是眉批，署「甲午八月」，與附在靖藏本中有「夕葵書屋石頭記」一紙條，日期是「甲申八月」，錄同一批語。根據這批語內容，後者較爲合理②。甲戌尚有一夾批署「丁亥春」③。又有一眉批署「松齋」，與庚辰眉批同④。比對甲戌、庚辰相同的眉夾批，很多在庚辰有署名或日期的批，甲戌都刪去了。其中計己卯冬四條，壬午春一條，壬午夏（包括署「壬午、雨窗」一條）四條，丁亥夏六條，共十五條，都是庚辰的眉

① 本書頁五一一、五一三、五二九。
② 參下肆之(一)「重評的情況和過程」中甲申年，導論頁九四——九五。
③ 甲戌第一回頁十一下；本書頁二〇。
④ 甲戌第十三回頁一二九上；本書頁二四二。

批。甲戌有七條夾批在已卯、庚辰署脂硯齋（脂硯、脂齋、脂研）。又有六條眉批在庚辰相同眉批中署畸笏叟（畸笏）的。

根據上面所述，我們可將甲戌總批、總評、眉批夾批看成同一時期的批語。這些批語跟已卯、庚辰、王府、有正等本批語比較，有的在這些本子中作批註、與正文一道抄錄的回前總批、總評的，有的作眉批夾批或不與正文一道抄錄的總批、總評的。在庚辰等本中，這兩類批語有先後。前者是脂硯齋四閱評過的評語，出現於已卯冬月以前，後者則是四閱評過後加上的評語，出現在已卯冬月到丁亥夏（或更後）一段期間。此外還有甲戌所特有的批語，出現時間當更遲。從與別本批語、特別庚辰批語比較中，我們可以將甲戌除批註以外的批，按這樣的方法，分成三個時期。不過我們知道，已卯、庚辰、有正等本的批語也不完全，已卯、庚辰前十一回根本是白文本，無可比較。有正前十一回也不是每回有批註。因而將批語分期決定於是否該回有足够比較的材料。而且，這樣用篩法來分，只能肯定已比較出來的結果，不能將無從比較的批語肯定出來。就是說，有肯定性而沒有獨占性。我們可肯定篩出來的批語屬於該期，但不能說所有該期的批語已篩出來了，某些該期批語，由於缺乏比較資料，給放到下面一期乃至下面各期，也未可知。

甲戌本曾經劉銓福收藏，書末有他寫的幾條跋①。又有他的朋友濮文暹、濮文昶兄弟的跋②。據劉銓福跋，此本曾於丁卯（一八六七）夏借給孫桐生，孫在書上加了數十條眉批，

① 本書頁七四三—七四四。
② 本書頁七四二—七四三。

其中一條有署名及日期的。「新輯」附錄的甲戌後人批，絕大部份是他寫的。胡適、俞平伯、周汝昌亦在此本加批跋①。

(二) 己卯本

己卯本各册目錄頁上標明「脂硯齋凡四閱評過」、「己卯冬月定本」，前者指批語，後者指正文。正文旣是己卯冬（一七五九）訂定，而抄錄又只在定本出現稍後，與正文一道抄錄的批語，出現應在己卯或以前。庚辰本也題「脂硯齋凡四閱評過」，其批語亦是「四閱」本。比較兩抄本，發現他們共有的回，與正文一道抄錄的批語，幾乎完全相同，而其它批語，又幾乎無一相同的，是可知所謂「四閱評過」的批語是指與正文一道抄錄的批。他們出現期間，應在己卯冬月以前。

己卯本有六條附箋，分別爲第一回的一條雙行批，第四回護官符的四條註，第五回和第六回回首詩，第二回前指示將總批低兩格抄，又第十九回有一條批註，連所屬正文，另紙記在該回回前。這條批註，己卯正文中亦有抄錄。己卯這些附箋是後人從別本錄入的。庚辰本沒有前五條附箋的文字，有第十九回的批註，抄在正文中。

此本第二回有一雙行批，抄在該回最末一句留下的空格。第八回有兩條批註②，錄在金鎖音註的空格下。照它們的位置應是特批，不屬於與正文一道抄錄的批語。此三批又不見於

---

① 本書附錄一：甲戌本後人批跋，頁七三一—七四五。

② 本書頁一八六、七四六。

庚辰本中，而且其中有一條批註作：

語言太煩，令人不耐。古人云「惜墨如金」，看此視墨如土矣，雖演至千萬回亦可也。

對石頭記一點都不欣賞，看來不單不是「四閱」評語，恐也不是對石頭記贊不絕口、在上面頻頻加批的脂硯齋一班人的批。己卯批註中有十八條署「脂硯齋」（或脂硯、指研），都在第十六和第十九回中。

己卯除第十九回一硃墨回前總批外，其它總批、總評，皆與正文一道抄寫，而且與庚辰完全相同。此一硃墨總批只是記上第十九回回目，並有小註，指明要放到回末作爲回末聯。庚辰本比己卯遲了差不多一年，仍未有第十九回回目，可知這回目是後加上去的。批語出現很遲，而且不可能是脂批。兩本抄寫的格式也幾乎是相同的。

此本第六回有夾批二條，第十回有硃墨夾批十條，第十七回有硃墨夾批一條，計十三條。又第十八回有硃墨眉批一條。這些眉夾批都不見於庚辰本，又不是和正文一道抄錄，不是原本所有，而是後人補入的。其中第六回的二條夾批在甲戌本作批註①。批語旁有符號，示意插入正文中，可知原本是批註。據研究，這極可能是陶洙等從甲戌本過錄入此本中。其它十一條硃墨夾批是己卯本獨有的，是否脂批，也成問題。硃墨眉批跟第十九回回前總批字跡相同，也是後人批。

己卯本和正文一道抄錄的批註、總批和總評，可跟甲戌本的批註比較而分成兩個時期。

① 本書頁一四〇、一四二。

跟甲戌批註相同的，屬早期，出現時間在甲戌年前後；其它批出現時間不會遲於己卯冬。由於甲戌存下回次不多，又不是每回都有批註，這只能就兩本共有的回次而甲戌又有批註的回來說的①。卽使如此，也不能保證在這些回中，所有的早期批語都與甲戌批註相同。己卯本抄錄時間較早，比較接近原本。我們可以將它與正文一道抄錄的批，作爲己卯冬之前已整理出來的、脂硯齋四閱評過批語的一個標準。跟這些批相同的其它本子的批，出現時間不會遲於己卯冬。

㈢ 庚辰本

庚辰本第一至第十一回除了混入正文批外，沒有任何批語。己卯本這十一回有批，但上面我們已說過，那是後人加上，非原本所有的。庚辰、己卯雖然正文出現時間有先後，但就批語而言，都是脂硯齋四閱評過並經整理的。脂硯齋等評了四次，而這十一回都沒有批語，是不可想像的。況且早在甲戌年左右整理出來的批註，在這兩本中也沒有出現，而這兩本前十一回有混入正文批，在在都說明原本有批，只是沒有抄錄。是不是脂硯齋等仍在批書，要作大規模整理，故沒有將批語錄入呢？還是有別的原因？因資料不足，不能下斷語。己卯、庚辰的批語，對於脂硯齋四閱評過原本，固然不完全，但對於流傳到外間的四閱本，則是完全的。看這兩本與正文一道抄錄的批幾乎完全相同可知。庚辰批可分與正文一道抄錄批和後來抄入批兩大類。先談第一類批語。

① 卽第十五、第十六回。

庚辰本既已標明「脂硯齋凡四閱評過」，它與正文一道抄錄的批語，與已卯同回的批語幾乎百分之一百相同，可知這些批出現應在己卯冬月以前。但第二十二回有一條回末總批也是跟正文一式抄錄的，卻不是緊接正文，而是正文後空一頁半紙，再另紙附上抄錄的，批語署「丁亥夏、畸笏叟」①。這當然不可能是四閱的評語，可能原底本是用墨筆書寫，再抄錄者誤以爲回前總批，照回前總批格式抄。但也可能原底本是硃墨，抄手不小心用墨筆抄。由這條「丁亥夏」批與正文一式抄錄，可知庚辰本正文抄錄應在丁亥夏以後，抄錄時底本已有丁亥夏的批。庚辰本眉夾批及不與正文一式抄錄的總批總評有不少丁亥或丁亥前的批語，這些批語有一條引用的正文跟庚辰本不同②，可能是由別抄本過錄來的，現存本子又再過錄，卽最少第二次過錄了。上面我們已經指出，就重文脫行字數看來，庚辰最少經過兩次改變行款的過錄。

庚辰本雙行批註都用墨筆抄錄。第二十六回有一批註用墨筆抄兩句，下空，又有人用硃墨在空位上塡上下面二句。此批甲戌本四句，是批註，可知是早期批語。大概第一個抄書人不認得下面二句，留下空位，第二個抄書人用硃筆補上③。又同回有一批註下有硃墨小字夾註，半在行間，半在行外④。原抄者沒留下空位，可知在行外的一半是後來補上去的批。又此本有一些正文間空出的位置，可能爲補正文，亦可能爲補批語留下來的，卻一直沒補上。

① 庚辰本頁五〇九；本書頁四四九。
② 參本書頁二六二註。
③ 庚辰本頁五九二；本書頁五〇六。
④ 庚辰頁五九一；本書頁五〇五。

庚辰本有四條特批：第二十一回和第二十八回各有一條，都是跟正文一道抄錄的，雖然位置特殊，也應看成四閱批，他們在有正本中都作批註①。其它兩特批一是硃墨批，相當於夾批②；一在第六十六回，小字條夾上的，指示抄手的工作，估計是後人批③。跟已卯本一樣，此本與正文一道抄錄的批，可以跟甲戌批註比較，而將一些早期的批語篩出來。但因甲戌存下的回數不多，批註更少，能作比較的，只有第十五、第十六、第二十五、第二十六四回書的批語。

此本不與正文一道抄錄的批一般用硃墨抄，極小數用墨筆，字迹跟正文不同。此類批語只限在第十二至第二十八回書中。其中有些批語所引正文跟庚辰正文不相應，故估計此類評語非原本所有，而是由別本抄入的。這些批語很多有署日期和批者，所記日期有已卯冬、壬午、丁亥等；批者則有脂硯齋、畸笏叟、梅溪和松齋。這些批當然不可能是四閱評語，而是四閱後未經整理的批語，因爲有署名和日期，對我們了解四閱後批本的情況，有極大的幫助。

庚辰本後人批，見「新輯」附錄三。其中署名的有鑑堂、綺園、玉藍坡。綺園、玉藍坡不詳，吳世昌以爲鑑堂是李秉衡（一八三〇——一九〇〇），只因李秉衡字鑑堂④。但清代

① 庚辰頁四九九、六四二；本書頁四二八、五四四。
② 庚辰頁五九一；本書頁五〇五。
③ 庚辰頁一五九五。此小紙條或被影印成像是在書上直接加批，或是被取消掉。參導論頁一三註②。
④ 吳世昌，「論脂硯齋重評『石頭記』（七十八回本）的構成、年代和評語」，見「紅樓夢探源外編」（上海古籍出版社，一九八〇），頁一九九。

字鑑堂者而時代相當的不只一人，未有更堅強證據前，就只能備一說，還有待繼續查考。

㈣ 立松軒系統本：王府本，戚序本——戚滬、有正、戚寧

上面談版本時我們指出立松軒本可分王府和戚序兩系。戚序本又有戚滬、戚寧二種抄本及戚滬的影印本有正。不論王府本本或有正本，和正文一起抄錄的總批總評和雙行批註，除了個別文字差異和過錄造成的錯誤外，基本上是一致的。我們可以用已經多次影印，相當流行的有正本代表戚序一系。當然，要刪去有正大字本前四十回，小字本八十回大量由狄葆賢自己和他徵求來的眉批。這是明顯的後人批，不在我們研究範圍內。以下以有正本代表立松軒本來談各本共有的，與正文一道抄錄的批。

有正本的批語與正文一道抄錄的，只有總批、總評、批註和混入正文批，都用墨筆。比較甲戌、己卯、庚辰批，有正批語簡化和合併的現象較嚴重。就批語而論，有正批之出現，較甲戌、己卯、庚辰爲遲，離原本更遠了。下面我們分別看有正各類批語。

先談回前總批與回末總評。總批、總評位置雖有回前回末的不同，但它們是對全回或回中某一重要情節加批，本質是一樣的。同一批語在不同版本中，有時作總批，有時作總評。故合併來討論。

各脂本的總批總評都是零零落落的。有正八十回書中，第一、第二回的回前總批混入正文，沒有總批總評的只有第三十八、第五十四、第六十七回。這還只是就實質來說的。按形式，第三十八、第五十四回都有回前總批，只是這兩回的回前總批分別屬於第三十七、第五

十三回而已。第六十七回出現較遲，有正除了這一回，形式上各回都有總批、總評。比較有正和庚辰的總批總評，由於庚辰前十一回沒批，又缺第六十四、第六十七回，可供比較者只有六十七回。以四十回爲分界，四十回前，庚辰四閱評過的總批總評二十七條，只有兩條是有正所無的，其它都跟有正相同。這兩條批語一條在第十七回前，指明第十七、第十八回要分開。庚辰此兩回沒分開，而有正已分，此批失去意義。是以有正所沒有的只是第三十八回一總批。此總批也見己卯本中，是四閱的評語。故我們可以說，有正前四十回包括了幾乎所有的「四閱」總批、總評，只漏去個別「四閱」批。但有正後四十回所有的總批、總評，無一跟庚辰四閱評過的批相同。庚辰四閱以後的批語（第十二至第二十八回），也沒有一條跟有正相同的。

有正特有的批語，總批、總評佔絕大部分。四十回後，除了第五十四回的回前總批跟靖藏相同，第六十四回一總批與甲辰混入正文批相同外，其它批語，跟別本完全不同。這些批語中有很多是詩詞曲等韻文，八十回中，沒有韻文的只得二十二回。這些詩詞曲又常在總批最後，最接近回目和正文的位置。觀之我國古典小說各回常以韻文開頭，而各脂本都有零星的回首詩，故周汝昌以爲有正總批的詩正有意補回首詩，其它韻文如詞曲，則又補回首詩之不足①，這種說法是可信的。有正第四十三回回末總評有一聯，很可能就是補撰的回末聯而不是一般的批語。

就上面所述，我們可以將有正總批總評分成三部分：

---

① 參「戚蓼生與戚本」，「新證」，頁九七一——九九八。

(1)前四十回與庚辰四閱批語相同的批，他們自然也是四閱批語；

(2)第五十四、第六十四回與靖藏、甲辰相同的批，出現在四閱批語之後；

(3)特有批。其中第四十一回總批是七絕，署「立松軒」。我們假定這一時期的批是他（或者還有其它跟他一道工作的人）寫的，他們有意使每一回書都有總批總評，而全書只有第六十七回缺，可見此回出現時批者已來不及加批，故這些批語應在四閱批出現後，乃至在庚辰等第二類總批出現後（丁亥夏以後）加上的。第六十四回出現較晚而已有加批，則批語出現又應在此回出現之後、第六十七回出現之前。

立松軒等有意使全書都有總批、總評。他們將誤置於第三十八回前之第三十七回總評及第五十四回前的第五十三回批①認爲該回所有，故不另加批，可見他們對早期批語不了解。又這些特有總批，內容或與正文不相應處。如第十回總評，不知秦可卿之眞正死因②，第十一回評謂「默思作者其人之心，其人之形，其人之神，其人之文，必宋玉、子建一般心性，一流人物。」③也可看出批者不可能是脂硯齋、畸笏叟一班人。因此立松軒等的批語，能否稱爲脂批是成問題的，可能是後人批，在引用時要留意。

有正批註集中在前四十回。後四十回，除了後加上去的第六十四回有兩條批註外，其它各回都沒有批註。庚辰沒有第六十四回，無從比較。至於前四十回批註，兩本相同的達百分之九十八以上。只有極少數此有彼無或此無彼有的批，但又可於已卯本發現，故只是抄錄所形

① 有正頁一三九三，本書頁五七五；又有正頁二〇〇九，本書頁六四七、六五〇。
② 本書頁二一九，批者不知「秦可卿淫喪天香樓」事。
③ 本書頁二二四。

成的問題。己卯、庚辰批註都是四閱評過再經整理的批語。有正批註跟它們同源，故有正前四十回批註也是自四閱本來的。因此我們可推論出庚辰、有正無從比較的前十一回的有正批註，也是四閱批語，並拿來作爲一個衡量的標準。有正批註合倂及簡化較多，說明距原本較遠。而且這些批註在己卯、庚辰有署名的，有正刪去全部署名，易以相同數量的虛字。即使不是署名，而是批書者在批語中自道，甚至「再筆」二字，也被刪去，可知這種刪削很徹底。四閱評本以及早期抄本都以「脂硯齋重評石頭記」作招牌。有正連書名「脂硯齋重評」五字都刪去了，或也正是刪去批中全部「脂硯齋」署名的原因。

有正批註在甲戌本或作批註，或作眉夾批，有一條作總批①。就甲戌眉夾批在有正作批註看來，甲戌批較接近批的本來面貌。至於批註作總批，說明兩本有各自獨立的整理過程，兩本間不可能有直接傳承的關係。甲戌的批註除一條外，全同有正批註。這一條正好在有正脫去一段正文內，故缺②。我們可以說，甲戌批註全在有正批註中，這更進一步加強了以上我們以甲戌批註爲最早出現的一批脂批，而在各本中都有共同整理的看法。這些與甲戌批註相同的批語，是有正最早一批批語，比其它批註要早一時期。當然，我們不否認，可能有早期批存在其它批語中。

有正有八條混入正文批，其中三條屬後四十回③。第七十八回那一條，在庚辰中還作批

① 本書頁二八八—二八九。
② 第七回甲戌頁九九下批註：「這是英蓮天生成的口氣，妙甚。」參本書頁一六二。
③ 以上意見的論證參拙文「蒙府本夾批研究」，見「中國古典小說研究專集」四（一九八二），頁二〇一—二五二。

註的，是四閱批。有正四十回後除了第六十四回後加，有批註外，其餘各回沒批註。這些混入正文批，正反映出原本最少有四閱的評，跟前四十回一樣，只是後來被刪去。

以上對有正本和正文一道抄錄批語的敍述，適用於戚序本（戚滬、戚寧），同時亦適用於王府本。但王府本還有有正所無的夾批七百多條，其中有八十四條相同於甲戌眉夾批和庚辰的夾批。第十六回有一夾批在庚辰本中署名「脂硯齋」，但在此本中名字被刪去，這和批註中刪去所有脂硯齋的署名而代以相同數目的虛字是一樣的。這些和甲戌、庚辰相同的夾批，文字和形式都較近庚辰，但又比庚辰本增添了一些分批合批，這就說明比庚辰本的夾批，經過更多次的抄錄。庚辰本的夾批是脂硯齋四閱整理後加上去的，王府本夾批亦一樣，是脂硯齋在己卯年冬月或以後加上去的。王府特有的夾批六百多條，其中有部分是脂批，可從批語對後半部情節的了解和脂批基本一致得知。由於庚辰只有第十二至第二十八回有可資比較的夾批，甲戌本亦只有十六回可資比較，而王府本有夾批的計三十四回書，就使得有些批語缺乏可資比較的材料，難以判別出是否爲脂批。不過，王府本特有的夾批中，從批語對正文的了解、習慣用語、批寫形式等等看來，有不少可確定不是脂批。這類批語中出現詩或對，形式和立松齋等的回前總批或回末總評很接近，且個別批語又跟這類總批總評相呼應，他們又寫在立松軒系統的評本上，使人不免聯想到這類批語亦可能是立松軒等的傑作。王府本夾批來自一個四閱評過、經整理又再在上面加批的本子（如庚辰本的第十二至第二十八回），但已刪去總批總評和眉批，卽夾批亦有部分被刪去了，又再加上後人（如立松軒等）的批語。從批語引用的正文和王府本不同、批語位置頗有錯失，使人懷疑到王府本夾批或非原底本所有，而是自別本抄入的①。

綜上所述，我們可以將王府、戚滬、戚寧、有正各本的關係描述如下：他們有一共同祖本，這些本子的共同特點都是有「立松軒」署名的批。我們已經指出：立松軒就是增入這一系列本子非四閱總批總評的批書人，所以可以稱這一祖本爲「立松軒本」（原本缺第六十七回）。立松軒本的某一過錄本被補上三十四回四閱後的夾批（脂批和立松軒等的後人評）再加上類近於程印本的第六十七回，成了王府原本。此本佚去第五十七至第六十二回，由後人據程甲本補抄入，又同時補上程甲印本後四十回及程偉元序，成了現存王府本。立松軒本的過錄本加上類同甲辰本的第六十七回，爲戚蓼生所得，他寫了一篇序，加在上面，成了戚序本的祖本。戚序的某一過錄本就是戚滬原本。此本加入有正書局老闆狄葆賢所作的前四十回眉批，改動個別文字和作某些修整，上石影印，即是有正大字本。大字本加入狄葆賢徵求來的後四十回眉批，又重新抄錄大字本改字的地方，再剪貼縮印，成了有正小字本。戚滬原本失去後半部，現存的戚滬本只得第一至第四十回。戚序的另一過錄本就是現存戚寧本。他們的關係可表解如下：

① 同頁六九註③。

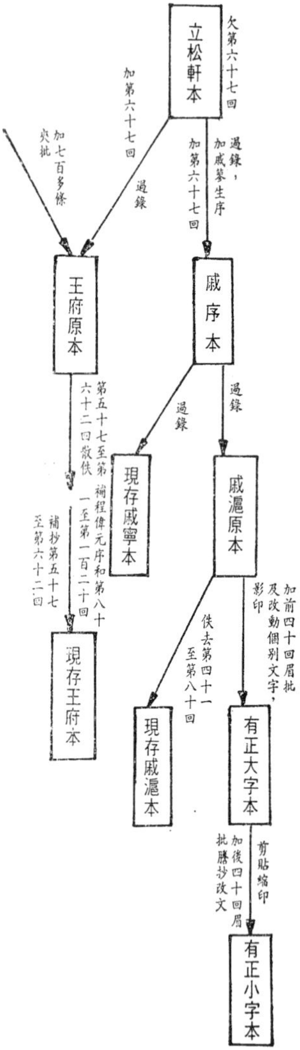

(五) 列藏本

列藏本批語極少，全書七十八回中只有八十多條批。批語分佈極不均勻，只十六回有批，單第十九回有三十六條批。此本有混入正文批五條，除了第六十四回一條外，都在批旁標明「註」字。第十六回的一條相應於己酉的正文。己酉這段正文出現遲於甲戌、己卯、庚辰、有正，列藏將此正文當作批語提出來，出現自然更後。第六十三回的一條，在己卯、庚辰作批註。第六十四回回前總批已混入正文。另兩條未見於有正本，批語已混入正文，又刪去批註，證明此本出現時間相當後。

列藏有七十多條批註，其中三條是列藏特有，其餘跟庚辰本批註相同。我們知道，庚辰批註是四閱評本系統的批語，故列藏底本大概也是四閱評過系統的。就列藏、庚辰兩本相同批語比較，我們發現，庚辰有三條署「脂硯齋」的評語，列藏刪去署名。列藏的批語都沒署名。有六條較庚辰簡單，已被刪削過。但有一條列藏批註，在庚辰中少了一句①。可知列藏批顯然也是四閱評過系統，卻不是直接來自庚辰本。此外，庚辰本錯亂的批註，列藏本卻不亂②，也可證明這一點。

對列藏本現有批語的形成，大概可以如此描述：列藏底本是四閱評過的，又加入第六十四回和其它批語，經過大量刪削抄錄再整理而成的。

列藏本還有眉批，已鑒定爲後人批，故只收入本書附錄。

㈥ 靖藏本

靖藏第十一、第十九至二十一、第二十五至二十七、第三十一至三十六、第三十八至四十、第四十四至四十六、第五十一至五十二、第五十五至六十二、第六十八至七十七，共三十九回無批語③。其餘三十九回的批語有批註、總批、總評、眉夾批。毛國瑤錄出有正本所無的批一百五十條。因此本「迷失」，這些批是我們現在所有關於靖藏本最寶貴的資料了。至於靖藏跟有正相同的批，根據所指出缺批的回可知，自然不是有正批語的全部。究竟相當

① 本書頁四四四。

② 本書頁七〇六。

③ 此本缺第二十八—九兩回。八十回後抄第二十七、二十八回批各一條，參本書頁五三〇、五四三。此二批分明是從別本抄入，非原本所有的。

有正批語的哪些部份？又以什麼形式出現？什麼墨色抄錄？都沒有說明。這就使我們難以對靖藏批語有整體的認識。其次，所指出的一五〇條批，有些是將兩批當成一批的①，又有些正文次序和批語不相配合②，是不是原本如此？亦未見說明，是美中不足之處。

靖藏批語，錯漏字甚多，不少批語，錯得一塌糊塗，不可卒讀，可知是過錄本。庚辰及其它本子也是過錄本，批語也有錯抄的地方，但沒有靖藏普遍，而且絕大多數的批語，可以找出錯抄的理由而復原。靖藏有些批語，錯得根本沒有理路，可知是多次過錄造成的錯誤。毛國瑤將批語過錄在橫行的練習簿上，沒有依照原批格式抄錄，就增加了我們復原批語的困難。靖藏大概是抄配本，有些文字很早，有些又很遲。有些回（如第二十五至第二十七回）在甲戌、庚辰、有正中都有大量批語，而此本無批，估計是據白文本配抄。此本眉夾批，硃墨相間，抄錄時期不同。譬如此本有一硃筆眉批，意思不全，被人用墨筆塗去，另寫批語③。又批語位置常有錯失，第四回末有一夾批抄到第五回中，第八十回末錄第二十七回批一段，第四十八回回末批，移到第四十九回開頭④。在在都看出這些批語不是原有的。毛國瑤以爲「此本眉批及行間批錄自他本」⑤是很有理由的。

靖藏回前總批、回末總評皆用墨筆抄，是否與正文一道抄錄，因說明欠清楚，不可得

---

① 「脂靖本『石頭記』殘批選輯」之第二十五、八十七組，「資料」，頁二九五、三〇三；參本書頁一三四、四三二。
② 同前註，第八、第九兩組前後顛倒，頁二九三；參本書頁三三—三四。靖藏兩批，次序與「資料」不同。
③ 「脂靖本『石頭記』殘批選輯」第一〇一條，「資料」，頁三〇六；本書頁六一九—六二〇。
④ 參本書下列各頁靖藏批之說明：頁五三〇、六三三。
⑤ 「脂靖本『石頭記』殘批選輯」，「資料」，頁三一三。

知。第六、第七、第六十七回說明「回前批」，第二十四回作「回首批」；第十三、第五十三回說明「回前長批」；是不是前者與正文一道抄，後者另加上呢？第六回總評則曰「後批，墨筆寫」是不是也另加上呢？這些批語如經整理，則因第二十四回總批署「壬午孟夏」，又有第六十七回總批，出現時間似乎較遲。這十條總批總評中除了三條靖藏特有外，與它本相同。其中有些批可校它本批語缺失①、或提供重要資料。如第十三回提到删去「遺簪」、「更衣」等文②；第五十三回批書人提到「母孀，兄死，無依。變故屢遭，生不逢辰」③；第六十七回提及末回情節④。都是它本所無而關係重大之文字。

我們只收了三條靖藏批註。此本相同於有正的批註都沒有錄出來。有正後四十回除第六十四回外沒有批註，毛國瑤所抄錄出來靖藏後四十回的批語，也沒有批註。是知靖藏和有正一樣，後四十回都是沒批註的。前四十回中，有正第六、第八、第十、第十一、第二十七、第二十九至第三十二回沒有批註，其中除了第二十九回靖藏缺去，無從比較外，靖藏只有第六回有一批註，其它各回也沒批註。又靖藏第十九至第二十一，第二十五至第二十七，第三十一至第三十六，第三十八至第四十回沒批，而其它各回是否有批註也不可知。就是說前四十回中靖藏有批註的，不超過二十回。有正批註是「四閱」評本系統的批語，靖藏有不少「四閱」評語是肯定的。而且很可能跟己卯、庚辰、有正一樣整理過的。

① 如第六回總批應分為兩條，甲戌合為一條。第五十三回總批，王府、有正移到第五十四回等。
② 本書頁二四○。
③ 本書頁六四七。
④ 本書頁六七七。

此本第十三回有一署名「常村」的批註。此批於甲戌爲眉批，沒署名①。周汝昌以爲「常村」卽「棠村」②。是一條很值得注意的批語。

靖藏有夾批十七條，眉批一二一條，多數墨筆抄，少數硃墨抄。這些眉夾批大部分同其它各本的批語，但位置錯亂，合併批嚴重。靖藏有十五條眉批是甲戌的夾批，一眉批是甲戌特批。我們已指出，甲戌特批本質上是夾批，如此，靖藏眉批同甲戌夾批的達十六條。甲戌批一般最接近原批面貌，此種夾批變眉批是抄錄時沒有尊重原來位置造成的。靖藏還有二眉批是甲戌批註。甲戌批註是最早整理出來的批，在其它各本中都作批註。靖藏出現這種情形，是因爲它的眉夾批從別本抄錄進來，又不能直接插入正文中的結果。這些批語自然大部分是脂評，但過錄遲，又草率，抄者很不負責任，加以過錄又不只一次，我們並不能排除其中摻入後人批的可能性。

靖藏有不少署名和日期批，除了第二十四回「壬午孟夏」一條作回前總批外，其它都是眉批。也有與庚辰批相同的靖藏批沒有署名或日期，而在庚辰批中有署名或日期的。靖藏寫下日期的批語有丁丑仲春（一七五七）、壬午春（一七六二）、壬午季春、丁亥春（一七六七）、丁亥夏、辛卯冬日（一七七一），批語中提及日期的有丁巳春日（一七三七）、戊子孟夏（一七六八），其中丁丑仲春、辛卯冬日和戊子孟夏是靖藏獨有的。此外還有夾在靖藏本中的「夕葵書屋石頭記」署「甲申八月」（一七六四）的批。丁丑仲春的批語署名畸笏，

① 本書頁二四三。
② 「新證」，頁一〇五七。

這是唯一出現在已卯冬（一七五九）年前的畸笏署名批。此批在其它「脂硯齋重評本」中都沒出現過。大概此批並不是批在脂硯齋所有的稿本中，因而脂硯齋在已卯年整理眉夾批成和正文一道抄錄的總批、總評和批註時沒有收入此批。靖藏此批從別本抄來，此批底本可能是畸笏所有。靖藏中署名的批有脂硯齋、畸笏叟、常村。批語中提及的人名有脂硯齋、雪芹、杏齋、煦堂。杏齋、煦堂在別本均無出現。周汝昌等以爲「杏齋」即是甲戌、庚辰本中署名「松齋」的批書人，「杏」爲「松」字異體「枩」之誤抄①。

靖藏因已「迷失」，不能獲知它全部批語。就上面所述，我們可設想，靖藏原本已有四閱及四閱後的批語，又可能補抄進其它批書者（如畸笏）本子的批，壬午孟夏以後，批語最少整理過一次。以後是刪批，佚失部份，補抄進白文本，多次十分不負責任地、也沒系統地補進其它本子的批語，其眉夾批都是後來加上的。這本子經過多次抄錄，增加了更多錯失。靖藏特有的批語中可能混有後人批，用時要特別小心。

(七) 甲辰本

甲辰本有回前總批四條，都在第一、第二回。第六十四回回前總批已混入正文。此外有批註一九八條。批語分佈不均勻是甲辰本的一大特色。後四十回中，只有第六十四回有一條批註和上面提及的混入正文回前總批。前四十回的批語集中在前十回。單第一回佔三分之一以上。造成這種現象的原因是刪批。此本第十九回即有後人批語，指出「原本評註太多，有

① 「新證」，頁一〇五七。

擾正文，刪去以俟觀者凝思入妙，愈顯作者之靈機耳。」①此批確可代表一般看書人的意見。至於靠抄書爲生者，自然不會歡迎評註。因而造成在外面流傳的石頭記抄本，雖有人再加零星評語，但主要的傾向是刪批。初時刪得不一致，有的回多，有的回少，像甲辰一樣。但愈到後來刪得愈徹底。高閱本只有不多批語，很多又給墨筆圈出，指示刪去。可想像再抄時即不能倖免。到程印本，基本上沒有批，存在上面的只是混入正文的幾條「漏網之魚」。

將正文提出來當成批語，是甲辰本一項非常奇特的現象。甲辰第三回有一條，第十九回有兩條這樣的「批註」②。先有正文混入批註，有人要將這些批註提出來，又不了解本書內容，才會造成這種現象。出現自然很遲，而且絕不可能是原批書人了。甲辰批語合併、簡化情形較它本嚴重。凡此種種可知，就批語而言，甲辰出現後於甲戌、己卯、庚辰、王府、有正了。

甲辰本與甲戌共有的各回比較，批語有百分之九十以上相同於甲戌。甲辰第一、第二回總批與甲戌相同，還保存總批的形式，其它各本已混入正文，也可看出兩本相近之處。故就批語而論，甲辰應屬甲戌系統。甲辰批註有的是甲戌批註，有的又相同於甲戌的眉夾特批，我們可據此將這些批分成兩個時期。比較甲辰與庚辰各回共有批語，相同的只佔一半左右，因而兩本批語不可能同屬一系統。甲辰有四閱批，有四閱之後出現在庚辰的夾批，又有不同於各本的批註三十二條。這說明甲辰除了甲戌、庚辰批外，批語有另外來源。此本批語都不

① 本書頁七八五。
② 本書頁六一、三三四—三三五。

署名和日期，第二十四回有批註，在庚辰中署名「脂硯」①。

綜上所述，我們可對甲辰本批語形成過程，作如下描述：此本原底本批語應屬甲戌系統，大概和甲戌一樣，有過初次的整理，卻沒經過四閱評過的整理。它不單有初期的批語，也有四閱和四閱以後的批，而且又有甲戌、庚辰所無的較後期的批語。此本經過兩個完全不同的整理階段：

(1)將眉夾批變爲批註和總批總評。甲戌、庚辰的眉夾批在此本已成爲批註，就是這一整理階段的產物。

(2)將大量批語刪去，將某些正文提出來作批註。

刪去批語的署名和日期可能在第一階段，也可能在第二階段。由於甲戌已大量刪去批語的署名日期，或者原底本批語就已如此。當然，每一階段可能有不只一次的工作，而且增刪批語也可以同時進行。但最後則是刪批和將某些正文改爲批註。

現存甲辰批，相同於甲戌批註的是最早一期批語；相同於己卯、庚辰、有正四閱批語的是第二期；相同於甲戌、庚辰之眉夾批的應算第三期批；而甲辰本身特有批語應算第四期。我們多次強調，後期批可能含有前期批語，但前期批則不可能含有後期批。那三條從正文拉出來的「批註」，理應歸回正文。

(八) 高閱本附程印本

① 本書頁四六三。

高閱本評語經過大量刪削，只剩下三十條。其中有十一條是混入正文批。第一、二回回前總批都混入正文。第二回此一混入正文總批給圈出來，以後程印本中就沒有這一段了。第七十四回一條混入正文批，高閱原底本沒有，是在加添正文時給人當正文抄來的①。可知在據以抄入的本子中，是混入正文批。高閱將別本混入正文批刪去，如第十三回「伏史湘雲」一批，甲戌作夾批，本來沒有錯，己卯、庚辰、有正乃至程印本均作正文。甲辰本一部分混入正文中，而此本卻沒有，刪批的人倒很細心。但卻又有將原來正文，被誤分出當作批註，而當批語刪去的。第十八回石頭自敍兩段，甲辰本抽出來作批，此本及程印本都是削去第一段，存下第二段，仍作正文。此本有四條特有的混入正文批，其中有後人批語②。

高閱本有批註十四條，很多給圈去了。有的單行跟正文一式抄，只在上面註明「批」字。這些批註，只有第六回的一條是獨有的，其它大致同甲戌、己卯、有正。同甲戌本的十三條，六條同甲戌批註，七條同甲戌夾批，前者當較後者為早。同甲戌夾批的七條又同有正批註，故批語仍不出四閱評語系統的範圍。混入正文批除特有外，也同有正。據此我們推測此書底本或正是由四閱評本再加批，又經提出正文作批註及大量削批而成的。只是現存批語太少，難以描述批語演變的整個過程，但我們估計它不可能是甲戌系統的批語，從第一、第二回回前總批已完全混入正文，而非甲戌、甲辰一樣清楚分開可知。

高閱本有五首回首詩。回首詩都是在回目後正文前的。此本第十七回回首詩在己卯、庚

① 高閱頁五下，本書頁六九八。
② 如第九回「胡說」一條，俞平伯即以為是後人批。參本書頁二〇八。

辰、王府、有正各本中皆作回前總批一部分，於回前另紙抄出。列藏與此本放到回目後，是知回前總批的韻文部分，特別是詩部分跟回首詩很有關連。高閱本第四回回首詩爲它本所無，或者因缺少回首詩是一大遺憾，各本都有意在原有的基礎上補作，故除去共同部分外，又各有自己特有的回首詩。

程印本有六條混入正文批①，其中第七十四回一條，各本都作正文，是否批語還值得研究。其它各條則有別本批語爲證，肯定是混入正文批。這些批語中，第十七回的兩條，己卯、庚辰、有正還都是作批註的，高閱沒有這兩條批。就現在所知，它們混入正文是由程印本開始的。批語混入正文，證明原底本有批語，只是被刪去。石頭記開始流傳到外間，都是帶有脂硯齋等的批語，因而所有的抄本印本的母本都是帶有批語的，程印本也不能例外，這些批語就是明證。程印本是所有印本之祖，這六條混入正文批，就一直保留在很多後來的印本中，成了正文的一部分。

(九) 各本批語間的關係

甲戌年以前，紅樓夢已有批語。甲戌年（一七五四）脂硯齋抄閱再評，又將原有的批語部分經過整理（有的回有整理，有的回沒有），成了現存甲戌本的批註。這些批註是「脂硯齋重評石頭記」的最早一組評語。在以後各本中都作批註。甲戌的批註在個別本子的個別批

① 第一回一條，第十三回一條，第十七回兩條，第三十七回一條，第七十四回一條。參本書頁一一四、二四九、三一八、三一九、五七六、六九八。

語、以眉夾批形式出現的，應看作自別本轉抄引致形式的改變，而不應以爲是原批本來面貌。甲戌前，曹雪芹已對紅樓夢「披閱十載，增刪五次，纂成目錄，分出章回。」但他還繼續創作校定。至己卯冬（一七五九）此書出新定本，脂硯齋也已四閱評過。這些批語經過一次較全面的整理，成了四閱評本系統的批語。這些批語，包括批註和與正文一道抄錄的總批總評，自然也包括混入正文批。這就是「脂硯齋重評石頭記」、「己卯冬月定本」、「脂硯齋凡四閱評過」的本子。己卯本原本八十回書中缺第六十四、第六十七回，共七十八回。這本子前十一回是白文本，只有一些混入正文批，還使我們知道原本子這十一回也是有評語。現存己卯本有脫行七處，前十一回就有五處。庚辰本這十一回脫行比己卯本還多，脫行情況亦較其它各回嚴重。比較其它各回，這白文本十一回質量較差，使人懷疑他們是否來自「己卯冬月」或「庚辰秋月」的定本？或者傳抄出來就缺這十一回，而據較後期的本子補入？既沒評語而說是「脂硯齋凡四閱評過」，也很可笑。這是一個已刪批的本子，還是因某些理由使這十一回批語沒有經整理抄入？己卯本原來除了跟正文一色抄錄的批語外，再沒有其它批語，但後來絡續有人補入批語，它的眉夾批都是後加的上。又夾入一些小紙條抄上的批。此本先佚去約半部，陶洙校改正文及抄入甲戌、庚辰批。又找回其中三又兩個半回，就是現存己卯本。脂硯齋己卯冬仍繼續加批，這已是第五評了。正文又出現「庚辰秋月定本」，只在「己卯秋月定本」基礎上作修訂①。五閱的評語未整理呢，還是因其它事未完成？故附在此「庚

① 梅節認為所謂「己卯冬月定本」指的是前四十回，而「庚辰秋月定本」則指「第四十一至第八十回，就前八十回而言，其實是同一次的定本。」林冠夫等贊成此看法。見本「導論」，頁十一。

辰秋月定本」上的，還是脂硯齋四閱評過，已經整理出來的批語。因此書名頁仍標「脂硯齋凡四閱評過」，這就是庚辰祖本了。此本正文與己卯祖本雖稍有不同，但批語則完全一樣的。此本經抄錄，又從別本上加入第十一至第二十八回大量的總批總評和眉夾批，在丁亥夏後某年再過錄。再經玉藍坡、綺園、鑑堂批過，卽現存庚辰本。

某四閱評本的前四十回，增加整理第一至第五，第七、第九回的四閱批，後四十回（中缺第六十四、第六十七回）刪去批語的本子，再補上第六十四回，流入立松軒手中。立松軒等據以補全回前總批和回末總評，並將脂硯齋署名以相同虛字換去，成了「立松軒本」。此本又補入第六十七回，成了王府、戚滬（有正）、戚寧一系的祖本。此一系及己卯、庚辰，皆以有經過整理的「四閱」評語爲特徵，我們可以稱之爲「四閱」整理系統本。列藏、高閱已經刪批，存下批語太少，難以對它們批語的形成過程作描述。但兩本除獨有批語外，與別本相同的批幾乎全同於四閱評語，故暫將它們也看成四閱本一系。

甲戌年後的批語，沒有經過己卯年「四閱評過」時的批語整理，保持本來的面貌，又繼續增入「四閱」以後的批語，這些批語只在很後期，提出少數眉夾批整理成和正文一式抄錄的總評、總批，這是甲戌的祖本。它的另一特點是第一、第二回總批沒有混入正文。甲辰本批語接近甲戌本，第一、第二回總批也沒混入正文，可能跟甲戌有相同祖本。比對「四閱」整理系統本，甲戌、甲辰批最大的不同是他們未經「四閱」後整理過，我們可以稱爲「非四閱整理系統本」。靖藏批也可加入此系統中，他們形成過程已在各本子中談及，此處不贅。

現將已知各本批語關係列出總表如附頁。

肆　批書情況和批書人

㈠　初評

甲戌年脂硯齋抄閱再評，仍用此書原名「石頭記」，之後此書卽以「脂硯齋重評石頭記」書名出現。己卯年已經「脂硯齋四閱評過」，還是用「重評」作書名。甲戌年脂硯齋「再評」，則甲戌以前此書已有批語。脂硯齋是第二個批書人，在已有評語的書上加批，比對於原批，他是「重評」。甲戌後他又多次批閱，無論批閱多少次，對於此書原有批語，這些都是「重評」。故己卯、庚辰各本，雖經脂硯齋凡四閱評過，但仍用「脂硯齋重評石頭記」作書名。

初評的批語，跟後來的批語混在一起，無法分辨。但有少數批語，所批的對象跟現存石頭記（如甲戌、己卯、庚辰、王府、有正、甲辰等）的內容不合，可以看出是批較早的本子的。下面就是這類批語的例子：

(1)甲戌本凡例：

甲戌本已定名爲「脂硯齋重評石頭記」，但凡例仍稱「紅樓夢義旨」，自非脂硯齋手筆。第一條凡例解釋「金陵十二釵」說：

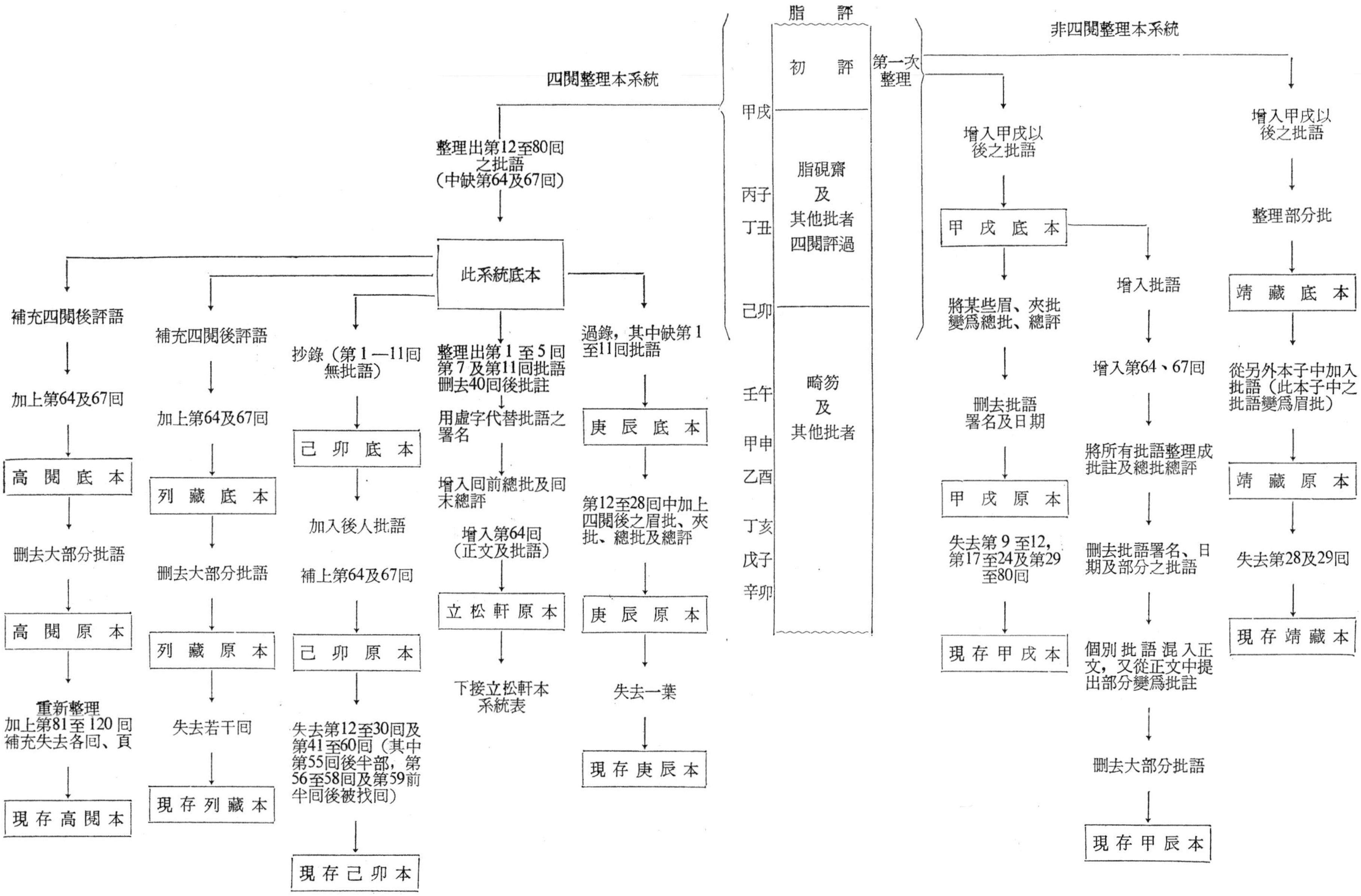
脂評
初評
第一次整理
甲戌
丙子
丁丑
己卯
壬午
甲申
乙酉
丁亥
戊子
辛卯
脂硯齋及其他批者四閱評過
畸笏及其他批者
四閱整理本系統
整理出第12至80回之批語（中缺第64及67回）
此系統底本
補充四閱後評語
加上第64及67回
高閱底本
刪去大部分批語
高閱原本
重新整理
加上第81至120回
補充失去各回、頁
現存高閱本
補充四閱後評語
加上第64及67回
列藏底本
刪去大部分批語
列藏原本
失去若干回
現存列藏本
抄錄（第1—11回無批語）
己卯底本
加入後人批語
補上第64及67回
己卯原本
失去第12至30回及第41至60回（其中第55回後半部，第56至58回及第59前半回後被找回）
現存己卯本
整理出第1至5回第7及第11回批語
刪去40回後批註
用虛字代替批語之署名
增入回前總批及回末總評
增入第64回（正文及批語）
立松軒原本
下接立松軒本系統表
過錄，其中缺第1至11回批語
庚辰底本
第12至28回中加上四閱後之眉批、夾批、總批及總評
庚辰原本
失去一葉
現存庚辰本
非四閱整理本系統
增入甲戌以後之批語
甲戌底本
將某些眉、夾批變爲總批、總評
刪去批語署名及日期
甲戌原本
失去第9至12，第17至24及第29至80回
現存甲戌本
增入批語
增入第64、67回
將所有批語整理成批註及總批總評
刪去批語署名、日期及部分之批語
個別批語混入正文，又從正文中提出部分變爲批註
刪去大部分批語
現存甲辰本
增入甲戌以後之批語
整理部分批
靖藏底本
從另外本子中加入批語（此本子中之批語變爲眉批）
靖藏原本
失去第28及29回
現存靖藏本

審其名則必係金陵十二女子也，然通部細搜檢去，上下之女子豈止十二人哉？若云其中自有十二個，則又未嘗指明白係某某。極（及）至紅樓夢一回中，亦曾翻出金陵十二釵之簿籍，又有十二支曲可考①。

然照壬午季春畸笏的批語，此書末回情榜列出正、副、再副及三、四副芳諱。金陵十二釵是六十人②。寫凡例的人還未見情榜，故如此猶疑。又凡例第二條寫道：

書中凡寫長安，在文人筆墨之間則從古之稱。凡愚夫婦兒女家常口角，則曰「中京」，是不欲著跡於方向也。蓋天子之邦亦當以中爲尊，特避其東南西北四字樣也③。

但甲戌、庚辰、有正各本中並沒有「中京」之稱，則「中京」是早期稿本的稱呼，到甲戌本以後就改去了。

(2)第一、第二回回前總批：

上面指出凡例是照早期稿本寫的，與甲戌以後本子不合。各本第一回回前總批，卽甲戌本凡例第五條，也是甲戌以前就有的。況且在己卯、庚辰、有正四閱一系的本子中，此總批已混入正文。且上面有批，當時已看成正文，可知是極早期的批語。第二回總批也一樣，在四閱本中已混入正文，其中談及通靈寶玉的一段話：

通靈寶玉於士隱夢中一出，今於子興口中一出，閱者已洞然矣；然後於黛玉寶釵二人

① 甲戌頁二b；本書「甲戌本凡例」。
② 本書頁三三一庚辰、靖藏眉批。按此批如校讀為「正副、再副、三副」，則十二釵為三十六人。
③ 甲戌頁二b；本書「甲戌本凡例」。

目中極精極細一描，則是文章鎖合處。蓋不肯一筆直下，有若放閘之水，燃信之爆，使其精華一洩無餘也。究竟此玉原應出自釵黛目中，方有照應①。

第八回寶釵倒是細看過通靈寶玉的，但現存抄印本中，黛玉從未對此玉「極精極細一描」，這一描大概是早期稿子情況，後來刪去。也許原來就在第三回黛玉晚間傷感，襲人提議拿玉給黛玉看，而黛玉竟是仔細看了。今本卻說黛玉不想龎煩人，阻止襲人去拿。因此此批將黛玉置於寶釵前，是因黛玉先看的緣故。批語與現存本不相對應，很可能是批在未修改的稿子上。就是我們所說的「初評」。

(3)甲戌第五回甲戌眉批：

按此書凡例本無讚賦閑文……②。

甲戌凡例沒有談及「讚賦閑文」事，可能據更早期本子而來。此批王府、有正作批註。甲戌第五回無批註，可知是早期批。

(4)甲戌本第六回回末總評第二條：

借劉嫗入阿鳳正文。送宮花寫「金玉初聚」爲引③。

按現存各本石頭記第六回有劉姥姥初進榮國府故事。周瑞家的替薛姨媽送宮花在第七回。而所謂「金玉初聚」是指寶玉探寶釵，互看所佩的「金鎖」和「玉」，已在第八回。照

①　本書頁三六。
②　本書頁一二〇—一二一。
③　甲戌頁九六b；本書頁一五五—一五六。

慣例，總評和總批只批本回情節，此總評竟涉三回書，可能初期稿本這三個故事同在一回中，批書人才會將它們合在一起，也是初期的批語了。

(5)甲戌第八回有下面批註：

交待清楚塞玉一段，又爲「悞竊」一回伏線。……①

此書第五十二回平兒提及「良兒偸玉」，卻沒有「悞竊」一回書，想是給删改了。

(6)第九回寶玉秦鐘入家塾日，「秦鐘已早來等候了，賈母正和他說話兒呢」，王府及有正都有批註：

此處便寫賈母愛秦鐘一如其孫，至後文方不突然②。

但今本後文並沒有賈母愛秦鐘文字，這段文字估計原稿是有的，只被删改了，則這段批語出現時期亦較早了。

(7)庚辰、靖藏第十三回回前總批最末一段是五絕：

一步行來錯，回頭已百年；古今風月鑑，多少泣黃泉③。

甲戌本石頭記秦可卿「病」死，談不上譴責。這是對早期本子「可卿淫喪天香樓」④所加的批。說她「一失足成千古恨，再回頭已百年身。」

(8)第十九回李嬤嬤生氣說：「你們也不必粧狐媚子哄我，打量上次爲茶攆茜雪的事我不

---

① 甲戌頁一二五b；本書頁二〇〇。
② 本書頁二〇六。
③ 本書頁二四〇。
④ 同上。

知道。」句下己卯、庚辰、王府、有正諸本皆有雙行批註：

照應前文。又用一「攆」字，屈殺寶玉。然在李媼心中口中畢肖①。

茜雪被攆事今本沒交代，想亦在刪去的稿子中。

(9)第二十一回，到賈府後「湘雲仍往黛玉房中安歇。」庚辰、王府、有正皆有雙行批註：

前文黛玉未來時，湘雲寶玉則隨賈母。今湘雲已去，黛玉旣來，年歲漸成，寶玉各自有房，黛玉亦各有房，故湘雲自應同黛玉一處也②。

按今本無寶湘同住一房事，只在第十九回襲人口中間接提及。可能初稿中有這一段，被刪去了。

(10)第三十六回王夫人薛姨媽叫鳳姐以姨娘例待襲人，又向她說：「你們那裏知道襲人那孩子的好處。」句下己卯、庚辰、王府、有正諸本都有雙行批註：

「孩子」二字愈見親熱，故後文連呼二聲「我的兒」③。

第三十四回寶玉挨打，王夫人叫襲人問話，襲人說了一篇防閑的大道理，感動得王夫人叫她「我的兒」，且說「所以將你合老姨娘一體行事」即指與周趙兩姨同等待遇。可知此回本在第三十六回之後的，即評中所指後文。現第三十六回原在前移後，遂顯得批語及正文叫

①　本書頁三六四。
②　本書頁四〇七。
③　本書頁五七一。

鳳姐以姨娘例待襲人之不合理。可知批註批在早期未改的稿子上。

⑾第三十七回「秋爽齋偶結海棠社」，寶玉要大家替他起號，李紈說：「你還是你的舊號絳洞花王就好。」句下己卯、庚辰有雙行批註：

> 妙極，又點前文。通部中從頭至末，前文已過者恐去之冷落，使人忘懷，得便一點；未來者恐來之突然，或是伏一線，皆行文之妙訣也①。

王府、有正批稍簡省，亦有「又點前文」句。但前文實未見寶玉有此號，亦是被刪去了。此批語批已刪去的原文，其早可知。

以上十一段批語都是針對早期稿本加批，早期稿本某些情節跟現存石頭記不同，或者次序不一樣。脂硯齋甲戌評書時，曹雪芹已「披閱十載，增刪五次」，故事大體定下來了，自然不至於產生評語跟正文不配合的情形。即使脂硯齋誤解，在多次評閱時也可能改正。這些對現存此書來說不正確的評語是評在早期稿本上，稿本經過增刪產生的現象。吳世昌最先系統地注意到這些批，他認爲凡例是後人加上的，上面我們已指出這種說法沒根據。他又以爲上舉第二、第三、第七條批是雪芹弟棠村的「小序」，也沒有足夠的證據。不過他肯定這些批不是脂硯齋寫的，則是事實。

張愛玲的「紅樓夢魘」②則注意到紅樓夢的創作過程，因而涉及稿本增刪和出現的先後，她注意到早期抄本，連帶涉及早期本子上的批語，於我們了解初評亦很有啟發。我們說

① 本書頁五七九。
② 張愛玲，「紅樓夢魘」，臺北，皇冠雜誌社，一九七七。

這些批語都是脂硯齋評書前卽批在早期稿本上的。由於資料不足，我們目前還不可能指明批者是誰。吳世昌、張愛玲雖然完全沒有接觸到初評、重評的問題，但他們的研究使我們看到部分「初評」，就更有助於我們了解到「重評」的意義。

㈡ 重評的情況和過程

甲戌年脂硯齋開始重評石頭記，他有一批語，記錄當時批書的情況：

> 余批重出。余閱此書偶有所得，卽筆錄之，非從首至尾閱過，復從首加批者，故偶有複處。且諸公之批，自是諸公眼界；脂齋之批，亦有脂齋取樂處。後每一閱，亦必有一語半言加於側，故又有於前後照應之說等批①。

這裏提到當日批書的不只一人，除了脂硯齋外，還有「諸公」。而且脂硯齋批語有「前後照應」。脂批中頗有「可知余前批不謬」，「如何？余言不謬」，「余前註不謬」等語②，都是照應前面批語的說話。批書者不只一人，他們究竟怎樣批書呢？根據批語，有下列幾種情況：

⑴批者意見不同，批語互相責難和辯解的。如第一回楔子末段，石頭駁空空道人的話上甲戌二眉批③，又如第十四回有關彩明身份爭論的幾條批④都是。但這種情形不多。

① 本書頁三八甲戌眉批。
② 本書頁一五二、一九四等。此類批語，所有多是，參索引。
③ 甲戌頁八a，本書頁一〇。
④ 本書頁二五四—二五五。

⑵批者互相引用批語，互相補充，共同討論加批。如第十三回秦可卿病死時眾人反應一段之庚辰眉批引「松齋」語①。第九回寶玉和襲人談論說到「等我一日化成了飛灰」句下批註引「脂硯齋語」②。第八回寶玉擲杯一段眉批互相呼應③，同回「寶玉」給「寶釵托於掌上」的眉批答批註問④。第二十二回寶釵生日演戲一段庚辰、靖藏眉批：

鳳姐點戲，脂硯執筆事，今知者寥寥矣，不怨夫⑤！

這批語使我們看到批書人當日共同討論，由一人執筆在書上加批的情形⑥。

這些批者諸公是誰呢？根據批語署名，有脂硯齋、畸笏叟、松齋、常村、梅溪五人，批語提及的還有杏齋和煦堂⑦，但似乎作者也參加批書。第二回賈雨村提及賈家金陵老宅「後一帶花園子裏」夾批有關「西」字的對答⑧。第二十一回丫頭四兒的兩段批註⑨，第二段就像是作者口氣。同回「只見襲人和衣睡在衾上」句下庚辰批註：

好襲人。眞好石頭記得眞，眞好述者述得不錯。

---

① 本書頁二四三。
② 本書頁三七六。
③ 本書頁一九九—二〇〇。
④ 本書頁一八三。
⑤ 本書頁四三二。
⑥ 參拙著「胡適之紅學批判」，見「專刊」第八輯（一九七〇年），頁一四—一五。
⑦ 參本書頁四三二靖藏眉批，頁七二六靖藏眉批。又參「新證」，頁一〇五八。
⑧ 本書頁四五。
⑨ 本書頁四一五。

此處批書人稱讚作者，而作者也回敬：

真好批者批得出①！

了解到批書的情況和批書人，我們再來看批書的過程。其實上面我們已大略談到脂批的構成，這裏我們根據批語的分期，批語的日期和署名來看各個時期的批語和批者的關係。

甲戌（一七五四）以前已有評語，甲戌年脂硯齋抄閱再評，用石頭記作書名。這次批語連同原有的批經過一次非完全的整理，成爲現存甲戌本中的批註。這些批註，在甲戌本中都已刪去署名，但在己卯、庚辰本中某些批仍有署名。比對甲戌、己卯、庚辰相同的批註，可以發現署名的批十三條，都署脂硯。甲戌年正文已整理出甲戌原本，脂硯齋開始重評初閱。

丙子（一七五六）有一批語②，表明批書人負責校對和參加草擬回目的工作。

丁丑（一七五七）有畸笏一條批語，是靖藏本第四十一回的眉批③。由於這條眉批不存在所有四閱系統本子中，只是靖藏獨有的，因此我們說，它不是在共同本子上加批，可能批在畸笏自己的本子上。

己卯（一七五九）石頭記已有己卯冬月定本，且經脂硯齋四閱評過，評語也比較全面整理好，這就是己卯、庚辰與正文一道抄錄的批註、總批、總評。其中批註署名脂硯齋的二十九條，署「脂硯齋再筆」的一條，單署「再筆」的一條。批註提及脂硯齋的一條，總批提及

① 本書頁四一七。
② 本書頁七〇〇。
③ 本書頁六〇三。

「脂硯先生」的一條。總之，「四閱評過」整理出來的批語有署名的都署脂硯齋，沒有別的名字。我們可以看到：己卯冬以前批者不只一人，批語中甚且有作者手筆，但主批者是脂硯齋，其它的人只是偶然參加意見，寫批語在脂硯齋的本子上。這一本子經過整理，就成了「四閱評本」的祖本。根據這些批語，我們可以看到當時本書除前八十回外，後三十回也已完成，批語已提到末回警幻情榜對寶玉的評語①。

脂硯齋四閱評過的批語是己卯冬以前完成的，才能整理好放在正文己卯冬月定本上。庚辰有己卯冬和己卯冬辰、己卯冬夜的眉批二十四條，其中有一條署脂硯。是知脂硯在己卯冬曾第五次批書。但己卯冬似乎不止脂硯一個人在加批，有批語不了解後三十回情節而批錯的②，很難說是出自評石頭記已五次的人手筆。此外，第二十三回黛玉葬花一段有己卯冬批，又有一「丁亥夏畸笏叟」批③，兩批似是同一人所寫。因此己卯冬畸笏大概也已正式批書。

庚辰（一七六〇）正文經過再次整理，出現了「庚辰秋月定本石頭記」。

壬午（一七六二）有很多署日期名字的批語，署的是「畸笏叟」、「畸笏」、「畸笏老人」，再沒有別的署名。可知從這一年起，主要批書人已不是脂硯，而是畸笏叟了。我們可以確定有壬午日期的其它批語也是他寫的。從日期配合回次順序，我們可以推測這一年春天畸笏開始將書從頭至尾抄一遍，一直到六七月才結束。八月又開始批書。由九月初至重陽日

① 本書頁四五五，庚辰批註稱寶玉「情不情」。
② 本書頁五二六庚辰眉批「逐紅玉」一段。
③ 本書頁四五五—四五六，批語談「欲畫黛玉葬花」兩段。

共批了九回書（第二十至第二十八回），每日一回。根據這年的批語，知曹雪芹卒於壬午除夕（一七六三年二月十二日）。

甲申年（一七六四）有一批語，是抄在「夕葵書屋石頭記」的附頁上，夾在靖藏本中，是對「滿紙荒唐言，一把辛酸淚，都云作者痴，誰解其中味。」一詩加批的。批語如下：

> 此是第一首標題詩。能解者方有辛酸之淚，哭成此書。壬午除夕，書未成，芹爲淚盡而逝。余常哭芹，淚亦待盡；每思覓青埂峯再問石兄，奈不遇癩頭和尚何？悵悵！今而後，願造化主再出一脂一芹，是書有成，余二人亦大快遂心於九原矣。甲申八月淚筆①。

此批甲戌分爲三段：一作特批（與甲辰批註同），二作眉批，文字大致相同，但署「甲午八月淚筆」（一七七四）。究竟應作甲申呢？還是甲午呢？請先看第二十二回鳳姐點戲一段靖藏眉批：

> 前批知者寥寥。不數年，芹溪、脂硯、杏齋諸子皆相繼別去。今丁亥夏只剩朽物一枚，寧不痛殺②。

庚辰也有此批，只少中間一句。丁亥夏有不少批語署名「畸笏」，既然只存「朽物一枚」，則此批是畸笏所寫。按上批說「一芹一脂」已死，還有「余二人」，結合第二條批語來看，當指畸笏、杏齋。因此第一條批只能出現在丁亥夏以前。甲申在丁亥前三年，甲午後於丁亥

---

① 本書頁一二—一三。

② 本書頁四三二。

七年，當然以甲申爲合理。根據丁亥夏批，雪芹最先死，接著脂硯、杏齋相繼去世。雪芹卒於壬午除夕，則脂硯死於癸未（一七六三）年後。甲申八月的批語已在悼念脂硯，他當然逝於甲申八月前。批語已將脂硯跟雪芹並列，則脂硯很可能卒於甲申之前，卽死於癸未年的。脂硯齋最後一次署名的批語已是己卯冬，壬午的批語署名的都是畸笏。我們可以假定，脂硯在己卯年以後，因事或由於身體不好，不能再批書，也不能再次整理新批語，批書工作，由畸笏主持。因此，我們可以以己卯冬爲分界。己卯冬以前，石頭記由脂硯主批，己卯以後，由畸笏主批。己卯冬則兩人皆有批語。庚辰本有一條署名脂硯的夾批①，看來也是己卯冬的批語。

乙酉年（一七六五）冬有署名「畸笏老人」的批語一條②。

丁亥年（一七六七）有署名的批語都是畸笏叟（或畸笏）所寫的。由上面所引的批語可知，本年夏天批書者只存畸笏叟一人。故丁亥夏以後的批語，都是畸笏叟所寫。照批語日期和回次先後排起來，我們可以看到畸笏在這一年春天起，又一次批閱石頭記，很可能從頭到尾加批。這一年的批語提到稿本迷失。這裏面有「衞若蘭射圃文字」③，有「獄神廟慰寶玉等五六稿」④，還有「玉兄懸崖撒手文字」⑤。按四閱評語已提到「懸崖撒手」一回⑥，可

① 本書頁二九七—二九八庚辰夾批。
② 本書頁四八八。
③ 本書頁五一一。
④ 本書頁三九三。
⑤ 本書頁四九四。
⑥ 本書頁四一六「便權當他們死了，毫無牽掛，反能怡然自悅。」之庚辰批註。

見這回已於已卯年前出現，而畸笏在丁亥年嘆不得見，想也是失去了的。失稿的事以前沒有提及，可能失於壬午以後，雪芹、脂硯相繼過世的一段時間。後三十回失去三段稿，最少是三分之一，也是後半部不能流傳下來的原因之一，當然十分可惜。

戊子年（一七六八）孟夏有一批語，訓勉子孫①。

辛卯年（一七七一）多日有一眉批，再提獄神廟故事②。這是已知現存最後一條批語。以上兩批都是出現在靖藏本上的。照日期，自然是畸笏所批。甲戌、庚辰最後有署日期批語是丁亥夏。丁亥夏與批書有關的人都死去了，剩下畸笏叟。脂批的下限是畸笏叟卒年。

(三) 脂評者研究

如上所述，脂評是由三個主要部份構成的：

(1)甲戌以前某不知名批者的批；

(2)甲戌至己卯間以脂硯齋爲主的批；

(3)己卯以後以畸笏叟爲主的批。

每一批書的過程，以一個人爲主要批者，但有其它人參加，而且還有作者的某些批語。參加批書的人，就已署名的，除了脂硯齋、畸笏叟外，還有松齋、梅溪、常村，評語中提及的還有棠村、杏齋和煦堂。這些批書人是誰？

① 本書頁三三〇靖藏眉批中自述。

② 本書頁六〇七。

吳世昌以爲，庚辰本的回前總批，大部分是甲戌年以前曹雪芹的弟弟棠村爲石頭記的前身「風月寶鑑」所寫的「小序」①。他的主要根據是下面的一條脂批：

> 雪芹舊有「風月寶鑑」之書，乃其弟棠村序也。今棠村已逝，余覩新懷舊，故仍因之。

石頭記第一回楔子末一段，述及此書的五個書名來由，其中提到「東魯孔梅溪則題曰『風月寶鑑』」。此批是批這一句正文的，在甲戌本作眉批，抄在這一段正文之上。甲辰本此批已被整理成批註，放在這一句正文之下。故這批語可以看作孔梅溪解釋何以題石頭記爲「風月寶鑑」的原因。批語說雪芹弟序「風月寶鑑」一書，卻沒有說棠村替「風月寶鑑」每回作小序。小說有回前總批，卻沒有小序之名。而且這裏梅溪所「因」（保留）的是書名，也不是序。吳世昌的說法是不合理的。

早期紅學家將脂硯齋和畸笏叟看成同一個人不同時期的筆名，周汝昌到現在還堅持這樣的說法②。其他紅學家又指名道姓，說出某人是脂硯齋，某人是畸笏叟。這些說法是建基於：

(1)石頭記是描寫曹家故事的書；故曹家是書中的賈府。

---

① Wu Shih-Ch'ang, 《On the Red Chambre Dream》, Oxford at the Clarendon Press, 1961, pp. 63-70. 吳世昌，「殘本脂評石頭記的底本及其年代」，載「資料」，頁一六九—一七七。又「論石頭記中的棠村序文：答伊藤漱平助教授」，見「東京支那學報」第十號（一九六四年六月），頁九九—一〇八。吳世昌，「論脂硯齋重評石頭記（七十八回本）的構成、年代和評語」，載「資料」，頁七四—九三。

② 「新證」頁八四五—八五二。

(2)以所知道由曹寅至雪芹三代的家譜跟書中人物作比較。
(3)批書人和作者都是書中人物，石頭記是記錄他們的生活。批語是他們看到自己過去的生活產生的感慨。

這些前提都成問題。首先，石頭記固然有些素材是採自曹府的，但它是小說而非曹府實錄。就目前所發掘到的曹家材料，只能說和小說有個別相似，卻又有很多不同。而且，由石頭記我們可以知道賈府家譜、各人關係。但關於曹家，曹寅和他的下一代的資料，由於他們都還是重要的官員，尚可以找到，至曹雪芹一代家道中落，族譜語焉不詳，卽曹雪芹本人，就在族譜中找不到。故以石頭記的賈府去推測曹家，又以曹家去對應賈府，是不可靠的，也是不可能的。至於批書人以書中某些人物自比，對書中某些事件有回憶性地加批，普通是基於讀書所產生的移情作用，以書中的人物自況。只要將本書附錄各本子的後人批跟脂批比較，卽一目了然。當然脂批不是一般批語，其中也有指出書中某些素材確是來自批書者和作者所知道的某種生活細節。但很顯然的，這些都不足以證明此書是自傳、家傳、合傳，或以曹家爲模型寫出來的。再加上紅學家們沒對脂評作過全面研究，不注意到批語分期和不同時期的不同批者而隨意引用脂評。因此，直至目前有關脂硯齋、畸笏叟是誰的探求，都是有問題的。紅學家們可以截取某些批語，根據上面三個不可能的假定而言之鑿鑿，指出批者是誰，但都經不起其它批語的驗證。結論超過資料所能支持的可能，一切的說法只是假定，又在假定的基礎上再假定，造成這些假定是一種強求答案的心理。卻不知目前條件下，要確切地指出批者是誰還是不可能的。以下根據批語所透露的情況，來描畫批者的形象。

先談脂硯齋。上面我們根據批語，指出脂硯齋在壬午除夕（一七六三年二月十二日）曹雪芹逝世以後至甲申（一七六四）八月以前一段時間過世的。根據批語悼念的口氣，他可能是癸未（一七六三）死去。脂硯齋自甲戌（一七五四）開始評書，一直到己卯（一七五九）冬仍在批書，這段時間內他是最主要的批書人。己卯冬月以前的批語，除了少數初評、少數其它人的批，大部分是他的成績。己卯冬以後一直到他逝去，再沒有發現由他署名的批，此時主要的批書人是畸笏。估計這段時間脂硯齋可能因事，更可能因病而離開批書工作。

脂硯齋的生平我們一無所知，但批語中也偶爾透露一點消息來。我們知道，曹雪芹是石頭記作者，石頭記中某些情節是以曹家歷史，以作者日常生活見聞爲題材的。有些地方批語指出：

> 此語余亦親聞者，非編有也①。
>
> 蓋此等事作者曾經，批者曾經，實係一寫往事，非特造出。……②
>
> 況此也是余舊日目覩親聞，作者身歷之現成文字。……③
>
> 實寫舊日往事④。

看來批者熟悉作者早年家庭生活中某些細節，故批者極可能是曹家中人。

第十八回，己卯、庚辰、有正在齡官執意不作非本角之戲，「定要作『相約』、『相

---

① 本書頁六六九。
② 本書頁六九五。
③ 本書頁七一〇。
④ 本書頁七〇三。

罵』二齣」句下有批註：

……余歷梨園子弟廣矣，各各皆然。亦曾與慣養梨園諸世家兄弟談議及此。……與余三十年前目覩身親之人，現形於紙上。……①

按此批是「四閱」批，故應批在甲戌（一七五四）、己卯（一七五九）年間。上推三十年是一七二四至一七二九。雍正六年（一七二八）籍曹頫家。脂硯齋如是曹家人，批中所述養戲的事，自應在一七二八年以前。當時已「歷梨園子弟廣矣」，則當不少於二十歲，故可推出脂硯生年當在一七〇八年以前。脂批以平輩稱雪芹，其年齡相去不至太遠。雪芹逝於壬午除夕，年不過五十歲，故應生於一七一三年以後，脂硯跟他年齡相差不大，生年當接近一七〇八年。癸未（一七六三）年卒，年五十餘歲。

脂硯齋大概幼年喪母，因此對石頭記中描寫王夫人和寶玉間的母子之愛，有極大的感慨。第二十五回寶玉見王夫人「便一頭滾在王夫人懷裏，王夫人便用手滿身滿臉摩娑撫弄他」句下有批註：

普天下幼年喪母者齊來一哭②。

第三十三回賈政痛打寶玉，而且要勒死他，王夫人說：「……先勒死我，再勒死他，我們娘兒們不敢含怨，到底在陰間也得個依靠。」句下己卯、庚辰、有正批註：

未喪母者來細玩，既喪母者來痛哭③。

①本書頁三四八—三四九。
②本書頁四八〇。
③本書頁五五八。

第四十一回賈寶玉捧酒「送到王夫人口邊」句下，庚辰有批註：

> 妙極，忽寫寶玉如此，便是天地間母子之至情至性。獻芹之民之意，令人酸鼻①。

這些批語都是有感而發的。脂硯齋早年還過著一段養戲子的世家子弟生活，在大家庭中受過小人的播弄；又跟作者一樣，一生爲「聰明乖巧」的丫頭所「悞」②、受過假意奉承③。由於從小養尊處優，未出過遠門、獨立生活，家境中落後吃了苦頭④。

脂硯齋出身世家，批語中常反映他對世家生活的留戀和驕傲。脂批中有不少這類句子：「非世代公子，再想不及此。」⑤「非世家公子，斷寫不及此。」⑥「非世家經嚴父之訓者，斷寫不出此句。」⑦他鄙薄暴發戶，以爲暴發戶沒禮法⑧。看不起「假斯文守錢虜」⑨。看不起放帳發家的⑩。批語再三強調家法⑪，強調要守祖宗規矩⑫。批語也表露出倡導

---

①本書頁六〇二。
②本書頁四一五、六九二。
③本書頁一八一。
④本書頁六三二。
⑤本書頁四三一。
⑥本書頁四四六。
⑦本書頁四四五。
⑧本書頁五九〇。
⑨本書頁五七九。
⑩本書頁六八六。
⑪本書頁二五二、三三八。
⑫本書頁二六九。

讀書，推崇儒學的正統士大夫心理①。

脂硯齋批書時還有其它人參加此工作，畸笏可能是其中之一。早在丁丑年（一七五七）已有署名畸笏的批，但這條批語沒有收入脂硯齋整理過的「四閱評本」中，而只保存在靖藏本。己卯冬脂硯還在批書，但己卯冬夜已可能有畸笏的批語，這是上面已講過的。大量署名畸笏叟批語的出現是在壬午年（一七六二），這年畸笏可能批過兩遍書。以後絡續有乙酉（一七六五），丁亥（一七六七），戊子（一七六八），辛卯（一七七一）年的批。畸笏是繼脂硯後一個主要的批書人，留下大量署名和日期的批語。這些批語沒有經過大規模系統的整理。和脂硯批書時一樣，在畸笏主批本書時，還有其它人在書上加批。但丁亥夏起，批書者只存畸笏叟一人。因此，丁亥夏及以後的批語都是畸笏所寫的。以下根據壬午以後的批語來了解畸笏的生平。

由批語看出，批書人熟悉書中某些素材的來源和作者早年家庭生活，因此經常有下面的批語：

眞有是事，眞有是事②。

批書者親見③。

此話聽熟了，一嘆④。

① 本書頁六、二〇二—二〇三、六一五。
② 本書頁六一。
③ 本書頁一〇二。
④ 本書頁二五六。

誰家行事，寧不墮淚①。
眞有是事，經過見過②。
此語猶在耳③。
眞有是事④。
眞有是語⑤。
實寫幼時往事⑥。
有是事，有是人⑦。
一段無倫無理信口開河的渾話，却句句都是耳聞目覩者，並非杜撰而有。作者與余，實實經過⑧。
誰說得出？經過者方說得出，嘆嘆⑨。
是語甚對，余幼時所聞之語合符，哀哉傷哉⑩！

①本書頁二五七。
②本書頁二九四。
③本書頁三三八。
④本書頁六一、三九二、五三七。
⑤本書頁三九二
⑥本書頁三九八。
⑦本書頁四五二。
⑧本書頁四八三。
⑨本書頁五一〇。
⑩本書頁五四〇。

由這些批語看來，批書人很可能是曹家的人，否則難以對曹家及作者生活如此熟悉。

批語對「西」字特別敏感。靖藏本第十三回秦可卿喪事，「另設一壇於西帆樓上」有眉批：

何必定用「西」字？讀之令人酸鼻①。

第二回「就是後一帶花園子裏」句旁有夾批：

「後」字何不直用「西」字？恐先生墮淚，故不敢用「西」字②。

第三回寫榮國府花園，有批：

試思榮府園今在西，後之大觀園偏寫在東，何不畏難之若此③。

這些批語有的寫在己卯前，有的寫在己卯後。下面兩條提及「西堂」之批，則是己卯後所寫：

大海飲酒，西堂產九臺靈芝之日也。批書至此，寧不悲乎。壬午重陽日④。

誰曾經過，嘆嘆。西堂故事⑤。

按雪芹祖父曹寅愛用「西」字，織造署的花園稱「西園」，園中有「西池」、「西亭」。北

① 本書頁二四六。
② 本書頁四五。
③ 本書頁七一—七二。
④ 本書頁五四四。
⑤ 本書頁五四四。

京和南京府中都有「西堂」的書齋，他自稱是「西堂掃花行者」，有人稱他爲「西堂公」。他在眞州巡鹽御史院內有「西軒」。他有詞集「西農」。他的詩集「荔軒集」又名「西軒集」①。「西」字是曹家繁華時代的象徵，所以批書人見到「西」字甚多感慨。這些批語可作脂硯齋和畸笏叟是曹寅後代的佐證。

我們再看一些提及年代的批語：

「樹倒猢猻散」之語今猶在耳。曲指三十五年矣。……②

此是庚辰眉批，批於己卯（一七五九）以後。壬午（一七六二）年畸笏正式署名主持批書，假定批語是這一年批上的，上溯三十五年是一七二八年，恰好是曹頫被罷職抄家的一年，正是「樹倒猢猻散」的結局。第十三回鳳姐分析寧國府五件弊端一段上有眉批：

舊族後輩受此五病頗多，余家更甚。三十年前事見書於三十年後，今余想慟血淚盈。讀五件事未完，余不禁失聲大哭，三十年前作書人在何處耶③。

這裏所謂三十年前，大概指抄家前一段日子。第二十四回醉金剛倪二借錢給賈芸一段有眉批：

余卅年來得遇金剛之樣人不少，不及金剛者亦不少。……壬午孟夏④。

壬午（一七六二）上推三十年是一七三二，已是曹家被抄之後。世家公子流落成一介平民，

① 參「新證」，頁一六三—一六七、三一五、三三〇、四四二。
② 本書頁二四一—二四二。
③ 本書頁二五二—二五三。
④ 本書頁四六〇、四六七。

才會得到倪二一類人的幫助。這些和曹家被抄年代配合的批語，加強了我們以批書人爲曹家後裔的想法。

現存資料不足以推出畸笏的生卒日期。第十三回有一條批：

「秦可卿淫喪天香樓」，作者用史筆也。老朽因爲魂托鳳姐賈家後事二件，豈是安富尊榮坐享人能想得到者，其言其意，令人悲切感服，姑赦之，因命芹溪刪去「遺簪」、「更衣」諸文。是以此回只十頁，刪去天香樓一節，少去四、五頁也①。

老朽大概是畸笏叟，可知他很早已看過紅樓夢此段原稿，甲戌本這回已照他的指示刪去了。他叫雪芹刪書是甲戌以前的事。從這批語的口氣，他比雪芹年紀要大些，而且輩分較高。

跟脂硯齋一樣，畸笏可能幼年喪母。第二十五回寶玉病後醒來，「賈母、王夫人如得了珍寶一般」句旁夾批：

昊天罔極之恩，如何報得，哭殺幼而喪親者②。

同回寶玉見王夫人，「便一頭滾在王夫人懷內」有夾批：

余幾失聲哭出③。

第十六回賈母「在大堂廊下竚立」候賈政處有夾批：

……余掩卷而泣④。

---

① 本書頁二四〇、二五三。
② 本書頁四九五。
③ 本書頁四八〇。
④ 本書頁二八〇。

第五回在「襁褓中父母歎雙亡」句傍夾批：

意眞辭切，過來人見之不免失聲①。

第十八回「那寶玉未入學堂之先，三四歲時已得賈妃手引口傳」句旁有夾批：

批書人領至（過）此敎，故批至此，竟放聲大哭。俺先姐先（仙）逝太早，不然，余何得爲廢人耶②。

同回元妃命寶玉進前，「攜手擱於懷內」句旁有夾批：

作書人將批書人哭壞了③。

第十七回寶玉聽到賈政要到園中，「帶著奶娘小廝們一溜煙就出園來」旁有夾批：

不肖子弟來看形容。余初看之，不覺怒焉，蓋謂作者形容余幼年往事，因思彼亦自寫其照，何獨余哉。……④

第二十三回「忽見丫嬛來說老爺叫寶玉。寶玉聽了，好似打了個焦雷，登時掃去了興頭，臉上轉了顏色。」句旁有夾批：

多大力量寫此句，余亦驚駭，況寶玉乎。回思十二三時亦曾有是病，想時不再至，不禁淚下⑤。

①本書頁一三〇。
②本書頁三三五。
③本書頁三三九。
④本書頁三〇六。
⑤本書頁四五二。

第五十三回靖藏有回前總批：

……母孀，兄死，無依，變故屢遭，生不逢辰。回首令人腸斷心摧①！

根據上引批語，我們知道，畸笏小時受過嚴父管教，也得到姐姐的教導。曾受書房伴讀的引誘讀小說雜書②。十來歲時，父親過世，母親、姐姐、哥哥都先後去世。屢遭變故，無可依靠。曾得到醉金剛倪二一類人的幫助。晚年已有子孫，批語頗有告誡「吾家子孫」的話語③。

和脂硯齋一樣，從評語中看到畸笏重禮節④，重視家教⑤，以讀書爲重，看不起「不學紈袴」⑥。他有傳統的儒家思想，排斥佛老⑦，特別指出僧尼和三姑六婆之害⑧。

以上不憚煩累，徵引批語，因脂硯齋、畸笏叟雖是主要批書人，卻又有其它人在書上加批，批語除非有署名，不能肯定是他們寫的。我們盡量多引批語，但仍不能保證不將別人的帳，算在脂硯、畸笏頭上。

除了脂硯齋和畸笏叟，署名的批書人有松齋、梅溪、常村，批語中提及的則有杏齋和煦

①　本書頁六四七。
②　本書頁四五五。
③　本書頁四八六。
④　本書頁四六六。
⑤　本書頁一九〇、二六六。
⑥　本書頁六、三一一、五一一。
⑦　本書頁二四六。
⑧　本書頁一六六、四八六。

堂。署名松齋的評語只有一條。第十三回秦可卿提醒鳳姐早爲後慮一段上有眉批：

> 語語見道，字字傷心，讀此一段，幾不知此身爲何物矣。松齋①。

此外又有別人引他的一句話：

> 松齋云好筆力，此方是文字佳處②。

據畸笏丁亥夏的批：「不數年，芹溪、脂硯、杏齋諸子皆相繼別去。……」杏齋也是一個重要的批書人，但沒有任何他署名的批。一般紅學家以爲「杏齋」即「松齋」。按上引批語，可知松齋卒於丁亥（一七六七）夏以前。又據畸笏於甲申八月悼雪芹、脂硯之批：

> 今而後，但願造化主再出一脂一芹，是書有成，余二人亦大快遂心於九原矣③。

可知甲申（一七六四）松齋仍在世，故其卒年當在一七六四至一七六七年間。由於署名松齋的批語實在太少，我們還不可能回答松齋是誰的問題。吳世昌、吳恩裕以爲松齋是白筠④，因爲白筠號松齋。吳世昌根據的是敦誠（一七三四——一七九二）「四松堂集」卷四「潞河遊記」所記松齋邀遊他家園亭事，謂此文寫於一七七四年。這自然不可能是評書的松齋。但吳世昌的日期也不可靠。照白筠的年齡和與曹家的關係，評書可能性不大，聊備一說，尚待

---

① 本書頁二四二。
② 本書頁二四三。
③ 本書頁十二—十三。
④ 參 Wu Shih-Ch'ang, 《On the Red Chambre Dream》, Oxford at the Clarendon Press, 1961. pp. 61-62.「資料」頁七二—七三。吳恩裕，「松齋考」，見「有關曹雪芹十種」，上海，中華書局，一九六三年十月，頁六六—七一。

證明。

石頭記第一回楔子末段談書名「東魯孔梅溪則題曰『風月寶鑑』」一句有批：

雪芹舊有「風月寶鑑」之書，乃其弟棠村序也。今棠村已逝，余覩新懷舊，故仍因之①。

此批語是孔梅溪所寫。正式署名梅溪的評語在第十三回「三春去後諸芳盡，各自須尋各自門」句上眉批：

不必看完，見此二句，卽欲墮淚。梅溪②。

梅溪是誰？也是因資料太少而不可知。他定書名於甲戌之前，而署名評書則於己卯之後，和石頭記有不短的歷史。但畸笏丁亥夏的評語沒有提及他，看來他對石頭記的貢獻比不上松齋大。

根據梅溪批，棠村是雪芹弟，他爲石頭記的舊稿「風月寶鑑」寫過序，但在甲戌年以前已去世了。靖藏有一批：

九個字寫盡天香樓事，是不寫之寫。常村③。

此批在甲戌作眉批，無署名。按詩經中「棠」、「常」通用，「常村」或卽「棠村」。此批應寫於甲戌年以前，當然在曹雪芹已删去「秦可卿淫喪天香樓」一節以後。雪芹生於一七一

① 本書頁一二。
② 本書頁二四三。
③ 本書頁二四三。

三年以後，棠村是他的弟弟，當在更後。他在一七五四年前去世，大概只活了三十多歲。相信他跟石頭記關係很大。但存下的批語太少，又沒有其它資料，我們能知道的就只有這麼一點點。

伍　幾點說明

上面四部分說明是根據拙作「脂評研究」，經過修訂，又增加了新資料並吸收已發表的新的研究成果綜合而成。我以爲，只有了解上述的問題，才能正確使用本書。作爲一個導論，我只能節錄研究所得的結論，盡量避免太多論證和詳細舉列資料。因而「脂評研究」所引用的大量統計資料和圖表，基於同一原因，也不在本篇列出來。這裏想簡略的談談我對石頭記成書過程一個較大膽的構想。「脂評研究」假定石頭記前身是「風月寶鑑」，如它的書名，是一本勸戒不要妄動風月之情的言情小說，有一個很美麗的石頭下凡的故事開頭並貫串全書。但大概這本小說只有個雛形。曹雪芹據以披閱增刪，分章回，纂目錄，以他豐富的生活經驗和文學天才，從簡單的整理變爲大規模的增刪，變成借別人酒杯澆自己塊壘，成爲再創作。經過了十載的披閱，五次的增刪，新出來的石頭記，固然可以看到某些風月寶鑑的痕跡，但石頭記已是一個全新的東西，形同再造，它已突破一般言情小說而有了新的靈魂。就這一意義上，雪芹作爲石頭記的作者正當之無愧。這樣的假設似乎更貼合石頭記第一回楔子的自敘，尤其重要的，解釋何以在曹雪芹生前，本書敘述角度由一個客觀身分的石頭，無意識地漸漸轉換成主人翁賈寶玉，而至於發展到後來的版本石頭和賈寶玉合一。（這豈不正如由「風月寶鑑」不斷注入雪芹心血，而成爲他生命一部分的「紅樓夢」麼？）這亦解釋了初評的問題，某些批語將「石頭」和「作者」分開，某些評語混入正文，某些評語不正確的種種問題，以及石頭記中某些不甚接合的情節等等。說石頭記是由一稿本增刪、加工痕跡似較明顯，易爲人接受。至於這稿子是曹雪芹原作，還是別人所作，仍待檢驗。因爲這是一個引起爭論的題目，只能在這裏稍提一下。

本書是在俞平伯先生「脂硯齋紅樓夢輯評」的基礎上增資料、補缺失、改凡例編出來的。批語中所引古詩出處，主要根據翁同文先生的研究成果①。胡文彬先生對批語的注釋，亦提供很多資料和意見。導論版本論述，則多引用王三慶兄研究的成果。本書是上述諸先生及海內外紅學家們工作成績的一部分，由我結集編纂成書。倘若本書能有助於紅樓夢研究，則是上舉諸先生的成績。他們辛勤地工作，本書才得以面世，我在這裏致以最大的謝意。

本書索引是由譚惠珍小姐按我擬出的凡例和圈出的條目編成的，比初版和再版本更詳細、完善。譚小姐並負責校對，爲本書花去大量精力時間，於此致謝。聯經鄭秀蓮小姐負責本書出版工作，亦用了很多心血，十分感謝。

本書初版，由潘重規先生領導的香港中文大學新亞書院紅樓夢研究小組和法國國立巴黎第七大學東亞出版中心聯合印行，再版和增訂版則是聯經出版事業公司推動的結果，也於此

① 翁同文，「漫談脂硯齋批語引詩」，載「專刊」第十一輯（一九七四年十二月），頁四四—四八。

一併致謝。

本書缺失之處，盼讀者隨時指出，以便再版時改正。

己未年正月初一初稿．巴黎

乙丑年中秋前夕增訂．香港

附錄：有關石頭記大事年表

一九一五年　康熙五四年　乙未

曹顒病故江寧織造任。曹頫奉命承祧襲江寧織造職。顒遺腹子天佑生。

一七二三年　雍正元年　癸卯

籍李煦家。

一七二七年　雍正五年　丁未

五月，曹頫奉旨解運江寧、蘇州、杭州三處織造之緞匹龍衣進京，途經山東長淸縣等處時「於勘合外，多索夫程儀、騾價等項銀兩」，被山東巡撫塞楞額參奏。

十二月四日，雍正諭令「內務府、吏部將塞楞額所參各項嚴審定擬具奏」。

十二月十五日，雍正以曹頫騷擾驛站、轉移財產、虧空帑項等「背旨負恩」事著令革職。

十二月廿四日，諭令查抄曹頫家產人口。後賞隋赫德。

一七二八年　雍正六年　戊申

二月，新任織造隋赫德到任，接收抄沒曹頫家產人口，會同江南總督咨送曹頫家屬返京，並依諭旨將所沒收「于京城崇文門外蒜市口地方房十七間，家僕三對給與曹寅妻孀婦度命。」

六月，曹頫案審結，將曹頫枷號，催追分賠騷擾驛站銀四百四十三兩二錢。

一七二九年　雍正七年　己酉

曹頫因無法賠錢，仍枷號。

一七三三年　雍正十一年　癸丑

壬午孟夏批謂卅年來遇金剛之樣人不少。（參本書頁四六〇、四六七）

一七三五年　雍正十三年　乙卯

八月，雍正死，乾隆即位。

十月，恩詔「八旗及總管內務府、五旗包衣佐領人等內，凡應追取之侵貪挪移款項，倘本人確實家產已盡，著查明寬免。」曹頫亦在寬免之列。

一七三七年　乾隆二年　丁巳

畸笏丁丑仲春批回憶丁巳春日謝園送茶事。（參本書頁六〇三）

一七四三年　乾隆八年　癸亥

曹雪芹最遲於此年在悼紅軒「披閱」紅樓夢。

一七五三年　乾隆十八年　癸酉

紅樓夢經曹雪芹「披閱十載，增刪五次，纂成目錄，分出章回」已大致完成。凡例附詩，有「字字看來皆是血，十年辛苦不尋常」之句。書上已有評語。

一七五四年　乾隆十九年　甲戌

脂硯齋抄閱再評，用石頭記作書名。第一次整理批語。

一七五六年　乾隆二一年　丙子

有批謂「五月初七日對清。缺中秋詩，俟雪芹。」（參本書頁七〇〇）

一七五七　乾隆二二年　丁丑

畸笏有批記丁巳春謝園送茶事。（參本書頁六〇三）

一七五九年　乾隆二四年　己卯

石頭記有己卯冬月定本。書經脂硯齋四閱評過，批語並已整理出來。冬，有署日期批二四條，其中有一署名脂硯，是爲脂硯五閱之批。估計畸笏也有批。

一七六二年　乾隆二七年　壬午

除夕，曹雪芹死。（一七六三年二月十二日）

一七六三年　乾隆二八年　癸未

批語署本年春者二一條，九月八條。其中署畸笏者十二條。本年畸笏兩次批書。

脂硯齋可能死於此年。

一七六四年　乾隆二九年　甲申

有批語悼雪芹、脂硯。（參本書頁一二—一三）

一七六五年　乾隆三十年　乙酉

冬，有畸笏老人一批。（參本書頁四八八）

一七六七年　乾隆三二年　丁亥

松齋已卒。有批語謂「丁亥夏只存朽物一枚」。本年春有署日期批八條，夏二四條。其中署畸笏者九條。畸笏本年春天又一次批書。批語記石頭記後半部書稿散失事。

一七六八年　乾隆三三年　戊子

夏，畸笏讀庚子山文集有感，摘錄「哀江南賦」及作批於石頭記中，（參本書頁三三〇）

永忠讀紅樓夢作三截句弔雪芹。

一七七一年　乾隆三六年　辛卯

有一批（本書頁六〇七）。此爲署日期脂評最後一條，畸笏可能卒於此年或稍後。

一七七八年　乾隆四三年　戊戌

怡親王弘曉死。

一七八四年　乾隆四九年　甲辰

夢覺主人序紅樓夢八十回，謂「書之傳述未終，餘帙杳不可得」。

一七八八年　乾隆五三年　戊申

周春謂有人購得百二十回紅樓夢抄本。高鶚中舉人。

一七八九年　乾隆五四年　己酉

已酉本舒元煒序謂紅樓夢有百二十回。

一七九一年　乾隆五六年　辛亥

程偉元初排百二十回紅樓夢。（程甲本）

一七九二年　乾隆五七年　壬子

程偉元重排百二十回紅樓夢。（程乙本）

一七九五年　乾隆六十年　乙卯

高鶚中進士。

編輯凡例

一、批語

⑴次序　同一正文有不同版本批語者，以甲戌本居首，其它各本，依己卯、庚辰、王府、有正、列藏、甲辰、靖藏、高閱、程印之次序定先後。同一正文同一版本有不同類型批語者，先錄雙行批註，依次行間夾批、特批、眉批。

⑵相同批語　兩本或兩本以上批語文字全同或相近，足證原本為同一批者，按上項次序抄錄首出之批，又於批末列入其它各版本簡稱，並說明該批類型。其文字相異處，亦於批末括號內一一註明。批較長而異文甚多者，則於所校之字右旁加圈，字下括號中說明，不復集中於批末校勘。文字相異太多之批，則分別錄出。

⑶不同類型不同位置批　各本不同類型之批而內容相同者，依第⑵項規定處理。同一批出現於書中不同位置，則分別列出，並於批下說明。

⑷批語類型之表示　凡雙行批註皆不書，僅書版本之簡稱，外加〔〕號表示之。如〔庚辰〕，則指庚辰本之雙行批註，餘可類推。回前總批、回末總評另行說明，不在此限。行間夾批、眉批及其它各

類批語皆各書明，雖用〔　〕號，因批語類型已說明，並不代表雙行批註。

(5)頁次　除靖藏、列藏外，各批在原書出現頁次，附於批語類型說明之後。如一葉分兩面者，則以正面爲a，b爲背面。

二、正文

(1)原則　正文依批語所在位置錄入。正文與相關批語位置不一致而相距不遠時，則儘量將批語所在位置之正文及相關正文同時錄出；如相距較遠或別有批語介入其中者，則只按其所在位置之正文錄出，又於註中說明。雙行批註之正文錄至註前最後一字，以示位置所在，不管句子是否完整。

(2)異文　同一正文於不同版本中有相同或相異批語，而正文有異文者，除按錄批語次序錄首出正文外，其它相關版本異文於該條末括號內校出。靖藏因未見原文，只據引用材料外，其它各本正文，均按原本文字錄入。

(3)標點　標點只取句、逗二種，必要時用引號，不用其它標點符號。

(4)旁圈　批語中提及正文而不直接引用，只說明字數者，於所指正文旁加「。」號，供參考。

三、回目　第一至第八回、第十三至第十六回、第二十五至第二十八回，皆依甲戌本；第十七至第十九回、第六十四回、第六十七回、第八十回，皆依有正本，其它各回則從庚辰本。依各回回前標目錄入。

四、校勘　批語、正文、回目中之誤訛字句盡可能校正。同一批語或正文出現於不同本子，其訛文可據別本校勘材料校正者，則不一一校改。校正有不同意見可供參考者，則另行註出。個別誤訛過甚批語，因未得其致誤之由，即可通其所指，亦不作校，以待高明。

五、註釋　批語位置、校勘等有需說明者，加註。又批語中有詞句、人事專名非常見者，亦酌量註明供參考。註釋多引用專家研究之成果。習用習見者不註。

六、符號

(1)校正訛文，於本字下用括號（ ）表示之。

(2)缺字補入者，以〔〕號括本字表示之。

(3)應該刪去之文字，以〔〕號括本字表示之。

(4)□號表原字漫漶，難以辨識。

(5)○號表原字缺去；[ ]號表缺去文字而不知其數量者。

(6)正文、批語原本如有空格，依所佔字數空出。

(7)同一正文相同類型而不同的批語，其較長者另行抄錄；較短者則於前批之後，空二格抄出。

七、其它問題隨時於各批說明之。

脂硯齋重評石頭記（甲戌本）凡例

〔甲戌2a〕紅樓夢旨義。是書題名極多，　紅樓①夢，是總其全部之名也。又曰風月寶鑑，是戒妄動風月之情。又曰石頭記，是自譬石頭所記之事也。此三名皆書中曾已點睛（睛）矣。如寶玉作夢，夢中有曲，名曰紅樓夢十二支，此則紅樓夢之點睛（睛）。又如賈瑞病，跛道人持一鏡來，上面卽鏨「風月寶鑑」四字，此則風月寶鑑之點睛（睛）。又如道人親眼見石上大書一篇故事，則係石頭所記之往來，此則石頭記之點睛（睛）處。然此書又名曰金陵十二釵，審其名則必係金陵十二女子也。然通部細搜檢去，上中下女子豈止十二人哉。若云其中自有十二個，則又未嘗指明白係某某。極（及）至紅樓夢一回中，亦曾翻出金陵十二釵之簿籍，又有十二支曲可考。

書中凡寫長安，在文人筆墨之間，則從古之稱；凡愚夫婦兒女子家常口角，則曰「中京」，是不欲着跡于

---

① 胡適謂原本此頁「前三行的下面撕去了一塊紙：這是有意隱沒這部鈔本從誰家出來的踪跡，所以毀去了最後收藏人的印章。」（「跋乾隆甲戌脂硯齋重評石頭記影印本」，頁七背）此行因此空出五格，胡適補「多」、「紅樓」三字，仍空二格。吳恩裕謂應再加「如曰」或「一曰」兩字。（參「曹雪芹佚著淺探」，頁一八二）周策縱謂「我認為不如補作『極富涵義』，『極多歧義』或『極多異義』，或竟是『極多用意』。」（見「紅樓夢『凡例』補佚與釋疑」，「學刊」，一九八一年第一期，頁二四八）

方向也。蓋天子之邦亦當以中爲尊，特避其東南西北四字樣也。
此書只是着意于閨中，故敍閨中之事切，畧涉於外事者則簡，不得謂其不均也。
此書不敢干涉朝廷。凡有不得不用朝政者，只畧用一筆帶出，蓋實不敢以寫兒女之筆墨唐突朝廷之上也。又不得謂其不備。
（甲戌最末一條凡例，同甲辰第一回回前總批及各本第一回混入正文批，故置於第一回回前總批處作比較，參下頁）
詩曰：浮生着甚苦奔忙，盛席華筵終散場。悲喜千般同幻渺，古今一夢盡荒唐。謾言紅袖啼痕重，更有情
癡抱恨長。字字看來皆是血，十年辛苦不尋常。

第一回　甄士隱夢幻識通靈　賈雨村風塵懷閨秀

回前總批

〔甲戌3a〕此書。（庚辰、有正、列藏、甲辰、高閱、己酉、程乙無）開卷第一回也，作者自云：因。（程乙無）曾歷過一番夢幻之後，故將眞事隱去，。而（庚辰、王府、有正、列藏、甲辰、高閱、己酉作「而借通靈之說」。程乙作「而借通靈」）撰（程乙作「說」）此石頭記一（己酉無）書也，故曰「甄士隱夢幻識通靈」（庚辰、王府、有正、列藏、甲辰、己酉、程乙作「甄士隱云云」。高閱作「甄士隱云」）。但書中所記何事。（庚辰、王府、有正、列藏、甲辰、高閱、己酉、程乙作「何事何人」），又因何而撰是書哉（庚辰、王府、有正、列藏、甲辰、高閱、己酉、程乙無）？自（庚辰、王府、有正、列藏、甲辰、高閱、己酉作「自又」。程乙作「自己又」）云：今風塵碌碌，一事無成，忽（高閱無）念及當日（高閱原作「年」，圈改爲「日」）所有之女子，一一細推了（庚辰、王府、有正、列藏、甲辰、高閱、己酉、程乙作「考較」）去，覺其行止見識，皆出于（程乙無）我之上，何（庚辰、王府、有正、列藏、高閱、己酉作「何我」。甲辰作「何□」。程乙作「我」）堂堂之（庚辰、王府、有正、列藏、甲辰、高閱、己酉、程乙無）鬚眉，誠（己酉作「曾」）不若彼（庚辰作「

此」）一干裙釵（庚辰、列藏、甲辰、己酉作「裙釵哉」。王府、有正作「裙釵女子」。高閱作「裙釵哉」，「哉」圈去。程乙作「裙釵」）①。實（甲辰無。高閱、程乙作「我實」，高閱此二字係補上者）愧則有餘，悔則（庚辰、王府、有正、列藏、甲辰、己酉、程乙作「又」。高閱作「亦」）無益（甲辰漫漶）之（王府、有正作「是」。甲辰漫漶。高閱作「眞」。己酉、程乙無）大無可（列藏、己酉無）奈（庚辰、王府、有正、列藏、甲辰、高閱、己酉、程乙作「如」）何之日也。當此時（庚辰、王府、有正、列藏、甲辰、高閱、己酉、程乙無）則自（高閱原作「則自」，圈改爲「日」。己酉無。程乙作「日」）欲將已往所賴，上賴（庚辰、王府、有正、列藏、甲辰、高閱、己酉、程乙無）天恩（甲辰漫漶），下承（庚辰、王府、有正、列藏、甲辰、高閱、己酉、程乙無）祖德，錦衣紈（己酉作「綢」）袴之時，飫（甲辰作「飲」）甘饜（有正作「饕」。列藏、高閱作「厭」）美（庚辰、王府、有正、列藏、高閱、己酉、程乙作「肥」。甲辰作「飽」）之日（列藏作「輩」）；背（庚辰原作「皆」，圈改爲「背」。己酉作「皆」）父母（庚辰、王府、有正、列藏、甲辰、高閱、己酉、程乙作「兄」）教育之（甲辰漫漶）恩，負（己酉作「皆」）師兄（庚辰、王府、有正、列藏、甲辰、高閱、己酉、程乙作「友」）規訓（庚辰、列藏、甲辰、高閱作「談」。己酉作「諫」）之德，已（庚辰、王府、有正、列藏、甲辰、高閱、己酉、程乙作「以」）致今日一事（庚辰、王府、有正、列藏、甲辰、高閱、程乙作「技」。己酉作「伎」）無成，半生潦倒②（高閱原作「草」，圈改爲「倒」。甲辰漫漶）之罪，編述一記（庚辰、王府、有正、列藏、甲辰、高閱、己酉、程乙作「集」），以告普（庚辰、王府、有正、列藏、甲辰、高閱、己酉、程乙無）天下人（高閱圈去。甲辰、程

---

① 何我堂堂鬚眉，誠不若彼裙釵女子。
〔王府夾批1a〕何非夢幻，何不通靈？作者托言，原當有自。受氣清濁，本無男女別。

② 以致今日一技無成，半生潦倒。
〔王府夾批1b〕明告看者。

乙無）。雖（庚辰、有正、列藏、甲辰、己酉無。高閱無，補「知」字。程乙作「知」）我之罪。（程乙作「負罪」）固不能（庚辰、王府、有正、列藏、高閱、己酉作「不」。甲辰作「所不」。程乙無）免（程乙作「多」），然閨閣中本自（甲辰作「自」。程乙無）歷歷有人，萬（己酉作「若」）不可因我（庚辰、王府、有正、列藏、甲辰、高閱、己酉、程乙作「我之」）不肖，則（庚辰、列藏、甲辰、己酉、程乙作「自護己短」。王府、有正作「自己護短」。高閱作「自護其短」）一併使其泯滅也（王府、有正無）①。雖今日之茅椽蓬牖（王府「掾」點改為「簷」。列藏「椽」作「椂」，點改為「檐」。高閱無「之」字。程乙作「所以蓬牖茅椽」），瓦竈繩床（高閱同，接下補上「並不足妨我襟懷」。程乙作「繩床瓦竈，並不足妨我襟懷」），其風晨月夕（庚辰、王府、有正、列藏、己酉作「其晨夕風露」。甲辰作「其晨□風露」。高閱原作「其晨夕風露」，「其」點去，改為「況那」，又乙改「夕風」二字，「露」圈去，改為「月」，全句改為「況那晨風夕月」。程乙作「況那晨風夕月」），堦柳庭花，亦未有傷于我之襟懷（庚辰、有正作「亦未有防我之襟懷」，王府原同，「防」改作「妨」。列藏、甲辰、高閱、己酉作「亦未有妨我之襟懷」，高閱畫去改為「更覺得潤人」。程乙作「更覺得潤人」）筆墨（王府作「筆閣墨」，「閣」點去。有正作「東筆閣墨」）者（庚辰、王府、有正、列藏、甲辰、高閱、己酉、程乙無）。何為不（庚辰、王府、有正、列藏、甲辰作「雖我未學，下筆無文，又何妨」。高閱原作「雖我未學，下筆無文，又何妨」，「雖我」乙改，「未」圈去，改為「不」，「下筆」被畫去，全句改為「我雖不學無文，又何妨」。程乙作「我雖不學無文，又何妨」）用假（有正作「俚」）語村言，敷演出一段故事（程乙無）來（甲辰無），以悅人之耳目哉，故曰「風塵懷閨秀」（庚辰作「亦可使閨閣昭傳，復可以悅世人之目，破人愁悶，

① 萬不可因我之不肖，自己護短，一併使其泯滅。[王府夾批1b] 因為傳他，並可傳我。

不亦宜乎，故曰賈雨村云云」。「以」、「人」兩字旁加。王府、有正、列藏、甲辰、高閱、己酉作「亦可使〈列藏作「爲」〉閨閣照〈列藏作「傳」〉。甲辰作「昭」〉傳〈列藏作「照」〉。己酉作「然」〉，復可悅世之目，破人愁悶，不亦宜乎，故曰賈雨〈甲辰作「假語」〉村云云」。高閱「曰」爲補上者。程乙作「亦可使閨閣昭傳，復可破一時之悶，醒同人之目，不亦宜乎，故曰賈雨村云云」）。乃是第一回題綱正義也（庚辰、王府、有正、列藏、甲辰、高閱、程乙無）。開卷即云「風塵懷閨秀」，則知作者本意原爲記述當日閨友閨情，並非怨世罵時之書矣。雖一時有涉于世態，然亦不得不敘者，但非其本旨耳，閱者切記之（庚辰、甲辰、己酉作「此回中凡用夢用〈甲辰無〉幻等字，是提醒閱者眼目，亦是此書立意本旨」。王府、有正、列藏無。高閱原同庚辰，「此回中」三字畫去，改爲「更于篇中」，「立意」被圈去。程乙作「更於篇中間用夢幻等字，卻是此書本旨，兼寓提醒閱者之意」）。

（庚辰3、王府1a、有正2、列藏、高閱1a、程乙1a此段混入正文。甲辰1a此段比正文低一格，仍作總批）

說起根由，雖近荒唐，細諳則深有趣味。

〔甲戌夾批5a〕自占地步。　自首荒唐，妙！

原來女媧氏煉石補天之時，

〔甲戌夾批5a〕補天濟世，勿認眞用常言。（靖藏夾批「世」作「時」，「用」作「作」）

於大荒山。

〔甲戌夾批5a〕荒唐也。（〔王府2a〕、〔有正3〕、〔甲辰2a〕、〔高閱1a〕同）

無稽崖。

〔甲戌夾批5a〕無稽也。（〔王府2a〕、〔有正3〕、〔甲辰2a〕、〔高閱1a〕同）

煉成高經十二丈。（高閱「經」作「逕」，被圈去）

〔甲戌夾批5a〕總應十二釵。（〔王府2a〕、〔有正3〕、〔甲辰2a〕「總」作「照」。〔高閱1a〕作「應十二釵」，被圈去）

方經二十四丈。（高閱「經」作「逕」，被圈去，改「方逕」爲「見方」）

〔甲戌夾批5a〕照應副十二釵。（〔王府2a〕、〔有正3〕、〔甲辰2a〕同。〔高閱1a〕同，被圈去）

頑石三萬六千五百零一塊。

〔王府夾批2a〕數足，偏遺我，「不堪入選」句中透出心眼。

媧皇氏只用了三萬六千五百塊。（甲辰、高閱「媧皇」作「女媧」）

〔甲戌夾批5a〕合週天之數。（〔王府2a〕、〔有正3〕同。〔甲辰2a〕「合週天之」四字漫漶。〔高閱1a〕同，被圈去，「數」字漫漶）

只單單的剩了一塊未用。

〔甲戌夾批5a〕剩了這一塊便生出這許多故事。使當日雖不以此補天，就該去補地之坑陷，使地平坦，而不有此一部鬼話。

便棄在此山青埂峯下。

〔甲戌眉批5a〕妙！自謂落墮情根，故無補天之用。（〔王府2a〕、〔有正3〕「落墮」作「墜落」，無「之」字）

〔甲辰2a〕□□□墮□□根，故無補天之用。

誰知此石自經煆煉之後，靈性已通。（甲辰無「煆」字）

〔甲戌夾批5a〕煆煉後性方通，甚哉人生不能學也。（〔王府2a〕、〔有正3〕無「能」字）

〔甲辰2b〕煉煉後□□□，甚哉人生可不□也。

生得骨格不凡，丰神迥別。（王府、有正、靖藏、甲辰「別」作「異」。甲辰「迥」作「逈」）

〔王府2b〕這是眞像，非幻像也。（〔有正4〕、〔甲辰2b〕同）

〔靖藏眉批〕作者自己形容。

不得已便口吐人言。

〔甲戌夾批5b〕竟有人問口生於何處，其無心肝，可笑可恨之極。

弟子蠢物。

〔甲戌夾批5b〕豈敢，豈敢。

弟子質雖粗蠢，性卻稍通。

〔甲戌夾批5b〕豈敢，豈敢。

那紅塵中卻有些樂事，但不能永遠依恃。況又有美中不足，好事多魔，八個字緊相連屬；瞬息間則又樂極悲生，人非物換，究竟是到頭一夢，萬境歸空。

〔甲戌夾批6a〕四句乃一部之總綱。

如此也只好踮腳而已。

〔甲戌夾批6a〕煆煉過尚與人踮腳，不學者又當如何。

我如今大施佛法，助你助，待劫終之日，復還本質。

〔甲戌夾批6a〕妙！佛法亦須償還，況世人之償（債）乎。近之賴債者來看此句——所謂游戲筆墨也。

〔靖藏夾批〕佛法亦須償還，況世人之債乎。游戲筆墨。　賴債者來看此句。

大展幻術。

〔甲戌夾批6a〕明點幻字。好！

且又縮成扇墜大小的可佩可拿。

〔甲戌夾批6b〕奇詭險怪之文，有如髯蘇「石鍾」、「赤壁」用幻處①。（〔甲辰2b〕「鍾」作「鐘」，「幻」作「約」）

那僧托於掌上笑道，形體到也是個寶物了。（王府「托」作「乃托」）

〔甲戌夾批6b〕自愧之語。

〔王府夾批2b〕世上人原自據看得見處爲憑。

還只沒有實在的好處。（王府、有正無「的」字）

〔甲戌夾批6b〕妙極。（今之金玉其外敗絮其中者，見此大不歡喜。）

〔王府2b〕好極。今之金玉其外敗絮其中者，見此大不歡喜。（〔有正4〕同。〔甲辰2b〕「此」作「之」）

須得在鐫上數字，使人一見，便知是奇物方妙。（王府、有正「在」作「再」）

〔甲戌夾批6b〕世上原宜假，不宜眞也。（〔王府2b〕、〔有正4〕同）

① 蘇軾（一〇三七——一一〇一）「石鐘山記」及「前赤壁賦」、「後赤壁賦」。

諺云：「一日賣了三千（個）假，三日賣不出一個眞。」信哉。

昌明隆盛之邦。（王府、有正作「隆盛昌明之邦」）

〔甲戌夾批6b〕伏長安大都。（己卯1b附紙雙行批註同。〔甲辰2b〕同）

〔王府2b〕伏長安。（〔有正4〕同）

詩禮簪□之族。（王府、有正、甲辰「□」作「纓」）

〔甲戌夾批6b〕伏榮國府。（〔王府2b〕、〔有正4〕、〔甲辰2b〕同）

花柳繁華地。（王府、有正「地」作「之地」）

〔甲戌夾批6b〕伏大觀園。（〔王府2b〕、〔有正4〕、〔甲辰3a〕同）

溫柔富貴鄉。（王府、有正「鄉」作「之鄉」）

〔甲戌夾批6b〕伏紫芸軒。（〔王府2b〕、〔有正4〕、〔甲辰3a〕「芸」作「芝」）

去安身樂業。

〔甲戌夾批6b〕何不再添一句云，擇個絕世情癡作主人。（〔甲辰3a〕同）

〔甲戌眉批6b〕昔子房後謁黃石公，惟見一石①。子房當時恨不隨此石去。余亦恨不能隨此石而去也。聊供閱者一笑。

〔甲辰3a〕昔子房後謁黃石公，惟見一石。子房當時恨不隨此石而去。余今見此石，亦惟恨不能隨此石而去。聊供閱者一笑。

---

① 張良（？——前一八六）得圯上老人贈「太玄兵法」，並謂之曰：「十三年孺子見我濟北，穀城山下黃石卽我矣。」遂去。後十三年，良「從高帝過濟北，果見穀城山下黃石，取而葆祠之。」事見「史記」卷五十五「留侯世家」。

不知賜了弟子那幾件奇處。（靖藏「件」作「段」）

〔甲戌夾批6b〕可知若果有奇貴之處，自己亦不知者。若自以奇貴而居，究竟是無眞奇貴之人。

〔靖藏眉批〕果有奇貴，自己亦不知。若以奇貴而居，卽無眞奇貴。

無材補天，幻形入世。

〔甲戌夾批 7a〕八字便是作者一生慚恨。（〔王府3a〕、〔有正 5〕同。〔甲辰 3b〕「恨」作「愧」）

無材可去補蒼天。

〔甲戌夾批7a〕書之本旨。

枉入紅塵若許年。

〔甲戌夾7a〕慚愧之言，嗚咽如聞。

或可適趣解悶。

〔甲戌夾批7a〕或字謙得好。

然朝代年紀，地輿邦國。

〔甲戌夾批7a〕若用此套者，胸中必無好文字，手中斷無新筆墨。

卻反失落無考。（王府無「反」字）

〔甲戌夾批7a〕據余說，却大有考證。

〔王府夾批3b〕妙在「無考」。

第一件，無朝代年紀可考。

〔甲戌夾批7b〕先駁得妙。

第二件，並無大賢大忠，理朝廷治風俗的善政。

〔甲戌夾批7b〕將世人欲駁之腐言，預先代人駁盡。妙！

今我師竟假借漢唐等年紀添綴，又有何難。

〔甲戌夾批7b〕所以答的好。

或訕謗君相，或貶人妻女。

〔甲戌夾批7b〕先批其大端。

不過作者要寫出自己的那兩首情詩艷賦來，故假擬出男女二名姓，又必傍出一小人其間撥亂。

〔王府夾批4b〕放筆以情趣世人，並評倒多少傳奇。文氣淋漓，字句切實。

「至若離合悲歡，興衰際遇，則又追蹤攝跡，不敢稍加穿鑿，徒爲供人之目，而反失其眞傳者」一段。

〔甲戌眉批8a〕事則實事，然亦敍得有間架、有曲折、有順逆、有映帶、有隱有見①、有正有閏，以至草蛇灰線、空谷傳聲、一擊兩鳴、明修棧道、暗度陳倉、雲龍霧雨、兩山對峙、烘雲托月、背面傅（傳）粉、千皴萬染諸奇。書中之祕法，亦不復少；余亦干（于）逐回中搜剔刳剖，明白註釋，以待高明，再批示誤謬。

開卷一篇立意，眞打破歷來小說窠臼。閱其筆則是莊子離騷之亞。

① 戴不凡校作「有隱有現」，參「說脂硯齋」，「紅樓夢研究集刊」（以下簡稱「集刊」），二，頁二五七。

斯亦太過。

〔靖藏眉批〕事則實事，然亦〔得〕敍(得)有曲折、有隱現、有(映)帶、(間)架、有(順)逆〔間〕、有正辟(閏)、〔空〕〔谷〕以至草蛇灰線、(空)(谷)傳聲、一擊兩鳴、明修棧道、暗度陳倉、兩山(對)(峙)、霧雨雲龍、〔對〕〔峙〕託(托)月烘雲、背面傳粉、萬染千皺(皴)諸奇秘法，復亦不少；予亦逐回搜剔刹(刳)剖明白，以待高明批示。開卷一篇立意，眞打破歷來小說果(窠)臼。閱其筆則是莊子離騷之亞。

〔甲戌夾批8b〕轉得更好。

也不愿世人稱奇道妙，也不定要世人喜悅檢讀。

我師意爲何如。

〔甲戌夾批8b〕余代空空道人答曰：「不獨破愁醒眊，且有大益。」

將這石頭記。

〔甲戌夾批8b〕本名。（〔王府5b〕、〔有正10〕、〔甲辰5b〕同）

再檢閱一遍。

〔甲戌夾批8b〕這空空道人也太小心了，想亦世之一腐儒耳。

因見上面雖有些指奸責佞貶惡誅邪之語。

〔甲戌夾批9a〕亦斷不可少。

亦非傷時罵世之旨。

〔甲戌夾批9a〕要緊句。

又非假擬妄稱。

〔甲戌夾批9a〕要緊句。

因毫不干涉時世。

〔甲戌夾批9a〕要緊句。

改石頭記爲情僧錄。至吳玉峯題曰紅樓夢。東魯孔梅溪則題曰風月寶鑑。（甲辰無「至吳玉峯題曰紅樓夢」句）

〔甲戌眉批9a〕雪芹舊有風月寶鑑之書，乃其弟棠村序也。今棠村已逝，余覩新懷舊，故仍因之。（〔甲辰6a〕「逝」作「沒」，批在「錄」字下）

「並題一絕云」一段。

〔甲戌眉批9b〕若云雪芹披閱增刪，然後開卷至此這一篇楔子又係誰撰？足見作者之筆，狡猾之甚。後文如此處者不少。這正是作者用畫家烟雲糢糊處，觀者萬不可被作者瞞弊（蔽）了去，方是巨眼。

〔靖藏眉批〕這是畫家烟雲模糊處，不被蒙敝（蔽），方爲巨眼。

滿紙荒唐言，一把辛酸淚；都云作者痴，誰解其中味。

〔甲戌特批9b〕此是第一首標題詩。（〔甲辰6a〕同）

〔甲戌眉批9b〕能解者方有辛酸之淚，哭成此書。壬午除夕，書未成，芹爲淚盡而逝。余嘗哭芹，淚亦待盡。每意覓青埂峯再問石兄①，余（奈）不遇獺（癩）頭和尚何？悵

---

① 宋史卷四四四米芾（一〇五一——一一〇七）傳記：「無為州治有巨石，狀奇醜，芾見大喜曰：『此足以當吾拜！』具衣冠拜之，呼之為兄。」芾因擧止「顛狂」，故人稱「米顛」。

悵！今而後惟愿造化主再出一芹一脂，是書何本（幸），余二人亦大快遂心于九泉矣。甲午八日（月）淚筆。

〔靖藏〕此是第一首標題詩。能解者方有辛酸之淚，哭成此書。壬午除夕，書未成，芹爲淚盡而逝，余常哭芹，淚亦待盡；每思覓青埂峯再問石兄①，奈不遇癩頭和尚何？悵悵！今而後，願造化主再出一脂一芹，是書有□（成），余二人亦大快遂心於九原矣。甲申八月淚筆。（此批錄於另紙上，存靖藏本中，此紙首行書：「夕葵書屋石頭記卷一」）②

---

① 見頁一二注①。

② 甲戌此批在頁十五「姓甄」一批之後，「壬午」兩字在行末，稍側寫。徐恭時以為：「……『壬午除夕』，也是評語系年，過去認為是曹雪芹卒年的根據，實際是評語被刪併致誤……」。見「脂本評者資料輯錄」（以下簡稱「輯錄」），收入「紅樓夢版本論叢」（以下簡稱「論叢」），南京師範學院中文系資料室編，南京圖書館翻印，一九七六年五月，頁二〇七。梅挺秀在「曹雪芹卒年新考」一文中指出，此批應是：

能解者方有辛酸之淚，哭成此書。壬午除夕。書未成，芹為淚盡而逝。余嘗哭芹，淚亦待盡，每意覓青埂峰再問石兄，余（奈）不遇獺（癩）頭和尚何！悵悵！

今而後，惟愿造化主再出一芹一脂，是書何本（幸），余二人亦大快遂心于九泉矣！

甲午八月淚筆。

見「紅樓夢學刊」（簡稱「學刊」），一九八〇年第三輯，頁二二七。徐恭時在「文星隕落是何年？——曹雪芹卒年新探」一文中提出新的解讀法：

〔第一則〕此為第一首標題詩。能解者方有辛酸之淚，〔作者以憤世言、血淚筆，〕哭成此書，壬午除夕。〔畸笏叟〕（這段評語應寫在「標題詩」下面）

〔第二則〕〔此〕書未〔補〕成，〔而〕芹為淚盡而逝。余嘗（常）哭芹，淚亦殆盡。每意覓青埂峰，再問石兄，奈不遇〔癩〕頭和尚與〔跛足道人〕何？悵悵！〔甲申仲春，畸笏。〕（這段評語，應寫在「標題詩」眉端）

〔第三則〕〔自〕今而後，惟愿造化主再出一芹一脂，是書〔有〕（幸）〔而傳〕，余〔與芹脂〕二人，亦大快遂心于九泉（原）矣！甲（申）八月淚筆。〔畸笏老人〕。

見「學刊」一九八一年第二輯，頁一九七——八。按此數批關係曹雪芹卒年，除上舉數文外，又可參俞平伯「記『夕葵書屋石頭記卷一』的批語」，「集刊」第一輯，頁二〇五——二一一。文中附有此批照片。

按那石上書云。

〔甲戌夾批9b〕以石上所記之文。

〔王府6a〕以下係石上所記之文。（〔有正11〕同）

〔甲辰6a〕以□（下）石上所記之文。

當日地陷東南，這江南一隅有處曰姑蘇。

〔甲戌夾批9b〕是金陵。（〔王府6a〕、〔有正11〕同）

有城曰閶門，最是紅塵中一二等富貴風流之地。

〔甲戌夾批9b〕妙極。是石頭口氣，惜米顛不遇此石①。（〔甲辰6a〕「極」、「是」、「氣」三字漫漶，「石頭」作「石頭的」）

〔王府6a〕妙極。是石頭口氣。（〔有正12〕同）

這閶門外有個十里街。

〔甲戌夾批9b〕開口失云勢利，是伏甄封二姓之事。（〔王府6a〕、〔有正12〕、〔甲辰6b〕「失」作「先」。〔甲辰〕「是」「事」二字漫漶）

街內有個仁清巷。

〔甲戌夾批9b〕又言人情，總爲士隱火後伏筆。（〔王府6b〕、〔有正12〕、〔甲辰6b〕同）

巷內有個古廟，因地方窄狹。

---

① 同第一二頁注①。

〔甲戌夾批9b〕世路寬平者甚少。（〔王府6b〕、〔有正12〕「甚」作「最」。〔甲辰6b〕無「甚」字）

亦鑿。

人皆呼作葫蘆廟。（王府、有正、甲辰「人皆」作「皆」）

〔甲戌夾批9b〕糊塗也，故假語從此具焉。（「具焉」〔王府6b〕、〔有正12〕作「興也」，〔甲辰6b〕作「興焉」）

〔王府夾批6b〕盡（畫）的雖不依樣，却是葫蘆。

廟傍住着一家鄉宦。

〔甲戌夾批9b〕不出榮國大族，先寫鄉宦小家，從小至大，是此書章法。（〔甲辰6b〕「宦」作「官」）

姓甄

〔甲戌眉批9b〕眞。　後之甄寶玉亦借此音，後不註。（〔王府6b〕同，二批連寫。〔有正12〕「後之」作「假之」，二批連寫）

〔甲辰6b〕眞假之意，寶玉亦借此音，後不註。

名費。

〔甲戌夾批9b〕廢。（王府6b、有正12作正文。〔甲辰6b〕同）

字士隱。

〔甲戌夾批9b〕託言將眞事隱去也。（〔王府6b〕、〔有正12〕、〔甲辰6b〕「託」作「托」）

嫡妻封氏。

〔甲戌夾批9b〕風。因風俗來。（〔王府6b〕、〔有正12〕、〔甲辰6b〕同）

情性賢淑，深明禮義。

〔甲戌夾批9b〕八字正是寫日後之香菱，見其根源不凡。

〔王府6b〕八字正是寫日後之香菱，見其根源。（〔有正12〕同。〔甲辰6b〕「日後」作「後日」）

家中雖無甚富貴，然本地便也推他爲望族了。（甲辰「無」作「不」）

〔甲戌夾批9b〕本地推爲望族，寧榮則天下推爲望族，叙事有層落。（〔甲辰6b〕同）

只因這甄士隱禀性恬淡，不以功名爲念，每日只以觀花修竹酌酒吟詩爲樂。（王府、甲辰「只因」作「因」，「觀花修竹」改作「看花玩竹」）

〔甲戌夾批9b〕自是羲皇上人，便可作是書之朝代年紀矣。總寫香菱根基，原與正十二釵無異。（〔甲辰6b〕「總」作「復」）

〔王府夾批6b〕伏筆。

如今年已半百，膝下無兒。

〔甲戌夾批10a〕所謂「美中不足」也。（〔王府6b〕、〔有正12〕同）

只有一女，乳名英蓮。

〔甲戌夾批10a〕設云應伶也。

〔王府6b〕設法應憐也。（〔有正13〕同。〔甲辰7a〕「設法」作「猶云」）

一日炎夏永晝。

〔甲戌夾批10a〕熱日無多。（〔王府7a〕、〔有正13〕、〔甲辰7a〕同）

夢至一處不辨是何地方，忽見那廂來了一僧一道。（王府、有正「辨」作「知」。有正無「方」字）

〔甲戌夾批10a〕是方從青埂峯袖石而來也，接得無痕。（〔王府7a〕、〔有正13〕「峯」作「峯下」，無「也」字。有正無「方」字。〔甲辰7a〕同）

原來近日風流寃孽又將造刼歷世去不成。

〔王府夾批7a〕苦惱是「造刼歷世」，又不能不「造刼歷世」，悲夫！

只因西方靈河岸上三生石畔。

〔甲戌夾批10a〕妙，所謂「三生石上舊精魂①」也。

〔甲戌眉批10a〕全用幻，情之至，莫如此。今採來壓巷（卷），其後可知。

〔王府7b〕妙，所謂「三生石上舊積魂」也。全用幻。（〔有正14〕、〔甲辰7b〕「積」作「精」。甲辰「全用幻」三字另爲一批）

有絳珠草一株。（甲辰「株」作「枝」）

〔甲戌夾批10b〕點紅字。細思「絳珠」二字豈非血淚乎。（〔王府7b〕、〔有正14〕、〔甲辰7b〕同）

---

① 唐袁郊「甘澤謠」圓觀條載圓觀所唱竹枝詞曰：「三生石上舊精魂，賞月吟風不要論。慚愧情人遠相訪，此身雖異性長存。」按「太平廣記」三百八十七載此條，注：出「甘澤謠」，今據以錄出。

時有赤瑕宮。

〔甲戌夾批10b〕點紅字玉字二（也）。（〔甲辰7b〕同，在下一批下）

〔甲戌眉批10b〕□「瑕」字本注：「玉小赤也，又玉有病也。」以此命名恰極。（〔甲辰7b〕「□」作「按」，「病也」作「病者」，「恰」作「確」）

〔王府7b〕按「瑕」字本住：「玉小赤也，又玉有病者。」以此命名恰極。　紅字玉字二（也）。（〔有正14〕「住」作「註」，「紅字玉」作「點紅」）

神瑛侍者。（王府、有正「侍」作「使」）

〔甲戌夾批10b〕單點玉字二。（〔王府7b〕、〔有正14〕無「單」字。〔甲辰7b〕「二」作「也」）

絳珠神瑛一段。

〔甲戌眉批10b〕以頑石草木爲偶，實歷盡風月波瀾，嚐遍情緣滋味，至無可如何，始結此木石因果，以洩胸中悒鬱。古人之「一花一石如有意，不語不笑能留人」①，此之謂耶？

---

① 劉長卿（約七〇九——七八六）「戲贈干越尼子歌」：鄱陽女子年十五，家本秦人今在楚；厭向春江空浣沙，龍宮落髮披袈裟。五年持戒長一食，至今猶自顏如花；亭亭獨立青蓮下，忍草禪枝繞精舍。自用黃金買地居，能嫌碧玉隨人嫁。北客相逢疑姓秦，鉛花拋却仍青春；一花一竹如有意，不語不笑能留人；黃鸝欲棲白日暮，天香未散經行處；却對香爐閑誦經，春泉漱玉寒冷冷；雲房寂寂夜鐘後，吳音清切令人聽。人聽吳音歌一曲，杳然如在諸天宿；誰堪世事更相牽，惆悵迴船江水淥。（「全唐詩」第三函第一冊，劉長卿五，頁十九）參胡文彬「『紅樓夢』脂批中『一花一石如有意』的出處」，「學習與思考」一九八一年第六期。

飢則食密青果爲膳，渴則飲灌愁海水爲湯。（甲辰「果」作「菓」，無「海」字）

〔甲戌夾批10b〕飲食之名奇甚，出身履歷更奇甚，寫黛玉來歷自與別個不同。（〔甲辰7b〕同）

只因尚未酬報灌溉之德，故其五衷便鬱結着一段纏綿不盡之意。（王府「五衷」作「在五內」，「在」字被圈去，「着」作「成」，「盡」作「舒」。甲辰「其五衷」作「甚至五內」）

〔甲戌夾批10b〕妙極。恩怨不清，西方尚如此，況世之人乎？趣甚警甚。（〔甲辰8a〕同）

〔王府夾批7b〕點體（題）處，清雅。

恰近日神瑛侍者凡心偶熾。（甲辰「日」作「日這」）

〔甲戌夾批10b〕總悔輕舉妄動之意。（〔甲辰8a〕同）

意欲下凡，造歷幻緣。

〔甲戌夾批10b〕點幻字。（〔王府8a〕、〔有正15〕、〔甲辰8a〕同）

已在警幻仙子案前掛了號。

〔甲戌夾批10b〕又出一警幻，皆大關鍵處。（〔甲辰8a〕「大」作「入」）

他既下世爲人，我也去下世爲人，但把我一生所有的眼淚還他，也償還得過他了。（王府「得」作「的」）

〔甲戌夾批10b〕觀者至此，請掩卷思想，歷來小說可曾有此句？千古未聞之奇文。（〔甲辰8a〕「觀」作「見」，無「請」字，「思想」作「細思」）

〔甲戌眉批10b〕知眼淚還債，大都作者一人耳。全（余）亦知此意，但不能說得出。

〔王府夾批8a〕恩情山海償（債），惟有淚堪還。

因此一事就勾出多少風流冤家來，賠他們去了結此案。（「甲辰「賠」作「陪」）

〔甲戌夾批11a〕餘不及一人者，蓋全部之主惟二玉二人也。（〔甲辰8a〕「者」、「玉」二字漫漶）

果眞是罕聞，實未聞有還淚之說。

〔王府夾批8a〕作想得奇！

並未曾將兒女之眞情發洩一二。

〔王府夾批8b〕所以別致。

那道人道，趁此何不你我也去世上度脫幾個，豈不是一場功德。

〔王府夾批8b〕「度脫」，請問是幻不是幻？

那僧道，正合吾意，你且同我到警幻仙子宮中，將這蠢物交割淸楚，等這一干風流孽鬼下世已完，你我再去。

〔王府夾批8b〕幻中幻，何不可幻？情中情，誰又無情？不覺僧道亦入幻中矣。

如今雖已有一半落塵，然猶未全集。

〔甲戌夾批11b〕若從頭逐個寫去，成何文字。石頭記得力處在此。丁亥春。

原來是塊鮮明美玉，上面字跡分明，鐫着通靈寶玉四字。

〔甲戌夾批12a〕凡三四次始出明玉形，隱屈之至。

那僧便說已到幻境。

〔甲戌夾批12a〕又點幻字，云書已入幻境矣。（〔王府9b〕、〔有正18〕、〔甲辰9b〕同）

〔王府夾批9b〕幻中言幻，何等法門。

那牌坊上大書四字，乃是太虛幻境。（甲辰無「那牌坊」三字）

〔甲戌夾批12a〕四字可思。（〔甲辰9b〕同）

兩邊又有一副對聯，道是。

〔王府9b〕無極太極之輪轉，色空之相生，四季之隨行，皆不過如此①。（〔有正18〕同）

假作眞時眞亦假，無爲有處有還無。

〔甲戌特批12a〕疊用眞假有無字，妙。（〔甲辰9b〕同）

士隱大叫一聲，定睛一看。

〔王府夾批9b〕眞是大警覺大轉身。

只見烈日炎炎，芭蕉冉冉。

〔甲戌夾批12a〕醒得無痕，不落舊套。（〔王府9b〕「醒」字爲「醴」字點改。〔有正18〕、〔甲辰10a〕同）

夢中之事便忘了對半。

〔甲戌夾批12a〕妙極。若記得，便是俗筆了。

方欲進來時，只見從那邊來了一僧一道。

〔甲戌夾批12b〕所謂「萬境都如夢境看」也。（〔甲辰10a〕「看」作「同看」）

---

① 按：此為批下面「假作真時真亦假，無為有處有還無」聯者，安錯了位置。

那僧則癩頭跣足，那道跛足蓬頭。（王府「跣」作「跌」，「跛」作「破」。王府、有正、甲辰「道」作「道則」。甲辰「則」作「財」，「癩」作「癲」）

〔甲戌夾批12b〕此門是幻像。（〔王府10a〕、〔有正19〕無「門」字）

〔甲辰10a〕此則是幻緣。

看見士隱抱着英蓮，那僧便哭起來。（甲辰「哭」作「大哭」）

〔甲戌夾批12b〕奇怪，所謂情僧也」。（〔甲辰10a〕「僧」作「傳」）

「你把這有命無運累及爹娘之物，抱在懷內作甚」一段。

〔甲戌眉批12b〕八個字屈死多少英雄？屈死多少忠臣孝子？屈死多少仁人志士？屈死多少詞客騷人？今又被作者將此一把眼淚洒與閨閣之中，見得裙釵尚遭逢此數，況天下之男子乎。（〔甲辰10b〕「騷人」作「才人」，無「數」字）

看他所寫開卷之第一個女子便用此二語以訂終身，則知託言寓意之旨，誰謂獨寄與于一情字耶。（〔甲辰10b〕「所寫開卷」作「開卷所寫」，「訂」作「爲」，「則」作「得」，「託」作「托」，「謂」作「爲」）

武侯之三分，武穆之二帝，二賢之恨，及今不盡，況今之草芥乎。

家國君父事有大小之殊，其理其運其數則略無差異。知運知數者則必諒而後嘆也。

那僧還說，捨我罷，捨我罷。士隱不耐煩，便抱着女兒，要進去。

〔王府夾批10a〕如果捨出，則不成幻境矣。行文至此，又不得不有此一語。

慣養嬌生笑你痴。

〔甲戌夾批12b〕爲天下父母痴心一哭。

菱花空對雪澌澌。

〔甲戌夾批12b〕生不遇時。　遇又非偶。

好防佳節元宵後。

〔甲戌夾批12b〕前後一樣，不直云前而云後，是諱知者。

便是烟消火滅時。

〔甲戌夾批12b〕伏後文。（〔甲辰10b〕同）

三刼後，我在北邙山等你。

〔甲戌眉批13a〕佛以世謂劫。凡三十年爲一世。三劫者，想以九十春光寓言也。

這士隱正痴想，忽見隔璧葫蘆廟內。（甲辰「璧」作「壁」）

〔甲戌夾批13a〕「隔璧」二字極細極險，記清。（〔甲辰11a〕「璧」作「壁」）

寄居的一個窮儒，姓賈名化。（王府、有正無「的」、「個」二字）

〔甲戌夾批13a〕假話，妙。（〔甲辰11a〕同）

〔王府10b〕假話也。（〔有正21〕同）

字表時飛。（王府、有正無「表」字。甲辰「字表」作「表字」）

〔甲戌夾批13a〕實非，妙。（〔甲辰11a〕同）

〔王府10b〕實非也。（〔有正21〕同）

別號雨村者。

〔甲戌夾批13a〕雨村者，村言粗語也。言以村粗之言，演出一段假話也。（〔甲辰11a〕「粗語」作「俗語」，「話」作「話來」）

〔王府10b〕雨村者，村言粗語也。言以粗村之言，演出一段假話。（〔有正21〕同）

原係胡州人氏。

〔甲戌夾批13a〕胡謅也。

因他出於末世。（甲辰「世」字漫漶）

〔甲戌夾批13a〕又寫一末世男子（〔甲辰11a〕作「寫一□男子」）

只剩得他一身一口，在家鄉無益。

〔王府夾批11a〕形容落破（魄）詩書子弟，逼眞。

暫寄廟中安身，每日賣字作文爲生，故士隱常與他交接。（王府「暫寄」作「暫在」）

〔甲戌夾批13b〕又夾寫士隱實是翰林文苑，非守錢虜也，直灌入「慕雅女雅集苦吟詩」一回①。

〔王府夾批11a〕「廟中安身」，「賣字爲生」，想是過午不食的了。

忽家人飛報嚴老爺來拜。

〔甲戌夾批13b〕炎也。炎旣來，火將至矣。（〔王府11b〕、〔有正22〕、〔甲辰11b〕同）

老先生請便，晚生乃常造之客，稍候何妨。

〔王府夾批11b〕世態人情，如聞其聲。

---

① 卽第四十八回。

生得儀容不俗，眉目清朗。（甲辰「朗」作「秀」）
〔甲戌夾批14a〕八字足矣。（〔甲辰12a〕「足」作「是」）
雖無十分姿色，卻亦有動人之處。（甲辰無「亦」字）
〔甲戌眉批14a〕更好。這便是眞正情理之文。可笑近之小說中滿紙羞花閉月等字。這是雨村目中，又不與後之人相似。（〔甲辰12a〕無「中」字，「後之人」作「後文」）
雨村不覺看得呆了。
〔甲戌夾批14a〕今古窮酸色心最重。（〔王府11b〕、〔有正23〕、〔甲-辰12a〕、「今古」作「古今」。甲辰「最」作「尤」）
方欲走時，猛抬頭見窗內有人，敝巾舊服，雖是窮貧，然生得腰圓背厚，面闊口方，更兼劍眉星眼，直鼻權腮。（甲辰「窮貧」作「貧窘」，「闊」字漫漶，「權」作「方」）
〔甲戌夾批14a〕是莽操遺容。（〔甲辰12b〕同）
〔甲戌眉批14a〕最可笑世之小說中，凡寫奸人則用鼠耳鷹腮等語。
這丫環忙轉身迴避，心下乃想這人生得這樣雄壯，卻又這樣襤褸。……如此想不免又回頭兩次。（王府「迴」作「回」，「襤」作「藍」。甲辰「得」作「的」，「襤褸」作「[衤+蕪]褸」，「兩」作「一兩」）
〔甲戌眉批14a〕這方是女兒心中意中正文。又最恨近之小說中滿紙紅拂紫烟。（〔甲辰12b〕「正」作「眞」，「近」作「近今」）
〔王府夾批12a〕如此忖度，豈得爲無情？

雨村見他回了頭，便自爲這女子心中有意於他。（甲辰「自」作「以」）

〔甲戌夾批14a〕今古窮酸皆會替女婦心中取中自己。（〔甲辰12b〕「女婦」作「婦女」，句末多「妙極」二字）

自爲此女子必是個巨眼英豪，風塵中之知己也。

〔王府夾批12a〕在此處已把種點出。

卻自己步月至廟中來邀雨村。（甲辰「卻」作「卻又」）

〔甲戌夾批14b〕寫士隱愛才好客。（〔甲辰13a〕同）

雨村自那日見了甄家之婢曾回顧他兩次，自爲是個知己，便時刻放在心上。

〔王府夾批12b〕也是不得不留心，不獨因好色，多半感知音。

因而口占五言一律云。

〔甲戌特批14b〕這是第一首詩。後文香奩①閨情皆不落空。余謂雪芹撰此書中，亦爲傳詩之意②。（參下批）

蟾光如有意，先上玉人頭。

〔甲辰13b〕這是第一首□，後文多少香奩閨□（情）皆不落空。余謂雪芹撰此書，亦爲

① 宋嚴羽「滄浪詩話」「詩體」中列「香奩體」，註云：「韓偓之詩，皆裾裙脂粉之語，有『香奩集』。」按「香奩體」也稱「艷體」，是以「香奩集」為代表的一種詩風，該集中詩多綺羅脂粉之語。「香奩集」傳為唐韓偓（八四四——約九一四後）所作。

② 吳恩裕謂「為」當係原抄「有」字行書之誤。又謂此句應讀為「余謂雪芹撰此書，中亦有傳詩之意。」參「有關曹雪芹十種」，頁一五〇。

傳詩之意。（參上批）

復高吟一聯云，玉在匵中求善價，釵於奩內待時飛。（王府「復」作「後」）

〔甲戌夾批15a〕表過黛玉則緊接上寶釵。　前用二玉合傳，今用二寶合傳，自是書中正眼

〔王府特批13a〕偏有些脂氣。

雨村聽了，並不推辭。

〔王府夾批13a〕「不推辭」，語便不入估（俗）矣。

便笑道，既蒙謬愛，何敢拂此盛情，說着，便同了士隱復過這邊書院中來。

〔甲戌夾批15a〕寫雨村豁達氣象不俗。（〔甲辰14a〕同）

時逢三五便團圓。

〔甲戌夾批15b〕是將發之機。

滿把晴光護玉欄。

〔甲戌夾批15b〕奸雄心事，不覺露出。

對月寓懷一詩。

〔甲戌眉批15b〕這首詩非本旨，不過欲出雨村，不得不有者。

用中秋詩起，用中秋詩收，又用起詩社於秋日。所嘆者三春也，却用三秋作關鍵。

可賀可賀。

〔王府夾批14a〕伏筆，作巨眼語，妙！

乃親斟一斗爲賀。

〔甲戌夾批15b〕這個斗字莫作升斗之斗看，可笑。（此條被後人畫去，硃筆旁註：「此語批得謬」）

若論時尚之學。

〔甲戌夾批15b〕四字新而含蓄最廣，若必指明，則又落套矣。（〔甲辰14b〕同）

愚雖不才，義利二字，卻還識得。

〔王府夾批14a〕義利二字，時人故自不識。

當下卽命小童進去速封五十兩白銀並兩套冬衣。又云，十九日乃黃道之期，兄可卽買舟西上。待雄飛高舉，明冬再晤，豈非大快之事耶。

〔甲戌眉批16a〕寫士隱如此豪爽，又全無一些粘皮帶骨之氣相，愧殺近之讀書假道學矣。

〔甲辰15a〕寫士隱如此豪人，□全無一些粘皮骨（帶）骨□氣。

雨村收了銀衣，不過略謝一語，並不介意，仍是吃酒談笑。

〔甲戌夾批16a〕寫雨村眞是個英雄。（〔甲辰15a〕同）

〔王府夾批14b〕托大處，卽（旣）遇此等人，又不得太索（瑣）細。

回房一覺，直至紅日三竿方醒。

〔甲戌夾批16b〕是宿酒。（〔甲辰15a〕同）

使雨村投謁個仕宦之家爲寄足之地。（甲辰「足」作「身」）

〔甲戌夾批16b〕又週到如此。（〔甲辰15a〕「如」作「之」）

讀書人不在黃道黑道，總以事理爲要，不及面辭了。

〔甲戌夾批16b〕寫雨村眞令人爽快。（〔甲辰15b〕同）

因士隱命家人霍啟。（甲辰無「因」字，「命」作「令」）

〔甲戌夾批16b〕妙，禍起也。此因事而命名。（〔王府15a〕、〔有正29〕無「而」字。〔甲辰15b〕「禍」作「附」）

夫妻二人半世只生此女，一旦失落，豈不思想，因此晝夜啼哭，幾乎不曾尋死。（王府「妻」作「婦」）

〔甲戌眉批17a〕喝醒天下父母之痴心。

〔王府夾批15b〕天下作子弟的，看了想去。

此方人家多用竹籬木壁。（王府作「南方人家，多用竹壁」。甲辰「多」作「具」，「壁」作「璧」）

〔甲戌夾批17a〕土俗人風。

〔甲戌眉批17a〕寫出南直①召禍之實病。（〔甲辰16a〕「召」作「致」）

〔王府夾批15b〕交竹（代）滑溜婉轉。

他岳丈名喚封肅。（王府、有正無「喚」字）

〔王府16a〕風俗。（〔有正31〕同。〔甲辰16b〕作「風俗也」）

本貫大如州人氏。

① 明稱直隸南京的地區為南直隸，簡稱南直，相當今之江蘇、安徽兩省。

〔甲戌眉批17b〕託言大概如此之風俗也。（〔王府16a〕、〔有正31〕「如此」作「如是」。〔甲辰16b〕作「言風俗大概如是也」）

今見女婿這等狼狽而來，心中便有些不樂。（王府「女婿」作「女兒女偦」。甲辰無「女」字）

〔甲戌夾批17b〕所以大概之人情如是，風俗如是也。

〔王府夾批16a〕大都不過如此。

〔甲辰16b〕大概人情如是，風俗如是也。

幸而士隱還有些折變田地的銀子未曾用完。

〔王府夾批16a〕若非「幸而」，則有不留之意。

且人前人後，又怨他們不善過活，只一味好吃懶用等語。（甲辰無「們」字，「用等語」作「做」）

〔甲戌夾批18a〕此等人何多之極。（〔甲辰17a〕作「此等人多極」）

漸漸的露出那下世光景來。可巧這日拄了拐，掙挫到街上散散心時。

〔王府夾批16b〕幾幾乎。世人則不能止於幾幾乎，可悲！觀至此，不（下有缺文）。

士隱乃說道。

〔王府17b〕要寫情要寫幻境，偏先寫出一篇奇人奇境來。（〔有正34〕同）

陋室空堂，當年笏滿床。

〔甲戌夾批19a〕寧榮未有之先。

衰草枯楊，曾爲歌舞場。

〔甲戌夾批19a〕寧榮既敗之後。

蛛絲兒結滿雕梁。

〔甲戌夾批19a〕瀟湘館紫芸軒等處。

「綠紗今又糊在蓬窗上」一段。（甲辰無「糊」字）

〔甲戌夾批19a〕雨村等一干新榮暴發之家。

〔甲戌眉批19a〕先說場面，忽新忽敗，忽麗忽朽，已見得反覆不了。（〔甲辰18a〕同）

說什麼脂正濃，粉正香。

〔甲戌夾批19a〕寶釵湘雲一干人①。

如何兩鬢又成霜。

〔甲戌夾批19a〕貸（黛）玉晴雯一干人②。

「今宵紅燈帳底臥鴛鴦」一段。（甲辰「帳底臥」三字漫漶）

〔甲戌夾批19a〕熙鳳一干人③。

---

① 此批正文應為「如何兩鬢又成霜」。甲戌本較原底本每行少二個字，正文位置較原底本同一正文位置移後，而抄手抄批時仍照原批位置抄錄，沒注意正文位置的更變，造成了正文在後批語在前的情況。參楊光漢「關於甲戌本『好了歌解』的側批」，「學刊」，一九八〇年第四輯，頁二三一——二四〇。

② 此批正文應為「昨日黃土隴頭堆白骨」，參①。

③ 此批正文應為「金滿箱，銀滿箱」，參①。

〔甲戌眉批19a〕一段妻妾迎新送死，倏恩倏愛，倏痛倏悲，纏綿不了。（〔甲辰18b〕「死」作「故」，「恩」作「思」）

展眼乞丐人皆謗。

〔甲戌夾批19a〕甄玉賈玉一干人。

「正嘆他人命不長，那知自己歸來喪」一段。（甲辰「歸」字漫漶）

〔甲戌眉批19a〕一段石火光陰，悲喜不了。風露草霜，富貴嗜欲，貪婪不了。（〔甲辰18b〕「風露」作「一段風露」）

訓有方，保不定日後作強梁。

〔甲戌夾批19a〕言父母死後之日。　柳湘蓮一干人。

「擇膏粱，誰承望流落在烟花巷」一段。

〔甲戌眉批19a〕一段兒女死後無憑，生前空爲籌畫計算，痴心不了。（〔甲辰18b〕同）

因嫌紗帽小，致使鎖枷扛。

〔甲戌夾批19a〕賈赦雨村一干人。

「昨憐破襖寒，今嫌紫蟒長」一段。

〔甲戌夾批19a〕賈蘭賈菌一干人。

〔甲戌眉批19a〕一段功名陞黜無時，強奪苦爭，喜懼不了。（〔甲辰18b〕無「無時」二字）

亂烘烘，你方唱罷我登場。

〔甲戌夾批19a〕總收。

〔甲戌眉批19a〕總收古今億兆癡人，共歷幻場此幻事，擾擾紛紛，無日可了。（〔甲辰18b〕「億兆」作「無萬」，「幻場此」作「此幻場」）

反認他鄉是故鄉。

〔甲戌夾批19a〕太虛幻境青埂峯一並結住。

「甚荒唐，到頭來，都是爲他人作嫁衣裳」一段。（王府「嫁」字爲「了」字點改，有正「嫁」作「了」，甲辰「作」字漫漶）

〔甲戌夾批19b〕語雖舊句，用於此妥極，是極。苟能如此，便能了得。（〔甲辰18b〕同）

〔甲戌眉批19b〕此等歌謠原不宜太雅，恐其不能通俗，故只此便妙極。其說得痛切處，又非一味俗語可到。

〔王府18a〕誰不解得世事如此，有龍象力者方能放得下。（〔有正35〕同）

士隱便笑一聲，走罷。（王府「笑」作「說」，「走」作「去」）

〔甲戌夾批19b〕如聞如見。

〔甲戌眉批19b〕「走罷」二字眞懸崖撒手，若個能行。

〔王府夾批18a〕一轉念間蹬（登）彼岸。

〔靖藏眉批〕「走罷」二字，如見如聞，眞懸崖撒手，非過來人，若個能行。

俄而大轎內抬着一個烏帽猩袍的官府過去了。（甲辰「俄而」兩字漫漶，無「了」字）

〔甲戌夾批20a〕雨村別來無恙否？可賀可賀。（〔甲辰19b〕除「雨」「無」「恙」「否」四字外，餘漫漶）

〔甲戌眉批20a〕所謂「亂烘烘，你方唱罷我登場」是也。

丫環到發個怔，自思這官好面善，到像在那裏見過的。于是進入房中，也就丟過不在心上。（王府「發個」作「發了」，「思」作「忖」，「見」作「會」）

〔甲戌夾批20a〕是無兒女之情，故有夫人之分。（靖藏夾批「是無」作「無是」，「故」作「始」）

〔王府夾批19a〕起初到底有心乎？無心乎？

忽聽一片聲，打的門響，許多人亂讓說，本府太爺的差人來傳人問話。

〔王府夾批19a〕不忘情的先寫出頭一位來了。

回末總評

〔有正38〕出口神奇，幻中不幻。文勢跳躍，情裡生情。借幻說法，而幻中更自多情，因情捉筆，而情裡偏成癡幻。試問君家識得否，色空空色兩無干。

第二回　賈夫人仙逝揚州城　冷子興演說榮國府

回前總評

〔甲戌21a〕此回亦非正文本旨，只（甲辰作「卽」）在（高閱被圈去）冷子興一人（高閱作「今」，圈改爲「人」），卽俗（庚辰旁添「語所」二字。王府、有正無）謂（王府、有正無）冷（甲辰漫漶）中（甲辰漫漶。高閱作「口」）出熱、無中生有也。其演說榮（有正作「榮國」）府一篇者，蓋因族大人（甲辰漫漶）多，若從作者筆下一一取出，盡（庚辰點去。甲辰作「儘」）一二回不能得明（己卯、列藏、高閱作「明白」。庚辰上旁添「說」字。甲辰漫漶），則（庚辰被圈去。甲辰漫漶）成何文字（甲辰作「事」）？故借用（列藏無）冷字（庚辰被點去，改爲「子興」。王府、有正作「子」。甲辰作「子興」）一人略出其大半（己卯、王府、有正、列藏、己酉作「文半」。庚辰原作「文半」，「半」被點去，改爲「文好」。甲辰作「半」），使（甲辰作「便」）閱者心（甲辰漫漶）中，已（列藏作「亦」）有一榮府隱隱在心。然後用黛玉寶釵等兩三（甲辰漫漶）次（甲辰作「人」）皴染，則（庚辰點去，改爲「必」）耀然于心中眼中矣。此卽畫家三染法也（列藏作「之三染」。甲辰漫漶）。

未寫榮府（高閱作「府的」）正人，先寫外戚，是由遠（己卯、高閱作「近」）及近（己卯、高閱作「遠」）、由小至（甲辰漫漶）大也。若使（列藏無）先敍出榮府，然後（甲辰作「正人」）一一敍及外戚，「又一一未寫榮府正人，先寫外戚，是由遠及近，由小至大也，若是先敍出榮府，然後一一敍及外戚」（甲戌重出。己卯、庚辰、王府、有正、列藏、甲辰、高閱、己酉無）又一一（高閱無）至（甲辰漫漶）朋友、至奴（甲辰作「一二」）僕，其死板（己卯、列藏、高閱作「後」。庚辰作「反」）拮（王府作「技」）据（甲辰無）之筆，豈作十二釵人手中之物（甲辰無）也（甲戌上旁添「耶」字。甲辰作「哉」）。今（王府作「令」）先寫外戚者，正是（列藏無。高閱作「先」）寫榮國一（高閱圈去）府也（高閱無）。故又怕閒文（王府作「反致」，有正作「問反」）癠瘝（甲辰作「累贅」）。高閱作「瘝癠」），開筆（甲辰作「手」）即（高閱作「即先」）寫賈夫人已（王府、有正作「一二」）死，是特（王府、有正無）使黛玉入榮（己卯、庚辰、王府、有正、列藏、甲辰、高閱、己酉作「榮府」）之速也（甲辰漫漶）。通靈寶玉于（列藏作「在」）士隱夢中一出，今于（己卯、庚辰、王府、有正、列藏、甲辰、高閱、己酉作「又于」）子與口中一出，閱者已洞（王府作「涸」，有正作「豁」）然矣；然後于黛玉寶釵（高閱作「玉」）二人目中極（甲辰無）精極（王府、有正、甲辰無）細一描，則（高閱作「只」）是文章（高閱無）鎖合（庚辰作「鎖何」，「鎖」上旁添「關」字。己酉作「住」）處。蓋（高閱無）不肯一（己卯、高閱作「下」）筆直下，有若放閘之水，然（己卯、王府、甲辰、高閱作「燃」。列藏作「龍」）信之爆（高閱作「的爆竹」），使其精華一洩而無餘也。究竟此玉（甲辰漫漶）原應（高閱作「引」。己酉無）出自釵黛目中，方有照應。今預從子與口中（己酉無）說出（高閱無），實（甲辰無）雖寫而卻未寫。觀其後文，可知此一回則（甲辰無。高閱作「文則」）是虛敲傍擊之文，筆（有正、列藏、甲辰、己酉無。甲辰以下無）則是反逆隱回（己卯、庚辰、王府、有正、列藏、高閱、己酉作「曲」）之筆。（甲戌、甲辰 1a 此二批在回目後，低正文一格抄寫。己卯 10a、庚辰27、王府1a、有正41、己酉1a批與正文合在一起。王府、有正二批連寫）

〔王府0a〕以百回之大文，先以此回作兩大筆以帽之，誠是大觀。世態人情盡盤旋於其間，而一絲不亂，非具龍象力者其孰能哉。（有正39「帽」作「冒」）

回首詩

〔甲戌22a〕詩云。。（列藏無。高閱作「詩曰」）：一局輸贏（贏）料不眞，香銷。（列藏、高閱作「消」）茶盡尚逡巡。欲知目下興衰兆，須問傍觀冷眼人。（己卯10b、庚辰28、王府2a、有正41、列藏、高閱1a、己酉2a同）

甲戌於上批「詩云」下有特批：「只此一詩便妙極。此等才情自是雪芹平生所長。余自謂評書，非關評詩也。」又於詩上有眉批：「故用冷子與演說。」

那些人只嚷，快請出甄爺來。

〔甲戌夾批22a〕一絲不亂。

那些公人道，我們也不知什麼眞假。

〔甲戌夾批22a〕點睛（睛）妙筆。

只見封肅方回來，歡天喜地。

〔甲戌夾批22b〕出自封肅口內，便省却多少閒文。

曾與女壻舊日相交。

〔王府夾批2b〕世態精神，疊露於數語間。

方纔在偕門前過去，因看見嬌杏那丫頭買線。

〔甲戌夾批22b〕僥倖也。　託言當日了(丫)頭回顧，故有今日，亦不過偶然僥倖耳，非眞實得(風)塵中英傑也。非近日小說中滿紙紅拂紫烟之可比。

〔甲戌眉批22b〕余批重出。余閱此書偶有所得，卽筆卽錄之，非從首至尾閱過，復從首加批者。故偶有復(複)處。且諸公之批自是諸公眼界，脂齋之批亦有脂齋取樂處。後每一閱亦有一語半言重加批評於側，故又有於前後照應之說等批。

又問外孫女兒。

〔甲戌夾批22b〕細。

太爺說不妨，我自使番役，務必採訪回來。(〔甲辰「自使番役」作「差人去」，「採訪」作「找尋」)

〔甲戌夾批22b〕爲葫蘆案伏線。(〔甲辰2b〕同)

臨走倒送了我二兩銀子。

〔王府夾批2b〕此事最要緊。

甄家娘子聽了，不免心中傷感。

〔甲戌夾批22b〕所謂「舊事悽涼不可聞」①也。

早有雨村遣人送兩封銀子，四疋錦緞，答謝甄家娘子。又寄一封密書與封肅，轉託他向甄家娘子要那嬌杏作二房。

---

① 按「全唐詩」卷二百七十一竇叔向詩有「夏夜宿表兄宅話舊」七律：「夜合花開香滿庭，夜深微雨醉初醒。遠書珍重何曾達，舊事淒涼不可聽。去日兒童皆長大，昔年親友半凋零。明朝又是孤舟別，愁見河橋酒幔青。」

〔甲戌夾批22b〕雨村已是下流人物，看此，今之如雨村者亦未有矣。

謝禮却爲此，險哉人之心也。

封肅喜的屁滾尿流，巴不得去奉承，便在女兒前一力攛掇成了。

〔甲戌夾批23a〕一語道盡。

雨村歡喜，自不必說。乃封百金贈封肅外，又謝甄家娘子許多物事。

〔王府夾批3a〕知己相逢，得遂平生，一大快事。

令其好生養贍，以待尋訪女兒下落。（甲辰「養贍」作「過活」，「尋訪」作「訪尋」）

〔甲戌夾批23a〕找前伏後。

士隱家一段小榮枯至此結住，所謂眞不去假焉來也。（〔甲辰3a〕「小」作「小小」，無「住」字，「謂」作「爲」）

卻說姣杏這丫環，便是那年回顧雨村者，因偶然一顧，便弄出這段事來。

〔王府夾批3a〕點出情事。

亦是自己意料不到之奇緣。

〔甲戌夾批23a〕注明一筆，更妥當。

誰想他命運兩濟。

〔甲戌眉批23a〕好極，與英蓮「有命無運」四字遙遙相映射。蓮、主也，杏、僕也，今蓮反無運，而杏則兩全，可知世人原在運數，不在眼下之高低也。此則大有深意存焉。

〔甲辰3a〕妙，與英蓮「有命無運」四字遙相對照。

偶因一着錯。（「着錯」二字被墨筆點去，改爲「回顧」）

〔甲戌夾批23a〕妙極，蓋女兒原不應私顧外人之謂。

便爲人上人。

〔甲戌夾批23a〕更妙，可知守禮俟命者終爲餓莩，其調侃寓意不小。

〔甲戌眉批23a〕從來只見集古集唐等句，未見集俗語者，此又更奇之至。

〔靖藏眉批〕向只見集古集唐句，未見集俗語者。

且又恃才侮上，那些官員皆側目而視。

〔甲戌夾批23b〕此亦奸雄必有之理。

致使地方多事，民命不堪等語。

〔甲戌夾批23b〕此亦奸雄必有之事。

即批革職，該部文書一到，本府官員無不喜悅。

〔王府夾批3b〕罪重而法輕，何其幸也。

却面上全無一點怨色，仍是喜悅自若。（甲辰無「却」字，「喜悅」作「嘻笑」）

〔甲戌夾批此23b〕亦奸雄必有之態。（〔甲辰3b〕同）

將歷年做官積的些資本並家小人屬，送至原籍安插妥協。

〔甲戌夾批23b〕先云根基已盡，故今用此四字，細甚。

却又自己担風袖月，游覽天下勝跡。（甲辰無「又」字，「袖」作「就」）

〔甲戌夾批23b〕已伏下至金陵一節矣。（〔甲辰4a〕無「矣」字）

這林如海姓林名海，字表如海。（甲辰「字表」作「表字」）

〔甲戌夾批24a〕蓋云學海文林也。總是暗寫黛玉。（〔甲辰4a〕同）

今已陞至蘭臺寺大夫。

〔甲戌眉批24a〕官制半遵古名亦好。余最喜此等半有半無，半古半今，事之所無，理之必有，極玄極幻，荒唐不經之處。

本貫姑蘇人氏。

〔甲戌夾批24a〕十二釵正出之地，故用眞。（〔甲辰4a〕「正」作「所」）

「因當今隆恩盛德，遠邁前代」一段。

〔甲戌眉批24a〕可笑近時小說中，無故極力稱揚浪子淫女，臨收結時，還必致感動朝廷，使君父同入其情慾之界，明遂其意，何無人心之至。不知被（彼）作者有何好處，有何謝報到朝廷廊廟之上，直將半生淫朽（污）穢瀆睿聽，又苦拉君父作一干證護身符，強媒硬保，得遂其淫慾哉。

雖係鐘鼎之家，卻亦是書香之族。

〔甲戌夾批24a〕要緊二字，蓋鐘鼎亦必有書香方至美。

只可惜這林家支庶不盛，……沒甚親枝嫡派的。

〔甲戌夾批24a〕總爲黛玉極力一寫。

雖有幾房姬妾。

〔甲戌夾批24a〕帶寫賢妻。

乳名黛玉。

〔王府夾批4b〕絳珠初見。

且又見他聰明清秀。

〔甲戌夾批24b〕看他寫黛玉只用此四字，可笑近來小說中滿紙天下無二，古今無雙等字。

〔甲戌眉批24b〕如此敍法方是至情至理之妙文。最可笑者，近小說中，滿紙班昭蔡琰文君道韞。

幸有兩個舊友，亦在此境居住。

〔甲戌夾批24b〕寫雨村自得意後之交識也。 又爲冷子興作引。

女學生侍湯奉藥，守喪盡哀。

〔王府夾批5a〕先要使黛玉哭起。

近因女學生哀痛過傷，本自怯弱多病的，觸犯舊症，遂連日不曾上學。

〔甲戌夾批25a〕又一染。

〔甲戌眉批25a〕上半回已終寫仙逝，正爲黛玉也，故一句帶過，恐閑文有防（妨）正筆。

意欲賞鑒那村野風光。

〔甲戌眉批25a〕大都世人意料此，終不能此，不及彼者，而反及彼。故特書意在村野風光，却忽遇見子與一篇榮國繁華氣象。

門前有額，題着智通寺三字。

〔甲戌夾批25a〕誰爲智者，又誰能通，一嘆！

〔靖藏眉批〕是智者方能通，誰爲智者，一嘆。

身後有餘忘縮手，眼前無路想回頭。

〔甲戌夾批25a〕先爲寧榮諸人當頭一喝。却是爲余一喝。

因想到這兩句話，文雖淺，其意則深。

〔甲戌夾批25a〕一部書之總批。

其中想必有個翻過筋斗來的也未可知。

〔甲戌夾批25b〕隨筆帶出禪機，又爲後文多少語錄不落空。

只有一個聾腫老僧在那裏煮粥。

〔甲戌夾批25b〕是雨村火氣。

〔甲戌夾批25b〕火氣。

雨村見了，便不在意。

〔甲戌夾批25b〕是翻過來的。

及至問他兩句話，那老僧既聾且昏。

〔王府夾批6a〕欲寫冷子興，偏閑閑有許多着力語。

齒落舌鈍。

〔甲戌夾批25b〕是翻過來的。

聾腫老僧一段。

〔甲戌眉批25b〕畢竟雨村還是俗眼，只能識得阿鳳寶玉黛玉等未覺之先，却不識得旣證之後。

未出寧榮繁華盛處，却先寫一荒涼小境；未寫通部入世迷人，却先寫一出世醒人。迴風舞雪，倒峽逆波，別小說中所無之法。

〔靖藏硃墨眉批〕雨村聿（畢）意（竟）還是俗眼，只識得雙玉等未覺之先，却不曉旣證之後。

此人是都中古董行中貿易的，號冷子興者。

〔甲戌夾批25b〕此人不過借爲引繩，不必細寫。

雨村最讚這冷子興是個有作爲大本領的人。

〔王府6a〕不讚出則文不靈(活，)(而)(冷)子興之談吐似覺〔活〕〔而〕〔冷〕唐突矣。

〔有正51〕不讚出則文不靈活，而冷子興之談吐似覺唐突矣。

二人閒談慢飮，敍些別後之事。

〔甲戌夾批26a〕好。若多談則累贅（贅）。

〔王府夾批6b〕又抛一筆。

雨村因問，近日都中可有新聞沒有。

〔甲戌夾批26a〕不突然，亦常問常答之言。

到是老先生你貴同宗家出了一件小小的異事。

〔甲戌夾批26a〕雨村已無族中矣，何及此耶？看他下文。

榮國府賈府中，可也不玷辱了先生的門楣了。

〔甲戌夾批26a〕刳小人之心肺，聞小人之口角。

寒族人丁卻不少，自東漢賈復以來，支派繁盛，各省皆有。

〔甲戌夾批26b〕此話縱眞，亦必謂是雨村欺人語。

〔王府夾批7a〕如聞其聲。

子興嘆道，老先生休如此說。

〔甲戌夾批26b〕嘆得怪。

如今這榮國兩門也都消踈了，不比先時的光景。

〔甲戌夾批26b〕記清此句，可知書中之榮府已是末世了。

當日寧榮兩宅的人口極多，如何就消踈了。

〔甲戌夾批26b〕作者之意原只寫末世。　此已是賈府之末世了。

那日進了石頭城。

〔甲戌夾批26b〕點晴（睛）神妙。（〔甲辰7a〕作「點眼妙」）

大門前雖冷落無人。

〔甲戌夾批26b〕好，寫出空宅。

就是後一帶花園子裏。

〔甲戌夾批27a〕後字何不直用西字。　恐先生墮淚，故不敢用西字。

主僕上下安富尊榮者儘多，運籌謀畫者無一。

〔甲戌夾批27a〕二語乃今古富貴世家之大病。

如今外面的架子雖未甚倒。

〔甲戌夾批27a〕甚字好，蓋已半倒矣。

誰知這樣鐘鳴鼎食之家，翰墨詩書之族。（王府無「樣」字）

〔甲戌夾批27a〕兩句寫出榮府。

〔王府夾批8a〕世家興敗，寄口與人，誠可悲夫。

「如今的兒孫竟一代不如一代了」一段。

〔甲戌眉批27a〕文是極好之文，理是必有之理，話則極痛極悲之話。

只說這寧榮兩宅是最教子有方的。

〔甲戌夾批27b〕一轉有力。

寧國公。

〔甲戌夾批27b〕演。

榮國公。

〔甲戌夾批27b〕源。

寧公居長，生了四個兒子。

〔甲戌夾批27b〕賈薔賈菌之祖，不言可知矣。

賈代化襲了官。

〔甲戌夾批27b〕第二代。

只剩了次子賈敬襲了官。

〔甲戌夾批27b〕第三代。

如今一味好道，只愛燒丹煉永，餘者一概不在心上。（王府「永」作「汞」）

〔甲戌夾批27b〕亦是大族末世常有之事，嘆嘆！

〔王府夾批8b〕偏先從好神仙的苦處說來。

幸而早年留下一子，名喚賈珍。

〔甲戌夾批27b〕第四代。

名叫賈蓉。

〔甲戌夾批27b〕至蓉五代。（〔甲辰8a〕「蓉」作「此」）

這珍爺那肯讀書，只是一味高樂不已，把寧國府竟翻了過來，也沒有敢來管他。（甲辰「那」作「那裏」，無「是」字，「已」作「了」，「有」字漫漶，「他」作「他的人」）

〔甲戌夾批28a〕伏後文。（〔甲辰8b〕同）

長子賈代善襲了官。

〔甲戌夾批28a〕第二代。

娶的金陵世勳史侯家的小姐爲妻。（甲辰作「娶的也是金陵世家史侯的小姐爲妻」）

〔甲戌夾批28a〕因湘雲，故及之。（〔甲辰8b〕同）

長子賈赦，次子賈政。

〔甲戌夾批28a〕第三代。

如今代善早已去世，太夫人尚在。

〔甲戌夾批28a〕記眞，湘雲祖姑史氏太君也。（〔甲辰8b〕同）

長子賈赦襲了官，爲人平靜中和，也不管家務。

〔甲辰8b〕伏下賈璉鳳姐當家之文。

遂額外賜了這政老爹一個主事之銜。

〔甲戌夾批28a〕嫡眞實事，非妄擁（擬）也。

令其入部習學，如今現已陞了員外郎了。

〔甲戌夾批28a〕總是稱功頌德。

這政老爹的夫人王氏。

〔甲戌夾批28a〕記清。

頭胎生的公子名喚賈珠，十四歲進學，不到二十歲就娶了妻生了子。

〔甲戌夾批28a〕此卽賈蘭也。至蘭第五代。

一病死了。

〔甲戌眉批28b〕略可望者卽死，嘆嘆。

不想次年又生了一位公子。

〔甲戌眉批28b〕一部書中第一人却如此淡淡帶出，故不見後來玉兄文字繁難。

一落胎胞，嘴裏便啣下一塊五彩晶瑩的玉來，上面還有許多字跡。（甲辰「胎胞」作「抱胎」，無「上面」兩字）

〔甲戌夾批28b〕青埂頑石已得下落。（〔甲辰9a〕「落」作「落矣」）

你道是新聞異事不是。

〔甲辰9a〕正是寧榮二處支譜。

他說女兒是水作的骨肉，男人是泥作的骨肉。（甲辰「作」皆作「做」）

〔甲戌夾批29a〕眞千古奇文奇情。（〔甲辰9b〕作「千古奇文」）

將來色鬼無疑了。

〔甲戌夾批29a〕沒有這一句，雨村如何罕然厲色，並後奇奇怪怪之論。

蚩尤，共工，桀紂，始皇，王莽，曹操，桓溫，安祿山，秦檜等，皆應刧而生者。

〔甲戌夾批29b〕此亦略舉大概幾人而言。

正不容邪，邪復妒正。

〔甲戌夾批29b〕譬得好。

上則不能成仁人君子，下亦不能爲大凶大惡。

〔甲戌夾批30a〕恰極，是確論。

若生於詩書清貧之族，則爲逸士高人。

〔王府夾批11b〕巧筆奇言，另開（生）面。但此數語，恐誤盡聰明後生者。

成則王侯，敗則賊了。

〔甲戌夾批30b〕「女仙外史」中論魔道已奇①，此又非「外史」之立意，故覺愈奇。

這兩年遍遊名省，也曾遇見兩個異樣孩子。

〔甲戌夾批30b〕先虛陪一個。

只金陵城內欽差金陵省體仁院總裁甄家。

〔甲戌夾批30b〕此銜無考，亦因寓懷而設，置而勿論。

〔甲戌眉批30b〕又一個眞正之家，持（特）與假家遙對，故寫假則知眞。

便在下也和他家來往，非止一日了。

〔甲戌夾批30b〕說大話之走狗，畢眞。

誰知他家那等顯貴，卻是富而好禮之家。

〔甲戌夾批31a〕如聞其聲。

〔甲戌眉批31a〕只一句便是一篇家傳，與子與口中是兩樣。

他說必得兩個女兒伴着我讀書，我方能認得字，心裏也明，不然我自己心裏糊塗。

〔甲戌夾批31a〕甄家之寶玉乃上半部不寫者，故此處極力表明以遙照賈家之寶玉。凡寫賈寶玉之文，則正爲眞寶玉傳影。

比那阿彌陀佛元始天尊的這兩個寶號還更尊榮無對的呢。

---

① 「女仙外史」，清呂熊作。敘明初山東蒲臺唐賽兒造反事。初版刊於康熙五十年（一七一一）。此書第二十七回「黑氣蔽天夜邀剎魔主，赤虹貫日晝降鬼母尊」有曼師與月姑（唐賽兒）論魔教事。第三十一回「驪山老姥徵十八仙詩，剎魔公主講三千鬼話」中即有剎魔公主論魔道一大段，文長不錄。按此書首載「江西廉使劉廷璣在園品題二十則」曰：「一若魔道，自來僅有其名，從未有能考其實。此則縷析分明，本末燦然，又借以為寓言，此奇而誕者。」（參魏同賢「論『紅樓夢』對傳統文學的繼承」，「江海學刊」，一九八四年第二期，頁九五——九六）

〔甲戌眉批31a〕如何只以釋老二號爲譬，略不敢及我先師儒聖等人，余則不敢以頑劣目之。

你們這濁口臭舌，萬不可唐突了這兩個字要緊。

〔王府夾批12b〕固（故）作險筆，以爲後文之伏線。

其溫厚和平聰敏文雅，竟又變了一個。

〔甲戌夾批31a〕與前八個字①嫡對。

每打的喫疼不過時，他便姐姐妹妹亂叫起來。

〔甲戌眉批31b〕以自古未聞之奇語，故寫成自古未有之奇文。此是一部書中大調侃寓意處。蓋作者實因鶺鴒之悲，棠棣之威②，故撰此閨閣庭幃之傳。

他說急疼之時，只叫姐姐妹妹字樣，或可解疼也未可知，因叫了一聲，便果覺不疼了，遂得了祕法。

〔王府夾批13a〕閑閑鬪（逗）出無窮奇語，都只爲下文。

只可惜他家幾個好姊妹都是少有的。

〔甲戌夾批31b〕實點一筆。余謂作者必有。

政老父之長女名元春。

① 指前二行「暴虐浮躁，頑劣憨痴」八字。

② 王利器說：我認為「鶺鴒之悲，棠棣之威」，二句一義，都是說兄弟死喪之事。「棠棣之威」，是用「詩經・小雅・常棣」：「常棣之華，鄂不韡韡。凡今之人，莫如兄弟。死喪之威，兄弟孔懷。」「常棣」即「棠棣」，「毛傳」云：「威，畏；懷，思也。」「鄭箋」云：「死喪，可怖之事。維兄弟之親，甚相思念。」此脂批所本。（見「『紅樓夢新證』證誤」，「集刊」，第二輯，頁四〇四）

〔甲戌夾批32a〕原也。

現因賢孝才德，選入宮中作女史去了。

〔甲戌夾批32a〕因漢以前例，妙。

名迎春。

〔甲戌夾批32a〕應也。

名探春。

〔甲戌夾批32a〕嘆也。

名喚惜春。

〔甲戌夾批32a〕息也。

〔甲辰13a〕賈敬之女。

目今你貴東家林公之夫人，卽榮府中赦政二公之胞妹。

〔王府夾批14a〕黛玉之入寧（榮）國府的根源，却藉他二人之口，下文便不廢（費）力。

方纔說這政公已有了一個啣玉之兒，又有長子所遺一個弱孫，這赦老竟無一個不成。

〔王府夾批14b〕靈玉却只一塊，而寶玉有兩個，情性如一，亦如之（六）耳悞（悟）空之意耶①。

聽得個個不錯。

〔甲辰13a〕復續前文未及，正詞源三疊。

①　六耳卽六耳獮猴，化為孫悟空，事見「西遊記」第五十七至五十八回。

其妾後又生了一個，到不知其好歹。

〔甲戌夾批33a〕帶出賈環。

若問那赦公，也有二子，長名賈璉，今已二十來往了。親上作親，娶的就是政老爹夫人王氏之內姪女。（王府「爹」作「爺」）

〔甲戌夾批33a〕另出熙鳳一人。

〔王府夾批15a〕本家族譜記不清者甚多，偏是旁人說來，一絲不亂。

竟是個男人萬不及一的。

〔甲戌夾批33a〕未見其人，先已有照。

〔甲戌眉批33a〕非警幻案下而來爲誰。

雨村聽了笑道，可知我前言不謬。

〔甲戌夾批33a〕略一總住。

只顧算別人家的帳，你也吃一盃酒纔好。

〔王府夾批15b〕筆轉如流，毫無沾滯。

說着別人家的閒話，正好下酒。

〔甲戌夾批33b〕蓋云此一段話，亦爲世人茶酒之笑談耳。

雨村向窗外看道。

〔甲戌夾批33b〕畫。

於是二人起身算還酒賬。

〔甲戌夾批33b〕不得謂此處收得索然，蓋原非正文也。

又聽得後面有人叫道，雨村兄恭喜了，特來報個喜信的。

〔甲戌夾批33b〕此等套頭，亦不得不用。

回末總評

〔王府16a〕先自寫幸遇之情於前，而緒借口談幻境之情於後。世上不平事，道路口如碑，雖作者之苦心，亦人情之必有。（有正71「緒」作「敍」）雨村之遇姣杏，是此文之總帽，故在前。冷子興之談，是事跡之總帽，故緒寫於後。冷暖世情，比比如畫。（有正71「帽」皆作「冒」，「緒」作「敍」）有情原比無情苦，生死相關總在心。也是前緣天作合，何妨黛玉淚淋淋。（有正71同）

第三回　金陵城起復賈雨村　榮國府收養林黛玉

回前總批

〔王府0a〕我爲你持戒，我爲你吃齋；我爲你百行百計不舒懷，我爲你淚眼愁眉難解。無人處，自疑猜，生怕那慧性靈心偷改。（有正73同）

寶玉通靈可愛，天生有眼堪穿。萬年幸一遇仙緣，從此春光美滿。隨時喜怒哀樂，遠卻離合悲歡。地久天長香影連，可意方舒心眼。（有正73同）

寶玉含來是補天之餘，落地已久，得地氣收藏，因人而現。其性質內陽外陰，其形體光白溫潤，天生有眼可穿，故名曰保玉。將欲得者盡皆保愛此玉之意也。（有正73「含」作「啣」，「保」皆作「寶」）天地循還秋復春，生生死死舊重新。君家著筆描風月，寶玉顰顰解愛人。（有正74「還」作「環」）

榮國府收養林黛玉（甲戌回目）

〔甲戌夾批34a〕二字觸目淒涼之至。

乃是當日同僚一案參革的號張如圭者。

〔甲戌夾批34a〕蓋言如鬼如蜮也，亦非正人正言。（〔王府1a〕、〔有正75〕「言」作「旨」）

他便四下裏尋情找門路，忽遇見雨村，故忙道喜。

〔王府夾批1a〕此（仕）途官境，描寫的當。

忙忙的敍了兩句。

〔甲戌夾批34a〕畫出心事。

冷子興聽得此言，便忙獻計。

〔甲戌夾批34a〕畢肖趕熱竈者。

回至館中，忙尋邸報，看眞確了。（王府、有正「回」作「回去」）

〔甲戌夾批34a〕細。（〔王府1b〕、〔有正76〕同）

方少盡弟之鄙誠，即有所費用之例，弟於家信中已注明，亦不勞尊兄多慮矣。

〔王府夾批1b〕要說正文，故以此作引，且黛玉路中實無可托之人。文章逼切得宜。

一面又問，不知令親大人現居何職。

〔甲戌夾批34b〕奸險小人欺人語。

只怕晚生草率，不敢驟然入都干瀆。（王府「驟」作「遽」）

〔甲戌夾批34b〕全是假，全是詐。

〔王府夾批2a〕借雨村細密心思之語，容容易易轉入正文，亦是官途人之口頭心頭。最妙。

大內兄現襲一等將軍之職，名赦字恩侯。二內兄名政字存周。

〔甲戌夾批34b〕二名二字皆頌德而來，與子興口中作證。（〔王府2a〕、〔有正77〕「二名二字」作「二字二名」，「皆」作「俱」）

非膏粱輕薄之流。

〔甲辰2a〕復醒一筆。

否則不但不有污尊兄之清操，即弟亦不屑爲矣。（「則」、「有」爲旁添之細字。王府「不有」作「有」）

〔甲戌夾批35a〕寫如海實不（系）寫政老。所謂此書有不寫之寫是也。

〔王府夾批2a〕作弊者每每偏能如此說。

且汝多病，年又極小；上無親母教養，下無姊妹兄弟扶持。

〔甲戌夾批35a〕可憐。　一句一滴血，一句一滴血之文。

黛玉聽了，方洒淚拜別。

〔甲戌夾批35a〕實寫黛玉。

黛玉不忍心離父一段。

〔王府夾批2b〕此一段是不肯使黛玉作棄父樂爲遠遊者①。以此可見作者之心，保（寶）愛黛玉如己。

① 按王府本本回回目為「托內兄如海酬訓教，接外甥賈母惜孤女」，己卯、庚辰本皆作「賈雨村寅緣復舊職，林黛玉拋父進京都」。

雨村另有一隻船，帶兩個小童依附黛玉而行。（王府「兩」作「二」，「依附」作「依」）

〔甲戌夾批35b〕老師依附門生，怪道今時以收納門生爲幸。

〔王府夾批2b〕細密如此，是大家風範。

有日到了都中。

〔甲戌夾批35b〕繁中減筆。

雨村先整了衣冠。

〔甲戌夾批35b〕且按下黛玉以待細寫。今故（故）先將雨村安置過一邊，方起榮府中之正文也。

帶了小童。

〔甲戌夾批35b〕至此漸漸好看起來也。

拿着宗侄的名帖。

〔甲戌夾批35b〕此帖妙極，可知雨村的品行矣。（〔王府3a〕、〔有正79〕同）

雨村相貌魁偉，言談不俗，且這賈政最喜讀書人。

〔甲戌夾批35b〕君子可欺其方也，況雨村正在王莽謙恭下士之時①，雖政老亦爲所惑，在作者係指東說西也。

〔靖藏眉批〕君子可欺以其方也。雨村當王莽謙恭下士之時①，卽政老亦爲所惑，作者指

① 白居易（七七二——八四六）「放言詩」五首之三：贈君一法決狐疑，不用鑽龜與祝蓍：試玉要燒三日滿，辨材須待七年期；周公恐懼流言日，王莽謙恭未篡時，向使當初身便死，一生眞僞復誰知？（「全唐詩」第七函第三冊，白居易十五）

東說西。

題奏之日，輕輕謀了一個復職候缺。

〔甲戌夾批35b〕春秋字法。

不上兩個月，金陵應天府缺出，便謀補了此缺。

〔甲戌夾批35b〕春秋字法。

拜辭了賈政，擇日到任去了，不在話下。（王府、有正「拜」作「雨村」）

〔甲戌夾批35b〕因寶釵故及之。　一語過至下回。（〔王府3a〕、〔有正79〕同，二批連寫）

〔王府夾批3a〕了結雨村。

且說黛玉自那日棄舟登岸時。

〔甲戌夾批35b〕這方是正文起頭處。此後筆墨與前兩回不同。（〔王府3a〕、〔有正79〕無「是」字）

這黛玉常聽得母親說過，他外祖母家與別家不同。（王府「黛玉」作「林黛玉」，「得」作「見」）

〔甲戌夾批36a〕三字細。

〔王府夾批3b〕以「常聽見」等字，省下多少筆墨。

因此步步留心，時時在意，不肯輕易多說一句話，多行一步路。

〔王府夾批3b〕犖犖故（固）自不凡。

生恐被人恥笑了他去。（有正「生」作「止」。甲辰無「生」、「他」兩字）

〔甲戌夾批36a〕寫黛玉自幼之心機。（〔王府3b〕、〔有正80〕同）

〔甲辰3a〕黛玉自忖之語。

其街市之繁華，人烟之阜盛，自與別處不同。

〔甲戌夾批36a〕先從街市寫來。（〔王府3b〕、〔有正80〕同）

匾上大書「勅造寧國府」五個大字。

〔甲戌夾批36a〕先寫寧府，這是由東向西而來。（〔王府4a〕、〔有正81〕「寧」作「寧國」）

黛玉想道，這是外祖之長房了。想着，又往西行，不多遠，照樣也是三間大門，方是榮國府了。

〔王府夾批4a〕以下寫寧（榮）國府第，總借黛玉一雙俊眼中傳來。非黛玉之眼，也不得如此細密週詳。

衆小廝退出，衆婆子上來，打起轎簾，扶黛玉下轎。

〔王府夾批4a〕以上寫款項。

一見他們來了，便忙都笑迎上來，說，纔剛老太太還念呢，可巧就來了。（甲辰無「便忙」兩字，「說」作「說道」，「纔剛」作「剛纔」）

〔甲戌夾批37a〕如見如聞，活現於紙上之筆，好看煞。

〔甲辰4a〕有層次。

于是三四人爭着打起簾櫳。

〔甲戌夾批37a〕眞有是事，眞有是事。

一面聽得人回話，林姑娘到了。

〔甲戌眉批37a〕此書得力處，全是此等地方，所謂頰上三毫①也。

早彼他外祖母一把摟入懷中，心肝兒肉。（有正「彼」作「被」）

〔王府5a〕寫盡天下疼女兒的神理。（〔有正83〕同）

〔王府夾批5a〕此一段文字是天性中流出，我讀時不覺淚盈雙袖。

叫着大哭起來。（王府、有正無「大」字）

〔甲戌夾批37a〕幾千斤力量寫此一筆。（〔有正83〕同）

〔王府5a〕幾〔量〕千斤力（量）〔筆〕寫此一（筆）。

當下地下侍立之人，無不掩面涕泣。

〔甲戌夾批37a〕傍寫一筆，更妙。

黛玉也哭個不住。

〔甲戌夾批37a〕自然順寫一筆。

〔王府夾批5a〕逼眞。

黛玉方拜見了外祖母。

〔甲辰4b〕此卽冷子興所云之史氏太君也，乃賈赦賈政之母。（甲戌37a、庚辰54、王府

---

①「晉書」卷九十二「顧愷之傳」謂愷之「每寫起人形，妙絕於時。嘗圖裴楷象，頰上加三毛，觀者覺神明殊勝。」

5a、有正83、高閱2a、己酉4b作正文）

此即冷子興所云之史氏太君也，賈赦賈政之母。（庚辰、己酉「君也」作「君」，「母」作「母也」。王府「也」字點去，補於「母」字下。「賈政」作「政」。有正同。高閱無「之」字、「氏」字，「母」作「母也」）

〔甲戌夾批37a〕書中人目太繁，故明註一筆，使觀者省眼。

黛玉見賈母一段。

〔甲戌眉批37a〕書中正文之人却如此寫出，却是天生地設章法，不見一絲勉強。

這是你大舅母。

〔甲辰4b〕邢氏。

這是你二舅母。

〔甲辰4b〕王氏。

這是你先珠大哥的媳婦珠大嫂。

〔甲辰4b〕李紈。

只見三個奶嬤嬤並五六個丫嬛，攝擁着三個姊妹來了。

〔甲戌夾批37b〕聲勢如現紙上。

對迎春，探春，惜春形容一段。

〔甲戌眉批37b〕從黛玉眼中寫三人。

第一個肌膚微豐。

〔甲戌夾批37b〕不犯寶釵。

觀之可親。

〔甲戌夾批37b〕爲迎春寫照。（〔王府5b〕、〔有正84〕、〔甲辰5a〕同。高閱2a作正文：「此迎春也」）

第二個削肩細腰。

〔甲戌夾批37b〕洛神賦①中云「肩若削成」是也。

見之忘俗。

〔甲戌夾批37b〕爲探春寫照。（〔王府5b〕、〔有正84〕、〔甲辰5a〕同。高閱2a作正文：「此探春也」）

第三個身量未足，形容尚小。（王府、有正「量」作「材」）

〔甲戌眉批37b〕渾寫一筆更妙。必個個寫去則板矣。可笑近之小說中有一百個女子，皆是如花似玉一副臉面。

〔王府5b〕渾寫一個更妙，必個個寫去則板。可笑近小說中有一百 個 女子，皆是如花似玉只一副臉面。（〔有正84〕無空位，「近」作「近來」）

其釵環裙襖三人皆是一樣的粧飾。

〔甲戌夾批37b〕是極。

---

① 曹植（一九二——二三二）「洛神賦」載「文選」卷十九，其序曰：「黃初三年，余朝京師還濟洛川。古人有言：『斯水之神，名曰宓妃』。感宋玉對楚王神女事，遂作賦。」其辭有「肩若削成，腰如束素」之句。

畢肖。（〔王府5b〕、〔有正84〕同）

〔王府夾批5b〕欲畫天尊，先畫縱（衆）神，如此，其天尊自當另有一番高山世外的景像。

黛玉忙起身迎上來。

〔甲戌夾批37b〕此筆亦不可少。

如何得病，如何請醫服藥，如何送死發喪，不免賈母又傷感起來。

〔甲戌夾批37b〕妙。

〔王府夾批6a〕層層不露，週密之至。

說着，摟了黛玉在懷，又嗚咽起來。

〔王府夾批6a〕不禁我也跟他哭起來。

衆人忙都寬慰解釋，方略略止住。

〔甲戌夾批38a〕爲黛玉自此不能別往。（〔王府6a〕、〔有正85〕「爲」作「總爲」）

身體面龐，雖怯弱不勝。

〔甲戌夾批38a〕寫美人是如此筆伏，看官怎得不叫絕稱賞。

卻有一段自然風流態度。

〔甲戌夾批38a〕爲黛玉寫照。衆人目中，只此一句足矣。（〔王府6a〕、〔有正85〕同）

衆人見黛玉一段。

〔甲戌眉批38a〕從衆人目中寫黛玉。

草胎卉質，豈能勝物耶？想其衣裙皆不得不免強支持者也。

那一年我纔三歲時，聽得說來了一個癩頭和尚。

〔甲戌夾批38a〕文字細如牛毛。

〔甲戌眉批38a〕奇奇怪怪一至於此。通部中假借癩僧跛道二人點明迷情幻海中有數之人也。非襲西遊中一味無稽，至不能處便用觀世音可比①。

〔王府6b〕奇奇怪怪一至於此。通不中假癩僧跛道二人，點明迷情幻海。（〔有正86〕「不」作「部」，「送情」作「情癡」）

只怕他的病一生也不能好的，若要好時，除非從此已後，總不許見哭聲。（有正「已」作「以」）

〔王府6b〕愛哭的偏寫出有人不教哭。（〔有正86〕同）

〔王府夾批6b〕作者既以黛玉爲絳珠化生，是要哭的了，反要使人先叫他不許哭，妙！

瘋瘋顛顛說了這些不經之談。

〔甲戌夾批38b〕是作書者自註。（〔王府6b〕、〔有正86〕「作」作「做」）

黛玉說癩頭和尚一段。

〔甲戌眉批38b〕甄英蓮乃付（副）十二釵之首，却明寫癩僧一點。今黛玉爲正十二釵之貫（冠），反用暗筆。蓋正十二釵人或洞悉可知，副十二釵或恐觀者惑（忽）略，故寫極力一提，使觀者萬勿稍加玩忽之意耳。

---

① 金聖歎（一六〇八——一六六一）「讀第五才子書法」云：水滸傳不說鬼神怪異之事，是他氣力過人處；西遊記每到弄不來時，便是南海觀音救了。（見「第五才子書施耐庵水滸傳」卷三，葉瑤池刊本頁四背面）

如今還是喫人參養榮丸。

〔甲戌夾批38b〕人生自當自養榮衛。（〔王府6b〕、〔有正86〕「生自」作「參原」）

這正好，我這裡正配丸藥呢。（甲辰「這正」作「正」）

〔甲戌夾批38b〕為後菖菱伏脈。（〔王府6b〕、〔有正86〕「菖」作「葛」。〔甲辰6a〕同）

一語未了，只聽得後院中有人笑聲說。

〔甲戌夾批38b〕懦筆庸筆何能及此。

我來遲了，不曾迎接遠客。

〔甲戌夾批38b〕第一筆，阿鳳三魂六魄已被作者拘定了，後文焉得不活挑（跳）紙上。此等（文字）非仙助卽〔非〕神助，從何而得此機括耶。

〔靖藏眉批〕阿鳳三魂已被作者勾走了，後文方得活跳紙上。

〔甲戌眉批38b〕另磨新墨，搦銳筆，特獨出熙鳳一人。未寫其形，先使聞聲，所謂「繡幡開遙見英雄俺」①也。（〔王府7a〕、〔有正87〕無「搦」字、「特」字。王府「特」作「恃」，圈去。王府、有正「墨」字下空一格，似分作兩批，或因漏「搦」字）

這來者係誰，這樣放誕無禮。

①元王實甫「西廂記雜劇」第二本第二折〔收尾〕：「恁與我助威風擂幾聲鼓，仗佛力吶一聲喊。繡旗下遙見英雄俺，我教那半萬賊兵諕破膽。」（惠明唱）。按金聖歎批「第六才子書」此曲作「你助威神擂三通鼓，仗佛力吶一聲喊。繡幡開遙見英雄俺，你看半萬賊兵先嚇破膽。」（卷五）

〔甲戌夾批38b〕原有此一想。（〔王府7a〕、〔有正87〕同）

〔王府夾批7a〕天下事不可一蓋（概）而論。

頭上帶着金絲八寶攢珠髻，綰着朝陽五鳳挂珠釵。（有正「帶」作「戴」）

〔甲戌夾批38b〕頭。（〔王府7b〕、〔有正87〕同）

項上帶着赤金盤螭瓔珞圈。（王府「上」作「下」，有正「上帶」作「下戴」）

〔甲戌夾批38b〕頸。（〔王府7a〕、〔有正87〕同）

裙邊繫着豆綠宮縧雙衡比目玫瑰珮。（有正「衡」作「魚」）

〔甲戌夾批39a〕腰。（〔王府7a〕混入正文。〔有正87〕同）

身上穿着縷金百蝶穿花大紅洋緞雲褔襖。

〔王府夾批7a〕大凡能事者多是尚奇好異，不肯泛泛同流。

一雙丹鳳三角眼，兩灣柳葉掉稍眉。

〔王府夾批7b〕非如此眼，非如此眉，不得爲熙鳳，作者讀過麻衣相法①。

粉面含春威不露，丹唇未啟笑先聞。（王府「露」作「靈」，整句點改爲「粉面含春，丹唇倩笑」。甲辰「聞」作「開」）

〔甲戌夾批39a〕爲阿鳳寫照。（〔王府7b〕同。〔有正88〕、〔甲辰6b〕「阿」作「熙」）

〔王府夾批7b〕英豪本等。

---

① 依托爲麻衣道者之相法。按「湘山野錄」記錢若水少時謁陳摶求相骨法，陳未敢自信，得老僧麻衣道者一言而決之，後果如所言。

描寫王熙鳳一段。

〔甲戌眉批39a〕試問諸公：從來小說中可有寫形追像至此者。

賈母笑道。

〔甲戌夾批39a〕阿鳳一至，賈母方笑，與後文多少笑字作偶。（〔王府7b〕「笑字作偶」作「文字作」。〔有正88〕「阿」作「熙」，「笑字」作「文字」，「偶」作「眼」）

他是我們這裏有名的一個潑皮破落戶兒，南省俗謂作辣子，你只叫他鳳辣子就是。

〔甲戌夾批39a〕阿鳳笑聲進來，老太君打諢，雖是空口傳聲，却是補出一向晨昏起居，阿鳳於太君處承歡應侯（候）一刻不可少之人，看官勿以閒文淡文也。

黛玉正不知以何稱呼。

〔王府夾批7b〕想黛玉此時神情，含渾可愛。

自幼假充男兒教養的，學名叫王熙鳳。（王府、有正無「叫」字）

〔甲戌夾批39a〕奇想奇文。以女子曰學名固奇，然此偏有學名的反到不識字，不曰學名者反若假。（〔王府8a〕「偏有」二字放於「反若」下，被點出。王府、〔有正89〕「假」作「彼」）

這熙鳳攜着黛玉的手，上下細細的打諒了一回。

〔甲戌夾批39b〕寫阿鳳全部轉（傳）神第一筆也。

天下眞有這樣標緻人物，我今纔算見了。

〔甲戌夾批39b〕這方是阿鳳言語，若一味浮詞套語，豈復爲阿鳳哉。

〔甲戌眉批39b〕眞有這樣標緻人物，出自鳳口，黛玉丰姿可知。宜作史筆看。

況且這通身的氣派竟不像老祖宗的外孫女兒，竟是個嫡親的孫女。

〔甲戌夾批39b〕仍歸太君，方不失石頭記文字，且是阿鳳身心之至文。

怨不得老祖宗天天口頭心頭一時不忘。

〔甲戌夾批39b〕却是極淡之語，偏能恰投賈母之意。（〔王府8a〕、〔有正89〕同）

〔王府夾批8a〕以「眞有」、「愿（怨）不得」五字寫熙鳳之口頭，眞是機巧異常。「願（怨）不得」三字，愚弄了多少聰明特達者。

只可憐我這妹妹這樣命苦。

〔甲戌夾批39b〕這是阿鳳見黛玉正文。

怎麼姑媽偏就去世了。

〔甲戌夾批39b〕若無這幾句，便不是賈府媳婦。

賈母笑道，我纔好了，你到來招我。

〔甲戌夾批39b〕文字好看之極。

你妹妹遠路纔來，身子又弱，也纔勸住了，快再休提前話。（王府、有正「路」作「客」，「話」作「言」）

〔甲戌夾批39b〕反用賈母勸，看阿鳳之術亦甚矣。（〔王府8b〕、〔有正90〕「看」作「他」；「阿」王府無，有正作「熙」）

一面又問婆子們，林姑娘的行李東西可搬進來了，帶了幾個人來。

〔甲戌夾批40a〕當家的人車（事）如此，畢肖。

〔王府夾批8b〕三句話不離本行，職任在茲也。

親爲捧茶捧果。（王府、有正「親」作「熙鳳親」）

〔甲戌夾批40a〕總爲黛玉眼中寫出。（「爲」〔王府9a〕作「是」，〔有正91〕作「從」）

〔王府夾批8b〕熙鳳後到，爲有事，寫其勞能；先爲籌畫，寫其機巧。搖前映後之筆。

又見二舅母問他月錢放完了不曾。

〔甲戌夾批40a〕不見後文，不見此筆之妙。

纔剛帶着人到後樓上找緞子。

〔甲戌夾批40a〕接閑文，是本意避繁也。

找了這半日也並沒有見昨日太太說的那樣，想是太太記錯了。（王府無「也」字，「沒」作「無」）

〔甲戌夾批40a〕却是日用家常實事。

〔王府夾批9a〕陪筆。用得靈活，兼能形容熙鳳之爲人。妙心妙手，收有妙文妙口。

等晚上想着叫人再去拿罷，可別忘了。

〔甲戌夾批40a〕仍歸前文，妙妙。

知道妹妹不過這兩日到的，我已預備下了。

〔甲戌眉批40b〕余知此緞，阿鳳並未拿出，此借王夫人之語機變欺人處耳。若信彼果拿出預備，不獨被阿鳳瞞過，亦且被石頭瞞過了。

等太太回去過了目好送來。（王府、有正「好」作「再」）

〔甲戌夾批40b〕試看他心機。（〔王府9a〕、〔有正91〕同）

王夫人一笑，點頭不語。

〔甲戌夾批40b〕深取之意。（〔王府9a〕、〔有正91〕同）

〔甲辰8a〕很漏鳳姐是個當家人。

我帶了外甥女過去，到也便宜。賈母笑道，正是呢，你也去吧，不必過來了。

〔王府夾批9b〕以黛玉之來去候安之便，便將榮寧二府的勢（氣）排（派）描寫盡矣。

那邢夫人攜了黛玉坐上。

〔甲辰8a〕未識黛卿能乘此否？

黛玉度其房屋院宇，必是榮府中之花園隔斷過來的。

〔甲戌夾批41a〕黛玉之心機眼力。（〔王府10a〕、〔有正93〕同）

果見正房廂廡遊廊，悉皆小巧別致，不似方纔那邊軒俊壯麗。

〔王府夾批10a〕分別得瀝（歷）瀝（歷），可想如見。

且院中隨處之樹木山石皆有。（王府「有」作「好」。甲辰「且」作「再且」，「有」作「在」）

〔甲戌夾批41a〕爲大觀園伏脈。（〔王府10a〕、〔有正93〕、〔甲辰8b〕同。王府、有正與下批合一）

試思榮府園今在西，後之大觀園偏寫在東，何不畏難之若此。（〔王府10a〕、〔有正

93〕「榮府」作「榮府之」，與上批合一）

邢夫人讓黛玉坐了，一面命人到外面書房中請賈赦。

〔甲戌夾批41a〕這一句都是寫賈赦，妙在全是指東擊西打草驚蛇之筆。若看其寫一人卽作此一人看，先生便呆了。

老爺說了，連日身上不好，見了姑娘，彼此到傷心。（王府、有正「上」作「子」）

〔甲戌夾批41a〕追魂攝魄。（〔王府10a〕、〔有正93〕同）

〔甲戌眉批41a〕余久不作此語矣，見此語未免一醒。

暫且不忍相見。

〔甲戌夾批41a〕若一見時，不獨死板，且亦大失情理，亦不能有此等妙文矣。

〔王府夾批10a〕作者綉口錦心，見有見的親切，不見有不見的親切，直說橫講，一毫不爽。

勸姑娘不要傷心想家。

〔王府夾批10a〕亦在情理之內。

姊妹們雖拙，大家一處伴著，亦可以解些煩悶。

〔甲戌夾批41a〕赦老亦能作此語，嘆嘆！

只是還要過去拜見二舅舅，恐領賜去不恭。（王府「二舅舅」作「二舅母舅舅」）

〔甲戌夾批41b〕得體。

〔王府夾批10b〕黛玉之爲人，必當有如此身分。

又囑咐了幾句，眼看着上車去了方回來。

〔王府夾批10b〕「又囑咐了幾句」，方是舅母的本等。

便往東轉彎穿過一個東西的穿堂。（王府「往東」作「往」。有正無「往東」二字）

〔甲戌夾批41b〕這一個穿堂是賈母正房之南者，鳳姐處所通者則是賈母正房之北。（〔王府11a〕、〔有正95〕同）

匾上寫着斗大三個字是榮禧堂。

〔王府夾批11a〕眞是榮國府。

一邊是金蜼彝。

〔甲戌夾批42a〕蜼音壘，周器也。

一邊是玻璃盒。

〔甲戌夾批42a〕盒音海，盛酒之大器也。

又有一副對聯，乃是烏木聯牌廂着鏨銀的字跡。

〔甲戌夾批42a〕雅而麗，富而文。

堂前黼黻煥烟霞。（王府「黼」作「黼」。有正「烟」作「雲」）

〔甲戌特批42a〕實貼。（〔王府11b〕、〔有正96〕「貼」作「襯」）

道是同鄉世教弟勳襲東安郡王穆蒔拜手書。

〔甲戌夾批42a〕先虛陪一筆。（〔王府11b〕、〔有正96〕同）

原來王夫人時常居坐宴息亦不在這正堂。

〔甲戌夾批42b〕黛玉由正室一段而來，是爲拜見政老耳，故進東房。

只在這正室東邊的三間耳房內。

〔甲戌夾批42b〕若見王夫人。

于是老嬷嬷引黛玉進東房門來。

〔甲戌夾批42b〕直寫引至東廊小正室內矣。

其餘陳設自不必細說。

〔甲戌夾批42b〕此不過略敍榮府家常之禮數，特使黛玉一識階級座次耳，餘則繁。（〔王府12a〕「禮」作「里」，「黛」字下空一格。〔有正97〕同）

只向東邊椅子上坐了。（王府、有正無「子」字）

〔甲戌夾批42b〕寫黛玉心意。（〔王府12a〕、〔有正97〕同）

一面打量這些丫環們粧飾衣裙，舉止行動，果亦與別家不同。

〔王府夾批12b〕借黛玉眼寫三等使婢。

只見穿紅綾襖青緞掐牙背心的一個丫環走來。

〔甲戌夾批43a〕金乎？玉乎？

太太說，請林姑娘到那邊坐罷。

〔王府夾批12b〕喚去見，方是舅母，方是大家風範。

棹上磊着書籍茶具。

〔甲戌夾批43a〕傷心筆，墮淚筆。

黛玉心中料定這是賈政之位。（王府、有正無「心中」、「這」三字）

〔甲戌夾批43a〕寫黛玉心到眼到，傖夫但云爲賈府敘坐位，豈不可笑。（〔王府12b〕、〔有正98〕無「傖夫」二字，王府無「位」字）

因見挨炕一溜三張椅子上，也搭着半舊的彈墨椅袱。（王府、有正無「的」字）

〔甲戌夾批43a〕三字有神①。　此處則一色舊的，可知前正室中亦非家常之用度也。（可笑近之小說中，不論何處，則曰商彝周鼎、綉幙珠簾、孔雀屏、芙蓉褥等樣字眼。（〔王府12b〕、〔有正99〕「幙」作「幃」。有正「近之」作「近今」）

〔甲戌眉批43a〕近聞一俗笑語云：一庄農（家）人進京回家，衆人問曰：「你進京去可見些個（些）世面否？」庄人曰：「連皇帝老爺都見了。」衆罕然問曰：「皇帝如何景況？」庄人曰：「皇帝左手拿一金元寶，右手拿一銀元寶，馬上稍着（稍）一口袋人參，行動人參不離口。一時要屙屎了（屎），連擦屁股都用的（都）是鵝黃緞（綾）子，所以京中（中連）掏茅（有正作「毛」）廁（厠）的人都富貴無比。」試思凡（王府作「代」，有正作「俗」）稗官寫（用）富貴字眼者，悉皆庄農進京（庄農）之一流也。蓋此時（蓋）彼（王府作「被」）實未身經目覩，所言皆在情理之外焉。又如人嘲（王府作「咽」）作詩者亦往往愛說富麗話，故有「脛骨變（便）成金玳瑁，眼睛嵌（變）作碧璃琉（琉璃）」之誚。（以上旁附圈處，〔王府13a〕、〔有正99〕皆

① 鍾義謂「三字」指的非正文「三張椅子」的「三」字，而是「半舊的」三個字。參「說『三字有神』——讀「脂批隨札」」，「文史」，第六輯，頁九〇。

改作括號內字，不另註明。又兩本皆無「余」以下十三字）余自是評石頭記，非鄙薄前人也。

你舅舅今日齋戒去了。

〔甲戌夾批43b〕點綴官途。（〔王府13a〕、〔有正99〕「官」作「宦」）

再見罷。

〔甲戌夾批43b〕赦老不見，又寫政老。政老又不能見，是重不見重，犯不見犯。作者慣用此等章法。

但我不放心的最是一件。

〔王府夾批13b〕王夫人囑咐與邢夫人囑咐似同的（而）逈異。兒女累心，我欲代依哭訴一面（回）愁苦。

我有一個孽根禍胎。

〔甲戌夾批43b〕四字是血淚盈面，不得已、無奈何而下。四字是作者痛哭。

〔王府13b〕四字是作者痛哭。（〔有正100〕同）

是這家裏的混魔王。

〔甲戌夾批43b〕占（與）絳洞花王①爲對看。

今日因廟裏還愿去了。

〔甲戌夾批43b〕是富貴公子。

---

① 按正文己卯、有正作「絳洞花主」，庚辰作「絳洞花王」，王府作「絳洞花玉」，參本書頁七五八。

乃啣玉而誕，頑劣異常。

〔甲戌夾批43b〕與甄家子恰對。（〔王府13b〕「恰」作「拾」。〔有正100〕同）

極惡讀書。

〔甲戌夾批43b〕是極惡每日諸（詩）之（云）子曰的讀書。（「詩」、「云」二字乃後人墨筆改正）

說及黛玉一段。

〔甲戌眉批43b〕這是一段反襯章法，黛玉心用猜度蠢物等句對着去，方不失作者本旨。

在家時亦曾聽見母親常說。

〔王府夾批14a〕「有（亦）曾聽得」，所以聞言便知，不必用心搜求了。

這位哥哥比我大一歲，小名就喚寶玉，雖極憨頑，說在姊妹情中極好的。（王府無「說」字）

〔甲戌夾批44a〕以黛玉道寶玉名方不失正文。「雖」字是有情字，宿根而發，勿得泛泛看過。

〔王府夾批14a〕黛玉口中心中早中（如）此。

兄弟們自是別院另室的。

〔甲戌夾批44a〕又登開一筆，妙妙。

〔王府夾批14a〕用黛玉反襯一句，更有深味。

原係同姊妹一處嬌養慣了的。

〔甲戌夾批44a〕此一筆收回，是明通部同處原委也。

背地裏拿着他的兩三個小么兒出氣，咕唧一會子就完了。

〔甲戌夾批44a〕這可是寶玉本性眞情。前四十九字迴異之批今始方知。蓋小人口碑累累如是。是是非非任爾口角，大都皆然。

「黛玉一一的都答應着」一段。（王府、有正無「的」字）

〔甲戌眉批44a〕不寫黛玉眼中之寶玉，却先寫黛玉心中已畢有一寶玉矣，幻妙之至。只（自）冷子興口中之後，余已極思欲一見，及今尚未得見，狡猾之至。

〔王府14b〕不寫黛玉眼中之寶玉，却先寫黛玉心中已早有寶玉矣，幻妙之至。自口中之後，全已極欲一見，卽令尚未得見，狡猾之至。（〔有正102〕「全」作「余」，「欲」作「思欲」，「卽令」作「及今」）

〔王府夾批14b〕客居之苦，在有意無意中寫來。

王夫人忙攜了黛玉從後房門。（王府、有正無「了」字）

〔甲戌夾批44b〕後房門。（〔王府14b〕、〔有正102〕同）

由後廊往西。

〔甲戌夾批44b〕是正房後廊也。（〔王府14b〕、〔有正102〕同）

出了角門。

〔甲戌夾批44b〕這是正房後西界牆角門。（〔王府14b〕、〔有正102〕同）

這是你鳳姐姐屋子，回來你好往這裏找他來。

〔王府夾批14b〕靈活，無一漏空。

這院門上也有四五個纔總角的小廝，都垂手侍立。

〔甲戌夾批44b〕二字是他處不寫之寫也。

王夫人遂攜黛玉，穿過一個東西穿堂。（王府、有正「遂」作「隨」）

〔甲戌眉批44b〕這正賈母正室後之穿堂也，與前穿堂是一帶之屋。中一帶乃賈母之下室也。記清。（〔王府15a〕、〔有正103〕「這正」作「這是」）

便是賈母的後院了。

〔甲戌夾批44b〕寫得清，一絲不錯。（〔王府15a〕、〔有正103〕同）

見王夫人來了，方安設桌椅。（王府、有正無「設」字）

〔甲戌夾批44b〕不是待王夫人用膳，是恐使王夫人有失侍膳之理耳。（〔王府15a〕、〔有正103〕「待王夫人」作「待夫人」，「理」作「禮」）

賈珠之妻李氏捧飯，熙鳳安箸，王夫人進羹。（王府「箸」作「著」）

〔王府夾批15a〕大人家規矩禮法。

外間伺候着媳婦丫環雖多，卻連一聲咳嗽不聞。寂然飯畢，各有丫環用小茶盤捧上茶來。

〔王府夾批15b〕作者非身履其境過，不能如此細密完足。

當日林如海教女以惜福養身，云飯後務待飯粒嚥盡，過一時再喫茶，方不傷脾胃。（王府「養身」下旁加「每」字。王府、有正「嚥盡」作「咽完」）

〔甲戌夾批45a〕夾寫如海一派書氣，最妙。〔王府15b〕、〔有正104〕同）

今黛玉見了這裏許多事情不合家中之式，不得不隨的，少不得一一改過來。

〔王府夾批15b〕幼而學、壯而行者，常情。有不得已，行權達變，多至於失守者，亦千古用（同）概，誠可悲夫！

黛玉也照樣嗽了口，然後盥手畢。又捧上茶來，方是喫的茶。（王府、有正「方」作「這方」）

〔甲戌夾批45b〕總寫黛玉以後之事，故只以此一件小事略爲一表也。（〔王府16a〕、〔有正105〕同）

〔甲戌眉批45b〕今（余）看至此，故想日後以閱（前所聞）王敦初尚公主，登厠時不知塞（王府作「黛」）鼻用棗，敦輒取而啖之，早（王府作「畢」，有正作「必」）爲宮人鄙誚多矣①。今黛玉若（有正作「若黛玉」）不漱此茶，或飲一口，不無（有正作「爲」）榮婢所誚乎。觀此則知黛玉平生之心思過人。（以上附旁圈處，〔王府16a〕、〔有正105〕皆改作括號內字，不另註明）

黛玉道，只剛念了四書。

〔甲戌夾批45b〕好極，稗官耑用腹隱五車書者來看。

〔王府16a〕好極，稗官耑用腹隱五車者來書。（「者來書」三字王府點改爲「等意」、〔有正105〕作「等語」）

只聽院外一陣腳步響。

① 「世說新語」「紕漏第三十四」首條：「王敦初尚公主，如厠，見漆箱盛乾棗，本以塞鼻，王謂厠上亦下果，食遂至盡。既還，婢擎金澡盤盛水，瑠璃盌盛澡豆，因倒箸水中而飲之，謂是乾飯。羣婢莫不掩口而笑之。」

〔甲戌夾批45b〕與阿鳳之來相映而不相犯。

丫環進來笑道，寶玉來了。

〔甲戌夾批45b〕余爲一樂。（〔有正105〕同）

〔王府夾批16a〕刑（形）容出姣（嬌）養，神。

黛玉心中正疑惑着，這個寶玉不知是怎生個憊懶人物。

〔甲戌夾批45b〕文字不反不見正文之妙，似此應從「國策」得來。（靖藏眉批無「之妙」、「來」三字）

到不見那蠢物也罷了。

〔甲戌夾批45b〕這蠢物不是那蠢物，卻有個極蠢之物相待，妙極。（〔王府16b〕、〔有正106〕「不是」作「卻不是」。「極」王府作「里」，有正作「哩」）

〔王府夾批16b〕從黛玉口中故反一句，則不（下）文更覺生色。

面若中秋之月。

〔甲戌眉批46a〕此非套滿月，蓋人生有面扁而青白色者，則皆可謂之秋月也。用滿月者不知此意。（〔王府16b〕「白」作「台」、〔有正106〕同）

色如春曉之花。（王府、有正「如」作「若」）

〔甲戌眉批46a〕「少年色嫩不堅勞」①，以及「非夭即貧」之語，余猶在心，今閱至此

① 「金瓶梅詞話」第九十六回「春梅遊玩舊家池館，守備使張勝尋經濟」中，述葉頭陀為陳經濟說相時，有云：「老年色嫩招辛苦，少年色嫩不堅牢。」（萬曆本頁十一A。又參吳恩裕「有關曹雪芹十種」，頁一五一）

放聲一哭。（〔王府16b〕同。〔有正106〕「勞」作「牢」）

雖怒時而若笑，即瞋視而有情。

〔甲戌夾批46a〕眞眞寫殺。（〔王府17a〕、〔有正107〕同）

黛玉一見。

〔王府17a〕寫寶玉只是寶玉，寫黛玉只是黛玉。從中用黛玉一驚，寶玉之面善等字，文氣自然籠就，要分開不得了。（〔有正107〕同）

便喫一大驚。

〔甲戌夾批46a〕怪甚。（〔王府17a〕、〔有正107〕同）

心下想道，好生奇怪，到像在那裏見過一般。

〔王府夾批17a〕此一驚，方（見）下文之留連纏綿，不爲猛（孟）浪，不是淫邪。

何等眼熟到如此。（甲辰作「何等眼熟」）

〔甲戌夾批46a〕正是想必有靈河岸上三生石畔曾見過。（〔王府17a〕、〔有正107〕「有」作「在」）

天然一段風騷，全在眉梢，平生萬種情思，悉堆眼角。

〔甲辰14a〕正是在靈河岸上三生石畔見過來。

〔王府夾批17b〕總是寫寶玉，總是爲下文留地步。

後人有西江月二詞，批這寶玉極恰。

〔甲戌眉批46b〕二詞更妙，最可厭野史貌如潘安，才如子建等語。

寄言紈褲與膏粱，莫效此兒形狀。（有正「褲」作「袴」，「粱」作「粱」）
〔甲戌眉批47a〕末二語最要緊。只是紈褲袴（與）膏粱，亦未必不見笑我玉卿。可知能效一二者，亦必不是蠢然紈褲矣。
〔王府18a〕「紈褲膏粱」「此兒形狀」，有意思。當設想其像，合寶玉之來歷同看，方不彼作者愚弄。（〔有正109〕「褲」作「袴」，「彼」作「被」）

細看形容。
〔甲戌眉批47a〕又從寶玉目中細寫一黛玉，直畫一美人圖。

兩彎似蹙非蹙　烟眉。（王府、有正「　」作「罥」）
〔甲戌夾批47a〕奇眉妙眉，奇想妙想。（〔王府18a〕、〔有正109〕同）

一雙似□非□□□□。（王府、有正作「一雙俊目」）
〔甲戌夾批47b〕奇目妙目，奇想妙想。（〔王府18a〕、〔有正109〕同）

行動似弱柳扶風。
〔甲戌夾批47a〕至此八句是寶玉眼中。

心較比干多一竅。
〔甲戌夾批47a〕此一句是寶玉心中。
〔甲戌眉批47a〕更奇妙之至，多一竅固是好事，然未免偏僻了，所謂過猶不及也。（〔王府18b〕、〔有正110〕無「事」字，「然」作「然則」，「也」作「是也」）
〔王府夾批18b〕寫黛玉，也是為下文留地步。

「病如西子勝三分」一段。

〔甲戌夾批47a〕此十句定評，直抵一賦。

〔王府18b〕此十句定評。（〔有正110〕同）

〔甲戌眉批47b〕不寫衣裙粧飾，正是寶玉眼中不屑之物，故不曾看見。黛玉之居止容貌亦是寶玉眼中看，心中評；若不是寶玉，斷不能知黛玉終是何等品貌。（「之居」〔王府18b〕作「居」，〔有正110〕作「舉」。王府、有正「不能」作「不」）

寶玉看罷，因笑道。

〔甲戌夾批47b〕看他第一句是何話。（〔王府18b〕、〔有正110〕同）

〔甲戌眉批47b〕黛玉見寶玉寫一「驚」字，寶玉見黛玉寫一「笑」字，一存於中，一發乎外，可見文於下筆必推敲的准穩，方纔用字。

這個妹妹我曾見過的。

〔甲戌夾批47b〕瘋話。　與黛玉同心，却是兩樣筆墨，觀此則知玉卿心中有則說出，一毫宿滯皆無。（〔王府18b〕、〔有正110〕「則知」作「知」）

雖然未曾見過他，然我看着面善，心裏就算是就相認識。（王府「就相認識」作「舊相識認」）

〔甲戌夾批47b〕一見便作如是語，宜乎王夫人謂之瘋瘋傻傻也。

〔王府夾批18b〕世人得遇相好者，每日（曰）一見如故，與此一意。

今日只作遠別重逢，未爲不可。（王府、有正「作」作「做」，「未」作「亦未」）

〔甲戌夾批47b〕妙極奇語，全作如是等語。怪人謂曰癡狂。（〔王府18b〕、〔有正110〕「怪」作「爲怪」）

賈母笑道，更好更好，若如此更相和睦了。

〔甲戌夾批47b〕作小兒語，瞞過世人亦可。亦是眞話。（〔王府19a〕、〔有正111〕同）

又細細打諒一番。

〔甲戌夾批47b〕與黛玉兩次打諒一對。（〔王府19a〕、〔有正111〕同）

〔王府夾批19a〕姣（嬌）慣處如畫。如此親近，而黛玉之靈心巧性，能不被其縛住，反不是性（情）理。文從寬緩中寫來，妙。

因問妹妹可曾讀書。

〔甲戌夾批47b〕自己不讀書，却問到人，妙。（〔王府19a〕、〔有正111〕「到」作「別」）

探春便問，何出。

〔甲戌夾批47b〕寫探春。（〔王府19a〕、〔有正111〕同）

〔王府夾批19a〕借問難說探春，以足後文。

西方有石名黛，可代畫眉之墨。況這林妹妹眉尖若蹙，用取這兩個字，豈不兩妙。

〔王府夾批19a〕黛玉之淚因寶玉，而寶玉贈曰顰顰，初見時亦（已）定盟矣。

除四書外，杜撰的太多，偏只我是杜撰不成。（王府「只我是」作「只是我」，有正「杜」

皆作「杜」）

〔甲戌夾批48a〕如此等語，焉得怪彼世人謂之怪，只瞞不過批書者。（〔王府19b〕、〔有正112〕「如此」作「如是」。「批書者」王府作「批言人」，有正作「批書人」）

又問黛玉可也有玉沒有。（王府、有正「沒」作「無」）

〔甲戌夾批48a〕奇極怪極，癡極愚極，焉得怪人目爲癡哉。（〔王府19b〕、〔有正112〕同）

黛玉便忖度着，因他有玉，故問我有也無。

〔甲戌眉批48a〕奇之至，怪之至，又忽將黛玉亦寫成一極癡女子。觀此初會二人之心，則可知以後之事矣。（〔王府19b〕、〔有正112〕「怪之至」作「極」，無「亦」字）

寶玉聽了，登時發作起癡狂病來，摘下那玉就恨命摔去。

〔甲戌夾批48a〕試問石兄：此一摔，比在青峯（埂）峯下蕭然坦臥何如？

賈母急的摟了寶玉道，孽障。

〔甲戌夾批48a〕如聞其聲，恨極語却是疼極語。（〔王府20a〕、〔有正113〕同）

你生氣要打駡人容易，何苦摔那個命根子。（王府、有正無「個」字）

〔甲戌夾批48a〕一字一千斤重。（〔王府20a〕、〔有正113〕無「重」字）

寶玉滿面淚痕，泣道。（王府、有正「泣」作「哭」）

〔甲戌夾批48a〕千奇百怪，不寫黛玉泣，却反先寫寶玉泣。（〔王府20a〕、〔有正113〕「怪」作「奇」，無「却」、「先」二字，「寶玉泣」作「寶玉淚」）

家裏姐姐妹妹都無有，單我有，我說無趣。

〔王夾府批20a〕不是寫寶玉狂（泣），下（亦）不是寫賈母疼，總是要下種在黛玉心裏，則下文寫黛玉之近寶玉之由。作者苦心，妙、妙。

寶玉摔玉一段。

〔甲戌眉批48b〕「不是寃家不聚頭」第一場也。

不便自己誇張之意。

〔王府20a〕不如此說，則不爲姣（嬌）養，文（筆）靈活之至。

寶玉聽如此說，想一想竟大有情禮，也就不生別論了（王府、有正「禮」作「理」）

〔甲戌夾批48b〕所謂小兒易哄，余則謂君子可欺以其方云。（〔王府20b〕「余」作「全」，「有正114」同）

把你林姑娘暫安碧紗厨裏，等過了殘冬，春天再與他們收拾房屋，另作一番安置罷。

〔王府夾批20b〕女死，外孫女來，不得不令其近己，移疼女之心疼外孫女者，當然。

寶玉道，好祖宗。

〔甲戌夾批49a〕跳出一小兒。（〔王府20b〕、〔有正114〕同）

每人一個奶娘，並一個丫頭照管。

〔王府夾批20b〕小兒不禁，情事無違，下筆運用有法。

一個自幼奶娘王嬷嬷，一個是十歲的丫頭，亦是自幼隨身的，名喚雪雁。（有正「自幼奶娘」作「是自己奶娘」，「嬷嬷」作「嫫嫫」，「丫頭」作「小了頭」）

〔甲戌夾批49a〕雜雅不落套，是黛玉之文章也。（〔王府21a〕、〔有正115〕「雜」作「新」）

便將自己身邊一個二等的丫頭名喚鸚哥者，與了黛玉。（王府、有正無「的」字）

〔甲戌眉批49a〕妙極。此等名號方是賈母之文章。最厭近之小說中，不論何處，滿紙皆是紅娘小玉嫣紅香翠等俗字。（〔王府21a〕、〔有正115〕無「中」字）

並大丫環名喚襲人者。

〔甲戌夾批49b〕奇名新名，必有所出。（〔王府21b〕、〔有正116〕同）

原來這襲人亦是賈母之婢，本名珍珠。

〔甲戌夾批49b〕亦是賈母之文章。前鸚哥已伏下一鴛鴦，今珍珠又伏下一琥珀矣。已下乃寶玉之文章。（〔王府21b〕、〔有正116〕「已下」作「以下」）

〔王府夾批21b〕襲人之情性，不得不點染明白者，爲後日舊案。

賈母因溺愛寶玉，生恐寶玉之婢，無竭力盡忠之心，素喜襲人心地純良，肯盡職位，遂與了寶玉。

〔王府夾批21b〕賈母愛孫，錫以善人，此誠爲能愛人者，非世俗之愛也。

遂回明賈母，即便名襲人。這襲人亦有些癡處。（王府「便名」作「更改」，有正作「更名」）

〔甲戌夾批49b〕只如此寫又好極。最厭近之小說中，滿紙千伶百俐，這妮子亦通文墨等語。

〔王府22a〕只知寫又極好。最厭近之小說中，千伶百俐，這妮子亦通文墨等語。（〔有正117〕「近之」作「近今」）

〔王府夾批21b〕世人有職任的，能如襲人，則天下幸甚。

每每規諫，寶玉不聽，心中着實憂鬱。

〔王府夾批22a〕我讀至此，不覺放聲大哭。

鸚哥笑道，林姑娘正在這裏傷心，自己□眼抹淚的。（王府、有正無「這裏」二字，「□」作「淌」）

〔甲戌夾批50a〕可知前批不謬。

黛玉第一次哭却如此寫來。（〔王府22a〕、〔有正117〕無「寫來」二字）

倘或摔壞那玉，豈不是因我之過。（王府「壞」作「壞了」）

〔甲戌夾批50a〕所謂寶玉知己，全用體貼工夫。（靖藏夾批無「所謂」二字）

〔王府夾批22a〕我也心疼，豈獨顰顰。

黛玉哭一段。

〔甲戌眉批50a〕前文反明寫寶玉之哭，今却反如此寫黛玉，幾被作者瞞過。這是第一次算還，不知下剩還該多少。

若爲他這種行止，你多心傷感，只怕傷感不了呢。

〔王府夾批22b〕後百十回黛玉之淚總不能出此二語。

快別多心。

〔王府夾批22b〕「月上窗紗人到堦，窗上影兒先進來」。筆未到而竟（境）先到矣。

〔甲辰18b〕應如（知）此□傷感，來還甘露水也。

聽得說落草時從他口裏掏出，上頭有現成的穿眼。（王府、有正「頭」作「面」，無「的」字）

〔甲戌夾批50b〕癩僧幻術亦太奇矣。（〔王府22b〕同。〔有正118〕「太」作「大」）

〔王府夾批22b〕天生帶來美玉有現成可穿之眼，豈不可愛，豈不可惜。

此刻夜深，明日再看不遲。（王府「深」作「深了」）

〔甲戌夾批50b〕總是體貼，不肯多事。

〔王府夾批22b〕他天生帶來的美玉，他自己不愛惜，遇知己替他愛惜，連我看書的人，也着寔心疼不了，不覺背人一哭以謝作者。

姨表兄薛蟠，倚（財）仗勢打死人命，現在應天府案下審時。

〔王府夾批23a〕作者每用牽前搖後之筆。

意欲喚取進京。

〔王府夾批23a〕摑下文。

回末總評

〔王府24a〕補不完的是離恨天，所餘之石豈非離恨石乎。而絳珠之淚偏不因離恨而落，爲惜其石而落。可見惜其石必惜其人。其人不自惜，而知己能不千方百計爲之惜乎？所以絳珠之淚至死不乾，萬苦不怨，所謂「求仁而得仁，又何怨？」①悲矣！（有正120「矣」作「夫」）

① 見「論語・述而篇第七」。

第四回　薄命女偏逢薄命郎　葫蘆僧亂判葫蘆案

回前總批

〔王府0a〕陰陽交結變無倫，幻境生時即是眞。秋月春花誰不見，朝晴暮雨自何因。心肝一點勞牽戀，可意偏長遇喜嗔。我愛世緣隨分定，至誠相感作癡人。（有正121同）

請君着眼護官符，把筆悲傷說世途。作者淚痕同我淚，燕山仍舊竇公①無。（有正121同）

回首詩

〔列藏〕題曰：損（捐）軀報君恩，未報軀猶存。眼底物多情，君恩成（誠）可待。

〔高閱1a〕題曰：捐軀報國恩，未報身猶在。眼底物多情，君恩或可待。

又說姨母家遭了人命官司等語。

---

① 按竇公指竇禹鈞。禹鈞為後周漁陽人，與兄禹錫以詞學名。唐天祐末起家幽州掾，入周累官太常少卿右諫議大夫。高義篤行，家法為一時表式。嘗建義塾數十楹，聚書萬卷。延名儒以教遠近。五子：儀、儼、侃、偁、僖相繼登科，時稱燕山竇氏五龍。俗傳「五子登科」語本此。傳見「宋史」二六三。

〔王府夾批1a〕又來一位，寶釵將出現矣。

姊妹們遂出來，至寡嫂李氏房中來了。

〔王府夾批1a〕慢慢度入法。

原來這李氏卽賈珠之妻。

〔甲戌夾批51a〕起筆寫薛家事，他（偏）寫宮戕（裁），是結黛玉，明李紈本末，又在人意料之外。

父名李守中。

〔甲戌夾批51a〕妙，蓋云人能以理自守，安得爲情所陷哉。

族中男女無有不誦詩讀書者。（甲辰無「有」字，「誦詩讀」三字漫漶）

〔甲戌夾批51a〕未出李紈，先伏下李紋李綺。

〔甲辰1b〕先伏下文李紋李綺。

便說女兒無才便有德。（王府「兒」作「子」）

〔甲戌夾批51a〕有字改的好。

〔王府夾批1a〕確論。

卻只以紡績井臼爲要，這取名爲李紈，字宮裁。

〔甲戌夾批51b〕一洗小說巢（窠）臼俱盡，且命名字，亦不見紅香翠玉惡俗。

因此這李紈雖青春喪偶，且居處於膏粱錦繡之中，竟如槁木死灰一般。

〔甲戌夾批51b〕此時處此境，最能越理生事，彼竟不然，實罕見者。

〔王府夾批1b〕反有此等文章。

惟知侍親養子，外則陪侍小姑等針黹誦讀而已。

〔甲戌夾批51b〕一段敘出李紈，不犯熙鳳。

〔王府夾批1b〕此中不得不有如此又（人）。天地覆載，何物不有，而才子手中，亦何物不有。

今黛玉雖客寄於斯，日有這般姐妹相伴，除老父外，餘者也就無庸慮及了。

〔甲戌夾批51b〕仍是從黛玉身上寫來。以上了結住黛玉，復找前文。

一下馬，就有一件人命官司，詳至案下。

〔王府夾批1b〕非雨村難以了結此案。

我家小爺原說第三日是好日子，再接入門。

〔甲戌夾批52a〕所謂遲則有變，往往世人因不經之談，悮却大事。

無奈薛家原係金陵一霸，倚財仗勢，眾豪奴將小人的主人竟打死了。

〔王府夾批2a〕一派世境惡習活現。

小人告了一年的狀，竟無人作主。

〔王府夾批2a〕悲夫，千古世情，不過如此。

雨村聽了大怒道，豈有此放屁的事。

〔王府夾批2b〕偏能用反疊法。

雨村心中甚是疑怪，只得停了手，即時退堂。（王府「中」作「下」，「是疑怪」作「爲怪異」）

〔甲戌夾批52b〕原可疑怪，余亦疑怪。

〔王府夾批2b〕請看見文字遞出第（遞）轉，閑中皆是要筆。

這門子忙上來請安，笑問，老爺一向加官進祿，八九年來就忘了我了。（王府「上來」作「上前」，「就」作「便」）

〔甲戌夾批52b〕語氣傲慢，怪甚。

〔王府夾批2b〕似閑語，是要人。

老爺眞是貴人多忘事，把出身之地竟忘了。

〔甲戌夾批51b〕刹心語，自招其禍，亦因誇能恃才也。

雨村聽了，如雷震一驚。

〔甲戌夾批52b〕余亦一驚，但不知門子何知，尤爲怪甚。

因想這件生意到還輕省熱鬧。

〔甲戌夾批52b〕新鮮字眼。

遂趁年紀蓄了髮，充了門子。

〔甲戌夾批52b〕一路奇奇怪怪，調侃世人，總在人意臆之外。

原來是故人。

〔甲戌夾批52b〕妙稱，全是假態。

又讓了坐好談。

〔甲戌夾批52b〕假極。

雨村笑道，貧賤之交不可忘。

〔甲戌夾批53a〕全是奸險小人態度，活現活跳。

二則此係私室，既欲長談，豈有不坐之禮。

〔王府夾批3a〕如此親近，其先必有故事。

老爺既榮任到這一省，難道就沒抄一張護官符來不成。

〔甲戌夾批53a〕可對聚寶盆，一笑。三字從來未見，奇之至。

雨村忙問，何爲護官符，我竟不知。

〔甲戌夾批53a〕余亦欲問。

這還了得，連這不知，怎能作得長遠。

〔甲戌夾批53a〕罵得爽快。

如今凡作地方官者皆有一個私單，上面寫的是本省最有權有勢極貴大鄉紳的名姓，各省皆然。

〔王府夾批3b〕眞是警世之言，使我看之不知要哭要笑。

倘若不知，一時觸犯了這樣的人家，不但官爵，只怕連性命還保不成呢。〔王府無「的」、「只怕」三字〕

〔甲戌夾批53a〕可憐可嘆，可恨可氣，變作一把眼淚也。

〔王府夾批3b〕快論！請問其言是乎否乎！

所以綽號叫作護官符。

〔甲戌夾批53a〕奇甚趣甚，如何想來。

上面皆是本地大族名宦之家的諺俗口碑。其口碑排寫得明白。下面皆註着始祖官爵並房次。石頭亦曾照樣抄寫一張，今據石上所抄云。（王府、有正無「上面」、「得」三字。王府「石頭」作「名頭」，無「曾」字，「石上所」三字被點去。有正「諺俗」作「俗諺」，無「石頭」以下二句）

〔甲戌夾批53b〕忙中閒筆用得好。

〔王府4a〕此等人家，豈必欺霸方始成名耶。總因子弟不肖，招接匪人，一朝生事則百計營求，父爲子隱，羣小迎合，雖暫時不沾禍網，而從此放膽，非破家滅族不已，哀哉！

（〔有正129〕「沾」作「罹」，「非」作「必」）

〔王府夾批4a〕可憐依等始祖。

賈不假，白玉爲堂金作馬。

〔甲戌夾批53b〕寧國榮國二公之後，共十二房分。除寧榮親派八房在都外，現原籍住者十二房。（〔王府4a〕、〔有正129〕、〔甲辰3b〕、〔高閱2a〕「十二」作「二十」。甲辰「榮國」作「榮府」，「者」作「者有」。高閱無「分」字，「原籍住者」作「住原籍」）

〔己卯2〕寧國榮國二公之後，共二十房分，除寧榮新（親）派八房在都外，現原籍住着十二房。（此批連以下己卯三批，另紙錄出，附於己卯本中）①

① 此四條護官符之注，實是正文。參導論頁五一。列藏亦有此四條註。

阿房宮，三百里，住不下金陵一個史。（己卯「陵」、「個」二字漫漶）

〔甲戌夾批53b〕保齡侯尚書令史公之後，房分共十八。都中現任者十房，原籍現居八房。（〔王府4b〕、〔有正130〕「十八」作「二十」，「任者」作「住」，「現居八房」作「十房」。〔甲辰3b〕「分」作「公」，「任」作「住」。〔高閱2a〕「房分共十八」作「共十八房」，「任者」作「住」，「原籍現居」作「現居原籍」）

〔己卯2〕保齡侯尚書令史公之後，房分共十八房，都中現住十房，原籍現居八房。（另紙錄出附入者）①

豐年好大雪。

〔甲戌53b〕隱薛字。（〔甲辰4a〕同）

珍珠如土金如鐵。（有正「珍」作「眞」）

〔甲戌夾批53b〕紫微舍人薛公之後，現領內府帑銀行商，共八房分。（〔王府4b〕、〔有正130〕「微」作「薇」；王府、有正、〔高閱2a〕「府」作「庫」，無「分」字。〔甲辰4a〕「府」作「司」）

〔己卯2〕紫微舍人薛公之後，現領內司帑項行商，共八房。（另紙錄出附入者）

（此條正文及批，己卯、王府、有正、高閱皆在下條之後）①

東海缺少白玉床，龍王來請金陵王。（甲辰「王」作「五」）

① 此四條護官符之注，實是正文。參導論頁五一。列藏亦有此四條註。

〔甲戌夾批53b〕都太尉統制縣伯玉公之後，共十二房。都中二房，餘……。（〔高閱2a〕「玉」作「王」，「二房」作「現住五房」，「餘」作「原籍七房」）

〔己卯2〕都太尉流（統）制縣伯玉（王）公之後，共十二房，都中兩房，餘皆在籍。（另紙錄出附入者）

〔王府4b〕都太尉統制縣伯王公之後，共十二房。都中二房，餘在籍。（〔有正130〕同。〔甲辰4a〕「尉」作「慰」，「二」作「兩」）

（此條正文及批，己卯、王府、有正、甲辰、高閱皆在上條之前）①

雨村猶未看完。

〔甲戌眉批53b〕妙極。若只有此四家，則死板不活；若再有兩家，又覺累瓚，故如此斷法。

忽聞傳點人報王老爺來拜。

〔甲戌夾批53b〕橫雲斷嶺法，是板定大章法。

這四家皆連絡有親，一損皆損，一榮皆榮，扶持遮飾皆有照應的。（王府無「這」字，「絡」作「洛」，「皆榮」作「俱榮」。甲辰「皆損」作「俱損」，「皆榮」作「俱榮」）

〔甲戌夾批54a〕早爲下半部伏根。（〔甲辰4a〕同。靖藏夾批「早」作「四家皆」）

〔王府夾批4b〕此四家不相爲結親，則無門當戶對者，亦理勢之必然。既結親之後，豈不

---

① 此四條護官符之注，實是正文。參導論頁五一。列藏亦有此四條註。

照應，又人情之不可無。

不但兇犯躲的方向我知道，一併這拐賣之人我也知道，死鬼買主也深知道，待我細說與老爺聽。（王府「躲」作「逃躲」，「我知道」作「我已知道」，無「一」字，「細」作「細細」）

〔甲戌夾批54a〕斯何人也。

〔王府夾批5a〕放膽一說，毫無避忌，世態人情被門子慘（參）透了。

這個被打之死鬼，乃是本地一個小鄉宦之子，名喚馮淵。

〔甲戌夾批54a〕眞眞是寃孽相逢。

只他一個守着些薄產過日。

〔王府夾批5a〕我爲幼而失父母者一哭。

長到十八九歲上，酷愛男風，最厭女子。（甲辰作「年紀十八九歲，酷愛男風，不甚好女色」）

〔甲戌夾批54a〕最厭女子，仍爲女子喪生，是何等大筆。不是寫馮淵，正是寫英蓮。

〔甲辰4b〕不是寫馮淵，是寫英蓮。（「馮」、「蓮」兩字漫漶）

這也是前生寃孽，可巧遇見着拐子賣丫頭，他便一眼看上了這丫頭。

〔甲戌夾批54b〕善善惡惡，多從可巧而來，可畏可怕。

立意買來作妾，立誓再不交接男子。

〔甲戌夾批54b〕諺云：「人若改常，非病即亡」，信有之乎？

也再不娶第二個了。

〔甲戌夾批54b〕虛寫一個情種。

〔王府夾批5b〕也是幻中情魔。

誰知道這拐子又偷賣與了薛家。

〔王府夾批5b〕一定情卽了結，請問是幻不是？點醒幻字。人皆不醒。我今日看了批了，仍也是不醒。

把個馮公子打了個稀爛，抬回家去，三日死了。

〔王府夾批5b〕有情反是無情。

並不爲此些些小事値得他一逃走的。

〔甲戌夾批55a〕妙極。人命視爲些些小事，總是刻畫阿獃耳。

老爺你當被賣之丫頭是誰。

〔甲戌夾批55a〕問得又怪。

這人算來還是老爺大恩人呢。

〔王府夾批6a〕當心一脚，請看後文，並無蹤動。

他就是葫蘆廟傍住的甄老爺的小姐，名喚英蓮。

〔甲戌夾批55a〕至此一醒。

聞得養至五歲被人拐去，卻如今才來賣呢。

〔王府夾批6a〕「聞得」只說一曾（層），並無言及要姣杳，自道子（之）語，非作者忘懷，欲寫世態，故作幻筆。

況且他眉心中原有米粒大小的一點胭脂痦。

〔甲戌夾批55b〕寶釵之熱，黛玉之怯，悉從胎中帶來。今英蓮有癖，其人可知矣。

偏生這拐子又租了我的房舍居住。

〔王府6b〕作者要容貌勢力，要說情，要說幻，又要說小人之居心，豪強之脫大，了結前文舊案，鋪設後文根基，點明英蓮，收緒寶釵等等諸色：只借先之沙彌，今日門子之口層層緒來。眞是大悲菩薩，千手千眼一時轉動，毫無遺露。可見具大光明者，故無難事，誠然。（〔有正134〕「容」作「說容」，「緒」皆作「敍」，「等等諸色」作「等項諸事」）

他是被拐子打怕了的，萬不敢說，只說拐子係他親爹，因無錢償債，故賣他。（王府「係」作「是」，「爹」作「爺」，「償」作「賞」）

〔甲戌夾批55b〕可憐。

〔王府夾批7a〕世家子女至此，可想見先世亦必有如薛公子者。

我又哄之再四，他又哭了，說我原不記得小時之事。

〔王府夾批7a〕寫其心機，總爲後文。

我今日罪孽可滿了。

〔王府夾批7a〕天下英雄，失足匪人，偶得機會可以跳出者，與英蓮同聲一哭！

何必憂悶。

〔王府夾批7b〕「良人者，所望而終身也」。①

---

① 語見「孟子・離婁下」「齊人有一妻一妾」一段。

自爲從此得所，誰料天下竟有這等不如意事。

〔甲戌夾批56a〕可憐眞可憐。一篇薄命賦，特出英蓮。

〔靖藏眉批〕批書者（　）親見。一篇薄命賦，特出英蓮。

〔王府夾批7b〕天下同患難者同來一哭。

而且使錢如土。（王府無「而」字）

〔甲戌夾批56a〕世路難行錢作馬。

〔王府夾批7b〕「使錢如土」方能稱霸王。

把個英蓮拖去，如今也不知死活。

〔甲戌夾批56a〕爲英蓮留後步。

寫馮淵英蓮一段。

〔甲戌眉批56a〕又一首薄命嘆。英馮二人一段小悲歡幻景，從葫蘆僧口中補出，省却閑文之法也。所謂「美中不足，好事多魔」，先用馮淵作一開路之人。

雨村評馮淵英蓮一段。

〔甲戌眉批56b〕使雨村一評，方補足上半回之題目。所謂此書有繁處愈繁，省中愈〔中〕省；又有不怕繁中繁，只要繁中虛；不畏省中省，只要省中實。此則省中實也。

〔王府夾批8a〕馮淵之事之人，是英蓮之幻景中之癡情人。

這正是夢幻情緣，恰遇一對薄命兒女。

〔王府夾批8a〕點明白了，直入本題。

今日何翻成了個沒主意的人了。

〔王府夾批8a〕利慾（欲）薰心，必至如此。

你說的何嘗不是。

〔甲戌夾批56b〕可發一長嘆。這一句已見奸雄。全是假。

但事關人命，蒙皇上隆恩，起復委用。

〔甲戌夾批56b〕奸雄。

正當殫心竭力圖報之時。

〔甲戌夾批56b〕奸雄。

豈可因私而廢法。

〔甲戌夾批56b〕奸雄。

〔王府夾批8b〕良明不昧勢難當。

我實不能忍爲者。

〔甲戌夾批56b〕全是假。

大丈夫相時而動。

〔王府夾批8b〕悞盡多少蒼生。

又曰，趨吉避兇者爲君子。

〔甲戌夾批57a〕近時錯會書意者多多如此。

不但不能報効朝廷，亦且自身不保。

〔王府夾批8b〕說了來也是一團道理。

雨村低了半日頭。

〔甲戌夾批57a〕奸雄欺人。

薛蟠今已得無名之症，被馮魂追索已死。

〔甲戌夾批57b〕無名之症却是病之名，而反曰無，妙極。（靖藏夾批「却」作「卽」，「妙」作「像」）

雨村笑道，不妥不妥，等我再斟酌斟酌，或可壓服口聲。（王府「斟酌斟酌」作「斟酌」）

〔甲戌夾批57b〕奸雄欺人。

〔王府夾批9b〕一張口就是了結，其（眞）腐臭。以「再斟酌」收結，眞是不凡之筆。

果見馮家人口稀疏，不過賴此欲多得些燒埋之費。

〔甲戌夾批58a〕因此三四語收住，極妙。此則重重寫來，輕輕抹去也。

雨村便徇情罔法，胡亂判斷了此案。

〔甲戌夾批58a〕實注一筆，更好，不過是如此等事，又何用細寫。可謂此書不敢干涉廊廟者①，卽此等處也，莫謂寫之不到。蓋作者立意寫閨閣尚不暇，何能又及此等哉。

雨村判薛蟠案一段。

〔甲戌眉批58a〕蓋寶釵一家不得不細寫者。若另起頭緒，則文字死板，故仍只借雨村一人穿插出阿獃兄人命一事，且又帶叙出英蓮一向之行踪，並以後之歸結，是以故意戲用

① 甲戌本凡例第四條謂「此書不敢干涉朝廷」，參本書頁二。

「葫蘆僧亂判」等字樣，撰成半回，略一解頤，略一嘆世，蓋非有意譏刺仕途，實亦出人之閑文耳。

又註馮家一筆更妥，可見馮家正不爲人命，實賴此獲利耳。故用「亂判」二字爲題，雖曰不涉世事，或亦有微辭耳。但其意實欲出寶釵，不得不做此穿插。故云此等皆非石頭記之正文。

急忙作書信二封，與賈政並京營節度使王子騰。

〔甲戌夾批58a〕隨筆帶出王家。

雨村又恐他對人說出當日貧賤時的事來，因此心中大不樂業。

〔甲戌夾批58a〕瞧他寫雨村如此，可知雨村終不是大英雄。

後來到底尋了個不是，遠遠的充發了纔罷。（王府無「的」字，「纔」作「他就」）

〔甲戌夾批58a〕至此了結葫蘆廟文字。　又伏下千里伏線。起用葫蘆字樣，收用葫蘆字樣，蓋云一部書皆係葫蘆提之意也，此亦係寓意處。

〔靖藏眉批〕〔廟〕了結（葫）（蘆）（廟）文字。（又）伏下〔伏〕〔又〕千里（伏）線。胡（葫）盧（蘆）字樣起，胡（葫）盧（蘆）字樣結，蓋一部書皆係胡（葫）（蘆）提之意也，知乎？

〔王府夾批10a〕口如懸河者，當於出言時小心。

且說那買了英蓮，打死馮淵的那薛公子。

〔甲戌夾批58a〕本是立意寫此，却不肯特起頭緒，故意設出「亂判」一段戲文，其中穿揷，至此却淡淡寫來。

本是書香繼世之家。

〔王府夾批10a〕爲書香人家一嘆。

只是如今這薛公子幼年喪父，寡母又憐他是個獨根孤種，未完溺愛縱容，遂至老大無成。

〔王府夾批10a〕愛（受）病處。富而且孤，自多溺愛，孟母三邊（遷），故（固）難再見。

雖也上過學，不過畧識幾字。

〔甲戌夾批58b〕這句加於老兄，却是實寫。

寡母王氏乃現任京營節度王子騰之妹，與榮國府賈政的夫人王氏是一母所生的姊妹，今年方四十上下年紀，只有薛蟠一子。

〔王府夾批10b〕非母溺愛、非家道殷實、非節度、榮國之至親，則不能到如此強霸。富貴者其思之。

還有一女比薛蟠小兩歲，乳名寶釵。

〔王府10b〕初見。

生得肌骨瑩潤，舉止嫻雅。

〔甲戌夾批58b〕寫寶釵只如此，更妙。

較之乃兄，竟高過十倍。

〔甲戌夾批59a〕又只如此寫來，更妙。

近因今上崇詩尚禮，徵採才能，降不世出之隆恩。（批在較後，然應指此段正文）

〔甲戌夾批59a〕一段稱功頌德，千古小說中所無。

自薛翁死後，各省中所有買賣承局總管夥計人等見薛蟠年輕不諳世事，便趁時拐騙起來。

〔王府夾批11a〕我爲創家立業者一哭。

京中幾處生意漸亦消耗。

〔王府夾批11a〕有制（治）人，無制（治）法。

不想偏遇見了那拐子重賣英蓮，薛蟠見英蓮生得不俗。

〔甲戌夾批59b〕阿獃兄亦知不俗，英蓮人品可知矣。

竟自起身長行去訖，人命官司，他竟視爲兒戲。

〔王府夾批11b〕破銷不顧業己（已）之事，業己（已）如此，到是走的妙。

自爲花上幾個臭錢，沒有不了的。

〔甲戌夾批59b〕是極。　人謂薛蟠爲獃，余則謂是大徹悟。

在路不計其日。

〔甲戌夾批59b〕更妙。必云程限則又有落套，豈暇又記路程單哉。

忽聞得母舅王子騰陞了九省統制，奉旨出都查邊。

〔王府夾批11b〕天下之母舅再無不教外甥以正途者，必使其陞任出京，亦是留下文地步。

可知天從人願。

〔甲戌夾批60a〕寫盡五陵心意。

〔王府夾批12a〕寫不肖子弟如畫。

或是在你舅舅家。

〔甲戌夾批60a〕陪筆。

或是你姨爹家。

〔甲戌夾批60a〕正筆。

家裡自然忙亂起身，偺們這工夫反一窩一塊的奔了去，豈不沒眼色些。

〔王府夾批12a〕好游蕩不要管束的子弟，每慣會說此等語。

偺們且忙忙收拾房舍，豈不使人見怪。

〔甲戌夾批60b〕閑語中補出許多前文，此畫家之雲罩峰尖法也。

你的意思我卻知道。

〔甲戌夾批60b〕知子莫如父。

不如你各自住着，好任意施爲的。（王府無「好」字「的」字）

〔甲戌夾批60b〕寡母孤兒一段，寫得畢肖畢眞。（「畢眞」二字用墨筆塡）

〔王府夾批12b〕用爲（使）子不得放蕩，一逼，再收入本意。

〔靖藏夾批〕寡母孤兒，畢有（肖）畢（眞）。

我帶了你妹子，去投你姨娘家去。

〔甲戌夾批60b〕薛母亦善訓子。

薛蟠見母親如此說。

〔王府夾批12b〕情理如眞。

正愁又少了娘家親戚來往。

〔甲戌夾批60b〕大家尚義，人情大都是也。

在外下車，喜的王夫人忙帶了女媳人等接出大廳。

〔王府夾批13a〕開留住之根。

「賈政便使人上來對王夫人說」一段。

〔甲戌眉批61a〕用政老一段，不但王夫人得體，且薛母亦免靠親之嫌。

偺們東北角上梨香院一所。

〔甲戌夾批61a〕好香色。

賈母也就遣人來說，請姨太太就在這裏住下，大家親密些等語。

〔甲戌夾批61b〕老太君口氣得情。　偏不寫夫人留，方不死板。

若另住在外，恐他縱性惹禍，遂連忙道謝應允。

〔王府夾批13b〕父母爲子弟處，每每如此。

又私與王夫人說明，一應日費供給一概免卻。

〔甲戌夾批61b〕作者題清，猶恐看官悞認今之靠親投友者一例。

方是處常之法。

〔王府夾批13b〕補足。眞是一絲不漏。

寶釵日與黛玉迎春姊妹等一處。

〔甲戌眉批62a〕金玉如（相）見，却如此寫，虛虛實實，總不相犯。

或看書着碁，或做針黹，到也十分樂業。

〔甲戌夾批62a〕這一句襯出後文黛玉之不能樂業，細甚妙甚。

一面使人打掃出自家的房屋，再移居過去的。

〔甲戌夾批62a〕交代結構，曲曲折折，筆墨盡矣。

甚至聚賭嫖娼，漸漸無所不至，引誘着薛蟠比當日更壞了十倍。（王府「賭」作「睹」，「着」作「的」）

〔甲戌夾批62a〕雖說爲紈褲設鑑，其意原只罪賈宅，故用此等句法寫來。

〔王府夾批14b〕膏梁（粱）子弟每習成的風化，處（處）皆然，誠爲可嘆。

雖說賈政訓子有方，治家有法。

〔甲戌夾批62a〕八字特洗（寫）出政老來，又是作者隱意。

且素性瀟灑，不以俗務爲要，每公暇之餘，不過看書下棋而已。

〔王府15a〕其用筆墨何等靈活，能足前搖後，卽境生文，眞到不期然而然，所爲水到渠成不勞著力者也。（〔有正151〕「爲」作「謂」）

又另有街門別開，可以出入。

〔王府夾批15a〕既（爲）作姨父的，開一條生路。若無此段，則姨父非木偶卽不仁，則不成爲姨父矣。

回末總評

〔王府16a〕看他寫一寶釵之來，先以英蓮事逼其進京，及以舅氏官出，惟姨可倚，轉轉相逼來。且加以世態人情隱耀其間，如人飲醇酒，不期然而已醉矣。（有正152「轉轉」作「輾轉」，「耀」作「躍」）

第五回　開生面夢演紅樓夢　立新場情傳幻境情①

回前總批

〔王府1a〕萬種豪華原是幻，何嘗造業，何是風流。曲終人散有誰留，爲甚營求，只愛蠅頭。一番遭遇幾多愁，點水根由，泉湧難酬。（有正153「業」作「孽」）

回首詩

〔王府2a〕題曰：春困葳蕤擁綉衾，恍隨仙子別紅塵；問誰幻入華胥境，千古風流造業人。（己卯82夾條錄出，「題曰」作「五回題云」，「葳」作「成」，「隨」原作「誰」，點改爲「隨」。有正155「業」作「孽」。高閱1a、己酉1a同）

卻說薛家母子在榮府中寄居等事略已表明，此回則暫不能寫矣。（王府、有正「卻說」作「

① 按有一靖藏批，應屬第四回而誤抄於此。參頁一〇八。

第四回中既將」，「榮府」作「榮國府」）

〔甲戌夾批63a〕此等處實又非別部小說之熟套起法。（〔王府2a〕同。〔有正155〕無「處」、「又」二字）

「如今且說林黛玉」一段。

〔甲戌眉批63a〕不敍寶釵，反仍敍黛玉。蓋前回只不過欲出寶釵，非實寫之文耳；此回若仍緒寫，則將二玉高擱矣，故急轉筆仍歸至黛玉，使榮府正文方不至于冷落也。（〔王府2a〕「不敍寶釵」作「不敍實敍」，「歸至」作「歸之」。王府、〔有正155〕「緒」作「續」）

今寫黛玉，神妙之至，何也？因寫黛玉實是寫寶釵，非眞有意去寫黛玉，幾乎又被作者瞞過。（「實是寫寶釵」〔王府2a〕作「實非寶釵」，〔有正155〕無「寫」字）

賈母萬般憐愛，寢食起居，一如寶玉。

〔甲戌夾批63a〕妙極，所謂一擊兩鳴法，寶玉身分可知。（〔王府2b〕無「玉」字。〔有正156〕同。〔甲辰1a〕無「寶玉身分可知」六字）

迎春，探春，惜春三個親孫女到且靠後。

〔甲戌夾批63a〕此句寫賈母。（〔王府2b〕、〔有正156〕「句」作「日」）

便是寶玉和黛玉二人之親密友愛，亦自較別個不同。（王府、有正「友愛」作「友愛處」）

〔甲戌夾批63a〕此句妙，細思有多少文章。（〔王府2b〕、〔有正156〕無「妙」字）

不想如今忽然來了一個薛寶釵。（王府、有正無「然」字）

〔甲戌夾批63a〕總是奇峻之筆，寫來健跋，似新出之一人耳。

〔王府2b〕總是奇峻之筆，寫手健跋，似新出之一人耳。此處如此寫寶釵，前回中略不一寫，可知前回中迥非十二釵之正文也。（〔有正156〕同。後半截同甲戌眉批）

〔甲戌眉批63a〕此處如此寫寶釵，前回中略不一寫，可知前回迥非十二釵之正文也。（〔王府2b〕、〔有正156〕後半截同）

欲出寶釵便不肯從寶釵身上寫來，却先款款敍出二玉，陡然轉出寶釵，三人方可鼎立，行文之法又亦變體。

〔甲辰1b〕欲出寶釵却先敍二玉，然後轉出寶釵，三人方可鼎立，行文之法又一變。

人多謂黛玉所不及。

〔甲戌夾批63a〕此句定評，想世人目中各有所取也。（〔王府2b〕、〔有正156〕同，惟「想世人目中各有所取也」句作正文）

按黛玉寶釵二人，一如姣花，一如纖柳，各極其妙者，然世人性分甘苦不同之故耳。（王府2b、有正156作正文，「姣」作「嬌」，無「者」字，「然」作「此乃」）

〔靖藏〕此句定評，想世人目中各有所取也。按黛玉寶釵二人，一如姣花，一如纖柳，各極其妙者，皆(世)(人)性分甘苦不同〔世〕〔人〕之故耳。

而且寶釵行爲豁達，隨分從時，不比黛玉孤高自許，目無下塵。（王府、有正「從」作「隨」，「目無下塵」作「目下無人」）

〔甲戌夾批63a〕將兩個行止攝總一寫，實是難寫，亦實係千部小說中未敢說寫者。（〔王府3a〕、〔有正157〕「實係」作「是係」，「未敢說寫者」作「所未敢寫者」，王府「攝」作「拜」）

便是那些小丫頭子們，亦多喜與寶釵去頑笑。因此黛玉心中便有些悒鬱不忿之意。（王府、有正無「子」字）

〔甲戌夾批63b〕此一句是今古才人同病。如人人皆如我黛玉之爲人，方許他妬。此是黛玉缺處。（〔王府3a〕、〔有正157〕「如人人」以下另作一批。「皆如」王府作「皆與」，有正作「皆似」）

寶釵卻渾然不覺。

〔甲戌夾批63b〕這還是天性，後文中則是又加學力了。（〔王府3a〕、〔有正157〕無「中」字）

況自天性所稟來的一片愚拙偏僻。（有正「稟」作「秉」）

〔甲戌夾批63b〕四字是極不好，却是極妙。只不要被作者瞞過。（〔王府3a〕「却」作「妙」，「作者」作「作此」。王府、〔有正157〕「只不要」作「勿」）

並無親疎遠近之別。

〔甲戌夾批63b〕如此反謂愚癡，正從世人意中寫也。（〔王府3a〕、〔有正157〕「愚癡」作「愚拙偏癖」）

〔甲辰1b〕如此反謂愚痴，蓋從世人眼中寫出。

既親密則不免一時有求全之毀，不虞之隙。（靖藏作「求全之毀」）

〔甲戌夾批63b〕八字定評，有趣。不獨黛玉寶玉二人，亦可爲古今天下親密人當頭一喝。

〔甲戌眉批63b〕八字爲二玉一生文字之綱。（靖藏眉批同）

〔王府3b〕八字定評，有趣。不獨寫寶玉黛玉二人，亦爲古今人親密者作當頭棒喝。（〔有正158〕同）

黛玉又氣的獨在房中垂淚。

〔甲戌夾批63b〕「又」字妙極，補出近日無限垂淚之事矣。此仍淡淡寫來，使後文來得不突然。（〔王府3b〕、〔有正158〕同。「矣」下爲另一批）

寶玉又自悔語言冒撞，前去俯就。（有正「冒」作「冐」）

〔甲戌夾批63b〕「又」字妙極。凡用二「又」字，如雙峯對峙，總補二玉正文。（〔王府3b〕、〔有正158〕同）

因東邊寧府中花園內梅花盛開。（甲辰無「中」字）

〔甲戌夾批63b〕元春消息動矣。（〔王府3b〕、〔有正158〕、〔甲辰2a〕同）

就在會芳園。

〔甲戌夾批64a〕隨筆帶出，妙，字義可思。（〔王府4a〕「隨」作「代」。〔有正159〕同）

不過皆是寧榮二府女眷家宴小集，並無別樣新文趣事可記。

〔甲戌夾批64a〕這是第一家宴，偏如此草草寫。此如晉人倒食甘蔗，「漸入佳境」一樣①。（〔王府4a〕〔有正159〕「偏如」作「偏爲」，「此如」作「如」）

---

①「世說新語・排調」第二十五：顧長康噉甘蔗，恆自尾至本。人問所以？云：「漸入佳境。」

賈母素知秦氏是個極妥當的人。

〔甲戌夾批64a〕借賈母心中定評。（〔王府4a〕、〔有正159〕同）

乃重孫媳中第一個得意之人，見他去安置寶玉，自是安穩的。（有正「重」作「眾」）

〔甲戌夾批64a〕又夾寫出秦氏來。（〔王府4b〕、〔有正160〕作「又夾寫秦氏出來」）

燃藜圖及對聯一段。

〔甲戌眉批64b〕如此畫聯，焉能入夢。

世事洞明皆學問，人情練達卽文章。

〔甲戌特批64b〕看此聯極俗，用於此則極妙。蓋作者正因古今王孫公子，劈頭先下金針。

〔王府4b〕按此聯極俗，用于此則極妙，蓋作者正爲古今王孫公子劈頭下一金針。（〔有正160〕同）

你沒看見我那個兄弟來了……兩個人若跕在一處，只怕那一個還高些呢。（王府、有正「那個」作「那」，「跕」作「站」）

〔甲戌夾批65a〕又伏下一人，隨筆便出，得隙便入，精細之極。

〔王府5a〕又伏下文，隨筆便，得隙便入，得精細之極。（〔有正161〕「隨筆便」作「隨筆便來」，「得精」作「精」）

〔甲戌眉批64b〕伏下秦鐘，妙。

寶玉道，我怎麼沒見過，你帶他來我瞧瞧。

〔甲戌夾批65a〕侯門少年紈褲活跳下來。（〔王府5a〕同。〔有正161〕「褲」作「袴」）

便有一股細細的甜香襲了人來。

〔甲戌夾批65a〕此香名引夢香。

寶玉便愈覺得眼餳骨軟，連說好香。（王府、有正無「愈」、「得」二字。甲辰無「愈」字）

〔甲戌夾批65a〕刻骨吸髓之情景，如何想得來，又如何寫得來。（〔王府5a〕「髓」作「體」。王府、〔有正161〕「寫得來」作「寫得出」）

〔甲辰3b〕進房如夢境。

有唐伯虎畫的海棠春睡圖。

〔甲戌夾批65a〕妙圖。（〔王府5b〕、〔有正162〕作「妙畫」）

嫩寒鎖夢因春冷，芳氣襲人是酒香。（王府「鎖」作「瑣」，「襲」作「籠」）

〔甲戌特批65a〕豔極，淫極。已入夢境矣。（〔王府5b〕、〔有正162〕同）

案上設着武則天當日鏡室中設着寶鏡。（王府、有正「中設着」作「中設的」）

〔甲戌夾批65a〕設譬調侃耳。若真以爲然，則又被作者瞞過。（〔有正162〕「調侃」作「調謊」。〔王府5b〕、有正「過」作「過也」）

寶玉含笑道，這裏好，這裏好。

〔甲辰4a〕擺設就合着他的意。

說着，親自展開了西子浣過的紗衾，移了紅娘抱過的鴛枕。

〔甲戌夾批65b〕一路設譬之文，迥非石頭記大筆所屑，別有他屬，余所不知。

只留下襲人。

〔甲戌夾批65b〕一個再見。（〔王府6a〕、〔有正163〕、〔甲辰4a〕同）

媚人。（甲辰作「秋紋」）

〔甲戌夾批65b〕二新出。（〔王府6a〕、〔有正163〕同。〔甲辰4a〕作「二個新出」）

晴雯。

〔甲戌夾批65b〕三新出。名妙而文。（〔王府6a〕、〔有正163〕同。〔甲辰4a〕作「三個新出」）

麝月。

〔甲戌夾批65b〕四新出。尤妙。（〔王府6a〕、〔有正163〕同。〔甲辰4a〕作「四個新出」）

看此四婢之名，則知歷來小說難與並肩。（〔王府6a〕、〔有正163〕無「之」、「肩」二字）

寶玉在秦氏房中睡去一段。

〔甲戌眉批65b〕文至此不知從何處想來。

看着貓兒狗兒打架。（王府無「狗兒」二字）

〔甲戌夾批65b〕細極。（〔王府6a〕、〔有正163〕同）

猶似秦氏在前，遂悠悠蕩蕩，隨了秦氏至一所在。

〔甲戌夾批65b〕此夢文情固佳，然必用秦氏引夢，又用秦氏出夢，竟不知立意何屬。（

〔王府6a〕、〔有正163〕同）

惟批書人知之。（筆迹墨色稍有不同）

〔甲辰4a〕此夢用秦氏引夢，又用秦氏出夢，妙。

眞是人跡希逢，飛塵不到。（有正「希」作「罕」）

〔甲戌夾批65b〕一篇蓬萊賦。（〔王府6a〕、〔有正163〕同）

強如天天被父母師傅打去。

〔甲戌夾批66a〕一句忙裏點出小兒心性。（〔王府6a〕、〔有正164〕作「百忙中點出小兒心性」）

春夢隨雲散。

〔甲戌特批66a〕開口拿「春」字，最緊要。（王府夾批6b同，與下批合一）

飛花逐水流。

〔甲戌特批66a〕二句比也。（王府夾批6b同，與上批合一）

何必覓閑愁。

〔甲戌特批66a〕將通部人一喝。（王府夾批6b同）

寶玉聽了是女子的聲音。

〔甲戌夾批66a〕寫出終日與女兒廝混最熟。（〔王府6b〕、〔有正164〕同）

方離柳塢……如斯之美也。

〔甲戌眉批66b〕按此書凡例本無讚賦閑文，前有寶玉二詞，今復見此一賦，何也？蓋此二人乃通部大綱，不得不用此套。前詞却是作者別有深意，故見其妙。此賦則不見長，然亦不可無者也。

〔王府7b〕按此書凡例本無諧（讚）賦，前有寶玉二詞，人復見此一賦，何也。蓋二人乃通部大綱，不得不用此套。（〔有正166〕「人復」作「今復」）

寶玉見是一個仙姑，喜的忙上來作揖，笑問道，神仙姐姐。

〔甲戌夾批66b〕千古未聞之奇稱，寫來竟成千古未聞之奇語，故是千古未有之奇文。

乃放春山遣香洞太虛幻境警幻仙姑是也。（王府無「幻境警」三字。有正無「幻境」二字）

〔甲戌夾批67a〕與首回中甄士隱夢景一照。（〔王府7b〕、〔有正166〕同）

因近來風流冤孽。

〔甲戌夾批67a〕四字可畏。（〔王府8a〕、〔有正167〕同）

新塡紅樓夢仙曲十二支。（王府、有正「塡」作「添」）

〔甲戌夾批67a〕點題。蓋作者自云所歷不過紅樓一夢耳。（〔王府8a〕、〔有正167〕同）

便忘了秦氏在何處。

〔甲戌夾批67a〕細極。（〔王府8a〕、〔有正167〕同）

竟隨了仙姑至一所在。

〔甲辰6a〕士隱曾見此匾對，而僧道不能領入，留此回警幻邀寶玉後文。

假作眞時眞亦假，無爲有處有還無。

〔甲戌特批67b〕正恐觀者忘却首回，故特將甄士隱夢景重一滃染。

寶玉入孽海情天後一段。

〔甲戌眉批67b〕菩薩天尊皆因僧道而有，以點俗人，獨不許幻造太虛幻境以警情者乎。觀者惡其荒唐，余則喜其新鮮。　有修廟造塔祈福者，余今意欲起太虛幻境，以（似）較修七十二司更有功德。

不料早把些邪魔招入膏盲了。（王府「盲」作「肓」）

〔甲戌夾批67b〕奇極妙文。（〔王府8b〕、〔有正168〕作「奇趣妙文」）

癡情司，結怨司，朝啼司，夜哭司，春感司，秋悲司。（王府、有正「哭」作「怨」）

〔甲戌夾批67b〕虛陪六個。（〔王府9a〕、〔有正169〕同）

乃是薄命司三字。

〔甲戌夾批68a〕正文。（〔王府9a〕、〔有正169〕同）

寶玉看了便知感嘆。

〔甲戌夾批68a〕「便知」二字是字法，最爲緊要之至。（〔王府9a〕、〔有正169〕無「之至」二字）

大書七字云，金陵十二釵正冊。

〔甲戌夾批68b〕正文題。（〔王府9b〕、〔有正170〕作「正文點題」）

常聽人說金陵極大。

〔甲戌夾批68b〕「常聽」二字，神理極妙。（〔王府9b〕、〔有正170〕同）

如今單我們家裏上上下下，就有幾百女孩兒呢。

〔甲戌夾批68b〕貴公子口聲。（〔王府9b〕、〔有正170〕作「貴公子的口氣」）

壽殀多因誹謗生，多情公子空牽念。（王府「誹謗」作「謗誹」）

〔甲戌特批69a〕恰極之至，「病補雀金裘」回①中與此合看。（王府夾批 10a 無「之」字）

〔靖藏眉批〕恰極，「補裘」回①中與此合看。

誰知公子無緣。

〔甲戌特批69a〕罵死寶玉，卻是自悔。（〔王府10b〕、〔有正172〕同）

根並荷花一莖香。（王府「根」作「振」，有正作「種」）

〔甲戌特批69b〕卻是咏菱妙句。（〔王府10b〕、〔有正172〕無「句」字）

自從兩地生孤木。

〔甲戌特批69b〕折（拆）字法。

寶玉看正册一段。

〔甲戌眉批69b〕世之好事者爭傳「推背圖」②之說，想前人斷不肯煽惑愚迷，卽有此說，亦非常人供談之物。此回悉借其法，爲兒女子數運之機，無可以供茶酒之物，亦無干涉

---

① 第五十二回。

② 「宋史・藝文志・五行類」有「推背圖卷」，不著撰人。相傳唐李淳風與袁天綱共作圖讖，預言歷代變革之事，至六十圖，袁推李背止之，故名。其第六十圖頌曰：「萬萬千千說不盡，不如推背去歸休。」宋太祖卽位，詔禁讖書，以此圖已傳數百年，民間多有藏本，不復可禁絕。乃命取舊本，紊其次序而雜書之。在流傳中又多所附益。其詞若明若暗，多兩可之詞，便於附會。（參岳珂「桯史・藝祖禁讖書」條）

政事，眞奇想奇筆。

可嘆停機德。

〔甲戌特批69b〕此句薛。

〔王府11a〕樂羊子妻事①。（〔有正173〕同）

堪憐咏絮才。

〔甲戌特批69b〕此句林。（〔王府11a〕同，批在「玉帶林中掛」句下）

〔王府11a〕此句薛。（〔有正173〕同）

玉帶林中掛，金簪雪裏埋。（王府「雪」作「薛」，有正「簪」作「釵」）

〔甲戌特批69b〕寓意深遠，皆非生其地之意。（〔王府11a〕、〔有正173〕「皆非生」作「皆是生非」）

三春爭及初春景。

〔甲戌特批70a〕顯極。

生於末世運偏消。

〔甲戌特批70a〕感嘆句，自寓。

千里東風一夢遙。

〔甲戌特批70a〕好句。

---

① 東漢樂羊妻，勸夫不拾路遺金，又以織布為喻，勸夫不應中斷學業。夫因力學七年不歸，終得成就。後有盜欲犯之，乃自刎而死。見「後漢書卷」八十四「列女傳」第七十四。

得志便猖狂。

〔甲戌特批70b〕好句。

獨臥青燈古佛傍。

〔甲戌特批70b〕好句。

一從二令三人木。

〔甲戌特批71a〕折字法。（〔王府12b〕同。〔有正176〕作「拆字法」）

勢敗休云貴，家亡莫論親。

〔甲戌特批71a〕非經歷過者，此二句則云紙上談兵。過來人那得不哭。

枉與他人作笑談。

〔甲戌特批71a〕眞心實語。

那仙姑知他天分高明，性情頴慧。（王府、有正「知」作「知道」）

〔甲戌眉批71b〕通部中筆筆貶寶玉，人人嘲寶玉，語語謗寶玉，今却於警幻意中忽寫出此八字來，眞是意外之意。此法亦別書中所無。（〔王府13a〕、〔有正177〕無「忽」字，「之意」作「之想」，「別」作「他」）

且隨我去遊玩奇景。

〔甲戌夾批71b〕是哄小兒語，細甚。（〔王府13a〕、〔有正177〕「細甚」作「氣」）

何必在此打這悶葫蘆。

〔甲戌夾批71b〕爲前文葫蘆廟一點。（〔王府13a〕、〔有正177〕同）

〔甲辰11a〕點醒。

寶玉恍恍惚惚，不覺棄了卷册。

〔甲戌夾批71b〕是夢中景況，細極。（〔王府13a〕、〔有正178〕作「是夢中景，妙。」）

更見仙花馥郁，異草芬芳，眞好個所在。（王府、有正「個」作「一個」）

〔甲戌夾批71b〕已爲省親別墅畫下圖式矣。（〔王府13b〕、〔有正178〕同）

必有絳珠妹子的生魂前來遊玩。

〔甲戌夾批72a〕絳珠爲誰氏，請觀者細思首回。（〔王府13b〕、〔有正178〕「爲誰氏」作「是誰」）

〔甲辰11b〕絳珠爲誰，觀者思之。

何故反引這濁物來污染這清淨女兒之境。（王府「反」作「返」）

〔甲戌眉批72a〕奇筆攄奇文。作書者視女兒珍貴之至，不知今時女兒可知？余爲作者癡心一哭，又爲近之自棄自敗之女兒一恨。

〔王府13b〕奇筆奇文。（〔有正179〕同）

寶玉聽如此說，便唬得欲退不能退，果覺自形污穢不堪。（王府、有正「便唬」作「嚇」）

〔甲戌夾批72a〕貴公子不怒而反退，却是寶玉天外中一段情癡。

〔王府14a〕貴公子豈容人如此厭棄，反不怒而反欲退，實實寫盡寶玉天分中一齗情癡來。若是薛阿獃至此聞是語，則警幻之輩共成齏粉矣。一笑。（〔有正179〕「齗」作「段」）

警幻忙攜住寶玉的手。

〔甲戌夾批72a〕妙，警幻自是個多情種子。（〔王府14a〕、〔有正179〕作「妙，警幻是與情種子」）

故近之於子孫雖多，竟無一可以繼業。

〔甲戌夾批72a〕這是作者眞正一把眼淚。

萬望先以情欲聲色等事警其癡頑。

〔甲戌夾批72a〕二公眞無可奈何，開一覺世覺人之路也。

或冀將來一悟，亦未可知也。（王府、有正「冀」作「可」）

〔甲戌夾批72b〕一段叙出寧榮二公，足見作者深意。（〔王府14b〕同。〔有正180〕「二公」作「二公來」）

合各種寶林珠樹之油。

〔甲辰12a〕細玩此句。

名爲羣芳髓。

〔甲戌夾批72b〕好香。

此茶名曰千紅一窟。

〔甲戌夾批73a〕隱哭字。（〔王府15a〕、〔有正181〕同）

更喜窗下亦有唾絨，奩間時漬粉汚。

〔王府15a〕是寶玉心事。（〔有正181〕同）

幽微靈秀地。

〔甲戌特批73a〕女兒之心，女兒之境。（〔王府15a〕、〔有正181〕作「女兒之心」，參下批）

無可奈何天。

〔甲戌特批73a〕兩句盡矣，撰通部大書不難，最難是此等處，可知皆從無可奈何而有。

〔王府15a〕女兒之境，兩句盡矣。（〔有正181〕同，參上批）

因名爲萬艷同杯。

〔甲戌夾批73b〕與千紅一窟一對。隱悲字。（〔王府15b〕、〔有正182〕同）

開闢鴻濛。

〔甲戌特批73b〕故作頓挫搖擺。（〔王府15b〕、〔有正183〕作「故作頓挫之筆」）

若非個中人。

〔甲戌夾批73b〕三字要緊。不知誰是個中人。寶玉卽個中人乎？然則石頭亦個中人乎？作者亦係個中人乎？觀者亦個中人乎？

〔王府16a〕三字極妙。不知誰是箇中人？然則石頭亦箇中人乎？作者與觀者亦箇中人乎？（〔有正183〕同）

若不先閱其稿，後聽其歌，翻成嚼蠟矣。（王府、有正「翻」作「反」）

〔甲戌眉批73b〕警幻是個極會看戲人。近之大老觀戲必先翻閱角本，目覩其詞，彼（耳）聽彼歌，却從警幻處學來。

〔王府16a〕警幻是個極會看戲人。今之翻劇本看戲者，殆從警幻學來。（〔有正183〕同）

寶玉揭開，一面目視其文，一面耳聆其歌曰。（王府、有正作「寶玉接起，一面看，一面聽其歌曰」）

〔甲戌眉批74a〕作者能處慣于自站地步，又慣于擅起波瀾，又慣於故爲曲折，最是行文祕訣。（〔王府16a〕、〔有正183〕「處」作「處處」，「站」作「佔」，「擅」作「陡」）

開闢鴻濛，誰爲情種。

〔甲戌夾批74a〕非作者爲誰？余又曰，亦非作者，乃石頭耳。（〔王府16b〕、〔有正184〕無「又」字。「耳」〔王府〕作「者」，〔有正〕作「也」）

試遣愚衷。

〔甲戌夾批74a〕愚字自謙得妙。（〔王府16b〕、〔有正184〕同）

因此上演出這懷金悼玉的紅樓夢。

〔甲戌眉批74a〕「懷金悼玉」大有深意。（〔王府16b〕、〔有正184〕「大」作「四字」）

〔甲戌特批74a〕讀此幾句，翻厭近之傳奇中必用開場付末等套，澟齎太甚。

〔王府16b〕讀此幾句，反厭近之傳奇中必用生旦副末開場，澟齎太甚。（〔有正184〕同）

「終身悞」一段。

〔甲戌眉批74a〕語句潑撒，不負自創北曲。（〔王府17a〕、〔有正185〕同，在下曲〔枉凝眉〕「春流到夏」句下。有正「眉」作「睂」）

散漫無稽，不見得好處。

〔甲戌夾批74b〕自批駁，妙極。（〔王府17a〕、〔有正185〕同）

因此也不察其原委，問其來歷，就暫以此釋悶而已。

〔甲戌眉批74b〕妙。設言世人亦應如此法看此紅樓夢一書，更不必追究其隱寓。（〔王府17a〕、〔有正186〕無「究」、「寓」二字）

須要退步抽身早。

〔甲戌特批75a〕悲險之至。（〔王府17b〕、〔有正186〕同）

從今分兩地，各自保平安，奴去也，莫牽連。

〔王府18a〕探鄉（卿）聲口如聞。（〔有正187〕同）

襁褓中父母嘆雙亡。

〔甲戌夾批75b〕意眞辭切，過來人見之不免失聲。

好一似霽月光風耀玉堂。

〔王府18a〕堪與湘鄉（卿）作照。（〔有正187〕同）

「樂中悲」一段。

〔甲戌眉批75b〕悲壯之極，北曲中不能多得。

氣質美如蘭。

〔甲戌夾批75b〕妙卿實當得起。

你道是，啖肉食腥膻。

〔甲戌夾批75b〕絶妙，曲文塡詞中不能多見。

卻不知。

〔甲戌特批75b〕至語。

喜寃家。

〔王府18b〕寃家上加一喜字，眞新眞奇。（〔有正189〕同）

嘆芳魂艷魄，一載蕩悠悠。

〔甲戌特批76a〕題只十二釵，却無人不有，無事不備。（〔王府19a〕、〔有正189〕同）

說甚麼天上夭桃盛。

〔王府9a〕此休恰甚。（〔有正189〕同）

聞說道西方寶樹喚婆娑，上結着長生菓。（「喚婆娑上」王府作「婆婆」，有正作「娑婆」）

〔甲戌特批76b〕末句開句收句。

〔王府19b〕喝醒大重，是極。（〔有正190〕「重」作「衆」）

機關算盡太聰明，反算了卿卿性命。（有正「算了」作「送了」）

〔甲戌夾批76b〕警拔之句。（〔王府19b〕「拔」作「撥」。〔有正190〕同）

一場歡喜忽悲辛，嘆人世終難定。

〔甲戌夾批77a〕見得到。

〔甲戌眉批76b〕過來人覩此，寧不放聲一哭。

〔王府19b〕見得到，是極。過來人覩此，能不放生一笑。（〔有正191〕「生一笑」作「聲一哭」）

鏡裏恩情。

〔甲戌特批77a〕起得妙。

畫梁春盡落香塵。

〔甲戌夾批77b〕六朝妙句。（〔王府20b〕、〔有正192〕同）

箕裘頹墮皆從敬。

〔甲戌夾批77b〕深意他人不解。（〔王府20b〕、〔有正192〕同）

宿孽總因情。

〔甲戌特批77b〕是作者具菩薩之心，秉刀斧之筆，撰成此書，一字不可更，一語不可少。

〔王府20b〕是作者見菩薩之心，秉刀斧之筆，撰成此書，一句不可更，一句不可改。（〔有正192〕「更一句」作「更一字」。）

飛鳥各投林。

〔甲戌特批77b〕收尾愈覺悲慘可畏。

爲官的家業凋零，富貴的金銀散盡。

〔甲戌夾批77b〕二句先總寧榮。

〔王府20b〕二句總寧榮，與「樹倒狐猻散」①作反照。（〔有正193〕「狐」作「猢」。）

---

① 龐元英「談藪」：曹詠妻厲氏，余姚大族女。曹以秦會之姻黨，日益貴顯，官至戶部侍郎尹京。會之死，詠貶新州而亡。盛時，鄉里奔走，承迎恐後；獨妻兄厲德新不然。會之甫殂，乃遣介致書於詠。啓對，乃「樹倒猢猻散賦」一篇

甲戌夾批78a略同，參本頁「落了片白茫茫大地眞干淨」之批）

有恩的死裡逃生……癡迷的枉送了性命。

〔甲戌夾批78a〕將通部女子一總。（〔王府21a〕、〔有正193〕同）

落了片白茫茫大地眞干淨。（王府「淨」作「盡」）

〔甲戌特批78a〕又照看葫蘆廟。（〔王府21a〕、〔有正193〕「看」作「管」）與樹倒猢猻散反照。（〔王府20b〕、〔有正193〕略同，參上頁「爲官的家業零凋」之批）

歌畢，還又歌副曲。

〔甲戌夾批78a〕是極。香菱晴雯輩豈可無，亦不必再。（〔王府21a〕、〔有正193〕「必」作「可」）

警幻見寶玉甚無趣味。

〔王府21a〕自站地步。（〔有正194〕同）

其鮮豔嫵媚有似乎寶釵，風流嬝娜則又如黛玉。（王府、有正作「其鮮妍嫵媚有似寶釵，其嬝娜風流，則又如黛玉」）

〔甲戌夾批78a〕難得雙兼，妙極。（〔王府21b〕、〔有正194〕作「雖爲雙兼，極妙」）

皆被淫污紈褲與那些流蕩女子悉皆玷辱。（有正「褲」作「袴」）

〔甲戌夾批78b〕眞極。（〔王府21b〕、〔有正194〕同）

自古來多少輕薄浪子，皆以好色不淫爲飾，又以情而不淫作案。

〔王府21b〕「色而不淫」四字已濫熟于各小說中，今却特貶其說，批駁出矯飾之非，可謂至切至當，亦可以喚醒衆人，勿謂（爲）前人之矯詞所感（惑）也。（〔有正194〕同）

是以巫山之會，雲雨之歡，皆由既悅其色，復戀其情所致也。（有正「悅」作「恱」，王府、有正「情」作「情之」）

〔甲戌夾批78b〕色而不淫，今翻案，奇甚。（〔王府22a〕、〔有正195〕作「色而不淫，今偏翻案」）

吾所愛汝者，乃天下古今第一淫人也。

〔甲戌夾批78b〕多大膽量，敢作如此之文。（靖藏眉批無「如」字、「之」字，位於下條硃筆眉批之後）

〔王府22a〕不見下文，使人一驚。多大膽量，敢如此作文。（〔有正195〕同）

寶玉答仙姑一段。

〔甲戌眉批78b〕絳芸軒中諸事情景由此而生。（靖藏硃墨眉批「芸」作「芝」，無「中」、「情景」三字，在上條眉批之前）

恨不能盡天下之美女供我片時之趣興。

〔甲戌夾批78b〕說得懇切恰當之至。

吾輩推之爲意淫。

〔甲戌夾批79a〕二字新雅。（〔王府22a〕、〔有正196〕同）

惟心會而不可言傳，可神通而不能語達。

〔甲戌夾批79a〕按寶玉一生心性，只不過是體貼二字，故曰意淫。

〔靖藏夾批〕寶玉心性，只是體貼二字，故爲意淫。

再將吾妹一人，乳名兼美。（有正「吾」作「吳」）

〔甲戌夾批79a〕妙，蓋指薛林而言也。（〔王府22b〕、〔有正196〕同）

留意于孔孟之間，委身于經濟之道。

〔王府22b〕說出此二句，警幻亦腐矣，然亦不得不然耳。（〔有正197〕同）

便祕授以雲雨之事。

〔王府23a〕這是情之未了一着，不得不說破。（〔有正197〕同）

未免有兒女之事。

〔王府23a〕如此方免累贅。（〔有正197〕同）

但見荊榛遍地。

〔王府23a〕略露心跡。（〔有正197〕同）

狼虎成羣。

〔王府23a〕凶極。試問觀者此係何處。（〔有正197〕同）

又無橋梁可通。（王府、有正「又」作「竝」）

〔甲戌夾批79b〕若有橋梁可通，則世路人情猶不算艱難。（〔王府23a〕、〔有正197〕同，接下「特用『形如槁木，心如死灰』句以消其念，可謂善於讀矣」句）

再休前進，作速回頭要緊。（王府、有正、甲辰「再」作「快」）

〔甲戌夾批79b〕機鋒。（〔王府23a〕、〔有正198〕同）

〔甲辰19a〕點醒世人。

此卽迷津也，深有萬丈，遙亘千里，中無舟楫可通。

〔王府23b〕可思。（〔有正198〕同）

如墮落其中，則深負我從前諄諄警戒之語矣。

〔王府23b〕看他忽轉筆作此語，則知此後皆是自悔。（〔有正198〕同）

叫寶玉別怕，我們在這裏。（甲辰「別」作「不」）

〔王府23b〕接得無痕跡。歷來小說中之夢未見此一醒。（〔有正199〕同）

〔甲辰19b〕接得無痕。

卻說秦氏正在房外，囑咐小丫頭們，好生看着貓兒狗兒打架。

〔王府24a〕細，又是照應前文。（〔有正199〕同）

又聞寶玉口中連叫可卿救我。（王府、有正作「忽聽寶玉在夢中喚他的小名」）

〔甲戌夾批80a〕雲龍作雨，不知何爲龍？何爲雲？何爲雨？

〔王府24a〕奇奇怪怪之文，令人摸頭不着。雲龍作雨，不知何爲雲？又何爲龍？何爲雨矣。（〔有正199〕「爲雲」作「爲龍」，「爲龍」作「爲雲」，「又何」作「何」，「何爲雨」作「又何爲雨」）

回末總評

〔王府25a〕將一部全盤點出幾個，以陪襯寶玉，使寶玉從此倍偏，倍癡，倍聰明。倍瀟灑。亦非突如起來。作者眞妙心妙口，妙筆妙人。（〔有正200〕「起」作「其」）

第六回　賈寶玉初試雨雲情　劉姥姥一進榮國府

回前總批

〔王府1a〕風流眞假一般看，借貸親疏觸眼酸。總是幻情無了處，銀燈挑盡淚漫漫。（有正201同）

回目後批

〔甲戌81a〕寶玉襲人亦大家常事耳，寫得是已全領警幻意淫之訓。此回借劉嫗，卻是寫阿鳳正傳，並非泛文，且伏二遞（進）及巧姐之歸着。（靖藏總批作「寶襲亦大家常事耳，已令（全）領意淫之訓。此回借劉嫗寫阿鳳正傳，非泛文可知，且伏（伏）二進三進巧姐歸着。」）

此（回）劉嫗一進榮國府，用周瑞家的，又過下回無痕，是無一筆寫一人文字之筆。

回首詩

題曰：朝叩富兒門，富兒猶未足，雖無千金酬，嗟彼勝骨肉。（己卯107夾條錄出，「題曰」作「六回

題云」。王府2a、有正203、高閱1a作回首詩，同）

不覺也羞紅了臉。

〔王府夾批2b〕存身份。

遂不敢問，仍舊理好衣裳，隨至賈母處來。

〔王府夾批2b〕既少通人事，無心者則再不復問矣。既問，則無限幽思，皆在于伏身之一笑，所以必當有偷試之一番。行文輕巧，皆出于自然，毫無一些勉強。妙極。

你夢見什麼故事了，是那裏流出來的那些臟東西。

〔王府夾批2b〕是必當問者。若不問則下文涉于唐突。

羞得襲人掩面伏身而笑。

〔王府夾批2b〕試想。

遂強襲人同領警幻所訓雲雨之事。

〔甲戌夾批82a〕數句文完一回題綱文字。

〔靖藏夾批〕一段雲雨之事，完一回提綱文字。

今便如此亦不爲越理。

〔甲戌夾批82a〕寫出襲人身分。

自此寶玉視襲人更與別個不同。

〔甲戌夾批82a〕伏下晴雯。（〔甲辰2a〕作「伏下晴雯文」）

襲人侍寶玉更爲盡職。

〔甲戌夾批82a〕一段少兒女之態，可謂追魂攝魄之筆。

暫且別無話說。

〔甲戌夾批82a〕一句接住上回「紅樓夢」大篇文字，另起本回正文。

小小一個人家，因與榮府略有些瓜葛。

〔甲戌夾批82b〕略有些瓜葛，是數十回後之正脈也。眞千里伏線。

另覓好書去醒目。

〔王府夾批3b〕加（夾）雜世態，巧伏下文。

若謂聊可破悶時，待蠢物。

〔甲戌82b〕妙謙，是石頭口角。

因貪王家的勢利，便連了宗，認作侄子。（己卯「侄子」作「姪兒」）

〔甲戌82b〕與賈雨村遙遙相對。（己卯夾批111同①）

〔王府夾批3b〕可憐。

鳳姐之父。

〔甲戌82b〕兩呼兩起，不過欲觀者自醒。

餘者皆不認識。

〔王府夾批4a〕強認親的榜樣。

---

① 按己卯此批為後來補上的，抄者示意應插入正文中，可知在原底本為雙行批註。

只有其子，小名狗兒。亦生一子，小名板兒。嫡妻劉氏。又生一女，名喚青兒。

〔甲戌83a〕石頭記中公勳世宦之家以及草莽庸俗之族，無所不有，自能各得其妙。

狗兒遂將岳母劉姥姥。

〔甲戌83a〕音老，出「偕（諧）聲字箋」①。稱呼畢肖。

接來一處過活。

〔王府夾批4a〕總是用過（逼）近法。

喫了幾杯悶酒，在家閒尋氣惱。（王府「氣」作「煩」）

〔甲戌83a〕病，此病人不少，請來看狗兒。

〔甲戌眉批83a〕自「紅樓夢」一回至此，則珍饈中之虀耳，好看煞。

〔王府夾批4b〕貧苦人多有此等景象。

偺們村莊人那一個不是老老誠誠的，多大碗，喫多大的飯。

〔甲戌夾批83b〕能兩畝薄田度日，方說的出來。（靖藏眉批無「來」字）

托着你那老的福。

〔甲戌83b〕妙稱，何肖之至。

沒了錢就瞎生氣，成箇什麼男子漢大丈夫了。（高閱「瞎」作「轄」）。己卯、高閱「夫了」

---

① 即「諧聲品字箋」，清錢塘虞成熙草創，男德生纘著，孫嗣集補注，有康熙十五年（一六七六）黃機序，謂此書收「六萬有奇之字，包括於五十七聲。」另有康熙十六年孫在豐序，康熙丁卯（一六八七）裘充美序及康熙歲在上章閹茂（一七三〇）陸宗淵序，知書即刊行於此時。姥字註曰：「老母也。又天姥，山名。又姓。今江北變作老音。呼外祖母為姥，又呼收生者亦曰姥，亦欲等之外婆也。」（戊集可母，頁五十二）

作「夫呢」）

〔甲戌83b〕爲紈褲下針，却先從此等小處寫來。（己卯夾批112同①。高閱1b同，在「沒了錢就轄生氣」句下，作正文抄出，前寫明「批」，又全句以筆勾出）

〔甲戌夾批83b〕此口氣自何處得來。

〔王府夾批4b〕英雄失足，千古同慨，笑煞天下一切（疑有脫漏）。

難道叫我打劫偷去不成。

〔王府夾批5a〕古人有錯用盜字之說的，的是此句章（張）本。

我又沒有收稅的親戚。

〔甲戌84a〕罵死。

作官的朋友。

〔甲戌84a〕罵死。

〔靖藏眉批〕罵死世人，可嘆可悲。

當日你們原是和金陵王家。

〔甲戌84a〕四字便抵一篇世家傳。

如今自然是你們拉硬屎不肯去俯就他，故疎遠起來。

〔王府夾批5b〕天下事無有不可爲者。總因打不破，若打破時何事不能？請看劉姥姥一篇

---

① 按己卯此批爲後來補上的，抄者示意應插入正文中，可知在原底本爲雙行批註。

議論，便應解得些個纔是。

想當初我和女兒還去過一遭。

〔甲戌84a〕補前文之未到處。（〔甲辰4a〕無「之」字）

沒的去打嘴現世。

〔王府夾批6a〕「打嘴現世」等字，誤盡多少蒼生，也能成全多少事體。

誰知狗兒名利心甚重。

〔甲戌84b〕調侃語。

劉姥姥道，噯喲喲。

〔甲戌夾批84b〕口聲如聞。

這周瑞先時曾和我父親交過一樁事，我們極好的。（王府「和」作「與」）

〔甲戌85a〕欲赴豪門，必先交其僕。寫來一嘆。

〔王府夾批6b〕畫初（出）當日品行。

聽見帶他進城俇去。

〔甲戌85b〕音光，去聲，遊也，出「偕（諧）聲字箋①」。

找至寧榮街。

〔甲戌85b〕街名。本地風光，妙。

然後偵到角門前。

---

① 參頁一四一註①。按「諧聲品字箋」巳集十四：「俇、讀光去聲。閑俇，無事閑行自在。」

〔甲戌夾批85b〕「偵」字神理。

只見幾個挺胸疊肚指手畫腳的人，坐在大櫈上說東談西呢。（蒙府「櫈」作「板櫈」，「呢」作「的」）

〔甲戌85b〕不知如何想來，又爲候（侯）門三等豪奴寫照。

〔王府夾批7a〕世家奴僕，個個皆然，形容逼眞。

那些人聽了都不揪採，半日方說道，你遠遠的那牆角下等着。

〔王府夾批7b〕故套。

內中有一年老的說道……從這邊遶到後街上後門上問就是了。（王府「遶到」作「遶道」，「問」作「去問」）

〔甲戌86a〕有年紀人誠厚，亦是自然之理。

〔王府夾批7a〕轉換法。寫門上豪奴，不能盡是規矩，故用轉換法，則不強硬而筆氣自順。

鬧烘烘三二十個孩子在那裏廝鬧。

〔甲戌86a〕如何想來，合眼如見。

說着跳跳躥躥引着劉姥姥進了後門。

〔甲戌夾批86b〕因女眷，又是後門，故容易引入。

你說說能幾年我就忘了。

〔甲戌夾批86b〕如此口角，從何處出來。

再問劉嫽嫽今日還是路過，還是特來的。劉姥姥便說，原是特來瞧瞧你嫂子，二則也請請姑太太的安。（王府「嫽嫽」作「姥姥」，「瞧瞧」作看看，無「嫂子」二字）

〔甲戌夾批86b〕問的有情理。

〔王府夾批8b〕劉姥姥此時一團要緊事在心，有問不得不答。遮轉遮進，不敢陟（陡）然。看之令人可憐。而大英雄亦有若此者，所謂欲圖大事，不據（拘）小節。

若不能，便借重嫂子轉致意罷了。

〔甲戌87a〕劉婆亦善於權變應酬矣。

今見劉姥姥如此而來，心中難卻其意。

〔甲戌87a〕在今世，周瑞婦算是個懷情不忘的正人。

二則也要現弄自己體面。（王府「現」作「顯」，「自己」作「自己的」）

〔甲戌眉批87a〕「也要顯弄」句爲後文作地步也，陪房本心本意實事。

〔王府夾批8b〕實有此等情理。

姥姥，你放心，大遠的誠心誠意的來了，豈有個不教你見個眞佛去的。

〔甲戌87a〕好口角。

〔甲戌夾批87a〕自是有寵人聲口。

我們這裏都是各占一枝兒。

〔甲戌夾批87a〕略將榮府中帶一帶。

原來是他，怪道呢，我當日就說他不錯呢。

〔甲戌87b〕我亦說不錯。

今兒寧可不會太太，到要見見他。

〔王府夾批9b〕禮（理）勢必然。

便喚小丫頭子到倒廳上。

〔甲戌88a〕一絲不亂。

這裏二人又說些閒話。

〔王府夾批10a〕急忙中偏不就進去，又添一番議論，從中又伏下多少線索，方見得大家勢派，出入不易，方見得周瑞家的處事詳細。即至後文，放筆寫鳳姐，亦不唐突，仍用冷子興說榮寧舊筆法。

就只一件，待下人未免太嚴了些。

〔甲戌88a〕略點一句，伏下後文。（甲辰無「太」字）

〔甲辰8b〕伏下文。

這一下來他吃飯是個空子。

〔王府夾批10b〕非身臨其境者不知。

若遲一步，回事的人也多了，難說話。再歇了中覺，越發沒了時候了。（王府「一步」作「一了」，無「也」字，「候」作「侯」）

〔甲戌88b〕寫出阿鳳勤勞冗雜，並驕矜珍貴等事來。

〔甲戌眉批88b〕寫阿鳳勤勞等事，然却是虛筆，故於後文不犯。

〔王府夾批10b〕有曰：富貴不還鄉，如衣錦夜行，今日周瑞家的得遇劉姥姥，實可謂錦衣不夜行者。

先找着了鳳姐的一個心腹通房大丫頭。（靖藏無「了」、「的」兩字）

〔甲戌88b〕着眼。這也是書中一要緊人，「紅樓夢」曲內雖未見有名，想亦在副冊內者也。（「曲」爲墨筆加上，參下句〔靖藏〕批）

〔王府夾批10b〕三等奴僕，第次不亂。

名喚平兒的。（靖藏無「的」字）

〔甲戌88b〕名字眞極，文雅則假。

〔靖藏〕要緊人，雖未見有名，想亦在副冊內者也。（參上句甲戌批）

〔靖藏硃墨眉批〕觀警幻情榜，方知余言不謬。

周瑞家的先將劉姥姥起初來歷說明。

〔甲戌88b〕細，蓋平兒原不知此一人耳。

平兒聽了，便作了主意。

〔王府夾批11a〕各自（有）各自的身分。

叫他們進來，先在這裏坐着就是了。

〔甲戌89a〕暗透平兒身分。

小丫頭子打起了猩紅毡簾。（甲辰無「子」字）

〔甲戌89a〕是冬日。（甲辰9a〕「日」作「天」）

只聞一陣香撲了臉來。

〔甲戌89a〕是劉姥姥鼻中。

身子如在雲端裏一般。

〔甲戌89a〕是劉姥姥身子。

滿屋裏之物都是耀眼爭光，使人頭懸目眩。（甲辰「裏」作「中」，「眩」作「眩」）

〔甲戌89a〕是劉姥姥頭目。

〔甲辰9b〕俱從劉姥姥目中看出。

劉姥姥斯時惟點頭咂嘴念佛而已。

〔甲戌89a〕六字盡矣，如何想來。（按「六字」指「點頭咂嘴念佛」，批語應在「佛」字下）

〔王府夾批11a〕是寫府第奢華，還是寫劉姥姥粗夯？大抵村舍人家見此等氣象，未有不破膽驚心，迷魄醉魂者。劉姥姥猶能念佛，已自出人頭地矣。

於是來至東邊這間屋內，乃是賈璉的女兒大姐兒睡覺之所。（甲辰作「於是引他到東邊這間屋裏，乃是賈璉的大女兒睡覺之所。」）

〔甲戌89a〕記清。（〔甲辰9b〕同）

〔王府夾批11b〕不知不覺先到大姐寢室，豈非有緣？

平兒站在炕沿邊，打量了劉姥姥兩眼。

〔甲戌89b〕寫豪門侍兒。（〔甲辰9b〕同）

只得。

〔甲戌89b〕字法。（〔甲辰9b〕同）。

劉姥姥見平兒遍身綾羅，插金帶銀，花容玉貌的。

〔甲戌89b〕從劉姥姥心目中略一寫，非平兒正傳。

便當是鳳姐兒了。（王府無「了」字）

〔甲戌89b〕畢肖。

〔王府夾批11b〕的眞，有是情理。

劉姥姥只聽見咯噹咯噹的響聲，大有似乎打籮櫃篩麵的一般。（高閱「籮」作「篩」）

〔甲戌89b〕從劉姥姥心中意中幻擬出奇怪文字。

〔高閱正文小字4a〕批：小家氣象，不免東張西望。（批語以筆勾出。按「不免東張西望」甲戌89b、己卯121、庚辰145、王府11b、有正222、甲辰10a爲正文，「張」作「瞧」，己卯、庚辰、王府、甲辰、有正「望」作「望的」）

底下又墜着一個秤砣般的一物，卻不住的亂幌。

〔甲戌89b〕從劉姥姥心目中設譬擬想，眞是鏡花水月。

。。。

正歎時。

〔甲戌90a〕三字有勁。

又若金鐘銅磬一般，不防到唬的展眼，接着又是一連八九下。（甲辰「不防到唬的」作「倒唬了一跳」）

〔甲戌90a〕細，是巳時。（〔甲辰10a〕作「想是巳時」）

〔甲戌夾批90a〕寫得出。

方欲問時，只見小丫頭子們一齊亂跑說，奶奶下來了。

〔王府夾批12a〕劉姥姥不認得，偏不令問明，即以「奶奶下來」之結局，是畫雲龍妙手。

只聽遠遠有人笑聲，約有一二十婦人，衣裙悉率，漸入堂屋，往那邊屋內去了。

〔甲戌夾批90a〕寫得侍僕婦。

不過略動了幾樣。

〔王府夾批12b〕白描入神。

只見門外鏨銅鈎上懸着大紅撒花軟簾。

〔甲戌夾批90b〕從門外寫來。

那鳳姐兒家常帶着紫貂昭君套，圍着攢珠勒子……端端正正坐在那裏。

〔甲戌90b〕一段阿鳳房室起居器皿，家常正傳，奢侈珍貴好奇貸（貨）註脚。寫來眞是好看。

手內拿着小銅火炷兒，撥手爐內的灰。

〔甲戌91a〕這一句是天然地設，非別文杜撰妄擬者。

〔甲戌夾批90b〕至平。實至奇，稗官中未見此筆。

〔靖藏眉批〕雖平常而至奇，稗官中未見。

鳳姐兒也不接茶，也不抬頭。

〔甲戌夾批91a〕神情宛肖。

只管撥手爐內的灰，慢慢的問道，怎麼還不請進來。（王府「慢慢」作「漫漫」）

〔甲戌夾批91a〕此等筆墨，眞可謂追魂攝魄。

〔王府夾批13a〕「還不請進來」五字，寫盡天下富貴人代（待）窮親戚的態度。

鳳姐忙說……不敢稱呼。周瑞家的忙回道，這就是我纔回的那個姥姥了。

〔甲戌夾批91a〕鳳姐云「不敢稱呼」，周瑞家的云「那個姥姥」。凡三四句一氣讀下，方是鳳姐聲口。

鳳姐笑道。

〔甲戌夾批91b〕二笑。

知道的呢，說你們棄厭我們不肯常來，不知道的那起小人，還只當我們眼裏沒人似的。

〔甲戌夾批91b〕阿鳳眞眞可畏可惡。

〔王府夾批13b〕偏會如此寫來，教人愛煞！

劉姥姥忙念佛道。

〔甲戌夾批91b〕如聞。

鳳姐笑道。

〔甲戌夾批91b〕三笑。

朝廷還有三門子窮親戚呢，何況你我。

〔王府夾批14a〕點醒多少勢利鬼。

說着，又問周瑞家的，回了太太了沒有。

〔甲戌夾批91b〕一筆不肯落空，的是阿鳳。

得閑就回，看怎麼說。

〔王府夾批14a〕「看」之一字細極。

剛問些閑話時，就有家下許多媳婦管事的來回話。

〔甲戌夾批92a〕不落空家務事，却不實寫。妙極妙極。

我就叫他們散了。

〔王府夾批14b〕能事者故自不凡。

周瑞家的道，沒甚說的便罷，若有話，回二奶奶是和太太一樣的。

〔甲戌夾批92a〕周婦係眞心爲老嫗，也可謂得方便。

一面說，一面遞眼色兒與劉姥姥。

〔甲戌夾批92b〕何如，余批不謬。

劉姥姥會意，未語先飛紅的臉，欲待不說，今日又所爲何來，只得忍恥說道。（王府「的」作「了」，「來」作「來也」）

〔甲戌眉批92b〕老嫗有忍恥之心，故後有招大姐之事，作者並非泛寫。且爲求親靠友下一棒喝。

〔王府夾批14b〕開口告人難。

鳳姐忙止劉姥姥不必說了，一面便問，你蓉大爺在那裏呢。

〔甲戌夾批92b〕慣用此等橫雲斷山法。

輕裘寶帶，美服華冠。

〔甲戌夾批92b〕如紈褲寫照。

說上回老舅太太給嬸子的那架玻璃炕屏，明日請一個要緊的客，借了略擺一擺就送過來的。

〔甲戌夾批93a〕夾寫鳳姐好獎譽。

鳳姐笑道。

〔甲戌夾批93a〕又一笑；凡五。

〔靖藏眉批〕五笑寫鳳姐活躍紙上。　何如？當知前批不謬。

賈蓉忙復身轉來，垂手侍立，聽何指示。

〔甲戌眉批93b〕傳神之筆，寫阿鳳躍躍紙上。

你且去罷，晚飯後你再來說罷。

〔王府夾批16a〕試想「且去」以前的豐態，其心思用意，作者無一筆不巧，無一事不麗。

這裡劉姥姥心身方安。（甲辰無「裡」字）

〔甲戌夾批93b〕妙，卻是從劉姥姥身邊目中寫來。　度至下回。（〔甲辰14a〕無「卻是」、「身邊」四字）

鳳姐早已明白了，聽他不會說話，因笑止道。

〔甲戌94a〕又一笑；凡六。自劉姥姥來凡笑五次，寫得阿鳳乖滑伶俐，合眼如立在前。若會說話之人便聽他說了，阿鳳利害處正在此。　問看官常有將挪移借貸已說明白了，彼仍推聾粧啞，這人爲阿鳳若何。呵呵，一嘆！

他們今兒既來了，瞧瞧我們，是他的好意思，也不可簡慢了他。

〔甲戌夾批94b〕窮親戚來看是好意思，余又自石頭記中見了，嘆嘆。

〔甲戌眉批94b〕王夫人數語，令余幾（欲）哭出。

〔靖藏眉批〕窮親戚來是好意思，余又自石頭記中見了，嘆嘆。數語令我欲哭。

若論親戚之間，原該不待上門來就該有照應纔是。但如今家裏雜事太煩，太太漸上了年紀，一時想不到也是有的。

〔甲戌夾批94b〕點「不待上門就該有照應」數語，此亦於石頭記再見話頭。

怎好叫你空回去的。

〔甲戌夾批95a〕也是石頭記再見了，嘆嘆。（靖藏眉批無「再」字）

可巧昨晚太太給我的丫頭們作衣裳的二十兩銀子，我還沒動呢。

〔王府夾批17b〕鳳姐能事在能體王夫人的心，托故週全，無過不及之蔽（弊）。

那劉姥姥先聽見告艱難，只當是沒有，心裏便突突的。

〔甲戌夾批95a〕可憐可嘆

後來聽見給他二十兩，喜的渾身發癢起來。

〔甲戌夾批95a〕可憐可嘆。

鳳姐與劉姥姥對話一段。

〔靖藏眉批〕如見如聞。此種話頭，作者從何想來，應是心花欲開之侯（候）。（參頁一

五五甲戌回末總評）

再拿一串錢來。

〔甲戌夾批95a〕這樣常例亦再見。

到家裏該問好的問個好兒罷。

〔王府夾批18b〕口角春風，如聞其聲。

那蓉大爺纔是他的正緊侄兒呢。

〔王府夾批18b〕不自量者，每每有之，而能不露圭角，形諸無事，鳳姐亦可謂人豪矣。

他怎麼又跑出這麼個姪兒來了。

〔甲戌95b〕與前眼色眞對，可見文章中無一個閒字。　爲財勢一哭。

我的嫂子。

〔甲戌夾批95b〕報顏如見。

回末總評

〔甲戌96a〕一進榮府一回，曲折頓挫，筆如游龍，且將豪華舉止令觀者已得大概，想作者應是心花欲開之候。（參頁一五四「鳳姐與劉姥姥對話一段」靖藏眉批）借劉嫗入阿鳳正文，「送宮花」①寫「金玉初聚」②爲引，作者眞筆似游龍，變幻難測，非細究至再

① 第七回。
② 第八回。

三再四不記數，那能領會也，嘆嘆。（靖藏作「引阿鳳正文借劉嫗入初聚金玉，爲寫送宮花眞變幻難測，讀此等文字非細究再三四不計數不能領會，嘆嘆。」）

〔王府20a〕夢裏風流，醒後風流，試問何眞何假。劉姆乞謀，蓉兒借求，多少顛倒相酬。英雄反正用機籌，不是死生看守。（有正237同）

第七回　送宮花周瑞嘆英蓮　談肄業秦鐘結寶玉

回前總批

〔王府1a〕苦盡甘來遞轉，正強忽弱誰明，惺惺自古惜惺惺，世運文章搖動。無縫機關難見，多才筆墨偏精，有情情處特無情，何是人人不醒。（有正239「搖動」作「操勁」）

〔靖藏〕他小說中一筆作兩三筆者，一事啓兩事者均曾見之，豈有似「送花」一回間三帶四攢花簇錦之文哉。

回首詩

〔甲戌97a〕題曰：十二花容色最新，不知誰是惜花人？相逢若問名何氏，家住江南姓本秦。（王府2a、有正241「名何」作「何名」）

便上來回王夫人話。（王府「話」字後加，有正無「話」字）

〔甲戌夾批97a〕不回鳳姐，却回王夫人，不交代處，正交代得清趣。（〔王府2a〕、〔有正241〕「趣」作「楚」）

問丫環們時，方知往薛姨媽那邊閒話去了。

〔甲戌夾批97a〕文章只是隨筆寫來，便有流離生動之妙。（〔王府2a〕「筆」作「草」。〔有正241〕「流離」作「流麗」）

只見王夫人的丫環名金釧兒者。（王府「名」字點去，無「者」字。有正無「兒者」兩字）

〔甲戌夾批97a〕金釧寶釵互相映射，妙。（〔王府2b〕，「互」作「在」。〔有正241〕同）

和一個纔留了頭的小女孩兒，站立在臺磯上頑。（王府「站」作「跕」。有正「頭」作「頭髮」。王府、有正「立在」作「在」，「上」作「石上」）

〔甲戌夾批97a〕蓮卿別來無恙否？（〔王府2b〕「恙」作「樣」。〔有正242〕同）

便知有話回，因向內掓嘴兒。（王府、有正無「因」字）

〔甲戌夾批97a〕畫。（〔王府2b〕〔有正242〕同）

只見王夫人和薛姨媽長篇大套的說些家務人情的話。

〔王府夾批2b〕非此等事，不能「長篇大套」。

周瑞家的不敢驚動，遂進裏間來。

〔甲戌97b〕總用雙岐岔路之筆，令人估料不到之文。（〔王府2b〕、〔有正242〕同）

只見薛寶釵。

〔甲戌夾批97b〕自入梨香至此方寫。（〔王府2b〕、〔有正242〕「香」作「香院」）

穿着家常衣服。

〔甲戌97b〕好。　寫一人換一付筆墨，另出一花樣。（〔王府2b〕、〔有正242〕「一花樣」作「花樣」，二批連寫）

〔甲戌眉批97b〕「家常愛着舊衣常（裳）」①是也。

同丫環鶯兒，正描花樣子呢。

〔甲戌夾批97b〕一幅綉窗仕女圖，虧想得週到。（〔王府2b〕、〔有正242〕「幅」作「副」，王府無「得」字。〔高閱1a〕「一幅」作「批一幅」，無「週」字）

只怕是你寶玉兄弟沖撞了你不成。（王府、有正「了你」作「了」）

〔甲戌夾批97b〕一人不漏，一筆不板。（〔王府3a〕、〔有正243〕同）

只因我那種病又發了兩天，所以且靜養兩日。

〔甲戌夾批97b〕得空便入。（〔王府3a〕、〔有正242〕同）

〔甲戌眉批98a〕那種病「那」字，與前二玉不知因何二「又」字②，皆得天成地設之體；且省却多少閑文，所謂「惜墨如金」③是也。

後來還虧了一個禿頭和尚。

〔甲戌夾批98a〕奇奇怪怪，眞如雲龍作雨，忽隱忽見，使人逆料不到。（〔王府3b〕、

---

① 唐王建「宮詞一百首」之五十一：家常欲着舊衣裳，空插紅梳又作妝。忽地下堦裙帶解，非時應得見君王。（「全唐詩」第五函第五册王建六，頁五；中華書局版，卷三〇二，頁三四四二）

② 參頁一一六「黛玉又氣的在房中垂淚」及「寶玉又自悔言語冒撞，前去俯就」二批。

③ 「古今名畫記」謂：李成作畫，惜墨如金。

〔有正244〕「見」作「現」，「使」作「別」）

他說我這是從胎裏帶來的一股熱毒。（有正無「裏」字）

〔甲戌夾批98a〕凡心偶熾，是以孽火齊攻。

〔王府3b〕「熱毒」二字畫出富家夫婦，圖一時，遺害於子女，而可不謹慎？（〔有正244〕同。按「時」下似有缺文）

幸而我先天結壯。（王府「結」作「健」。有正「先天結壯」作「先健壯」）

〔甲戌夾批98a〕渾厚故也，假使顰鳳輩，不知又何如治之。（〔王府3b〕、〔有正244〕「使」作「是」）

又給了一包末藥作引，異香異氣的，不知是那裏弄來的。……這到效驗些。（王府「這到」作「這藥竟」。高閱「末藥作引」作「藥末子作引」，無「這到效驗些」五字）

〔甲戌98a〕卿不知從「那裏弄來」，余則深知是從放春山採來，以灌愁海水和成，煩廣寒玉兎搗碎，在太虛幻境空靈殿上炮製配合者也。（〔王府3b〕、〔有正244〕「余」作「予」，「廣寒」作「廣寒宮」，有正「採」作「弄」。〔高閱1b〕批在「弄來的」下，「弄來」作「弄了來的」，無「從」、「灌」二字，「太」作「大」；前有「批」字，並被括出。按此批位置應從高閱）

要春天開的白牡丹花蕊十二兩。

〔甲戌夾批98b〕凡用「十二」字樣，皆照應十二釵。（〔王府4a〕、〔有正245〕無「應」字，「釵」作「金釵」）

用十二分黃栢。

〔王府4b〕歷看炎涼，知看甘苦，雖離別亦能自安，故名曰冷香丸；又以爲香可冷得，天下一切無不可冷者。（〔有正246〕「看」皆作「著」，「能自」作「自能」，「爲」作「謂」）

煎湯送下。

〔甲戌99a〕末用黃栢更妙。可知甘苦二字，不獨十二釵，世皆同有者。（〔王府4b〕、〔有正246〕「栢」作「柏」，「皆同」作「間皆」。〔高閱1b〕無「末」字，「妙」作「加」，「同有」作「有同」；前有「批」字）

現就埋在梨花樹下。（王府「在」作「在這院內」。高閱「現」作「現在」，「下」作「底呢」）

〔甲戌夾批99a〕「梨香」二字有着落，並未白白虛設。（〔王府5a〕、〔有正247〕「白白虛設」作「虛虛白設」。〔高閱1b〕「設」作「說」；前有「批」字）

寶釵道，有。

〔甲戌夾批99a〕一字句。

叫作冷香丸。（王府、有正「作」作「做」）

〔甲戌夾批99a〕新雅奇甚。（〔王府5a〕、〔有正247〕同）

寶釵道，也不覺什麼，只不過喘嗽些，喫一丸也就罷了。（高閱「什麼」作「甚麼着」，「也就罷了」作「下去也就好些了」）

〔甲戌99b〕以花爲藥，可是吃烟火人想得出者，諸公且不必問其事之有無，只據此新奇妙文悅我等心目，便當浮一大白。（〔王府5a〕、〔有正247〕「奇」作「意」，「浮一大白」作「浮三白讀之」。〔高閱2a〕「諸公」作「現此諸公」，「問」作「論」，「妙文」作「之文」，「等」作「者」，無「便」字；前有「批」字）

周瑞家的還欲說話時。

〔王府夾批5b〕了結得齊整。

見王夫人無話，方欲退出。

〔甲戌99b〕行文原只在一二字，便有許多省力處。不得此竅者，便在窗下百般扭捏。（〔王府5b〕、〔有正248〕「在窗下百般」作「正窗下十分」）

薛姨媽忽又笑道。

〔甲戌99b〕「忽」字「又」字與「方欲」二字對射。（〔王府5b〕、〔有正248〕「對射」作「映射」）

說着，便叫香菱。（王府、有正無「便」字）

〔甲戌99b〕二字仍從蓮上起來，蓋英蓮者應憐也，香菱者亦相憐之意。此是改名之英蓮也。（〔王府5b〕、〔有正248〕「起來」作「來」。〔有正〕「此是」作「此」。王府、有正二批連寫）

奶奶叫我做什麼。

〔甲戌99b〕這是英蓮天生成的口氣，妙甚。

下剩六支送林姑娘兩支，那四支給了鳳哥兒罷。

〔甲戌夾批100a〕妙文，今古小說中可有如此口吻者。（〔王府6a〕、〔有正249〕同）

姨媽不知道寶丫頭古怪呢。（王府、有正「媽」作「娘」）

〔甲戌夾批100a〕「古怪」二字正是寶卿身分。（〔王府6a〕、〔有正249〕同）

他從來不愛這些花兒粉兒的。（王府、有正「愛」作「愛惜」）

〔甲戌100a〕可知周瑞一回，正爲寶菱二人所有，正石頭記得力處也。（〔王府6a〕、〔有正249〕無末句）

爲他打人命官事的那個丫頭子麼。

〔王府夾批6a〕點醒從來。

金釧道，可不就是。（王府「是」作「是他」）

〔甲戌夾批100a〕出名英蓮。（〔王府6a〕、〔有正250〕「名」作「明」）

到好個模樣兒，竟有些像偺們東府裏蓉大奶奶的品格。（高閱「品格」作「品格兒」）

〔甲戌100b〕一擊。（〔高閱2a〕作「繫」）兩鳴法，二人之美，並。（高閱作「可並」）可知矣。再忽然想到秦可卿，何玄幻。（〔王府6b〕作「文行」，〔有正250〕作「靈妙」，高閱作「奇幼」）之極。假使說像榮府（高閱作「賈府」）中所有之人，則死板。（高閱無）之至，故。（高閱作「放」）遠遠以可卿之貌爲譬。（王府、有正「譬」作「警」，高閱作「詈」），似極扯淡。（高閱作「談」），然却。（王府、有正作「都」）是天下必有之情事（高閱作「也」）。高閱批前有「批」字，全批被括出）。

香菱聽問，搖頭說，不記得了。（王府「聽」作「見」。王府、有正、高閱「搖」作「都搖」。王府、有正「不記得了」作「記不得了」）

〔甲戌100b〕傷痛之極，必亦（〔王府6b〕、〔有正250〕、〔高閱2b〕作「亦必」）如此收住。（王府作「貯」）方妙（高閱作「妨好」）。不然，則又將（高閱無）作出香菱思鄉（王府作「卿」）一（高閱無）段文字矣（王府、有正無，高閱作「來」。高閱批前有一「批」字，全批被括出）。

〔王府夾批6b〕西施心痛之態，其時自己也還耐得，到是旁人留（替）伊為多少思慮，不禁無窮痛楚〔之〕。香菱其是乎否乎？

今李紈陪伴照管。（王府、有正「今」作「令」）

〔甲戌夾批100b〕不作一筆逸安之板矣。（〔王府7a〕「矣」作「筆」，〔有正251〕作「不作一筆安逸之筆」）

迎春的丫頭司棋與探春的丫嬛待書。（王府、有正「頭」作「環」。王府「待」作「侍」）

〔甲戌101a〕妙名。賈府四釵之環，暗以琴棋書畫四字列名，省力之甚，醒目之甚，却是俗中不俗處。

〔王府7a〕妙名。賈家四釵之妙，暗以琴棋書畫四字列名，省力之甚。（〔有正251〕無「之甚」二字）

丫嬛們道，在這屋裏不是。（王府、有正「這」作「那」）

〔甲戌101a〕用畫家三五聚散法寫來，方不死板。（〔王府7b〕「用」作「周」，王府、〔有正252〕無「散」字）

只見惜春正同水月菴。

〔列藏〕卽饅頭菴。

的小姑子智能兒兩個一處頑笑。

〔甲戌101a〕總是得空便入，百忙又帶出王夫人喜施捨等事，可知一支筆作千百支用。又伏後文。

〔甲戌眉批101b〕閒閒一筆，却將後半部線索提動。

〔王府7b〕總是得空便入。百忙中又帶出王夫人喜施捨事，一筆能令千百筆用。又伏後文。（〔有正252〕同）

若剃了頭，可把這花兒帶在那裏。

〔王府夾批8a〕觸情生情，透漏身分。

惜春命丫嬛入畫來收了。（王府，有正無「了」字）

〔甲戌101b〕曰司棋，曰待書，曰入畫；後文補抱琴。琴棋書畫四字最俗，上添一虛字則覺新雅。（〔王府8a〕「待」作「侍」，王府、〔有正253〕「抱琴」誤作「寶琴」，「則覺新雅」作「便覺新雅許多」。二批連寫）

我師傅見過太太，就往于老爺府裏去了，叫我在這裏等他呢。（王府、有正「傅」作「父」。王府「于」作「余」）

〔甲戌101b〕又虛貼一個于老爺，可知所尚僧尼者，悉愚人也。

〔王府8a〕又虛陪一個余老爺，可知尚僧尼者皆愚人也。（〔有正253〕「余」作「于」）

智能兒搖頭兒說不知道。（王府、有正「搖頭兒」作「搖頭」）

〔甲戌101b〕妙，年輕未任事也。一應騙佈施、哄齋供諸惡，皆是老禿賊設局。寫一種人，一種人活像。（〔王府8b〕「任」作「傳」，〔有正254〕作「諳」；王府、〔有正〕「佈」作「布」，「皆是」作「俱是」，「活像」作「活現」）

周瑞家的道，是余信管著。（王府「信」作「姓」）

〔甲戌夾批102a〕明點愚性二字。（〔王府8b〕、〔有正254〕同）

他師傅一來了，余信家的就趕上來，和他師傅咕唧了半日，想是就為這事了。（王府句前有「怪道」二字，「信」作「姓」；王府、有正「傅」作「父」）

〔甲戌102a〕一人不落，一　不忽，伏下多少後文，豈眞爲送花哉。（〔王府8b〕、〔有正254〕「　」作「事」）

便往鳳姐處來，穿夾道，從李紈後窗下過。（王府「便」作「方」）

〔甲戌102a〕細極，李紈雖無花，豈可失而不寫者，故用此順筆便墨，間三帶四，使觀者不忽。（〔王府8b〕、〔有正254〕無「失而」二字。「間三帶四」王府作「間帶」，有正作「間帶出」）

見周瑞家的來了，連忙。（王府「了」作「子」）

〔甲戌夾批102a〕二字着緊。（〔王府9a〕、〔有正255〕同）

只見奶子正拍着大姐兒睡覺呢。

〔甲戌夾批102a〕總不重犯，寫一次有一次的新樣文法。（〔王府9a〕、〔有正255〕「總」作「從」，無「的」字，「法」作「字」）

奶子搖頭兒。

〔甲戌夾批102b〕有神理。（〔王府9a〕、〔有正255〕同）

正問着，只聽那邊一陣笑聲，卻有賈璉的聲音。接着房門響處，平兒拿着大銅盆出來，叫豐兒舀水進去。（王府「那邊」作「那邊房內」，「出來」作「出外」。有正無「邊」字）

〔甲戌102b〕妙文奇想，阿鳳之爲人豈有不着意于（〔王府9a〕、〔有正255〕無）風月二字之理哉。若直（王府作「以」）以明筆寫之，不但唐突阿鳳聲價，亦且無妙文可賞。若不寫之（有正無），又萬萬不可。故只用「柳藏鸚鵡語方知」①之法，略一皴（王府作「皺」）染，不獨文字有隱微，亦且不至污瀆阿鳳之英風俊骨。所謂此書無一（王府、有正無）不妙。（王府作「妙者也」）。

〔甲戌眉批102b〕余素所藏仇十洲②幽窗聽鶯暗春圖，其心思筆墨已是無雙，今見此阿鳳一傳，則覺畫工太板。

轉身去了半刻工夫，手裏又拿出兩支來。（王府「又」作「仍又」）

〔甲戌夾批102b〕攢花簇錦文字，故使人耳目眩亂。（〔王府9b〕「亂」作「亂亂」，〔

① 翁同文曰：『柳藏鸚鵡語方知』句，不僅見於「金瓶梅」第二十五回，也見於元明人的擬話本中。按萬曆本「金瓶梅詞話」第二十五回葉六B有「正是：雪隱鷺鷥飛始見，柳藏鸚鵡語方知」句，又第六十七回葉十九A亦有此句。

② 仇英（？——一五五二），字實父，號十洲，太倉人，移居吳郡。明正德嘉靖間名畫家，尤工士女畫。

有正256〕同）

先叫彩明來，付他送到那邊府裏給小蓉大奶奶帶去。（王府、有正「付」作「吩咐」，有正「帶」作「戴」）

〔甲戌夾批102b〕忙中更忙，又曰密處不容針，此等處是也。（〔王府9b〕「更」作「又」，王府、〔有正256〕無「又曰」二字）

說着，便到黛玉房中去了。

〔甲戌103b〕又生出一小段來，是榮寧中常事，亦是阿鳳正文。若不如此穿插，直用一送花到底，亦太死板，不是石頭記筆墨矣。（〔有正258〕「榮寧」作「榮府」，〔王府10b〕、有正「亦太死板」作「太板」，「石頭記」作「此」）

誰知此時黛玉不在自己房中，卻在寶玉房中，大家解九連環作戲。（王府、有正「此時黛玉」作「黛玉此時」）

〔甲戌夾批103b〕妙極，又一花樣，此時二玉已隔房矣。（〔王府11a〕、〔有正259〕同）

先便說，什麼花，拿來給我，一面早伸手接過來了。（王府「先便」作「便先」，「我」作「我看看」）

〔甲戌夾批104a〕瞧他夾寫寶玉。（〔王府11a〕、〔有正259〕同）

原來是兩支宮製堆紗新巧的假花。

〔甲戌夾批104a〕此處方一細寫花形。（〔王府11a〕、〔有正259〕無「一」字）

黛玉只就寶玉手中看了一看。（有正無「了」字）

〔甲戌夾批104a〕妙，看他寫黛玉。（〔王府11a〕、〔有正259〕同）

便問道，還是單送我一個人的，還是別的姑娘們都有。

〔甲戌104a〕在黛玉心中不知有何丘壑。（〔王府11a〕、〔有正259〕同）

我就知道，別人不挑剩下的也不給我。（王府「剩」作「乘」）

〔甲戌夾批104a〕吾實不知黛卿胸中有何丘壑，再看一看上仿神。（〔王府11a〕、〔有正259〕「卿胸」作「玉心」，無末句）

黛玉看宮花一段。

〔甲戌眉批104a〕余問（謂）送花一回，薛姨媽云，寶丫頭不喜這些花兒粉兒的，則謂是寶釵正傳；又主（至）阿鳳惜春一段，則又知是阿鳳正傳；今又到顰兒一段，却又將阿顰之天性從骨中一寫，方知亦係顰兒正傳。小說中一筆作兩三筆者有之，一事啟兩事者有之，未有如此恆河沙數之筆也。

就說我和林姑娘打發來問姨娘姐姐安。

〔甲戌夾批104b〕「和林姑娘」四字着眼。（〔王府11b〕、〔有正260〕同）

寶玉與周瑞家的說話一段。

〔甲戌眉批104a〕余觀「纔從學裏來」幾句，忽追思昔日形景，可嘆。想紈袴小兒自開口云學裏，亦如市俗人開口便云有些小事，然何常眞有事哉，此掩飾推托之詞耳。寶玉若不云從學房裏來涼着，然則便云因憨頑涼着者哉？寫來一笑，繼之一嘆。

原來這周瑞家的女婿，便是雨村的好友冷子興。

〔甲戌夾批104b〕着眼。（〔王府12a〕、〔有正261〕同）

今兒甄家。

〔甲戌夾批104b〕又提甄家。（〔王府12a〕、〔有正261〕「提」作「是」）

送了來的東西我已收了。

〔甲戌夾批104b〕不必細說，方妙。（〔王府12a〕、〔有正261〕同）

臨安伯老太太千秋的禮已經打點了，太太派誰送去。（王府、有正「千秋」作「生日」）

〔甲戌夾批105a〕阿鳳一生尖處。（〔王府12a〕、〔有正261〕「尖」作「奸」）

你瞧誰閑着，不管打發兩個女人去就完了，又來當什麼正緊事問我。（有正「不」作「只」。王府、有正「兩」作「四」，無「來」字。王府無「個」字。「緊」王府作「輕」，有正作「經」）

〔甲戌105a〕虛描二事，眞眞千頭萬緒，紙上雖一回兩回中或有不能寫到阿鳳之事，然亦有阿鳳在彼處手忙心忙矣，觀此回可知。（「二」〔王府12b〕作「描」，〔有正262〕作「一」，王府、有正「或有」作「或」，「亦有」作「已有」，末多一「矣」字）

便有事，也該過去纔是。

〔王府夾批12b〕各自（有）各自心計，在問答之間，渺茫欲露。

〔王府夾批12b〕用人刀（力）者當有此段心想。

我還有事呢。

〔王府夾批13a〕口頭心頭，惟恐人不知。

奶奶今兒不來就罷，既來了，就依不得二奶奶了。

〔王府夾批13a〕非把世態熟于胸中者，不能有如此妙文。

今日巧。上回寶叔立刻要見見我兄弟，他今兒也在這裏。

〔甲戌眉批106a〕欲出鯨卿，却先小妯娌閑閑一聚，隨筆帶出，不見一絲作造。

〔靖藏眉批〕〔作〕（欲出鯨卿，〔隨〕〔筆〕却閑閑先妯娌一聚，（隨）（筆）帶出一絲不見（造）作。

一面便吩咐人好生小心跟着，別委屈着他。到比不得跟了老太太來就罷了。（王府、有正「來」作「過來」）

〔甲戌106a〕「委屈」二字極不通，都是至情，寫愚婦至矣。（〔王府13b〕、〔有正264〕「都」作「却」）

他比不得偺們家的孩子們，胡打海摔的慣了。

〔甲戌106a〕卿家「胡打海摔」，不知誰家方珍憐珠惜，此極相矛盾却極入情，蓋大家婦人口吻如此。（〔有正264〕」相」作「自相」。〔王府13b〕、有正「却」作「却都」，「婦人」作「婦」，「如此」作「俱如此耳」）

〔王府夾批13b〕偏會反襯，方顯尊重。

鳳姐笑道，普天下的人我不笑話就罷。

〔甲戌夾批106a〕自負得起。

鳳姐啐道，他是哪吒，我也要見一見，別放你娘的屁了。

〔甲戌眉批106b〕此等處寫阿鳳之放縱，是爲後回伏線。

鳳姐喜的先推寶玉笑道，比下去了。（有正「先」作「手」）

〔甲戌夾批106b〕不知從何處想來。（〔王府14b〕、〔有正266〕同）

慢慢問他年紀讀書等事。

〔甲戌夾批106b〕分明寫寶玉，却先偏寫阿鳳。（〔王府14b〕、〔有正266〕同）

方知他學名喚秦鐘。（王府、有正「喚」作「叫」）

〔甲戌106b〕設云秦鐘。古詩云：「未嫁先名玉，來時本姓秦」①，二語便是此書大綱目、大比托、大諷刺處。

〔王府14b〕設云惜種。古詩云：「未嫁先名玉，來時本姓秦」，便是此書大綱目，此話大諷刺處。（〔有正266〕「惜」作「情」）

遂自作了主意，拿了一疋尺頭，兩個狀元及第的小金錁子，交付與來人送過去。……尤氏鳳姐秦氏等抹骨牌，不在話下。（王府、有正「作了」作「做」，無「等」字）

〔甲戌107a〕一人不落，又帶出強將手下無弱兵。（〔王府15a〕、〔有正267〕同。按此批應在「交付與來人送過去」句下）

寶玉秦鐘二人隨便起坐說話。

〔甲戌夾批107a〕淡淡寫來。（〔王府15a〕、〔有正267〕同）

我雖如此比他尊貴。

---

① 梁劉緩「敬酬劉長史詠名士悅傾城詩」：「不信巫山女，不信洛川神；何關別有物，還是傾城人。經共陳王戲，曾與宋家鄰；未嫁先名玉，來時本姓秦。粉光猶似面，朱色不勝脣；遙見疑花發，聞香知異春。釵長逐鬟髮，袜小稱腰身；夜夜言嬌盡，日日態還新。工傾荀奉倩，能迷石季倫；上客徒留目，不見正橫陳。」（「玉臺新詠」卷八）

〔甲戌107b〕這一句不是寶玉本意中語，，却是古今歷來膏粱紈褲之意。（〔王府15a〕、〔有正267〕「意中」作「心之」，「褲」作「袴」）

富貴二字，不料遭我塗毒了。（王府、有正無「了」字）

〔甲戌107b〕一段癡情，翻「賢賢易色」一句筋斗，使此後朋友中無復再敢假談道義，虛論情常。（〔王府15b〕、〔有正268〕「使」作「便伏」。王府「談」作「話淡」，有正「虛論情常」作「虛話倫常矣」）

〔王府夾批15b〕此是作者一大發泄處。

形容出眾，舉止不浮。（王府、有正「浮」作「羣」）

〔甲戌107b〕「不浮」二字妙，秦卿目中所取止在此。（〔王府15b〕、〔有正268〕「浮」作「羣」，「止」作「正」）

更兼金冠繡服，驕婢侈童。（王府、有正「驕」作「嬌」）

〔甲戌107b〕這二句是貶，不是獎。此八字遮飾過多少魑魅紈綺，秦卿目中所鄙者。（〔王府15b〕、〔有正268〕「綺」作「袴」）

可知貧富二字限人，亦世間之大不快事。

〔甲戌107b〕「貧富」二字中，失却多少英雄朋友。（〔王府15b〕、〔有正268〕同）

〔王府夾批15b〕總是作者大發泄處，借此以伸多少不樂。

二人一樣的胡思亂想。

〔甲戌107b〕作者又欲瞞過中人。（〔王府15b〕、〔有正268〕「中」作「眾」）

忽又。

〔甲戌107b〕二字寫小兒得神。（〔王府15b〕、〔有正268〕同）

有寶玉問他讀甚麼書。

〔甲戌107b〕寶玉問讀書，亦想不到之大奇事。（〔王府16a〕、〔有正269〕同）

秦鐘見問，便因實而答。（有正「實而」作「而實」）

〔甲戌107b〕四字普天下朋友來看。（〔王府16a〕、〔有正269〕同）

我們那裏坐去，省得鬧你們。（王府「坐」作「坐着」）

〔甲戌108a〕眼見得二人一身一體矣。（〔王府16a〕、〔有正269〕同）

他雖靦腆，卻性子左強，不大隨和些是有的。（王府、有正「雖」作「雖然」。有正「左」作「偪」）

〔甲戌夾批108a〕實寫秦鍾，雙映寶玉。（〔王府16a〕、〔有正269〕「鍾」作「鐘」）

〔王府夾批16a〕伏後文。

只問秦鐘近日家務等事。

〔甲戌108a〕寶玉問讀書已奇，今又問家務，豈不更奇。（〔王府16b〕「今」作「人」。〔有正270〕同）

再讀書一事，也必須有一二知己爲伴。（王府無「也」字）

〔甲戌夾批108b〕眼。

〔王府夾批16b〕伏線。

秦鐘笑道，家父前日在家提起延師一事，也曾提起這裏的義學到好。

〔甲戌眉批109a〕眞是可兒之弟。

寶叔果然度小姪或可磨墨滌硯，何不速速作成。

〔甲戌眉批109a〕眞是可卿之弟。

又可以得朋友之樂，豈不是美事。

〔王府夾批17b〕痛快淋漓，以至于此。

卻又是秦氏尤氏二人輸了戲酒的東道。

〔甲戌夾批109a〕自然是二人輸。

外頭派了焦大，誰知焦大醉了，又罵呢。

〔甲戌109b〕可見罵非一次矣。（〔王府18a〕、〔有正273〕「見」作「知」）

〔王府夾批18a〕惡惡而不能去，善善而不能用，所以流毒無窮。可勝嘆哉！

偏要惹他去。（王府、有正「要」作「又」）

〔甲戌夾批109b〕便奇。（〔王府18a〕、〔有正273〕同）

鳳姐道，我何曾不知這焦大，到是你們沒主意，有這樣何不打發他遠遠的莊子上去就完了。

〔甲戌眉批110a〕這是爲後協理寧國伏線。

先罵大總管賴二。

〔甲戌110b〕記清，榮府中則是賴大，又故意綜錯的妙。（〔王府19a〕同。〔有正275〕「綜錯」作「錯綜」）

有了好差事，就派別人；像這樣黑更半夜送人的事就派我。

〔王府夾批19a〕有此功勞，實不可輕易推（摧）折，亦當處之（以）道，厚其瞻（贍）仰（養），尊其等次。送人回家，原作（非）酬功之事。所謂嘆（漢）之功臣不得保其首領者，我知之矣。

等明日酒醒了，問他還尋死不尋死了。

〔王府夾批19b〕可憐。天下每每如此。

不和我說別的還可，若再說別的，偺們白刀子進去，紅刀子出來。

〔甲戌111a〕是醉人口中文法。　一段借醉奴口角閒閒補出寧榮往事近故，特爲天下世家一笑。

〔王府19b〕一段借醉奴口中閑言，補出定榮往事，故特爲天下世人一笑。（〔有正276〕「定」作「寧」，「笑」作「笑耳」）

〔甲戌夾批111a〕忽接此焦大一段，眞可驚心駭目，一字化一淚，一淚化一血珠。

〔靖藏眉批〕焦大之醉，伏可卿死。作者秉刀斧之筆，一字一淚，一淚化一血珠，惟批書者知之。（參下頁王府、有正回末總評）

焦大說賈珍一段。

〔甲戌眉批111a〕「不如意事常八九，可與人言無二三。」①，以（此）二句批是假，聊

---

① 翟灝「通俗篇」卷十五「性情・不如意恆七八」條：「晉書羊祜傳」有「祜歎天下不如意恆十居七八」之句。又陸游詩：「不如意事常八九，可與人言無二三。」

慰石兄。
爬灰的爬灰，養小叔子的養小叔子，我什麼不知道。
〔王府夾批20a〕放筆痛駡一回，富貴之家，每掠（罹）此禍。
你聽他說爬灰的爬灰，什麼是爬灰。
〔王府夾批20b〕暗伏起（後）來史湘雲之問。
等我回去回了老太太，仔細搥你不搥。
〔王府夾批20b〕熙鳳能事。
正爲風流始讀書。（回末聯）
〔甲戌夾批112a〕原來不讀書卽蠢物矣。

回末總評

〔王府22a〕焦大之醉，伏可卿之病至死。周婦之談，勢利之害眞凶。作者具菩提心，於世人說法。
（有正281同。參上頁靖藏眉批）

第八回　薛寶釵小恙梨香院　賈寶玉大醉絳芸軒

回前總批

〔王府1a〕幻情濃處故多嗔，豈獨顰兒愛妬人。莫把心思勞展轉，百年事業總非眞。（有正281同）

回首詩

〔甲戌113a〕題曰：古鼎新烹鳳髓香，那堪翠斝貯瓊漿；莫言綺縠無風韵，試看金娃對玉郎。

正好發奮。

〔甲戌夾批113a〕未必。

又着實的稱賛秦鐘的人品行事最使人憐愛，鳳姐又在一傍幫着說。

〔王府夾批2a〕「憐愛」二字寫出寶玉眞神，若是別個，斷不肯透露。鳳姐幫話，是爲秦氏用意，屈（曲）盡人情。

過日他還來拜老祖宗等語，說的賈母喜悅起來。

〔甲戌夾批113a〕止此便十成了，不必繁文再表，故妙。偷度金針法。

賈母雖年高，卻極有興頭。

〔甲戌夾批113a〕爲賈母寫傳。

至後日又有尤氏來請，遂攜了王夫人林黛玉寶玉等過來看戲。至晌午賈母便回來歇息了。

〔甲戌113b〕敘事有法，若只管寫看戲，便是一無見世面之暴發貧婆矣。寫隨便二字，興高則往，興敗則回，方是世代封君正傳。且高興二字，又可生出多少文章來。

王夫人本是好清靜的。

〔甲戌113b〕偏與邢夫人相犯，然却是各有各傳。

鳳姐坐了首席盡歡，至晚無話。

〔甲戌夾批113b〕細甚，交代畢。

又恐擾的秦氏等人不便。

〔甲戌夾批113b〕全是體貼工夫。

再或可巧遇見他父親。

〔甲戌夾批113b〕本意正傳，實是曩時苦惱，嘆嘆。（靖藏硃墨眉批「實是」作「是實」）

更爲不妥，寧可遶遠路罷了。

〔甲戌夾批113b〕細甚。

偏頂頭遇見了門下清客相公詹光。

〔甲戌夾批114a〕妙，蓋沾光之意。
〔甲辰2a〕沾光也，妙。

單聘仁。
〔甲戌夾批114a〕更妙，蓋善于□（騙）人之意。
〔甲辰2a〕善于騙人。

一個抱住腰，一個攜着手，都道我的菩薩哥兒。
〔甲戌夾批114a〕沒理沒倫，口氣畢肖。

老嬷叫住，因問，你二位爺是從老爺跟前來的不是。
〔甲戌夾批114a〕爲玉兄一人，却人人俱有心事，細致。

他二人點頭道，老爺在夢坡齋。
〔甲戌夾批114a〕使人起遐思。妙，夢遇坡仙之處也。（〔甲辰2a〕同）

不妨事的，一面說，一面走了。
〔甲戌夾批114a〕玉兄知己，一笑。

於是轉灣向北，奔梨香院來。
〔王府夾批3a〕吃冷香丸，往（住）梨香院，有趣。

寶玉詹光單聘仁談話一段。
〔甲戌辰批114a〕一路用淡三色烘染，行雲流水之法，寫出貴公子家常不跡不離氣致。經歷過者則喜其寫眞，未經者恐不免嫌繁。

名喚吳新登。

〔甲戌夾批114a〕妙，蓋云無星戥也。（〔甲辰2a〕同。參同頁靖藏眉批）

名喚戴良。（甲辰無「喚」字）

〔甲戌夾批114a〕妙，蓋云大量也。（〔甲辰2b〕同。參同頁靖藏眉批）

獨有一個買辦名喚錢華的。（甲辰無「的」字）

〔甲戌114b〕亦錢開花之意，隨事生情，因情得文。（〔甲辰2b〕作「亦錢開花之意」。參同頁靖藏眉批）

衆人都笑說，前兒在一處看見二爺寫的斗方，字法越發好了，多早晚賞我們幾張貼貼。

〔甲戌眉批114b〕余亦受過此騙，今閱至此赧然一笑。此時有三十年前向余作此語之人在側，觀其形已皓首駝腰矣，乃使彼亦細聽此數語，彼則潛（潸）然泣下，余亦爲之敗興。

〔靖藏眉批〕沾光、善騙人、無星戥皆隨事生情，調侃世人。余亦受過此騙，閱此一笑。三十年前作此話之人，觀其形已皓首駝腰矣。使彼亦細聽此語，彼則潛（潸）然泣下，余亦爲之敗興。（參以上甲戌前四批）

寶玉笑道，在那裏看見了。衆人道，好幾處都有，都稱贊的了不得，還和我們尋呢。

〔王府夾批3b〕侍奉上人者，無此等見識，無此等迎奉者，難乎免於儼棄。嗚呼哀哉！

衆人待他過來，方都各自散了。

〔甲戌114b〕未入梨香院先故作若許波瀾曲折。瞧他無意中又寫出寶玉寫字來，固是愚弄公子之閒文，然亦是暗逗寶玉歷來課事。不然，後文豈不太突。

閑言少述。

〔甲戌114b〕此處用此句最當。

裏間比這裏煖和，那裏坐着，我收拾收拾就進去和你說話兒。

〔王府夾批4a〕作者何等筆法！「裏問（間）裏」三字恐文氣不足，又貫之以「比這裏和綬（暖）。」其筆眞是神龍雲中弄影，是必當進去的神理。

只見弔着半舊的紅紬軟簾。

〔甲戌夾批115a〕從門外看起，有層次。

罕言寡語，人謂藏愚，安分隨時，自云守拙。（甲辰「愚」作「語」）

〔甲戌115b〕這方是寶卿正傳。與前寫黛玉之傳一齊參看，各極其妙，各不相犯，使其人難其左右於毫末。（〔甲辰3b〕「方」作「纔」，無末句）

〔靖藏眉批〕十六字乃寶卿正傳。參看前寫黛玉傳，各不相犯，令人左右難其于毫末。

寫寶釵一段。

〔甲戌眉批115b〕畫神鬼易，畫人物難。寫寶卿正是寫人之筆，若與黛玉並寫更難。今作者寫得一毫難處不見，且得二人眞體實傳，非神助而何。

寶釵抬頭。

〔甲戌夾批115b〕與寶玉邁步針對。

只見寶玉進來。

〔甲戌115b〕此則神情盡在烟飛水逝之間，一展眼便失於千里矣。

一面又問老太太，姨媽安，別的姊妹們都好。

〔甲戌夾批115b〕這是口中如此。

一面看寶玉。

〔甲戌夾批115b〕「一面」二，口中眼中，神情俱到。

成日家說你的這玉，究竟未曾細細的賞鑒，我今兒到要瞧瞧。

〔甲戌116a〕自首回至此，回回說有通靈玉一物。余亦未曾細細賞鑒，今亦欲一見。

寶釵托於掌上。（甲辰無「於」字）

〔甲戌116a〕試問石兄此一托，比在青埂峯下猿啼虎嘯之聲何如？（靖藏硃墨眉批無「石兄」、「峯」、「猿」、「虎」、「之」六字）

〔甲戌眉批116a〕余代答曰，遂心如意。（靖藏眉批「曰」作「云」）

〔甲辰4a〕試問石兄此一托，此（比）在清（青）埂峯下何如？

只見大如雀卵。

〔甲戌夾批116a〕體。（〔甲辰4a〕同）

燦若明霞。

〔甲戌夾批116a〕色。（〔甲辰4a〕同）

瑩潤如酥。

〔甲戌夾批116a〕質。（〔甲辰4a〕同）

五色花紋纏護。

〔甲戌夾批116a〕文。（〔甲辰4a〕同）

這就是大荒山中青埂峯下的那塊頑石的幻相。（甲辰「石的」作「石」）

〔甲戌夾批116a〕註明。（〔甲辰4b〕同）

失去幽靈眞境界，幻來親就臭皮囊。

〔甲戌夾批116a〕二語可入道，故前引莊叟秘訣。

好知運敗金無彩，堪嘆時乖玉不光。

〔甲戌夾批116a〕又夾入寶釵，不是虛圖對的工。　二語雖粗，本是眞情。然此等詩只宜如此，爲天下兒女一哭。

〔靖藏眉批〕伏下文，又夾入寶釵。不是虛圖對的工。

白骨如山忘姓氏，無非公子與紅粧。

〔甲戌夾批116a〕批得好。末二句似與題不切，然正是極貼切語。

「今亦按圖畫於後。但其眞體最小，……等語之謗」一段。

〔甲戌眉批116b〕又忽作此數語，以幻弄成眞，以眞弄成幻，眞眞假假，恣意遊戲於筆墨之中，可謂狡猾之至。　作人要老誠，作文要狡猾。（「恣」原作「姿」，墨筆改）

寶釵看畢。

〔甲戌116b〕余亦想見其物矣。前回中總用草蛇灰線寫法，至此方細細寫出，正是大關節處。
〔靖藏眉批〕前回中總用灰線草蛇細細寫法，至此方寫出，是大關節處，奇之至。（參下甲戌夾批）

又從翻過正面來細看。
〔甲戌夾批116b〕可謂眞奇之至。（參上靖藏眉批）

口內念道，「莫失莫忘，仙壽恆昌」。（甲辰「內」作「裏」）
〔甲戌夾批116b〕於心中沉音，神理。（〔甲辰5b〕「音」作「吟」）

寶釵看玉一段。
〔甲戌眉批116b〕石頭記立誓一筆不寫一家文字。

你不去到茶，也在這裏發獃作什麼。
〔甲戌117a〕請諸公掩卷合目想其神理，想其坐立之勢，想寶釵面上口中，眞妙。

我聽這兩句話，到像和□娘的項圈上的兩句話是一對兒。（甲辰「到」作「倒」，「□娘的」作「姑娘」）
〔甲戌117a〕又引出一個金項圈來，鶯兒口中說出，方妙。
〔甲辰5b〕又引出一個金項圈來，卻在侍女口中流出，妙。

原來姐姐那項圈上也有八個字。
〔甲戌117a〕補出素日眼中雖見而實未留心。（〔甲辰5b〕無「中」字）
〔甲戌眉批117a〕恨顰兒不早來聽此數語，若使彼聞之，不知又有何等妙□（論）趣語，以悅我等心臆。

也是個人給了兩句吉利話兒。

〔王府夾批7a〕「也是個」等字，移換得巧妙，其雅量尊重，在不言之表。

叫天天帶着，不然，沉甸甸的有什麼趣兒。

〔甲戌117a〕一句罵死天下濃粧艷飾富貴中之脂妖粉怪。

一面解排扣，從裏面大紅襖上。（王府「解」作「解了」）

〔甲戌夾批117a〕細。

〔王府夾批7a〕打開。好看煞人。

將那珠寶晶瑩黃金燦爛的瓔珞掏將出來。

〔甲戌117a〕按瓔珞者頭（頸）飾也，想近俗卽呼爲項圈者是矣。

不離不棄，芳齡永繼。

〔甲戌夾批117b〕合前讀之，豈非一對。

〔己卯特批158〕「不離不棄」與「莫失莫忘」相對，所謂愈出愈奇。

「芳齡永繼」又與「仙壽恆昌」一對。請合而讀之。問諸公歷來小說中，可有如此可巧奇妙之文，以換新眼目。

因笑問，姐姐這八個字，到眞與我的是一對。（甲辰「到眞」作「倒」，「對」作「對兒」）

〔甲戌117b〕余亦謂是一對，不知干支中四註八字可與卿亦對否？（〔甲辰6b〕「干支」作「支干」，「註」作「柱」）

是個癩和尚送的。

〔王府夾批7b〕和尚在幻境中作如此勾當，亦屬多事。

寶釵不待他說完，便嗔他不去到茶。

〔王府夾批7b〕「嗔」字一劫（截），劫（截）得妙。

寶玉看瓔珞一段。

〔甲戌眉批117b〕花看平（半）開，酒飲微醉，此文字是也。

一面又問寶玉從那裏來。

〔甲戌夾批117b〕妙神妙理，請觀者自思。

只聞一陣陣涼森森甜甜的幽香。

〔王府夾批7b〕這方是花香襲人正意。

遂問姐姐燻的是什麼香，我竟從未聞見過這味兒。（甲辰「什麼」作「何」，無「見」字）

〔甲戌夾批117b〕不知比「羣芳髓」又何如？（〔甲辰6b〕無「又」字）

我最怕燻香，好好的衣服燻的烟燎火氣的。

〔甲戌夾批118a〕眞眞駡死一干濃粧豔飾鬼怪。

是了，是我早起喫了丸藥的香氣。

〔甲戌夾批118a〕點冷香丸。

什麼丸藥這麼好聞，好姐姐，給我一丸嚐嚐。

〔甲戌118a〕仍是小兒語氣，究竟不知別個小兒，只寶玉如此。

一個藥也是混吃的，一語未了。

〔王府夾批8a〕每善用此等轉換法。

忽聽外面人說林姑娘來了。

〔甲戌夾批118a〕緊處愈緊，密不容針之來。

林黛玉已搖搖的走了進來。

〔甲戌夾批118a〕二字畫出身。

噯喲，我來的不巧了。

〔甲戌夾批118a〕奇文，我實不知顰兒心中是何丘壑。

〔王府夾批8a〕怪急語。

這話怎麼說。

〔王府夾批8a〕不得不問。

早知他來，我就不來了。

〔王府夾批8b〕更叫人急煞。

黛玉笑說道，要來時一羣都來，要不來一個也不來。今兒他來了，明日我來。

〔王府夾批8b〕又一轉換，若無此則必有寶玉之窮究，而寶釵之重復，加長無味。此等文章（不）是西遊記的請觀世音菩薩，菩薩一到，無不掃地完結者①。

---

① 參頁六五注①。

如此間錯開了來着，豈不天天有人來了。

〔甲戌夾批118b〕強詞奪理。

也不至於太冷落，也不至於太熱鬧了。

〔甲戌夾批118b〕好點綴。

姐姐如何反不解這意思。

〔甲戌118b〕吾不知顰兒以何物爲心爲齒，爲口爲舌，實不知胸中有何丘壑。

寶玉因見他外面罩着大紅羽緞對衿褂子。

〔甲戌夾批118b〕岔開文字。（避）繁章法，妙極妙極。

是不是我來了，你就該去了。

〔甲戌夾批118b〕實不知有何丘壑。

李嬤嬤出來命小廝們都各散去不提。

〔王府夾批〕極力寫嬤嬤週旋，是反襯下文。

這裏薛姨媽已擺了幾樣細巧茶果，留他們喫茶。

〔甲戌夾批119a〕是溺愛，非勢力（利）。

寶玉因誇前日在那府裏珍大嫂子的好鵝掌鴨信。

〔甲戌119a〕爲前日秦鍾之事恐觀者忘却，故忙中閒筆，重一渲染。

薛姨媽聽了，忙也把自己糟的取了些來與他嚐。（王府無「忙」字）

〔甲戌夾批119a〕是溺愛，非誇富。

〔王府夾批9a〕不寫酒，先寫糟，將糟引酒。

薛姨媽便命人去灌了些上等的酒來，

〔甲戌夾批119a〕愈見溺愛。

寶玉飲酒一段。

〔甲戌眉批119a〕余最恨無調教之家，任其子侄肆行哺啜，觀此則知大家風範。

姨太太不知道他性子又可惡。

〔甲戌夾批119a〕補出素日。

有一日老太太高興了又儘着他喫，什麼日子又不許他喫，何苦我白賠在裏面。（王府「又儘」作「儘」）

〔甲戌夾批119b〕浪酒閑茶原不相宜。（〔甲辰8a〕同）

〔王府夾批9a〕嬷嬷口氣。

薛姨媽笑道，老貨。

〔甲戌夾批119b〕二字如聞。

這可使不得，喫了冷酒，寫字手打颭兒。

〔甲戌夾批119b〕酷肖。

〔王府夾批10a〕點石成金。

寶釵笑道，虧你每日家雜學傍收的，難到就不知道酒性最熱，若熱吃下去發散的就快，若冷喫下去便凝結在內。

〔甲戌夾批119b〕着眼。若不是寶卿說出，竟不知玉卿日就何業。

〔甲戌眉批119b〕在寶卿口中說出玉兄學業，是作(者)微露卸春掛之萌耳。是書勿看正面爲幸。

豈不受害，從此還不快不要喫那冷的呢。

〔甲戌119b〕知命知身，識理識性，博學不雜，庶可稱爲佳人。可笑別小說中一首歪詩，幾句淫曲，便自佳人相許，豈不醜殺。

寶玉聽這話有情理。

〔甲戌120a〕寶玉亦聽的出有情理的話來，與前問讀書家務，並皆大奇之事。

黛玉磕着瓜子兒，只抿着嘴笑。

〔甲戌夾批120a〕實不知其丘壑。自何處設想而來。

〔王府夾批10a〕笑的毒。

可巧黛玉的小丫環雪雁走來。

〔甲戌夾批120a〕又用此二字。

難爲他費心，那裏就冷死了我。

〔甲戌夾批120a〕吾實不知何爲心，何爲齒口舌。

紫鵑姐姐。

〔甲戌120a〕又順筆帶出一個妙名來，洗盡春花臘梅等套。

〔甲戌夾批120a〕鸚哥改名已。

我平日和你說的全當耳傍風，怎麼他說了你就依，比聖旨還快呢。（王府「快呢」作「信些」）

〔甲戌120a〕要知尤物方如此，莫作世俗中一味酸妬獅吼輩看去。

〔王府夾批10b〕句句尖刺，可恨可愛，而句意毫無滯碍。

也無回覆之詞，只嘻嘻的笑了兩陣罷了。

〔甲戌夾批120a〕這纔好，這纔是寶玉。

寶釵素知黛玉是如此慣了的，也不去採他。

〔甲戌夾批120a〕渾厚天成，這纔是寶釵。

他們記挂着你到不好。

〔王府夾批10b〕煞黛玉，敬煞作者①。

姨媽不知道。

〔王府夾批10b〕又轉出此等言語，令人疼①。

不說丫頭們太小心過餘，還只當我素日是這等輕狂慣了呢。

〔甲戌120b〕用此一解，眞可拍案叫絕，足見其以蘭爲心，以玉爲骨，以蓮爲舌，以冰爲神。眞眞絕倒天下之裙釵矣。

---

① 批語分二行，第二段抄錯，與第一段同行，反在第一段前，原批應如「集刊」所錄：
黛玉笑道，姨媽不知道，幸虧是這裡，倘或在別人家，豈不惱。
〔王府夾批10a〕又轉出此等言語，令人疼煞黛玉，敬煞作者。

寶玉正在心甜意洽之時，和寶黛姊妹說說笑笑的。

〔甲戌120b〕試問石兄，比當日青埂峯猿啼虎嘯之聲何如。

你可仔細，老爺今兒在家，隄防問你的書。（甲辰「老爺今兒」作「今兒老爺」，「防」作「防着」）

〔甲戌120b〕不合提此話，這是李嬤嬤激醉了的，無怪乎後文，一笑。（〔甲辰9b〕「嬤嬤」作「嫗」）

〔甲戌夾批120b〕不入耳之言是也。

慢慢的放下酒，垂了頭。

〔甲戌121a〕畫出小兒愁蹙之狀，楔緊後文。

別掃大家的興，舅舅若叫你，只說姨媽留着呢。

〔甲戌夾批121a〕二字指賈政也。

這個媽媽他吃了酒，又拿我們來醒脾了。

〔甲戌夾批121a〕這方是阿顰眞意對玉卿之文。

林姐兒，你不要助着他了。

〔甲戌夾批121a〕如此之稱似不通，却是老嫗眞心道出。

李嬤嬤聽了，又是急，又是笑。

〔甲戌夾批121a〕是認不的眞，是不忍認眞，是愛極顰兒，疼煞顰兒之意。

寶釵也忍不住笑着，把黛玉腮上一擰。

〔甲戌夾批121b〕我也欲擰。

眞眞這個顰丫頭的一張嘴，叫人恨又不是，喜歡又不是。（王府無「眞眞」、「個」、「歡」字，「恨又」作「恨」）

〔甲戌夾批121b〕可知余前批不謬。（靖藏眉批同）

〔王府夾批12a〕「恨不是，喜不是」，寫盡一响含容之量。

別怕別怕。

〔甲戌夾批121b〕是接前老爺問書之語。（〔甲辰10b〕同）

姨媽陪你喫兩杯。可就喫飯罷。

〔甲戌夾批121b〕二語不失長上之體，且收拾若干文，千斤力量。

我家去換了衣服就來。悄悄的回姨太太，別由他的性多給他吃。

〔王府夾批12a〕「家去換衣服」，是含酸欲怒，「悄悄回」的光景，是不露怒。

這裏雖還有三四個婆子，都是不關痛癢的。

〔甲戌夾批121b〕寫的到。

吃了半碗飯碧粳粥。

〔甲戌夾批122a〕美粥名。

黛玉因問寶玉道，你走不走。

〔甲戌夾批122a〕妙問。

〔王府夾批12b〕「走不走」，語言眞是黛玉。

寶玉乜斜倦眼道。

〔甲戌夾批122a〕醉意。

你要走，我和你一同走。

〔甲戌夾批122a〕妙答。

黛玉聽說，遂起身道。

〔甲戌夾批122a〕此等話阿顰心中最樂。

小丫頭忙捧過斗笠來。

〔甲戌夾批122a〕不漏。

難到沒見過別人帶過的。（甲辰作「難道沒見別人戴過」）

〔甲戌夾批122b〕別人者，襲人晴文之輩也。（〔甲辰11b〕「文」作「雯」。靖藏眉批無「人」、「文」二字）

黛玉跕在炕沿上道，囉唆什麼，過來我瞧吧。

〔王府夾批13a〕知己最難逢，相逢意自同，花新水上香，花下水含紅。

說道好了。披上斗篷罷。

〔甲戌122b〕若使寶釵整理，顰卿又不知有多少文章。（〔甲辰12a〕「多少」作「許多」）

有丫頭們跟着也勾了。

〔王府夾批13b〕伏筆。

知是薛姨媽處來，更加歡喜。

〔甲戌夾批123a〕收的好極，正是寫薛家母女。

遂問眾人，李奶子怎麼不見。（王府作「遂問李嬤嬤怎不見」）

〔甲戌夾批123a〕細。

〔王府夾批13b〕逼近。

眾人不敢直說家去了。

〔甲戌夾批123a〕有是事，大有是事。

只見筆墨在案

〔甲戌夾批123a〕如此找前文最妙，且無逗笱之跡。

哄的我們等了一日。

〔甲戌夾批123a〕憨活現，余雙圈不及。

快來給我寫完這些墨纔罷。

〔甲戌夾批123a〕補前文之未到。

〔王府夾批14a〕姣痴婉轉自是不凡。引後文。

生怕別人貼壞了，我親自爬高上梯的貼上。

〔甲戌夾批123b〕全是體貼一人。　可兒可兒。

這會子還凍的手僵冷的呢。

〔甲戌123b〕寫晴雯是晴雯走下來，斷斷不是襲人平兒鶯兒等語氣。

〔甲戌夾批123b〕可兒可兒。

寶玉聽了笑道。

〔甲戌夾批123b〕是醉笑。

同仰首看門斗上新書的三個字。

〔甲戌夾批123b〕究竟不知是三個什麼字，妙。

〔甲戌眉批123b〕是不作詞（開）幻（門）見山文字。

〔王府夾批14b〕何等景象！眞是一付（幅）教歌圖。

黛玉仰頭看裏間門斗上新貼了三個字，寫，絳芸軒。（王府「了」作「的」，「寫」作「看着」）

〔甲戌夾批123b〕出題妙，原來是這三字。

〔王府夾批14b〕照應絳珠。

黛玉笑道，個個都好，怎麼寫的這麼好了，明兒也替我寫一個匾。

〔甲戌夾批123b〕滑賊。

說着，又問襲人姐姐呢。

〔甲戌夾批123b〕斷不可少。

晴雯向裏間炕上扨嘴。

〔甲戌夾批123b〕畫。

寶玉笑道，好，太渥早了些。

〔甲戌夾批124a〕絳芸軒中事。

晴雯道，你別提，一送了來，我知道是我的。

〔王府夾批15a〕與犂兒抿着嘴兒笑的文字一樣葫蘆。

後來李奶奶來了，看見說，寶玉未必喫了，拿來給我孫子喫去罷。他就叫人拿了家去了。（王府「子」作「孫」）

〔甲戌夾批124a〕奶母之倚勢亦是常情，奶母之昏憒亦是常情，然特於此處細寫一回，與後文襲卿之酥酪遙遙一對①，足見晴卿不及襲卿遠矣。余謂晴有林風，襲乃釵副，眞眞不錯。

〔王府夾批15a〕嬷嬷們脫（托）文（大）處，每每如此。

寶玉讓林妹妹吃茶，衆人笑說，林妹妹早走了，還讓呢。

〔甲戌夾批124a〕三字是接上文口氣而來，非衆人之稱。　醉態逼眞。

〔甲戌眉批124a〕寫犂兒去，如此章法，從何設想，奇筆奇文。

忽又想起早起茶來。

〔甲戌124a〕偏是醉人搜尋的出，細事，亦是眞情。

早起潗了一碗楓露茶。

〔甲戌夾批124b〕與「千紅一窟」遙映。

---

① 第十九回。

我說過，那茶是三四次後纔出色的，這會子怎麼又潗了這個來。〔甲辰無「纔」字，「了這個」作「斟上這個茶」〕

〔甲戌夾批124b〕所謂閑茶是也，與前浪酒一般起落。

〔甲辰13b〕可謂閑茶，與前浪酒相照。

茜雪道，我原是留着的，那會子李奶奶來了，他要嚐嚐，就給他喫了。

〔甲戌夾批124b〕又是李嬤，事有湊巧，如此類是。

將手中的茶杯只順手往地下一擲。

〔甲戌夾批124b〕是醉後，故用二字，非有心動氣也。

不過是仗着我小時候喫過他幾日奶罷了。

〔甲戌夾批124b〕眞醉了。

攆了出去，大家干淨。

〔甲戌夾批124b〕眞眞大醉了。

不過故意粧睡，引寶玉來慪他頑，先。

〔王府夾批15b〕只須郎看，不進（禁）郎眞（嗔），是妙法。

寶玉擲杯一段。

〔甲戌眉批124b〕按警幻情講（榜），寶玉係「情不情」。凡世間之無知無識，彼俱有一癡情去體貼。今加「大醉」二字於石兄，是因問包子問茶順手擲杯，問茜雪攆李嬤①，

① 參第二十回。

乃一部中未有第二次事也。襲人數語，無言而止，石兄眞大醉也。余亦云實實大醉也。

難辭碎（醉）鬧，非薛蟠紈袴輩可比。

早有賈母遣人來問是怎麼了。

〔甲戌夾批125a〕斷不可少之文。

我纔到茶來，被雪滑倒了。

〔甲戌夾批125a〕現成之至，瞧他寫襲卿爲人。

〔王府夾批16a〕襲人另有一段居心，一番行止。

你立意要攆他，也好，我們也都願意出去，不如趁勢連我們一齊攆了。

〔甲戌夾批125a〕二字奇，使人一驚。

〔王府夾批16a〕先主取西川，方得立基業，而偏不肯取，大與此意同。

只覺口齒綿纏，眼眉愈加餳澀。

〔甲戌夾批125a〕二字帶出平素形像。

用自己的手帕包好塞在褥下，次日帶時便冰不着頸子。

〔甲戌125a〕試問石兄此一渥，比青埂峯下松風明月如何。

李嬷嬷等已進來了，聽見醉了，不敢前來再加觸犯。只悄悄的打聽睡了方放心散去。

〔甲戌125b〕交代清楚塞玉一段，又爲「誤竊」①一回伏線。晴雯茜雪二婢，又爲後文先

① 按現存本「紅樓夢」無「誤竊」一回，但第五十二回平兒和麝月談話時提及「那一年有一個良兒偷玉，剛冷了一二年，間還有人提起來趁愿。」（庚辰本，頁一二〇六）又第二十三回有「鳳姐掃雪拾玉之處」批注（本書，頁四五三），未知與此有關否？

作一引。（按此批應在上面「用自己的手帕包好掖在褥下」句下）

〔甲戌眉批125b〕偷度金針法，最巧。

次日醒來。

〔甲戌125b〕以上已完正題；以下是後文引子，前文之餘波。此回收法與前數（回）不同矣。

賈母見秦鐘形容標緻，舉止溫柔，堪陪寶玉讀書。

〔甲戌夾批125b〕驕養如此，溺愛如此。（「養」字用墨筆填）

賈母又與了一個荷包並一個金魁星。

〔甲戌眉批125b〕作者今尚記金魁星之事乎？撫今思昔，腸斷心摧。

〔靖藏眉批〕作者撫今之事，尚記〔今〕金魁星乎？思昔腸斷心催（摧）。

取文星和合之意。

〔王府夾批16b〕雅致。

別跟着那起不長進的東西學。

〔甲戌夾批126a〕總伏後文。

回去稟知他父母秦業。

〔甲戌126a〕妙名。業者，孽也，蓋云情因孽而生也。

現任營繕郎。

〔甲戌126a〕官職更妙，設云因情孽而繕此一書之意。

誰知兒子又死了。

〔甲戌夾批126a〕一頓。

只剩女兒，小名喚可兒。

〔甲戌126a〕出名秦氏，究竟不知係出何氏，所謂寓褒貶別善惡是也。秉刀斧之筆，具菩薩之心，亦甚難矣。如此寫出，可見來歷亦甚苦矣。又知作者是欲天下人共來哭此情字。

秦業一段。

〔甲戌眉批126a〕寫可兒出身自養生堂，是褒中貶。後死封龔（龍）禁尉，是貶中褒。靈巧一至於此。

生得形容嬝娜，性格風流。

〔甲戌夾批126a〕四字便有隱意。春秋字法。

正思要和親家去商議。

〔甲戌夾批126a〕指賈珍。

現今司塾的是賈代儒。

〔甲戌夾批126b〕隨筆命名，省事。

那賈府上上下下都是一雙富貴眼睛。

〔甲戌夾批126b〕爲天下讀書一哭，寒素人一哭。

又恐誤了兒子的終身大事。

〔甲戌夾批126b〕原來讀書是終身大事。

說不得東併西湊的，恭恭敬敬封了二十四兩贄見禮。（王府「敬敬」作「的」，無「贄見」二字）

〔甲戌126b〕可知「宦囊羞澁」與「東併西湊」等樣，是特爲近日守錢虜而不使子弟讀書之輩一大哭。

〔甲戌夾批126b〕四字可思，近之鄙薄師傅者來看。

〔王府夾批17b〕父母之恩，昊天罔極。

然後聽寶玉上學之日好一同入塾。

〔甲戌126b〕不想浪酒閑茶一段，金玉旖旒（旎）之文後，後忽用此等寒瘦古拙之詞收住，亦行文之大變體處。石頭記多用此法，歷觀後文便知。

早知日後閑爭氣，豈肯今朝錯讀書。（回末聯）

〔甲戌夾批126b〕這是隱語微詞，豈獨指此一事哉。　余則爲（謂）讀書正爲爭氣，但此爭氣與彼爭氣不同。寫來一笑。

回末總評

〔王府18a〕一是先天含來之玉，一是後天造就之金。金水相合，是成萬物之象，再遇水而過寒，雖有酒漿，豈能助火；因生出黛玉之諷刺，李嬤嬤之嘮叨，晴雯茜雪之嗔惱，故不得不收功靜息，含養性天，以待再舉。識丹道者，當解吾意。（有正315「含來「作「啣來」，「嬤嬤」作「嫫嫫」，「嘮」作「啐」，「含養」作「涵養」）

第九回　戀風流情友入家塾　起嫌疑頑童鬧學堂

回前總批

〔王府0a〕君子愛人以道，不能減牽戀之情；小人圖謀以霸，何可逃推頽之辱？幻境幻情，又造出一番曉粧新樣。（有正317「推頽」作「侮慢」）

原來寶玉急於要和秦鐘相遇。

〔王府1a〕妙，不知是怎樣相遇。（〔有正319〕同）

坐在床沿上發悶。（有正「床」作「炕」）

〔王府1a〕神理可思。忽又寫小兒學堂中一篇文字，亦別書中之未有。（〔有正319〕同）

〔王府夾批1a〕此等神理，方是此書的正文。

因笑問道，好姐姐。

〔王府1b〕開口斷不可少之三字。（〔有正320〕「之」作「此」）

襲人笑道，這是那裏話，讀書是極好的事，不然就潦倒一背子，終久怎麼樣呢。

〔王府夾批1b〕襲人方纔的悶悶，此時的正論，請教諸公設身處地，亦必是如此方是。眞是屈（曲）盡情理，一字也不可少者。

不念的時節想着家些，別和他們一處頑鬧。

〔王府夾批1b〕長亭之囑，不過如是。

那工課寧可少些，一則貪多嚼不爛，二則身子也要保重。這就是我的意思，你可要體量着些。

〔王府1b〕書正語細囑一番，蓋襲卿心中明知寶玉他並非眞心奮志之意，襲人自別有說不出來之語。（〔有正320〕「意」作「人」，「語」作「話」）

到外頭我自己會調停的。

〔王府夾批2a〕無人體貼，自己扶持。

寶玉又囑咐了晴雯麝月等人幾句。

〔王府夾批2a〕這才是寶玉的本來面目。

偏生這日賈政回家的早。

〔王府2b〕若俗筆則又云不在家矣。試思若再不見，則成何文字哉。所謂不敢作安逸苟且塞責文字。（〔有正322〕同）

你如果再提上學兩字，連我也羞死了。

〔王府2b〕這一句纔補出已往許多文字。是嚴父之聲。（〔有正322〕同）

仔細跕臟了我這地，靠臟了我的門。（有正「跕」作「站」，「臟」皆作「髒」）

〔王府2b〕畫出寶玉的俯首挨壁之形像來。（〔有正322〕同）

先揭揭你的皮，再和那不長盡的算帳。

〔王府夾批3a〕此等話似覺無味無理，然而作父母的，到無可如何處，每多用此等法術，所謂百計經營，心力俱碎（瘁）者。

從此後也可憐見些纔好。

〔王府夾批3b〕可以謂能達主人之意，不辱君命。

秦鐘已早來等候了，賈母正和他說話兒呢。

〔王府4a〕此處便寫賈母愛秦鐘一如其孫，至後文方不突然。（〔有正325〕同）

寶玉忽想起未辭黛玉。

〔王府4a〕妙極，何頓挫之至。余已忘却，至此心神一暢，一絲不漏。（〔有正325〕「漏」作「走」）

這一去，可要蟾宮折桂了，我不能送你了。

〔王府夾批4a〕此寫黛玉，差強人意，「西廂」雙文能不抱愧。

嘮叨了半日，方撤身去了。（有正「嘮」作「啐」）

〔王府4a〕如此總一句，更妙。（〔有正325〕同）

你怎麼不去辭辭寶姐姐去。

寶玉笑而不答。

〔王府4a〕必有是語，方是黛玉。此又係黛玉平生之病。（〔有正326〕同）

〔王府夾批4b〕黛玉之問，寶玉之笑，兩心一照，何等神工鬼斧文章。

寶玉入家塾一段。

〔靖藏眉批〕此豈是寶玉所樂爲者？然不入家塾則何能有後回試才結社文字？作者從不作安逸苟且文字，于此可見。

此以俗眼讀石頭記也，作者之意又豈是俗人所能知。余謂石頭記不得與俗人讀。

特舉年高有德之人爲塾之長，專爲訓課子弟。

〔王府夾批4b〕創立者之用必（心），可爲（謂）至矣。

不上一月之工，秦鐘在榮府便熟慣了。（有正「工」作「後」）

〔王府5a〕交代的徹。（〔有正327〕「徹」作「清」）

寶玉終是不能安分守己的人。

〔王府5a〕寫寶玉總作如此筆。（〔有正327〕同）

〔靖藏眉批〕安分守己，也不是寶玉了。

又特向秦鐘悄說道。

〔王府夾批5a〕「悄說」之時何時，舍(捨)尊就卑何心？隨心所欲何癖？相親愛密何情？

就有龍蛇混雜，下流人物在內。

〔王府5a〕伏一筆。（〔有正329〕同。高閱2b正文作「伏下一筆」）

寶玉又是天生成慣能作小服低，賠身下氣，性情體貼，話語纏綿。

〔王府5b〕凡四語十六字，上用「天生成」三字，眞正寫盡古今情種人也。（〔有正328〕同）

都背地裏你言我語，淫汚之談，佈滿書房內外。

〔王府5b〕伏下文阿獃爭風一面。（〔有正328〕「面」作「回」）①

不免偶動了陽龍。

〔高閱正文2b〕胡說。（下接「之與」二字）

圖了薛蟠的銀錢吃穿，被他哄上手的，也不消多說。（甲辰「吃穿」作「穿吃」，「說」作「記」）

〔王府6a〕先虛寫幾個淫浪蠢物，以陪下文，方不孤不板。（〔有正329〕同）

〔甲辰5b〕伏下金榮。

更又有兩個多情的小學生。

〔王府6a〕此處用「多情」二字方妙。（〔有正329〕同）

亦未考真名姓。

〔王府6a〕一併隱其姓名，所謂具菩提之心，秉刀斧之筆。（〔有正329〕同）

一個叫香憐，一個叫玉愛，雖都有竊慕之心，將不利於孺子之意。

〔王府6a〕詼諧得妙，又似李笠翁②書中之趣語。（〔有正329〕同）

---

①第四十七回。

②李漁（一六一一—一六八〇？）初名仙侶，號天徒，後改名漁，字笠翁；又名笠鴻，謫凡；別署有笠道人、湖上笠翁、覺世稗官、隨庵主人、新亭樵客等。時號李十郎。浙江蘭谿人。著有「奈何天」、「比目漁」、「蜃中樓」、「憐香伴」、「風箏悞」、「愼鸞交」、「凰求鳳」、「巧團圓」、「玉搔頭」、「意中緣」傳奇十種，亦合稱「笠翁十種曲」。有詩文集「一家言」，小說「織錦廻文傳」、「十二樓」、「無聲戲」等。「肉蒲團」亦傳說為他的作品。又編印「芥子園畫譜初集」、「資治新書」等。他在金陵開設芥子園書鋪，編寫出版書籍。又以家姬組成戲班，親自編導，週遊各處演出。

或設言托意，或咏桑寓柳，遙以心照，卻外面自爲避人眼目。

〔王府6b〕小兒之態活現，掩耳偸鈴者亦然，世之亦復不少。（〔有正330〕「世之」作「世人」）

都背後擠眼弄眉，或咳嗽揚聲。

〔王府6b〕又畫出歷來學中一羣頑皮來。（〔有正330〕同）

〔王府夾批6b〕才子輩偏無不解之事。

又命長孫賈瑞。

〔王府6b〕又出一賈瑞。（〔有正331〕同）

秦鐘先問他，家裏的大人可管你交朋友不管。

〔王府7a〕妙問，眞眞活跳出兩個小兒來。（〔有正331〕同）

一語未了，只聽背後咳嗽了一聲。

〔王府7a〕太急了些，該再細聽他二人如何結局，正所謂小兒之態也，酷肖之極。（〔有正331〕無「細」字）

二人唬的忙回頭看時，原來是窗友名金榮者。（有正無「忙」、「是」二字）

〔王府7a〕訬名，蓋云有金自榮，廉恥何益哉。（〔有正331〕「訬」作「妙」）

每在學中以公報私，勒索子弟們請他。

〔王府夾批7b〕學中亦自有此輩，可爲痛哭。

只怨香玉二人不在薛蟠前提攜他了。

〔王府8a〕無恥小人，眞有此心。（〔有正333〕同）

〔靖藏眉批〕前有幻境遇可卿，今又出學中小兒淫浪之態，後文更放筆寫賈瑞正照，看書人細心體貼，方許你看。（未指明所出正文，姑繫於此）

他兩個在後院裏商議着什麼長短。

〔王府夾批8b〕「怎長（麼）麼（長）短」四字何等韻雅，何等渾含。俚語得文人提來，便覺有金玉爲聲之象。

原來此人名喚賈薔。

〔王府8b〕新而艷，得空便入。（〔有正334〕同）

自己也要避些嫌疑，如今竟分給房舍命他搬出寧府，自去立門戶過活去了。

〔王府夾批9a〕此等嫌疑不敢認眞搜查，悄爲分計，皆以含而不露爲文，眞是靈活至極之筆。

這賈薔外相既美。

〔王府9a〕亦不免招謗，難怪小人之口。（〔有正335〕同）

上有賈珍溺愛。

〔王府9a〕貶賈珍最重。（〔有正335〕同）

下有賈蓉匡助。

〔王府9a〕貶賈蓉次之。（〔有正335〕同）

心中且又忖奪一番。（有正「奪」作「度」）

〔王府9b〕這一忖奪，方是聰明人之心機，寫得最好看，最細緻。（〔有正336〕「奪」作「度」）

素來我又與薛大叔相好，倘或我一出頭，他們告訴了老薛。

〔王府9b〕先曰「薛大叔」，次曰「老薛」，寫盡驕侈紈褲。（〔有正336〕「褲」作「袴」）

悄悄把跟寶玉的書童名喚茗烟者。

〔王府9b〕又出一茗烟。（〔有正336〕同）

如此這般，調撥他幾句。

〔王府9b〕如此便好，不必細述。（〔有正336〕同）

便一把揪住金榮。

〔王府夾批10a〕豪奴輩雖係主人親故亦隨便欺慢，即有一二不伏（服）氣者，而豪家多是偏護家人。理之所無，而事之儘有，不知是何心思，實非凡常可能測略。

便奪手要去抓打寶玉秦鐘。

〔王府10b〕好看之極。（〔有正338〕同）

早見一方瓦硯飛來。

〔王府10b〕好看，好笑之極。（〔有正338〕同）

這賈菌又係榮府近派重孫。（有正「重」作「元」）

〔王府10b〕先寫一寧派，又寫一榮派，交相綜錯得妙。（〔有正338〕同）

誰知賈菌年紀雖小，志氣最大，極是個不怕人愛淘氣的。

〔王府10b〕要知沒志氣小兒，必不會淘氣。（〔有正338〕同）

將個硯水壺打了個粉碎，濺了一書墨水。

〔王府11a〕這等忙，有此閑處用筆。（〔有正339〕同）

好囚攮的們，這不都動了手了麼。

〔王府11a〕好聽煞。（〔有正339〕同）

〔靖藏眉批〕聲口如聞。

罵着，也便抓起磚硯了要飛。（有正「了」作「來」）

〔王府11a〕先瓦硯，次磚硯，轉換得妙。（〔有正339〕「妙」作「妙極」）

好兄弟，不與偺們相干。

〔王府11a〕是賈蘭口氣。（〔有正339〕同）

他便兩手抱起書匣子來，照這邊掄了來。

〔王府11a〕先飛後掄，用字得神，好看之極。（〔有正339〕同）

又把寶玉的一碗茶也砸得碗碎茶流。

〔王府11b〕好看之極，不打着別個，偏打着二人，亦想不到文章也。此書此等筆法，與後文踢着襲人①，悞打平兒②，是一樣章法。（〔有正340〕同）

---

① 第三十回。

② 第四十四回。

小婦養的，動了兵器了。

〔王府11b〕好聽之極，好看之極。（〔有正340〕同）

登時鼎沸起來。

〔王府夾批12a〕燕青打擂台①，也不過如是。

這個如此說，那個如彼說。

〔王府12a〕妙，如聞其聲。（〔有正341〕同）

李貴且喝罵了茗烟等四人一頓。

〔王府12a〕處治的好。（〔有正341〕同）

那裏的事情那裏了結，何必驚動老人家。

〔王府夾批12b〕勸的心思，有個太爺得知，未必然之，故巧爲展轉，以結其局，而不失其體。

賈瑞道，我吆喝着，都不聽。

〔王府13a〕如聞。（〔有正343〕同）

給我們璉二奶奶跪着借當頭。

〔王府夾批13b〕可憐，開口告人，終身是玷！

僱上一輛車，拉進去，當着老太太問他，豈又不省事。（有正無「又」字）

〔王府14a〕又以賈母欺壓，更妙。（〔有正345〕同）

---

① 見「水滸全傳」第七十四回「燕青智撲擎天柱」一節。

回末總評

〔王府15a〕此篇寫賈氏學中非親即族，且學乃大衆之規範，人倫之根本，首先悖亂以至於此極，其賈家之氣數即此可知。挾用襲人之風流，羣小之惡逆，一揚一抑，作者自必有所取。（有正347同）

第十回　金寡婦貪利權受辱　張太醫論病細窮源

回前總批

〔王府0a〕新樣幻情欲收什，可鄉從此世無緣。和肝益氣渾閑事，誰知今日尋病源。（有正349「什」作「拾」，「鄉」作「卿」，「知」作「識」，「日」作「朝」）

只當人都是瞎子看不見。

〔王府夾批1a〕偏是鬼鬼祟祟者，多以爲人不見其行，不知其心。

好容易我望你姑媽說了。

〔王府夾批1b〕「好容易」三字，寫盡天下迎逢要便宜苦惱。

那薛大爺一年不給不給，這二年也幫了咱們也有七八十兩銀子。

〔己卯夾批192〕因何無故結（給）許多銀子，金母亦當細思之。

〔王府夾批1b〕可憐，婦人愛子，每每如此，自知所得者多，而不知其所失者大，可勝嘆者！

再要找這麼一個地方，我告訴你說罷，比登天的還難呢。

〔己卯夾批192〕如此弄銀，若有金榮在，亦可得。

所以鳳姐兒，尤氏也時常資助資助他。

〔王府夾批2b〕原來根由如此，大與秦鐘不同。

難道榮兒不是賈門的親戚。

〔己卯夾批193〕這賈門的親戚比那賈門的親戚。

就是寶玉也不犯向着他到這個田地。

〔王府夾批2b〕狗伏（仗）人勢者，開（開）口便有多少必勝之談。事要三思，勉（免）勞後悔。

再向秦鐘他姐姐說說，叫他評評這個理。

〔己卯夾批193〕未必能如此說。

〔靖藏夾批〕這個理怕不能評。

求姑奶快別去說去。

〔王府夾批3a〕胡氏可爲善戰（哉）。

別管他們誰是誰非。

〔己卯夾批193〕不論「誰是誰非」，有錢就可矣。

也不容他嫂子勸，一回叫老婆子瞄了車，就坐上往寧府裏來。

〔王府夾批3a〕何等氣派，何等聲勢，眞有射石飲羽之力，動天搖地如項羽暗咤。

說了些閑話，方問道。

〔王府夾批3b〕何故性（興）自（致）索然？

今日怎麼沒見蓉大奶奶。

〔己卯夾批194〕何不叫秦鐘的姐姐。

叫他淨淨的養養就好了。

〔王府夾批3b〕只一絲不露。

這麼個模樣兒，這麼個情性的人兒，打着燈籠也沒地方找去。

〔己卯夾批194〕還有這麼個好小舅子。

看見姐姐身上不大爽快，就有事也不當告訴他。

〔王府夾批4a〕文筆之妙，妙至於此，本是璜大奶奶不憤（忿）來告，又偏從尤氏口中先出，却是秦鐘之語，且是情理必然，形勢逼近。孫悟空七十二變，未有如此靈巧活跳。

不知是那裏附學來的一個人欺負了他了。

〔己卯夾批195〕眼前竟像不知者。

我才瞧着他吃了半盞燕窩湯。

〔王府夾批5a〕這會子金氏聽了這話，心裏當如何料理？實在令人悔殺從前高興。天下事不得不豫爲三思，先爲防漸。

你們知道有什麼好大夫沒有。

〔王府夾批5a〕作無意相間（問）語，是逼近一分，非有此一句，則金氏尤（猶）不免當爲分訴，一逼之下，實無可贅之間（詞）。

那一團要向秦氏理論的盛氣，早嚇的丟在爪窪國去了。

〔己卯夾批196〕又何必用金母着急。

〔靖藏眉批〕吾爲趨炎附勢，仰人鼻息者一歎。

金氏與賈珍談話一段。

〔靖藏眉批〕不知心中作何想。（未指明所出正文，姑繫於此）

況且賈珍尤氏待的也狠好……金氏去後，賈珍方過來坐下。

〔王府夾批5b〕金氏何面目再見江東父老？然而如金氏者，世不乏其人。

現今咱們家走的這羣大夫，那裏要得一個。

〔王府夾批6a〕醫毒，非止近世，從古有之。

再兼醫理極深，且能斷人的生死。

〔己卯夾批198〕爲（未）必能如此。

〔王府夾批7a〕舉薦人的通套，多是如此說。

這麼看來，竟合該媳婦病在他手裏除灾亦未可知。

〔王府夾批7a〕父母之心，昊天罔極。

也不必給我送什麼東西來。

〔王府夾批7b〕將寫可卿之好事多慮，至於天生之文中，轉出好清静之一番議論，清新醒目，立見不凡。
也不能看脈，他說等調息一夜，明日務必到府。
〔王府夾批8b〕醫生多是推三阻四，拿腔作調。
那先生笑說道。
〔王府夾批11a〕說是了，不覺笑，描出神情跳躍，如見其人。
肝木特旺，經血所以不能按時而至。
〔王府夾批11b〕恐不合其方，又加一番議論，一爲合方藥，一爲夭亡證，無一字一句不前後照應者。

回末總評

〔王府14a〕欲速可卿之死，故先有惡奴之凶頑，而後及以秦鐘來告，層層尅入，點露其用心過當，種種文章逼之。雖貧女得居富室，諸凡遂心，終有不能不夭亡之道。我不知作者於着筆時何等妙心繡口，能道此無碍法語，令人不禁眼花瞭亂。（有正376「瞭」作「撩」）

第十一回　慶壽辰寧府排家宴　見熙鳳賈瑞起淫心

回前總批①

〔王府0a〕幻景無端換境生，玉樓春暖述乖情。鬧中尋靜渾閑事，運得機靈屬鳳卿。（有正377「機靈」作「靈機」）

老人家又嘴饞，吃了有大半個，五更天明時候就一連起來了兩次。

〔王府夾批2a〕此一問一答，卽景生情，請教是眞（是）假？非身經其事者想不到，寫不出。

還要狠爛的。

〔王府夾批2a〕是。

別是喜罷，正談着，外頭人回道。

---

① 庚辰此回前第十一回至第二十回總目錄後一紙背面有三條批語，皆評第十三回者，甲戌、靖藏第十三回有此數批，故將之繫於第十三回。參頁二四〇。

〔王府夾批2b〕此書總是一副（幅）雲龍圖。
他才戀戀不捨得去。
〔王府夾批3a〕揣摩得極平常言語，來寫無涯之幻景幻情，反作了悟之意。且又轉至別處，眞是月下梨花，幾不能變（辨）。
人還活着有甚趣兒。
〔王府夾批3a〕大英雄多在此等處悟得，每能超凡入聖。
嬸子回來睄睄去就知道了。
〔王府夾批3b〕伏線自然。
這就叫作心到神知了。
〔王府夾批4b〕此等趣語，亦不肯無着落。
各家來人也都照舊例賞了。
〔王府夾批5a〕人送壽禮，是爲園子，回人去的去了在的在，是爲可以過園子裏坐；園子裏坐可以轉入正文中之幻情，幻情裏有乖情，而乖情初寫偏不乖。眞是慧心神手。
到怕他嫌鬧的慌。
〔王府夾批5a〕爲下文留地步。
快別起來，看起猛了頭暈。
〔王府夾批5b〕知心每每如此。
這樣人家，公公婆婆當自己女孩兒似的待。

〔王府夾批6a〕正寫幻情，偏作錐心刺骨語。呼渡河者三，是一意。
他這病，也不用別的，只是吃得些飯食就不怕了。
〔王府夾批7a〕各人是各人伎倆，一絲不亂，一毫不遺。
你先同你寶叔過去罷。
〔王府夾批7a〕爲本。
於是鳳姐兒帶領跟來的婆子丫頭，並寧府的媳婦婆子們，從裏頭繞進園子的便門來。
〔王府夾批8a〕偏不獨行，用此等反尅文字。
曲徑接天臺之路。
〔王府夾批8a〕點明題目。
也是合該與嫂子有緣，我方才偷出了席，在這個清淨地方散一散。
〔王府夾批8b〕作者何等心思，能在此等事想到如此出言。漸入之妙，無過於此。
這不是有緣麼。
〔王府夾批9a〕重點「有緣」二字，方是筆力。
這才是知人知面不知心呢，那裏有這樣禽獸樣的人呢。
〔王府夾批9b〕大英雄氣概。作者以此命鳳，其爲有耶？
見兩三個婆子慌慌張張的走來。
〔王府夾批9b〕別者必將遇賈瑞的（事）聲張一番，以表清節。此文偏若無事，一則可以見熙鳳非凡，一則可以見熙鳳包含廣大。

鳳姐兒說道，寶兄弟別特淘氣了。
〔王府夾批10a〕照應前文。
現在唱雙官誥。
〔王府夾批10b〕點下文。
背地裡又不知幹什嗎去了。
〔王府夾批11a〕偏是愛吃酸醋。
賈瑞猶不時拿眼覷着鳳姐兒。
〔王府夾批11b〕無有不足不盡處。
賈珍尤氏賈蓉好不心焦。
〔王府夾批12a〕陪襯補足。
或者好也未可知。
〔王府夾批12b〕文字一變，人於將死時，也應有一變。
也該料理料理沖一沖也好。
〔王府夾批13a〕伏下文代辦理喪事。
精神還好呢。
〔王府夾批13b〕「精神還好呢」五字，寫得出神入化。
旺兒媳婦送進來，我收了。
〔王府夾批14a〕陪。

再瑞大爺使人打聽。

〔王府夾批14a〕正。

奶奶在家無有。

〔王府夾批14a〕沒他。

回末總評

〔王府15a〕將可卿之病將死，作幻情一刼；又將賈瑞之遇唐突，作幻情一變。下回同歸幻，眞風馬牛不相及之談。同範並趨，毫無滯碍，靈活之至，飄飄欲仙。默思作者其人之心，其人之形，其人之神，其人之文，必宋玉、子建一般心性，一流人物。（有正406「歸幻」作「歸幻境」）

第十二回　王熙鳳毒設相思局　賈天祥正照風月鑑

回前總批

〔王府0a〕反正從來總一心，鏡光至意兩相尋。有朝敲破濛頭甕，綠水青山任好春。（有正407「濛」作「蒙」）

鳳姐急命快請進來。

〔庚辰夾批255〕立意追命。

鳳姐滿面陪笑。

〔庚辰夾批255〕如蛇。

別是在路上有人絆住了腳不得來。

〔王府夾批1a〕旁敲遠引。

男人家見一個愛一個也是有的。

〔王府夾批1a〕這是鈎。

賈瑞笑道。

〔己卯225〕如聞其聲。（〔庚辰255〕、〔王府1b〕、〔有正410〕同）

我就不這樣。

〔己卯226〕漸漸入港。（〔辰庚255〕、〔王府1b〕、〔有正410〕同）

〔王府夾批1b〕游魚雖有入釜之志，無鈎不能上岸，一上鈎來，欲去亦不可得。

鳳姐笑道，像你這樣的人能有幾個呢，十個裏也挑不出一個來。

〔庚辰眉批255〕勿作正面看爲幸。畸笏。

〔靖藏眉批〕千萬勿作正面看爲幸。畸笏老人。

我如今見嫂子最是有說有笑，極疼人的。（庚辰「是」作「是個」）

〔己卯226〕奇，妙。（〔庚辰256〕、〔王府2a〕、〔有正411〕同）

死了也願意。

〔庚辰夾批256〕這到不假。

誰知竟是兩個胡塗蟲。

〔庚辰夾批256〕反文着眼。

由不得又往前湊了一湊。

〔王府夾批2a〕寫呆人痴性活現。

你該去了。（庚辰「去」作「走」）

〔己卯226〕叫去，正是叫來也」。（〔庚辰256〕、〔王府2a〕、〔有正411〕同）

晚上起了更你來，悄悄的在西邊穿堂兒等我。

〔庚辰眉批257〕先寫穿堂，只知房舍之大，豈料有許多用處。

〔王府夾批2b〕凡人在平靜時，物來言至，無不照見。若迷於一事一物，雖風雷交作，有所不聞。卽「穿堂兒等」之一語，府第非比凡常，關殷（啟）門戶，必要查看，且更夫撲（僕）婦，勢必往來，豈容人藏過于其間。只因色迷，聞聲連諾，不能有回思之暇，信可悲夫！

心內已爲得手。

〔庚辰夾批257〕未必。

東邊的門也倒關了。

〔庚辰夾批257〕平平略施小計。

賈瑞急的也不敢則聲，只得悄悄出來，將門撼了撼，關的鐵桶一般，此時要求出去亦不能勾。

〔王府夾批3a〕此大底（抵）是鳳姐調遣。不先爲點明者，可以少許多事故，又可以藏拙。

朔風凛凛，侵肌裂骨。

〔王府夾批3b〕敎導之法，慈悲之心盡矣，無奈迷徑（途）不悟何。

一夜幾乎不曾凍死。

〔庚辰眉批257〕可爲偷情一戒。（靖藏眉批「情」作「情者」）

那代儒素日教訓最嚴。

〔庚辰眉批258〕教訓最嚴，奈其心何，一嘆。（靖藏眉批同）

只料定他在外非飲卽賭，嫖娼宿妓。

〔庚辰夾批258〕展轉靈活，一人不放，一筆不肖。

那裏想到這斷公案。

〔庚辰夾批258〕世人萬萬想不到，況老學究乎。

「代儒道，自來出門，非稟我不敢擅出」一段。

〔庚辰眉批258〕處處點父母癡心，子孫不肖——此書係自愧而成。（靖藏眉批「點」作「點出」，「係」作「純係」）

到底打了三四十板。

〔王府夾批3b〕教令何嘗不好，業（孽）種故此不同。

且餓着肚子跪在風地裏讀文章，其苦萬狀。（庚辰「跪」作「跪着」）

〔己卯228〕禍福無門，惟人自招。（〔庚辰258〕、〔有正415〕「招」作「召」。
〔王府4b〕同）

此時賈瑞前心猶是未改，再想不到是鳳姐捉弄他。

〔庚辰夾批258〕四字是尋死之根。

〔庚辰眉批258〕苦海無邊，回頭是岸，若個能回頭也，嘆嘆。壬午春，畸笏。

鳳姐因見他自投羅網。

〔庚辰夾批259〕可謂因人而使。

少不得再尋別計，令他知改。

〔庚辰夾批259〕四字是作者明阿鳳身份，勿得輕輕看過。

可別冒撞了。

〔己卯229〕伏的妙。（〔庚辰259〕、〔王府4a〕、〔有正415〕、〔甲辰4a〕同）

誰可哄你，你不信，就別來。

〔庚辰夾批259〕緊一句。

〔王府夾批4a〕大士心腸。

來，來，來，死也要來。（王府、有正作「來，來，死也要來」）

〔己卯夾批229〕不差。（〔庚辰259〕、〔王府4a〕、〔有正415〕、〔甲辰4a〕同）

賈瑞料定晚間必妥。

〔庚辰夾批259〕未必。

鳳姐在這裏便點兵派將。（王府無「便」字）

〔庚辰夾批259〕四字用得新，必有新文字好看。

〔王府夾批4a〕剩文最妙。

偏生家裏親戚又來了。

〔己卯229〕專能忙中寫閒，狡猾之甚。（〔庚辰259〕同。〔王府4b〕、〔有正416〕「甚」作「極」）

好像熱煱上螞蟻一般。

〔王府夾批4b〕有心人記着，其實苦惱。

又凍我一夜不成。

〔王府夾批4b〕似醒非醒語。

只見黑魆魆的來了一個人。

〔庚辰夾批259〕眞到了。

滿口裏親娘親爺的亂叫起來。

〔王府夾批5a〕醜態可笑。

那人只不作聲。

〔庚辰夾批260〕好極。

忽見燈光一閃。

〔庚辰夾批260〕將到矣。

卻是賈蓉。

〔己卯230〕奇絶。（〔庚辰260〕、〔王府5a〕、〔有正417〕、〔甲辰5a〕同）

眞燥的無地可入。

〔庚辰夾批260〕亦未必眞。（筆跡似不同）

如今璉二嬸已經告到太太跟前。

〔庚辰夾批260〕好題目。

說你無故調戲他。
〔庚辰眉批260〕調戲還有故？一笑。（靖藏眉批作「調戲尚有故乎」）
太太氣死過去。
〔庚辰夾批260〕好大題目。
賈瑞道，如何落紙呢。
〔庚辰夾批260〕也知寫不得，一嘆。
紙筆現成。
〔庚辰夾批261〕二字妙。
然後畫了押，賈薔收起來，然後撕邏賈蓉。
〔王府夾批5b〕可憐至此，好事者當自度。
賈瑞急的至于叩頭。
〔王府夾批5b〕此是加一陪（倍）法。
如今要放你，我就擔着不是。（王府「不」作「若干不」）
〔己卯231〕又生波瀾。（〔庚辰261〕、〔王府6a〕、〔有正419〕同）
仍息了燈。
〔己卯231〕細。（〔庚辰261〕、〔王府6a〕、〔有正419〕同）
我們來再動。
〔庚辰夾批261〕未必如此收場。

嘩拉拉一淨桶尿糞從上面直潑下來。

〔王府夾批6b〕這也未必不是預爲埋伏者。總是慈悲設教，遇難教者，不得不現三頭六臂，並吃人心喝人血之象以警戒之耳。

忙又掩住口。（王府、有正「掩」作「搶」）

〔己卯232〕更奇。（〔庚辰262〕、〔王府6b〕、〔有正420〕同）

滿頭滿臉渾身皆是尿屎，冰冷打戰。

〔庚辰夾批262〕全（余）料必（有）新奇改（解）恨文字收場，方是石頭記筆力。

〔庚辰眉批262〕瑞奴實當如是報之。　此一節可入西廂記批評內十大快中①。畸笏。

〔靖藏眉批〕此節可入西廂〔內〕記（內）十大快批評中①。畸笏。

再想想鳳姐的模樣兒。

〔庚辰夾批262〕慾根未斷。

一夜竟不曾合眼。

〔王府夾批6b〕孫行者非有緊鉦（箍）兒（咒），雖老君之爐，太（五）行之山，河（何）常（嘗）屈其一二②。

---

① 金聖歎批「第六才子書西廂記」四之二「拷艷」（卷七）總評曰：「昔與斲山同客共往，霖雨十日，對床無聊，因約說快事，以破積悶。至今相距既二十年，亦都不自記憶。因偶讀『西廂』至『拷艷』一篇，見紅娘口中作如許快文，恨當時何不撿出共讀，何積悶不破！於是又自追索，猶記得數則，附之左方；但不能辨何句是聖歎語矣。」以下所引「不亦快哉」廿八則，此處謂「十大快」，或為「數十大快」之誤。

② 緊箍咒事見「西遊記」第十四回「心猿歸正，大賊無踪」；老君爐及五行山事見同書第七回「八卦爐中逃大聖，五行山下定猿心」。

邇來想着鳳姐，未免有那指頭告了消乏等事。

〔庚辰眉批262〕此刻還不回頭，眞自尋死路矣。

更兼兩回凍惱奔波。

〔己卯232〕寫得歷歷病源，如何不死。（〔庚辰262〕同。〔王府7a〕、〔有正421〕「死」作「死呢」）

因此三五下裏夾攻。

〔庚辰夾批262〕所謂步步緊。

諸如此症，不上一年，都添全了。

〔庚辰夾批262〕簡捷之至。

諸如肉桂，附子，鱉甲，麥冬，玉竹等藥吃了有幾十斤下去，也不見個動靜。（王府「玉竹」作「於朮」）

〔己卯233〕說得有趣。（〔庚辰263〕、〔王府7b〕、〔有正422〕同）

王夫人命鳳姐秤二兩給他。

〔己卯233〕王夫人之慈若是。（〔庚辰263〕同。〔王府7b〕、〔有正422〕「慈」作「心慈」）

救人一命，也是你的好處。

〔己卯233〕夾寫王夫人。（〔庚辰263〕、〔王府7b〕、〔有正423〕同）

只說太太送來的。

〔王府夾批8a〕「只說」。

只說都尋了來，共湊了有二兩送去。（王府、有正無「送」字）

〔己卯233〕然便有二兩獨參湯，賈瑞固亦不能好，但鳳姐之毒何如是耶。終是端之自失。（〔王府8a〕、〔有正423〕無「能」字）

〔庚辰263〕然便有二兩獨參湯，賈瑞固亦不能徼好，又豈能望好，但鳳姐之毒何如是。瑞之自失也。

忽然這日有個跛足道人。（王府、甲辰「跛」作「疲」）

〔己卯234〕自甄士隱隨君去，別來無恙否？（〔庚辰264〕、〔王府8a〕、〔有正423〕、〔甲辰7b〕「去」作「一去」）

直着聲叫喊。

〔己卯234〕如聞其聲，吾不忍聽也。（〔庚辰264〕同。〔王府8b〕、〔有正423〕「也」作「了」）

一面在枕上叩首。

〔己卯234〕如見其形，吾不忍看也。（〔庚辰264〕、〔王府8b〕同。〔有正424〕「也」作「了」）

連叫菩薩救我。

〔己卯234〕人之将死，其言也哀①。作者如何下筆。（〔庚辰264〕同。〔王府8b〕、〔

---

①「論語・泰伯」篇第八：曾子言曰：「鳥之将死，其鳴也哀；人之将死，其言也善。」

有正424〕無末句）

從搭連中。（庚辰「連」被改爲「褳」）

〔己卯234〕妙極，此搭連猶是士隱所捨背者乎。（〔庚辰264〕、〔王府8b〕、〔有正424〕、〔甲辰8a〕「捨」作「搶」）

取出一面鏡子來。

〔己卯234〕凡看書者從此細心體貼，方許你看，否則此書哭矣。（〔庚辰264〕「者」作「人」，〔王府8b〕、〔有正424〕無「者」字。王府無「此」字）

兩面皆可照人。

〔己卯234〕此書表裏皆有喻也。（〔庚辰264〕、〔王府8b〕、〔有正424〕同）

鏡把上面鏨着「風月寶鑑」四字。

〔己卯234〕明點。（〔庚辰264〕、〔王府8b〕、〔有正424〕同）

這物出自太虛玄境寶靈殿上，警幻仙子所製。（庚辰、王府、有正「寶」作「空」，王府「警」作「驚」）

〔己卯234〕言此書原係空虛幻設。（〔庚辰264〕、〔王府8b〕、〔有正424〕同）

〔庚辰眉批264〕與紅樓夢呼應。

專治邪思妄動之症。

〔己卯234〕畢眞（〔庚辰264〕、〔王府8b〕同。〔有正424〕作「逼眞」）

有濟世保生之功。

〔己卯234〕畢眞。（〔庚辰264〕、〔王府8b〕同。〔有正424〕作「逼眞」）

單與那些聰明傑俊風雅王孫等看照。（有正「傑俊」作「俊傑」，王府、有正「看照」作「照看」）

〔己卯 234〕所謂無能紈袴是也。（〔庚辰 264〕「袴」作「絝」。〔王府9a〕、〔有正425〕同）

千萬不可照正面。

〔己卯234〕觀者記之，不要看這書正面，方是會看。（〔庚辰264〕、〔王府9a〕、〔有正425〕同）

〔庚辰夾批264〕誰人識得此句。

只照他的背面。

〔己卯234〕記之。（〔庚辰264〕、〔王府9a〕、〔有正425〕同）

向反面一照，只見一個骷髏立在裡面。（王府無「一照」二字，裡作「鏡」。有正作「向反面」）

〔己卯235〕所謂「好知青塚骷髏骨，就是紅樓掩面人」①是也。作者好苦心思。（〔庚辰265〕、〔王府9a〕同。〔有正425〕「好知」作「須知」。王府、有正批在「向反面」之下）

只見鳳姐跕在裏面招手叫他。（王府、有正「跕」作「站」）

〔己卯235〕奇絶。（〔庚辰265〕、〔王府9a〕、〔有正452〕同）

① 未知出處。

〔庚辰夾批265〕可怕是「招手」二字。

賈瑞心中一喜，蕩悠悠的覺得進了鏡子。

〔己卯235〕寫得奇峭，眞好筆墨。（〔庚辰265〕、〔王府9b〕、〔有正425〕同）

一睜眼，鏡子從裡弔過來，仍是反面立着一個骷髏。

〔王府夾批9b〕此一句力如龍象，意謂正面你方才已自領略了，你也當思想反面才是。

只見兩個人走來，拿鐵鎖把他套住，拉了就走。

〔己卯235〕所謂醉生夢死也。（〔庚辰265〕同，「夢」字與正文一般大小。〔王府9b〕、〔有正426〕「所謂」作「眞」）

賈瑞叫道，讓我拿了鏡子再走。（王府、有正無「叫」字）

〔己卯235〕可憐，大衆齊來看此。（〔庚辰265〕、〔王府9b〕、〔有正426〕同）

〔王府夾批9b〕這是作書者之立意，要寫惜（情）種，故于此試一深寫之。在賈瑞則是求仁而得人（仁），未嘗不含笑九泉，雖死後亦不解脫者，悲矣！

大罵道士，是何妖鏡。

〔己卯236〕此書不免腐儒一謗。（〔庚辰266〕、〔王府10a〕、〔有正427〕同）

若不早燬此物。

〔己卯236〕凡野史俱可燬，獨此書不可燬。（〔庚辰266〕、〔王府10a〕、〔有正427〕同）

遺害于世不小。

〔己卯236〕腐儒。（〔庚辰266〕、〔王府10a〕、〔有正427〕同）

你們自己以假爲眞，何苦來燒我。（王府「來」作「卻來」）

〔己卯236〕觀者記之。（〔庚辰266〕，〔王府10a〕，〔有正427〕同）

寄靈于鐵檻寺。

〔己卯236〕所謂「鐵門限」是也。先安一開路之人，以備秦氏仙柩有方也。（〔庚辰266〕「路」作「路道」。〔王府10b〕、〔有正427〕同）

〔甲辰9b〕所謂「鐵門限」是也，爲秦氏停柩作引子。

誰知這年底，林儒海的書信寄來，卻爲身染重疾，寫書特來接林黛玉回去。

〔王府夾批10b〕頭（須）要林黛玉長住，偏要暫離。

回末總評

〔庚辰硃批267〕此回忽遣黛玉去者，正爲下回可兒之文也。若不遣去，只寫可兒阿鳳等人，卻置黛玉于榮府，成何文哉。固（故）必遣去，方好放筆寫秦，方不脫發。況黛玉乃書中正人，秦爲陪客，豈因陪而失正耶。後大觀園方是寶玉寶釵黛玉等正緊文字，前皆係陪襯之文也。

〔王府12a〕儒家正心，道者煉心，釋輩戒心，可見此心無有不到，無不能入者，獨畏其入于邪而不反，故用心（正）煉戒以縛之。請看賈瑞一起念，及至于死，專誠不二，雖經兩次驚教，毫無反悔，可謂痴子，可爲愚情。相乃可思，不能相而獨欲思，豈逃傾頹。作者以此作一新樣情理，以助解者生笑，以爲痴者設一棒喝耳。（有正430「驚」作「警」，「反」作「翻」，「爲」皆作「謂」，「理」作「種」）

第十三回　秦可卿死封龍禁尉　王熙鳳協理寧國府

回前總批

〔甲戌127a〕賈珍尙奢，豈有不請父命之理？因□（敬）○（老）○（修）○（煉）要緊，不問家事，故得姿（恣）意放爲。（下至行末餘五格，未知有否缺字）

若明指一州名，似落西遊○（之）○（套），○（故）○（曰）○（至）○（中）○（之）」地，不待言可知是光□（天）○（化）○（日）、○（仁）○（風）○（德）○（雨）○（之）○（下）」矣。不云國名更妙，○（可）○（知）○（是）○（堯）○（街）○（舜）○（巷），○（衣）○（冠）○（禮）」義之鄉也，直與□（第）○（一）○（回）○（呼）○（應）○（相）○（接）。（按此條缺字甚多，其內容與頁二五○庚辰279眉批相同，今按其所缺字數，據庚辰眉批補）

今秦可卿托○○○○○○○○○」理寧府□（亦）○○○○○○○○○□（鳳？）」○○○○○○○○○○○○○」在封龍禁尉寫，乃褒中之□（貶）。□（隱）去天香樓一節，是不忍下筆也。

詩云：「下缺」（參下頁庚辰及靖藏之回前總批）（按甲戌127a對角撕去，故缺字甚多，今按每行批

語十七字標明空字，各行末一字則用」號勾出）

〔庚辰硃批236〕此回可卿夢阿鳳，蓋作者大有深意存焉。可惜生不逢時，奈何奈何。然必寫出自可卿之意也，則又有他意寓焉。

榮寧世家未有不尊家訓者，雖賈珍當（尙）奢，豈明逆父哉。故寫敬老不管，然後姿（恣）意，方見筆筆週到。

詩云：一步行來錯，回頭已百年，古今風月鑑，多少泣黃泉。

（此三批見於第十一回前，第十一至第二十回目錄後頁背面。參前頁甲戌及本頁靖藏回前總批）

〔靖藏〕此回可卿夢阿鳳，作者大有深意。惜已爲末世，奈何奈何！（參前頁甲戌回前總批及本頁庚辰回前總批）

賈珍雖奢淫，豈能逆父哉，特因敬老不管，然後恣意，足爲世家之戒。（參前頁甲戌回前總批及本頁庚辰回前總批）

「秦可卿淫喪天香樓」，作者用史筆也。老朽因有魂托鳳姐賈家後事二件，豈是安富尊榮坐享人能想得到者，其言其意，令人悲切感服，姑赦之，因命芹溪刪去「遺簪」、「更衣」諸文。是以此回只十頁，刪去天香樓一節，少去四、五頁也。（參本回末最後一條甲戌眉批及甲戌回末總評）

一步行來錯，回頭已百年。請觀風月鑑，多少泣黃泉。（參前甲戌及本頁庚辰之回前總批）

（按以上四段，原作一長批）

〔王府1a〕生死窮通何處眞，英明難遏是精神。微蜜久藏偏自露，幻中夢裏語驚人。（有正431「蜜」作「密」）

就胡亂睡了。

〔甲戌夾批127b〕「胡亂」二字奇。（〔己卯239〕、〔庚辰269〕、〔王府2a〕、〔有正433〕同）

屈指算行程該到何處。

〔甲戌夾批127b〕所謂「計程今日到梁州」①是也。（〔己卯239〕、〔庚辰269〕、〔王府2a〕、〔有正433〕同）

非告訴嬸子，別人未必中用。（己卯、王府、有正「嬸子」作「嬸嬸」）

〔甲戌夾批128a〕一語貶盡賈家一族空頂冠束帶者。（〔己卯239〕、〔庚辰269〕、〔王府2b〕、〔有正434〕同）

嬸嬸，你是個脂粉隊里的英雄。

〔庚辰夾批269〕稱得起。

一日倘或樂極悲生。

〔甲戌夾批128a〕「倘或」二字，酷肖婦女口氣。（庚辰眉批270「肖」作「有」）

若應了那句樹倒猢猻散的俗語。

〔甲戌眉批128a〕「樹倒猢猻散」②之語全（今）猶在耳，曲指三十五年矣。傷哉，寧不慟殺。

---

① 白行簡（約七七六—八二六）「三夢記」中載元和四年元稹奉使入蜀，白居易題於杓直修行里第屋壁懷微之詩曰：「春來無計破春愁，醉折花枝作酒籌。忽憶故人天際去，計程今日到梁州。」孟棨「本事詩」徵異第五亦載之。參汪辟疆校錄「唐人小說」之「三夢記」。（中華書局，本頁一〇八—一一二）

② 參頁一三二注①。

〔庚辰眉批270〕「樹倒猢猻散」之語全猶在耳，屈指卅五年矣，哀哉傷哉，寧不痛殺。（「全」右下角有墨筆「今」字）

但有何法，可以永保無虞。

〔甲戌夾批128a〕非阿鳳不明，蓋今古名利場中患失之同意也。〔庚辰夾批270「今古」作「古今」〕

子孫回家讀書務農，也有個退步。

〔王府3b〕幻情文字中忽入此等驚句，提醒多少熱心人。（〔有正436〕「驚」作「警」）

可卿提鳳姐早爲後慮一段。

〔甲戌眉批129a〕語語見道，字字傷心，讀此一段幾不知此身爲何物矣。松齋。〔庚辰眉批271同〕

「要知道也不過是瞬息的繁榮，一時的歡樂，萬不可忘了那『盛筵不散』的俗語」一段。

〔王府夾批3b〕「瞬息繁榮」、「一時歡樂」二語，可共天下有志事業功名者同來一哭。但天生人非無所爲。遇機會、成事業、留名于後世者，亦必有奇傳奇遇，方能成不世之功，此亦皆蒼天暗中扶助，雖有波瀾，而無甚害，反覺其錚錚有聲。其不成也，亦由天命。其奸人傾險之計，亦非天命不能行。其繁榮歡樂，亦自天命。人于其間，知天命而存好生之心，盡己力以週旋其間，不計其功之成于否，所謂心安而理盡，又何患乎。一時瞬息，隨緣遇緣，烏乎不可。

天機不可洩漏。

〔甲戌夾批129a〕伏的妙。（〔己卯241〕、〔庚辰271〕、〔王府4a〕、〔有正437〕同）

三春去後諸芳盡，各自須尋各自門。

〔甲戌夾批129a〕此句令批書人哭死。（庚辰夾批271「句」作「白」）

〔甲戌眉批129a〕不必看完，見此二句，卽欲墮淚。梅溪。（庚辰眉批271同）

彼時合家皆知，無不納罕，都有些疑心。（靖藏「合」作「闔」、「罕」作「悶」）

〔甲戌眉批129b〕九個字寫盡天香樓事，是不寫之寫。

〔庚辰眉批272〕可從此批。

〔靖藏〕九個字寫盡天香樓事，是不寫之寫。常村。

〔靖藏硃墨眉批〕可從此批。通回將可卿如何死故隱去，是余大發慈悲也。嘆嘆！壬午季春，畸笏叟。（參本回庚辰回末總評）

想他素日憐貧惜賤，慈老愛幼之恩。

〔庚辰夾批272〕八字乃爲上人之當銘於五□（衷）。

「那長一輩的」一段。

〔庚辰眉批272〕松齋云好筆力，此方是文字佳處。

莫不悲嚎痛哭之人（庚辰「之人」作「者」）

〔庚辰夾批272〕老健。

卻說寶玉因近日林黛玉回去，剩得自己孤恓，也不和人玩耍。（己卯、庚辰、王府、有正、甲辰「玩」作「頑」）

〔甲戌夾批129b〕與鳳姐反對。　淡淡寫來，方是二人自幼氣味相投，可知後文皆非實然文字。（〔己卯242〕、〔庚辰272〕、〔王府4b〕、〔有正438〕「實」皆作「突」。王府、有正二批連寫）

〔甲辰3b〕與鳳姐反對。

只覺心中似戳了一刀的，不忍哇的一聲，噴出一口血來。

〔甲戌夾批129b〕寶玉早已看定可繼家務事者，可卿也，今聞死了，大失所望。急火攻心，焉得不有此血。爲玉一嘆。

寶玉笑道，不用忙，不相干。

〔庚辰夾批272〕又淡淡抹去。

這是急火攻心，血不歸經。

〔甲戌夾批130a〕如何自己說出來了。

寶玉聽到可卿死一段。

〔庚辰眉批272〕如在。總是淡描輕寫，全無痕跡，方見得有生一來，天分中自然所賦之性如此，非因色所感也。

裡面哭聲搖山振岳。

〔甲戌夾批130a〕寫大族之喪，如此起緒。（〔己卯243〕、〔庚辰273〕、〔王府5a〕、〔有正439〕同）

誰知尤氏正犯了胃疼舊疾，睡在床上。（庚辰「胃」旁有「氣」字。王府「胃」作「胃氣」）

〔甲戌夾批130a〕妙，非此何以出阿鳳。（〔己卯243〕、〔庚辰273〕、〔王府5a〕、〔有正440〕同）

〔庚辰夾批273〕緊處愈緊，密處愈密。

〔庚辰眉批273〕所謂曾（層）巒叠翠之法也。野史中從無此法。即觀者到此，亦爲寫秦氏未必全到，豈料更又寫一尤氏哉。

「彼時賈代儒代修」一段。

〔庚辰夾批273〕將賈族約略一總，觀者方不惑。

賈珍哭的淚人一般。

〔甲戌夾批130b〕可笑，如喪考妣，此作者刺心筆也。

人已辭世，哭也無益，且商議如何料理要緊。

〔庚辰夾批273〕淡淡一句，勾出賈珍多少文字來。

如何料理，儘我所有罷了。

〔王府5b〕「儘我所有」爲媳婦，是非禮之談，父母又將何以代之。故前此有惡奴酒後狂言，及今復見此語，含而不露，吾不能爲賈珍隱諱。（〔有正441〕「代」作「待」）

只見秦葉（業）秦鐘並尤氏的幾箇眷屬，尤氏姊妹也都來了。（庚辰、王府、甲辰「鐘」作「鍾」。俞平伯以爲「尤氏姊妹」四字應作批語，合「伏後文」三字，整批應是「伏後文尤氏姊妹」，見「脂硯齋紅樓夢輯評」，中華書局，一九六六年新二版，頁一六九）

〔甲戌夾批130b〕伏後文。（〔己卯244〕、〔庚辰274〕、〔王府6a〕、〔有正441〕、〔甲辰4b〕同。批皆在「屬」字下）

另設一壇於天香樓上。（靖藏作「設壇於西帆樓上」）

〔甲戌夾批131a〕刪却，是未刪之筆。（靖藏硃墨眉批同。按原批於商議料理喪事及賈珍痛哭一段上）

〔靖藏硃墨眉批〕何必定用「西」字？讀之令人酸筆（鼻）！

那賈敬聞得長孫媳死了，因自爲早晚就要飛昇，如何肯又回家染了紅塵。

〔庚辰夾批274〕可笑可嘆。古今之儒，中途多惑老佛。王隱（梅）梅（隱）①云：「若能再加東坡十年壽，亦能跳出這圈子來。」斯言信矣。

〔王府夾批6b〕「就要飛昇」的「要」用得的當。凡「要」者，則身心急切，急切之者，百事無成。正爲後文作引綿（線）。

叫作什麼檣木。

〔甲戌眉批131a〕檣者舟具也，所謂人生若汎舟而已，寧不可嘆。（〔己卯244〕、〔庚辰274〕、〔王府6b〕、〔有正442〕同）

---

① 吳恩裕引「八旗藝文編目」葉九十九下所載「梅隱集」註：「漢軍王茂森著。茂森先故旗籍，以裁旗分隸常熟，自號雲浦。遊文殊院，常竊睨諸生旁，遂通四聲，操筆為韻語，便有思致。」（參「曹雪芹佚著淺探」頁一一三）。按孫原湘「天真閣文集」卷四十九，有「王三傳」，即記敘茂森生平。徐恭時謂「從此傳看，此人先在京口（今鎮江）駐防旗營，後撤旗居常熟。他原不識字，後初學詩文，以此判斷，似非脂評『引語』之人。」（見「輯錄」，收入「論叢」，頁二一八）參本書頁三四五提及王梅隱批。

出在潢海鐵網山上。

〔甲戌夾批131b〕所謂迷津易墮，塵網難逃也」。（〔己卯244〕、〔庚辰274〕、〔王府6b〕、〔有正442〕同）

因他壞了事，就不曾拿去，現在還封在店內。

〔王府夾批6b〕「壞了事」等字毒極，寫盡勢利場中故套。

什麼價不價，賞他們幾兩工銀就是了。

〔甲戌夾批131b〕的是阿獃兄口氣。（庚辰夾批275「兄」作「兒」）

賈政因勸道，此物恐非常人可享者。

〔甲戌夾批131b〕政老有深意存焉。（庚辰夾批275同）

殮以上等杉木，也就是了。（己卯「殮」作「撿」，王府、有正作「檢」）

〔甲戌夾批131b〕夾寫賈政。（〔己卯245〕、〔庚辰275〕、〔王府7a〕、〔有正443〕同）

「賈珍笑問價錢幾何」一段。

〔甲戌眉批131b〕寫個個皆知，全無安逸之筆，深得「金瓶」壺（壼）奥。（庚辰眉批275「知」作「到」，無「瓶」字）

此時賈珍恨不能代秦氏之死，這話如何肯聽。

〔王府夾批7a〕「代秦氏死」等句，總是填實前文。

名喚瑞珠者，見秦氏死了，他也觸柱而亡。

〔甲戌夾批132a〕補天香樓未刪之文。

〔靖藏硃墨夾批〕是亦未刪之文。

那寶珠按未嫁女之喪，在靈前哀哀欲絕。

〔甲戌夾批132a〕非恩惠愛人，那能如是，惜哉可卿，惜哉可卿！

於是合旅人丁並家下諸人都各遵舊行事，自不敢紊亂。（己卯、庚辰、王府、有正、甲辰「旅」作「族」，「敢」作「得」。王府、有正「都」作「諸」，「自」作「自然」甲辰「紊」作「錯」）

〔甲戌夾批132a〕兩句寫盡大家。（〔己卯246〕、〔庚辰276〕、〔王府7b〕、〔有正444〕同）

〔甲辰6a〕轉疊法，敘前文未及。

因想着賈蓉不過是個黌門監。（庚辰「監」下補「生」字）

〔庚辰夾批280〕又起波瀾，却不突然。

靈旛經榜上寫時不好看，便是執事也不多，因此心下甚不自在。

〔甲戌夾批132a〕善起波瀾。（〔己卯246〕、〔庚辰276〕、〔王府7b〕、〔有正445〕同）

早有大明宮掌宮內相戴權。（有正「掌宮」作「掌官」）

〔甲戌夾批132a〕妙，大權也。（〔己卯246〕、〔庚辰276〕、〔王府8a〕、〔有正445〕同）

賈珍忙接着，讓至逗蜂軒。

〔甲戌夾批132b〕軒名可思。（〔己卯246〕、〔庚辰276〕、〔王府8a〕、〔有正445〕同）

戴權會意，因笑道，想是爲喪禮上風光些。

〔甲戌夾批132b〕得。內相機括之快如此。

看着他爺爺的分上胡亂應了。

〔甲戌夾批132b〕忙中寫閒。（〔己卯246〕、〔庚辰276〕、〔王府8a〕、〔有正446〕同）

既是偺們的孩子要蠲。（王府、有正無「孩子」二字，「蠲」作「捐」）

〔甲戌夾批132b〕奇談，畫盡閹官口吻。（〔己卯247〕、〔庚辰277〕、〔王府8b〕、〔有正446〕同）

原來是忠靖侯史鼎的夫人來了。（己卯、庚辰「侯」作「候」。王府、有正無「是」字。舒、程甲作「原來是忠靖侯史鼎的夫人來了，史湘雲、王夫人、邢夫人、鳳姐等都迎入上房。」程乙作「原來是忠靖侯史鼎的夫人帶着侄女史湘雲來了。」）

〔甲戌夾批133b〕史小姐湘雲消息也。

〔己卯正文248〕伏史湘雲。（庚辰正文278同）

〔王府9a〕伏史湘雲一筆。（〔有正448〕同）

〔甲辰7b〕伏下文史湘雲。（「史湘雲」三字作正文）

寧國府街上一條白漫漫。

〔庚辰夾批278〕就簡生繁。

人來人往。

〔甲戌夾批133b〕是有服親友並家下人丁之盛。（〔己卯248〕、〔庚辰278〕、〔王府9b〕、〔有正448〕「友」俱作「朋」）

花簇簇宦去官來。（庚辰、王府、有正「宦」作「官」）

〔甲戌夾批133b〕是來往祭弔之盛。（〔己卯248〕、〔庚辰278〕、〔王府9b〕、〔有正448〕同）

賈門秦氏恭人之喪。

〔庚辰眉批279〕賈珍是亂費，可卿却實如此。

四大部州至中之地，奉天永建太平之國。

〔庚辰眉批279〕奇文。若明指一州名，似若西遊之套，故曰至中之地，不待言可知是光天化日，仁風德雨之下矣。不亡（云）國名更妙，可知是堯街舜巷衣冠禮義之鄉矣。直與第一回呼應相接。（參頁二三九甲戌回前總批）

只是賈珍此時心意滿足。

〔王府夾批10b〕可笑。

因寶玉在側問道，事事都算安貼了，大哥哥還愁什麼。

〔甲戌夾批134b〕余正思如何高擱起玉兄了。

我薦一個人與你。

〔甲戌夾批134b〕薦鳳姐須得寶玉，俱龍華會上人也。

嚇的眾婆娘唿的一聲，往後藏之不迭。（庚辰「嚇」作「唬」）

〔甲戌夾批135a〕數日行止可知。作者自是筆筆不空。批者亦字字留神之至矣。

〔庚辰夾批280〕素日行止可知。

獨鳳姐款款站了起來。

〔庚辰夾批280〕又寫鳳姐。

賈珍一面扶拐拃掙着，要蹲身跪下請安道乏。

〔庚辰夾批280〕一絲不亂。

〔靖藏硃筆眉批〕刺心之筆。

我看裡頭着實不成個體統，怎麼屈尊大妹妹一個月。

〔庚辰夾批281〕不見突然。

在這裏料理料理，我就放心了。

〔庚辰夾批281〕阿鳳此刻心癢矣。

他一個小孩子家。

〔庚辰夾批281〕三字愈令人可愛可憐。

從小兒大妹妹頑笑着，就有殺法決斷。（庚迄「法」作「抹」）

〔庚辰夾批281〕阿鳳身分。

說着滾下淚來。

〔庚辰夾批281〕有筆力。

王夫人悄悄的道，你可能麼。鳳姐道，有甚麼不能的。外面的大事，大哥哥已經料理清了。

（庚辰「大哥哥已經」作「已經大哥哥」）

〔庚辰夾批282〕王夫人是悄言，鳳姐是響應，故稱大哥哥。　已得三昧矣。

便是我有不知道的，問問太太就是了。

〔甲戌夾批136b〕胸中成見已有之語。

鳳姐不敢就接牌。

〔王府13a〕凡有本領者斷不越禮。接牌小事，而必待命于王夫人者，誠家道之規範，亦天下之規範也。看是書者不可草草從事。（〔有正456〕同）

鳳姐笑道，不用。

〔甲戌夾批137a〕二字句，有神。（〔己卯253〕無「句」字。〔庚辰283〕、〔王府13b〕、〔有正456〕同）

鳳姐分析寧府弊端一段。

〔甲戌眉批137b〕舊族後輩受此五病者頗多，余家更甚，三十年前事見書於三十年後，今余想慟血淚盈。

〔庚辰夾批284〕讀五件事未完，余不禁失聲大哭，三十年前作書人在何處耶。（靖藏硃墨眉批「三十」作「卅」）

〔靖藏眉批〕舊族後輩受此五病者頗多，余家更甚。三十年間（前）事見知（書）于三十年後，令余悲痛血淚盈面。（參本回靖藏回前總批）

此五件實是寧國府中風俗，不知鳳姐如何處治，且聽下回分解，正是。

〔甲戌眉批137b〕此回只十頁，因删去天香樓一節，少却四五頁也。

〔王府14a〕五件事若能如法整理得當，豈獨家庭，國家天下治之不難。（〔有正458〕同）

回末總評

〔甲戌137b〕「秦可卿淫喪天香樓」，作者用史筆也。老朽因有魂托鳳姐賈家後事二件，嫡是安富尊榮坐享人能想得到處，其事雖未漏，其言其意則令人悲切感服，姑赦之，因命芹溪删去。（參本回靖藏回前總批）

〔庚辰硃批284〕通回將可卿如何死故隱去，是大發慈悲心也，嘆嘆。壬午春。（參頁一四三靖藏眉批）

〔王府15a〕借可卿之死，又寫出情之變熊，上下大小男女老少，無非情感而生情。且又藉鳳姐之夢，更化就幻空中一片貼切之情。所謂寂然不動，感而遂通。所感之象，所動之萌，深淺誠僞，隨種必報，所謂幻者此也，情者亦此也。何非幻，何非情，情即是幻，幻即是情，明眼者自見①。（有正458「熊」作「態」）

① 有正459此處尚有一總評，應屬第十五回，參頁二七七。

第十四回　林如海捐館揚州城　賈寶玉路謁北靜王

回前總批

〔甲戌138a〕鳳姐用彩明，因自識字不多，且彩明係未冠之童。（參頁二五五「鳳姐即命彩明定造簿册」之甲戌、庚辰、靖藏眉批）

寫鳳姐之珍貴。（參頁二五七「賈珍也另外吩咐每日送上等菜到抱厦內，單與鳳姐」之庚辰眉批）

寫鳳姐之英氣。

寫鳳姐之聲勢。

寫鳳姐之心機。（參頁二五六「自己每日從府裏煎了各色細粥」之庚辰眉批）

寫鳳姐之驕大。（參頁二五七「獨在抱厦內起坐」之庚辰眉批）

昭兒回並非林文璉文，是黛玉正文。

牛丑也；清屬水，子也。柳折卯字，彪折虎子（字），寅字寓焉。陳即辰，翼火爲蛇，巳字寓焉。馬，午也。魁折鬼，鬼，金羊，未字寓焉。侯猴同音，申也；曉，鳴雞也，酉字寓焉。石即豕，亥字寓焉，其祖回（曰）守業，即守夜也，犬字寓焉。——此所謂十二支寓焉。（參頁二六二「『有鎮國公牛國清之孫』一段」之庚辰眉批及頁二六三靖藏回末總評）

路謁北靜王是寶玉正文。

詩云：（下缺）

〔王府0a〕家書一紙千金重，勾引難防囑下人。任你無雙肝胆烈，多情念起自眉顰。（有正461同）

不要把老臉丟了。

〔庚辰夾批285〕此是都總管的話頭。

論理我們裏面也須得他來整治整治。

〔庚辰夾批285〕伏線在二十板之悞差婦人。

鳳姐即命彩明定造簿册。

〔甲戌眉批139a〕寧府如此大家，阿鳳如此身分，豈有使貼身丫頭與家裏男人答話交事之理呢。此作者忽略之處。（庚辰眉批286「使」作「便」）

〔庚辰墨筆眉批286〕彩明係未冠小童，阿鳳便于出入使令者。老兄並未前後看明，是男是女，亂加批駁，可笑。（參本回甲戌回前總批）

〔庚辰眉批287〕且明寫阿鳳不識字之故。壬午春。（參本回甲戌回前總批）

〔靖藏眉批〕用彩明因自身識字不多，且彩明係未冠之童故也。（參本回甲戌回前總批）

大概點了一點數目單册。

〔甲戌夾批139a〕已有成見。

眾人不敢擅入，只在窗外聽覷。

〔甲戌夾批139b〕傳神之筆。（庚辰夾批286同）

我就說不得要討你們嫌了。

〔甲戌夾批139b〕先跕地步。（庚辰夾批286「跕」作「站」）

再不要說你們這府裏原是這樣的。（庚辰、王府「的」作「的話」）

〔甲戌夾批139b〕此話聽熟了，一嘆。（庚辰夾批286同）

〔王府夾批2a〕「不要說」「原是這樣的說（話）」，破盡固（痼）敝（弊）根底。

如今可要依着我行。

〔甲戌夾批139b〕宛轉得妙。（庚辰夾批286同）

按名一個一個的喚進來看視。

〔庚辰夾批286〕量才而用之意。

說不得偺們大家辛苦這幾日。（庚辰「幾日」作「幾日罷」）

〔甲戌夾批140b〕是協理口氣，好聽之至。

〔庚辰夾批288〕所謂先禮而後賓（兵）是也。

你們家大爺自然賞你們。

〔庚辰夾批288〕滑賊，好收煞。

自己每日從那府裏煎了各色細粥，精緻小菜，命人送來勸食。（庚辰「裏」作「中」，「煎」

點改作「做」，「色」作「樣」）

〔庚辰眉批289〕寫鳳之心機。（參本回甲戌回前總批）

賈珍也另外吩咐每日送上等菜到抱厦內，單與鳳姐。

〔庚辰眉批289〕寫鳳之珍貴。（參本回甲戌回前總批）

那鳳姐不畏勤勞。

〔王府4a〕不畏勤勞者，一則任專而易辦，一則技癢而莫遏。士爲知己者死；不過勤勞，有何可畏。（〔有正469〕同）

天天於卯正二刻就過來點卯理事。

〔庚辰眉批289〕寫鳳之美勇。

獨在抱厦內起坐，不與眾妯娌合羣，便有堂客來往，也不迎會。

〔庚辰眉批289〕寫鳳之驕大。（參本回甲戌回前總批）如此寫得可嘆可笑。

早有人端過一張大圈椅來，放在靈前。鳳姐坐了，放聲大哭。

〔庚辰夾批290〕誰家行事，寧不墮淚。

只有迎送親客上的一人未到。

〔庚辰夾批290〕須得如此，方見文章妙用。余前批非謬。

鳳姐冷笑道。

〔甲戌夾批142b〕凡鳳姐惱時，偏偏用笑字，是章法。（〔己卯260〕、〔庚辰290〕、〔

王府5b〕、〔有正472〕同）

原來是你。

〔庚辰夾批290〕四字有神，是有名姓上等人口氣。

正說着，只見榮國府中的王興媳婦來了。

〔庚辰夾批291〕偏用這等閒文閒注。

在前面探頭。（己卯、庚辰、王府、有正無「面」字）

〔甲戌夾批142b〕慣起波瀾，慣能忙中寫閒，又慣用曲筆，又慣綜錯，眞妙。（〔己卯261〕、〔庚辰291〕、〔王府6a〕同。〔有正473〕「綜錯」作「錯綜寫」）

鳳姐且不發放這人。

〔庚辰夾批291〕的是鳳姐作做。

領牌取線打車轎網絡。

〔庚辰夾批291〕是喪事中用物，閑閑寫却。

這兩件開銷錯了，再算清了來取。

〔庚辰夾批291〕好看煞，這等文字。

鳳姐因見張材家的在傍，因問你有什麼事。

〔庚辰夾批291〕又一頓挫。

那一個是爲寶玉外書房完竣，支買紙料糊裱。

〔庚辰夾批292〕却從閑中，又引出一件關係文字乎（來）。

明兒他也睡迷了，後兒我也睡迷了。

〔甲戌夾批143b〕接上文，一點痕跡俱無，且是仍與方纔諸人說話神色口角。

〔庚辰夾批292〕接得緊，且無痕跡，是山斷雲連法也。

又見鳳姐眉立。

〔庚辰夾批292〕二字如（有）神。

那抱愧被打之人，含羞去。（己卯、庚辰、王府、有正「去」作「去了」）

〔甲戌夾批144a〕又伏下文，非獨爲阿鳳之威勢費此一段筆墨。（〔己卯263〕、〔庚辰293〕同。〔王府7b〕、〔有正476〕「一段」二字在「阿鳳」前。〔甲辰6b〕作「又伏下文」）

自此兢兢業業。

〔庚辰夾批293〕收什（拾）得好。

如今且說寶玉。

〔庚辰夾批293〕忙中閒筆。

他豈不煩膩。

〔甲戌夾批144a〕純是體貼人情。（〔己卯263〕、〔庚辰293〕、〔王府7b〕、〔有正476〕同）

好長腿子，快上來罷。

〔庚辰夾批293〕家常戲言，畢肖之至。

這邊同那些渾人吃甚麼。

〔甲戌夾批144b〕奇稱，試問誰是清人？（〔己卯263〕、〔庚辰293〕、〔王府8a〕、〔有正477〕同）

何嘗不是忘了。

〔甲戌夾批144b〕此婦亦善迎合。

〔庚辰夾批294〕下人迎合湊趣，必（逼）眞。

倘或別人私弄一個，支了銀子跑了怎樣。

〔庚辰夾批294〕小人語。

怎麼偺們家沒人領牌子做東西。

〔庚辰夾批294〕寫不理家務公子之語。

人家來領的時候，你還做夢呢。

〔庚辰夾批294〕言其是也。

你們這夜書，多早晚纔念呢。

〔庚辰夾批294〕補前文之未到。

寶玉聽說，便猴向鳳姐身上要牌。

〔庚辰夾批294〕詩中知有鍊字一法，不期於石頭記中多得其妙。

人蘇州去的人昭兒來了。（己卯、庚辰、有正「人蘇州」作「人回蘇州」）

〔甲戌夾批145a〕接得好。（〔己卯265〕、〔庚辰295〕、〔王府9a〕、〔有正479〕同）

林姑老爺是九月初三日巳時沒的。

〔甲戌眉批145b〕顰兒方可長居榮府之文。（〔庚辰眉批295〕「文」作「交」）

二爺帶了林姑娘同送林姑爺靈到蘇州。

〔庚辰夾批295〕暗寫黛玉。

鳳姐向寶玉笑道，你林妹妹可在偺們家住長了。

〔庚辰夾批295〕此係無意中之有意，妙。

再細細追想所需何物，一並包藏交付昭兒。

〔王府夾批10a〕「追想所需」四字，寫盡能事者之所以（爲）能事者之的（底）蘊。

別勾引他認得混賬女人。

〔甲戌夾批146a〕切心事耶。

回來打折你的腿。

〔甲戌夾批146a〕此一句最要緊。（〔己卯266〕、〔庚辰296〕、〔王府10a〕、〔有正481〕同）

趕亂完了，天已四更將盡，總睡下，又走了困。（庚辰「趕」傍補「着」字）

〔庚辰夾批296〕此爲病源伏線。後文方不突然。

因此忙的鳳姐茶飯也沒工夫喫得，坐臥不能清淨。

〔庚辰眉批297〕總得好。

揮霍指示任其所爲，目若無人。

〔甲戌夾批147a〕寫秦氏之喪，却只爲鳳姐一人。（〔己卯267〕、〔庚辰297〕、〔王府11b〕、〔有正484〕同）

奉天洪建兆年不易之朝，

〔庚辰眉批298〕「兆年不易之朝，永治太平之國」①，奇甚妙甚。

「有鎭國公牛清之孫」一段。

〔庚辰眉批298〕牛，丑也。清屬水，子也。柳折卯字。彪折虎子，寅字寓焉。陳卽辰，翼火爲蛇，巳字寓焉。馬，午也。魁折鬼字，鬼，金羊，未字寓焉。候（侯）猴同音，申也。曉鳴，雞也，酉字寓焉。石卽豕，亥字寓焉。其祖曰守業，卽守鎭也，大（犬）字寓焉。所謂十二支寓焉。（參本回甲戌回前總批及回末靖藏回末總評）

只見寧府大殯浩浩蕩蕩，壓地銀山一般，從北而至。

〔庚辰眉批300〕數字道盡聲勢。壬午春，畸笏老人。（靖藏眉批無「老人」二字）

因問賈政道，那一位是啣玉而誕者。（庚辰「玉」作「寶」）

〔庚辰眉批300〕忙中閒筆。點綴玉兄，方不失正文中之正人。作者良苦。壬午春，畸笏。

〔靖藏眉批〕忙中閑筆。○○（兩字蛀去）玉兄，作者良苦。壬午春，畸笏。

那寶玉素日就曾聽得父兄親友人等說閑話，讚水溶是個賢王。

〔王府夾批14a〕寶玉見北靜王水溶，是爲後文之伏線。

---

① 庚辰此處正文無「永治太平之國」六字，然第十三回（參頁二五〇）有「奉天永建太平之國」句。

回末總評

〔庚辰硃批301〕此回將大家喪事詳細剔盡，如見其氣概，如聞其聲音，絲毫不錯，作者不負大家後裔。寫秦死之盛，賈珍之奢，實是卻寫得一個鳳姐。

〔王府15a〕大抵事之不理，法之不行，多因偏于愛惡，幽柔不斷。請看鳳姐無私，猶能整齊喪事。況丈夫輩受職於廟堂之上，倘能奉公守法，一毫不苟，承上率下，何有不行。（〔有正490〕同）

〔靖藏〕牛，丑。清，水。柳乃卯也。彪拆虎字，寅也。陳即辰，翼大爲蛇，寓巳字。馬，午也。魁即鬼，鬼，金羊，寓未字。侯，申也。曉鳴，鷄也，寓酉字。豕即石，亥字寓焉。守業，犬也。所謂十二支寓焉。（參本回頁二五四甲戌回前總批及頁二六二「有鎭國公牛淸之孫」庚辰眉批）

第十五回　王熙鳳弄權鐵檻寺　秦鯨卿得趣饅頭庵

回前總批

〔甲戌150a〕寶玉謁北靜王辭對神色，方露出本來面目，迥非在閨閣中之形景。

北靜王問玉上字果驗否，政老對以未曾試過，是隱卻多少捕風捉影閑文。

北靜王論聰明伶俐，又年幼時爲溺愛所累，亦大得病源之語。

鳳姐中火寫紡線邨姑，是寶玉閒花野景，一得情趣。

鳳姐另住，明明係秦玉智能幽事，卻是爲淨虛攢營鳳姐大大一件事作引。

秦智幽情，忽寫寶秦事云，不知「算何賬目，未見眞切，不曾記得，此係疑案，〔不〕〔敢〕蓁（纂）創」是不落套中，且省卻多少累贅筆墨。昔安南國使有題一丈紅句云：「五尺牆頭遮不得，留將一半與人看」①。

---

① 明楊穆「西墅雜記」「倭人詠蜀葵詩」條：「成化甲午（一四七四）倭人入貢，見欄前蜀葵花不識，因問之。題詩云：『花如木槿花相似，葉比芙蓉葉一般；五尺欄杆遮不盡，尚留一半與人看。』外國亦有此能詩者。」（說郛續，弓七，葉五b）褚稼軒「堅瓠四集」卷二亦有相類記載。

詩云：（下缺）。

〔王府1a〕欲顯錚錚不避嫌，英雄每入小人緣。鯨卿些子風流事，膽落魂銷已可憐。（有正491同）

面若春花，目如點漆。（靖藏「如」作「似」）

〔甲戌夾批151a〕又換此一句，如見其形。（〔己卯273〕、〔庚辰303〕、〔王府1a〕、〔有正493〕「見」作「此」）

〔靖藏硃筆眉批〕傷心筆。

親自與寶玉帶上。

〔甲戌夾批151a〕鍾愛之至。（〔己卯274〕、〔庚辰304〕「鍾」作「鐘」。〔王府1b〕、〔有正494〕同）

水溶見他語言清楚，談吐有致。

〔庚辰眉批304〕八字道盡玉兄。如此等方是玉兄正文寫照。王（壬）文（午）季春。

將來雛鳳清於老鳳聲，未可諒也。（王府作「將來雛鳳勝于老鳳，家聲未可諒也」，有正「諒」作「量」，餘同王府）

〔甲戌夾批151a〕妙極。開口便是西崑體①，寶玉聞之，寧不刮目哉。（〔己卯274〕、

① 宋劉攽（一〇二二—一〇八八）「中山詩話」：「祥符天禧中，楊大年（億），錢文僖（惟演）、晏元獻（殊）、劉子儀（筠）以文章立朝，為詩皆宗尚李義山，號西崑體。」

〔庚辰304〕、〔王府1b〕、〔有正494〕同）

果如是言，亦膾生輩之幸矣。

〔庚辰夾批304〕謙的得體。

寶玉連忙接了，回身奉與賈政。

〔庚辰夾批305〕轉出沒調教。

命手下掩樂停音，滔滔然將殯過完。

〔庚辰夾批305〕有層次，好看煞。

鳳姐因記掛着寶玉，怕他在郊外縱性逞強。（庚辰「鳳姐」作「鳳姐兒」）

〔甲戌夾批152a〕千百件忙事內不漏一絲。

〔庚辰夾批305〕細心人自因（應）如是。

女孩兒一樣的人品。

〔甲戌夾批152b〕非此一句寶玉必不依，阿鳳眞好才情。（〔己卯275〕、〔庚辰305〕同。〔王府3a〕「眞」作「貞」。〔有正497〕「阿鳳」作「鳳姐」）

只見從那邊兩騎馬壓地飛來。

〔庚辰夾批306〕有氣有聲，寫（有）形有影。

鳳姐急命請邢夫人王夫人的示下。

〔庚辰夾批306〕有次序。

凡庄農動用之物，皆不曾見過。

〔庚辰夾批307〕眞，畢眞。

不知何向所使，其名爲何。（庚辰「向」改作「項」，王府「向」作「項」）

〔甲戌夾批153a〕凡膏粱子弟齊來着眼。（〔己卯277〕「粱」作「粱」。〔庚辰307〕、〔王府4a〕、〔有正499〕同）

寶玉聽了。

〔甲戌夾批153b〕也蓋因未見之故也。（〔己卯277〕、〔庚辰307〕、〔王府4a〕、〔有正499〕同）

「誰知盤中餐，粒粒皆辛苦」，正爲此也。

〔甲戌夾批153b〕聰明人自是一喝卽悟。（〔己卯277〕、〔有正500〕同。〔庚辰307〕、〔王府4b〕「喝」作「唱」。王府「悟」作「悞」）

「因點頭嘆道」一段。

〔庚辰眉批307〕寫玉兄正文總于此等處，作者良苦。壬午季春。

只見一個約有十七八歲的村庄丫頭，跑了來亂嚷，別動壞了。

〔庚辰夾批307〕天生地設之文。

寶玉忙丟開手，陪笑說道。

〔庚辰眉批307〕一「忙」字，二「陪笑」字，寫玉兄是在女兒分上。壬午季春。

站開了，我紡與你瞧。（庚辰、王府「站」作「跕」）

〔甲戌夾批153b〕如聞其聲，見其形。

〔庚辰夾批307〕三字如聞。

〔王府夾批4b〕這丫頭是技癢，是多情，是自己生活恐至損壞。寶玉此時一片心神，另有主張。

此卿大有意趣。

〔庚辰夾批307〕忙中閒筆，却伏下文。

該死的，再胡說，我就打了。

〔甲戌夾批153b〕的是寶玉性（生）生（性）之言。

〔庚辰夾批307〕玉兄身分本心如此。

寶玉正要說話時。

〔庚辰眉批308〕若說話，便不是石頭記中文字也。

寶玉悵然無趣。

〔甲戌夾批154a〕處處點情，又伏下一段後文。（〔己卯278〕、〔庚辰308〕、〔王府5a〕、〔有正501〕同）

寶玉卻留心看時，內中並無二丫頭。

〔庚辰夾批308〕妙在不見。

只見迎頭二丫頭懷裏抱着他小兄弟。

〔庚辰夾批308〕妙，在此時方見，錯綜之妙如此。

爭奈車輕馬快。

〔甲戌夾批154b〕四字有文章。人生離聚亦未嘗不如此也。（〔己卯278〕、〔庚辰308〕、〔王府5b〕「離」作「難」，「嘗」作「常」。庚辰「未」作「木」。王府「不」作「一」。王府、〔有正502〕「章」作「意」，「離」作「難」）

其中陰陽兩宅俱已預備妥貼。

〔甲戌155a〕大凡創業之人，無有不爲子孫深謀至細。今後輩伏一時之榮顯，猶自不足，另生枝葉，雖華麗過先，奈不常保，亦足可嘆——爭及先人之常保其朴哉。近世浮華子弟來著眼。（〔己卯279〕、〔庚辰309〕、〔王府6b〕、〔有正504〕「今」作「奈」，「伏」作「仗」，「猶自」作「猶爲」，「來」作「齊來」。有正「爭」作「怎」）

好爲送靈人口寄居。

〔甲戌夾批155a〕祖宗爲子孫之心細到如此。（〔己卯279〕、〔庚辰309〕、〔王府6b〕、〔有正504〕同）

「不想如今後輩人口繁盛」一段。

〔庚辰眉批309〕石頭記總于沒要緊處閑三二筆，寫正文筋骨，看官當用巨眼，不爲彼瞞過方好。壬午季春。

其中貧富不一，或性情參商。

〔甲戌155a〕所謂「源遠水則濁，枝繁果則稀」，余謂天下痴心祖宗爲子孫謀千年業者痛哭。（〔己卯279〕、〔庚辰310〕、〔王府6b〕、〔有正504〕「余謂」作「余爲」）

有那家業艱難安分的。

〔甲戌夾批155a〕妙在艱難就安分，富貴則不安分矣。（〔己卯280〕、〔庚辰310〕、〔王府6b〕、〔有正504〕同）

爲事畢晏退之所。（己卯、庚辰、王府、有正「晏」作「宴」）

〔甲戌夾批155a〕眞眞辜負祖宗體貼子孫之心。（〔己卯280〕、〔庚辰310〕、〔王府6b〕、〔有正504〕同）

獨有鳳姐嫌不方便。

〔甲戌夾批155a〕不用說，阿鳳自然不肯將就一刻的。（〔己卯280〕、〔庚辰310〕、〔王府7a〕、〔有正505〕同）

原來這饅頭庵就是水月寺，因他廟裏做的饅頭好，就起了這個混號，離鐵檻寺不遠。（己卯、庚辰、王府、有正、甲辰「混」作「渾」，王府、有正「起」作「出」，有正「月寺」作「月庵」）

〔甲戌155b〕前人詩云，「縱有千門鐵門限，終須一個土饅頭」是此意。故「不遠」二字有文章。（「千門」墨筆校改作「千年」。〔己卯280〕、〔庚辰310〕、〔王府7a〕、〔有正505〕「千門」作「千年」。王府「限」作「根」）

〔甲辰6a〕所謂「縱有十年鐵門限，終須一個土饅頭」，此意可會。

---

① 范成大（一一二六——一一九三）「石湖詩集」卷二十八「重九日行營壽藏之地」七律：「家山隨處可行楸，荷攜鍤壺似醉劉。縱有千年鐵門限，終須一箇土饅頭。三輪世界猶灰劫，四大形骸強首丘。螻蟻烏鳶何厚薄，臨風附掌菊花秋。」

原來秦業年邁多病。（己卯、庚辰、王府、有正無「原來」二字）

〔甲戌夾批155b〕伏一筆。（〔己卯280〕、〔庚辰310〕、〔王府7a〕、〔有正505〕俱作「伏筆」）

因胡老爺府里產了公子，……就無來請太太的安。（己卯、庚辰、王府、有正「無」作「沒」。己卯、庚辰「太太」作「奶奶」）

〔甲戌夾批156a〕虛陪一個胡姓，妙，言是胡塗人之所爲也。（〔己卯281〕、〔庚辰311〕、〔王府7b〕、〔有正506〕同）

這會子還哄我。（王府「會」作「回」）

〔甲戌夾批156a〕補出前文未到處。細思秦鍾近日在榮府所爲可知矣。（〔己卯281〕、〔庚辰311〕、〔王府8a〕、〔有正507〕「鍾」作「鐘」。己卯「未」作「之未」。庚辰無「細」字）

不及你叫他到的是有情意的。（王府「到」作「倒」，有正作「⿰氵到」）

〔甲戌夾批156b〕總作如是等奇語。（〔己卯282〕、〔庚辰312〕、〔王府8a〕、〔有正507〕同）

二人雖未上手，卻已情投意合了。

〔甲戌夾批156b〕不愛寶玉，却愛秦鍾，亦是各有情孽。（〔己卯282〕、〔庚辰312〕、〔王府8b〕、〔有正508〕「鍾」作「鐘」）

秦鍾笑說，給我。（庚辰、王府、有正「鍾」作「鐘」）

〔甲戌夾批156b〕如聞其聲。（〔己卯282〕、〔庚辰312〕、〔王府8b〕、〔有正508〕同）

我難道手裏有蜜。（王府「道」作「道我」，「蜜」作「密」）

〔甲戌夾批156b〕一語畢肖，如聞其語，觀者已自酥倒，不知作者從何着想。（〔己卯141b〕、〔庚辰312〕、〔王府8b〕、〔有正508〕同）

老尼道，阿彌陀佛。

〔甲戌夾批157a〕開口稱佛，畢有（肖），可嘆可笑。（〔己卯283〕、〔庚辰313〕同。〔王府9a〕、〔有正509〕「畢有」作「畢竟」）

善才庵。

〔甲戌夾批157a〕才字妙。（〔己卯283〕、〔庚辰313〕、〔王府9a〕、〔有正509〕同）

小名金哥。

〔甲戌夾批157a〕俱從財一字上發生。（〔己卯283〕、〔庚辰313〕、〔王府9a〕、〔有正509〕「生」作「出」。有正「財一」作「一財」）

偏不許退定禮，就要打官司告狀起來。（己卯、庚辰、王府、有正無「要」字）

〔甲戌157b〕守備一聞便問（鬧），斷無此理。此不過張家懼府尹之勢，必先退定禮，守備方不從，或有之。此時老尼只欲與張家完事，故將此言遮飾，以便退親，受張家之賄也。（〔己卯283〕、〔庚辰313〕、〔王府9b〕、〔有正510〕「不過」作「必是」。王府、有正「此言」作「言」）

那張家急了。

〔甲戌157b〕如何便急了，話無頭緒，可知張家禮缺。此係作者巧摹老尼無頭緒之語，莫認作者無頭緒，正是神處奇處。摹一人，一人必到紙上活見。（〔己卯283〕、〔庚辰313〕同。〔王府9b〕、〔有正510〕「此係」作「此」，「正是」作「正」，「活見」作「活現」。有正「禮缺」作「理屈」）

賭氣偏要退定禮。

〔甲戌夾批157b〕如何，的是張家要與府尹攀親。（〔己卯283〕、〔庚辰313〕同。「何」〔王府9b〕作「是」，〔有正510〕作「今」）

張家連家孝敬也都情願。（己卯、庚辰、王府、有正「連家」作「連傾家」，「敬」作「順」。有正「都」作「就」）

〔甲戌157b〕壞極，妙極。若與府尹攀了親，何惜張財不能再得。小人之心如此，良民遭害如此。（〔己卯284〕、〔庚辰314〕、〔王府10a〕、〔有正511〕同）

鳳姐聽了笑道，這事到不大。

〔甲戌夾批157b〕五字是阿鳳心跡。

我也不等銀子使，也不做這樣的事。

〔庚辰夾批314〕口是心非，如聞已見。

淨虛聽了，打去妄想，半晌嘆道。

〔庚辰夾批314〕一嘆轉出多少至惡不畏之文來。

雖如此說，張家已知我來求府裏。

〔庚辰眉批314〕閨閣營謀說事，往往被此等語惑了。

從來不信什麼是陰司地獄報應的。

〔庚辰夾批314〕批書人深知卿有是心，嘆嘆。

比不得他們扯蓬拉牽的圖銀子。

〔庚辰夾批314〕欺人太甚。

〔庚辰眉批315〕對如是之奸妮（尼），阿鳳不得不如是語。

若是奶奶跟前，再添上些也不彀奶奶一發揮的。

〔王府夾批11a〕「若是奶奶」等語，陷害殺無窮英明豪烈者。譽而不喜，毀而不怒，或可逃此等術法。

便是三萬兩，我此刻還拿得出來。（己卯、庚辰、王府、有正「還拿得」作「也拿的」）

〔甲戌夾批158b〕阿鳳欺人如此。（〔己卯285〕、〔庚辰315〕、〔王府10b〕、〔有正512〕同）

也不顧勞乏，更攀談起來。

〔甲戌夾批158b〕總寫阿鳳聰明中的痴人。（「的」字筆跡不同。〔己卯285〕、〔庚辰315〕、〔王府11a〕、〔有正513〕無「的」字。有正「阿鳳」作「鳳姐」）

茶鐘跑來便摟着親嘴。

〔庚辰眉批315〕實表奸淫，尼庵之事如此。壬午季春。

〔靖藏眉批〕又寫秦鐘智能事，尼庵之事如此。壬午季春，畸笏。

將智能抱到炕上。

〔庚辰夾批316〕此處寫小小風波事，亦在人意外，誰知爲小秦伏線，大有根處。

又不好叫的。

〔庚辰夾批316〕還是不肯叫。

二人不知是誰，唬的不敢動一動。只聽那人嗤的一聲，掌不住笑了。

〔庚辰夾批316〕請掩卷細思此刻形景，眞可噴飯。歷來風月文字可有如此趣味者？

羞的智能趁黑地跑了。

〔庚辰眉批316〕若歷寫完，則不是石頭記文字了。壬午季春。

〔王府夾批12a〕請問此等光景，是強是順？一片兒女之態，自與凡常不同，細極，妙極。

秦鐘笑道，好人。

〔庚辰夾批316〕前以二字稱智能，今又稱玉兄，看官細思。

不敢纂創。

〔甲戌159b〕忽又作如此評斷，似自相矛盾，却是最妙之文。若不如此隱去，則又有何妙文可寫哉。這方是世人意料不到之大奇筆。若通部中萬萬件細微之事俱備，石頭記眞亦太覺死板矣。故特用此二三件隱事，借石之未見眞切，淡淡隱去，越覺得雲烟渺茫之中，無限丘壑在焉。（〔己卯287〕、〔庚辰317〕、〔王府12a〕、〔有正515〕「太覺」作「覺太」，「特用」作「特因」。己卯「借石」作「借名」。己卯、庚辰、王府「淡

淡」作「淡」。王府、有正「自相」作「自」。有正無「石之」兩字，空二格）

鳳姐想了一想。

〔甲戌夾批160a〕一想便有許多好處。眞好阿鳳。（〔己卯287〕、〔庚辰317〕、〔王府12b〕、〔有正516〕「許多」作「許多的」）

因有此三益。

〔甲戌夾批160a〕世人只云一舉兩得，獨阿鳳一舉更添一。（〔己卯287〕、〔庚辰317〕、〔王府13a〕同。〔有正517〕句末多「得」字）

修書一封。

〔甲戌夾批160a〕不細。（〔己卯288〕、〔庚辰318〕、〔王府13a〕、〔有正517〕同）

且不在話下。

〔甲戌夾批160b〕一語過下。（〔己卯288〕、〔庚辰318〕同）

着他三日後往府裏去討信。

〔甲戌夾批160b〕過至下回。（〔己卯288〕、〔庚辰318〕同）

回末總評

〔王府14a〕請看作者寫勢利之情，亦必因激動；寫兒女之情，偏生唐吐不解密縫直如細述說的事見其言語形跡無不逼眞，聖手神文，敢不薰沐拜讀。（參下有正批）

〔有正459〕請看作者寫勢利之情，亦必因激動；寫兒女之情，編生含蓄不吐；可謂細針密縫。其述說一段，言語形跡無不逼眞，聖手神文，敢不薰沐拜讀①。

①有正此批見於第十三回回末總評後。而第十五回回末則無總評。

第十六回　賈元春才選鳳藻宮　秦鯨卿夭逝黃泉路

回前總批

〔甲戌161a〕幼兒小女之死，得情之正氣，又爲痴貪輩一針灸。鳳姐惡跡多端，莫大於此件者——受贓婚以致人命。賈府連日熱鬧非常，寶玉無見無聞，卻是寶玉正文。夾寫秦智數句，下半回方不突然。

黛玉回方解寶玉爲秦鍾之憂悶，是天然之章法。平兒借香菱答話，是補菱姐近來着落。趙嫗討情閑文卻引出通部脈絡，所謂由小及大，譬如登高必自卑之意。細思大觀園一事，若從如何奉旨起造，又如何分派眾人，從頭細細直寫將來，幾千樣細事，如何能順筆一氣寫清？又將落於死板拮据之鄉。故只用璉鳳夫妻二人一問一答，上用趙嫗討情作引，下文蓉薔來說事作收，餘者隨筆順筆略一點染，則耀然洞徹矣。此是避難法。（參頁二八八「纔剛老爺叫你作什麼」及頁二九〇「如今又說省親，到底是怎麼個原故」之批）

大觀園用省親事出題是大關徤（鍵）處，方見大手筆行文之立意。（參頁二九〇庚辰眉批）借省親事寫南巡，出脫心中多少憶惜（昔）感今。極熱鬧極忙中寫秦鍾夭逝，可知除情字俱非寶玉正文。

大鬼小（鬼）論勢利興衰，罵儘攢炎附勢之輩。

詩曰：：（下缺）

〔王府0a〕請看財勢與情根，萬物難逃造化門。曠典傳來空好聽，那如知己解溫存。（有正519同）

又與智能兒偷期綣繾，未免失於調養。

〔庚辰夾批319〕勿笑。這樣無能，却是寫與人看。

只在家中養息。

〔甲戌夾批162a〕爲下文伏線。（〔己卯289〕、〔庚辰319〕、〔王府1a〕、〔有正521〕同）

且自靜候大愈時再約。

〔甲戌夾批162a〕所謂「好事多磨」也。〔（己卯289〕、〔庚辰319〕句下有「脂研」二字。庚辰「磨」作「魔」。〔王府1a〕、〔有正521〕句末多「奈何」二字）

卻養了一個知義多情的女兒。

〔庚辰夾批319〕所謂「老鴉窩裏出鳳凰」，此女是在十二釵之外付（副）者。

遂也投河而死，不負妻義。

〔庚辰夾批320〕不（一）雙美滿夫妻。

這裏鳳姐卻坐享了三千兩。

〔庚辰夾批320〕如何消擻（繳）？造業（孽）者不知，自有知者。

以後有了這樣的事，便姿意的作爲起來，也不消多記。（王府、有正「姿」作「恣」）

〔甲戌162b〕一段收拾過阿鳳心機胆量，眞與雨村是對亂世之奸雄。後文不必細寫其事，則知其平生之作爲。回首時無怪乎其慘痛之態，使天下痴心人同來一警，或可期共入于恬然自得之鄉矣。（〔己卯289〕、〔庚辰320〕、〔王府1b〕、〔有正522〕「對」作「一對」，「可期」作「萬期」。己卯、庚辰句末有「脂研」二字。王府、有正「癡心」作「癡」。王府「雨」作「兩」，「時」作「肘」）

「特旨立刻宣賈政入朝」一段。

〔庚辰眉批320〕潑天喜事却如此開宗，出人意料外之文也。壬午季春。

那時賈母正心神不定，在大堂廊下佇立。

〔庚辰夾批321〕慈母愛子寫盡，回廊下佇立，與「日暮倚廬仍悵望」①對景，余掩卷而泣。

〔庚辰眉批321〕「日暮倚廬仍悵望」，南漢先生句也①。

不免又都洋洋喜氣盈腮。

〔庚辰夾批321〕字眼，留神。亦人之常情。

於是寧榮兩處上下的外人等莫不欣喜。

〔甲辰3a〕秦氏生魂先告鳳姐矣。

誰知近日水月菴的智能私逃進城。

〔甲戌夾批163b〕好筆伏，好機軸。

〔甲戌眉批164a〕忽然接水月菴，似大脫泄（卸），及讀至後方知緊收。此大段有如歌急

① 未知出處。

調迫之際，忽聞戛然檀板載斷，眞見其大力量處，却便于寫寶玉之文。（王府夾批3a「緊」作「爲」，「戛」作「憂」，「載」作「截」）

〔庚辰夾批322〕忽然接水月庵，似大脫洩，及讀至後方知爲緊收。此大段有如歌疾調迫之際，忽聞戛然檀板截斷，眞見其大力量處，却便于寶玉之文。

因此寶玉心中悵然如有所失。

〔庚辰眉批322〕凡用寶玉收什（拾），俱是大關鍵。

雖聞得元春晉封之事，亦未解得愁悶。

〔甲戌164a〕眼前多少文字不寫，却從外人意外撰出一段悲傷，是別人不屑寫者，亦別人之不能處。（「文字」〔己卯292〕、〔庚辰322〕、〔王府3b〕作「熱鬧文字」，〔有正526〕作「鬧熱文字」。己卯、庚辰、王府、有正「外人」作「萬人」）

賈母等如何謝恩，如何回家，親朋如何來慶賀，寧榮兩處近日如何熱鬧，眾人如何得意，獨他一個皆視有如無，毫不曾介意。

〔庚辰夾批322〕的的眞眞寶玉。

因此眾人嘲他越發獃了。（參上批正文）

〔甲戌164a〕大奇至妙之文，却用寶玉一人連用五「如何」，隱過多少繁華勢利等文。試思若不如此，必至種種寫到，其死板拮据鎖碎雜亂，何不勝哉。故只借寶玉一人如此一寫，省却多少閒文，却有無限烟波。（〔己卯292〕、〔庚辰322〕、〔王府3b〕、〔有正527〕「五如何」作「爲何如」。庚辰、王府、有正「鎖」作「瑣」，「何不」作「何可」。庚辰「閒」作「問」）

〔庚辰夾批322〕欲發歎了。

寶玉聽了，方略有些喜意。（己卯「喜」作「喜喜」）

〔甲戌164a〕不如此，後文秦鍾死去，將何以慰寶玉。（〔己卯293〕、〔庚辰323〕、〔王府4a〕、〔有正527〕「鍾」作「鐘」。王府、有正「如此」作「知此」）

寶玉只問得黛玉平安二字，餘者也就不在意了。

〔甲戌164b〕又從天外寫出一段離合來。總爲掩過寧榮二處許多瑣細閒筆。處處交代清處，方好起大觀園也。（〔己卯293〕、〔庚辰323〕、〔王府4b〕、〔有正528〕「二」作「兩」，「清處」作「清楚」，「起」作「啟」。庚辰「交代」作「支代」）

好容易盼至明日午錯。

〔庚辰夾批323〕三字是寶玉心中。

未免又大哭一陣，後又致喜慶之詞。

〔甲戌164b〕世界上亦如此，不獨書中瞬息，觀此便可省悟。（〔己卯293〕、〔庚辰323〕、〔王府4b〕、〔有正528〕「獨」作「讀」）

我不要他，遂擲而不取。寶玉只得收回，暫且無話。

〔甲戌165a〕畧一點黛玉性情。趕忙收住，正留爲後文地步。（〔己卯294〕、〔庚辰324〕、〔王府5a〕、〔有正529〕「性情」作「情性」）

正值鳳姐近日多事之時，無片刻閒暇之工。（庚辰「之工」二字被點去）

〔甲戌165a〕補阿鳳二句最不可少。（〔己卯294〕、〔庚辰324〕、〔王府5a〕、〔有正529〕同）

見賈璉遠路歸來，少不得撥冗接待。

〔庚辰夾批324〕寫得尖利刻薄。

國舅老爺大喜，國舅老爺一路風塵辛苦。

〔甲戌夾批165a〕嬌音如聞，俏態如見，少年夫妻常事，的確有之。

〔庚辰夾批324〕嬌音好（如）聞，俏態如見，少年好夫妻有是事。

略預備了一杯水酒撢塵。

〔庚辰夾批324〕却是爲下文作引。

賈璉笑道，豈敢，豈敢。

〔庚辰夾批324〕一言答不上，蠢才，蠢才。

「鳳姐道，我那裏照管得這些事，見識又淺，口角又夯，心腸又直率」一段。

〔甲戌眉批165b〕此等文字作者盡力寫來，欲諸公認識阿鳳，好看後文，勿爲泛泛看過。

〔庚辰眉批324〕此等文字作者盡力寫來，是欲諸公認得阿鳳，好看以後之書，勿作等閒看過。

偺們家所有的這些管家奶奶們，那一位是好纏的。

〔甲戌夾批165b〕獨這一句不假。（〔己卯295〕、〔庚辰325〕句末有「脂硯」二字。〔

王府5b〕、〔有正530〕「不假」作「却不假」）

更可笑。

〔庚辰夾批325〕三字是得意口氣。

依舊被我鬧了個馬仰人番。

〔庚辰夾批325〕得意之至口氣。

你這一來了，明兒你見了他，好歹描補描補。

〔甲戌眉批166a〕阿鳳之帶（待）璉兄如弄小兒，可思之至。

〔庚辰夾批325〕阿鳳之弄璉兄如弄小兒，可怕可畏。若生於小戶，落在貧家，璉兄死矣。

正說着。

〔甲戌166a〕又用斷法方妙。蓋此等文斷不可無，亦不可太多。（〔己卯295〕、〔庚辰325〕、〔王府6a〕、〔有正532〕同）

生的好齊整模樣。

〔庚辰夾批326〕酒色之徒。

那薛大傻子眞玷辱了他。（王府、有正無「薛」字）

〔甲戌166b〕垂涎如見，試問兄寧不有玷平兒乎。（〔庚辰326〕、〔有正532〕「不有」作「有不」。〔己卯296〕、庚辰句末有「脂研」二字。〔王府6a〕、有正「乎」作「者乎」）

鳳姐道，噯。

〔庚辰夾批330〕如聞。

也該見些世面了。

〔甲戌夾批166b〕這「世面」二字，單指女色也。（〔己卯296〕、〔庚辰326〕、〔王府7a〕、〔有正533〕同）

我去拿平兒換了他來如何。

〔甲戌眉批166b〕用平兒口頭謊言，寫補菱卿一項實事，並無一絲痕跡，而有作者有多少機括。

〔甲戌166b〕奇談，是阿鳳口中有些等語句。（〔己卯296〕、〔庚辰326〕、〔王府7a〕、〔有正533〕「有」作「方有」）

那薛老大。

〔甲戌夾批166b〕又一樣稱呼，各得神理。（〔己卯296〕、〔庚辰326〕、〔王府7a〕、〔有正533〕同）

這一年來的光景，他爲要香菱不能到手。

〔甲戌夾批166b〕補前文之未到，且並將香菱身分寫。（〔己卯296〕、〔庚辰326〕「寫」作「寫出」，句末有「脂研」二字。庚辰無「分」字。〔王府7a〕、〔有正533〕「寫」作「寫出來矣」）

差不多的主子姑娘也跟他不上呢。

〔甲戌167a〕何曾不是主子姑娘，蓋卿不知來歷也。作者必用阿鳳一讚，方知蓮卿尊重不虛。（〔己卯296〕、〔庚辰327〕同。〔王府7a〕「尊」作「遵」，〔有正533〕「讚」作「贊」）

我到心裏可惜了的。（己卯作「說到心里可惜了的」。庚辰「說到」旁有「這里」二字，「里」旁有「怪」字。王府「了的」點去作「他」字。有正「我」作「說」，「心」作「這」）

〔甲戌167a〕一段納寵之文，偏于阿鳳口中補出，亦奸猾幻妙之至。（〔己卯297〕、〔庚辰327〕、〔王府7a〕〔有正534〕「奸」作「尖」。己卯、庚辰「幻」作「幼」。王府、有正無「亦」字）

方纔姨媽有什麼事，巴巴的打發香菱來。（庚辰無「的」字。己卯、庚辰、有正「打發」作「打發了」）

〔甲戌夾批167a〕必有此一問。（〔己卯297〕、〔庚辰327〕、〔王府7b〕、〔有正534〕同）

那裏來的香菱，我借他暫撒個慌。

〔甲戌夾批167a〕卿何嘗謊言，的是補菱姐正文。

奶奶說說，旺兒嫂子越發連個成算也沒了。

〔甲辰6b〕此處係平兒倒鬼。

說着，又走至鳳姐身邊悄悄的說道。

〔庚辰夾批327〕如聞如見。

這會子二爺在家，他且送這個來了。

〔甲戌夾批167a〕總是補遺。

奶奶自然不肯瞞二爺的。

〔甲戌夾批167b〕平姐看（欺）欺（看）書人了。

〔庚辰夾批327〕可兒可兒，鳳姐竟被他哄了。

我就撒謊說香菱了。（庚辰「撒」作「撇」，庚辰、王府「了」作「來了」）

〔甲戌167b〕一段平兒的見識作用，不枉阿鳳生平刮目，又伏下多少後文，補盡前文未到。（〔己卯298〕、〔庚辰328〕、〔王府8a〕、〔有正535〕無「的」字，「生平」作「平日」）

原來你這蹄子肏鬼。

〔庚辰夾批328〕疼極反罵。

鳳姐雖善飲，卻不敢任性。（己卯、庚辰、王府、有正「性」作「興」）

〔甲戌167b〕百忙中又點出大家規範，所謂無不週詳，無不貼切。（〔己卯298〕、〔庚辰328〕、〔王府8b〕、〔有正536〕同）

媽媽狠嚼不動那個，到沒的矼了他的牙。

〔庚辰夾批328〕何處着想，却是自然有的。

你嚐一嚐你兒子代來的惠泉酒。

〔庚辰夾批329〕補點不到之文，像極。

只不要過多了就是了。

〔甲戌168a〕寶玉之李嬷，此處偏又寫一李（趙）嬷，持（特）犯不犯。先有「梨香院」

一回，今又寫此一回，兩兩遙對，却無一筆相重，一事合掌。

〔己卯299〕寶玉之李嬷嬷，此處偏又寫趙嬷，時犯不犯。先有「梨香院」一回，兩兩遙對，却無一筆相重，一事合掌。〔庚辰329〕、〔王府9a〕、〔有正537〕「時」作「特」。「李嬷嬷」王府作「李媽媽」，有正作「李嫫嫫」。「趙嬷」庚辰、王府作「趙嬷嬷」，有正作「趙嫫嫫」）

別人也不敢跐牙兒的。

〔庚辰夾批329〕爲薔蓉作引。

到如今還是燥屎。

〔庚辰夾批329〕有是乎。

誰敢說個不字兒。

〔庚辰夾批330〕會送情。

說的滿屋裏人都笑了。

〔庚辰夾批330〕可兒可兒。

若說內人外人這些混賬事，我們爺是沒有，不過是臉軟心慈，擱不住人求兩句罷了。（庚辰「事」作「原故」，沒「爺」字）

〔甲戌夾批169a〕千眞萬眞是沒有，一笑。

〔庚辰夾批330〕有是語，像極，畢肖，乳母護子。

纔剛老爺叫你作什麼。

〔己卯300〕一段趙嫗討情閒文，却引出道部脈絡，所謂由小及大，譬如登高必自卑之意。細思大觀園一事，若從如何奉旨起造，又如何分派眾人，從頭細細直寫將來，幾千樣細事如何能順筆一氣寫清，又將落于死板拮据之鄉。故只用璉鳳夫妻二人一問一答，上用趙嫗討情作引，下用蓉薔來說事作收，餘者隨筆順筆畧一點染，則耀然洞徹矣。此是避難法。（「間」〔王府10a〕作「問」，〔有正539〕作「閒」。王府、有正「道」作「通」。〔庚辰330〕無「寫」字。〔有正〕「隨筆順筆」作「隨筆順寫」。王府、有正「耀」作「躍」。此條甲戌作回前總批，參頁二七八，又參頁二九〇「如今又說省親，到底是怎麼個原故」之批）

賈璉道，就爲省親。

〔甲戌169a〕二字醒眼之極，却只如此寫來。（〔己卯300〕、〔庚辰331〕、〔王府10b〕、〔有正540〕同）

鳳姐忙問道。

〔甲戌169b〕「忙」字最要緊，特於阿鳳口中出此字，可知是關鉅要，是書中正眼矣。（〔己卯300〕、〔庚辰331〕、〔王府10b〕、〔有正540〕「阿鳳」作「鳳姐」，「是關」作「事關」。王府、有正無「最」字，「關鉅要」句下多「非同淺細」四字，「書」作「此書」）

省親的事竟準了不成。

〔甲戌169b〕問得珍重，可知是萬人意外之事。（〔己卯301〕、〔庚辰331〕、〔王府

10b〕、〔有正540〕「萬」作「外方」。〔己卯〕、〔庚辰〕句末有「脂研」二字。王府、有正句末多「也」字）

〔庚辰眉批331〕大觀園用省親事出題，是大關鍵事，方見大手筆行文之立意。畸笏。（此條甲戌作回前總批，見頁二七八）

雖不十分準，也有八分準了。

〔甲戌169b〕如此故頓一筆，更妙。見得事關重大，非一語可了者，亦是大篇文章抑揚頓挫之至。（〔己卯301〕、〔庚辰331〕、〔王府10b〕、〔有正540〕「至」作「致」。庚辰「抑」作「柳」，「揚」作「楊」）

可見當今的隆恩，歷來聽書看戲，古時從來未有的。（己卯「隆」作「語」。庚辰「從來」作「從」。王府、有正「今的」作「今」）

〔甲戌169b〕於閨閣中作此語，直與擊壤同聲。（〔己卯301〕、〔庚辰331〕、句末有「脂研」二字。〔王府10b〕、〔有正540〕句末多「者也」二字）

「趙媽媽又接口道」一段。

〔甲戌眉批169b〕趙嬷一問是文章家進一步門庭法則。

如今又說省親，到底是怎麼個原故。

〔甲戌夾批169b〕補近日之事，啟下回之文。（〔己卯301〕、〔庚辰331〕、〔王府11a〕、〔有正541〕無「文」字。有正「啟」作「起」。王府、有正與下批合一）

大觀園一篇大文，千頭萬緒從何處寫起，今故用賈璉夫妻問答之間，閒閒敘出，觀者已省大半。後再用蓉薔二人重一綰染，便省却多少贅瘤筆墨。此是避難法。（「已省」庚辰夾批331作「已丈醒」，〔王府11a〕、〔有正541〕作「已又醒」。有正「綰」作「渲」。王府、有正與上批合爲一條。參頁二七八甲戌回前總批，又參頁二八八「纔剛老爺叫你作甚麼」之批）

「賈璉道，如今當今體貼萬人之心」一段。

〔庚辰眉批331〕自政老生日用降旨截住。賈母等進朝如此熱鬧，用秦業死岔開。只寫幾個「如何」，將潑天喜事交代完了。緊接黛玉回，璉鳳閒話，以老嫗勾出省親事來。其千頭萬緒合笋貫連，無一毫痕跡，如此等是書多多不能枚舉。想兄在青硬（埂）峯上經煅煉後，參透重關至恒河沙數，如否。余曰萬不能有此機括，有此筆力，恨不得面問果否，嘆嘆。丁亥春，畸笏叟。

又有吳貴妃的父親吳天佑家，也往城外踏看地方去了。（已卯、庚辰、王府、有正「佑」作「祐」）

〔甲戌夾批170b〕又一樣佈置。（〔己卯302〕、〔庚辰332〕、〔王府12a〕、〔有正543〕「様」作「樣」）

偺們家也要預備接偺們大小姐了。

〔庚辰夾批332〕文忠公之嬷①。

---

① 周汝昌曰：「按清代雍、乾時期謚文忠的，只有傅恒一人。」又曰：「文忠公之嬷，顯然指的不是『大小姐』元春，因為『嬷』不等于『母』，所指仍該是趙嬷嬷，不過此批傳鈔地位稍誤而已。乳母的來源，往往是外家或親戚，則此批蓋謂『趙嬷嬷』為來自傅恒家之嬷嬷。」見「紅樓夢新證」頁一〇六——一〇八。蒲戈「文忠公之嬷」（「學刊」，一九七九年第二輯頁三八）指出：這五個字批語是批書人在說，這是傅恒乳母的聲口，而不是說這個乳母是賈家的「外家或親戚」傳恒家來的。胡文彬「『文忠公之嬷』補考」（「社會科學戰線」，一九八三年第四期頁六十二）認為此批的時間「必然在乾隆三十四年七月之後」，批者是畸笏叟。周紹良亦有相同的意見。（參「紅樓夢研究論集」，山西人民出版社，一九八三，頁二九五——二九六）

不然這會子忙的是什麼。

〔甲戌夾批170b〕一段閑談中補出多少文章，眞是費長房壺中天地也①。（〔己卯302〕、〔庚辰332〕、〔王府12a〕、〔有正543〕「補出」作「補明」。庚辰無「房」字。王府、有正「閒談中」作「閒談」）

也不薄我沒見世面了。（「王府、有正「薄」作「駁」）

〔甲戌夾批170b〕忽接入此句，不知何意，似屬無謂。（〔己卯303〕、〔庚辰333〕、〔王府12a〕、〔有正543〕「謂」作「味」）

說起當年太祖皇帝訪舜巡的故事，比一部書還熱鬧。

〔庚辰夾批333〕既知舜巡而又說熱鬧，此婦人女子口頭也。

我偏沒造化趕上。

〔庚辰夾批333〕不用忙，往後看。

只預備接駕一次。

〔庚辰夾批333〕又要瞞人。

把銀子都花的淌海水似的，說起來。鳳姐忙接道。

〔甲戌夾批171a〕又截得好。

---

①「後漢書」卷八十二下：「費長房者，汝南人也，曾為市掾。市中有老翁賣藥，懸一壺於肆頭，及市罷，輒跳入壺中。市人莫之見，唯長房於樓上覩之，異焉，因往再拜奉酒脯。翁知長房之意其神也，謂之曰：『子明日可更來。』長房旦日復詣翁，翁乃與俱入壺中。唯見玉堂嚴麗，旨酒甘肴盈衍其中，共飲畢而出。……長房學仙不成，得符能役地上神鬼。後失符，為衆鬼所殺。」

「忙」字妙。上文「說起來」必未完，粗心看去則說疑闕，殊不知正傳神處。（〔己卯303〕、〔庚辰333〕無「完」字。〔王府12b〕、〔有正544〕「必未完」作「必是」）

凡有的外國人來，都是我們家養活。

〔甲戌夾批171a〕點出阿鳳所有外國奇玩等物。（〔己卯303〕、〔庚辰333〕、〔王府12b〕、〔有正544〕同）

如今還有個口號兒呢，說「東海少了白玉床，來請江南王」。（甲辰「來」作「龍王來」）

〔庚辰夾批333〕應前「葫蘆案」。

〔甲辰10b〕照應「葫蘆案」前文。

還有如今現在江南的甄家。

〔甲戌夾批171a〕甄家正是大關鍵大節目，勿作泛泛口頭語看。（〔己卯303〕、〔王府13a〕、〔有正545〕同。〔庚辰334〕「目」作「且」）

噯喲喲。

〔庚辰夾批334〕口氣如聞。

獨他家接駕四次。

〔庚辰夾批334〕點正題正文。

別講銀子成了土泥。

〔庚辰夾批334〕極力一寫，非誇也，可想而知。

罪過可惜四個字竟僱不得了。

〔庚辰夾批334〕眞有是事，經過見過。

常聽見我們太爺們也這樣說，豈有不信的。

〔庚辰夾批334〕對證。

也不過是拿着皇帝家的銀子，往皇帝身上使罷了。

〔甲戌夾批171b〕是不忘本之言。（庚辰夾批334同）

誰家有那些錢買這個虛熱鬧去。

〔甲戌夾批171b〕最要緊語。人若不自知，能作是語者吾未嘗見。（〔己卯303〕、〔庚辰334〕、〔王府13b〕、〔有正546〕「若」作「苦」）

忙忙的喫了半碗飯，漱口要走。

〔庚辰夾批334〕好頓挫。

老爺們已經議定了，從東邊一帶借着東府里花園起轉至北邊。

〔庚辰夾批334〕簡淨之至。（王府夾批13b同，與下批合一）

園基乃一部之主，必當如此寫清。（王府夾批13b同，與上批合一）

已經傳人畫圖樣去了。

〔庚辰夾批335〕後一圖伏線①。大觀園係玉兄與十二釵太虛玄境，豈不(可)草索（率）。

不用過我們那邊去。

〔庚辰夾批335〕應前賈璉口中。

---

① 第四十一回惜春畫大觀園圖事。

賈蓉忙應幾個是。

〔庚辰夾批335〕園已定矣。（王府夾批14a同）

賈薔又近前回說，下姑蘇聘請教習，採買女孩子，置辦樂器行頭等事，大爺派了姪兒……前往。

〔庚辰夾批335〕畫「薔」一回伏線①。凡各物事，工價重大兼伏隱着情字者，莫如此件。故園定後便先寫此一件，餘便不必細寫矣。（王府夾批14a無「莫」字，「餘便」作「餘」）

將賈薔打諒了。

〔庚辰夾批335〕有神。

你能在這一行麼。

〔庚辰夾批335〕勾下文。

這個事雖不甚大，裏頭大有藏掖的。（庚辰「不」作「不算」）

〔甲戌夾批172b〕射利人微露心跡。

〔庚辰夾批335〕射利語，可嘆，是親侄。

賴爺爺說。

〔甲戌夾批173a〕此等稱呼令人酸鼻。

〔庚辰夾批336〕好稱呼。

① 第三十回。

「這個主意好」一段。

〔庚辰眉批336〕石頭記中多作心傳神會之文，不必道明。一道明白，便入庸俗之套。

鳳姐便向賈薔道。（己卯、庚辰、王府、有正「便」作「忙」）

〔甲戌夾批173a〕再不畧讓一步，正是阿鳳一生短處。（〔己卯306〕、〔庚辰336〕「短」作「斷」，句末有「脂硯」二字。〔王府15a〕〔有正549〕「短」作「絕斷」）

正要和嬸子討兩個人呢。（己卯、庚辰、王府、有正「子」作「嬸」）

〔甲戌夾批173a〕寫賈薔乖處。（〔己卯306〕、〔庚辰336〕句末有「脂研」二字。〔王府15b〕、〔有正550〕末多「如見」二字）

彼時趙嬤嬤已聽獃了話，平兒忙笑推他，他纔醒悟過來。

〔王府夾批15b〕眞是強將手下無弱兵。至精至細。

「賈蓉忙送去來又悄悄的向鳳姐道」一段。

〔庚辰眉批337〕從頭至尾細眞阿鳳之待蓉薔，可爲一體壹黨，然尚作如此語欺蓉，其待他人可知矣。

鳳姐笑道，別放你娘的屁。

〔庚辰夾批337〕有神。

我的東西還沒處撂呢。

〔庚辰夾批337〕像極，的是阿鳳。

希罕你們鬼鬼祟祟的，說着已經去了。（己卯、庚辰、王府、有正「已經」作「一逕」，王府「們」作「們那」）

〔甲戌夾批173b〕阿鳳欺人處如此。　忽又寫到利弊，眞令人一嘆。（〔己卯307〕、〔庚辰337〕「一嘆」下有「脂硯」二字。〔王府15b〕、〔有正550〕「一嘆」下多「也」字。己卯、庚辰、王府、有正二批連寫）

我短了什麼，少不得寫信來告訴你。

〔庚辰夾批337〕又作此語，不犯阿鳳。（王府夾批16a同）

鳳姐至三更時分，方下來安歇。

〔庚辰夾批337〕好文章，一句內隱兩處若許事情。

自此後，各行匠役齊集。

〔王府夾批16a〕一總。

當日寧榮二宅雖有一小巷界斷不通，然這小巷亦係私地。（王府「二」作「兩」）

〔甲戌夾批174a〕補明，使觀者如身臨足到。（庚辰夾批338同。王府夾批16b「到」作「踏」）

會芳園本是從北角牆下引來一股活水。（「北角」庚辰作「此扎角」，王府作「拐角」。庚辰、王府「股」作「段」）

〔甲戌夾批174a〕園中諸景最要緊是水，亦必寫明方妙。（庚辰夾批338同。王府夾批16b同，與下批合一）

余最鄙近之修造園亭者，徒以頑石土堆爲佳，不知引泉一道。甚至丹青，唯知亂作山石樹木，不知畫泉之法，亦是恨事。（庚辰夾批338「知引」作「引」，「恨事」作「悞

事」，句末有「脂硯齋」三字。王府夾批16b無「佳」字，「恨事」作「悞事」，與上批合一）

號山子野者。

〔甲戌夾批174a〕妙號，隨事生名。（〔己卯307〕、〔庚辰338〕、〔王府17a〕、〔有正553〕同）

賈政不慣於俗務。

〔庚辰夾批338〕這也少不得的一節文字，省下筆來好作別樣。

賈蓉單管打造金銀器皿。

〔王府夾批17a〕好差。

賈政不來問他的書。

〔庚辰夾批338〕一筆不漏。

無奈秦鐘之病一日重似一日。（庚辰「一日重似一日」作「日重一日」）

〔甲戌眉批175a〕偏於大熱鬧處寫大不得意之文，却無絲毫摔強，且有許多令人笑不了，哭不，嘆不了，悔不了，唯以大白酬我作者。（庚辰眉批339「大熱鬧」作「極熱鬧」，「寫」作「寫出」，「摔」作「綷」，「哭不」作「哭不了」，句末有「壬午季春，畸笏」六字）

也着實懸心，不能樂業。

〔甲戌夾批175a〕「天下本無事，庸人自擾之」，世上人各各如此，又非此情鍾意功。（〔己卯309〕、〔庚辰339〕、〔王府17b〕〔有正554〕「各各」作「個個」，「功」作

「切」。王府、有正「情鍾」作「秦鍾」）

茗烟道，秦相公不中用了。

〔甲戌夾批175a〕從茗烟口中寫出，省却多少閒文。（〔己卯309〕、〔有正554〕同。〔庚辰339〕「閒」作「間」。〔王府17b〕「少」作「文」）

我昨兒纔瞧了他來。

〔庚辰夾批339〕點常去。

寶玉聽了，忙忙的更衣出來，車猶未備。（庚辰「車猶未備」作「車馬猶未齊備」）

〔甲戌夾批175b〕頓一筆方不板。（〔己卯310〕、〔庚辰340〕、〔王府18a〕、〔有正555〕同）

來至秦鐘門首，悄無一人。

〔甲戌夾批175a〕目覩蕭條景况。（〔己卯310〕、〔庚辰340〕、〔王府18a〕、〔有正555〕同）

唬的秦鐘的兩個遠房嬸子並幾個弟兄都藏之不迭。（己卯、庚辰、王府、有正「嬸子」作「嬸母」。王府、有正無「並」字）

〔甲戌夾批175b〕妙，這嬸母兄弟是特來等分絕戶家私的，不表可知。（〔己卯310〕、〔庚辰340〕、〔王府18a〕、〔有正555〕「兄弟」作「弟兄」）

此時秦鐘已發過兩三次昏了，移床易簀多時矣。

〔甲戌夾批175b〕余亦欲哭。（〔己卯310〕、〔庚辰340〕、〔王府18a〕、〔有正555〕

「哭」作「泣」）

秦相公是弱症，未免炕上挺扛的骨頭不受用。（有正「扛」作「矼」」）

〔庚辰夾批340〕李貴亦能道此等語。

正見許多鬼判持牌提索來捉他。（有正「索」作「鎖」）

〔甲戌175b〕看至此一句令人失望，再看至後面數語，方知作者故意借世俗愚談愚論設譬，喝醒天下迷人，翻成千古未見之奇文奇筆。（〔己卯310〕〔王府18b〕、〔有正556〕同。〔庚辰340〕「愚論」作「論」）

又記念着家中無人掌管家務。（庚辰無「管」字）

〔甲戌夾批175b〕扯淡之極，令人發一大笑。余謂諸公莫笑，且請再思。（〔己卯311〕「令」作「今」。〔王府19a〕「淡」作「談」。己卯、〔庚辰341〕、王府、〔有正557〕「謂」作「請」）

又記掛着父母還有留積下的三四千兩銀子。（己卯、庚辰、王府「父母」作「父親」）

〔甲戌176a〕更屬可笑，更可痛哭。（〔己卯311〕、〔庚辰341〕、〔有正557〕同。〔王府19a〕「屬」作「爲」）

又記掛着智能尚無下落。

〔甲戌176a〕忽從死人心中補出活人原因，更奇更奇。（〔己卯311〕、〔庚辰341〕、〔王府19a〕、〔有正557〕同）

不比你們陽間瞻情顧意。

〔庚辰夾批341〕寫殺了。

鬼拘秦鐘一段。

〔庚辰眉批341〕石頭記一部中皆是近情近理必有之事，必有之言，又如此等荒唐不經之談，間亦有之，是作者故意游戲之筆耶？以破色取笑，非如別書認眞說鬼話也。

可想鬼不讀書，信已哉。

如今只等他請出個運旺時盛的人來纔罷。

〔甲戌176b〕如聞其聲。試問誰曾見都判來，觀此則又見一都判跳出來。調侃世情固深，然遊戲筆墨一至于此，眞可壓倒古今小說。　這纔算是小說。（〔己卯311〕、〔有正558〕同。〔庚辰342〕同，二批連寫。〔王府19b〕「一都」作「一部」，「倒」作「例」）

原來見不得「寶玉」二字。

〔甲戌夾批176b〕調侃「寶玉」二字，極妙。（〔己卯312〕、〔庚辰342〕、〔王府19b〕、〔有正558〕「極妙」作「妙極」。己卯、庚辰句末有「脂研」二字。王府、有正句末多「確極」二字）

〔甲戌眉批176b〕世人見「寶玉」而不動心者爲誰？（庚辰眉批342同）

〔甲辰16b〕大可發笑。

怕他也無益①于我們。（己卯、庚辰、王府、有正「他」作「他們」。列藏無「于我們」三字）

① 此處己酉本17a在「他是陽，我是陰，怕他也無益。」句下接「此章無非笑趨勢之人，陽間豈能將勢利壓陰府麼。然判官雖肯，但衆鬼使不依，這也沒法，秦鐘不能醒轉了。再講寶玉連叫數聲不應，定睛細看，只見他泪如秋露，氣若遊絲，眼望上翻，欲有所言，已是口內說不出來了。但聽見喉內痰响若上若下，忽把嘴張了一張，便身歸那世了。」

〔列藏正文〕此章無非笑趨勢之人。（勾出，旁有「註」字）

〔甲戌夾批176b〕神鬼也講有益無益。（〔己卯312〕、〔庚辰342〕、〔王府20a〕、〔有正559〕同）

陰陽本無二理。（己卯、庚辰、王府、有正「本」作「並」）

〔己卯156b〕更妙，愈不通愈妙，愈錯會意愈奇。脂硯。（〔庚辰342〕，「愈錯」作「錯」，「脂硯」作「脂研」。「脂硯」〔王府20a〕作「却董窮」，〔有正559〕作「却董竅」）

別管他陰也罷，陽也罷，還是把他放回，沒有錯了的。

〔庚辰夾批342〕名曰搗鬼。

怎麼不肯早來，再遲一步也不能見了。

〔庚辰夾批342〕千言萬語只此一句。

有什麼話留下兩句。

〔己卯312〕只此句便足矣。（〔庚辰342〕、〔王府20a〕、〔有正559〕同）

我今日纔知自悮了。

〔己卯312〕誰不悔遲。（〔庚辰342〕、〔王府20a〕、〔有正559〕同）

「以後還該立志功名，以榮耀顯達爲是」一段。

〔庚辰夾批342〕此刻無此二語，亦非玉兄之知己。

〔庚辰眉批342〕觀者至此必料秦鐘另有異樣奇語，然却只以此二語爲囑。試思若不如此爲囑，不但不近人情，亦且太露穿鑿。讀此則知全是悔遲之恨。

說畢，便長嘆一聲，蕭然長逝了。

〔己卯312〕若是細述一番，則不成石頭記之文矣。（〔庚辰343〕同。〔王府20a〕、〔有正559〕同，批在「下回分解」下）

回末總評

〔王府21a〕大凡有勢者未嘗有意欺人。奈羣小蜂起，浸潤左右，伏首下氣，奴顏婢膝，或激或順，不計事之可否，以要一時之利。有勢者自任豪爽，鬪露才華，未審利害，高下其手，偶有成就，一試再試，習以爲常，則物理人情皆所不論。又財貨豐餘，衣食無憂，則所樂者必曠世所無。要其必獲，一笑百萬，是所不惜。其不知排場已立，收斂實難，從此勉強，至成蹇窘。時衰運敗，百計顛翻。昔年豪爽，今朝指背。此千古英雄同一慨歎者。大抵作者發大慈大悲願，欲諸公開巨眼，得見毫微，塞本窮源，以成無礙極樂之至意邪也。（有正561「礙」作「碍」，無「邪」字）

第十七回　大觀園試才題對額　怡紅院迷路探深幽

回前總批

〔己卯314〕此回宜分二回方妥。（庚辰345同。按：己卯、庚辰本第十七、第十八合回）

寶玉係諸艷之貫，故大觀園對額必得玉兄題跋，且暫題燈匾聯上，再請賜題，此千妥萬當之章法。（庚辰同。王府0a、有正563「貫」作「冠」）

詩曰：豪華雖足羨，離別卻難堪，愽得虛名在，誰人識苦甘？（庚辰345同。王府0a、有正563無「詩曰」兩字，「愽」作「博」。列藏「愽」作「博」。高閱1a「足」作「是」。列藏、高閱詩在回目後）

好詩，全是諷刺。　近之諺云：「又要馬兒好，又要馬兒不吃草。」眞罵盡無厭貪癡之輩。（己卯、庚辰、王府、有正此二段作上詩之雙行小注。王府無「好」字。有正「罵」作「寫」）

只有寶玉日日思慕感悼，然亦無可如何了。

〔己卯315〕每於此等文後便用此語作結，是板定大章法，亦是此書大旨。（〔庚辰347〕、

〔王府1a〕、〔有正565〕同）

又不知歷幾何時。

〔己卯315〕年表如此寫，亦妙。（〔庚辰347〕、〔王府1a〕、〔有正565〕同）

〔庚辰夾批347〕慣用此等章法。（王府夾批1a同）

然後將雨村請來，令他再擬。

〔己卯315〕點雨村，照應前文。（〔庚辰348〕、〔王府2a〕、〔有正567〕同）

我自幼於花鳥山水題詠上就平平。

〔庚辰夾批348〕是紗帽頭口氣。

「賈政笑道，你們不知」一段。

〔庚辰眉批348〕政老情字如此寫。壬午季春，畸笏。

大家去俇俇。

〔己卯316〕音光字去聲，出「俇（誑）聲字箋」①。（〔庚辰349〕、〔王府2b〕同。〔有正568〕「俇」作「誑」）

賈母長命人帶到園中來戲耍。（王府「長」作「常」，「帶」作「帶他」）

〔庚辰夾批349〕現成筍（榫）楔，一絲不費力，若特喚出保玉來，則成何文字。（王府夾批2b「保」作「寶」）

寶玉聽了，帶着奶娘小廝們一溜煙就出園來。

① 參頁一四一、一四三注①。

〔庚辰夾批349〕不肖子弟來看形容。余初看之，不覺怒焉，蓋謂作者形容余幼年往事，因（回）思彼亦自寫其照，何獨余哉。信筆書之，供諸大衆同一發笑。

賈政近因聞得塾掌說寶玉耑能對對聯，雖不喜讀書，偏到有些歪才情似的。

〔王府夾批2b〕如此順寫筆間寫來，然却是寶玉正傳。

今日偶然撞見這機會，便命他跟來。

〔己卯317〕如此偶然方妙，若特特喚來題額，眞不成文矣。（〔庚辰349〕、〔有正568〕同。〔王府2b〕「特特」作「特待」）

我們先瞧了外面再進去。

〔庚辰夾批349〕是行家看法。（王府夾批3a同）

一色水磨羣墻

〔己卯317〕門雅，墻雅，不落俗套。（〔庚辰349〕、〔王府3a〕、〔有正569〕同）

只見迎面一帶翠嶂擋在前面。（王府「擋」作「檔」）

〔己卯318〕掩隱的好。（〔庚辰350〕作「掩映隱好極」，「映」補在「掩」下旁。〔王府3a〕同。〔有正569〕作「掩映的好」）

往前一望，見白石崚嶒。（有正「嶒」作「噌」）

〔己卯318〕想入其中，一時難變方向，用前後這邊那邊等字，正是不辨東西。（「庚辰350」「變」點改作「辨」。〔王府3b〕「辨」作「辯」。〔有正570〕「想入」作「乍入」，「變」作「辨」）

上面苔蘚成斑，藤蘿掩映。（王府「蘚」作「鮮」）

〔己卯318〕曾用兩處舊有之園所改，故如此寫方可，細極。（〔庚辰350〕、〔王府3b〕、〔有正570〕同）

其中微露羊腸小逕。

〔己卯318〕好景界，山子野精於此技。　此是小逕，非行車輦道，今賈政原欲遊覽其景，故將此等處寫之。想其通路大道，自是堂堂冠冕氣象，無庸細寫者也。後于省親之則，已得知矣。（〔庚辰350〕、〔王府3b〕、〔有正570〕、「輦道」作「輦通道」，「將」作「指」。王府「技」作「枝」。王府、有正「則」作「時」）

自己扶了寶玉，逶迤進入山口。

〔己卯318〕此回乃一部之綱緒，不得不細寫，尤不可不細批註。蓋後文十二釵書出入來往之境，方不能錯亂，觀者亦如身臨足對矣。今賈政雖進的是正門，却行的是僻路。按此一大園，羊腸鳥道不止幾百十條，穿東度西，臨山過水，萬勿以今日賈政所行之逕，老其方向基址。故正殿反於末後寫之，足見未由大道而往，乃逶迤轉折而經也。（〔庚辰350〕、〔王府4a〕、〔有正571〕「對」作「到」。庚辰「址」作「扯」。王府、有正、「亂」作「落」、「老」作「考」，「末後」作「末路」。王府「觀」作「覩」，「止」作「知」）

〔庚辰夾批350〕寶玉此刻已料定吉多凶少。

抬頭忽見山上有鏡面白石一塊。

〔庚辰夾批351〕新奇。

正是迎面留題處。

〔己卯319〕留題處便精，不必限定鑿金鏤銀一色惡俗，賴及棗梨之力。（〔庚辰351〕、〔王府4a〕、〔有正571〕同）

寶玉亦料定此意。

〔己卯319〕補明好。（〔庚辰351〕、〔王府4b〕、〔有正572〕同）

編新不如述舊，刻古終勝調今。

〔己卯319〕未聞古人說此兩句，却又似有者。（〔庚辰351〕「聞」作「開」。〔王府4b〕、〔有正572〕同）

原無可題之處，不過是探景一進步耳。（庚辰「景」旁加「之」字）

〔己卯319〕此論却是。（〔庚辰351〕、〔有正572〕同。〔王府4b〕「論」塗改作「語」）

曲折瀉于石隙之下。（庚辰「之下」作「之中」）

〔己卯320〕這水是人力引來做的。（〔庚辰352〕、〔王府5a〕、〔有正573〕同）

再進數步，漸向北邊。

〔己卯320〕細極。後文所以云進賈母臥房後之角門，是諸釵日相來往之境也。後文又云，諸釵所居之處只在西北一帶。最近賈母臥室之後，皆從此「北」字而來。（〔庚辰352〕、〔王府5a〕、〔有正573〕同）

則清溪瀉雪，石橙穿雲。（「石橙」庚辰、有正作「石磴」，王府作「白石」。有正「溪」

作「流」)
〔己卯320〕前已寫山至寬處，此則由低處至高處，各景皆遍。(〔庚辰352〕、〔王府5a〕、〔有正573〕同)

白石爲欄，環抱池沼，……橋上有亭。(庚辰「沼」作「沿」)
〔己卯320〕前已寫山寫石，今則寫池寫樓，各景皆遍。(〔庚辰352〕、〔王府5a〕、〔有正573〕同)

賈政與諸人上了亭子，倚欄坐了。
〔己卯320〕此亭大抵四通八達，爲諸小逕之咽喉要路。(〔庚辰352〕、〔王府5a〕、〔有正573〕同)

寶玉道，有用「瀉玉」二字，則莫若「沁芳」二字。(王府、有正無「則」字)
〔己卯321〕果然。(〔庚辰353〕、〔王府6a〕、〔有正575〕同)
〔庚辰夾批353〕眞新雅。

賈政拈髯點頭不語。
〔庚辰眉批353〕六字是嚴父大露悅容也。壬午春。

繞堤柳借三篙翠。
〔己卯321〕要緊貼切水字。(〔庚辰353〕、〔王府6a〕、〔有正575〕同)

隔岸花分一脈香。

〔己卯321〕恰極，工極，綺靡秀眉，香匳正體①。（〔庚辰353〕同。〔王府6a〕、〔有正575〕「眉」作「媚」）

一山一石，一花一木，莫不着意觀覽。

〔己卯321〕渾寫兩句，已見經行處愈遠，更至北一路矣。（〔庚辰354〕、〔王府6b〕、〔有正576〕同）

衆人都道，好個所在。

〔庚辰夾批354〕此方可爲顰兒之居。

只見入門便是曲折游廊。（王府、有正「游」作「遊」）

〔己卯322〕不犯「超手游廊」。（〔庚辰354〕同。〔王府6b〕、〔有正576〕「游」作「遊」）

這一處還罷了。

〔庚辰夾批354〕一處。

唬的寶玉忙垂了頭。

〔己卯322〕點一筆。（〔庚辰354〕、〔王府7a〕、〔有正577〕同）

衆客忙用話開釋。（王府「話」作「語」）

〔己卯322〕客不可不有。（〔庚辰354〕、〔王府7a〕、〔有正577〕同）

一個道是「淇水遺風」，賈政道，俗。

〔己卯322〕余亦如此。（〔庚辰354〕、〔王府7a〕、〔有正577〕同）

---

① 參頁二六註①。

賈珍笑道，還是寶兄弟擬一個來。

〔庚辰眉批355〕又換一章法。壬午春。

賈政道，他未曾作，先要議論人家的好歹，可見就是個輕薄人。

〔庚辰夾批355〕知子者莫如父。

今日任你狂爲亂道。

〔庚辰眉批355〕於作詩文時，雖政老亦有如此令旨，可知嚴父亦無可奈何也。不學紈袴來看。畸笏。

先設議論來，然後方許你作。

〔己卯322〕又一格式，不然，獨死板，且亦大失嚴父素體。（〔庚辰355〕、〔王府7b〕、〔有正578〕「獨」作「不獨」）

寶玉見問，答道，都似不妥。（王府「似」作「是」）

〔己卯323〕明知是故意要他搬駁議論，落得肆行施展。（〔庚辰355〕同。〔王府7b〕、〔有正578〕「搬」作「盤」，有正「落」作「樂」）

莫若「有鳳來儀」四字。

〔己卯323〕果然，妙在雙關暗合。（〔庚辰355〕、〔王府7b〕、〔有正578〕同）

寶鼎茶閑煙尚綠。

〔己卯323〕「尚」字妙極，不必說竹，然恰恰是竹中精舍。（〔庚辰355〕、〔有正579〕同。〔王府7b〕「恰恰」作「却恰」）

幽窗棋罷指猶涼。

〔己卯323〕「猶」字妙，「尚綠」、「猶涼」四字，便如置身于森森萬竿之中。（〔庚辰355〕、〔王府8a〕、〔有正579〕同）

忽又想起一事來。

〔己卯夾批323〕不扳（板）。

這些院落房宇並几案掉椅都算有了。

〔庚辰夾批356〕此一頓少不得。

還有那些帳幔簾子並陳設玩器古董，可也都是一處一處合式配就的。（王府、有正「一處一處」作「一處處」，王府「的」作「的麼」）

〔己卯323〕大篇長文不如此頓，則成何話說。（〔庚辰356〕、〔王府8a〕同。〔有正579〕「話說」作「說話」）

想必明日得了一半。

〔己卯324〕補出近日忙冗、千頭萬緒景況。（〔庚辰356〕、〔王府8a〕、〔有正580〕同）

便命人去喚賈璉，一時賈璉趕來。（庚辰、有正作「便命人去喚賈璉趕來」）

〔己卯324〕寫出忙冗景況。（〔庚辰356〕、〔王府8b〕、〔有正580〕同）

向靴桶內取靴掖內裝的一個紙摺略節來。（王府、有正作「忙取靴桶內靴掖裝的一個紙摺略節來」）

〔己卯324〕細極，從頭至尾誓不作一筆逸安苟且之筆。（〔庚辰356〕、〔王府8b〕、〔有正580〕同）

看了一看，回道，粧。

〔己卯324〕一字一句。（〔庚辰356〕、〔王府8b〕、〔有正580〕同）

刻絲，彈墨。

〔己卯324〕二字一句。（〔庚辰356〕、〔王府8b〕、〔有正580〕同）

一面走，一面說。

〔己卯324〕是極。（〔庚辰357〕、〔王府9a〕、〔有正580〕同）

倏爾青山斜阻。

〔己卯324〕「斜」字細，不必拘定方向。諸釵所居之處，若稻香村、瀟湘館、怡紅院、秋爽齋、蘅蕪苑等，都相隔不遠。究竟只在一隅，然處置得巧妙，使人見其千邱萬壑，恍然不知所窮，所謂會心處不在乎遠。大一山一水，一木一石，全在人之穿插佈置耳。（〔庚辰357〕、〔有正581〕「大」作「大抵」。〔王府9a〕「邱」作「印」。有正「苑」作「院」。王府、有正「耳」作「焉耳」）

牆頭皆用稻莖掩獲。（庚辰、有正「獲」作「護」）

〔己卯325〕配的好。（〔庚辰357〕同。〔王府9a〕、〔有正581〕「好」作「甚好」）

佳蔬菜花漫然無際。（王府作「俱是各色佳蔬菜花，一望漫然無際」）

〔己卯325〕閱至此，又笑別部小說中一萬個花園中，皆是牡丹亭、芍藥圃，雕欄畫棟、瓊榭硃（朱）樓，略不差別。（〔庚辰357〕同。〔王府9a〕、〔有正582〕「瀾」作「欄」，「不」作「不見」。有正「硃」作「珠」）

未免勾引起我歸農之意。

〔己卯325〕極熱中偏以冷筆點之，所以爲妙。（〔庚辰358〕、〔王府9b〕、〔有正582〕同）

忽見路傍有一石碣，亦爲留題之備。

〔己卯325〕更恰當，若有懸額之處，或再用鏡面石，豈復成文哉。忽想到「石碣」二字，又托出許多郊野氣色來，一度皮千秋萬壑只在這「石碣」上。（〔庚辰358〕「度」旁有小字「肚」，「秋」旁有小字「邱」。〔王府9b〕、〔有正582〕，「度」作「肚」，「秋」作「溪」）

〔庚辰夾批358〕眞妙眞新。

立此一碣又覺生色許多，非范石湖田家之咏，不足以盡其妙。（「一碣」王府作「石碣」，有正作「碣」。王府「咏」作「味」）

〔己卯325〕客不可不養。（〔庚辰358〕、〔王府9b〕、〔有正583〕同）

〔庚辰夾批358〕讚得是，這個蔑翁有些意思。

寶玉卻等不得了。

〔己卯326〕又換一格方不扳。（〔庚辰359〕同。〔王府10a〕、〔有正584〕「扳」作「板」）

也不等賈政的命。

〔己卯326〕忘情有趣。（〔庚辰359〕、〔王府10b〕、〔有正584〕同）

如今莫若「杏帘在望」。（王府「若」作「若用」）

〔己卯326〕妙在一「在」字。（〔庚辰359〕、〔王府10b〕、〔有正584〕同）

寶玉冷笑道。

〔己卯326〕忘情最妙。（〔庚辰359〕、〔王府10b〕、〔有正584〕同）

賈政一聲斷喝，無知的孽障。

〔庚辰眉批359〕愛之至，喜之至，故作此語。　　作者至此，寧不笑殺。壬午春。

不及「有鳳來儀」多矣。

〔己卯327〕公然自定名，妙。（〔庚辰359〕、〔有正585〕同。〔王府11a〕「公」作「恭」）

又喝命回來，命再題一聯，若不通一併打嘴。

〔庚辰眉批360〕所謂奈何他不得也，呵呵！畸笏。

新漲綠添澣葛處。

〔庚辰360〕採詩頌聖最恰當。（〔王府11b〕、〔有正587〕同）

好雲香護采芹人。

〔庚辰360〕采風采雅都恰當。然冠冕中又不失香匳①格調。（〔王府12a〕「采」皆作「来」。王府、〔有正587〕無「又」字）

---

① 參頁二六註①。

再入木香棚，越牡丹亭，度芍藥圃，入薔薇院，出芭蕉塢，盤旋曲折。

〔己卯328〕略用套語一束，與前頗破格不板。（〔庚辰361〕同。〔王府12a〕、〔有正587〕「頗」作「頓」）

忽聞水聲潺湲，瀉出石洞，上則蘿薜倒垂，下則落花浮蕩。

〔己卯328〕仍是沁芳溪矣，究竟基址不大，全是曲折掩隱之巧可知。（〔庚辰361〕同。〔王府12a〕、〔有正587〕「掩隱」作「掩映」）

忽見柳陰中，又露出一個折帶朱欄板橋來。（王府、有正「一個」作「一條」）

〔己卯329〕此處纔見一朱粉字樣。綠柳紅橋，此等點綴亦不可少。後又寫蘆雪厂則曰「蜂腰板橋」①，都施之得宜，非一幅死稿也。（「後又」〔庚辰362〕、〔有正589〕作「後文」，〔王府13a〕作「文後」。庚辰、王府、有正「厂」作「广」）

度過橋去，諸路可通。

〔己卯329〕補四字，細極，不然後文寶釵來往，則將日日爬山越嶺矣。記請此處，則知後文寶玉所行常徑，非此處也。（〔庚辰362〕、「寶玉」作「寶」。〔王府13a〕、〔有正589〕「記請」作「記清」，「也」作「者也」。王府「徑」作「經」）

那大主山所分之脈。（庚辰「那」字塗去，旁寫「即」字）

〔己卯329〕兩見大主山，稻香村又云懷中，不寫主山，而主山處處映帶連絡不斷可知矣。

---

① 見第四十九回，庚辰本，頁一一四三。又庚辰第二十六回回目作「蜂腰橋設言傳心事，瀟湘館春困發幽情」；頁五八八亦提及「蜂腰橋門前」。

（〔庚辰362〕「稻」作「稱」。〔王府13a〕、〔有正589〕同）

皆穿牆而過。

〔己卯329〕好想。（〔庚辰362〕、〔王府13a〕、〔有正589〕同）

賈政道，此處這所房子無味的狠。

〔己卯329〕先故頓此一筆，使後文愈覺生色，未揚先抑之法。蓋釵顰對峙，有甚難寫者。（〔庚辰362〕同。〔王府13a〕、〔有正589〕「蓋」作「蓋以」，「者」作「者也」）

且一株花木也無。（王府、有正作「而且一株花木皆無」）

〔己卯330〕更奇妙。側。（〔庚辰362〕「側」字被點去。〔王府13a〕、〔有正590〕無「側」字）

只見許異草，或有牽藤的，或有引蔓的，或垂山巔，或穿石隙，甚至垂簷繞柱，縈砌盤堦。（庚辰「許」字旁有一「多」字。王府、有正「許」作「許多」。庚辰「縈」作「索」）

〔己卯330〕更妙。（〔庚辰362〕、〔王府13b〕、〔有正590〕同）

或如翠帶飄颻，或如金繩盤屈，或實若丹砂，或花如金桂，味芬氣馥，非花香之可比。（有正「飄颻」作「飄飄」，「盤屈」作「盤窟」。王府原同有正，點改同己卯。「桂」點改爲「粟」）

〔己卯330〕前三處皆還在人意之中，此一處則今古書中未見之工程也。　連用幾「或」字，是從昌黎「南山詩」①中學得。（〔庚辰362〕同。〔王府13b〕、〔有正590〕「見之」作「見此」，「是從」作「從」）

---

①韓愈（七六八——八二四）「南山詩」見「全唐詩」第五函第十冊，葉七至九。中華書局版卷三十六頁三七六三——五。

賈政不禁道，有趣。（王府、有正「道」作「笑道」）

〔己卯330〕前有「無味」二字，及云「有趣」二字，更覺生色，更覺重大。（〔庚辰363〕、〔王府13b〕、〔有正590〕同）

那一種大約是茝蘭，這一種大約是清葛。那一種是金薆草，這一種是玉蕗藤。紅的自然是紫芸，綠的定是青芷。（庚辰、王府、有正「茝」作「茞」）

〔己卯330〕「金薆草」見「字彙」①。「玉蕗」見「楚辭」「菎蕗雜於蘼蒸」②。茝葛芸芷皆不必註，見者太多。此書中異物太多，有人生之未聞未見者，然實係所有之物，或名差理同者亦有之。（〔庚辰363〕、〔王府14a〕、〔有正591〕「蘼」作「䕲」，「茝」作「茞」）

還有石帆水松扶留等樣。

〔己卯331〕左太冲「吳都賦」③。（〔庚辰363〕、〔王府14a〕、〔有正591〕同）

〔甲辰正文11b〕見左太冲「吳都賦」。（程乙正文9b「見」作「見于」）

還有什麼丹椒蘼蕪風連。（甲辰「蘼」作「蘪」，「連」作「蓮」）

〔己卯331〕以上「蜀都賦」④。（〔庚辰363〕、〔王府14a〕、〔有正591〕同）

---

① 「字彙」，明梅膺祚撰。

② 「楚辭」東方朔「七諫・謬諫」：「菎蕗雜於䕲蒸兮，機蓬矢以射革。」

③ 左思（約二五〇——約三〇五），西晉臨淄人，字太沖，官秘書郎。博學能文，作「三都賦」（蜀都、吳都、魏都賦，見「文選」）十年乃成，豪貴之家競相傳寫，洛陽為之紙貴。原有集，已佚，後人輯有「左太沖集」。傳見「晉書」卷九二。按「吳都賦」有「草則藿蒳豆蔻，薑彙非一；江蘺之屬，海苔之類，綸組紫絳，食葛香茅，石帆水松，東風扶留」之句。

④ 左思「三都賦・蜀都賦」有「其中則有青珠黃環，碧砮芒消。或豐綠荑，或蕃丹椒。麋蕪布濩於中阿，風連莚蔓於蘭皋」之句。

〔甲辰正文11b〕見「蜀都賦」。（程乙正文9b「見」作「見於」）

皆像形奪名，漸漸的喚差了，也是有的。（王府「奪」作「度」，王府、有正無「是」字）

〔己卯331〕自實注一筆，妙。（〔庚辰363〕、〔王府14a〕、〔有正591〕同）

未及說完，賈政喝道，誰問你來。

〔己卯331〕又一樣止法。（〔庚辰363〕、〔王府14a〕、〔有正591〕同）

此軒中煮茶操琴，亦不必再焚名香矣。

〔己卯331〕前二處一田月下讀書，一日勾引起歸農之意，此則操琴煑茶，斷語皆妙。（〔庚辰364〕「田」作「日」。〔王府14b〕、〔有正592〕「田」、「日」俱作「曰」，無「引」字。王府「則」作「則曰」）

一庭明月照金蘭。

〔己卯332〕此二聯皆不過爲釣寶玉之餌，不必認眞批評。（〔庚辰364〕、〔有正593〕同。〔王府15a〕「釣」作「約」）

睡足酴醿夢也香。（庚辰、有正「醿」作「醾」）

〔己卯332〕實佳。（〔庚辰365〕、〔王府15b〕、〔有正594〕同）

李太白「鳳凰臺」之作全套「黃鶴樓」。

〔庚辰夾批365〕這一位蔑翁更有意思。

這是正殿了。

〔己卯333〕想來此殿在園之正中。按園不是殿方之基，西北一帶通賈母臥室後，可知西

北一帶是多寬出一帶來的，諸釵始便於行也。（〔庚辰366〕、〔王府16a〕、〔有正595〕同）

雖然貴妃崇節尚儉，天性惡繁悅樸。

〔庚辰夾批366〕寫出賈妃身分天性。

只見正面。

〔己卯333〕正面，細。（〔庚辰366〕、〔王府16a〕、〔有正595〕同）

寶玉見了這個所在，心中忽有所動，尋思起來。

〔庚辰眉批366〕〇（一）路順順逆逆，已成十（千）邱萬壑之景，若不有此一段大江截住，直成一盆景矣。作者從何落筆着想。

卻一時想不起那年月日的事了。

〔己卯333〕仍歸於葫蘆一夢之太虛玄境。（〔庚辰366〕、〔王府16a〕、〔有正596〕同）

賈政心中也怕賈母不放心。

〔己卯334〕一筆不漏。（〔庚辰366〕、〔王府16b〕、〔有正596〕同）

原來自進門起所行至此，纔遊了十之五六。

〔己卯334〕總住妙：伏下後文所補等處。若都入此回寫完，不獨太繁，使後文冷落，亦且非石頭記之筆。（〔庚辰367〕同。〔王府16b〕、〔有正597〕「住」作「註」）

又值人來回，有雨村處遣人回話。

〔己卯334〕又一緊，故不能終局也。　此處漸漸寫雨村親切，正爲後文地步。伏脈千

里，橫雲斷嶺法。（〔庚辰367〕同。〔王府17a〕、〔有正597〕二批連寫）

原來這橋便是通外河之閘，引泉而入者。

〔己卯334〕寫出水源，要緊之極。近之畫家着意於山，若不講水。又造園圃者，惟知弄莽憨頑石壅怵塚，輒謂之景，皆不知水為先着。此園大概一描，處處未嘗離水，蓋又未寫明水之從來，今終補出，精細之至。（〔庚辰367〕同。〔王府17a〕、〔有正597〕「若」作「苦」，「從」作「從何」。有正「怵」作「笨」，「終」作「總」）

就名「沁芳閘」。

〔己卯334〕究竟只一脈，賴人力引導之功。園不易造，景非泛寫。（〔庚辰367〕同。〔王府17a〕、〔有正598〕無「引」字，末有「也」字）

偏不用「沁芳」二字。

〔己卯335〕此以下皆係文終之餘波，收的方不突。（〔庚辰367〕、〔王府17a〕、〔有正598〕同）

賈政皆不及進去。

〔己卯335〕伏下櫳翠菴、蘆雪广、凸碧山莊、凹晶溪館、暖香塢等諸處，於後文一斷一斷補之，方得雲龍作雨之勢。（〔庚辰368〕同。「櫳翠」〔王府17b〕作「櫳罩」，〔有正598〕作「龍罩」。有正「一斷一斷」作「逐段逐段」）

又見前面又露出一所院落了來。

〔庚辰眉批368〕詞卿此居，比大荒山若何。

說着，一逕引人遶着碧桃花。

〔己卯335〕怡紅院如此寫來，用無意之筆，却是極精細文字。（〔庚辰368〕、〔王府17b〕、〔有正599〕同）

穿過一層竹籬花障編就的月洞門。

〔己卯335〕未寫其居，先寫其境。（〔庚辰368〕、〔王府17b〕、〔有正599〕同）

綠柳週垂。

〔己卯335〕與「萬竿修竹」遙映。（〔庚辰368〕、〔王府17b〕、〔有正599〕同）

這叫作女兒棠。（王府「作」作「做」）

〔己卯335〕妙名。（〔庚辰368〕、〔王府18a〕、〔有正599〕同）

乃是外國之種，俗傳係出女兒國中。

〔庚辰夾批368〕出自政老口中，奇特之至。

亦荒唐不經之說罷了。

〔庚辰夾批368〕政老應如此語。

大約騷人咏士，以此花之色紅暈若施脂，輕弱似扶病。（王府「花」作「名」）

〔己卯336〕體貼的切，故形容的妙。（〔庚辰369〕、〔王府18a〕、〔有正600〕同）

〔庚辰眉批369〕十字若海棠有知，必深深謝之。

以俗傳俗，以訛傳訛，都認眞了。

〔己卯336〕不獨此花，近之謬傳者不少，不能悉道，只借此花數語駁盡。（〔庚辰369〕、

〔王府18a〕、〔有正600〕同）

一面說話，一面都在廊外抱厦下打就的榻上坐了。

〔己卯336〕至堦又至簷，不肯輕易寫過。（〔庚辰369〕同。〔王府18b〕、〔有正600〕「易」作「意」）

收拾的與別處不同，竟分不出間隔來的。

〔己卯337〕新奇希見之式。（〔庚辰370〕同。〔王府19a〕、〔有正601〕「式」作「法式」）

〔庚辰夾批370〕特爲青峺峯下凄凉與別處不同耳。

或流雲百蝠，或歲寒三友，或山水人物，或翎毛花卉，或集錦，或博古。

〔己卯337〕花樣週全之極。然必用下文者，正是作者無聊，換（〔庚辰370〕、〔有正601〕作「撰」，〔王府19a〕作「摸」）出新異筆墨，使觀者（有正作「人」）眼目一新。所謂集小說之大成，遊戲筆墨，雕蟲之技（庚辰作「校」）無所不備，可謂善戲者矣（王府、有正無此二字）。又供諸人同同（王府、有正作「學」）一戲。妙極（王府、有正作「洵爲妙極」）。

或卍畐卍壽（王府、有正「壽」作「壽」）

〔己卯337〕前金玉篆文是可考正篆，今則從俗花樣，眞是醒睡魔。其中詩詞雅謎以及各種風俗學文，一概不必究，只據此等處便是一絕。（〔庚辰370〕、〔王府19a〕同。〔有正602〕「雅謎」作「啞謎」）

各種花樣，皆是名手雕鏤，五彩銷金嵌寶的。

〔己卯337〕至此方見一朱彩之處，亦必如此式方可。可笑近之園庭，行動便以粉油從事。（〔庚辰370〕同。〔王府19a〕、〔有正602〕「庭」作「亭」）

倏爾彩綾輕覆，竟係幽戶。

〔己卯337〕精工之極。（〔庚辰370〕、〔王府19b〕、〔有正602〕同）

諸如琴劍懸瓶。

〔己卯337〕懸於壁上之瓶也。（〔庚辰370〕、〔王府19b〕、〔有正603〕同）

棹屏之類雖懸於壁，卻都是與壁相平的。（王府、有正「棹」作「桌」，王府「類」作「數」）

〔己卯337〕皆係人意想不到，目所未見之文，若云擬編虛想出來，焉能如此。一段極清極細，後文鴛鴦瓶、紫瑪瑙碟、西洋（人）、酒令①、自行船等文，不必細表。（〔庚辰371〕同。〔王府19b〕兩批以「□」號分開，「瑪瑙」作「碼碯」。王府、〔有正603〕「等文」作「等處」）

難爲怎麼想來。

〔己卯338〕誰不如此讚。（〔庚辰371〕、〔王府20a〕同。〔有正603〕「如」作「知」，「讚」作「贊」）

---

① 按此處卽指第六十七回薛蟠從虎丘帶來的「自行人、酒令兒」。參周紹良「自行人、酒令兒與泥人兒的戲、泥塑小像」，載「紅樓夢研究論集」，山西人民出版社，一九八三，頁二一二——二一七。

及轉過鏡去。

〔庚辰夾批371〕石兄迷否。

一發見門子多了。

〔庚辰夾批371〕所謂投投是道是也。

果得一門出去。

〔庚辰夾批371〕此方便門也。

則見青溪前阻。（有正「青」作「清」）

〔己卯338〕又寫水。（〔庚辰371〕、〔王府20a〕、〔有正604〕同）

共總流到這裏，仍舊合在一處。

〔庚辰夾批371〕于怡紅總一園之看①，是書中大立意。

眾人隨他，直由山腳邊忽一轉，便是平坦寬闊大路。

〔庚辰夾批372〕眾善歸緣，自然有平坦大道。

豁然大門前見。（參上批正文）

〔己卯339〕可見前進來是小路曲，此云「忽一轉」「便是平坦寬濶」之正角路也，細極。（〔庚辰372〕、〔王府20a〕、〔有正605〕「角」作「甬」。王府、有正「曲」作「

---

① 宋淇謂「看」應作「首」，字形相近誤抄。余英時疑「看」為「水」，草書相近誤抄。（參宋淇「論怡紅院總一園之首」，「集刊」第八輯，頁七七——九七；余英時「紅樓夢的兩個世界」，臺北，聯經出版事業公司，一九七八年初版，頁六四，註五七）

逕」）

眾人都道，有趣有趣。

〔庚辰眉批372〕以上可當大觀園記。

難道還侄不足。

〔庚辰夾批372〕寃哉寃哉。

老太太必懸掛着，快進去，疼你也白疼了。

〔己卯339〕如此去法，大家嚴父風範，無家法者不知。（〔庚辰372〕、〔王府21a〕、〔有正605〕同）

回末總評（據王府、有正本分回）

〔王府22a〕好將富貴回頭看，總有文章如意難。零落機原君記去，黃金萬斗大觀攤。（有正606「原」作「緣」）

第十八回 據王府有正本分回 慶元宵賈元春歸省　助情人林黛玉傳詩

回前總批

〔王府1a〕一物珍藏見至情，豪華每向鬧中爭。黛林寶薛傳佳句，豪宴①仙緣②留趣名。爲剪荷包綰兩意，屈從優女結三生。可憐轉眼皆虛話，雲自飄飄月自明③。（有正607同）

都廝我們回說喜歡。

〔庚辰夾批372〕下人口氣畢肖。

---

① 「豪宴」是明李玉（一五九一——一六七一）所撰「一捧雪」傳奇的一齣，寫嚴世蕃宴莫懷古，莫薦門客裱褙匠湯勤予嚴。參頁三四七註一。

② 「仙緣」應作「仙圓」，明湯顯祖（一五五〇——一六一七）所撰傳奇「邯鄲夢」的一齣，寫盧生夢醒，為呂洞賓帶至仙境，受七仙點化事。參頁三四七註三。

③ 宋淇以為「雲」應作「雪」，為鈔手筆誤。「雪」指薛寶釵，「月」指麝月。參「戚序有正本『紅樓夢』的始末」，載「明報月刊」第一四五期（一九七八年一月）。

每人一吊錢。衆人道，誰沒見那一吊錢。

〔庚辰夾批373〕錢亦有沒用處。

一個抱了起來，幾個圍繞，送至賈母二門前。

〔庚辰夾批373〕好收煞。

少時襲人到了茶來，見身邊佩物一件無存。（「見」原作「欠」，硃筆改）

〔庚辰夾批373〕襲人在玉兄一身無時不照察到。

我給的那個荷包也給他們了，你明兒再想我的東西，可不能勾了。

〔庚辰夾批373〕又起樓閣。

林黛玉見他如此珍重，帶在裏面。

〔己卯340〕按理論之，則是「天下本無事，庸人自擾之」①。若以兒女子之情論之，則事必有之事，必有之理，又係今古小說中不能寫到寫得，談情者亦不能說出講出，情癡之至文也。（〔庚辰374〕同）

〔王府2b〕按理論之，則是「天下本無事，庸人自擾之」①。若以兒女女子之情論之，則是必有之事，又係今古小說中不能寫到寫得，談情者亦不能說出講出，情癡之至文也。（〔有正611〕無「寫得」、「講出」四字。「情癡」作「眞情癡」）

因此又自悔莽撞，未見皂白就剪了香袋。（庚辰「剪」字點去，旁加「鉸」字）

① 舊唐書卷八八陸象先（六六四——七一〇）傳記「象先嘗謂人曰：『天下本無事，祇是庸人擾之，始為繁耳。但當靜之於源，則亦何憂不簡。』」

〔己卯341〕情癡之至。若無此悔，便是一庸俗小性之女子矣。（〔庚辰374〕同。〔王府2b〕、〔有正612〕無「一」字）

我連這荷包奉還如何，說着，擲向他懷中便走。（王府無「他」字）

〔己卯341〕這却難怪。（〔庚辰374〕、〔王府2b〕、〔有正612〕同）

越發氣起來，聲咽氣堵，又汪汪的滾下淚來。

〔己卯341〕怒之極，正是情之極。（〔庚辰374〕同。〔王府2b〕〔有正612〕「怒」作「怨」）

好妹妹，饒了他罷。

〔己卯341〕這方是寶玉。（〔庚辰374〕、〔王府2b〕、〔有正612〕同）

一面說，一面二人出房，到王夫人上房中去了。

〔己卯342〕一段點過日二玉公案，斷不可少。（〔庚辰375〕同。〔王府3b〕、〔有正614〕無「日」、「斷」兩字）

此時王夫人那邊熱鬧非常。（王府、有正「熱鬧」作「鬧熱」）

〔己卯342〕四字特補近日千忙萬冗，多少花園錦簇文字。（〔庚辰375〕、〔王府3b〕、〔有正614〕同）

又另派家中舊有曾演學過歌唱的女人們，如今皆已皤然老嫗了。

〔己卯342〕又補出當日寧榮在世之事，所謂此是末世之時也。（〔庚辰376〕同。〔王府3b〕、〔有正614〕「時」作「事」）

「就令賈薔總理其日用出入銀錢等事，以及諸凡大小所需之物料賬目」一段。

〔己卯343〕補出女戲一段，又伏一案。（〔庚辰376〕、〔王府4a〕、〔有正615〕同）

〔靖藏眉批〕「孫策以天下爲三分，衆才一旅；項籍用江東之子弟，人惟八千。遂乃分裂山河，宰割天下。豈有百萬義師，一朝卷申（甲），芟夷斬伐，如草木焉？江淮無涯岸之阻，亭壁無藩籬之固。頭會箕斂者，合從締交；鋤耰棘矜者，因利乘便。將非江表王氣，終於三百年乎？是知洴（幷）吞六合，不免轍（軹）道之灾；混一車書，無救平陽之禍。嗚呼！山岳崩頹，既履危亡之運；春秋迭代，不免去故之悲。天意人事，可以凄滄（愴）傷心者矣！」①

大族之敗，必不致如此之速，特以子孫不肖，招接匪類，不知創業之艱難。當知「瞬息榮華，暫時歡樂」，無異於「烈火烹油，鮮花着錦」，豈得久乎？戊子孟夏，讀虞（庾）子山文集，因將數語繫此。後世子孫，其毋慢忽之。（按此批未指明所出正文，姑繫於此）

今年纔十八歲，法名妙玉。

〔己卯343〕妙卿出現。至此細數（己卯佚左旁）十二釵，以賈家四艷再加薛林二冠有六，去（〔王府4a〕、〔有正615〕作「添」）秦可卿有七，再（有正作「熙」）鳳有八，李紈有九，今又加（王府作「得」）妙玉，僅（王府原作「糧」，點改爲「已」）得十人矣。後有史湘雲與熙鳳之女巧姐兒者，共十二人。雪芹題曰「金陵十二釵」，蓋本宗紅樓夢十二曲之義（王府作「意」）。後寶琴、岫烟、李紋、李綺皆陪客也，紅樓夢中所謂副

① 此爲庾信（五一三——五八一）「哀江南賦序」內一段。

十二釵是也。又有又副刪。（王府、有正作「册」）三斷。（有正作「段」）詞，乃晴。（〔庚辰 376〕、王府作「情」）雯、襲人、香菱三人而已，餘未多及，想爲金玔。（王府、有正作「釧」）、玉玔（王府、有正作「釧」）、鴛鴦、苗（有正作「素」）雲、平兒等人無疑矣。觀者不待言可知，故不必多費筆墨。

介紹妙玉一段。

〔庚辰眉批376〕妙玉世外人也，故筆筆帶寫，妙極妥極。畸笏。（靖藏眉批作「妙玉世外人也，筆筆帶寫，故妙極妥極。畸笏」）

樹（前）處①引十二釵總未的確，皆係漫擬也。至末回「警幻情榜」，方知正副、再副及三〔四〕副芳諱②。壬午季春，畸笏。

〔靖藏眉批〕前須（處）①十二釵總未的確，皆是慢（漫）終（擬）也。至來（末）回「警幻（情）榜」始知〔情〕正副、又副乃（及）三〔四〕副芳諱②。壬午季春。

因聽見長安都中有觀音遺跡並貝葉遺文，去歲隨了師父上來。

〔己卯343〕因此方使妙卿入都。（〔庚辰377〕、〔王府4b〕、〔有正616〕同）

他說侯門公府，必以貴勢壓人，我再不去的。（庚辰、王府、有正「候」作「侯」）

〔己卯344〕補出妙卿身世不凡，心性高深。（〔庚辰377〕、〔王府5a〕、〔有正617〕、

---

① 宋淇謂「樹處」應作「數處」，同音之誤。梁玉、李彤在「『警幻情榜』增刪辯——從庚辰本的兩條脂評談起」，亦有同樣的意見。（參「集刊」第九輯，頁三〇七）戴不凡謂「靖本作『前須』，明為『前說』草書所致。」（見「畸笏即曹頫辯」，註六，「集刊」第一輯，頁二五八）

② 參尚友萍「畸笏批語『三四副』的『四』字是衍文」，「學刊」，一九八三年第三輯，頁三三四——三三五。

「深」作「潔」。有正「世」作「分」）

後話暫且閣過，此時不能表白。

〔己卯344〕補尼道一段，又伏一案。（〔庚辰378〕、〔王府5a〕、〔有正617〕同）

賈政方略心意寬暢。

〔己卯345〕好極，可見智者居心，無一時馳怠。（〔庚辰378〕、〔王府5b〕同。〔有正618〕「馳」作「弛」）

於是賈政方擇日題本。

〔己卯345〕至此方完大觀園工程公案，觀者則爲大觀園廢盡精神，余則爲若許筆墨，却只因一個塋花塚。（〔庚辰378〕同。〔王府6a〕無「許」字。〔有正619〕「廢」作「費」，「若許」作「此」）

年也不曾好生過的。

〔己卯345〕一語帶過，是以「歲首祭宗祀（祠）、元宵開家宴」一回①，留在後文細寫。（〔庚辰399〕同。〔王府6a〕、〔有正619〕無「一回」二字）

金銀煥彩，珠寶爭輝。

〔己卯346〕是元宵之夕。不寫燈月，而燈光月色滿紙矣。（〔庚辰379〕、〔王府6b〕、〔有正620〕同）

鼎焚百合之香，瓶插長春之蕊。

〔己卯346〕抵一篇大賦。（〔庚辰379〕同。〔王府6b〕「大」作「文」。〔有正620〕

---

① 第五十三回。庚辰、有正回目，作「寧國府除夕祭宗祠，榮國府元宵開夜宴」。

「大」作「燈」）

淨悄無人咳嗽。（有正「淨」作「靜」）

〔己卯346〕有此句方足。（〔庚辰399〕、〔王府6b〕、〔有正620〕同）

忽一太監坐大馬而來。（王府、有正「坐」作「騎」）

〔己卯346〕有是禮。（〔庚辰380〕、〔王府7a〕、〔有正621〕同）

未正二刻，還到寶靈宮拜佛。

〔己卯346〕暗貼王夫人，細。（〔庚辰380〕、〔王府7a〕、〔有正621〕同）

鳳姐聽了道，既這麼着，老太太太太且請回房。

〔庚辰夾批380〕自然當家人先說話。

忽聽外邊馬跑之聲。

〔己卯347〕淨極，故聞之，細極。（〔庚辰380〕、〔王府7a〕同。〔有正621〕「淨」作「靜」）

一時又十來個太監都喘吁吁跑來拍手兒。（庚辰「又」作「有」）

〔己卯347〕畫出內家風範，石頭記最難之處，別書中摸不着。（〔庚辰380〕同。〔王府7a〕、〔有正621〕開頭多「神異」二字）

這些太監會意，都知道是來了來了。

〔庚辰夾批380〕雅（難）得他寫的出，是經至（過）之人也。

忽見一對紅衣太監騎馬緩緩的走來。

〔己卯347〕形容畢肖。（〔庚辰380〕「肖」作「省」。〔王府7b〕、〔有正622〕同）

便垂手面西跕住。（有正「跕」作「站」）

〔己卯347〕形容畢肖。（〔庚辰380〕、〔王府7b〕、〔有正622〕同）

賈母等連忙路傍跪下。

只見院內各色花燈爛灼。

〔庚辰夾批381〕一絲不亂。

說不盡這太平景象富貴風流。

〔庚辰夾批381〕元春月（目）中。

〔甲辰3b〕此石頭記自敍：想當初在大荒山中青埂峯下那等淒涼寂寞，若非癩僧跛道二人攜來到此，又安能見這世面。本欲作一篇「燈賦」、「省親頌」以誌今日之盛，但恐入了小說家俗套。按此時之景，即一賛（贊）一賦也不能形容得盡其妙，即不作賦頌，而其豪華富麗，觀者諸公亦可想而知也，所以倒是省了些筆墨。（己卯348、庚辰381、王府8b、有正624俱作正文，文字略異）

「此時自己回想當初在大荒山中」一段。

〔庚辰眉批381〕如此繁華盛極花團錦簇之文，忽用石兄自語截住，是何筆力，令人安得不拍案叫絕。是（試）閱歷來諸小說中有如此章法乎？

且說正緊的爲是。（庚辰「緊」字被點去，旁作「經」字。有正「緊」作「經」。王府、有正無「的」字）

〔己卯348〕自此時以下皆石頭之語，眞是千奇百怪之文。（〔庚辰382〕、〔王府8b〕、〔有正624〕同）

明現着「蓼汀花溆」四字。

〔甲辰4a〕按此四字並「有鳳來儀」等匾，皆係上回賈政偶一試寶玉之才情耳，何今日認眞用之。況賈府世代詩書，來往文墨之士正自不乏，豈無一二名手題咏，竟用一小兒語唐塞，直似暴發之家所爲，豈石頭記所表之寧榮府哉。據此是自相矛盾了，須將作者原委說明，方爲了了。（己卯349、庚辰383、有正625、高閱3b、程乙3b作正文，文字略異）

何今日認眞用此匾聯。

〔庚辰眉批383〕駁得好。

竟用小兒一戲之辭苟且唐塞。

〔庚辰眉批383〕石頭記貫（慣）用特犯不犯之筆，眞令人驚心駭目讀之。

待蠢物。

〔己卯350〕石兄自謙，妙。可代答云，豈敢。（〔庚辰383〕、〔王府9b〕、〔有正626〕同）

那寶玉未入學堂之先，三四歲時已得賈妃手引口傳。

〔庚辰夾批383〕批書人領至（過）此教，故批至此，竟放聲大哭。俺先姊先（仙）逝太早，不然，余何得爲廢人耶。

然想來到不如這本家風味有趣。

〔庚辰夾批384〕轉得好。

亦或不負其素日切望之意。

〔己卯351〕一駁一解，跌岩搖曳之至。且寫得父母兄弟體貼戀愛之情，淋漓痛切，眞是天倫至情。（〔庚辰384〕同。〔王府10b〕、〔有正628〕「岩」作「宕」）

〔庚辰夾批384〕有是論。

那日雖未曾題完，後來亦曾補擬。（王府「來」作「日」）

〔己卯351〕一句補前文之不暇，啟文之苗裔，至後又凹晶館黛玉口中又一補①，所謂一擊空谷，八方皆應。（「啟文」〔王府10b〕作「啟後文」，〔有正628〕作「起後文」。〔庚辰384〕、王府、有正「後又」作「後文」。王府「凹」作「四」。有正「館」作「溪館」）

賈政聽了，即忙移換。

〔己卯351〕每的週到可悅。（〔庚辰384〕、〔王府11a〕同。〔有正629〕「每」作「換」）

石牌坊上明顯「天仙寶鏡」四大字。（庚辰無「大」字。王府「鏡」作「境」）

〔己卯351〕不得不用俗。（〔庚辰385〕、〔王府11a〕、〔有正629〕同）

賈妃忙命換「省親別墅」四字。

---

① 第七十六回。

〔己卯351〕妙，是特留此四字與彼自命。（〔庚辰385〕、〔王府11a〕、〔有正629〕同）

但見庭燎燒空。（庚辰「庭」字乃「應」字改）

〔己卯351〕「庭燎」最恰。（〔庚辰385〕、〔王府11a〕同。〔有正629〕「恰」作「確」）

又有太監引榮因太君及女眷等，自東階升月臺上排班。（庚辰、王府、有正「因」作「國」）

〔己卯352〕一絲不亂，精致大方，有如歐陽公九九①。（〔庚辰385〕同。〔王府11b〕、〔有正630〕「致」作「緻」）

三個人滿心裏，皆有許多話，只是俱說不出，只管嗚咽對泣。

〔己卯352〕石頭記得力擅長，全是此等地方。（〔庚辰386〕、〔王府11b〕、〔有正630〕同）

〔庚辰眉批386〕非經歷過，如何寫得出。壬午春。

說到這句，不禁又哽咽起來。

〔己卯353〕追魂攝魄。石頭記傳神摸（摹）影，全在此等地方，他書中不得有此見識。（〔庚辰386〕、〔王府12a〕、〔有正631〕同）

邢夫人等忙上來解勸。

〔己卯353〕說完不可，不先說不可，說之不痛不可，最難說者是此時賈妃口中之語。只如此一說萬千貼萬妥，一字不可更改，一字不可增減，入情入神之至。（〔庚辰386〕

① 此處懷疑是指歐陽詢（五五七——六四一）的「九成宮醴泉」。「九九」或為「九成」之誤。

同。〔王府12a〕「說完」作「挽完」。王府、〔有正631〕「說萬」作「說方」，「入神」作「入理」。有正「千貼萬妥」作「千妥萬貼」。按：此批應在上文「不禁又哽咽起來」下）

因問薛姨娘，寶釵，黛玉因何不見。

〔甲辰6a〕諒前信息皆知，故有此問。

外眷無職，未敢擅入。

〔己卯353〕所謂詩書世家，守禮如此。偏是暴發，驕妄自大。（〔庚辰386〕、〔有正632〕同。〔王府12b〕「守」作「字」）

賈妃聽了，忙命快請。

〔己卯353〕又謙之如此，眞是好界好人物。（〔庚辰387〕同。〔王府12b〕、〔有正632〕「好界」作「世界」）

又有賈妃原帶進宮去的丫環抱琴等。

〔己卯353〕前所謂賈家四釵之環，暗以琴棋書畫排行，至此始全。（〔庚辰387〕同。「環」〔王府12b〕作「丫環」，〔有正632〕作「外」）

母女姊妹深叙些離別情景。

〔己卯353〕「深」字妙。（〔庚辰387〕、〔王府12b〕、〔有正632〕同）

豈意得徵鳳鸞之瑞。

〔庚辰夾批387〕此語猶在耳。

因問寶玉爲何不進見。

〔己卯355〕至此方出寶玉。（〔庚辰388〕、〔王府13b〕、〔有正634〕同）

元妃命他進前，攜手攔於懷內。

〔庚辰夾批388〕作書人將批書人哭壞了。

一語未終，淚如雨下

〔己卯355〕只此一句，便補足前面許多文字。（〔庚辰388〕同。〔王府14a〕、〔有正635〕「面」作「回」）

顧恩思義匾額。天地啟宏慈，赤子蒼頭感戴。古今垂曠典，九州萬國被恩榮。此一匾 聯書於正殿。（王府「蒼」作「倉」。庚辰、王府、有正「聯」作「一聯」）

（「此一匾 聯書於正殿」，己卯、庚辰形式如右，王府、有正則合「是賈妃口氣」五字作雙行批）

〔己卯356〕是賈妃口氣。（〔庚辰389〕同。〔王府14b〕、〔有正636〕參正文之說明）

更有蓼風軒，藕香榭。

〔己卯356〕雅而新。（〔庚辰390〕、〔王府15a〕、〔有正637〕同）

此時悉難全記。

〔己卯356〕故意留下秋爽齋、凸碧山堂、凹晶溪館、暖香塢等處，爲後文另換眼目之地步。（〔庚辰390〕、〔王府15a〕同。〔有正637〕「堂」作「莊」）

芳園應錫大觀名。

〔己卯357〕詩却平平。蓋彼不長於此也，故只如此。（〔庚辰390〕同）

然自忖亦難與薛林爭衡。（王府、有正無「衡」字）

〔己卯357〕只一語便寫出寶黛二人，又寫出探卿知己知彼，伏下後文多少地步。（〔庚辰391〕「只」作「口」。〔王府15b〕、〔有正639〕「步」作「方」）

李紈也勉強湊成一律。

〔己卯357〕不表薛林可知。（〔庚辰391〕、〔王府16a〕、〔有正639〕同）

景奪文章造化功。

〔己卯358〕更牽強。三首之中還算探卿略有作意，故後文寫出許多意外妙文。（〔庚辰392〕同。〔王府16b〕、〔有正640〕「文」作「又」）

風流文采勝蓬萊。

〔己卯359〕起好。（〔庚辰392〕作「起妙」。〔王府16b〕作「起妙」。〔有正641〕同）

紅襯湘裙舞落梅。

〔己卯359〕湊成。（〔庚辰392〕、〔王府16b〕、〔有正641〕同）

未許凡人到此來。

〔己卯359〕此四詩列於前，正爲滃托下韻也。（〔庚辰392〕、〔王府16b〕、〔有正641〕同）

凝暉鍾瑞匾額。

〔己卯359〕便有含蓄。（〔庚辰392〕同）

修篁時待鳳來儀。

〔己卯359〕恰極。（〔庚辰392〕、〔王府17a〕同。〔有正641〕作「確極」）

自慚何敢再爲辭。

〔己卯359〕好詩。此不過頌聖應酬耳，猶未見長，以後漸知。（〔庚辰392〕同。「酬」〔王府17a〕作「訓」，〔有正642〕作「制」。王府、有正「長」作「他長處」）

世外仙源匾額。

〔己卯359〕落想便不與人同。（〔庚辰393〕「想」作「思」。〔王府17b〕、〔有正642〕同）

借得山川秀，添來景物新。

〔己卯359〕所謂「信手拈來無不是」①，阿顰自是一種心思。（庚辰393〕、〔王府17b〕、〔有正642〕同）

何幸邀恩寵，宮車過往頻。

〔己卯360〕末二首是應制詩。余謂寶林此作未見長，何也，蓋後文別有驚人之句也。在寶卿有生不屑爲此，在黛卿實不足一爲。（〔庚辰393〕、〔王府17a〕同。〔有正642〕「寶林」作「寶黛」）

---

① 胡仔（一〇八二——一一三八）「苕溪漁隱叢話」前集卷第二十三「杜牧之」條引「詩眼」云：「老杜櫻桃詩云：『西蜀櫻桃也自紅，野人相贈滿筠籠；數回細寫愁仍破，萬顆勻圓訝許同。』此詩如禪家所謂信手拈來，頭頭是道者。直書所見，平易委曲，得人心所同然，但他人艱難不能發耳。……」

原來林黛玉安心今夜大展奇才，將眾人壓倒。（王府「安心今夜」作「今夜安心」）

〔己卯360〕這卻何必，然尤物方如此。（〔庚辰393〕、〔王府17b〕、〔有正642〕同）

只胡亂作一首五言律應景罷了。

〔己卯360〕請看前詩，卻云是胡亂應景。（〔庚辰393〕、〔王府17b〕〔有正643〕同）

寶釵轉眼瞥見，便趁眾人不理論，急忙回身悄推他道。

〔庚辰眉批394〕這樣章法，又是不曾見過的。

他。

〔己卯360〕此「他」字指賈妃。（〔庚辰394〕、〔王府17b〕、〔有正643〕同）

寶玉見寶釵如此說，便拭汗道。

〔己卯360〕想見其構思之苦，方是至情。最厭近之小說中滿紙神童　天分等語。（〔庚辰394〕無空位。〔王府18a〕、〔有正643〕無「天分等語」四字）

寶玉道，綠臘可有出處。

〔庚辰夾批394〕好極。

寶釵見問，悄悄的咂嘴點頭笑道。

〔庚辰夾批394〕媚極，韻極。

將來金殿對策，你大約連「趙錢孫李」都忘了呢。（王府「連」作「逕」）

〔己卯361〕有得寶卿奚落。但就謂寶卿無情，只是較阿顰施之特正耳。（〔庚辰394〕、〔有正644〕同。〔王府18a〕「得」作「待」）

〔庚辰眉批394〕如此穿插，安得不令人拍案叫絕。壬午季春。

「冷燭無烟綠臘乾」，你都忘了不成。（甲辰「臘」作「蠟」，「不成」作「麼」，無「你」字）

〔己卯361〕比等處便用硬證實處，最是大力量。但不知是何心思，是從何落想穿插到如此玲瓏錦繡地步。（〔庚辰394〕、〔有正644〕同。〔王府18a〕「但」作「便」）

〔甲辰11b〕乃翁前何多敏捷，今見乃姐何反遲鈍，未免怯才。拘緊人所必有之耳。

遂抽身走開了。

〔己卯361〕一段忙中閒文，已是好看之極，出人意外。（〔庚辰395〕、〔王府18b〕、〔有正645〕同）

因見寶玉獨作四律。

〔庚辰眉批395〕偏又寫一樣，是何心意構思而得。畸笏。

也省他些精神不到的之處。（庚辰「精神」旁有「恐有」二字，又「的」字被點去）

〔己卯362〕寫黛卿之情思，得寶玉却又如比，是與前文特犯不犯之處。（〔庚辰395〕、〔王府19a〕、〔有正645〕「得」作「待」）

早已吟成一律。

〔己卯362〕瞧他寫阿顰只如比，絕妙極。（〔庚辰395〕、〔王府19a〕、〔有正645〕「絕」作「便」。有正「瞧」作「照」）

便寫在紙條上，搓成個團子擲在他跟前。（甲辰無「便」字，「在他」作「向寶玉」）

〔庚辰眉批395〕紙團送迭（遞），係應童生秘訣，黛卿自何處學得，一笑。丁亥春。

〔甲辰12a〕姐姐做試官尚用鎗手，難怪世間之代倩多耳。

眞是喜出望外。

〔己卯362〕這等文字亦是觀書者望外之想。（〔庚辰395〕、〔王府19a〕、〔有正646〕同）

秀玉初成實，堪宜待鳳凰。

〔己卯362〕起便拿得住。（〔庚辰396〕、〔有正646〕同。〔王府19b〕「便」作「筆」）

迸砌防階水，穿簾礙鼎香。（有正「防」作「砀」）

〔己卯362〕妙句。古云：「竹密何妨水過」，今偏翻案。（〔庚辰396〕、〔王府19b〕，〔有正646〕同）

蘅蕪滿淨苑，蘿薜助芬芳。（有正「苑」作「院」）

〔己卯363〕「助」字妙。通部書所以皆善練字。（〔庚辰396〕、〔王府19b〕、〔有正647〕同）

軟襯三春草，柔拖一縷香。

〔己卯363〕刻畫入妙。（〔庚辰396〕、〔王府19b〕、〔有正647〕同）

輕烟迷曲逕，冷翠滴廻廊。

〔己卯363〕甜脆滿頰。（〔庚辰396〕、〔王府19b〕、〔有正647〕同）

深庭長日淨，兩兩出嬋娟。（有正「淨」作「靜」）

〔己卯363〕雙起雙敲。讀此有始信前云「有蕉無棠不可，有棠無蕉更不可」等批，非泛泛妄批駁他人，到自已身上則無能爲之論也。（〔庚辰396〕、〔王府19b〕、〔有正647〕「有」作「首」。有正「敲」作「收」。王府「批駁」作「駁批」。王府、有正「無能」作「無此能」）

綠蠟。

〔己卯363〕本是「玉」字，此遵寶卿改，似較「玉」字佳。（〔庚辰396〕同。〔王府20a〕、〔有正647〕無「此」字）

春猶捲。

〔己卯363〕是蕉。（〔庚辰396〕、〔王府20a〕、〔有正647〕同）

紅粧夜未眠。

〔己卯363〕是海棠。（〔庚辰396〕、〔王府20a〕、〔有正647〕同）

凭欄垂絳袖。

〔己卯363〕是海棠之情。（〔庚辰396〕、〔王府20a〕、〔有正647〕同）

倚石護青煙。

〔己卯363〕是芭蕉之神。何得如此工恰自然，眞是好詩，却是好書。（〔庚辰396〕同。〔王府20a〕、〔有正647〕「何得」作「何能」。王府「自」作「是」）

對立東風裏。

〔己卯363〕雙收。（〔庚辰397〕、〔王府20a〕、〔有正648〕同）

主人應解憐。

〔己卯363〕歸到主人，方不落空。王梅隱①云：詠物體又難雙承雙落，一味雙拿，則不免牽強。此首可謂詩題兩稱，極工極切，極流離嫵媚。（〔庚辰397〕同。〔王府20a〕、〔有正648〕「極工極切」作「工極切極」。「極流離」王府作「流璃」，有正作「流離」。有正「嫵」作「娬」）

杏帘招客飲，在望有山庄。

〔己卯363〕分題作一氣呵成，格調熟練，自是阿顰口氣。（〔庚辰397〕、〔有正648〕同。〔王府20a〕「一」作「氣一」）

菱荇鵝兒水，桑榆燕子梁。

〔己卯364〕阿顰之心臆才情原與人別，亦不是從讀書中得來。（〔庚辰397〕、〔王府20a〕、〔有正648〕同）

盛世無飢餒，何須耕織忙。

〔己卯364〕以幻入幻，順水推舟，且不失應制，所以稱阿顰。（〔庚辰397〕、〔有正648〕同。〔王府20a〕「水」作「風」）

遂將「澣葛山庄」改爲「稻香村」。

〔己卯364〕如比服善，妙。（〔庚辰397〕、〔王府20b〕、〔有正649〕同）

〔庚辰眉批401〕仍用玉兄前擬稻香村，却如比幻筆幻體，文章之格式至矣盡矣。壬午春。

---

① 參頁二四六註①。

賜與寶玉並賈蘭。

〔己卯364〕百忙中點出賈蘭，一人不落。（〔庚辰397〕同。〔有正649〕、〔王府20b〕、「一」作「直使一」）

賈環從年內染病未痊，自有閑處調養，故亦無傳。（王府、有正無「閑」字）

〔己卯364〕補明，方不遺失。（〔庚辰398〕、〔王府21a〕、〔有正649〕同）

第一齣豪宴。（王府、有正、列藏、甲辰「齣」作「齣」）

〔己卯365〕一捧雪①中伏賈家之敗。（〔庚辰398〕、〔王府21a〕、〔有正650〕同。〔列藏〕無「之」字。〔甲辰13b〕無「中」字，「家」作「宅」）

第二齣乞巧。（王府、有正、列藏、甲辰「齣」作「齣」）

〔己卯365〕長生殿②中伏元妃之死。（〔庚辰398〕、〔有正650〕同。〔王府21a〕、〔甲辰13b〕無「中」字。〔列藏〕無「之」字）

第三齣仙緣。（王府、有正、列藏、甲辰「齣」作「齣」）

〔己卯365〕邯鄲夢③中伏甄寶玉送玉。（〔庚辰398〕、〔王府21a〕、〔有正650〕、〔列藏〕同。〔甲辰13b〕無「中」字）

---

① 「一捧雪」明李玉（一五九一——一六七一）撰。寫嚴世蕃強索莫懷古家傳一捧雪玉杯，莫製假杯貽之，為彼所薦予嚴之門客湯勤所洩。嚴借罪抄莫家，杯為忠僕莫成偷運出，不獲。又假罪斬莫懷古，莫成代死得免。後嚴敗，懷古一家團圓，杯亦重歸莫家。「豪宴」為此戲第五齣。參頁三二七註①。

② 「長生殿」，清洪昇（一六四五——一七〇四）撰。演唐明皇楊貴妃事。「乞巧」乃其中「密誓」一齣。

③ 「邯鄲夢」，明湯顯祖（一五五〇——一六一七）撰。故事採唐沈既濟之「枕中記」，即世所傳「黃粱夢」。書中所謂「仙緣」一齣，乃指第二十九折「合仙」。「綴白裘」稱此齣為「仙圓」。參頁三二七註②。

第四齣離魂。（王府、有正、列藏、甲辰「齣」作「齣」）

〔己卯365〕伏黛玉死，牡丹亭①中。所點之戲劇伏四事，乃通部書之大過節、大關鍵。

〔庚辰398〕伏黛玉死。所點之戲劇伏四事，乃牡丹亭中通部書之大過節、大關鍵。（〔王府21a〕同）

〔有正650〕牡丹亭中伏黛玉死。所點之戲劇伏四事，乃通部書之大過節、大關鍵。（〔列藏〕作「牡丹亭中伏黛玉死」）

〔甲辰13b〕伏黛玉之死牡丹亭。

雖是粧演的形容，卻作盡悲歡情狀。

〔己卯365〕二句畢矣。（〔庚辰398〕、〔王府21a〕、〔有正650〕同）

賈薔便知是賜齡官之物，喜的忙接了。

〔己卯365〕何「喜」之有。伏下後面許多文字，只用一「喜」字。（〔庚辰398〕、〔有正650〕同）

齡官自爲此二齣原非本角之戲，執意不作，定要作「相約」，「相罵」二齣。（庚辰「齣」皆作「齣」，有正「本角」作「本腳」）

〔己卯365〕釵釧記②中，總隱後文不盡風月等文。（〔庚辰399〕、〔王府21b〕、〔有

① 「牡丹亭」，明湯顯祖撰。演柳夢梅與杜麗娘夢中相識，歷盡艱難終成眷屬事。「紅樓夢」所提及者為其中「游園」、「驚夢」、「離魂」、「尋夢」四齣。按「游園」、「驚夢」在「牡丹亭」原本中本為「驚夢」一齣，演出本分為兩齣。

② 「釵釧記」，明月謝主人作，或明王玉峯撰。謂皇甫吟、史碧桃有婚約，吟窮，史父欲女改字。女乃遣婢芸香約贈吟以釵釧。其事為吟友韓時忠所知，韓詐取釵釧，遂生無限波瀾，終成婚配。「相約」、「相罵」為其中二齣。

正651〕同）

按近之俗語云：「能（寧）養千軍，不養一戲。」蓋甚言優伶之（〔王府21b〕無）不可養之意也。大抵一班之中，此一人技（〔庚辰399〕作「枝」）業（〔有正651〕作「藝」）稍優出眾，此一人則拿腔作勢轄眾恃能（王府作「轄眾持強」。有正作「唬眾恃強」），種種可惡，使主人（有正無）逐之不捨，責之不可，雖不（王府、有正無）欲不憐而（王府、有正無）實不能不憐，雖欲不愛而（王府、有正無）實不能不愛。余歷梨園子弟廣矣，各（個）各（個）皆然。亦曾與慣養梨園諸世家兄弟談議及此，眾皆知其事，而皆不能言。今閱石頭記至（王府作「再」、有正作「載」）「原非本角」（王府作「劇」、有正作「脚」）之戲，執意不作」二語，便見其恃能壓眾，喬酸姣妒，淋漓滿紙矣。復至「情悟梨香院」一回①，更將和盤托出，與余三十年前目睹（王府、有正作「覩」）身親之人，現形於紙上。使（王府、有正作「便」）言石頭記之爲書，情之至極，言之至恰（有正作「確」），然非領略過乃事，迷陷過乃情，卽觀此茫（王府作「忙」）然嚼⿰口巤（有正作「蠟」），亦不知其神妙也。

賈薔扭他不過。

〔己卯366〕如何反「扭他不過」，其中便隱許多文字、（〔庚辰399〕無「便」字。〔王府22a〕、〔有正652〕同）

賈妃其喜，命不可難爲了這女孩子，好生教習。（庚辰、王府、有正「其」作「甚」）

① 第三十六回。

〔己卯366〕可知尤物了。（〔庚辰399〕、〔王府22a〕、〔有正652〕同）

並金銀錁子食物之類。

〔己卯366〕又伏下一個尤物，一段新文。（〔庚辰399〕、〔有正652〕同。〔王府22a〕「下」作「了」）

忙另盥手進去，焚香拜佛。又題一匾云「苦海慈航」。

〔己卯366〕寓通部人事。一篇熱文，却如此冷收。（〔庚辰400〕、〔王府22a〕、〔有正652〕同）

寶玉亦同此。

〔己卯367〕此中忽夾上寶玉，可思。（〔庚辰400〕、〔有正653〕同。〔王府23a〕「失」作「亦」）

拉住賈母王夫人的手，緊緊的不忍釋放。

〔己卯368〕使人鼻酸。（〔庚辰401〕、〔王府23b〕、〔有正654〕同）

倘明歲天恩仍許歸省，萬不可如此奢華靡費了。（有正「靡」作「糜」）

〔己卯368〕妙極之讖。試看別書中專能故用一不祥之語爲讖，今偏不然，只有如此現成一語，便是不再之讖。只看他用一「倘」字便隱諱，自然之至。（己卯「祥」缺末筆。〔庚辰401〕同。〔王府23b〕、〔有正655〕「祥」作「詳」）

元春離別一段。

〔庚辰眉批401〕一回離合悲歡夾寫之文，眞如山陰道上令人應接不暇，尚有許多忙中閑，閑中忙，小波瀾，一絲不漏，一筆不苟。

回末總評

〔王府24a〕此回鋪排，非身經歷，開巨眼，伸文筆，則必有所滯罣牽強，豈能如此觸處成趣，立後文之根，足本文之情者。且借象說法，學我佛闡經，代天女散花，以成此奇文妙趣。惟不得與四才子書①之作者，同時討論臧否，爲可恨恨耳。（有正656「文筆」作「大筆」，「恨恨」作「恨」）

① 金聖歎「第五才子書施耐庵水滸傳序」以「莊子」、「離騷」、「史記」，杜甫詩為四才子書，而列「水滸傳」為第五才子書。

第十九回　情切切良宵花解語　意綿綿靜日玉生香①

回前總批

〔王府0a〕彩筆輝光若轉環，情心魔態幾千般。寫成濃淡兼深淺，活現癡人戀戀間。（有正657「情心」作「心情」）

以賜賈政及各椒房等員。（列藏無「以賜賈政」四字）

〔己卯371〕補還一句，細，方見省親不獨賈家一門也。（〔庚辰403〕、〔王府1a〕、〔有正659〕同。〔列藏〕「還」作「這」，無「也」字）

只拃掙着與無事的人一樣。（列藏「只」作「又」，「樣」作「般」）

〔己卯371〕伏下病源。（〔庚辰403〕、〔王府1b〕、〔有正660〕、〔列藏〕、〔甲辰1b〕同）

---

① 本回己卯、庚辰本無回目。

襲人的母親又親來回過賈母，接襲人家去吃年茶，晚間纔得回來。（有正無「年」字）

〔己卯371〕一回一回各生機軸，總在人意想之外。（〔庚辰403〕、〔王府1b〕、〔有正660〕同）

因此寶玉只和眾丫頭們擲骰子趕圍棋作戲。（列藏「和」作「合」）

〔己卯371〕寫出正月光景。（〔庚辰403〕、〔王府1b〕、〔有正660〕同。〔列藏〕「寫出」作「是」）

忽又有賈妃賜出糖蒸酥酪來。

〔己卯371〕總是新正妙景。（〔庚辰403〕、〔王府1b〕、〔有正660〕同）

更有孫行者大鬧天宮，姜子牙斬將封神等類的戲文。

〔己卯372〕眞眞熱鬧。（〔庚辰404〕、〔王府2a〕、〔有正660〕同）

鑼鼓喊叫之聲，遠聞巷外。

〔己卯372〕形容尅剝之至，弋揚腔能事畢矣。　閱至此則有如耳內喧嘩，目中離亂。後文至隔牆聞「裊晴絲」數曲①，則有如魂隨笛轉，魄逐歌銷。形容一事，一事畢眞，石頭是第一能手矣。（〔庚辰404〕「弋揚」作「弋楊」。〔王府2a〕「離」作「撩」，「聞」作「間」，無「眞」、「第」二字。〔有正661〕「尅剝」作「刻薄」，「弋揚」作「弋陽」，「離亂」作「撩亂」，「聞」作「閒」，「畢眞」作「畢肖」）

別人家斷不能有的。

---

① 第二十三回末，指牡丹亭「游園」、「驚夢」兩折。

〔己卯372〕必有之言。（〔庚辰404〕、〔王府2a〕、〔有正661〕同）

那美人也自然是寂寞的，須得我去望慰他一回。（庚辰「也」字被點去。無「須」字）

〔己卯373〕極不通極胡說中，寫出絕代情癡，宜乎衆人謂之瘋傻。（〔庚辰405〕同。〔王府3a〕、〔有正663〕「情癡」作「癡情」，「宜乎」作「宜」。〔列藏〕無「極不通極胡說中」七字）

〔王府夾批2b〕天生一段癡情，所謂「情不情」也。

敢是美人活了不成。（列藏「是」作「是那」）

〔己卯373〕又帶出小兒心意，一絲不落。（〔庚辰405〕、〔王府3a〕、〔列藏〕同。〔有正663〕「不落」作「不亂」）

青天白日，這是怎麼說。

〔己卯373〕開口便好。（〔庚辰405〕、〔王府3a〕、〔有正663〕、〔列藏〕同）

寶玉跺腳道，還不快跑。（列藏「跺」作「躲」）

〔己卯374〕此等搜神奪魄至神至妙處，只在囫圇不解中得。（〔庚辰406〕同。〔王府3b〕、〔有正664〕「得」作「得來」。〔列藏〕「魄」作「魄處」）

你別怕，我是不告訴人的。（列藏「訴」作「訢」）

〔己卯374〕活寶玉，移之他人不可。（〔庚辰406〕、〔王府3b〕、〔有正664〕同。〔列藏〕「活」作「眞正活」，「他」作「別」）

可見他自認得你了，可憐，可憐。（王府、有正無最末「可憐」二字）

〔己卯374〕按此書中寫一寶玉，其寶玉之爲人，是我輩於書中見而知有此人，實未目（

〔有正664〕作「目未」）曾親覩。（〔王府3b〕作「睹」）者。又寫寶玉之發。（王府、有正無）言，每每令人不解；寶玉之生性，件件令人可笑；不獨于世上親見（王府、有正無）這樣的人不曾，卽閱今古所有之小說傳奇（〔庚辰406〕作「奇傳」）中，亦未見這樣的文字。於顰兒處更爲（有正作「爲更」）甚，其囫圇不解之。（庚辰、王府、有正作「之中」）實可解，可解之中又說不出理路。合目思之，却如眞見一寶玉，眞聞此言者，移之第二人萬（有正作「萬萬」）不可，亦不成文字矣。余閱石頭記中（王府、有正無）至奇至妙之文，合（庚辰作「令」、王府、有正作「全」）在寶玉顰兒至癡至呆囫圇不解之語中，其詩詞雅（有正作「啞」）謎酒令奇（王府、有正作「及」）衣奇（王府、有正無）食奇文（庚辰、王府、有正作「玩」）等類，固他書中未能，然在此書中評之（王府、有正無），猶爲二首（庚辰、王府、有正作「著」）。

竟是寫不出來的。（王府、有正無「是」字）

〔己卯374〕若都寫的出來，何以見此書中之妙。脂研。（〔庚辰407〕同。〔王府4a〕、〔有正665〕「脂研」作「耶」）

據他說，他母親養他的時節做了個夢。（王府、有正無「個」字）

〔己卯374〕又一個夢，只是隨手成趣耳。（〔庚辰407〕同。〔王府4a〕、〔有正665〕「又」作「又是」）

上面是五色富貴不斷頭卍字的花樣。

〔己卯374〕千奇百怪之想。所謂牛溲馬勃皆至藥也，魚鳥昆蟲皆妙文也，天地間無一物不是妙物，無一物不可不成文，但在人意捨取耳。此皆信手拈來，隨筆成趣，大游戲、大慧悟、大解脱之妙文也。（〔庚辰407〕同。〔王府4a〕、〔有正665〕「敦」作「勃」，「捨」作「拾」，「慧」作「會」。有正「不成」作「成」）

所以他的名字叫作卍兒。

〔己卯375〕音萬。（〔庚辰407〕、〔王府4b〕、〔有正66 〕同）

茗烟欸欸笑道。

〔庚辰眉批407〕欸音希。　，笑貌。

他們就不知道了。

〔己卯375〕名烟此時只要掩飾方才之過，故設此以悦寶玉之心。（〔庚辰407〕、〔列藏〕同。〔王府4b〕「過」作「道」。〔有正666〕「掩」作「遮」）

偺們竟我你花大姐姐去，瞧他在家作什麼呢。（庚辰、王府、有正「我」作「找」。庚辰「麼」作「麼嚦」，旁加「呢」字。列藏無「花」、「什」二字）

〔己卯375〕妙。（〔列藏〕作「炒」）。寶玉心中早安（列藏作「按」）了這着，但恐茗烟不肯引去耳（列藏作「去」）。恰（列藏作「可恰」）遇茗烟私行淫媾，爲寶玉所協（〔有正667〕作「挾」），故以城外引（列藏作「引之」）以（〔王府5a〕、有正無）悦其心，寶玉（列藏無）始悦（王府、列藏作「説」），出往花家去。非茗烟適有罪（列藏作「懼罪」）所協（王府作「被協」，有正作「被挾」），萬（列藏作「斷」）不敢如此私引出外。別家子弟尚不敢私出，況寶玉哉，況（列藏無）茗烟哉。文（列

藏作「又」）字筍楔。（列藏作「楔」），細極（有正作「極細」）。（〔庚辰408〕同）

說我引着二爺胡走，要打我呢。（王府「說」作「又說」）

〔己卯376〕必不可少之語。（〔庚辰408〕、〔王府5a〕、〔有正667〕同。〔列藏〕「必」作「亦」）

茗烟先進去叫襲人之兄花自芳。

〔己卯376〕隨姓成名，隨手成文。（〔庚辰408〕、〔王府5a〕、〔有正667〕同）

彼時襲人之母接了襲人與幾個外甥女兒。

〔己卯376〕一樹千枝，一源萬派，無意隨手，伏脈千里。（〔庚辰408〕、〔有正667〕同。〔王府5a〕「千里」作「十里」）

襲人聽了，才放下心來。

〔己卯376〕精細週到。（〔庚辰409〕、〔王府5b〕、〔有正668〕同）

嗐了一聲笑道。

〔己卯376〕轉至笑字，妙，神。（〔庚辰409〕、〔王府5b〕、〔有正668〕、〔列藏〕同）

你也特胡鬧了。（有正「特」作「忒」）

〔己卯376〕該說，說得是。（〔庚辰409〕、〔王府5b〕、〔有正668〕同。〔列藏〕作「該說得是」）

還有誰跟來。

〔己卯376〕細。（〔庚辰409〕、〔王府5b〕、〔有正668〕、〔列藏〕同）

襲人聽了，復又驚慌。（列藏「復」作「須」，「慌」作「恍」）

〔己卯376〕是必有之神理，非特故作頓挫。（〔庚辰409〕、〔王府5b〕、〔有正669〕同。〔列藏〕無「特」字，「挫」作「擺」）

回去我定告訴嫫嫫們打你。（列藏「訴」作「訢」，「嫫嫫」作「媽媽」）

〔己卯377〕該說，說的更是。指研。（〔庚辰409〕同。〔王府6a〕、〔有正669〕作「該說，說的更有理。」〔列藏〕「的更」作「得」，無「指研」二字）

不然，我們還去罷。

〔己卯377〕茗烟賊。（〔庚辰409〕、〔王府6a〕、〔有正669〕同。〔列藏〕作「賊」）

花自芳母子兩個百般怕寶玉冷，又讓他上炕，又忙另擺菜棹，又忙倒好茶。（「菜棹」庚辰、王府作「菓棹」，列藏作「菓桌」。「倒」有正作「涮」，列藏作「另倒」）

〔己卯377〕連用三「又」字，上文一個「百般」，神理活現。脂硯。（〔庚辰409〕同。〔王府6b〕、〔有正670〕「脂硯」作「紙上」。〔列藏〕「連」作「他」，無「脂硯」二字）

襲人笑道，你們不用白忙。（列藏「笑」作「說」）

〔己卯377〕妙。不寫襲卿忙，正是忙之至。若一寫襲人忙，便是庸俗小派了。（〔庚辰410〕、〔王府6a〕、〔有正670〕同）

〔列藏〕如此至激（微）至小，便帶出世家常情。（參下批）

也不敢亂給東西吃。(列藏無此句)

〔己卯377〕如此至微至小中便帶出家常情，他書寫不及此。(〔庚辰410〕同。〔王府6b〕「小」作「妙」。〔有正670〕「情」作「情事」。參上批)

〔王府夾批6b〕至敬至情。

一面說，一面將自己的坐褥拿了，鋪在一個炕上，寶玉坐了。用自己的腳爐墊了腳，向荷包內取出兩個梅花香餅兒來，又將自己的手爐掀開焚上，仍蓋好，放與寶玉懷內。然後將自己的茶杯斟了茶，送與寶玉。(王府無「一個」兩字。王府、有正「拿了」作「拿來」。列藏「炕」作「机」，「腳爐」作「腳火爐」，無「來」字，「放與」作「放于」)

〔己卯378〕疊用四「自己」字，寫得寶襲二人素日如何親洽，如何尊榮，此時一盤托出。蓋素日身居侯府綺羅錦綉之中，其安富尊榮之寶玉，親密浹洽勤慎委婉之襲人，是分所應當，不必寫者也。今於此一補，更見其二人平素之情義，且暗透此回中所有母女兄長欲爲贖身角口等未到之過文。(〔庚辰410〕「浹」作「渶」，「錦綉」原作「錦綿綉」，「綿」字點去。〔王府6b〕、〔有正671〕「疊用四」作「用四個」，無「分」字。有正「此回」作「後回」，「角口」作「口角」。王府無「等」字。)

〔列藏〕疊用四「自己」，寫得寶襲二人平日如何親洽，如何尊榮，此時一盤托出。蓋平日身居侯府綺羅錦綉之中，其安富尊榮之寶玉，親密浹洽勤性委婉(之)襲人，是分所當，不必寫者也。今于此一補，更見其平日二人之情義，且明透此回中所有母兄故(欲)爲贖身口角等未到之過文。

襲人見總無可吃之物。

〔己卯378〕補明寶玉自幼何等嬌貴。以此一句，留與下部後數十回「寒冬噎酸虀，雪夜圍破毡」等處對看，可爲後生過分之戒。嘆嘆！（此批及正文又於十九回前頁370所附小紙條上武裕菴用朱墨錄出，前有「十九回，回家來」六字。〔庚辰410〕、〔王府7a〕同。〔有正671〕「之戒嘆嘆」作「之人戒嘆」。〔列藏〕「數」作「段」，「看」作「着」，無「爲」字）

好歹嚐一點兒，也是來我家一淌。

〔己卯378〕得意之態，是纔與母兄較爭以後之神理，最細。（〔庚辰410〕、〔王府7a〕、〔有正671〕同）

說着便拈了幾個松子穰。（王府、有正無「便」字）

〔己卯378〕惟此品稱可一拈，別品便大錯了。（〔庚辰411〕、〔王府7a〕、〔有正671〕「稱」作「稍」）

寶玉看見襲人兩眼微紅，粉光融滑。

〔己卯378〕八字畫出纔收淚之一女兒，是好形容，且是寶玉眼中意中。（〔庚辰411〕、〔王府7a〕、〔有正671〕同）

纔迷了眼揉的，因此便遮掩過了。

〔己卯378〕伏下後文所補未到多少文字。（〔庚辰411〕、〔王府7b〕、〔有正672〕同）

你特爲往這裏來又換新服，他們。（庚辰「服」旁有「衣」字）

〔己卯379〕指晴雯麝月等。（〔庚辰411〕、〔有正672〕同。〔王府7b〕「雯」作「雲」）

就不問你往那去的。（有正「那」作「那裏」）

〔己卯379〕必有是問。　閱此則又笑盡小說中無放家常穿紅掛綠綺綉綾羅等語，自謂是富貴語，究竟反竟寒酸話。（〔王府7b〕、〔庚辰411〕、〔有正672〕「竟」作「是」。王府、有正「放」作「數」，「富貴語」作「富貴」、「寒酸話」作「寒酸俗態也」）

我還替你留著好東西呢。

〔庚辰夾批411〕生員切已（己）之事。

悄悄的，叫他們聽著什麼意思。

〔己卯379〕想見二人素日情常。（〔庚辰411〕「素」作「來」。〔王府8a〕、〔有正673〕「素日情常」作「往日情長」。〔列藏〕「常」作「分」）

〔王府夾批8a〕追魂。

「一面又伸手從寶玉項上將通靈玉摘了下來」一段。

〔庚辰眉批412〕自「一把拉住」至此諸形景動作，襲卿有意微露絳（絳）芒（芸）軒中隱事也。

你們見識見識，時常說起來，都當希罕，恨不能一見。

〔王府夾批8a〕不可少之文。

也不過是這麼個東西。

〔己卯379〕行文至此固好看之極，且勿論。按此言固是襲人得意之語，蓋言你等所希罕不得一見之寶，我却常守常見，視爲平物。然余今窺其用意之旨，則是作者借此正爲貶玉原非大觀者也。（〔庚辰412〕「語」作「話」。〔王府8a〕、〔有正673〕同）

有我送去騎馬也不妨了。

〔庚辰夾批412〕只知保重耳。

爲的是磡見人。（王府「是」作「是怕」）

〔己卯379〕細極。（〔庚辰412〕、〔王府6b〕、〔有正674〕同）

教他不可告訴人，連你也有不是。

〔王府夾批8b〕細密。

寶玉笑說，到難爲你了。

〔庚辰夾批412〕公子口氣。

十分看不過。

〔己卯380〕人人都「看不過」，獨寶玉看得過。（〔庚辰413〕、〔王府9a〕、〔有正675〕同）

你們越發沒個樣兒了。（王府、有正無「了」字）

〔己卯380〕說得是，原該說。（〔庚辰413〕、〔王府9a〕、〔有正675〕同）

別的媽媽們越不敢說你們了。（王府「越」作「越發」）

〔己卯380〕補明好。寶玉雖不吃乳，豈無伴從之媼嫗哉。（〔庚辰413〕、〔王府9a〕、

〔有正675〕同）

那寶玉是個杖八的燈臺，照見人家照不見自家的。（庚辰「杖」作「丈」，王府、有正作「丈」）

〔己卯381〕用俗語入，妙。（〔庚辰413〕、〔王府9a〕、〔有正675〕同）

這是他的屋子，由着你們遭塌，越不成體統了。（有正「遭塌」作「蹧蹋」。王府「越不成」作「越發不成個」）

〔己卯381〕所以爲今古未有之一寶玉。（〔庚辰413〕、〔王府9a〕、〔有正675〕同）

二則李嬷嬷已事告老解事出去的了。（庚辰「已事」改作「已是」，王府、有正作「已是」。有正「嬷嬷」作「嫫嫫」）

〔己卯381〕調侃入微，妙妙。（〔庚辰413〕、〔王府9b〕、〔有正676〕同）

那李嬷嬷還只管問寶玉如今一頓吃多少飯，什麼時辰睡覺等語。（有正「嬷嬷」作「嫫嫫」）

〔己卯381〕可嘆。（〔庚辰413〕、〔王府9b〕、〔有正676〕、〔列藏〕同）

有的說好一個討厭的貨。（王府「貨」作「老貨」）

〔庚辰夾批413〕實在有的。

〔王府夾批9b〕入神。

說畢，拿匙就吃。

〔己卯381〕寫龔鐘奶姆，便是龔鍾奶姆。（〔庚辰414〕、〔有正676〕「鐘」作「鍾」。〔王府9b〕「姆」皆作「母」，「鍾」作「鐘」）

那是說了給襲人留着的。

〔己卯381〕過下無痕。（〔庚辰414〕、〔王府9b〕、〔有正676〕同）

回來又惹氣了。

〔己卯381〕照應茜雪楓露茶①前案。（〔庚辰414〕、〔王府9b〕、〔有正676〕同）

你老人家自己承認，別帶累我們生氣。（庚辰「生」改作「受」，有正作「受」）

〔己卯381〕這等話聲口，必是晴雯無疑。（「話」〔庚辰414〕作「話玉」，〔王府9b〕、〔有正676〕作「話語」）

什麼阿物兒。

〔己卯382〕雖暫委曲唐突襲卿，然亦怨不得李媼。（〔庚辰414〕、〔王府10a〕、〔有正677〕同）

豈有爲這個不自在的。

〔己卯382〕聽這聲口必是麝月無疑。（〔庚辰414〕、〔王府10a〕、〔有正678〕同）

打量上次爲茶攆茜雪的事我不知道呢。（有正無「事」字）

〔己卯382〕照應前文。又用一「攆」，屈殺寶玉。然李媼心中口中畢肖。（〔庚辰415〕、〔王府10b〕、〔有正678〕「然」作「然在」。有正「攆」作「攆字」）

說着賭氣去了。

〔己卯382〕過至下回。（〔庚辰415〕、〔王府10b〕、〔有正678〕同）

只見晴雯淌在床上不動。

---

① 第八回。

〔己卯382〕嬌熊已慣。（「熊」〔庚辰415〕、〔王府10b〕、〔有正678〕作「態」，〔列藏〕作「憨」）

擱在這裏到白遭塌了。（有正「遭塌」作「蹧蹋」）

〔己卯383〕與前文應失手碎鍾遙對。通部襲人皆是如此，一絲不錯。（〔庚辰415〕、〔王府11a〕同。〔有正679〕無「應」字，「鍾」作「鐘」）

你替我剝栗子，我去鋪床。

〔己卯383〕必如此方是。（〔庚辰415〕、〔王府11a〕、〔有正679〕、〔列藏〕同）

今兒那個穿紅的是你什麼人。

〔己卯383〕若是過女兒之後沒有一段文字，便不是寶玉，亦非石頭記矣。（〔庚辰416〕同。〔王府11a〕、〔有正679〕「是過」作「見過」，「沒有」作「沒」）

讚嘆了兩聲。（王府有正作「贊嘆兩聲」，列藏無「了」字）

〔己卯383〕這一讚嘆又是令人囫圇不解之語，只此便抵過一大篇文字。（〔庚辰416〕、〔王府11b〕、〔有正680〕同。〔列藏〕無「只此便」、「大」四字）

襲人道，嘆什麼。

〔己卯383〕只一「嘆」字，便引出「花解語」①一回來。（〔庚辰416〕、〔王府11b〕、〔有正680〕同）

想是說他那裏配紅的。（王府、有正「紅的」作「穿紅」，列藏「說」作「你說」）

① 本回。

〔己卯383〕補出寶玉素喜紅色，這是激語。（〔庚辰416〕、〔王府11b〕、〔有正680〕同。〔列藏〕無「出」字，「激」作「邀」）

那樣的不配穿紅的，誰還敢穿。（王府「不」作「人不」）

〔己卯383〕活寶玉。（〔庚辰416〕、〔王府11b〕、〔有正680〕同）

怎麼也得他在偺們家就好了。（列藏「偺們家」作「咱們家裡」）

〔己卯383〕妙談妙意。（〔庚辰416〕、〔王府11b〕、〔有正680〕同。〔列藏〕「妙」誤作「炒」）

我一個人是奴才命罷了，難道連我的親戚都是奴才命不成，定還要揀實在好的丫頭，纔往你家來。（王府作「實在好的，就該給你家作奴才麼」。有正同王府，無「就」字）

〔己卯384〕妙答。寶玉並未說「奴才」二字，襲人連補「奴才」二字，最是勁節。怨不得作此語。（〔庚辰416〕、〔王府11b〕同。〔有正680〕「補奴才二字」作「補奴才二人」）

我說往偺家來必定是奴才不成。

〔己卯384〕勉強，如聞。（〔庚辰416〕、〔王府11b〕、〔有正680〕同）

說親戚就使不得。

〔己卯384〕更強。（〔庚辰416〕、〔王府11b〕、〔有正680〕同）

〔王府夾批11b〕這樣妙文，何處得來？非目見身行，豈能如此的確。

那也搬配不上。

〔己卯384〕說的事。（〔庚辰416〕同。〔王府12a〕、〔有正681〕作「說得是」）

你明兒睹氣花幾兩銀子買他們進來就是了。（王府、有正「睹」作「賭」，王府無「們」字）

〔己卯384〕總是故意激他。（〔庚辰417〕、〔王府12a〕、〔有正681〕同）

沒的我們這種濁物。

〔己卯384〕妙號，後文又曰鬚眉濁物之稱，今古未有之一人，始有此今古未有之妙稱妙號。（〔庚辰417〕、〔王府12a〕、〔有正681〕同）

到生在這裏。

〔己卯384〕這皆寶玉意中心中確實之念，非前勉強之詞，所以謂今古未之一人耳。聽其囫圇不解之言，察其幽微感觸之心，審其癡妄委婉之意，皆今古未見之人，亦是未見之文字；說不得賢，說不得愚，說不得不肖，說不得善，說不得惡，說不得正大光明，說不得混賬惡賴，說不得聰明才俊，說不得庸俗平（凡），說不得好色好淫，說不得情癡情種，恰恰只有一顰兒可對，令他人徒加評論，總未摸着他二人是何等脫胎，何等心臆，何等骨肉。余閱此書亦愛其文字耳，實亦不能評出此二人終是何等人物。後觀「情榜」評曰：「寶玉情不情，黛玉情情。」此二評自在評癡之上，亦屬囫圇不解，妙甚。（〔庚辰417〕、無「何等心臆」四字。〔王府12a〕、〔有正681〕「這皆」作「這皆是」，「今古未」作「今古未有」，「庸俗平」作「庸俗又」，「令他人」作「今他人」。王府「之一人」作「一人」、「委婉」作「婉婉」。有正「非前」作「非」，「委婉」作「婉轉」）

明年就出嫁。

〔庚辰夾批417〕所謂不入耳之言也。

寶玉聽「出嫁」二字，不禁又嗐了兩聲。（王府、有正「聽」作「聽了」，無「又」字）

〔己卯385〕寶玉心思，另是一樣，余前評可見。（〔庚辰417〕、〔王府12b〕、〔有正682〕同）

又聽襲人嘆道。

〔己卯385〕襲人亦嘆，自有別論。（〔庚辰418〕、〔王府12b〕、〔有正682〕同）

寶玉聽這話內有文章。（王府、有正「聽」作「聽了」）

〔己卯385〕余亦如此。（〔庚辰418〕、〔王府12b〕、〔有正682〕同）

不覺吃一驚。（王府「吃」作「吃了」）

〔己卯385〕余亦吃驚。（〔庚辰418〕、〔王府12b〕、〔有正682〕同）

他們上來就贖我出去的呢。

〔己卯385〕卽余今日尤難爲情，況當日之寶玉哉。（〔庚辰418〕、〔王府13a〕、〔有正683〕同）

怎麼是個了局。

〔己卯385〕說得極是。（〔庚辰418〕、〔王府13a〕、〔有正683〕同）

我不叫你去也難。

〔己卯385〕是頭一句駁，故用貴公子聲口，無理。（〔庚辰418〕、〔王府13a〕、〔有

正683〕同）

別說你了。（有正「了」作「咧」）

〔己卯386〕一駁，更有理。（〔庚辰418〕、〔王府13a〕、〔有正683〕同）

寶玉想一想，果然有理。

〔己卯386〕自然。（〔庚辰418〕、〔王府13b〕、〔有正684〕同）

老太太不放你也難。

〔己卯386〕第二層仗祖母溺愛，更無理。（〔庚辰418〕、〔王府13b〕、〔有正684〕同）

或者感動了老太太，太太。（庚辰「老太太，太太」作「老太太，老太太」）

〔己卯386〕寶玉並不提王夫人，襲人偏自補出，週密之至。（〔庚辰419〕、〔王府13b〕、〔有正684〕同）

我卻也不過是個平常的人。

〔王府夾批13a〕此等語言，便是襲卿心事。

先伏侍了史大姑娘幾年。（王府「伏」作「扶」）

〔己卯386〕百忙中又補出湘雲來，眞是七年八達，得空便入。（〔庚辰419〕、〔王府13b〕、〔有正684〕「年」作「穿」）

那伏侍的好是分內應當的。

〔庚辰夾批419〕這却是眞心話。

不是沒了我，就不成事。（王府無「了」字）

〔己卯386〕再一駁，更精細，更有理。（〔庚辰419〕同。〔王府14a〕、〔有正685〕作「再一駁，更覺精細有理」）

〔王府夾批14a〕反敲。

竟是有去的理，無留的理。（王府「無」作「並無」）

〔己卯387〕自然。（〔庚辰419〕、〔王府14a〕、〔有正685〕同）

心內越發急了。

〔己卯387〕原當急。（〔庚辰419〕、〔王府14a〕、〔有正685〕同）

多多給你母親些銀子，他也不好思接你了。（庚辰「好」字旁加「意」字。王府、有正「好思」作「好意思」）

〔己卯397〕急心腸，故入於覇道無理。（〔庚辰419〕、〔王府14a〕、〔有正685〕同）

〔王府夾批14a〕三字入神。

反叫我們骨肉分離，這件事老太太太太斷不肯行的。

〔己卯387〕三駁不獨更有理，且又補出賈府自家慈善寬厚等事。（〔庚辰420〕同。〔王府14b〕、〔有正686〕「自家」作「自」）

寶玉聽了，思忖半晌。

〔己卯387〕正是「思忖」只有去理，實無留理。（〔庚辰420〕同。〔有正686〕「去理」作「去的理」，〔王府14b〕、有正「實無留理」作「無留的理」）

依你說，你是去定了。

〔己卯387〕自然。（〔庚辰420〕、〔王府14b〕、〔有正686〕同）

襲人道，去定了。

〔庚辰夾批420〕口氣像極。

這樣薄情無義。

〔己卯387〕余亦如此見疑。（〔庚辰420〕、〔王府14b〕、〔有正686〕同）

早知道都是要去的。

〔己卯387〕「都是要去的」，妙。可謂觸類傍通，活是寶玉。（〔庚辰420〕、〔王府14b〕、〔有正686〕同）

我就不該弄了來，臨了剩我一個孤兒。（「孤」庚辰旁有「鬼」字，王府作「孤鬼」）

〔己卯388〕可謂見首知尾，活是寶玉。（〔庚辰420〕、〔王府14b〕、〔有正686〕同）

〔王府夾批14b〕上古至今及後世有情者，同聲一哭。

便賭氣上床睡去了。（王府「睡」作「去睡」）

〔己卯388〕又到無可奈何之時了。（〔庚辰420〕、〔王府14b〕、〔有正687〕同）

原來襲人在家聽見他母兄要贖他回去。

〔己卯388〕補前文。（〔庚辰420〕、〔王府15a〕、〔有正687〕同）

沒有個看着老子娘餓死的理。

〔己卯388〕補出襲人幼時艱辛苦狀，與前文之香菱，後文之晴雯大同小異，自是又副十二釵中之冠，故不得不補傳之。（〔庚辰421〕、〔王府15a〕、〔有正687〕同）

〔庚辰夾批421〕孝女義女。

如今幸而賣到這個地方。（王府「這」作「那」）

〔己卯388〕可謂不幸中之幸。（〔庚辰421〕、〔王府15a〕、〔有正687〕同）

若果然還艱難，把我贖出來，再多掏澄幾個錢也還罷了。

〔庚辰夾批421〕孝女義女。

權當我死了。

〔庚辰夾批421〕可憐可憐。

再不必起贖我的念頭，因此哭鬧了一陣。（列藏「起」作「提起」）

〔己卯388〕以上補在家今日之事，與寶玉問哭一句針對。（〔庚辰421〕同。〔王府15b〕、〔有正688〕「針對」作「對針」）

〔列藏〕以此補今日在家之可（事），與寶玉問哭一句對針。

〔庚辰夾批421〕我也要笑（哭）。

〔王府夾批15b〕同心同志更覺幸遇。

只怕身價銀一併賞了，這是有的事呢。（王府無「呢」字。列藏「身」作「連身」，「這」作「還」）

〔己卯388〕又夾帶出賈府平素施爲來，與襲人口中針對。（〔庚辰421〕、〔王府15b〕、〔有正688〕同。〔列藏〕無「出」字，「素」作「日」，「針對」作「對針」）

二則賈府中從不曾作踐下人，只有恩多威少的。（庚辰無「踐」字，「作」旁有「賤」字）

〔己卯389〕伏下多少後文。（〔庚辰421〕、〔王府15b〕、〔有正688〕同）

〔王府夾批15b〕鐵檻寺鳳卿受賂，令人悵恨。

平常寒薄人家的小姐，也不能那樣尊重的。（王府「平」作「就是平」）

〔己卯389〕又伏下多少後文。先一句是傳中陪客，此一句是傳中本旨。（〔庚辰422〕、〔王府15b〕、〔有正688〕同）

也就死心不贖了。

〔己卯389〕既如比，何得襲人又作前語人愚寶玉，不知何意，且看後文。（〔庚辰422〕、〔王府16a〕、〔有正689〕同）

他二人又是那般景況。

〔己卯389〕一件閒事一句閒文皆無，警甚。（〔庚辰422〕、〔王府16a〕、〔有正689〕同）

彼此放心，再無贖念了。

〔己卯389〕一段情結。（〔庚辰 422〕作「一段情結。脂硯。」〔王府 16a〕作「一段情結，妙甚」）

如今且說襲人自幼見寶玉性格異常。（有正「幼」作「幻」）

〔己卯389〕四字好。所謂「說不得好，又說不得不好」①也。（〔庚辰422〕同）

〔王府16a〕四字好。所謂「說不得不好」也。（〔有正689〕同）

更有幾件千奇百怪，口不能言的毛病兒。

〔己卯389〕只如此說更好，所謂「說不得聰明賢良，說不得癡呆愚昧」①也。（〔庚辰

① 參頁三六七正文「到生在這裏」句之批。

422〕、〔王府16a〕、〔有正689〕同）

更覺放蕩弛縱。

〔己卯389〕四字妙評。脂硯。（〔庚辰422〕同。〔王府16a〕、〔有正689〕「脂硯」作「確甚」）

任性恣情。（王府、有正作「任情恣性」）

〔己卯389〕四字更好。亦不涉于惡，亦不涉于淫，亦不涉于驕，不過一味任性耳。（〔庚辰422〕、〔王府16a〕、〔有正689〕同）

最不喜務正。

〔己卯389〕這還是小兒同病。（〔庚辰422〕、〔王府16b〕、〔有正690〕同。〔列藏〕無「還」字）

故先用騙詞，以探其情，以壓其氣，然後好下箴規。（王府「壓」作「厭」，「好」作「可」）

〔己卯390〕原來如此。（〔庚辰423〕、〔王府16b〕、〔有正690〕同）

〔王府夾批16b〕以此法游刄，有何不可解之牛。

知其情有不忍，氣已餒墮。（列藏「餒」作「綏」，庚辰「墮」作「墮」）

〔己卯390〕不獨解語，亦且有智。（〔庚辰423〕、〔王府16b〕、〔有正690〕同。〔列藏〕「智」作「志」）

只因怕爲酥酪又生事故，亦如茜雪之茶等事。

〔己卯390〕可謂賢而多智術之人。（〔庚辰423〕、〔王府16b〕同。〔列藏〕作「可謂賢而且智」）

〔有正690〕可謂伶俐多智之人。

自己來推寶玉，淚痕滿面。（「淚」王府作「只見淚」，列藏作「只見寶玉淚」）

〔己卯390〕正是無可奈何之時。（〔庚辰423〕、〔王府16b〕、〔有正690〕、〔列藏〕同）

〔王府夾批16b〕不知何故，我亦掩涕。

寶玉見這話有文章。（有正「見」作「聽」）

〔己卯390〕寶玉不愚。（〔庚辰423〕、〔王府17a〕、〔有正691〕同）

便刀擱在脖子上，我也是不出去的了。

〔王府夾批17a〕以此等心，行此等事，昭昭蒼天，豈無明見。

我還要怎麼留你，我自己也難說了。（列藏無「說了」二字）

〔己卯390〕二人素常情義。（〔庚辰423〕、〔王府17a〕、〔有正691〕、〔列藏〕同）

你說那幾件，我都依你，好姐姐，好親姐姐。

〔己卯390〕疊二語，活見從紙上走一寶玉下來，如聞其呼，見其笑。（〔庚辰423〕、〔王府17a〕同。〔有正691〕「疊二」作「疊疊」，「見其笑」作「如見其笑」）

就是兩三百件，我也依。

〔己卯391〕「兩三百」不成話，却是寶玉口中。（〔庚辰423〕、〔王府17a〕、〔有正

691〕同）

等我有一日化成了飛灰。

〔己卯391〕脂硯齋所謂不知是何心思，始得口出此等不成話之至奇至妙之話，諸公請如何解得，如何評論。所勸者正爲此，偏於勸時一犯，妙甚。（〔庚辰424〕同。〔王府17a〕、〔有正691〕「脂硯齋」作「此評者」，「諸公請」作「請諸公」。王府「之話」作「之語」。有正無「不知」二字）

飛灰還不好，灰還有形有跡，還有知識。（王府、有正「有跡」作「跡」）

〔己卯391〕灰「還有知識」，奇之不可甚言矣。余則謂人尚無知識者多多。（〔庚辰424〕同。〔王府17b〕無「有」字。王府、〔有正692〕「甚」作「勝」。有正「多多」作「多甚」）

你們也管不得我，我也顧不得你們了。

〔王府夾批17b〕人人皆以寶玉爲痴，就不知世人比寶玉更痴。

我也憑你們愛那裏去就去了。

〔己卯391〕是聰明，是愚昧，是小兒淘氣，余皆不知，只覺悲感難言，奇瑰愈妙。（〔庚辰424〕、〔王府17b〕、〔有正692〕同）

再不說這話了。

〔庚辰夾批424〕只說今日一次，呵呵。玉兄，玉兄，你到底哄的那一個？

第二件，你眞喜讀書也罷，假喜也罷。

〔庚辰夾批424〕新鮮，眞新鮮。

只作出個喜讀書的樣子來。

〔己卯391〕寶玉又誚謗讀書人，恨此時不能一見如何誚謗。（〔庚辰424〕、〔王府18a〕、〔有正693〕同）

〔庚辰夾批424〕所謂開方便門。

也教老爺少生些氣。

〔庚辰夾批424〕大家聽聽可是丫嬛說的話。

凡讀書上進的人，你就起個名子叫作「祿蠹」。（王府、有正無「凡」字，「子」作「字」）

〔己卯392〕二字從古未見，新奇之至。難怨世人謂之可殺，余却最喜。（〔庚辰425〕、〔王府18a〕、〔有正693〕同）

又說只除「明明德」外無書，都是前人自己不能解聖人之書，便另出己意混編纂出來的。（有正「都」作「卻」。王府、有正無「便」字）

〔己卯392〕寶玉目中猶有「明明德」三字，心中猶有「聖人」二字，又素日皆作如是等語，宜乎人人謂之瘋傻不肖。（〔庚辰425〕、〔有正693〕同。〔王府18a〕「傻」作「俊」）

如今再不敢說了。

〔己卯392〕又作是語，說不得不乖覺，然又是作者瞞人之處也。（〔庚辰425〕、〔王府18b〕、〔有正694〕同）

再不可毀僧謗道。

〔己卯392〕一件。是婦女心意。（〔庚辰425〕、〔王府18b〕、〔有正694〕同）

調脂弄粉。

〔己卯392〕二件。若不如此，亦非寶玉。（〔庚辰425〕、〔王府18b〕、〔有正694〕同）

還有更要緊的一件。

〔己卯392〕忽又作此一語。（〔庚辰425〕、〔王府18b〕、〔有正694〕同）

再不許吃人嘴上擦的胭脂了。（王府「擦」作「搽」）

〔己卯392〕此一句是聞所未聞之語，宜乎其父母嚴責也。（〔庚辰425〕、〔王府18b〕、〔有正694〕同）

只是百事檢點些，不任意任情的就是了。（庚辰「是百」旁各加「凡」字「的」字。王府「不」作「不要」）

〔己卯393〕總包括盡矣。其所謂「花解語」者大矣，不獨冗冗爲兒女之分也。（〔庚辰426〕、〔王府18b〕、〔有正694〕同）

有那個福氣，沒有那個道理，總坐了也沒甚趣。（王府「有那」作「也沒有那」）

〔己卯393〕調侃不淺。然在襲人能作是語，實可愛可敬可服之至，所謂「花解語」也。（〔庚辰426〕、〔王府19a〕、〔有正695〕同）

〔王府夾批19a〕眞正逼人。

襲人勸寶玉一段。

〔庚辰眉批426〕「花解語」一段，乃襲卿滿心滿意將玉兄爲終身得靠，千妥萬當，故有是。余閱至比，余為襲卿一嘆。丁亥春，畸笏叟。

寶玉命取表來。

〔己卯393〕照應前鳳姐之文。（〔庚辰426〕、〔王府19a〕〔有正695〕同）

看時果然針已指到亥正。

〔己卯393〕表則是表的寫法。（王府、有正「正」作「時」）前形容自鳴鐘則是自鳴鐘，各盡其神妙。（〔庚辰426〕、〔王府19a〕、〔有正695〕同）

因而和衣淌在炕上。

〔庚辰夾批426〕過下引線。

寶玉自去黛玉房中來看視。

〔己卯393〕為下文留地步。（〔庚辰427〕、〔王府19b〕、〔有正696〕同）

好妹妹。

〔己卯394〕纔住了好姐姐，又聞好妹妹，大約寶玉一日之中，一時之內，此六個字未曾暫離口角，妙甚。（〔庚辰427〕「大」作「太」，無「甚」字。〔王府19b〕、〔有正696〕同）

將黛玉換醒。（王府、有正「換」作「喚」）

〔己卯394〕若是別部書中寫此時之寶玉，一進來便生不軌之心，突萌苟且之念，更有許多賊形鬼狀等醜態邪言矣。此卻反推喚醒他，毫不在意，所謂「說不得淫蕩」①是也。

---

① 參頁三六七「到生在這裏」句之批。

（〔庚辰427〕、〔王府19b〕同。〔有正697〕「書中」作「中書」，無「等」字，「淫場」作「淫蕩」）

今兒還沒有歇過來。

〔己卯394〕補出姣怯態度。（〔庚辰427〕同。〔王府20a〕、〔有正697〕「姣」作「嬌」）

我替你解悶兒混過困去就好了。

〔己卯394〕寶玉又知養身。（〔庚辰427〕、〔王府20a〕、〔有正697〕同）

見了別人就怪膩的。

〔己卯394〕所謂「只有一顰可對」①，亦屬怪事。（〔庚辰427〕、〔王府20a〕、〔有正697〕同）

寶玉道，沒有枕頭。（王府「寶」作「黛」。有正「道」作「見」）。

〔己卯394〕纏綿密秘入微。（〔庚辰428〕同。〔王府20b〕「纏綿」作「綿纏」。〔有正698〕「密秘」作「密切」）

偺們在一個枕頭上。（有正「上」作「上罷」）

〔己卯395〕更妙，漸逼漸近，所謂「意綿綿」也。（〔庚辰428〕、〔王府20b〕、〔有正698〕同）

黛玉道，放屁。

〔庚辰夾批428〕如聞。

① 參頁三六七「到生在這裏」句之批。

黛玉聽了，睜開眼。

〔己卯395〕「睜眼」。（〔庚辰428〕、〔王府20b〕、〔有正698〕同）

起身。

〔己卯395〕「起身」。（〔庚辰428〕、〔王府20b〕、〔有正698〕同）

笑道。

〔己卯395〕「笑」。（〔庚辰428〕、〔王府20b〕、〔有正698〕同）

眞眞你就是我命中的天魔星。（「天」庚辰作「夭」，王府、有正作「妖」）

〔己卯395〕妙語，妙之至，想見其態度。（〔庚辰428〕、〔王府20b〕、〔有正698〕同）

以手撫之，細看。

〔己卯395〕想見其綿纏態度。（〔庚辰428〕、〔有正699〕「綿纏」作「纏綿」。〔王府20b〕同）

這又是誰的指甲刮破了。

〔己卯395〕妙極，補出素日。（〔庚辰428〕〔王府21a〕、〔有正699〕同）

寶玉側身躲過笑道。

〔庚辰夾批428〕對推醒看。

搢上了一點兒。（「搢」王府作「墻」，有正作「濺」）

〔己卯395〕遙與後文平兒於怡紅院晚粧時對照①。（〔庚辰428〕、〔王府21a〕、〔有

① 第四十四回。

正699〕同）

黛玉便用自己的帕子替他揩拭了。

〔己卯395〕想見情之脈脈，意之綿。〔（庚辰428〕、〔王府21a〕、〔有正699〕、〔列藏〕「綿」作「綿綿」）

你又幹這些事了。

〔己卯395〕又是勸戒語。（〔庚辰429〕、〔王府21a〕、〔有正699〕同）

幹也罷了。

〔己卯395〕一轉細極，這方是顰卿，不比別人一味固執死切。（〔庚辰429〕、〔王府21a〕、〔有正699〕、〔列藏〕「切」作「勸」。列藏「細極」作「極細」，「方」作「才」）

又當奇事新鮮話兒去學舌討好兒。

〔己卯396〕補前文之未到，伏後文之線脈。（〔庚辰429〕同）

〔王府21a〕補前文之未足者。（〔有正699〕同）

又有大家不乾淨惹氣。（「有」庚辰塗改作「該」，王府、有正作「使」）

〔己卯396〕「大家」二字何妙之至，神之至，細膩之至。乃父責其子縱加以笞楚，何能「使大家不乾淨」哉。今偏「大家不乾淨」，則知賈母如何管孫責子，遷怒於眾，及自己心中多少抑鬱難堪難禁，代憂代痛一齊托出。（〔庚辰429〕無「遷」字。〔王府21a〕「難禁」作「禁」。〔有正699〕同）

寶玉總未聽見這些話。（王府「話」作「說」）

〔己卯396〕可知昨夜「情切切」之語，亦屬行雲流水。（〔庚辰429〕、〔王府21b〕、〔有正700〕「水」作「水矣」）

〔庚辰眉批429〕一句描寫玉刻骨刻髓，至己（矣）盡矣，壬午春。

聞之令人醉魂酥骨。

〔己卯396〕却像似淫極，然究竟不犯一些淫意。（〔庚辰429〕同。〔王府21b〕、〔有正700〕「似」作「是」）

冬寒十月誰帶什麼香呢。

〔庚辰夾批429〕口頭語，猶在寒冷之時。

連我也不知道。

〔己卯396〕正是。按諺云：「人在氣中忘氣，魚在水中忘水。」余今續之曰：「美人忘容，花則忘香。」此則黛玉不知自骨肉中之香同。（〔庚辰429〕同。〔王府21b〕「續」作「讀」。〔有正700〕「知自」作「自知」，「同」作「耳」）

想必是櫃子里頭的香氣，衣服上燻染的也未可知。（王府、有正「里」作「裡」）

〔己卯396〕有理。（〔庚辰429〕、〔王府21b〕、〔有正700〕同）

不是那些香餅子香毬子香袋子的香。（王府「毬」作「毬」）

〔己卯396〕自然。（〔庚辰430〕、〔王府22a〕、〔有正701〕同）

黛玉冷笑道。

〔己卯396〕「冷笑」便是文章。（〔庚辰430〕、〔王府22a〕、〔有正701〕同）

也沒有親哥哥親兄弟弄了花兒朵兒霜兒雪兒替我炮製。

〔己卯397〕活犟兒，一絲不錯。（〔庚辰430〕、〔王府22a〕、〔有正701〕同）

將兩支手呵了兩口。（有正「支」作「隻」）

〔己卯397〕活畫。（〔庚辰430〕、〔王府22a〕、〔有正701〕同）

〔王府夾批22a〕情景如畫。

寶玉你再鬧，我就惱了。

〔己卯397〕如見如聞。（〔庚辰430〕、〔王府22b〕、〔有正702〕同）

一面理髩。（王府、有正「髩」作「鬢」）

〔己卯397〕畫。（〔王府22b〕、〔有正702〕同）

你有暖香沒有。

〔己卯397〕奇問。（〔庚辰430〕、〔王府22b〕、〔有正702〕同）

寶玉見問，一時解不來。

〔己卯397〕一時原難解。終遜黛卿一等，正在此等處。（〔庚辰430〕、〔王府22b〕、〔有正702〕同）

黛玉點頭嘆笑道。

〔己卯397〕畫。（〔王府22b〕、〔有正702〕同）

人家有冷香，你就沒有暖香去配。寶玉方聽出來。

〔己卯397〕的是犟兒活畫。然這是阿犟一生心事，故每不禁自及之。（〔庚辰431〕「的

是」作「是」。〔王府22b〕、〔有正702〕同）

黛玉也倒下，用手帕子蓋上臉。

〔己卯398〕畫。（〔庚辰431〕、〔王府23a〕、〔有正703〕同）

寶玉有一搭沒一搭的說些鬼話。

〔己卯398〕先一總。（〔庚辰431〕、〔王府23a〕、〔有正703〕同）

寶玉只怕他睡出病來。

〔己卯398〕原來只爲此，故不暇傍人嘲笑，所以放蕩無忌處，不特此一件耳。（〔庚辰431〕同。〔王府23a〕「嘲」作「潮」。〔有正703〕「傍」作「防」）

噯喲，你們楊州衙門裏有一件大故事，你可知道。

〔庚辰夾批431〕像個親（說）故事的。

便忍着笑，順口謅道。

〔庚辰夾批431〕又哄我看書人。

黛玉笑道，就是扯謊，自來也沒聽見這山。

〔庚辰夾批432〕山名洞名，顰兒已知之矣。

等我說完了你再批評。

〔庚辰夾批432〕不先了此句，可知此謊再謅不完的。

老耗子升座議事。

〔己卯399〕耗子亦能升座且議事，自是耗子有賞罰有制度矣。何今之耗子猶穿壁嚙物，其升座者置而不問哉?（〔庚辰432〕同。〔王府23b〕「制」作「剬」，末有「呵呵」二字。王府、〔有正704〕無「何」字。有正「壁」作「璧」，末多「哈哈」二字）

因說明日乃是臘八，世上人都熬臘八粥。如今我們洞中果品短少。

〔庚辰夾批432〕難道耗子也要臘八粥吃，一笑。

須得剩此打劫些來方妙。（「剩」庚辰改作「趁」。王府、有正作「乘」）

〔己卯399〕議的是這事，宜乎爲鼠矣。（〔庚辰432〕同。〔王府23b〕、〔有正704〕「的」作「問」）

遣一能幹的小耗。（王府、有正「耗」作「耗子」）

〔己卯399〕原來能於此者便是小鼠。（〔庚辰432〕、〔王府23b〕、〔有正705〕同）

惟有山下廟裏果米最多。（王府、有正「果」作「菓」）

〔己卯399〕廟裏原來最多，妙妙。（〔庚辰432〕、〔王府24a〕、〔有正705〕同）

然後一一的都各領令去了。

〔庚辰夾批433〕玉兄也知瑣碎以抄近爲妙。

只見一個極小極弱的小耗應道。

〔庚辰夾批433〕玉兄玉兄，唐突顰兒了。

卻是法術無邊，口齒伶俐，機謀深遠。

〔己卯400〕凡三句暗爲黛玉作評，諷的妙。（〔庚辰433〕、〔王府24b〕同。〔有正706〕「凡」作「這」）

我不學他們直偷。

〔庚辰夾批433〕不直偷，可畏可怕。

我只搖身一變，也變成個香玉。

〔王府夾批24b〕作意從此透露。

卻暗暗的用分身法搬運，漸漸的就搬運盡了。

〔庚辰夾批433〕可怕可畏。

豈不比直偷硬取的巧些。

〔己卯400〕果然巧，而且最毒，直偷者可妨，此法不能妨矣。可惜這樣才情，這樣學術，却只一耗耳。（〔庚辰433〕同。〔王府24b〕、〔有正706〕「妨」俱作「防」。有正「只」作「是」）

竟變了一個最標緻美貌的一位小姐。

〔庚辰夾批433〕奇文怪文。

原說變果子的，如何變出小姐來。

〔己卯400〕余亦說變錯了。（〔庚辰434〕、〔王府25a〕、〔有正707〕同）

卻不知鹽課林老爺的小姐纔是眞正香玉呢。

〔己卯400〕前面有「試才題對額」，故緊接此一篇無稽亂話。前無則可，此無則不可。蓋前係寶玉之懶爲者，此係寶玉不得不爲者。世人誹謗無礙，獎譽不必。（〔庚辰434〕同。〔王府25a〕「話」作「語」。王府、〔有正707〕「譽」作「舉」）

好妹妹，饒我吧，再不敢了。我因爲聞你香，忽然想起這個故典來。

〔庚辰眉批434〕「玉生言（香）」是要與「小恙梨香院」①對看，愈覺生動活潑。且前以黛玉，後以寶釵，特犯不犯，好看煞。丁亥春，畸笏叟。

一語未了，只見寶釵走來。

〔己卯401〕妙。（〔庚辰434〕、〔王府25b〕、〔有正708〕、〔列藏〕同）

〔王府夾批25b〕不犯梨香院。

怨不得他，他肚子裏的故典原多。（列藏「他肚子裏的故」作「肚子裹古」）

〔己卯401〕妙諷。（〔庚辰434〕、〔王府25b〕、〔有正708〕同。〔列藏〕作「炒汎」）

只是可惜一件。

〔己卯401〕妙轉。（〔庚辰434〕、〔王府25b〕、〔有正708〕同。〔列藏〕「妙」作「炒」）

凡該用故典之時他偏就忘了。（列藏「故」作「古」）

〔己卯401〕更妙。（〔庚辰434〕、〔王府25b〕、〔有正708〕、〔列藏〕同）

別人冷的那樣，你急的只出汗。

〔己卯401〕與前「拭汗」二字針對。不知此書何妙了如此，有許多妙談妙語，機鋒詼諧，各得其時，各盡其理。前梨香院黛玉之諷則偏兒越，此則正而趣。二人眞是對手，兩不相犯。（〔庚辰435〕同。〔王府25b〕、〔有正709〕「了」作「至」，「偏兒越」作

---

① 第八回。

「偏而趣」。王府「鋒」作「諷」，「時」作「是」）

〔列藏〕與前「拭汗」二字針對。

回末總評

〔王府27a〕若知寶玉眞性情者當留心此回。其與襲人何等留連，其於晝美人事何等古怪，其遇茗烟事何等憐惜，其於黛玉何等保護。再襲人之癡忠，晝人之惹事，茗烟之屈奉，黛玉之癡情，千態萬狀，筆力勁尖，有水到渠生之象，無微不至。眞晝出一個上乘智慧之人，入於魔而不悟，甘心墮落。且影出諸魔之神通，亦非泛泛，有勢不能輕登彼岸之形。凡我衆生掩卷自思，或於身心少有補益。小子妄談，諸公莫怪。（有正740「渠生」作「渠成」）

第二十回　王熙鳳正言彈妬意　林黛玉俏語謔嬌音①

回前總批

〔王府0a〕智慧生魔多象，魔生智慧方深；智魔寂滅萬緣根，不解智魔作甚。（有正711「魔寂」作「慧寂」）

一時存了食，或夜間走了困，皆非保養身體之法。（庚辰「身」字旁加「體」字。有正「走」作「失」）

〔己卯403〕云寶玉亦知醫理，却只是在頻叙（〔王府1a〕作「頻」、〔有正731〕作「顰兒」）等人前方露，亦如後回評（〔庚辰437〕、王府、有正作「許」）多明理之語，只在閨前現露三分，越在雨村等經濟（庚辰作「纃」）人前如痴如呆，實令人可恨。但雨村等視寶玉不是人物，豈知寶玉視彼等更不是人物，故不與（王府、有正作「知」）接

① 己卯本此回目亦抄於十九回前（頁三七〇），下註「此題係二十回內」。

談也。寶玉之情痴十六乎，假乎（王府、有正作「是眞乎是假乎」），看官細評。

那襲人也罷了，你媽媽要再認眞排揚他，可見老背晦了。（庚辰「也」旁加「算」字。列藏無「再要」二字，「晦」作「悔」）

〔己卯403〕襲卿能使顰卿一讚，愈見彼之爲人矣，觀者諸公以爲如何？（〔庚辰437〕同。〔王府1b〕、〔有正714〕「如何」作「何如」）

〔列藏〕襲人能使顰卿一讚，愈見彼之爲人矣。

寶釵忙一把拉住道。

〔庚辰夾批438〕的是寶釵行事。（王府夾批1b同）

他老糊塗了，到要讓他一步爲是。（王府、有正「到」作「倒」）

〔己卯404〕寶釵如何，觀者思之。（〔庚辰438〕、〔王府1b〕、〔有正714〕同）

在當地罵襲人，忘了本的小娼婦。

〔庚辰夾批438〕活像過時奶媽罵丫頭。（王府夾批1b同，與下批合一）

我抬舉起你來，這會子我來了，你大模大樣的倘在炕上。（王府「起你」作「你起」，「倘」作「淌」）

〔庚辰夾批438〕在襲卿身上去（却）叫下撞天屈來。（王府夾批1b同，與上批合一）

一心只想粧狐媚子哄寶玉。

〔庚辰夾批438〕看這句幾把批書人嚇殺了。（庚辰此批與下批合一。王府夾批2a無「人」字）

哄的寶玉不理我，聽你們的話。

〔庚辰夾批438〕幸有此二句，不然，我石兄襲卿掃地矣。（庚辰此批與上批合一。王府

夾批2a無「二」字）

好不好，拉出去配一個小子。

〔庚辰夾批438〕雖寫得酷肖，然唐突我襲卿，實難爲情。（王府夾批2a同）

看你還妖精似的哄寶玉不哄。襲人先只道李嬤嬤不過爲他淌着生氣。（王府「嬤嬤」作「媽媽」）

〔庚辰夾批438〕若知「好事多魔（磨）」，方會昨者之意。（王府夾批2a「昨」作「作」，「作者之意」另爲一批）

叫我問誰去。

〔庚辰夾批439〕眞有是語。（王府夾批2b同）

誰不幫着你呢。

〔庚辰夾批439〕眞有是事。（王府夾批2b同）

誰不是襲人拿下馬來的。

〔庚辰夾批439〕寃枉寃哉。

我都知道那些事。

〔庚辰夾批439〕囫圇語，難解。（王府夾批2b同）

把你奶了這麼大。

〔庚辰夾批439〕奶媽拿手話。

李嬤嬤罵襲人一段。

〔庚辰眉批439〕特爲乳母傳照，暗伏後文倚勢奶娘線脈。石頭記無閑文並虛字在此。壬午孟夏，畸笏老人。

李嬤嬤見他二人來了，便拉住訴委屈。（王府「嬤嬤」作「媽媽」，「屈」作「曲」）

〔庚辰夾批439〕四字，嬤嬤是愖重二人身分。（王府夾批2b「嬤嬤」作「媽媽」，「愖」作「看」）

撈撈叨叨說個不清。

〔庚辰夾批439〕好極，妙極，畢肖極。（王府夾批2b「好」作「妙」）

便知是李嬤嬤老病發了，排揎寶玉的人。

〔庚辰夾批439〕找上文。

正值他今兒輸了錢，遷怒於人。

〔庚辰夾批439〕有是爭競事。

「將當日吃茶茜雪出去」一段。

〔庚辰夾批439〕茜雪至「獄神廟」①方呈正文。襲人正文標昌（目曰）：「花襲人有始有終。」余只見有一次謄清時，與獄神廟慰寶玉等五六稿被借閱者迷失，嘆嘆！丁亥夏，畸笏叟。

---

① 按「後漢書」六十七「范滂傳」記滂無罪繫獄，拒祭獄神皋陶。宋方泊「泊宅編」引此事謂：「諸州縣皆立皋陶廟，以時祠之，蓋自漢已然。」明謝肇淛「文海披沙」卷七祭古人條有「入獄者祭皋陶」語。至於小說如「水滸傳」，雜劇「祭皋陶」等，皆以皋陶為獄神。然又有以蕭何為獄神者（如彈詞小說「果報錄」，京劇「玉堂春」）。清王士禎「香祖筆記」卷五謂廣東增城縣以亞獹為獄神。梁歸智說：「我頗疑『獄神廟』實為『嶽神廟』，……據俞平伯先生考證，天齊廟就是東嶽廟，所以我頗疑『嶽神廟』就是這座天齊廟，賈府敗後寶玉流寓其中，故八十回中預作伏筆也。」（見「石頭記探佚」，山西人民出版社，一九八三，頁二〇四——二〇五）

大節下老太太纔喜歡了一日，……叫老太太生氣不成。

〔庚辰夾批439〕阿鳳兩提「老太太」，是叫老嫗想襲卿是老太太的人。況又雙關大體，勿泛泛看去。（王府夾批3a同，與下批合一）

快來跟我吃酒去。

〔庚辰夾批440〕何等現成，何等自然，的是鳳卿筆法。（王府夾批3a同，與上批合一）

又叫豐兒，替你李奶奶拿着拐棍子，擦眼淚的手帕子。

〔庚辰夾批440〕一絲不漏。

虧這一陣風來把個老婆撮了去了。

〔庚辰夾批440〕批書人也是這樣說。看官將一部書中人一一想來，收拾文字非阿鳳俱有瑣細引跡事。石頭記得力處俱在此。（王府夾批3b「文」作「這文」）

要爲這些事生氣，這屋裏一刻還站不得了呢。

〔庚辰夾批441〕實言，非謬語也。（王府夾批4a同）

說的好說不好聽，大家什麼意思。

〔庚辰夾批441〕從「狐媚子」等語來，實實好語，的是襲卿。

你吃飯不吃飯，到底老太太太太跟前坐一會子。（王府「底」作「的到」）

〔庚辰夾批441〕心中時時刻刻正意語也。（王府夾批4b同）

寶玉襲人晴雯等談論一段。

〔庚辰眉批440〕一段特爲怡紅襲人晴雯茜雪三鬟之性情見識身分而寫。己卯冬夜。

麝月道，都頑去了，這屋裏交給誰呢。

〔庚辰夾批442〕正文。（王府夾批5a同）

〔庚辰眉批442〕麝月閑閑無語，令余酸鼻，正所謂對景傷情。丁亥夏，畸笏。

滿屋里上頭是燈，地下是火。（王府「地下」作「下頭」）

〔庚辰夾批442〕燈節。（王府夾批5a同）

公然又是一個襲人。

〔庚辰夾批442〕豈敢。（王府夾批5a同，與下批合一）

因笑道，我在這裏坐着，你放心去罷。（王府無「這」字。「在」點去，改爲「這」）

〔庚辰夾批442〕每千如此等處，石兄何常（嘗）輕輕放過不介意來。亦作（者）欲瞞看官，又被批書人看去，呵呵。（王府夾批5a「千」作「于」，無「亦作欲瞞」四字，「去」作「出」，與上批合一）

偺們兩個說話頑笑豈不好。

〔庚辰夾批442〕全是襲人口氣，所以後來代任。（王府夾批5b同）

寶玉拿了篦子替他一一的梳篦。

〔庚辰夾批442〕金閨細事如此寫。

哦，交盃盞還沒吃，到上頭了。

〔庚辰夾批443〕雖謔話，亦少露怡紅細事。（王府夾批5b「細事」作「事跡」）

二人在鏡內相視。

〔庚辰夾批443〕此係石兄得意處。（王府夾批6a同）

忙向鏡中擺手。（王府「向」作「也向」）

〔庚辰夾批443〕好看煞。（有趣。）（王府夾批6a同）

晴雯又跑進來問道。

〔庚辰夾批443〕麝月搖手爲此，可兒可兒。

〔庚辰眉批443〕嬌憨滿紙，令人叫絕。壬午九月。

我怎麼磨牙了。

〔庚辰夾批443〕好看煞。

你們那瞞神弄鬼的我都知。

〔庚辰夾批443〕找上文。

說着，一經出去了。（有正「經」作「徑」）

〔己卯409〕〔庚辰443〕、〔王府6b〕、〔有正723〕作「閑」）上一段兒女口舌，却寫麝月一人。有襲人出嫁之後，寶玉寶釵身邊還有一人，雖不及襲人週到，亦可。（庚辰、王府、有正作「可免」）微嫌小敝（有正作「弊」）等患，方不負寶釵之爲人也。故襲人出嫁後云「好歹留着麝月」一語，寶玉便依從此話。可見襲人雖出嫁（庚辰、王府、有正無此二字）去實未去也。寫晴雯之疑忌，亦爲下文跌扇角口①等文伏脈，却又輕輕抹去。正見此時却。（庚辰、王府、有正作「都」）在幼時，雖微露其疑忌，見得人各稟

① 第三十一回。

天眞之性，善惡不一，往後漸大漸生心矣。但觀者凡見晴雯諸人則惡之，何愚。（庚辰、王府、有正作「愚也」）哉。要知自古及今，愈是尤物，其猜忌妒。（有正作「嫉妬」）愈甚。若一味渾厚大量涵養，則有何令人憐愛護惜哉。然後知寶釵襲人等行爲，並非一味蠢拙古版，以女子。（庚辰、王府、有正作「夫子」）自居。當綉幙燈前，窗（庚辰、王府、有正作「綠窗」）月下，亦頗有或調或妬。（庚辰、王府、有正作「妬」），輕俏艷麗等說。（王府作「話」）。不過一時取樂罷。（庚辰、王府、有正作「買」）笑耳，非切切一味始（庚辰、王府、有正作「妬」）才嫉賢也，是以高諸人百倍。不然，寶玉何甘心受屈于二女夫子哉，看過後文則則（庚辰、王府、有正無）知矣。故觀書諸君子不必惡晴雯，正該感晴雯金。（王府作「今」）閨綉閣中生色方是。。。（王府、有正作「一方法」）。

頭一回自己贏了。心中十分歡喜。

〔庚辰眉批444〕寫環兄先贏，亦是天生地設現成文字。己卯冬夜。

鶯兒拍着手只叫么。

〔己卯411〕嬌憨如此。（〔庚辰445〕同。〔王府7a〕、〔有正725〕「憨」作「態」）

〔庚辰夾批445〕好看煞。（王府夾批7a同）

伸手便抓起骰子來，然後就拿錢。

〔庚辰夾批445〕更也好看。

寶釵見賈環急了，便瞅鶯兒說道，越大越沒規矩，難道爺們還賴你，還不放下錢來呢。

〔王府夾批7b〕酷肖。

口內嘟囔說，一個作爺的還賴我們這幾個錢。

〔庚辰夾批445〕酷肖。（王府夾批7b同）

前兒我和寶爺頑，他輸了那些也沒着急。（王府「我和寶爺」作「和寶玉」）

〔庚辰夾批445〕倒捲簾法。實寫幼時往事，可傷。（王府夾批7b同）

都欺負我不是太太養的。（王府無「都」字）

〔庚辰夾批445〕蠢驢。（王府夾批7b同）

說着便哭了。寶釵忙勸他，好兄弟，快別說這話，人家笑話你。（王府「這話」作「這話兒」，「人」作「看人」）

〔庚辰夾批445〕觀者至此有不捲簾厭看者乎。余替寶卿實難爲情。（王府夾批7b同）

凡作兄弟的都怕哥哥。

〔己卯411〕大族規矩原是如此，一糸兒不錯。（〔庚辰445〕、〔王府8a〕、〔有正727〕「糸」作「絲」）

饒這樣還有人背後談論。

〔庚辰夾批446〕此意不獃。

更有個獃意思存在心裏。

〔庚辰眉批446〕乂（又）用諱人語瞞着看官。己卯冬辰。

因孔子是亙古第一人說下的，不可忤慢，只得要聽他這句話。

〔庚辰夾批446〕聽了這一個人之話豈是獃子。由你自己說罷。我把你作極乖的人看。到招自己煩惱，不如快去爲是。（王府「到」作「倒」，「是」作「是呢」）

〔庚辰夾批447〕獃子都會立這樣意，說這樣話。（王府夾批9a同）

因問又是那里墊踹窩來了。

〔庚辰夾批447〕多事人等口（角）談吐。

一問不答。

〔庚辰夾批447〕畢肖。

就大口啐他，他現是主子，不好了橫豎有教導他的人。

〔庚辰夾批447〕反得了理了，所謂貶中褒。想趙姨卽不畏阿鳳，亦無可回答。

〔庚辰眉批448〕嫡嫡是彼親生，句句竟成正中貶，趙姨實難答言。至此方知題標用「彈」字甚妥協。己卯冬夜。

趙姨娘也不敢則聲。

〔庚辰夾批448〕「談（彈）妒意」正文。

你不聽我的話，反叫這些人敎的歪心邪意。

〔庚辰夾批448〕借人發脫，好阿鳳，好口齒。句句正言正理，趙姨安得不抿翅低頭，靜聽發揮。批至此，不禁一大白又大白矣。（王府夾批10a「理」作「禮」，無「此」字）

輸了幾個錢就這麼個樣兒。

〔庚辰夾批448〕轉得好。（王府夾批10a同）

輸了一二百錢就這樣。

〔庚辰夾批448〕凡（作）者當記一大百乎。笑笑。

把他送了頑去。

〔庚辰夾批448〕收什得好。（王府夾批10a「什」作「拾」）

爲你這個不尊重。

〔庚辰夾批448〕又一折筆，更覺有味。（王府夾批10b同）

喝命去罷。

〔庚辰夾批448〕本來面目，斷不可少。（王府夾批10b同）

得了錢。

〔庚辰夾批448〕三字寫看環哥。（王府夾批10b「看」作「着」）

自己和迎春等頑去，不在話下。

〔己卯415〕一段大家子奴妾吆吻（〔王府10b〕作「奴妾吆吻」，〔有正732〕作「派妾吆喝」）如見如聞，正爲下又（〔庚辰448〕、王府、有正作「文」）五鬼作引也。余爲寶玉肯效鳳姐一點餘風，亦可繼榮寧（有正作「寧榮」）之盛，諸公當爲如何（王府、有正作「何如」）？

且說寶玉正和寶釵頑笑，忽見人說史大姑娘來了。

〔己卯415〕妙極。凡寶玉寶釵正閑相遇時，非黛玉來，卽湘雲來，是恐曳漏文章之精華也。若不如此，則寶玉久坐忘情，必被寶卿見棄，杜絕後文成其夫婦時無可談舊之情，有何趣味哉。（〔庚辰449〕同。「曳漏」〔王府10b〕作「洩漏」，〔有正732〕作「漏洩」）

寶釵笑道，等着。

〔庚辰眉批449〕「等着」二字大有神情。看官閉目熱（熟）思，方知趣味，非批書人謾（漫）擬也。己卯冬夜。

只見史湘雲大笑大說的，見他兩個來，忙問好厮見。

〔己卯415〕寫湘雲又一筆法，特犯不犯。（〔庚辰449〕、〔王府11a〕、〔有正733〕同）

我說呢，虧在那裏伴住，不然早就飛了來了。（王府「呢」作「你」）

〔庚辰夾批449〕總是心中事語，故機括一動，隨機而出。

〔王府夾批11a〕總是心中事語，故機必露。

寶釵走來道，史大妹妹等你呢，說着便推寶玉走了。

〔己卯416〕此時寶釵尚未知他二人心性，故來勸；後文察其心性，故擲之不聞矣。（〔庚辰450〕同。〔王府12a〕、〔有正735〕「他二人」作「二人」，「聞」作「問」）

沒兩盞茶的工夫，寶玉仍來了。

〔己卯416〕蓋寶玉亦是心中只有黛玉，見寶釵難却其意，故暫陋彼去，以完寶釵之情。故少坐仍來也。（〔庚辰450〕同。〔王府12a〕、〔有正735〕「陋」作「隨」。有正「故少」作「是以少」）

不料自己未張口。

〔庚辰夾批450〕石頭慣用如此筆伏。

難道連「親不間疏，先不僭後」也不知道。

〔庚辰夾批451〕八字足可消氣。

難道你就知你的心，不知我的心不成。

〔己卯417〕此二語不獨觀者不解，料作者亦未必解；不但作者未必解，想石頭亦不解；不過述寶林二人之語耳。石頭既未必解，寶林此刻更自己亦不解，皆隨口說出耳。若觀者必欲要解，須自揣自身是寶林之流，則洞然可解；若自料不是寶林之流，則不必求解矣。方不可記此二句不解，錯謗寶林及石頭作者等人。（〔庚辰451〕、〔王府12b〕、〔有正736〕「方」作「萬」。王府、有正、「想石頭亦不解」作「想石頭亦未必解」，「記此」作「將此」）

寶玉黛玉角口一段。

〔庚辰眉批451〕明明寫湘雲來是正文，只用二三答言，反接寫玉林小角口，又用寶釵岔開，仍不了局。再用千句柔言，百般溫態，正在情完未完之時，湘雲突在（至），「謔嬌音」之文纔見。眞己（是）「費（賣）弄有家私」之筆也。丁亥夏，畸笏叟。

你怎麼反個青昳披風脫了呢。（庚辰「反個」兩字旁加「把」字，王府、有正「到」作「倒」，「個」作「把」，「昳」作「肷」）

〔己卯418〕眞眞奇絕妙文，眞如羚羊掛角，無迹可求。此等奇妙非口中筆下可形容出者。（〔庚辰452〕同。〔有正737〕「眞眞」作「眞正」。〔王府13a〕「奇妙」作「奇妙妙」。王府、有正「下」作「不」）

回來傷了風，又該餓着吵吃的了。（庚辰「餓」字原作「饑」字。王府、有正「餓」作「饑」）

〔己卯418〕一語仍歸兒女本傳，却又輕輕抹去也。（〔庚辰452〕、〔有正737〕同。〔王府13a〕「兒女」作「女兒」）

只見湘雲走來笑道，愛。

〔甲辰11b〕齔口字音。

你學慣了他，明兒連你還咬起來呢。

〔己卯418〕可笑近之埜史中，滿紙羞花閉月，鶯啼燕語。除（〔王府13b〕、〔有正738〕作「殊」）不知眞正美人方有一陋處，如太眞之肥，燕飛（王府、有正作「飛燕」）之瘦，西子之病，若施於別個不美矣。今見（王府作「兒」），有正作「以」）咬舌二字加以（有正作「之」）湘雲，是何大法手眼，敢用此二字哉。不獨見陋（有正作「不見其陋」），且更學（有正作「覺」）輕俏嬌媚，儼然一嬌憨湘雲立于紙上，掩卷（王府、有正作「書」）合目（〔庚辰452〕作「目」王府、有正作「眼」）思之，其愛厄嬌音如入耳內（王府、有正無）。然後將滿紙鶯啼燕語（王府無）之字樣，塡糞窖可也。

黛玉湘雲談寶釵一段。

〔庚辰眉批453〕此作者放筆寫，非褒釵貶顰也。己卯冬夜。

回末總評

〔己卯419〕此回文字重作輕抹。得力處是鳳姐拉李嬤嬤（王府、有正作媽媽）去，借環哥彈壓趙姨（王府、有正作「姨娘」）。　細致處寶釵爲李嬤（王府、有正作「媽」）勸寶玉，安慰環哥，斷喝鶯兒。

至急爲難處是寶顰論心。　無可奈何處是就拿今日天氣比。　湘雲（有正作「黛玉」）冷笑道：「我當誰（有正作「是誰」），原來是他。」　冷眼最好看處是寶釵黛玉看（王府空一格，有正無）鳳姐拉李嬤（王府、有正作「媽」）云這一陣風；玉麝（王府作「榭」）一節。湘雲到，寶玉就走，寶釵笑（有正無）說等着；湘雲大笑大說；顰兒學咬舌；湘雲念佛跑了（己卯、庚辰、王府下空至行末）數節，可使看官于紙上能耳聞目覩其音其形之文（有正作「其音，目覩其形」）。（庚辰453、王府15a批間分斷處同己卯。有正741作一整批）

第二十一回　賢襲人嬌嗔箴寶玉　俏平兒軟語救賈璉

回前總批

〔庚辰455〕有客題紅樓夢一律，失其姓氏，惟見其詩意駭警，故錄於斯：「自執金矛又執戈，自相戕戮自張羅。茜紗公子情無限，脂硯先生恨幾多。是幻是眞空歷遍，閑風閑月枉吟哦。情機轉得情天破，『情不情』兮奈我何。」凡是書題者不可（不）（以）此爲絕調。詩句警拔，且深知擬書底裏，惜乎失石（名）矣。按此回之文固妙，然未見後卅（王府、有正作「之三十」）回猶不見此之妙，此曰（王府、有正作「回」）「嬌嗔箴寶玉，軟語救賈璉」，後曰（王府作「文」，有正作「回」）「薛寶釵借詞含諷諫，王熙鳳知命強英雄」。今只從二婢說起，後（王府、有正作「後文」）則直指其主。然今日之襲人之寶玉，亦他日之襲人，他日之寶玉也。今日之平兒之賈璉，亦他日之（王府無）平兒，他日之（王府無）賈璉也。何今日之玉猶可「箴」，他日之玉已不可「箴」耶。今日之璉猶可「救」，他日之璉已不能（王府、有正作「可」）「救」耶。「箴」與「諫」無異也，而襲人安在哉，寧不悲乎。「救」與「強」無別也，甚矣，今因平兒救（王府、有正作「但」）此日阿鳳英氣何如是也，他日之「強」何身（王府、有正作「身」）微運蹇，展眼（王府、有正作「亦」）何如彼（

王府、有正作「是」）耶。（王府作「也」）。人世之變遷如此光陰（王府、有正作「倏爾如此」）。（王府0a、有正743批從「按此回」起，以上缺）

今日寫襲人，後文寫寶釵，今日寫平兒，後文寫阿鳳；文是一樣情理，景況光陰事卻天壤矣。多少恨淚洒出此兩回書。（王府0b「文寫阿」作「寫阿」。王府、有正744「恨」作「眼」，「出此兩回書」作「與此兩回書中」）

此回襲人三大功，直與寶玉一生三大病暎射。（王府0b、有正744「三大功」作「之大功」。有正「暎」作「映」。庚辰此三批另紙錄出，錯釘在第二十回末頁456）

賢襲人。（回目）

〔庚辰夾批459〕當得起。

湘雲見寶玉攔住門，料黛玉不能出來。

〔庚辰459〕寫得湘雲與寶玉又親厚之極，却不見疎遠黛玉，是何情思耶。（〔王府1a〕、〔有正745〕同）

我勸你兩個看寶兄弟分上，卻丟開手罷。

〔庚辰459〕好極妙極，玉顰雲三人已難解難分，插入寶釵云；「我勸你兩個看寶玉兄弟分上……。」話只一句，便將四人一齊籠住，不知孰遠孰近，孰親孰疎，眞好文字。（〔王府1b〕、〔有正746〕同）

你們是一氣的，都戲弄我不成。

〔庚辰459〕話（活）是顰兒口吻，雖屬尖利，眞實堪愛堪憐。（〔王府1b〕、〔有正746〕「話」作「語」）

你不打趣他，他焉敢說你。

〔庚辰460〕好。二「你」字連二「他」字，華灼之至。（〔王府1b〕、〔有正746〕同）

四人正難分解。

〔庚辰460〕好。前三人，今忽四人，俱是書中正眼，不可少矣。（〔王府1b〕、〔有正746〕「前」作「前係」）

有人來請吃飯，方往前邊來。

〔庚辰460〕好文章。正是閨中女兒口角之事。若只管諄諄不已，則成何文矣。（〔有正746〕「諄諄」作「哼哼」。〔王府1b〕、有正「文矣」作「文字」）

湘雲仍往黛玉房中安歇。

〔庚辰460〕前文黛玉未來時，湘雲寶玉則隨賈母。今湘雲已去，黛玉既來，年歲漸成，寶玉各自有房，黛玉亦各有房，故湘雲自應同黛玉一處也。（〔王府1b〕同。〔有正746〕「漸成」作「漸大」）

只見他姐妹兩個，尚臥在衾內。那林黛玉。

〔庚辰460〕寫黛玉身分。嚴嚴密密。（按：「嚴嚴密密」四字，王府2a，有正747、甲辰1b、高閱1a俱作正文，此處作批語不合。諸本無「寫黛玉身分」一批）

裹着一幅杏子紅綾被，安穩合目而睡。（甲辰「裹」字漫漶）

〔庚辰460〕一個睡態。（〔王府2a〕、〔有正747〕、〔甲辰2a〕同）

那湘雲卻一把青絲拖於枕畔，被只齊胸，一灣雪白的膀子，掠於被外，又帶着兩個金鐲子。

（王府、有正「湘雲」作「史湘雲」。王府「胸」作「胸蓋着」）

〔庚辰460〕又一個睡態。　寫黛玉之睡態，儼然就是嬌弱女子，可憐。湘雲之態，則儼然是個嬌態女兒，可愛。眞是人人俱盡，人人俱盡，個個活跳，吾不知作者胸中埋伏多少裙釵。（〔王府2a〕、〔有正747〕「黛玉之睡態」作「黛玉之睡」，「眞是人人俱盡，人人俱盡」作「眞是人人俱盡」。有正「跳」作「眺」）

寶玉見了嘆道。

〔庚辰461〕「嘆」字奇。除玉卿外，世人見之自曰喜也。（〔王府2b〕、〔有正748〕同）

林黛玉早已醒了。

〔庚辰夾批461〕不醒不是黛玉了。

你先出去，讓我們起來。

〔庚辰夾批461〕一絲不亂。

灣腰洗了兩把。

〔庚辰夾批461〕妙在「兩把」。

這盆裏就不少，不用搓了。

〔王府夾批3a〕此等用心淫極，請看却自不淫，洑（非）世之凡夫俗子得夢見者，眞雅極趣極。

再洗了兩把，便要手巾。

〔庚辰夾批461〕在怡紅何其廢（費）事多多。

還是這個毛病兒，多早晚纔改。

〔庚辰夾批461〕冷眼人傍點，一絲不漏。

湘雲道，如今我忘了。

〔庚辰眉批462〕「忘了」二字在嬌憨。

說着，又千妹妹萬妹妹的央告。

〔王府夾批3a〕逼近情態。

湘雲寶玉二人對話一段。

〔庚辰眉批462〕口中自是應聲而出，捉筆人却從何處設想而來，成此天然對答。壬午九月。

這珠子只三顆了，這一顆不是的，我記得是一樣的。

〔庚辰夾批462〕梳頭亦有文字，前已叙過，今將珠字一穿挿，却天生有是事。

不妨被人揀了去，到便宜他。（王府、有正「妨」作「防」）

〔庚辰462〕妙談。道「到便宜他」四字是大家千金口吻。近日多用「可惜了的」四字，今失一珠不聞此四字，妙極是極。（〔王府3b〕、〔有正750〕無「道」字）

〔庚辰眉批462〕「到便宜他」四字與「忘了」二字是一氣而來，將一侯府千金白描矣。畸笏。

〔王府夾批3b〕是湘雲口氣。

也不知是眞丟了，也不知是給了人廂什麼戴去了。（王府「戴」作「帶」）

〔庚辰夾批462〕純用畫家烘染法。

〔王府夾批4a〕是黛玉口氣。

寶玉不答。

〔庚辰462〕有神理，有文章。（〔王府4a〕、〔有正751〕同）

因鏡臺兩邊俱是粧奩等物，順手拿起來賞玩。

〔庚辰462〕何「賞玩」也。寫來奇特。（〔王府4a〕、〔有正751〕「也」作「耶」）

不覺又順手拈了胭脂，意欲要往口邊送。

〔庚辰462〕是襲人勸後餘文。（〔王府4a〕、〔有正751〕同）

因又怕史湘雲說。

〔庚辰463〕好極，的是寶玉也。（〔王府4a〕、〔有正751〕同）

說道，這不長進的毛病兒，多早晚纔改過。

〔庚辰夾批463〕前翠縷之言並非白寫。

到別看錯了這個丫頭，聽他說話到有些識見。（有正無「他」字）

〔庚辰463〕此是寶卿初試，已下漸成知己，蓋寶卿從此心察得襲人果賢女子也。（〔王府4b〕、〔有正751〕「已下」作「以下」）

寶釵便在炕上坐了。

〔庚辰463〕好。逐回細看，寶卿待人接物，不疎不親，不遠不近，(可)(厭)(之)(人)(亦)(未)(見)(冷)(淡)(之)(態)，(形)(諸)(聲)(色)；(可)(喜)(之)(人)，(亦)(未)(見)醴密之情，形諸聲色。今日便在炕上坐了，蓋深取襲卿矣。二人文字此回爲始，祥（詳）披於此，諸公請記之。

〔王府4b〕好。逐回細看，寶卿待人接物，不疏不親，不遠不近；可厭之人，亦未見冷涉之態，形諸聲色；可喜之人，亦未見醴密之情，形諸聲色。今日便在炕上坐了，蓋深取襲卿矣。二人文字，此回爲始，詳批於此，諸公請記之。（〔有正752〕「涉」作「淡」，「密」作「蜜」）

深可敬愛。

〔庚辰463〕四字包羅許多文章筆墨，不似近之開口便云非諸女子之可比者。此句大壞。然襲人故佳矣，不書此句是大手眼。（〔王府4b〕同。〔有正752〕「故」作「固」）

一時寶玉來了，寶釵方出去。

〔庚辰464〕奇文。寫得釵玉二人形景較諸人皆近，何也。寶玉心（〔王府5a〕、〔有正753〕作「之心」），凡女子前不論貴賤皆親密之至，豈於寶釵前反生遠心哉。蓋寶釵之行止端肅恭嚴，不可輕犯，寶玉欲近之而恐一時有（有正作「冒」）瀆，故不敢狎犯也。寶釵待下愚尚且和平親密，何及於（王府作「能」，有正作「致」）兄弟前有遠心哉。蓋寶玉之形景已泥於閨閣，近之則恐不遜，反成遠離之端也。故二人之遠，實相近之至也。至顰兒於寶玉實近之至矣，却遠之至也。不然，後文如何反（王府、有正作「凡」）較勝角口諸事皆出於顰哉。以及寶玉砸（有正作「軋」）玉，顰兒之淚枯，種種孽障，種種憂忿（王府、有正作「忿」），皆情之所陷，更可（何）辯（王府作「辨」）哉。此一回將寶玉襲人釵顰雲等行止大概一描，已啟後大觀園中文字也。今詳批於此，後久不忽矣。（〔有正753〕「啟」作「起」，「忽」作「忘」。〔王府5a〕、有正「後久」作「久後」）

釵與玉遠中近，顰與玉近中遠，是要緊兩大船，不可粗心看過。（〔王府5a〕、〔有正753〕「船」作「股」）

怎麼寶姐姐和你說的這麼熱鬧，見我進來就跑了。

〔庚辰夾批464〕此問必有。

〔王府夾批5a〕我則以寶釵之去，因襲人之言不得不去。

便笑道，怎麼了動了眞氣。（王府、有正「怎麼了」作「怎麼」）

〔庚辰464〕寶玉如此。（〔王府5b〕、〔有正754〕同）

一面說，一面便在炕上合眼倒下。

〔庚辰465〕醋妬妍憨假態至矣盡矣，觀者但莫認眞此態爲幸。（〔王府5b〕、〔有正754〕「爲幸」作「幸甚」）

〔王府夾批5b〕是醋，是諫？不敢擬定，似在可否之間。

寶玉見了這般景況，深爲駭異。

〔庚辰465〕好。可知未嘗見襲人之如此技藝也。（〔王府5b〕、〔有正754〕同）

那襲人只管合了眼不管。

〔庚辰465〕與顰兒前番妏態如何？愈覺可愛猶甚。（〔王府5b〕同。〔有正754〕「妏」作「嬌」）

因見麝月進來。

〔庚辰465〕偏麝月來，好文章。（〔王府5b〕、〔有正754〕同）

你姐姐怎麼了。（王府、有正無「你」字。有正「了」作「來」）

〔庚辰465〕如見如聞。（〔王府5b〕、〔有正754〕同）

麝月道，我知道麼，問你自己便明白了。

〔庚辰465〕又好麝月。（〔王府6a〕、〔有正755〕同）

〔王府夾批6a〕溺入者每受侮謾而不顧。

微微的打齁。

〔庚辰夾批465〕眞乎，詐乎。

只聽忽的一聲，寶玉便掀過去。

〔庚辰夾批465〕文是好文，唐突我襲卿，吾不忍也。

〔王府夾批6a〕不可少。

也仍合目粧睡。

〔庚辰465〕寫得爛熳。（〔王府6a〕、〔有正755〕同）

這會子你又說我惱了。

〔庚辰夾批465〕這是委曲了石兄。

〔王府夾批6b〕是神理。

你心裏還不明白，還等我說呢。

〔庚辰夾批466〕亦是囫圇語，却從有生以來肺腑中出，千斤重。

〔庚辰眉批466〕石頭記每用囫圇語處，無不精絶奇絶，且總不覺相犯。壬午九月，畸笏。

寶玉拿一本書歪着看了半日。

〔王府夾批6b〕鬬湊得巧。

生得十分水秀。

〔庚辰466〕二字奇絶，多少姣態包括一盡。今古野史中，無有此文也。（〔王府7a〕同。〔有正757〕「姣」作「嬌」）

那丫頭便說叫蕙香。

〔庚辰466〕也好。（〔王府7a〕、〔有正757〕同）

我原叫芸香的。

〔庚辰466〕原俗。（〔王府7a〕、〔有正757〕同）

正經該叫晦氣罷了，什麼蕙香呢。

〔庚辰466〕好極，趣極。（〔王府7a〕、〔有正757〕同）

那一個配比這些花，沒的玷辱了好名好姓。

〔庚辰467〕花襲人三子在內，說的有趣。（「子」〔王府7a〕作「人」，〔有正757〕、〔甲辰6a〕作「字」。甲辰「的」作「得」）

襲人和麝月在外聞聽了，抿嘴而笑。

〔庚辰夾批467〕一絲不漏，好精神。

這一日寶玉也不大出房。
〔庚辰467〕此是襲卿第一功勞也。（〔王府7b〕、〔有正758〕同）
〔王府夾批7b〕「不大出房」四字，見寶玉是眞情種。
也不和姊妹丫頭等厮鬧。
〔庚辰476〕此是襲卿第二功勞也。（〔王府7b〕、〔有正758〕無「勞」字）
自己悶悶的，只不過拿着書解悶，或弄筆墨。（王府、有正無「着」字）
〔庚辰467〕此雖未必成功，較往日終有微補小益，所謂襲卿有三大功也。（〔有正758〕「補」作「裨」）
〔王府夾批7b〕可憐可愛。
誰知四兒是個聰敏乖巧不過的丫頭。（王府、有正「四兒」作「這個四兒」）
〔庚辰467〕又是一個有害無益者。作者一生爲此所悞，批者一生亦爲此所悞，於開卷凡見如此人，世人故爲喜，余犯抱恨。蓋四字悞人甚矣。被悞者深感此批。（「犯」〔王府7b〕作「及」，〔有正759〕作「反」。「被悞者深感此批」似爲另一人所評，此處誤合作一批）
他變盡方法籠絡寶玉。
〔庚辰467〕他好，但不知襲卿之心思何如。（〔王府7b〕、〔有正758〕「他」作「也」，「何如」作「如何」）
又怕他們得了意，已後越發來勸。（有正「已」作「以」。王府、有正無「發」字）

〔庚辰467〕寶玉惡勸，此是第一大病也。（〔王府8a〕、〔有正759〕同）

若拿出做上的規矩來鎖唬，似乎無情太甚。（王府、有正「鎖」作「鎭」）

〔庚辰467〕寶玉重情不重禮，此是第二大病也。（〔王府8a〕、〔有正759〕同）

便權當他們死了，毫無牽掛，反能怡然自悅。（王府「便權」作「只」）

〔庚辰468〕此意却好，但襲卿輩不應如此棄也。寶玉之情，今古無人可比固矣。然寶玉有情極之毒，亦世人莫忍爲者，看至後半部，則洞明矣。此是寶玉第三大病也。寶玉看此世人莫忍爲之毒，故後文方能「懸崖撒手」一回。若他人得寶釵之妻，麝月之婢，豈能棄而而僧哉。玉一生偏僻處。（〔王府8a〕、〔有正759〕「看此」作「看此爲」，「方能」作「方有」，「而僧」作「爲僧」，「處」作「之處」）

〔王府夾批8a〕此是寶玉大智慧大力量處，別個不能，我也不能。

而天下始人有其巧矣。（甲辰「有」作「含」）

〔庚辰468〕此上語本莊子。（〔王府8b〕同。〔甲辰6b〕無「語」字）

不禁提筆續曰。

〔王府夾批8b〕敢續。

焚花散麝，而閨閣始人含其動矣。（有正「動」作「勸」）

〔庚辰混入正文批468〕奇。（按「奇」字被圈去，旁硃墨夾批作「奇」。〔有正760〕同）

皆張其羅而穴其隊，所以迷眩纏陷天下者也。（王府、有正「隊」作「隧」）

〔庚辰469〕直似莊老，奇甚怪甚。（「怪甚」〔王府9a〕作「怪奇之想」，〔有正761〕作「怪極之想」）

〔王府夾批9a〕見得透測（徹），恨不守此。人人同病。

寶玉續莊子一段。

〔庚辰眉批468〕趁着酒興不禁而續，是非（作）者自站地步處。謂余何人耶，敢續莊子。然奇極怪極之筆，從何設想，怎不令人叫絕。己卯冬夜。這亦暗露玉兄閑窗淨几，不寂不離之工業。壬〔午〕午孟夏。（「壬」原作「午」，傍註「壬」）

直至天明方醒。

〔庚辰469〕此猶是襲人餘功也。想每日每夜，寶玉自是心忙身忙口忙之極，今則怡然自適，雖此一刻，於身心無所補益，能有一時之閑閑自若，亦豈非襲卿之所使也。（「猶是」〔王府9a〕作「猶莫」，〔有正761〕作「猶算」。王府、有正「襲人」作「襲人之」，「補」作「禆」，「所使也」作「所使然耶」）

翻身看時，只見襲人和衣睡在衾上。

〔庚辰469〕神極之筆。試思襲人不來同臥亦不成文字，來同臥更不同。（〔王府9a〕無）成文字，却云和衣衾上，正是來同臥不來。（王府無）同臥之間，何神〔奇〕文妙（絕）文矣（字）。好襲人。眞好。（王府無）石頭記得眞，眞好述者錯（述）〔得〕不錯。眞好批者批得出！（似不只一批）①

① 戴不凡校讀如下：神極之筆！試思襲人不來同臥亦不成文字，來同臥更不成文字，却云和衣衾上，正是來同臥、不來同臥之間。何神奇文，妙極矣！好襲人！（真好！）石頭記得真！（真好！）述者錯不錯？（真好！）批者批得出。（見「畸笏即曹頫辨」，「集刊」第一輯，頁二二七）馬力認為：「好襲人」以下，原句可能是：「好襲人，真好。石頭記得真，真好。述者述得不錯，真好。批者批得出，更好。」「更好」二字現在下一句正文「寶玉將昨日的事已付諸意外」下；疑是過錄時誤置。（見「從敍述手法看『石頭』在紅樓夢中的作用」，「學刊」，一九八〇年第三輯，頁二一七，註六）梅節認為應點讀為：「好襲人。真好石頭記得真，真好述者述得不錯，真好批者批得出。」

〔有正761〕神極之筆。試思襲人不來同臥亦不成文字，來同臥更不成文字，却云和衣衾上，正是來同臥不同臥之間。神奇妙絶之文。

〔甲辰7a〕若說襲人不來同臥固不成文字，來同臥亦不成文字，却云和衣衾上，是何神奇絶妙文字。

寶玉將昨日的事已付與肚外。（庚辰「肚」字乃「意」字塗改。王府「肚」作「度」。有正「與」作「諸」，「肚」作「意」）

〔庚辰469〕更好，可見玉卿的是天真爛慢之人也。近之所謂獃公子，又曰老好人，又曰無心道人是也。除不知尚古淳風。（〔王府9a〕、〔有正761〕「慢」作「熳」，「除」作「殊」。有正「尚」作「上」）

被襲人將手推開。

〔庚辰夾批469〕好看煞。

你自過那邊房裏去梳洗，再遲了就趕不上。

〔庚辰470〕說得好通快。（〔王府9b〕同，「通」又改爲「痛」。〔有正762〕作「說得痛快」）

我過那裏去。

〔庚辰470〕問得更好。（〔王府10a〕、〔有正762〕同）

你問我。

〔庚辰夾批470〕三字如聞。

「襲人睜眼說道」一段。

〔庚辰眉批470〕趙香梗先生「秋樹根偶譚」①內，兗州少陵臺有子美詞（祠）爲郡守毀爲己詞（祠）。先生嘆子美生遭喪亂，奔走無家，孰料千百年後數椽片瓦猶遭貪吏之毒手，甚矣才人之厄也。固（因）改公「茅屋爲秋風所破歌」數句，爲少陸（陵）解嘲：「少陵遺像太守欺無力，忍能對面爲盜賊，公然折克非己祠，傍人有口呼不得。夢歸來兮聞嘆息，白日無光天地黑。安得曠宅千萬官（間），太守取之不盡生欽（歡）顏，公祠免毀安如山。」瀆（讀）之令人感慨悲憤，心常耿耿。壬午九月，因索書甚迫，姑誌於此，非批石頭記也。爲續「莊子因」②數句，眞是打破胭脂陣，坐透紅粉關，另開生面之文，無可評處。

你今還記着呢。

〔庚辰夾批470〕非渾一純翠（粹）那能至此。

比不得你拿着我的話當耳傍風，夜裏說了，早起就忘了。（王府、有正「傍」作「旁」）

〔庚辰470〕這方是正文，直勾起「花解語」③一回文字。（〔王府10a〕、〔有正763〕「正文」作「正人」）

寶玉見他嬌嗔滿面，情不可禁，便向枕邊拿起一根玉簪來一跌兩段。

〔庚辰夾批470〕又用幻筆瞞過看官。

① 未見。
② 「莊子因」清三山林雲銘西仲氏所註，初版序於康熙癸卯（一六六三），增訂版序於康熙戊辰（一六八八）。
③ 第十九回。

我再不聽你說，就同這個一樣。

〔王府夾批10a〕迎頭一捧（棒）。

襲人忙得拾了簪子說道，大清早起，這是何苦來。

〔王府夾批10b〕撞心兒盟誓，敎人聽了折柔腸，好些不忍。

聽不聽什麼要緊，也值得這種樣子。

〔庚辰夾批470〕已留後文地步。

襲人笑道。

〔庚辰470〕自此方笑。（〔王府10b〕、〔有正764〕同）

快起來洗臉去吧。

〔庚辰夾批470〕結得一星渣汁全無，且合怡紅常事。

不悔自己無見識，卻將醜語怪他人。

〔庚辰471〕罵得痛快，非顰兒不可，眞好顰兒，眞好顰兒好詩。若云知音者顰兒也。至此方完「箴玉」半回。（〔王府11a〕、〔有正764〕無「眞好顰兒好詩」六字。有正「玉」作「王」）

〔庚辰夾批471〕不用寶玉見此詩若長若短，亦是大手法。

〔庚辰眉批472〕又借阿顰詩自相鄙駁，可見余前批不謬。己卯冬夜。

寶玉不見詩，是後文餘步也，石頭記得力所在。丁亥夏，畸笏叟。（此兩批批在較後，然應是批此段正文者）

病雖險卻順。

〔庚辰夾批471〕在子嗣艱難化出。

一面打掃房屋……一面又拿大紅尺頭與奶子丫頭親近人等裁衣。（王府、有正「等」作「丁」）

〔庚辰472〕幾個「一面」，寫得如見其景。（〔王府11b〕、〔有正766〕同）

賈璉只得搬出外書房來齋戒。

〔庚辰夾批472〕此二字內生出許多事來。

鳳姐與平兒都隨着王夫人日日供奉娘娘。

〔王府夾批11b〕寫盡母氏爲子之心。

名喚多官。

〔庚辰472〕今是多多也，妙名。（〔王府11b〕、〔有正766〕作「妙名」）

都喚他作多渾蟲。

〔庚辰472〕更好，今之渾蟲更多也。（〔王府11b〕、〔有正766〕無「今之」二字）

眾人都呼他作多姑娘兒。（王府「呼」作「叫」。王府、有正無「兒」字）

〔庚辰472〕更妙。（〔王府12a〕、〔有正767〕同）

一經男子挨身，便覺遍身筋骨癱軟。

〔庚辰473〕淫極，虧想得出。（〔王府12b〕、〔有正768〕同）

使男子如臥棉上。（王府、有正「棉」作「綿」）

〔庚辰473〕如此境界自勝西方蓬萊等處。（〔王府12b〕、〔有正768〕同）

更兼淫態。

〔庚辰473〕總爲後文寶玉一篇作引①。（〔王府12b〕、〔有正768〕同）

諸男子至此豈有惜命者哉。

〔庚辰夾批473〕涼水灌頂之句。

那賈璉恨不得連身子化在他身上。（王府、有正無「子」字）

〔庚辰473〕親極之語，趣極之語。（〔王府12b〕、〔有正768〕同）

到爲我驪了身子，快離了我這里罷。

〔庚辰夾批473〕淫婦勾人慣加反語，看官着眼。

你就是娘娘，我那裏管甚麼娘娘。

〔庚辰夾批474〕亂語不倫，的是有之。

那媳婦越浪，賈璉越醜態畢露。

〔庚辰474〕可以噴飯。（〔王府13a〕、〔有正769〕同）

一時事畢，兩個又海誓山盟，難分難捨。

〔庚辰夾批474〕着眼，再從前看如何光景。

〔王府夾批13a〕此種文字亦不可少，請看者自度。

此後遂成相契。（王府、有正「此」作「自此」）

---

① 第七十七回。

〔庚辰474〕趣文。相契作如此用，相契掃地矣。（〔王府13a〕、〔有正769〕同）

賈璉多姑娘兒一段。

〔庚辰眉批473〕一部書中只有此一段醜極太露之文，寫於賈璉身上，恰極當極。己卯冬夜。

〔庚辰眉批474〕看官熟思寫珍璉輩當以何等文方妥方恰也。壬午孟夏。

此段係書中情之瑕疵，寫爲阿鳳生日潑醋回①及〔一〕「大（天）風流」寶玉悄看晴雯回②作引，伏線千里外之筆也。丁亥夏，畸笏。

一日大姐兒毒盡班回。

〔庚辰夾批474〕好快日子吓。

更有無限恩愛，自不必煩絮。

〔庚辰夾批474〕隱得好。

平兒會意，忙拽在袖內。

〔庚辰474〕好極。不料平兒大有襲卿之身分，可謂何地無材，蓋造際有別耳。（〔王府13b〕「大」作「文」，「可」作「何」。〔有正770〕「材」作「才」。王府、有正「造」作「遣」）

拿出頭髮來，向賈璉笑道，這是什麼。

〔庚辰474〕好看之極。（〔王府13b〕、〔有正770〕同）

---

① 第四十四回。

② 第七十七回。

賈璉看見著了忙，搶上來要奪。

〔庚辰夾批474〕也有今日。

你不趁早拿出來，我把你膀子撅了。（王府「撅」作「撅折」）

〔庚辰夾批474〕無情太甚。

〔王府夾批13b〕此等人口中，只好說此等語。

等他回來我告訴他。

〔庚辰夾批474〕有是語，恐卿口不應。

好人，賞我罷，我再不賭利害了。（王府、有正「利害」作「狠」）

〔庚辰474〕好聽好看之極，逈不犯襲卿。（〔王府13b〕、〔有正770〕同。按此批乃批上文平兒說話一段，安錯了位置）

〔王府夾批13b〕彼此用強用霸。

一語未了，只聽鳳姐的聲音遠遠的來了。（王府、有正作「一語未了，只聽鳳姐聲音進來」）

〔庚辰475〕驚天駭地之文，如何，不知下文怎樣了結，使賈璉及觀者一齊喪胆。（〔王府14a〕、〔有正771〕「如何，不知下文怎樣」作「不知下文如何」）

〔庚辰夾批475〕石頭記大法小法累累如是，並不爲厭。

只是別多出來罷。

〔庚辰475〕奇。（〔王府13a〕、〔有正771〕同）

〔庚辰夾批475〕看至此，寧不拍案叫絕。

不丟萬幸，誰還添出來呢。

〔庚辰夾批475〕可兒可兒，卿亦明知故說耳。

再至於頭髮指甲都是東西。

〔庚辰475〕好阿鳳，令人胆寒。（〔王府14b〕、〔有正771〕同）

〔王府夾批14b〕行文故犯反覺別嫰（緻）。

賈璉在鳳姐身後，只望着平兒殺鷄抹脖使眼色兒。

〔王府夾批14b〕作丈夫者，要當自重。

平兒只粧着看不見。

〔庚辰夾批475〕余自有三分主意。

奶奶親自查點一遍去。（王府、有正「查點」作「翻尋」）

〔庚辰476〕好平兒，遍天下懼內者來感謝。（〔王府14b〕、〔有正772〕同）

鳳姐笑道，傻丫頭。

〔庚辰476〕可嘆可笑，竟不知誰傻。（〔王府14b〕、〔有正772〕同）

他便有這些東西，那裏就叫偺們翻着了。

〔庚辰476〕好阿鳳，好文字。雖係閨中女兒口角小事，讀之無不聰明得失痴心眞假之感。

（〔王府14b〕、〔有正772〕「女兒」作「兒女」，「無不」作「不無」）

平兒指着鼻子恍着頭笑道。

〔庚辰夾批476〕好看煞。

〔庚辰夾批476〕可見（兒）可見（兒）。

這件事怎麼回謝我呢。

〔庚辰476〕姣俏如見，迥不犯襲卿麝月一筆。（〔王府15a〕「月」作「香」。〔有正772〕「姣」作「嬌」）

喜的個賈璉身癢難撓。

〔庚辰夾批476〕不但賈兄癢癢，即批書人此刻幾乎落筆。試問看官此際若何光景。

口裏說着，瞅他不妨便搶了過來。

〔庚辰夾批476〕畢肖。璉兄不分玉石，但負我平姐，奈何奈何。

你拿着終是禍患，不如我燒了他完事。（王府、有正「事」作「事了」）

〔庚辰476〕妙。說使平兒再不致泄漏，故仍用賈璉搶回，後文遺失後過脈也。

〔王府15a〕妙。說使平兒收了，再不致泄漏，故仍用賈璉搶回，後文遺失，方能穿插過脈也。（〔有正773〕「說」作「設」）

一定浪上人的火來，他又跑了。

〔庚辰476〕醜態如見，淫聲如聞，今古淫書未有之章法。（〔王府15b〕、〔有正774〕同）

我浪我的，誰叫你動火了。

〔庚辰477〕妙極之談。直是理學工夫，所謂「不可正照風月鑑」也。（〔王府15b〕、〔有正774〕同）

難道圖你受用。

〔庚辰夾批477〕阿平，你字作牽強，全（余）不畫押，一笑。

一回叫他知道了，又不待見我。（有正「回」作「面」，「待」作「得」）

〔庚辰477〕鳳姐醋妬，於平兒前猶如是，如況他人乎。余爲鳳姐必是甚於諸人，觀者不信，今平兒說出，然乎否乎。（〔王府15b〕同。〔有正774〕「爲」作「謂」）

他不論小叔子，侄兒，大的小的，說說笑笑，就不怕我吃醋了。

〔王府夾批16a〕作者又何必如此想，亦犯此病也？

已後我也不許他見人。（王府、有正「已」作「以」）

〔庚辰477〕無理之甚，却是妙極趣談，天下懼內者背後之談皆如此。（〔王府16a〕、〔有正775〕同）

我凡行動都存壞心，多早晚都死在我手裏。

〔王府夾批16a〕一片俗氣。

到像屋裏有老虎吃他呢。

〔庚辰478〕好。（〔王府16b〕、〔有正775〕同）

賈璉與平兒對話一段。

〔庚辰眉批478〕此等章法是在戲場上得來，一笑。畸笏。

鳳姐笑道。

〔庚辰478〕「笑」字妙。平兒反正色，鳳姐反陪笑，奇極，意外之文。（〔王府16b〕、

〔有正776〕同）

自己先摔簾子進來。

〔庚辰夾批478〕若在屋裏，何敢如此形景，不要加上許多小心。平兒平兒，有你說嘴的。

賈璉聽了已跑到炕上，拍手笑道。

〔庚辰夾批478〕懼內形景寫盡了。

鳳姐道，我看你躲到那裏去。

〔王府夾批17a〕世俗之態薰人。

我有話和你商量。不知商量何事，且聽下回分解。

〔王府17a〕收後（得）淡雅之至。（庚辰478寫作大字，如正文，但於「分解」下空二格。〔有正777〕同）

淑女從來多抱怨，嬌妻自古便含酸。（回末聯。王府、有正「從」作「自」，「自」作「從」）

〔庚辰墨筆特批479〕二語包盡古今萬萬世裙釵。（〔王府17a〕、〔有正777〕「古今」作「今古」）

回末總評

〔王府18a〕不惜恩愛爲良人，方是溫存一脈貞。俗子妒婦渾可笑，語言偏自涉風塵。（有正778同）

第二十二回　聽曲文寶玉悟禪機　製燈謎賈政悲讖語

回前總批

〔王府0a〕禪理偏成曲調，燈謎巧隱讖言。其中冷暖自尋看，晝夜因循暗轉。（有正779「讖」作「識」）

二十一是薛妹妹的生日。

〔庚辰483〕好。（〔王府1a〕、〔有正781〕同）

如今他生日，大又不是，小又不是，所以和你商量。

〔庚辰483〕有心機人在此。（〔王府1a〕、〔有正781〕同）

往年怎麼給林妹妹過的，如今也照依給薛妹妹過就是了。（王府、有正「過就」作「就」）

〔庚辰483〕此例引的極是，無怪賈政委以家務也。（〔王府1b〕、〔有正782〕「務」作「政」）

說着，一竟去了，不在話下。

〔庚辰484〕一段題綱寫得如見如聞，且不失前篇慳內之旨。最奇者黛玉乃賈母溺愛之人也，不聞爲作生辰，却云特意與寶釵，實非人想得着之文也。此書通部皆用此法，瞞過多少見者，余故云「不寫而(之)寫」①是也。（〔有正783〕「爲作」作「爲他作」。〔王府2a〕「辰」作「晨」）

鳳姐賈璉談寶釵生日一段。

〔庚辰眉批484〕將薛林作甄玉賈玉看書，則不失執筆人本旨矣。丁亥夏，畸笏叟。（靖藏眉批「看書」作「看」，「執筆人」作「書執筆」）

喜他穩重和平。

〔庚辰485〕四字評倒黛玉，是以特從賈母眼中寫出。（〔王府2a〕同。〔有正783〕「四」作「兩」）

便自己蠲資二十兩。（王府「便」作「使」）

〔庚辰485〕寫出太君高興，世家之常事耳。（〔王府2b〕、〔有正784〕同）

〔庚辰眉批485〕前看鳳姐問璉作生日數語甚泛泛，至此見賈母蠲資，方知作者寫阿鳳心機，無絲毫漏筆。己卯冬夜。

一個老宗祖給孩子們作生日，不拘怎樣，誰還敢爭。

〔庚辰夾批485〕家常話，却是空中樓閣，陡然架起。

---

① 參頁七九〔甲戌夾批44b〕二字是他處不寫之寫也。

金的銀的，圓的匾的，壓塌了箱子底。

〔庚辰眉批485〕小科諢解頤，却爲借當伏線①。壬午九月。

說着，又引着賈母笑了一回。

〔庚辰夾批486〕正文在此一句。

便總依賈母往日素喜者說了出來。（王府、有正「往」作「向」，「素」作「所」）

〔庚辰486〕看他寫寶釵，比顰兒如何。（〔王府3a〕「顰」作「平」。〔有正785〕同）

就賈母內院中搭了家常小巧戲臺。

〔庚辰486〕另有大禮所用之戲臺也，侯門風俗斷不可少。（〔王府3b〕、〔有正786〕同）

定了一班新出小戲，崑弋兩腔皆有。

〔庚辰486〕是賈母好熱鬧之故。（〔王府3b〕、〔有正786〕同）

就在賈母上房，排了幾席家晏酒席。（王府、有正「晏」作「宴」）

〔庚辰486〕是家晏，非東閣盛設也。非世代公子，再想不及此。（〔王府3b〕、〔有正786〕「晏」作「宴」）

只有薛姨媽，史湘雲，寶釵是客，餘者皆是自己人。

〔庚辰487〕將黛玉亦算爲自己人，奇甚。（〔王府3b〕、〔有正786〕同）

寶玉因不見林黛玉。

〔庚辰487〕又轉至黛玉，又字人不可少也。（〔王府3b〕、〔有正786〕「又」作「文」，

① 第七十二回。

「人」作「亦」）

這會子犯不上跐着人借光兒問我。（王府、有正「跐」作「跐」）

〔庚辰487〕好聽之極，令人絶倒。（〔王府9a〕、〔有正787〕同）

只得點了一摺西遊記。

〔庚辰487〕是順賈母之心也。（〔王府4a〕、〔有正787〕同）

鳳姐亦知賈母喜熱鬧，更喜謔笑科諢。（王府、有正「諢」作「渾」）

〔庚辰487〕寫得週到，想得奇趣，實是必眞有之。（〔王府4a〕、〔有正787〕同）

〔庚辰眉批487〕鳳姐點戲，脂硯執筆事，今知者聊（寥）聊（寥）矣，不怨夫①！

前批書（知）者聊（寥）聊（寥），今丁亥夏只剩朽物一枚，寧不痛乎！

〔靖藏硃筆眉批〕鳳姐點戲，脂硯執筆事，今知者聊（寥）聊（寥）矣，不怨夫①！

〔靖藏眉批〕前批知者聊（寥）聊（寥）。不數年，芹溪、脂硯、杏齋諸子皆相繼別去。

今丁亥夏只剩朽物一枚，寧不痛殺！

然後便命黛玉。（王府、有正無「便」字）

〔庚辰488〕先讓鳳姐點者，是非待鳳先而後玉也。蓋亦素喜鳳嘲笑得趣之故，今故命彼點。彼亦自知，並不推讓，承命一點，便合其意。此篇是賈母取樂，非禮筵大典，故如此寫。（〔王府4b〕同。〔有正788〕「後玉」作「玉後」）

---

① 梅挺秀認為：畸笏批所語的「鳳姐點戲，脂硯執筆」，是指文中鳳姐點戲這段情節，為脂硯執筆所增入。參「析『鳳姐點戲，脂硯執筆』」，「學刊」，一九八四年第四期，頁二二九——二三九。

黛玉方點了一齣。

〔庚辰488〕不題何戲，妙。蓋黛玉不喜看戲也。正是與後文「妙曲警芳心」①留地步，正見此時不過草草隨衆而已，非心之所願也。（〔王府4b〕「看」作「有」。〔有正788〕同）

你還算不知戲呢。

〔庚辰489〕是極。寶釵可謂博學矣，不似黛玉只一「牡丹亭」，便心身不自主矣。眞有學問如此，寶釵是也。（〔王府5a〕、〔有正789〕同）

一任俺芒鞋破鉢隨緣化。

〔庚辰489〕此關出自「山門」傳奇②，近之唱者將「一任俺」改爲「早辭却」，無理不通之甚。必從「一任俺」三字，則「隨緣」二字方不脫落。（〔王府5b〕、〔有正790〕「俺」作「俺」）

還沒唱「山門」，你到「粧瘋」了。（王府、有正「沒」作「無」）

〔庚辰489〕趣極。今古利口莫過於優伶，此一詼諧，優伶亦不得如此急速得趣，可謂才人百技也。一段醋意可知。（〔王府5b〕、〔有正790〕「趣極」作「趣語」，「不得」

---

① 第二十三回。

② 「山門」乃清邱園（一六一七——一六八九以後。據「曲錄」，或有作朱佐朝）所撰「虎囊彈」之一齣，本「水滸傳」，演魯智深事。「綴白裘」三集所收此齣〔寄生草〕：「漫揾英雄淚，相隨處士家。謝慈悲剃度蓮臺下。沒緣法轉眼分離乍；赤條條來去無牽掛。那裏去討烟簑雨笠捲單行？敢辭却，芒鞋破鉢隨緣化！」「集成曲譜」本此曲末句亦作「敢辭却，芒鞋破鉢隨緣化！」（卷七第七十五葉）

作「不」，「可知」作「已見」）

細看時亦發可憐見。（有正「亦」作「益」）

〔庚辰490〕是賈母眼中之內之想。（〔王府5b〕、〔有正790〕作「是賈母眼中」）

這個孩子扮上，活像一個人。

〔庚辰夾批490〕明明不叫人說出。

寶釵心裏也知道，便只一笑不肯說。（王府、有正無「只」字）

〔庚辰490〕寶釵如此。（〔王府6a〕、〔有正791〕同）

寶玉也猜着了，亦不敢說。

〔庚辰490〕不敢少。（〔王府6a〕、〔有正791〕「敢」作「可」）

史湘雲接着笑道，到像林妹妹的模樣兒。

〔庚辰490〕口直心快，無有不可說之事。（〔王府6a〕、〔有正791〕同）

〔庚辰夾批490〕事無不可對人言。

〔庚辰眉批490〕湘雲探春二卿，正事無不可對人言芳性。丁亥夏，畸笏叟。

明兒一早就走，在這裏作甚麼，看人家的鼻子眼睛什麼意思。

〔庚辰490〕此是眞惱，非顰兒之惱可比，然錯怪寶玉矣。亦不可不惱。（〔王府6b〕「顰」作「平」。〔有正792〕同）

我要有外心，立刻就化成灰，叫萬人踐踹。（王府、有正無「就」字）

〔庚辰491〕千古未聞之誓，懇切盡情，寶玉此刻之心爲如何。（〔王府7a〕、〔有正793〕

「如何」作「何如」）

〔庚辰夾批491〕玉兄急了。

湘雲道，大正月裏少信嘴胡說。

〔庚辰夾批491〕回護石兄。

說給那些小性兒行動愛惱的人，會轄治你的人聽去。

〔庚辰夾批492〕此人爲誰。

人早知端的，當此時斷不能勸。

〔庚辰492〕寶玉在此時一勸必崩了，襲人見機，甚妙。（〔王府7b〕、〔有正794〕「必崩」作「便惱」）

黛玉道，你還要比，你還要笑。

〔庚辰夾批493〕可謂官斷十條路是也。

無可分辯，不則一聲。（有正「辯」作「辨」，「則」作「嘖」）

〔庚辰493〕何便無言可辯，眞令人不解。前文湘雲方來，「正言彈妬意」一篇中，顰玉角口後收至褂子一篇，余已注明不解矣①。回思自心自身是玉顰之心，則洞然可解，否則無可解也。身非寶玉，則有辯有答；若寶玉則再不能辯不能答。何也？總在二人心上想來。（〔有正795〕「辯」俱作「辨」，〔王府8a〕、有正「若」作「若是」）

只是那一個偏又不領你這好情，一般也惱了。

① 參頁四〇二「難道你就知你的心，不知我的心不成」一句之批。

〔庚辰493〕顰兒自知雲兒惱，用心甚矣。（〔王府8b〕「顰」作「平」。〔有正796〕同）

你又拿我作情，到說我小性兒。

〔庚辰493〕顰兒却又聽見，用心甚矣。（〔王府8b〕「顰」作「平」。〔有正796〕同）

我惱他與你何干，他得罪了我又與你何干。

〔庚辰493〕問的却極是，但未必心應。若能如此，將來泪盡夭亡已化烏有，世間亦無此一部紅樓夢矣。（〔王府8b〕、〔有正796〕同）

寶黛口角一段。

〔庚辰眉批493〕此書如此等文章多多不能救（枚）舉，機括神思自從天分而有。其毛錐寫人口氣傳神攝魄處，怎不令人拍案稱奇叫絕。丁亥夏，畸笏叟。

神工乎，鬼工乎，文思至此盡矣。丁亥夏，畸笏。

又曰山木自寇。

〔庚辰494〕按原注，山木漆樹也，精脈自出，豈人所使之，故云自寇，言自相戕賊也。（〔王府10a〕、〔有正797〕同）

源泉自盜等語。

〔庚辰494〕源泉味甘，然後人爭取之，自尋乾涸也；亦如山木，意皆寓人智能聰明多知之害也。前文無心云看「南華經」，不過襲人等惱時，無聊之甚，偶以釋悶耳。（〔王府9a〕作「矣」）。殊不知用於今日，大解誤。（王府、〔有正797〕作「悟」）大覺迷之功甚矣。市徒見此必云前日看的是外篇「胠篋」，如何今日又知若許篇？然則彼。（王府、有正作「彼時」）只曾看外篇數語乎，想其理自然默默看過幾篇適至外篇，故偶觸其機方續之也。若云只看了那幾句便續，則寶玉彼時之心是有意續莊子，並非釋悶時偶續之也。且更有見前所續，則曰續的不通，更可笑矣。試思寶玉雖愚，豈有安心立意與莊叟爭衡哉。且寶玉有生以來此身此心爲諸女兒應酧。（有正作「酬」）不暇，眼前多少現(成)有益之事尚無暇。（王府作「假」）去作。（王府、有正作「做」），豈忽然要分心於腐言糟粕之中哉。可知除閨閣之。（王府、有正無）外，並無一事是寶玉立意作。（王府、有正作「做」）出來的。大則天地陰陽，小則功名榮枯，以及吟篇琢句，皆是隨分觸情，偶得之不喜，失之不悲，若當作有。（王府無）心謬。（王府、有正作「則謬」）矣。只看大觀園題咏之文，已。（王府作「以」）算平生得意之句，得意之事矣，然亦總不見再吟一句，再題一事，據此可見矣。然後可知前夜是無心順手拈了一本「莊子」在手，且酒興醮醮，芳愁默默，順手不計工拙，草草一續也。若使順手拈一本近時鼓詞，或如「鐘。（王府、有正作「鍾」）無豔赴會，其（齊）太子走國」①等草野風邪之傳。必亦。（王府、有正作「亦必」）續之矣。觀者試看此批，然後謂余不謬。所以可恨者，彼夜却不曾拈了「山門」一齣傳奇；若使「山門」在案，彼時捻。（王府作「拈」）着，又不知於「寄生草」後續出何等超凡入聖大覺大悮（王府、有正作「悟」）諸語錄來。

① 鍾無艷傳為戰國時齊國無鹽（今山東東平）人，名鍾離春，貌極丑，獻策，齊宣王納為后，封為無鹽君。「列國志」、「新列國志」及「東周列國志」各小說均敘及之。彈詞有「鍾無艷全傳」，廣東南音有「鍾無艷娘娘」等，未知有關否？

黛玉一生是聰明所悞。寶玉是多事(所)(悞)。(多)(事)者，情之事也，非世事也。多情曰多事，亦宗莊筆而來。蓋余亦偏矣，可笑。阿鳳是機心所悞。寶釵是博知所悞。湘雲是自愛所悞。襲人是好勝所悞。皆不能跳出莊叟言外，悲亦甚矣。再筆。（〔王府9b〕、〔有正798〕「跳出」作「跳出於」）。

將來猶欲何爲。（王府、有正「何爲」作「爲何」）

〔庚辰495〕看他只這一筆寫得寶玉又如何用心於世道。言閨中紅粉尚不能週全，何碌碌僭欲治世待人接物哉。視閨中自然女兒戲，視世道如虎狼矣，誰云不然。（〔王府9b〕、〔有正798〕同）

自己轉身回房來。

〔庚辰495〕顰兒云「與你何干」，寶玉如此一回則曰「與我何干」可也。口雖未出，心已悞矣，但恐不常耳。若常存此念，無此一部書矣。看他下文如何轉折。（〔王府10a〕「顰」作「平」。〔有正799〕「悞」作「悟」，「折」作「折」）

不禁自己越發添了氣。

〔庚辰495〕只此一句又勾起波浪。去則去，來則來，又何氣哉。總是斷不了這根孽腸，忘不了這個禍害，旣無而又有也。（〔王府10a〕、〔有正799〕同）

寶玉不理。

〔庚辰495〕此是極心死處，將來如何。（〔王府10a〕、〔有正799〕同）

不敢就說。

〔庚辰495〕一說必崩。（〔王府10a〕、〔有正799〕「必崩」作「就惱」）

他還不還，管誰什麼相干。

〔庚辰496〕大奇大神之文。此「相干」之語，仍是近文，與顰兒之語之相干也。上文來說終存於心，卻於寶釵身上發洩。素厚者惟顰雲，今爲彼等尚存此心，況於素不契者，有不直言者乎。情理筆墨，無不盡矣。（〔王府10b〕「顰兒」作「平兒」。〔有正800〕「契」作「相契」）

他們娘兒們姊妹們歡喜不歡喜，也與我無干。

〔庚辰496〕先及寶釵，後及眾人，皆一顰之禍，流毒於眾人。寶玉之心，實僅有一顰乎。（〔王府10b〕「一顰」作「一平」。〔有正800〕同）

我是赤條條來去無牽掛。

〔庚辰496〕拍案叫好。當此一發，西方諸佛亦來聽此棒喝，參此語錄。（〔王府11a〕「參」作「恭」。〔有正801〕同）

談及此句，不覺淚下。

〔庚辰496〕還是心中不淨不了，斬不斷之故。（〔王府11a〕、〔有正801〕同）

不禁大哭起來。

〔庚辰496〕此是忘機大悟，世人所謂瘋顛是也。（〔王府11a〕「悟」作「悞」。〔有正801〕同）

無可云證，是立足境。

〔庚辰497〕已悟已覺，是好偈矣。寶玉悟禪亦由情，讀書亦由情，讀「莊」亦由情，可笑。（〔王府11a〕「莊亦」作「莊之」。〔有正801〕同）

又恐人看此不解。

〔庚辰497〕自悟則自了，又何用人亦解哉，此正是猶未正覺大悟也。（〔王府11a〕、〔有正802〕同）

因此亦塡了一支寄生草，也寫在偈後。（王府、有正無「了」字）

〔庚辰497〕此處亦續寄生草。余前批云不曾見續，今却見之，是意外之幸也。蓋前夜「莊子」是道悟，此日是禪悟，天花散漫之文也。（〔王府11b〕、〔有正802〕同）

中心自得，便上床睡了。

〔庚辰497〕前夜已悟，今夜又悟，二次翻身不出，收一世墮落無成也。不寫出曲文何辭，却留與寶釵眼中寫出，是交代過節也。（〔王府11b〕、〔有正802〕「留與」作「要留於」）

故以尋襲人爲由，來視動靜。

〔庚辰497〕這又何必，總因慧刀不利，未斬毒龍之故也。大都如此，嘆嘆。（「慧刀」原作「蕙力」，被改作「慧刀」；〔王府11b〕作「慧力」。〔有正802〕「嘆嘆」作「可嘆」）

知是寶玉一時感忿而作，不覺可笑可嘆。（王府「是」作「道」。王府、有正「一時」作「因一時」）

〔庚辰497〕是個善知覺，何不趁此大家一解，齊證上乘，甘心墮落迷津哉。（〔王府12a〕、〔有正803〕同）

作的是頑意兒，無甚關係。

〔庚辰498〕黛玉說「無關係」，將來必無關係。余正恐顰玉從此一悟則無妙文可看矣。不想顰兒視之爲漠然，更曰「無關係」，可知寶玉不能悟也。余心稍慰。蓋寶玉一生行爲，顰知最確，故余聞顰語則信而又信，不必定玉而後證之方信也。余云恐他二人一悟則無妙文可看，然欲爲閨（開）我懷，爲醒我目，却愿他二人永墮迷津，生出孽障，余心甚不公矣。世云損人利己者，余此愿是矣，試思之可發一笑。今自呈於此，亦可爲後人一笑，以助茶前酒後之興耳。而今後天地間豈不又添一趣談乎。凡書皆以趣談讀去，其理自明，其趣自得矣。

〔王府12a〕黛玉說「無關係」（將）（來）（必）（無）（關）（係），余正恐平玉從此〔將〕〔來〕〔必〕〔無〕〔關〕〔係〕一悟，則無妙文可看矣。不想顰兒視之爲漠然，更曰「無關係」，可知黛（寶）玉不能悟也。余心稍慰。蓋寶玉一生行爲，平知最確，故余聞平語則信而又信，不必定玉而後證之方信也。然欲開我懷，爲醒我目，却愿他二人永墮迷津生出孽障，余心甚不公矣。世云損人利己者，余此愿是矣。試思之可發一笑。今自呈於此，亦可爲後人一笑，以助茶前酒後之興矣。而今後天地間豈不又添一趣談乎。凡書皆以趣談讀去，其理自明，其趣自得矣。（「然欲開我懷，爲醒我目，却愿他二人永」十五字王府添於「墮迷津」等句之旁，〔有正803〕無。有正「平」皆作「顰」，「興矣」作「興耳」，「而今後」作「

今而後」）

與湘雲同看。

〔庚辰498〕却不同湘雲分崩，有趣。（〔王府12a〕、〔有正803〕「崩」作「爭」。〔甲辰9a〕「趣」作「意」）

次日又與寶釵看，寶釵看其詞。（王府、有正「詞」作「詞曰」）

〔庚辰498〕出自寶釵目中，正是大關鍵處。（〔王府12a〕、〔有正804〕同）

回頭試想眞無趣。

〔庚辰498〕看此一曲，試思作者當日發愿不作此書，却立意要作傳奇，則又不知有如何詞曲矣。（〔王府12b〕「立」作「正」。〔有正804〕同）

這些道書禪機最能移性。

〔庚辰498〕拍案叫絕。此方是大悟徹語錄，非寶卿不能談此也。（〔王府12b〕、〔有正804〕同）

你有何貴，爾有何堅。（王府、有正「爾」作「你」）

〔庚辰499〕拍案叫絕。大和尚來答此機諷，想亦不能答也。非顰兒，第二人無此靈心慧性也。（「諷」原作「鋒」，點改。〔王府13a〕、〔有正805〕「和」作「都」，「來」作「未」，「諷」作「鋒」。王府「顰」作「平」）

無立足境，是方乾淨。

〔庚辰499〕拍案叫絕。此又深一層也。亦如諺云：「去年貧，只立錐；今年貧，錐也

無。」①其理一也。（〔王府13a〕「諺」作「該」。〔有正805〕同）

「當日南宗六祖」一段。

〔庚辰眉批499〕用得妥當之極。

五祖便將衣鉢傳他。

〔庚辰500〕出語錄。總寫寶卿博學宏覽，勝諸才人。顰兒却聰慧靈智，非學力所致，皆絕世絕倫之人也。寶玉寧不愧殺。（〔王府13b〕「顰」作「平」。〔有正806〕同）

說着，四人仍復如舊。

〔庚辰500〕輕輕抹去也。「心淨難」三字不謬。（〔王府14a〕、〔有正807〕同）

寶玉悟禪機一段。

〔庚辰眉批500〕前以「莊子」爲引，故偶續之；又借顰兒詩一鄙駁，兼不寫着落，以爲瞞過看官矣。此回用若許曲折，仍用老莊引出一偈來，再續一寄生草，可爲大覺大悟已。以之上承果位，以後無書可作矣。却又輕輕用黛玉一問機鋒，又續偈言二句，並用寶釵講五祖六祖問答二實偈子，使寶玉無言可答，仍將一大善知識，始終□（跌）不出警幻幻榜中，作下回若干回書。眞有機心遊龍不則（測）之勢，安得不叫絕。且歷來小說中萬寫不到者。己卯冬夜。

寶玉黛玉湘雲探春。

① 按金聖歎批「第六才子書西廂記」：「香嚴大師至脫然撒手時，遙望潙山，連說頌曰：『去年貧，未是貧；今年貧，真是貧。去年貧，無立錐之地；今年貧，錐也無。』我於此文『錐也無』。」（卷六）

〔庚辰501〕此處透出探春，正是草蛇灰線，後文方不突然。（〔王府14b〕「處」作「意」，「正是」作「是正」。〔有正808〕同）

一併將賈環賈蘭等傳來，一齊各出心機。（王府、有正「出」作「揣」）

〔庚辰501〕寫出猜謎人形景。看他偏於兩次戒（禪）機後，寫此機心機事，足見用意至深至遠。（〔王府14b〕、〔有正809〕同）

惟二小姐與三爺猜的不是。

〔庚辰501〕迎春賈環也。交錯有法。（〔王府15a〕、〔有正809〕同）

每人一個宮製詩筒。

〔庚辰501〕詩筒，身邊所佩之物，以待偶成之句草錄暫收之，其歸至窓前不致有亡也。或茜牙成，或琢馬屑，或以綾素爲之不一。想來奇特事，從不知也。（〔王府15a〕「亡」作「忘」。〔有正809〕「其」作「共」）

二物極微極雅。（〔王府15a〕、〔有正809〕同，見下「一柄茶筅」之批）

一柄茶筅。

〔庚辰502〕破竹如帚，以淨茶具之積也。（〔王府15a〕、〔有正809〕同）

〔列藏〕音鑫。破竹如帚，以淨〔具〕茶（具）之積也。

〔王府15a〕二物極微極雅。（〔庚辰505〕同，見上「每人一個宮製詩筒」之批。〔有正809〕同）

迎春自爲頑笑小事，並不介意。

〔庚辰502〕大家小姐。（〔王府15b〕、〔有正810〕同）

二哥愛在房上蹲。

〔庚辰502〕可發一笑，眞環哥之謎。　諸卿勿笑，難爲了作者摹擬。（〔王府15b〕「諸」作「者」。王府、〔有正810〕二批連寫）

一個枕頭，一個獸頭。

〔庚辰502〕虧他好才情，怎麼想來。（〔王府15b〕、〔有正810〕同）

李宮裁王熙鳳二人在裏間又一席。

〔庚辰夾批503〕細致。

賈政因不見賈蘭，便問，怎麼不見蘭哥。

〔庚辰503〕看他透出賈政極愛賈蘭。（〔王府16a〕、〔有正812〕同）

今日賈政在這裏，便惟唯唯而已。（王府、有正無「便」字，「惟」作「惟有」）

〔庚辰503〕寫寶玉如此。非世家曾經嚴父之訓者，段寫不出此一句。（〔王府16b〕、〔有正812〕「段」作「斷」，「一」作「二」）

今日賈政在席，也自緘口禁言。（有正「自」作「是」。王府、有正「緘」作「揷」）

〔庚辰503〕非世家經明訓者段不知此一句。寫湘雲如此。（〔王府16b〕、〔有正812〕「段」作「斷」）

黛玉本性懶與人共，原不肯多話。

〔庚辰503〕黛玉如此。與人多話則不肯，問得與寶玉話更多哉。（〔王府16b〕、〔有正

813〕「問」作「豈」）

寶釵原不妄言輕動，便此時亦是坦然自若。

〔庚辰504〕瞧他寫寶釵，真是又曾經嚴父慈母之明訓，又是世府千金，自己又天性從禮合節，前三人之長並歸於一身。前三人向有捏作之態，故惟寶釵一人作坦然自若，亦不見踰規踏矩也。（〔王府17a〕「寫」作「看」，「慈母」作「慈父」，「訓」作「訓也」。無「也」字。〔有正813〕「世府」作「公府」，「踏矩」作「越矩」）

故此一席雖是家常取樂，反見拘束不樂。

〔庚辰504〕非世家公子，斷寫不及此。想近時之家，縱其兒女哭笑索飲，長者反以爲樂，其禮不法何如是耶。（〔王府17a〕「兒女」作「女兒」。王府、〔有正813〕「反」作「又」，「禮」作「無禮」）

賈母亦知因賈政一人在此所致之故。

〔庚辰504〕這一句又明補出賈母亦是世家明訓之千金也，不然斷想不及此。（〔王府17a〕「想」作「然」。〔有正813〕同）

何疼孫子孫女之心，便不略賜以兒子半點。（王府、有正「子」作「兒」）

〔庚辰504〕賈政如此，余亦淚下。（〔王府17b〕、〔有正814〕「亦」作「已」）

猴子身輕站樹梢。（王府「站」作「跕」）

〔庚辰505〕所謂「樹倒猢猻散」①是也。（〔王府17b〕、〔有正814〕同。〔甲辰13a〕

① 參頁一三二註①

「猢」作「猴」)

打一菓名。

〔王府17b〕的是賈母之謎。(〔有正814〕同。庚辰見下批)

賈政已知是荔枝。

〔庚辰505〕的是賈母之謎。(王府、有正見上批)

雖不能言，有言必應。

〔庚辰505〕好極，的是賈老之謎，包藏賈府祖宗自身。「必」字隱「筆」字。妙極妙極。(〔王府18a〕、〔有正815〕略同，見下批)

打一用物。

〔王府18a〕好極，的是賈老之謎，包藏賈府祖先自身。「必」字隱「筆」字。妙極。(〔庚辰505〕略同，見上批。〔有正815〕「隱」作「暗隱」)

賈母想了想。

〔庚辰夾批505〕太君身分。

回首相看已化灰。

〔庚辰506〕此元春之謎。纔得僥倖，奈壽不長，可悲哉。(〔王府18b〕「僥」作「倖」。王府、〔有正816〕「可」作「深可」)

〔列藏〕此是元春之作。

〔甲辰14a〕此元春之謎。才得徼倖，奈壽不長耳，惜哉。(批在下句「打一物」下)

只爲陰陽數不同。（列藏「爲」作「有」。甲辰「數」作「斷」）

〔庚辰506〕此迎春一生遭際，惜不得其夫何。（〔王府18b〕、〔有正816〕同。〔甲辰14b〕「何」作「乎」，批在下句「打一用物」下）

〔列藏〕此是迎春之作。

莫向東鳳怨別離。（王府、列藏、甲辰、有正「鳳」作「風」）

〔庚辰506〕此探春遠適之讖也。使此人不遠去，將來事敗，諸子孫不至流散也，悲哉傷哉。（〔王府19a〕、〔有正817〕「此人」作「其人」，「至」作「致」。王府無「孫」字）

〔列藏〕此是探春之作。

〔甲辰14b〕此探春遠適之讖也。（批在下句「打一物」下）

性中自有大光明。

〔庚辰507〕此惜春爲尼之讖也。公府千金至緇衣乞食，寧不悲夫。（〔王府19a〕「公」作「分」。〔有正817〕同）

〔列藏〕此是惜春之作。

惜春謎一段。

〔庚辰眉批506〕此後破失，俟再補。

風雨陰晴任變遷，打一物。

〔甲辰15a〕此黛玉一生愁緒之意。（庚辰、有正此謎均作寶釵謎。甲辰作黛玉謎）

象憂亦憂，象喜亦喜。打一物。

〔甲辰15a〕此寶玉之鏡花水月。

恩愛夫妻不到冬。打一物。

〔甲辰15b〕此寶釵金玉成空。

回末總評

〔庚辰509〕暫記寶釵製謎云：

朝罷誰携兩袖烟，琴邊衾裏總無緣。
曉籌不用人雞報，五夜無煩侍女添。
焦首朝朝還暮暮，煎心日日復年年
光陰荏苒須當惜，風雨陰晴任變遷。

此回未成而芹逝矣，嘆嘆。丁亥夏，畸笏叟。（靖藏眉批無寶釵謎，「成」作「補成」）

〔王府229〕作者倍菩提心，捉筆現身說法，每於言外警人，再三再四，而讀者但以小說古（鼓）詞目之，則大罪過。其先以「莊子」爲引，巳曲句作醒悞之語，以警覺世人；猶恐不入，再以燈謎試伸致意，自解自嘆，以不成寐爲言。其用心之切之誠，讀者忍不留心而慢忽之耶。（有正822「倍」作「具」，「說法」作「設法」，「巳」作「及偈」，「悞」作「悟」，「誠伸」作「伸詞」）

第二十三回　西廂記妙詞通戲語　牡丹亭艷曲警芳心

回前總批

〔王府0a〕羣豔大觀中，柳弱繫輕風。惜花與度曲，笑看利名空。（〔有正823〕同）

鳳姐因見他不大拿班作勢的，便依允了。想了幾句話，便回王夫人。

〔庚辰夾批512〕一派心機。

鳳姐聽了，把頭一梗，把快子一放。

〔王府夾批2b〕活跳。

賈璉笑道，西廊下五嫂子的兒子芸兒來求了我兩三遭，要個事情管管，我依了，叫他等着，好容易出來這件事，你又奪了去。

〔王府夾批2b〕可發一笑。

只是昨兒晚上我不過是要改個樣兒，你就扭手扭腳的。

〔庚辰夾批513〕寫鳳姐風月之文如此，總不脫漏。

〔王府夾批2b〕粗蠢，惜（情）景可笑。

嗤的一聲笑了，向賈璉啐了一口，低下頭便吃。

〔庚辰夾批513〕好章法。

〔王府夾批2b〕後將有大觀園中一段奇情韻（事）①，不得不先爲此等醜語一迭（跌），以作未火先烟之象。

如今早說賈元春因宮中自編大觀園題咏之後。

〔庚辰眉批514〕大觀園原係十二釵栖止之所，然工程浩大，故借元春之名而起，再用元春之命以安諸豔，不見一絲扭捻。己卯冬夜。

忽想起那大觀園中景致，自己幸遇之後，賈政必定敬謹封鎖，不敢使人進去騷擾，豈不寥落。

〔王府夾批3b〕韻人韻事。

也不使佳人落魄，花柳無顏。

〔庚辰夾批514〕韻人行韻事。

卻又想到寶玉自幼在姊妹叢中長大，不比別的兄弟。

〔王府夾批4a〕何等精細。

忽見丫環來說老爺叫寶玉。寶玉聽了，好似打了個焦雷，登時掃去興頭，臉上轉了顏色。（

① 第四十四回。

王府「見」作「見了」，「叫寶玉」作「叫你」）

〔庚辰夾批515〕多大力量寫此句，余亦驚駭，況寶玉乎。回思十二三時亦曾有是病來，想時不再至，不禁淚下。

〔靖藏眉批〕多大力量寫此一句，余亦駭驚，況寶玉乎。回思十二三時亦會（曾）有是（病），想時不再至，不禁淚下。

〔王府夾批4b〕大家風範。

賈母只得安慰他道，好寶貝，你只管去，有我呢，他不敢委曲了你。

〔王府夾批4b〕寫盡祖母溺愛，作後文之本。

徧到這邊來。

〔庚辰眉批515〕□（徧），□（撑）去聲。

金釧一把拉住寶玉。

〔庚辰夾批516〕有是事，有是人。

我這嘴上是纔擦的香浸胭脂。

〔庚辰夾批516〕活像活現。

神彩飄逸，秀色奪人。

〔庚辰夾批516〕消氣散用的好。

忽又想起賈珠來。

〔庚辰夾批516〕批至此幾乎失聲哭出。（靖藏眉批作「批至此幾令人失聲」）

自己的鬍鬚將已蒼白，因這幾件上，把素日嫌惡處分寶玉之心，不覺減了八九。

〔王府夾批5b〕爲天下年老者父母一哭。

如今叫禁管同你姊妹在園裏讀書寫字。

〔庚辰眉批516〕寫寶玉可入園，用「禁管」二字得體理之至。壬午九月。

王夫人便拉他在身傍坐下。

〔王府夾批6a〕活現。

襲人天天晚上想着打發我吃。

〔庚辰夾批517〕大家細細聽去，活似小兒口氣。

究竟也無礙，又何用改。

〔庚辰夾批517〕幾乎改去好名。

斷喝一聲作業的畜生，還不出去。（王府「業」作「孽」）

〔庚辰夾批518〕好收什（拾）。

〔王府夾批6b〕嚴父慈母，其事雖異，其行則一。

剛至穿堂門前。

〔庚辰518〕妙。這便是鳳姐掃雪拾玉之處，一絲不亂。

〔王府6b〕妙，這便〔拾〕〔玉〕〔之〕是鳳姐掃雪（拾）（玉）（之）處，一絲不亂。（〔有正836〕同）

只見襲人倚門立在那裡，一見寶玉平安回來，堆下笑來問道。（王府無「道」字）

〔庚辰夾批518〕等壞了，慾壞了，所以有「堆下笑來問」問話。

〔王府夾批7a〕何等牽連。

不過怕我進園去淘氣，分付分付。

〔庚辰夾批518〕就說大話，畢肖之至。

林黛玉正心裏盤算這事。

〔庚辰夾批518〕顰兒亦有盤算事，揀擇清幽處耳，未知擇鄰否，一笑。

偺們兩個又近，又都清幽。

〔庚辰夾批518〕擇鄰出於玉兄，所謂眞知己。

〔王府夾批7a〕作後文無限章本。

登時園內花招繡帶，柳拂香風。（有正「招」作「搖」）

〔庚辰519〕八字寫得滿園之內處處有人，無一處不到。（〔王府7b〕、〔有正838〕同）

每日只和姊妹丫頭們一處，或讀書或寫字。

〔庚辰夾批519〕未必。

以及描鸞刺鳳。

〔庚辰夾批519〕有之。

寶玉春夏秋冬即事詩一段。

〔庚辰眉批521〕四詩作盡安福尊榮之貴介公子也。壬午孟夏。（「尊」原作「萬」，用墨筆改）

只在外頭鬼混，卻又痴痴的。

〔庚辰522〕不進園去，眞不知何心事。（〔王府9b〕、〔有正842〕同）

惟有這件，寶玉不曾看見過。

〔庚辰夾批522〕書房伴讀累累如是，余至今痛恨。

茗烟又囑咐他不可拿進園去。

〔王府夾批10a〕自古惡奴壞事。

只見一陣風過，把樹頭上桃花吹下一大半。

〔庚辰夾批522〕好一陣湊趣風。

恐怕腳步踐踏了。（王府「恐」作「又恐」）

〔庚辰522〕「情不情」。（〔王府10b〕、〔有正844〕同）

肩上擔着花鋤，鋤上掛着竹囊，手內拿着花帚。（「竹」原作「行」，墨筆改；王府作「行」；甲辰作「紗」。甲辰「鋤」作「花鋤上」）

〔庚辰夾批523〕一幅採芝圖，非葬花圖也。

〔甲辰10a〕寫出掃花仙女。

〔王府夾批10b〕眞是韻人韻事。

黛玉葬花一段。

〔庚辰眉批523〕此圖欲畫之心久矣，誓不遇仙筆不寫，恐襲（褻）我顰卿故也。己卯冬。

丁亥春間偶識一浙省新發①，其白描美人，眞神品物，甚合余意，奈彼因宦緣所纒無暇，且不能久留都下，未幾南行矣。余至今耿耿，悵然之至。恨與阿鞏結一筆墨緣之難若此，嘆嘆。丁亥夏，畸笏叟。

〔靖藏眉批〕丁亥春日偶識一浙省客余意甚合眞神品白描美人物所纒彼無暇宦緣奈不能留都下久且來幾南行矣至今耳火又余悵然之至阿鞏墨緣之難恨與一結若此書嘆嘆。丁亥○，奇笏叟。（○被蛀去，「畸」一邊被蛀去）

好好，來把這個花掃起來。

〔庚辰夾批523〕如見如聞。

那畸角上，我有一個花塚。

〔庚辰夾批523〕好名色，新奇，葬花亭裏埋花人。

日久不過隨土化了，豈不干淨。（有正「干」作「乾」）

〔庚辰523〕寫黛玉又勝寶玉十倍痴情。（〔王府11a〕、〔有正845〕同）

〔庚辰夾批523〕寧使香魂隨土化。

待我放下書幫你來收拾。

〔庚辰夾批523〕顧了這頭，忘却那頭。

---

① 按一般以此「浙省新發」為余集。余集（一七三八——一八二三）字蓉裳，號秘室，浙江仁和人。「乾隆時以白描美人著稱於世」。乾隆三十一年丙戌進士。據郭味蕖編的「宋元明清書畫家年表」，「域外所藏中國名畫集八（四）」有余集嘉慶八年癸亥所作的「卿須憐我圖」，未知此圖與今本第八十九回黛玉照鏡之贊語「瘦影正臨春水照，卿須憐我我憐卿」有關否？參汝捷「天空海闊話『紅樓』——訪『紅樓夢』插圖作者程十髮」。（「學刊」，一九八〇年第三輯，頁九八——一〇〇）

我就是多愁多病身，你就是那傾國傾城貌。（甲辰「是多」作「是個多」，「身」作「的身」，「貌」作「的貌」）

〔庚辰夾批524〕看官說寶玉忘情有之，若認作有心取笑，則看不得石頭記。

〔甲辰11a〕借用得妙。

早又把眼睛圈兒紅了，轉身就走。

〔庚辰夾批524〕唬殺急殺。

變個大忘八，等你明兒做了一品夫人，病老歸西的時候。

〔庚辰夾批524〕雖是混話一串，却成了最新最奇的妙文。

我往你坟上替你駝一輩子碑去。

〔甲辰11b〕此誓新鮮。

說的林黛玉嗤的一聲笑了。

〔庚辰夾批525〕看官想用何等話，令黛玉一笑收科。

原來是苗而不秀，一個銀樣蠟鎗頭。

〔甲辰11b〕更借得好。

你說你會過目成誦，難道我就不能一目十行麼。

〔王府夾批12b〕兒女情態，毫無淫念，韻雅之至。

別了黛玉，同襲人回房換衣不提。

〔庚辰525〕一語度下。（〔王府12b〕、〔有正848〕同）

自己悶悶的。

〔庚辰525〕有原故。（〔王府13a〕、〔有正849〕同）

剛走到梨香院墻角上，只聽牆內笛韻悠揚，歌聲婉轉。

〔庚辰夾批525〕入正文方不牽強。

林黛玉素習不大喜看戲文。

〔庚辰525〕妙法，必云不大喜看。（〔王府13a〕、〔有正849〕同）

偶然兩句吹到耳內，明明白白一字不落，唱。（王府、有正「吹」作「只吹」）

〔庚辰526〕却一喜便總不忘，方見契得緊。（〔王府13a〕、〔有正849〕批在「落」字之下）

「原來奼紫嫣紅開遍」一段。

〔庚辰眉批526〕情小姐故以情小姐詞曲警之，恰極當極。己卯冬。

心下自思道，原來戲上也有好文章。

〔庚辰夾批526〕非不及釵，係不曾於雜學上用意也。

可惜世人只知看戲，未必能領略這其中的趣味。

〔庚辰夾批526〕將進門便是知音。

回末總評

〔庚辰硃批527〕前以會眞記文，後以牡丹亭曲，加以有情有景消魂落魄詩詞，總是爭（急）於令顰兒種病根也。看其一路不跡不離，曲曲折折寫來，令觀者亦技難持，況瘦怯怯之弱女乎。

〔王府15a〕詩童才女，添大觀之顏色；埋花聽曲，寫靈慧之幽嫺。妬婦主謀，愚夫聽命；惡僕殷勤，淫詞胎邪。開楞嚴之密語，闡法戒之眞宗。以撞心之言，與石頭講道，悲夫。（有正852「嫺」作「閒」）

第二十四回　醉金剛輕財尚義俠　痴女兒遺帕惹相思

回前總批

〔庚辰529〕夾寫「醉金剛」一回是處中之大淨場，聊醉看官倦眠耳。然亦書中必不可少之文，必不可少之人。今寫在市井俗人身上又加一「俠」字，則大有深意存焉。（王府0a、有正853「淨場」作「文字」，「醉」作「醒」。有正「處」作「書」，「眠」作「眼」。王府「大有」作「有大」）

〔靖藏〕「醉金剛」一回文字，伏芸哥仗義探菴（監？），余卅年來得遇金剛之樣人不少，不及金剛者亦復不少，惜不便一一注明耳。壬午孟夏。（參頁四六七庚辰眉批）

你這個傻丫頭，唬了我這麼一跳。

〔庚辰夾批531〕此「傻」字加於香菱，則有多少丰神跳（躍）於帳上，其嬌憨之態，可想而知。（王府夾批1a同）

你們紫鵑也找你呢。

〔庚辰夾批531〕一絲不漏。

走罷，回家去坐着。（「坐着」圈去，改爲「罷」）

〔庚辰夾批531〕「是（回）家去坐着」之言，是恐石上冷意。

況他們有甚正事談講。

〔庚辰夾批531〕爲學詩伏線。

又下一回棋，看兩句書。

〔庚辰532〕棋不論盤，書不論章，皆是嬌憨女兒神理。寫得不卽不離，似有若無，妙極。（〔王府1b〕「卽」作「跡」。〔有正852〕同）

黛玉香菱一段。

〔庚辰眉批531〕是書最好看如此等處，係畫家山水樹頭邱壑俱備，末用濃淡墨點苔法也。

丁亥夏，畸笏叟。

好姐姐，把你嘴上的胭脂賞我吃了罷。

〔庚辰夾批532〕胭脂是這樣吃法，看官阿（可）經過否？

襲人，你出來瞧瞧。

〔庚辰夾批532〕不向寶玉說話，又叫襲人，鴛鴦亦是幻情洞（中）天（人）也。

你再這麼着。

〔庚辰夾批532〕此五字內有深意深心。

只見賈璉請安回來了。

〔庚辰夾批533〕一絲不漏。

只見傍邊轉出一個人來，請寶叔安。

〔庚辰夾批533〕芸哥此處一現，後文不見突然。

到也十分面善，只是想不起是那一房的。

〔庚辰夾批533〕大族人眾，畢真，有是理。

你到比先越發出條了，到像我的兒子。

〔庚辰夾批533〕何嘗是十二三歲小孩語。

只從我父親沒了，這幾年也無人照管教導。

〔庚辰夾批534〕雖是隨機而應，伶俐人之語，余却傷心。

賈璉笑道，你聽見了，認兒子不是好開交的呢。

〔庚辰夾批534〕是兄湊弟趣，可嘆。

明兒你閑了，只管來找我，別和他們鬼鬼祟祟的。

〔庚辰夾批534〕何其唐皇正大之語。

賈赦先站起來，回了賈母話。

〔庚辰夾批534〕一絲不亂。

邢夫人見了他來，先到站了起來，請過賈母安。

〔庚辰夾批534〕一絲不亂。

寶玉方請安。

〔甲辰3b〕好規矩。

邢夫人拉他上炕坐下，方問別人，又命人倒茶來。

〔庚辰夾批534〕好層次，好禮法，誰家故事。

賈環見寶玉同邢夫人坐在一個坐褥上，邢夫人又百般摸娑撫弄他，早已心中不自在了。

〔庚辰夾批535〕千里伏線①。

鬧的我頭暈，今兒不留你們吃飯了。

〔庚辰夾批535〕明顯薄情之至。（王府夾批4b同）

各自回房中安息，不在話下。（王府、有正、甲辰「息」作「歇」。有正、甲辰無「中」字）

〔庚辰536〕一段五鬼壓（魘）魔法引①。脂硯。

〔王府5a〕一段爲五鬼壓魔作引。（〔有正863〕同。〔甲辰4b〕「壓」作「魘」）

偏生你嬸子再三求了我，給了賈芹了。

〔庚辰夾批536〕反說體面話，慪內人累累如是。

叔叔也不必先在嬸子跟前提我今兒來打聽的話。

〔庚辰夾批536〕已得了主意了。

賈璉道，提他作什麼。

〔庚辰夾批536〕已被芸哥瞞過了。

---

① 參第二十五回。

便一逕往他母舅卜世仁。（甲辰末有「的」字）

〔庚辰夾批537〕旣云不是人，如何肯共事，想芸哥此來空了。

〔甲辰5b〕名義可思。

八月裏按數送了銀子來。

〔庚辰537〕甥舅之談如此，嘆嘆。（〔王府6a〕「如」作「好」。王府、〔有正865〕「嘆嘆」作「可嘆」）

再休提賒欠一事。

〔庚辰夾批537〕何如，何如，余言不謬。

你說拿現銀子到我們這不三不四的舖子裏來買，也還沒有這些。

〔庚辰夾批537〕推脫之辭。（〔王府夾批6a〕「辭」作「亂」）

三日兩頭兒來纏着舅舅，要三升米二升豆子的，舅舅也就沒有法呢。（王府「舅」皆作「旧」，「要」作「要個」）

〔庚辰夾批538〕芸哥亦善談，井井有理。（〔王府夾批6b〕同）

余二人亦不曾有是氣。

便下個氣和他們的管家，或者管事的人們嬉和嬉和，弄個事兒管管。

〔庚辰夾批538〕可憐可嘆，余竟爲之一哭。

騎着大叫驢，帶着五輛車，有四五十和尚道士。

〔庚辰538〕妙極。寫小人口角羡慕之言加一倍。畢肖，却又是背面傅粉法。（〔王府7a〕

「倍」作「部」。〔有正867〕同）

賈芸聽他韶刀的不堪，便起身告辭。

〔庚辰夾批538〕有志氣，有果斷。

一句未完，只見他娘子說道，你又糊塗了。

〔庚辰夾批538〕雖寫小人家澁細，一吹一唱，酷肖之至，却是一氣逼出，後文方不突然。

石頭記筆杖（伏）全在如此樣者。

那賈芸早說了幾個不用費事。

〔庚辰夾批539〕有知識，有果斷人，自是不同。

去的無影無踪了。

〔甲辰7a〕世情寫透。

不想一頭就磞在一個醉汗身上，把賈芸唬了一跳。

〔庚辰夾批539〕自上看來，可是一口氣否？

賈芸撞倪二一段。

〔庚辰眉批539〕這一節對「水滸記（傳）」楊志賣刀遇沒毛大蟲一回①看，覺好看多矣。

己卯冬夜，脂硯。

趔趄着笑道。

〔庚辰夾批540〕寫生之筆。

---

① 楊志賣刀事見「水滸傳」百回本之第十二回，七十回本之第十一回。

原來是賈二爺。

〔庚辰夾批540〕如此稱呼，可知芸哥素日行止是「金盆雖破分兩（量）在」也。

告訴不得你，平白的又討了個沒趣兒。

〔庚辰夾批540〕本無心之談也。

倪二道，不妨，不妨。

〔庚辰夾批540〕如聞。

告訴我替你出氣。

〔庚辰夾批540〕寫得酷肖。總是漸次逼出，不見一絲勉強。

老二，你且別氣，聽我告訴你這原故。

〔庚辰夾批540〕可是一順而來。

倪二聽了大怒，要不是令舅，便罵不出好話來。

〔庚辰夾批540〕仗義人豈有不知禮者乎，何常（嘗）是破落戶，寃殺金剛了。

也不知你厭惡我是個潑皮。

〔庚辰夾批540〕知己知彼之話。

若說怕低了你的身分，我就不敢借給你了。

〔庚辰夾批540〕知己知彼之話。

卻因人而使，頗頗的有義俠之名。

〔庚辰夾批541〕四字是評，難得難得，非豪傑不可當。

似我們這等無能無爲的，你到不理。

〔庚辰夾批541〕芸哥亦善談，好口齒。

好會說話的人，我卻聽不上這話。

〔庚辰夾批541〕「光棍眼內揉不下砂子」是也。

旣說相與交結四個字，如何放賬給他，使他的利錢。

〔庚辰夾批541〕如今（不單是親友言利。不但親友，卽閭閻中亦然。不但生意新發戶，卽大戶舊族頗頗有之。

你要寫什麼文契，趁早把銀子還我。

〔庚辰夾批541〕爽快人，爽快話。

醉金剛借錢賈芸一段。

〔庚辰眉批542〕□（讀）閱「醉金剛」一回，務吃劉鉉丹家山查丸①一付，一笑。余卅年來得遇金剛之樣人不少，不及金剛者亦不少，惜書上不便歷歷注上芳諱，是余不是（足）心事也。壬午孟夏。（參頁四六〇本回靖藏回前總批）

叫我們女兒明兒一早到馬販子王短腿家來。

〔庚辰夾批542〕常起作處人，畢眞。

① 按潘榮陛「帝京歲時紀勝」（乾隆二十三年，卽一七五八年刊印）最末「皇都品彙」有「劉鉉丹山楂丸子，能補能消」句（見北京出版社一九六一年排印本頁三八）。又光緒丙戌孟春（一八八六）京都松竹齋刊印李虹若之「朝市叢載」卷五「服用」門葉十三正面「山查丸」下註：「劉鉉丹，在宣武門外大街路東。」

一面說，一面趔趄着腳兒去了。

〔庚辰夾批542〕仍應前。

到明日加倍的要起來便怎處，心內猶豫不決。

〔庚辰夾批542〕芸哥實怕倪二，並非以小人之心度君子也。

賈芸恐他母親生氣，便不說起卜世仁的事來。

〔庚辰夾批542〕孝子可敬。此人後來榮府事敗，必有一番作爲。〔靖藏眉批無「此人」二字〕

〔靖藏眉批〕果然。

只見一羣人擁着鳳姐出來了。

〔庚辰夾批543〕當家人有是派（頭）。

賈芸深知鳳姐是喜奉承，尚排場的。

〔庚辰夾批543〕那一個不喜奉承。

賈芸與鳳姐說話一段。

〔庚辰眉批544〕自往卜世仁處去已安排下的。芸哥可用。己卯冬夜。

怎麼好好的你娘兒們在背地裏嚼起我來。

〔庚辰夾批544〕過下無痕，天然而來文字。

賈芸道，有個原故。

〔庚辰夾批544〕接得如何。

前兒選了雲南不知那一處。

〔庚辰夾批544〕隨口語，極妙。

把這香舖也不在這裡開了，便把賬物攢了一攢，該給人的給人，該賤發的賤發了。

〔王府夾批12a〕世法人情，隨便招（拈）來，皆是奇妙文章。

我就和我母親商量。

〔庚辰夾批544〕像得緊，何嘗撒謊。

若說送人，也沒個人配使這些。

〔王府夾批12a〕作者是何神聖，俱（具）此種大光明眼，無微不照。

因此我就想起嬸嬸來。

〔王府夾批12b〕爲大千世界一哭。

別說今年貴妃宮中，就是這個端陽節下，不用說這些香料自是比往常加上十倍去的。因此想來想去，只有孝順嬸嬸一個人纔合式。

〔王府夾批12b〕有此一番必當孝順，必當收下，必得備用之情景。行文妙（好）看殺人，立意稀（奚）落殺人！看致（至）此，不和（知）當哭當笑。

心下又是得意，又是歡喜。

〔王府夾批12b〕逼眞。

便命豐兒接過芸哥兒的來。

〔庚辰夾批545〕像個嬸子口氣，好看煞。（王府夾批12b「子口」作「母只」，「煞」作

「趙」）

怪道你叔叔常提你，說你說話兒也明白，心裏有見識。

〔庚辰545〕看官須知鳳姐所喜者是奉承之言，打動了心，不是見物而歡喜。若說是見物而喜，便不是阿鳳阿鳳。（〔王府13a〕、〔有正879〕「歡喜」作「喜」，「而喜」作「喜」，「阿鳳阿鳳」作「阿鳳矣」）

心下想到，我如今要告訴他那話，到叫他看着我見不得東西似的。（王府「想到」作「想道」，「到叫」作「倒叫」）

〔庚辰夾批545〕的是阿鳳行事心機筆意。（王府夾批13a同）

因昨日見了寶玉，叫他到外書房等着。

〔王府夾批13b〕一樣叔嬸，兩般侍奉。

還有引泉掃花挑雲伴鶴。

〔庚辰夾批546〕好名色。（王府夾批13b同）

又在房簷上掏小雀兒頑。

〔王府夾批13b〕行雲流（水），一字不空，直（眞）是空靈活跳。

二爺說什麼，替你哨探哨探去。

〔庚辰夾批546〕五遁之外，名曰哨探遁法。

那丫頭見了賈芸，便抽身躲了過去。

〔王府夾批14a〕是必然之理。

便說道，好，好。
〔庚辰夾批546〕二「好」字是遮飾半句來不到語。
這就是寶二爺房裏的人。好姑娘，你進去帶個信兒。（「人」字旁加上）
〔庚辰夾批546〕口氣極像。
那丫頭聽說，方知是本家的爺們，便不似先前那等回避。
〔庚辰夾批547〕一句禮當。
下死眼把賈芸釘了兩眼。
〔庚辰夾批547〕這句是情孽上生。
〔王府夾批14b〕五百年風流孽冤。
那丫頭冷笑了一笑。
〔庚辰夾批547〕神情是深知房中事的。
今兒晚上得空兒我回了他。焙茗道，這是怎麼說。那丫頭道，他今兒也沒睡中覺。
〔庚辰夾批547〕一連兩個「他」字，怡紅院中使得，否則有假矣。
難道只是耍的二爺在這裡等着捱餓不成。
〔王府夾批14b〕業已種下愛根，俟後無計可拔。
焙茗道，我到茶去。
〔庚辰夾批547〕滑賊。
你竟有膽子在我的跟前弄鬼。

〔庚辰夾批548〕也作的不像撒謊，用心機人可怕是此等處。

怪道你送東西給我，原來你有事求我。昨兒你叔叔纔告訴我說你求他。

〔王府夾批15a〕非此等話（說）法，則是因昨日之物起見了。錦心綉口，眞眞拜服。

我竟一起頭求嬸嬸，這會子也早完了。

〔王府夾批15b〕這樣話實是以非理加之，而世人大都樂愛喜聞，吾深怪之。

你們要揀遠路兒走，叫我也難說。

〔庚辰夾批548〕曹操語。

鳳姐半晌道，這個我看着不大好。

〔庚辰夾批549〕又一折。

要不是你叔叔說，我不管你的事。

〔庚辰夾批549〕總不認受氷麝賄。

找到花兒匠方椿家裏去買樹，不在話下。（王府、有正「椿」作「椿」）

〔庚辰550〕至此便完種樹工程。一者見得趲趕工程原非正文，不過虛描盛時光景，借此以出情文。二者又爲避難法。若不如此了，必曰其樹其價怎麽，買定幾株，豈不煩絮矣。（〔王府16b〕同。〔有正886〕「矣」作「乎」。王府、有正二批連寫）

因而便忘了。

〔庚辰夾批550〕若是一個女孩兒，可保不忘的。

不想這一刻的工夫。

〔庚辰550〕妙。必用「一刻」二字方是寶玉的房中，見得時時原有人的，又有今一刻無人，所謂湊巧具一也。（〔王府17b〕「妙」作「抄」，「具」作「其」。〔有正888〕同）

偏。生。的。

〔庚辰550〕三字不可少。（〔王府17b〕、〔有正888〕同）

方見兩三個老嬷嬷走進來。（有正「嬷嬷」作「媖媖」）

〔庚辰551〕妙，文字細密，一絲不落，非批得出者。（〔王府17b〕、〔有正888〕同）

罷，罷，不用你們。（王府、有正「們」作「們了」）

〔庚辰551〕是寶玉口氣。（〔王府17b〕、〔有正888〕同）

只聽背後說道，二爺仔細燙了手，讓我們來到。

〔庚辰夾批551〕神龍變化之文，人豈能測。

一面說，一面走上來，……那丫頭一面遞茶，一面回說，……寶玉吃茶，一面。（王府、有正「吃茶」作「一面吃茶」）

〔庚辰551〕六個「一面」是神情，並不覺厭。（〔王府18a〕「六」作「兩」。〔有正889〕同）

細巧身材，卻十分俏麗干淨。（有正「干」作「甜」）

〔庚辰551〕與賈芸目中所見不差。（〔王府18a〕、〔有正889〕同）

寶玉看了，便笑問道。

〔庚辰551〕神情寫得出。（〔王府18a〕、〔有正889〕同）

你也是我這屋裏的人麼。

〔庚辰551〕妙問。必如此問，方是籠絡前文。（〔王府18a〕、〔有正889〕同）

便冷笑了一聲道。

〔庚辰551〕神理如畫。（〔王府18a〕、〔有正889〕同）

寶玉道，你爲什麼不作那眼面前的事。

〔庚辰夾批552〕這是下情不能上達意語也。

這話我也難說。

〔庚辰夾批552〕不伏氣語，況非爾可完，故云「難說」。

那丫頭便忙迎去接。

〔庚辰夾批552〕好，有眼色。

忙進房來，東瞧西望，並沒個別人，只有寶玉，便心中大不自在。

〔庚辰夾批552〕四字漸露大丫頭素日怡紅細事也。（王府夾批19a同）

寶玉吃茶，紅兒倒茶談話一段。

〔庚辰眉批552〕怡紅細事俱用帶筆白描，是大章法也。丁亥夏，畸笏叟。

待寶玉脫了衣裳，二人便帶上門出來。

〔庚辰夾批552〕清楚之至。

你可等着做這個巧宗兒。

〔庚辰夾批553〕難說，小紅無心，白寫（罵）。（王府夾批19b同）

你也拿鏡子照照，配遞茶遞水不配。

〔庚辰夾批553〕「難說」二句全在此句來。（王府夾批19a「二句」作「二字」）

秋紋便問，明兒不知是誰帶進匠人來監工。

〔庚辰夾批553〕用秋紋問，是暗透之法。

那小紅聽見了，心內卻明白。

〔庚辰夾批553〕可是暗透法。

原來這小紅本姓林。

〔庚辰554〕又是個林。〔王府20a〕、〔有正893〕同）

小名紅玉。

〔庚辰554〕「紅」字切絳珠，「玉」字則直通矣。（〔王府20a〕、〔有正893〕「直」作「眞」）

只因玉字犯了林黛玉寶玉。

〔庚辰554〕妙文。（〔王府20a〕、〔有正893〕同）

卻因他原有三分容貌。

〔庚辰554〕有「三分容貌」尚且不肯受屈，況黛玉等一干才貌者乎。（〔王府20b〕「干」作「千」。〔有正894〕同）

心內着實妄想，癡心的向上攀高。

〔庚辰554〕爭奪者同來一看。（〔王府20b〕、〔有正894〕同）

只是寶玉身邊一干人都是伶牙俐爪的。

〔庚辰夾批554〕「難說」的原故在此。

不想今兒纔有些消息。

〔庚辰夾批554〕余前批不謬。

心內早灰了一半。

〔庚辰554〕爭名奪利者齊來一哭。（〔王府20a〕、〔有正894〕同）

那紅玉急回身一跑，卻被門檻絆倒。

〔庚辰夾批555〕隆（睡）夢中當然一跑，這方是怡紅之鬟。

回末總評

〔庚辰硃批555〕紅樓夢寫夢章法總不雷同，此夢更寫的新奇，不見後文，不知是夢。紅玉在怡紅院爲諸鬟所掩，亦可謂生不遇時，但看後四章供阿鳳驅使可知。

〔王府22a〕冷暖時，只自知，金剛卜氏渾閑事。眼中心，言中意，三生舊債原無底。任你貴比王侯，任你富似郭石，一時間，風流願，不怕死。（有正896「候」作「侯」）

第二十五回　魘魔法叔嫂逢五鬼　通靈玉蒙敝遇雙眞

回前總批

〔王府0a〕有緣的推不開，如心的死不改，總然是通靈神玉也遭塵敗。夢裏徘徊，醒後疑猜，時時㧖底上心來。怕人窺破笑盈腮，獨自無言偸打嗐。這的是前生造定今生債。（有正897「如」作「知」，「㧖底」作「兜的」、「嗐」作「咳」）

一則怕襲人等寒心。

〔甲戌夾批178a〕是寶玉心中想，不是襲人拈酸。（〔庚辰557〕、〔王府1b〕、〔有正900〕同）

二則又不知紅玉是何等行爲，若好還罷了。

〔甲戌夾批178a〕不知「好」字是如何講？答曰：在「何等行爲」四字上看便知。玉兄每「情不情」，況有情者乎。（〔庚辰557〕、〔王府1b〕、〔有正900〕「玉兄」作「

玉兒」）

都擦胭抹粉簪花插柳的。（王府、有正「胭」作「脂」）

〔甲戌夾批178b〕八字寫盡蠢鬟，是爲襯紅玉。亦如用豪貴人家濃豔飾插金帶銀的襯寶釵黛玉也。（〔庚辰558〕、〔王府1b〕、〔有正900〕「濃」作「濃粧」。有正「帶」作「戴」）

只粧着看花兒。

〔庚辰夾批558〕文字有層次。

卻恨面前有一株海棠花遮着，看不眞切。

〔甲戌178b〕余所謂此書之妙皆從詩詞句中泛出者，皆係此等筆墨也。試問觀者，此非「隔花人遠天涯近」①乎？可知上幾回非余妄擬也。（〔庚辰558〕、〔有正901〕「妄擬也」作「妄擬」。有正「泛」作「翻」）

〔王府2a〕余所謂此書詞句中翻出身之妙皆從詩非隔花人遠天皆係此等筆墨也試門觀者此涯近乎可知上幾回非余妄擬。

忽見襲人招手叫他。

〔甲戌夾批179a〕此處方寫出襲人來，是襯貼法。（〔庚辰558〕、〔王府2a〕、〔有正901〕同）

① 金聖歎批「第六才子書西廂記」卷五第二之一〔混江龍〕：「況是落紅成陣，風飄萬點正愁人。昨夜池塘夢曉，今朝欄檻辭春；蝶粉乍沾飛絮雪，燕泥已盡落花塵，繫春情短柳絲長，隔花人遠天涯近。有幾多六朝金粉，三楚精神。」

只說他一時身上不快，都不理論。（庚辰、王府、有正句首有「眾人」二字。庚辰「快」作「爽快」）

〔甲戌夾批179a〕文字到此一頓，狡猾之甚。（〔庚辰559〕、〔王府2b〕、〔有正902〕「猾」作「滑」。王府、有正「甚」作「至」）

䁪眼過了一日。（王府、有正「䁪」作「展」）

〔甲戌夾批179a〕必云䁪眼過了一日者，是反襯紅玉「挨一刻似一夏」①也，知乎？（〔庚辰559〕同。〔王府2b〕、〔有正902〕「䁪」作「展」）

王夫人見賈母不去，自己也便不去了。（庚辰「不去」作「不自在」，無「自己」二字）

〔甲戌夾批179b〕所謂一筆兩用也。（〔庚辰559〕、〔王府3a〕、〔有正903〕同）

且說王夫人見賈環下了學，便命他來抄個金剛咒唪誦。（庚辰「且說」作「可巧」，無「便」字，「唪誦」作「唪誦唪誦」）

〔甲戌夾批179b〕用金剛咒引五鬼法。（庚辰夾批559同）

那賈環在王夫人炕上坐了，命人點上燈，拿腔作勢的抄寫。（庚辰、王府、有正「在」作「正在」，「了」作「着」。庚辰「上燈」作「燈」。王府、有正「燈」作「燈燭」）

〔甲戌夾批179b〕小人乍得意者齊來一玩。（〔庚辰559〕、〔王府3a〕、〔有正903〕同）

只有彩霞還和他合的來。

---

① 元王實甫「西廂記雜劇」第三本第三折〔喬牌兒〕：「自從那日初時想月華，捱一刻似一夏，見柳梢斜日遲遲下，早道『好教聖賢打』。」按金聖歎批「第六才子書西廂記」此曲無「早」字，餘同。

〔甲戌夾批179b〕暗中又伏一風月之隙。（〔庚辰560〕、〔王府3a〕、〔有正903〕同）

沒良心的纔是狗咬呂洞濱，不識好人心。（庚辰、王府、有正沒「纔是」二字，「濱」作「賓」。庚辰無「呂」字）

〔甲戌180a〕風月之情皆係彼此業障所牽，雖云惺惺惜惺惺，但從業障而來。蠢婦配才郎世間固不少，然俏女摹村夫者猶多，所謂業障牽魔，不在才貌之論。（「但」〔庚辰560〕、〔有正904〕作「但亦」，〔王府3b〕作「但一」。王府、有正「惺」俱作「猩」，「摹」作「慕」，「猶」作「尤」。有正「業」俱作「孽」）

〔庚辰眉批560〕此等世俗之言，亦因人而用，妥極當極。壬午孟夏，雨窗，畸笏。

不過規規矩矩說了幾句話。（庚辰、有正無「話」字）

〔甲戌夾批180a〕是大家子弟模樣。（〔庚辰560〕、〔王府4a〕、〔有正905〕同）

便一頭滾在王夫人懷內。

〔甲戌夾批180a〕余幾幾失聲哭出。

王夫人便用手滿身滿臉摩挲撫弄他。（王府無「王」字，庚辰「挲」作「娑」，王府、有正「臉」作「臉去」）

〔甲戌夾批180a〕普天下幼年喪母者齊來一哭。（〔庚辰569〕、〔王府4a〕、〔有正905〕同）

寶玉也搬着王夫人的脖子，說長說短的。

〔甲戌夾批180a〕慈母嬌兒寫盡矣。

雖不敢明言，卻每每暗中算計。

〔甲戌夾批180b〕已伏金釧回矣。

鳳姐三步兩步跑上炕去，給寶玉收拾着。

〔甲戌夾批181a〕阿鳳活現紙上。

趙姨娘時常也該教導教導他。

〔庚辰夾批562〕爲下文緊一步。

幾番幾次我都不理論。

〔甲戌夾批181a〕補出素日來。

急的又把趙姨娘數落一頓。

〔甲戌夾批181b〕總是爲楔緊「五鬼」一回文字。（〔庚辰562〕同。〔有正908〕「楔」作「喫」）

〔王府5b〕總〔鬼〕是爲喫緊「五（鬼）」一回文字。

鳳姐笑。

〔甲戌夾批181b〕兩笑壞急。（〔庚辰563〕、〔王府5b〕、〔有正908〕「急」作「極」。王府「笑」作「美」）

便說自己燙的，也要罵人。

〔甲戌夾批181b〕玉兄自是悌之心性，一嘆。

到明兒憑你怎麼說去罷。（王府、有正無「到」字，「兒」作「日」）

〔甲戌夾批181b〕壞急。總是調唆口吻，趙氏寧不覺乎。（〔庚辰563〕、〔王府6a〕、〔有正909〕「急」作「極」）

寶玉被燙一段。

〔庚辰眉批563〕爲五鬼法作耳，非泛文也。雨窗。

知道他的癖性喜潔，見不得這東西。（庚辰、王府、有正「這」作「這些」。王府「他」作「他素日」，「西」作「西的」）

〔甲戌182a〕寫寶玉文字，此等方是正緊筆墨。（〔庚辰563〕同。〔有正909〕「緊」作「經」）

〔王府6b〕寫寶玉文字，(此)(等)方是正緊筆〔此〕〔等〕墨。

林黛玉自己也知道有這件癖性。（庚辰、王府、有正「知道」下有「自己也」三字）

〔甲戌182a〕寫林黛玉文字，此等方是正緊筆墨。故二人文字雖多，如此等暗伏淡寫處亦不少，觀者實實看不出。（〔庚辰563〕句末有「者」字。〔有正910〕「緊」作「經」）

〔王府6b〕寫林〔此〕〔等〕黛玉文字，(此)(等)(方)(是)(正)緊筆墨。故二人文字雖多，如此等暗伏〔方〕〔是〕〔正〕〔緊〕淡寫處亦不少，觀者實實看不出。

知道寶玉的心內怕他嫌贜。（庚辰、王府「贜」作「臟」，有正「贜」作「髒」）

〔甲戌182a〕將二人一並，眞眞寫他二人之心玲瓏七竅。（〔庚辰563〕、〔王府6b〕、〔有正910〕同）

〔甲戌夾批182a〕二人純用體貼工夫。

又把跟從的人罵一頓。
〔甲戌夾批182b〕此原非正文，故草草寫來。（〔庚辰564〕、〔王府7a〕、〔有正910〕「來」作「去」）

又向賈母道，祖宗老菩薩，那裏知道那經典佛法上說的利害。
〔甲戌夾批182b〕一段無倫無理信口開河的渾話，卻句句都是耳聞目覩者，並非杜撰而有。作者與余實實經過。（庚辰夾批564「河」作「合」，「渾」作「混」；「作者與余實實經過」句，另爲一批）

有許多愿心大，一天是四十八觔油，一斤燈草。（「有許多」庚辰作「他許的多的」，王府作「他許的」。王府「一」作「約一」）
〔甲戌夾批183b〕賊婆先用大鋪排試之。（庚辰夾批565、王府夾批8a同）

賈母聽了點頭思忖。
〔甲戌眉批183b〕點頭思忖是量事之大小，非吝澁也。日費香油四十八斤，每月油二百五十餘斤，合錢三百餘串，爲一小兒如何服衆。太君細心若是。
〔庚辰眉批566〕點頭思忖是量事之大小，非吝澁也。壬午夏，雨窗，畸笏。

若是爲父母尊親長上點，多捨些不妨。像老祖宗如今爲寶玉，若捨多了到不好。（庚辰、王府「點」作「的」，「像」作「若是像」。王府「到」作「倒」）
〔甲戌夾批183b〕賊盜婆。是自太君思忖上來，後用如此數語收之，使太君必心悅誠服愿行。賊婆，賊婆，廢（費）我作者許多心機摹寫也。（庚辰夾批566同，「賊道婆」三

字，另爲一批。王府夾批8b無「賊盗婆」三字）

便又往各院各房問安，閒侹了一回，一時來至趙姨娘房內。

〔甲戌夾批184a〕有各院各房，按此方不覺突然。

可是我正沒有鞋面子。（庚辰「有」作「了」，句末有「了」字）

〔甲戌夾批184a〕見者有分是也。（庚辰夾批566同）

他還是小孩子家，長的得人意兒，大人偏疼他些也還罷了。

〔甲戌夾批184b〕趙嫗數語可知玉兄之身分，況在背後之言。（庚辰夾批567、王府夾批9b同）

我只不服這個主兒，一面說，一面又伸出兩指頭來。（庚辰「服」作「伏」，「又伸出」作「伸出」，「兩指頭」作「兩個指頭兒」）

〔甲戌夾批184b〕活現趙嫗。　活現阿鳳。（庚辰夾批567「現趙」「作「像趙」）

走到門前掀簾子，向外看看。

〔甲戌夾批185a〕是心膽俱怕破。

這一分家私，要不都叫他搬送到娘家去，我也不是個人。（王府「這」作「將來這」，「叫」作「教」）

〔庚辰夾批568〕這是妬心，正題目。（王府夾批10a作「這是妒心的正題目」）

便探他口氣說道。

〔庚辰夾批568〕有隙卽入，所謂賊婆，是極。（王府夾批10a「卽」作「便」）

馬道婆聽說，鼻子裏一笑。

〔庚辰夾批568〕「二笑」①

明不敢怎麼樣，暗裏也就算計了。（庚辰、王府「明」作「別人明」）

〔甲戌夾批185a〕賊婆操必勝之權（券），趙嫗已墮街中，故敢直出明言，可畏可怕。（庚辰夾批568「街」作「術」。王府夾批10b「操」作「掭」，「墮街」作「入術」）

我那裏知道這些事，罪過罪過。

〔甲戌夾批185b〕遠一步卻是近一步，賊婆賊婆。（庚辰夾批568、王府夾批10b同）

靠你又有什麼東西能打動了我。（庚辰「又有」作「有些」，無「了」字）

〔甲戌夾批185b〕探謝禮大小，是如此說法，可怕可畏。（庚辰夾批569「探」作「深」，「大小」作「輕重」，「如此」作「這樣」）

便叫過一箇心腹婆子來，……果然寫了個五百兩的欠契來。（庚辰「腹」作「服」，無「的」字。王府「箇」作「個」，「的」作「銀子」）

〔甲戌夾批186a〕所謂狐羣狗黨，大家難免，看官着眼。（庚辰夾批570、王府夾批11「狗黨」作「狗黨是也」，「大家難免」作「大族所在不免」。王府夾批「羣」作「辟」）

趙姨娘便印了手模。

〔甲戌夾批186a〕癡婦癡婦。

① 按庚辰頁五六七正文有「趙姨娘聽說，鼻子裏笑了一聲」，故此處批謂「二笑」。

並不顧青紅皂白，滿口里應着。

〔甲戌夾批186b〕有道婆作乾娘者來看此句。「並不顧」三字怕弑（殺）人，千萬件惡事，皆從三字生出來，可怕可畏可警，可長存戒之。

〔庚辰夾批570〕「並不顧」三字寫得怕殺人，細想千萬件壞事皆從此三字上作來，嘆嘆。（王府夾批11b「得」作「來」，「千」作「十」，「嘆嘆」作「歎嘆」）

掏出十幾個紙鉸的青臉紅髮的鬼來。（庚辰無「幾」字，「青臉紅髮」作「青面白髮」）

〔甲戌夾批186b〕如此現成，更可怕。

〔庚辰夾批570〕如此現成，想賊婆所害之人豈止寶玉阿鳳二人哉，大家太君夫人誠（誡）之慎(之)。

馬道婆一段。

〔甲戌眉批186b〕寶玉乃賊婆之寄名兒，況阿鳳乎。三姑六婆之爲害如此。卽賈母之神明，在所不免，其他只知吃齋念佛之夫人太君，豈能防悔（範）得來，此作者一片婆心，不避嫌疑，特爲寫出。看官再四着眼。吾家兒孫慎之戒之。

〔庚辰眉批570〕寶玉係馬道婆寄名乾兒，一樣下此毒手，況阿鳳乎。三姑六婆之爲害如此，卽賈母之神明，在所不免，其他只知吃齋念佛之夫人太君，豈能防慊（範）得來。此係老太君一大病。作者一片婆心，不避嫌疑，特爲寫出，使看官再四思之慎之，戒之戒之。

便倚着房門出了一回神。

〔甲戌夾批187a〕所謂「間倚綉房吹柳絮」①是也。（〔庚辰570〕、〔有正922〕「間」作「閒」。〔王府12b〕同）

看堦下新迸出的稚笋。

〔甲戌夾批187a〕妙妙，「笋根稚子無人見」②，今得顰兒一見，何幸如之。

〔庚辰夾批570〕好好，妙妙，是番（翻）「笋根稚子無人見」句也。（王府夾批12b無「番」字，「句」作「是」）

一望園中，回顧無人。

〔甲戌夾批187a〕恐冷落園亭花柳，故有是十數字也。

惟見花光柳影，鳥語溪聲。

〔甲戌夾批187a〕純用畫家筆寫。（庚辰夾批571「純」作「全」，「筆寫」作「筆意寫法」）

都在廻廊上圍着看畫眉洗澡呢。

〔甲戌夾批187a〕閨中女兒樂事。（庚辰夾批571、王府夾批12b同）

鳳姐道，前兒我打發了丫頭送了兩瓶茶葉去。

〔庚辰夾批571〕有照應。

---

① 李商隱（八一二——八五八）「訪人不遇留別館」：「卿卿不惜瑣窗春，去作長楸走馬身。閑倚繡簾吹柳絮，日高深院斷無人。」（「玉谿生詩箋註」，卷三）

② 杜甫（七一二——七七〇）絕句「漫興九首」之七：「糝逕楊花鋪白氈，點溪荷葉疊（一作壘）青錢，筍根稚子無人見，沙上鳧雛傍母眠。」（「九家集註杜詩」，卷二十二）

黛玉笑道，可是我到忘了。（庚辰作「林黛玉笑道，哦，可是到忘了」）

〔甲戌夾批187a〕該云，我正看「會真記」呢，一笑。（庚辰夾批571同）

寶玉便說道，論理可到罷了。

〔庚辰眉批571〕二寶答言是補出諸豔俱領過之文。乙酉冬，雪窗，畸笏老人。

黛玉道，我喫着好。

〔甲戌夾批187b〕卿愛因味輕也。卿如何擔得起味厚之物耶。

你既喫了我們家的茶，怎麼還不給我們家作媳婦。眾人聽了，都一齊笑起來。（庚辰、王府「都一齊」作「一齊都」。王府無「還」字）

〔甲戌夾批188a〕二玉事在賈府上下諸人，卽看書人，批書人，皆信定一段好夫妻，書中常常每每道及，豈其不然，嘆嘆。

〔庚辰夾批572〕二玉之配偶，在賈府上下諸人，卽觀者批者作者皆爲（謂）無疑，故常常有此等題語。（王府夾批13b無「卽」字，「疑」作「移」，「故」作「放」）

我也要笑。

李宮裁笑向寶釵道，眞眞我們二嬸子的詼諧是好的。

〔庚辰夾批572〕好讚，該他讚。

不過是貧嘴賤舌，討人厭惡罷了。

〔甲戌夾批188a〕此句還要候查。（庚辰夾批572同）

你瞧人物兒門第配不上。（庚辰「你瞧」作「你瞧瞧」）

〔甲戌夾批188a〕大大一瀉，好接後文。（庚辰夾批572無「一」字，「後」作「下」）

這裏寶玉拉着林黛玉的袖子，只是嘻嘻的笑。

〔庚辰夾批573〕此刻好看之至。

心裏有話，只是口裏說不出來。

〔甲戌夾批188b〕是已受鎮，說不出來，勿得錯會了意。（庚辰夾批573同）

寶玉忽然噯喲了一聲，說好頭疼。（庚辰作「寶玉道，噯喲，好頭疼」）

〔甲戌夾批188b〕自黛玉看書起分三段寫來，眞無容針之空。如夏日烏雲四起，疾閃長雷不絕，不知雨落何時。忽然霹靂一聲，傾盆大注，何快如之，何樂如之，其令人寧不叫絕。（庚辰夾批573「分三段」作「閑閑一段」，「其」作「眞」）

林黛玉道，該阿彌陀佛。

〔庚辰眉批573〕黛玉念佛，是吃茶之語在心故也，然摹寫神妙，一絲不漏如此。己卯冬夜。

登時亂麻一般。（庚辰作「登時園內亂麻一般」）

〔甲戌夾批189a〕寫玉兄驚動若許多人忙亂，正寫太君一人之鍾愛耳。看官勿被作者瞞。（庚辰夾批574無「多」字，「瞞」作「瞞過」）

見鷄殺鷄，見狗殺狗，見人就要殺人。（王府「見狗」作「見拘」）

〔甲戌189a〕此處焉用「鷄」「犬」。然輝煌富麗非處家之常也，鷄犬閑閑始為兒孫千年之業，故於此處必用「鷄」「犬」二字，方是一簇騰騰大舍。（〔庚辰574〕同。〔王府

15a〕、〔有正927〕無「也」字。王府「大」作「犬」）

獨有薛蟠比諸人忙到十分去。（庚辰「比」作「更比」）

〔甲戌夾批189b〕寫獃兄忙，是愈覺忙中之愈忙，且避正文之絮煩。好筆伏，寫得出。

〔庚辰夾批574〕寫獃兄忙是躲煩碎文字法。好想頭，好筆力，石頭記最得力處在此。

又恐香菱被人燥皮，知道賈珍等是在女人身上做工夫的。

〔甲戌夾批189b〕從阿獃兄意中，又寫賈珍等一筆，妙。

忽一眼瞥見了林黛玉，風流婉轉，已酥倒在那裏。（王府「己」作「又自己」。有正「倒在」作「倒」）

〔甲戌189b〕忙中寫閑，眞大手眼，大章法。（〔庚辰575〕、〔王府16a〕、〔有正928〕同）

〔甲戌夾批189b〕忙到容針不能，以（此）似唐突顰兒，却是寫情字萬不能禁止者，又可知顰兒之丰神若仙子也。

次日，王子騰自己親來瞧問。

〔甲戌夾批190a〕寫外戚，亦避正文之繁。

因此把他二人都抬到王夫人的上房內。

〔甲戌夾批190a〕收拾得乾淨有着落。

〔庚辰夾批575〕收什的得體正大。

賈政見都不靈效，着實懊惱。（庚辰無「都」字）

〔甲戌夾批190b〕四字寫盡政老矣。（庚辰夾批575同）
想天意該當如此，也只好由他們去罷。（庚辰無「當」字）
〔甲戌夾批190b〕念書人自應如是語。（庚辰夾批576「念」作「讀」，無「語」字）
趙姨娘賈環等心中歡喜趂願。（「心中歡喜」庚辰作「自是」，王府作「心中自是」，有正作「心自是」。庚辰、王府、有正「趂」作「稱」）
〔甲戌夾批190b〕補明趙嫗進怡紅爲作法也。（〔庚辰576〕、〔王府17a〕、〔有正931〕「作」作「行」）
從今已後，我可不在你家了。
〔甲戌夾批190b〕「語不驚人死不休」①，此之謂也。（庚辰夾批576「驚」作「警」）
老太太也不必過于悲痛了，哥兒已是不中用了。
〔庚辰夾批576〕斷不可少此句。
這口氣不斷，他那世裏也受罪不安生。
〔庚辰夾批576〕大遂心人必有是語。
素日都是你們調唆着逼他寫字念書。（庚辰、王府、有正「是」作「不是」。王府「逼」作「他老子逼」）
〔甲戌191a〕奇語，所謂溺愛者不明，然天生必有是一段文字的。（〔庚辰577〕、〔有

---

① 「杜少陵詩集」卷十「江上值水如海勢聊短述」：為人性僻耽佳句，語不驚人死不休。老去詩篇渾漫與，春來花鳥莫深愁。新添水檻供垂釣，故著浮槎替入舟。焉得思如陶謝手，令渠述作與同遊。

正932〕同）

〔王府18a〕奇語所不者是一段明然天生必有溺愛文字的。

又有人來回說，兩口棺材都作齊備了。（庚辰「材」作「槨」，「作齊備」作「做齊」）

〔甲戌夾批191b〕偏寫一頭不了又一頭之文，眞步步緊之文。（庚辰夾批577無最末「之文」二字）

正鬧的天翻地覆，沒個開交，只聞得隱隱的木魚聲响。

〔甲戌夾批191b〕不費絲毫勉強，輕輕收住數百言文字，石頭記得力處全在此處。以幻作眞，以眞爲幻，看書人亦要如是看爲本（幸）。

〔庚辰夾批577〕你看他不廢絲毫勉強，輕輕收住數百言之文，石頭記得力處全在如此。以幻作眞，以眞作幻，看官亦要如此看法爲幸。

又想如此深宅，何得聽的如此眞切。

〔甲戌夾批192a〕作者是幻筆，合屋俱是幻耳，焉能無聞。

心中亦是稀罕。

〔甲戌夾批192a〕政老亦落幻中。

原來是一個癩頭和尚與一個疲足道人。（庚辰、王府、有正「疲」作「跛」）

•〔甲戌192a〕僧因鳳姐，道因寶玉，一絲不亂。（〔庚辰578〕、〔王府18b〕、〔有正934〕無「姐」、「寶」二字）

長官不須多言。（庚辰「言」作「話」）

〔甲戌夾批192a〕避俗套法。（庚辰夾批578同）

小兒落草時，雖帶了一塊寶玉下來，上面說能除邪祟。

〔庚辰夾批579〕點題。

只因如今被聲色貨利所迷。（庚辰、王府、有正「如今」作「他如今」）

〔甲戌192b〕石皆能迷，可知其害不小。觀者着眼，方可讀石頭記。（〔庚辰579〕、〔王府19b〕同。〔有正935〕「皆」作「且」）

〔庚辰夾批579〕棒喝之聲。

故此不靈驗了。（庚辰、王府、有正無「此」字）

〔甲戌夾批192b〕讀書者觀之。（〔庚辰579〕、〔王府19b〕、〔有正935〕同）

待我們持頌持頌，只怕就好了。

〔庚辰夾批579〕「只怕」二字，是不知此石肯聽持誦否。

青埂以別，展眼已過十三載矣。

〔庚辰夾批579〕正點題，大荒山手捧時語。

人世光陰，如此迅速，塵緣滿日，若似彈指。（王府、有正「日」作「目」）

〔甲戌192b〕見此一句，令人可嘆可驚，不忍往後再看矣。（〔庚辰579〕、〔有正936〕同。〔王府19b〕無「可嘆」二字）

卻因煅煉通靈後，便向人間覓是非。

〔甲戌眉批193a〕所謂越不聰明越快活。（庚辰墨筆特批580、王府夾批20a「聰」作「

聽」，末加「是也」二字）

沉酣一夢終須醒。

〔甲戌夾批193a〕無百年的筵席。（王府夾批20a作「無百年不散之傷（筵）是也」）

寃孽償清好散場。（庚辰「償」作「價」）

〔甲戌夾批193a〕三次煆煉，焉得不成佛作祖。（庚辰夾批580「三次」作「又是一番」）

除親身妻母外，不可使陰人沖犯。

〔庚辰夾批580〕是要緊語，是不可不寫之套語。

通靈玉一段。

〔甲戌眉批193b〕通靈玉聽懶和尚二偈卽刻靈應，抵却前回若於「莊子」反語錄機鋒偈子，正所謂物各有主也。（庚辰眉批581「懶」作「癩」，「於」作「干」，「莊」作「藏」，「反」作「及」，「機」作「譏」）

嘆不得見玉兄懸崖撒手文字爲恨。（庚辰眉批581「不得」作「不能得」，「玉兄」作「寶玉」，「手」作「于」，末有「丁亥夏，畸笏叟」六字）

〔庚辰眉批〕通靈玉除邪，全部百回只此一見，何得再言。僧道踪跡虛實，幻筆幻想，寫幻人于幻文也。壬午孟夏，雨窗。

至晚間，他二人竟漸漸的醒來。（庚辰無「的」字）

〔甲戌夾批193b〕能領持頌，故如此靈徵。（庚辰夾批580作「肯聽持誦，故有是靈」）

賈母王夫人等如得了珍寶一般。（庚辰無「等」字）

〔甲戌夾批193b〕昊天罔極之恩如何報得，哭殺幼而喪親者。（庚辰夾批581「報得」作「得報」，「親」作「父母」）

林黛玉先就念了聲阿彌陀佛。（庚辰「聲」作「一聲」）

〔甲戌夾批193b〕針對得病時那一聲。（庚辰夾批581無「那」字）

寶釵笑道，我笑如來佛比人還忙。

〔庚辰夾批581〕這一句作正意看，餘皆雅謔，但此一謔抵顰兒半部之謔。

回末總評

〔甲戌194a〕先寫紅玉數行引接正文，是不作開門見山文字。

燈油引大光明普照菩薩，大光明普照菩薩引五鬼魘魔法，是一線貫成。

通靈玉除邪全部只此一見，卻又不靈，遇癩和尚疲（跛）道人一點方靈應矣。寫利欲之害如此。

此回本意是爲禁三姑六婆進門之害，難以防範。

〔庚辰侎批581〕此回書因才幹乖覺太露引出事來，作者頗（婆）心爲世之乖覺人爲鑑。

〔王府22a〕慾深魔重復何疑，　苦海　河解者誰？結不休時寃日盛，井天甚小性難移。（有正940「　」作「寃」，「性」作「性」）

第二十六回　蜂腰橋設言傳蜜意　瀟湘館春困發幽情

回前總批

〔王府0a〕一個是時才得傳消息，一個是舊喜化作新歌，眞眞假假事堪疑，哭向花林月底。（有正941同）

正是猶預不決神魂不定之際，忽聽窗外問道，姐姐在屋裏沒有。（庚辰「預」作「豫」）

〔甲戌夾批195b〕岔開正文，却是爲正文作引。

〔庚辰夾批583〕你看他偏不寫正文，偏有許多閒文，却是補遺。

寶玉叫往林姑娘那裡送茶葉。（王府無「裡」字）

〔甲戌夾批195b〕交代井井有法。（〔庚辰584〕、〔王府1a〕、〔有正944〕同）

〔庚辰夾批584〕前文有言。

可巧老太太那裏給林姑娘送錢來。

〔庚辰夾批584〕是補寫否？

正分給他們的丫頭們呢。

〔甲戌夾批195b〕瀟湘常事出自別院婢口中，反覺新鮮。

〔庚辰眉批584〕此等細事是舊族大家閨中常情，今特爲暴發錢奴寫來作鑒，一笑。壬午夏，雨窗。

林姑娘生的弱，時常他吃藥，你就和他要些來吃，也是一樣。

〔甲戌夾批196b〕閒言中叙出黛玉之弱，草蛇灰線。（〔庚辰584〕、〔有正945〕同。〔王府2a〕「閒」作「間」、「草」作「章」）

〔甲戌夾批584〕是補寫否？

胡說，藥也是混吃的。

〔庚辰夾批584〕如聞。

你這也不是個長法兒，又懶吃懶喝的，終久怎麼樣。

〔庚辰夾批584〕從傍人眼中口中出，妙極。

怕甚麼，還不如早些死了到乾淨。（庚辰「早些」作「早些兒」）

〔甲戌夾批196a〕此句令人氣噎，總在無可奈何上來。（庚辰夾批584同）

就像昨兒老太太因寶玉病了這些日子。

〔庚辰夾批585〕是補文否？

如今身上好了，各處還完了愿。

〔庚辰夾批585〕是補寫否？

叫把跟着的人都按着等兒賞他們。

〔庚辰夾批585〕是補寫否？

像你怎麼也不算在裏頭。

〔庚辰夾批585〕道着心病。

說良心話，誰還敢比他呢。

〔庚辰夾批585〕却論公論，方見襲卿身分。

千里搭長棚，沒有個不散的筵席。（有正無「的」字）

〔甲戌夾批196b〕此時寫出此等言語，令人墮淚。（〔庚辰585〕、〔王府3a〕、〔有正947〕同）

這兩句話不覺感動了佳蕙的心腸。

〔庚辰夾批585〕不但佳蕙，批書者亦淚下矣。

昨兒寶玉還說明兒怎麼樣收拾房子，怎麼樣做衣裳。

〔庚辰夾批586〕還是補文。

到像有幾百年的熬煎。（王府、有正「到」作「倒」，有正無「的」字。王府「熬煎」作「光景」）

〔甲戌197a〕却是小女兒口中無味之談，實是寫寶玉不如一鬟婢。（〔庚辰586〕、〔王府3b〕、〔有正947〕同）

紅玉聽了冷笑了兩聲，方要說話。（「要」王府作「纔要」，有正作「纔」）

〔甲戌夾批197a〕文字又一頓。（〔庚辰586〕、〔王府3b〕、〔有正948〕同）

紅玉佳蕙閒話一段。

〔甲戌眉批197a〕紅玉一腔委曲怨憤，係身在怡紅不能遂志，看官勿錯認爲芸兒害相思也。（庚辰墨筆眉批586「紅」、「係」、「遂」、「爲」四字漫漶，末有「己卯冬」三字）

「獄神廟」①紅玉茜雪一大回文字，惜迷失無稿。

〔庚辰墨筆眉批586〕「獄神廟」①回有茜雪紅玉一大回文字，惜迷失無稿，嘆嘆。丁亥夏，畸笏叟。

那小丫頭在窗外，只說得一聲是綺大姐姐的。

〔甲戌夾批197a〕又是不合式　言擢心語。（庚辰夾批586作「又是不合式之言，擢心語」）

抬起腳來，咕咚咕咚又跑了。

〔甲戌夾批197a〕活現。　活現之文。（庚辰夾批586作「活龍活現之文」）

紅玉便賭氣。

〔庚辰夾批586〕如畫。

把那樣子擲在一邊。

〔庚辰夾批586〕何如。

---

① 參頁三九三註②

因說道，前兒一支筆。

〔庚辰夾批586〕是補文否？

放在那裏了，怎麼一時想不起來。

〔庚辰夾批586〕既在矮簷下，怎敢不低頭。

一面說一面出神。（庚辰「說」作「說着」）

〔甲戌夾批197a〕總是畫境。（〔庚辰586〕、〔王府3b〕、〔有正949〕同）

是了，前兒晚上鶯兒拿了去了。

〔庚辰夾批586〕還是補文。

他等着你，你還坐着閒打牙兒。

〔庚辰夾批587〕襲人身分。

自己便出房來，出了怡紅院，一逕往寶釵院內來。

〔庚辰夾批587〕曲折再四，方逼出正文來。

只見寶玉的奶娘李嬷嬷從那邊走來。（有正「嬷嬷」作「嫫嫫」）

〔甲戌夾批197b〕奇文，眞令人不得機關。（〔庚辰587〕、〔王府4a〕、〔有正949〕同）

又看上了那個種樹的。

〔甲戌夾批197b〕囫圇不解語。

什麼芸哥兒，雨哥兒的。（庚辰、王府、有正「芸」作「雲」）

〔甲戌夾批197b〕奇文神文。（〔庚辰587〕、〔王府4b〕、〔有正950〕同）

明兒叫上房裏聽見，可又是不好。

〔甲戌夾批197b〕更不解。

你老人家當眞的就依着他去叫了。（庚辰「着」作「了」。王府「了」作「麼」）

〔甲戌夾批197b〕是遂心語。（〔庚辰587〕同。〔王府4b〕、〔有正950〕「語」作「話」）

可怎麼樣呢。

〔甲戌夾批197b〕妙，的是老嫗口氣。（〔庚辰587〕、〔王府4b〕、〔有正950〕同）

那一個要是知道好歹，就回不進來纔是。（王府「歹」作「歹的」）

〔甲戌198a〕是私心語，神妙。（〔庚辰587〕同。〔王府4b〕、〔有正950〕「語」作「話」）

〔甲戌夾批198a〕更不解。

叫他一個人亂磞可是不好呢。

〔甲戌198a〕總是私心語，要直問又不敢，只用這等語漫漫套出，有神理。（〔庚辰587〕、〔王府4b〕、〔有正950〕「漫漫」作「慢慢的」。王府「理」作「聖」）

站着出神，且不去取筆。（「站」庚辰、王府作「便站」，有正作「便站」）

〔甲戌198a〕總是不言神情，另出花樣。（〔庚辰588〕、〔有正951〕同）

〔王府5a〕總是不言情，另出花花神樣。

紅玉抬頭見是小丫頭子墜兒。

〔甲戌198a〕墜兒者贅兒也。人生天地間已是贅肬，況又生許多寃情孽債，嘆。（「贅兒」原作「贅見」，墨筆改作「兒」字；「孽」原缺，墨筆補上。〔庚辰588〕「贅兒」作「贅」，「肬」作「疣」，「嘆」作「嘆嘆」）

〔王府5a〕墜兒者贅也。人生天地間已是贅疣，又生許多寃情孽債，是可爲之嘆嘆況。（〔有正951〕「又」作「況又」，「嘆嘆況」作「一嘆」）

叫我帶進芸二爺來。

〔庚辰夾批588〕等的是這句話。

這裏紅玉剛走至蜂腰橋門前，只見那邊墜兒引着賈芸來了。

〔甲戌198b〕妙。不說紅玉不走，亦不說走，只說「剛走到」三字，可知紅玉有私心矣。若說出必定不走必定走，則文字死板，亦且稜角過露，非寫女兒之筆也。（〔庚辰588〕、〔有正951〕同。〔王府5a〕「剛走到」作「走到」，「出」作「剛出」）

紅玉不覺臉紅了。（王府「臉紅」乙改作「紅臉」）

〔甲戌198b〕看官至此，須掩卷細想上三十回中篇篇句句點「紅」字處，可與此處想。如何？（「三」被墨筆改爲「二」。〔庚辰588〕同。〔王府5b〕、〔有正952〕「三」作「二」）

原來匾上是恁樣四個字。

〔甲戌199a〕傷哉，暖眼便紅稀綠瘦矣，嘆嘆。（〔庚辰589〕同。「暖」〔王府6a〕作「展」，〔有正953〕作「轉」。有正「嘆嘆」作「可嘆」）

正想着，只聽裏面隔着紗窗子笑道，快進來罷。（庚辰「道」作「說道」）

〔甲戌夾批199a〕是文若僧□點睛之龍，破壁飛矣①，焉得不拍案叫絕。（庚辰夾批589「是」作「此」，「僧□」作「張僧繇」，「壁」作「壁」）

只見金碧輝煌。（王府、有正「煌」作「煌」）

〔甲戌夾批199a〕器皿疊疊。（〔庚辰589〕、〔王府6a〕、〔有正953〕作「器皿」）

〔庚辰夾批589〕不能細覽之文。

文章烱灼。（庚辰、有正「烱」作「閃」。有正「灼」作「爍」）

〔甲戌夾批199a〕陳設壘壘。（〔庚辰589〕、〔王府6a〕、〔有正953〕無「壘壘」二字）

〔庚辰夾批589〕不得細玩之文。

卻看不見寶玉在那裏。

〔甲戌夾批199a〕武夷九曲之文。（庚辰夾批589「夷」作「彝」）

倚在床上拿着本書看。

〔甲戌夾批199a〕這是等芸哥看，故作欵式者。果眞看書，在隔紗窗子說話時已放下了。玉兄若見此批，必云：老貨，他處處不放鬆我，可恨可恨。回思將余比作釵顰等乃一知己，全何幸也。一笑。（庚辰夾批589「欵式者」作「欵式」，「果」作「若果」，「

① 張僧繇，南朝梁畫家，吳人，或作吳興人。擅人物及佛教畫，兼工畫龍。唐張彥遠「歷代名畫記」卷七：「武帝崇飾佛寺，多命僧繇畫之。……金陵安樂寺四白龍不點眼睛，每云：『點睛即飛去！』人以為妄誕，固請點之。須臾雷電破壁，兩龍乘雲騰去上天，二龍未點睛者見在。」

放鬆我」作「放鬆」，「全」作「余」）

早堆着笑立起身來。

〔庚辰夾批589〕小叔身段。

叔叔大安了，也是我們一家子的造化。

〔甲戌夾批199b〕不論（倫）不理迎合字樣，口氣逼肖，可笑可嘆。

〔庚辰夾批590〕誰「一家子」，可發一大笑。

那賈芸口裏和寶玉說着話，眼睛也溜瞅。

〔甲戌夾批199b〕前寫不敢正眼，今又如此寫，是用茶來，有心人故留此神。於接茶時站起，方不突然。

〔庚辰夾批590〕此句是認人，非前溜紅玉之文。

那丫嬛細條身材，容長臉面，穿着銀紅襖子，青緞背心，白綾細摺裙，不是別人，卻是襲人。（庚辰「條」作「挑」，「襖子」作「襖兒」，「別人」作「別個」）

〔甲戌夾批199b〕「水滸」文法，用的恰當，是芸哥眼中也。（庚辰夾批590「恰」作「怯」）

他卻把那有名人口認記了一半。（庚辰、王府、有正「卻」作「都」，「認」作「都」）

〔甲戌200a〕一路總是賈云是個有心人，一絲不亂。（〔庚辰590〕、〔王府7a〕、〔有正955〕「賈云」作「賈芸」）

他也知道襲人在寶玉房中比別個不同。

〔庚辰夾批590〕何如？　可知前批非謬。

讓我自己到罷了。（庚辰、王府、有正無「了」字。「到」王府作「倒」，有正作「⿰氵到」）

〔甲戌200a〕總寫賈云乖覺，一絲不亂。（〔庚辰590〕、〔王府7a〕、〔有正955〕「云」作「芸」。王府「覺」作「覺乘」）

叔叔房裏姐姐們，我怎麼敢放肆呢。

〔甲戌夾批200a〕紅玉何以使得。

那寶玉便和他說些沒要緊的散話。

〔甲戌200a〕妙極是極，況寶玉又有何正緊可說的。（〔庚辰591〕同。〔王府7b〕、〔有正956〕「緊」作「經」）

〔庚辰在上雙行批注下再硃墨批注591〕此批被作者偏（騙）過了。

又是誰家有奇貨，又是誰有異物。（庚辰、王府、有正「誰」作「誰家」）

〔甲戌200a〕幾個誰家，自北靜王公侯駙馬諸大家包括盡矣，寫盡紈袴口角。（〔庚辰591〕、〔王府7b〕、〔有正956〕「侯」作「候」。王府「北」作「此」）

〔庚辰591〕脂硯齋再筆：對芸兄原無可說之話。

〔王府7b〕對芸兄原無可說之話，故問敍。（〔有正956〕同）

在寶叔房內幾年了。（王府「在」作「你在」）

〔甲戌夾批200b〕漸漸入港。（〔庚辰591〕、〔王府8a〕、〔有正957〕無「港」字）

他說替他找着了，他還謝我呢。

〔庚辰夾批592〕「傳」字正文，此處方露。

接了手帕子，送出賈芸，回來找紅玉，不在話下。（王府「子」作「了」）

〔甲戌201a〕至此一頓，狡猾之甚。原非書中正文之人，寫來門色耳。（〔庚辰592〕、「猾」作「滑」。庚辰自「甚」以下硃墨批，「門」作「閒」）

〔王府9a〕至此一頓，狡猾之甚。（〔有正959〕同）

襲人笑道，快起來罷。

〔甲戌夾批201b〕不答的妙。（庚辰夾批593作「不答上文，妙極」）

可往那去呢。怪膩膩煩煩的。

〔庚辰夾批593〕玉兄最得意之文，起筆却如此寫。

只見那邊山坡上兩隻小鹿，箭也似的跑來，寶玉不解何意。

〔甲戌夾批201b〕余亦不解。

只見賈蘭在後面拿着一張小弓兒追了下來。（庚辰無「兒」字）

〔甲戌夾批201b〕前文。

〔庚辰夾批593〕此等文可是人能意料的。

這會子不念書，閑着作什麼，所以演習演習騎射。

〔甲戌夾批202a〕奇文奇語，默思之方意會。爲玉兄毫無一正事，只知安富尊榮而寫。

〔庚辰夾批593〕答的何其堂皇正大，何其坦然之至。

順着腳一逕來至一個院門前。

〔庚辰夾批593〕像無意。

只見鳳尾森森，龍吟細細。

〔甲戌202a〕與後文「落葉蕭蕭，寒烟漠漠」一對，可傷可嘆。（〔庚辰594〕、〔王府9b〕、〔有正960〕同）

舉目望門上一看，只見匾上寫着「瀟湘館」三字。

〔甲戌夾批202a〕無一絲心跡，反似初至者，故接有忘形忘情話來。

〔庚辰夾批594〕原無意。　三字如此出，足見眞出無意。

覺從一縷幽香，從碧紗窗中暗暗透出。

〔甲戌夾批202a〕寫得出，寫得出。

往裏看時，耳內忽聽。

〔甲戌202a〕未曾看見先聽見，有神理。（〔庚辰594〕、〔王府10a〕、〔有正961〕同）

「每日家情思睡昏昏」。

〔甲戌夾批202a〕用情忘情，神化之文。

只見黛玉在牀上伸懶腰。（庚辰、王府「懶」作「嬾」）

〔甲戌夾批202b〕有神理，眞眞畫出。（〔庚辰594〕、〔王府10a〕、〔有正961〕同）

瀟湘館黛玉一段。

〔庚辰眉批594〕（先）用「鳳尾森森，龍吟細細」八字，「一縷幽香自紗窗中暗暗透出」，

「細細的長嘆一聲」等句，方引出「每日家情思睡昏昏」①仙音妙音來。非純化工夫之筆不能，可見行文之難。（甲戌209a作回末總評，參頁五一五）

二玉這回文字作者亦在無意上寫來，所謂「信手拈來無不是」②是也。（甲戌209b作回末總評，參頁五一五）

只見黛玉的奶娘並兩個婆子都跟了進來，說，妹妹睡覺呢。

〔甲戌夾批202b〕一絲不漏，且避若干咬（嚼）蠟之文。

黛玉便翻身向外坐起來，笑道，誰睡覺呢。（庚辰、王府、有正「向外坐」作「坐了」）

〔甲戌夾批202b〕妙極。可知黛玉是怕寶玉去也。（〔庚辰594〕、〔王府10b〕、〔有正962〕同）

好丫頭，「若共你多情小姐同鴛帳，怎捨得疊被鋪床」。

〔甲戌夾批203a〕眞正無意忘情。（庚辰夾批595句下有「冲口而出之語」六字）

〔庚辰眉批595〕方才見芸哥所拿之書一定見是「西廂」，不然，如何忘情至此。

林黛玉登時撂下臉來。

〔甲戌夾批203a〕我也要惱。（庚辰夾批595同）

正說着，只見襲人走來說道，快回去穿衣服，老爺叫你呢。（庚辰「回去」作「回」）

〔庚辰眉批596〕若無如此文字收什二玉，寫顰無非至再哭慟笑（哭），玉只以陪盡小心

---

① 元王實甫「西廂記雜劇」第二本第一折〔油葫蘆〕：「翠被生寒壓繡裀，休將蘭麝薰；便將麝薰盡，則索自溫存。昨宵箇錦囊佳製明勾引，今日箇玉堂人物難親近。這些時睡又不安，坐又不寧，我欲登臨又不快，閑行又悶；每日價（或作「家」）情思睡昏昏。」按金聖歎批本末句作「鎮日價情思睡昏昏」。

② 參頁三四一註①。

軟求漫懇，二人一笑而止；且書內若此亦多多矣，未免有犯雷同之病。故用險句結住，使二玉心中不得不將現事拋却，各懷一驚心意，再作下文。壬午孟夏，雨窗，畸笏。（甲戌209a作回末總評，參頁五一五）

寶玉聽了，不覺的打了個焦雷一般。（庚辰無「的」字，「焦雷」作「雷的」）

〔甲戌夾批203b〕不止玉兄一驚，卽阿顰亦不免一唬。作者只顧寫來收拾二玉之文，忘却顰兒也。想作者亦似寶玉道「西廂」之句，忘情而出也。（庚辰夾批596「亦不免一唬」作「也不免一嚇」，「寶玉道」作「寶玉」，末有「呵呵」二字）

回頭看時，見是薛蟠拍着手跳了出來，笑道。（庚辰「回頭看時見是」作「回頭只見」，「跳」作「笑」）

〔甲戌夾批203b〕如此戲弄，非獃兄無人。欲釋二玉，非此戲弄不能立解，勿得泛泛看過。不知作者胸中有多少丘壑。

〔庚辰夾批596〕非獃兄行不出此等戲弄，但作者有多少丘壑在胸中，寫來酷肖。

薛蟠連忙打恭作揖陪不是。

〔庚辰夾批596〕酷肖。

改日你也哄我，說我的父親就完了。

〔甲戌夾批204a〕寫粗豪無心人畢肖。

〔庚辰夾批597〕眞眞亂話。

他不知那裏尋了來的這麼粗這麼長粉脆的鮮藕。

〔庚辰夾批597〕如見如聞。

我要自己吃，恐怕折福。

〔甲戌夾批204b〕歀兄亦有此語，批書人至此誦「往生咒」至恒河沙數也。（庚辰夾批597「語」作「話」）

左思右想，除我之外，惟有你還配吃。

〔甲戌夾批204b〕此語令人哭不得笑不得，亦眞心語也。（庚辰夾批567同）

眾小廝七手八腳擺了半天，方纔停當。

〔庚辰夾批598〕又一個寫法。

可是呢，明兒你送我什麼。

〔庚辰夾批598〕畢眞酷肖。

若論銀錢喫穿等類的東西，究竟還不是我的，惟有或寫一張字，畫一張畫，纔算是我的。（庚辰「喫穿等類的」作「喫的穿的」，「或寫」作「我寫」）

〔甲戌夾批205a〕誰說得出，經過者方說得出，嘆嘆。（庚辰夾批598「誰說得出」作「誰說的出」）

昨晚我看人家一張春宮，畫的着實好。

〔庚辰夾批598〕呵，歀兄所見之畫也。

只看落的歀，原來是庚黃畫的。

〔甲戌夾批205a〕奇文奇文。

薛蟠談庚黃一段。

〔甲戌眉批205b〕閑事順筆，罵死不學之紈袴。嘆嘆。（庚辰眉批598「罵死」作「將罵死」，「嘆嘆」作「壬午，雨窗，畸笏」）

薛蟠只覺沒意思。

〔庚辰夾批599〕實心人。

只見馮紫英一路說笑，已進來。（庚辰「進來」作「進來了」）

〔甲戌夾批205b〕一派英氣如在紙上，特爲金閨潤色也。

〔庚辰夾批599〕如見如聞。

好呀，也不出門了，在家裏高樂罷。

〔庚辰夾批599〕如見其人於紙上。

寫馮紫英一段。

〔庚辰眉批599〕紫英豪俠小（文）三段是爲金閨間色之文。壬午，雨窗。

〔庚辰墨筆眉批599〕寫倪二（紫）英湘蓮玉菡俠文，皆各得傳眞寫照之筆。丁亥夏，畸笏叟。

惜衛若蘭射圃文字迷失無稿，嘆嘆。丁亥夏，畸笏叟。（甲戌209b此二批連寫，作回末總評，參頁五一五）

是前日打圍在鐵網山，敎兔虎捎一翅膀。

〔庚辰夾批599〕如何看（着）想，新奇字樣。

這一次大不幸之中又大幸。

〔甲戌夾批206a〕似又伏一大事樣。英俠人累累如是，令人猜摹。

有話慢慢的說。

〔庚辰夾批600〕餘文再述。

馮紫英笑道，這又奇了。

〔庚辰夾批600〕如聞如見。

若必定叫我領，拿大杯來。

〔庚辰夾批600〕寫豪爽人如此。

那馮紫英站着一氣而盡。（庚辰「站」作「跕」）

〔甲戌夾批206b〕令人快活煞。

〔庚辰夾批600〕爽快人如此，令人羨煞。

多早晚纔請我們，告訴了也免的人猶疑。

〔庚辰夾批600〕實心人如此，絲毫形跡俱無，令人痛快煞。

眾人回來，依席又飲了一回方散。

〔甲戌夾批207a〕收拾得好。

寶玉回至園中，襲人正記掛他去見賈政，不知是禍是福。（庚辰「記掛」作「記挂着」）

〔甲戌夾批207a〕生員切己之事，時刻難忘。

〔庚辰夾批601〕下文伏線。

我知道我的命小福薄，不配吃那個。

〔甲戌夾批207b〕暗對獃兄言寶玉配吃語。

心中也替他憂慮。

〔甲戌夾批207b〕本是切己事。

聞得寶玉來了，心裏要找他問是怎麼樣了。（庚辰「得」作「聽」，「問」作「問問」）

〔甲戌夾批207b〕獃兄比（此）席的是合和筵也，一笑。

〔庚辰夾批601〕這席東道是和事酒不是？

見寶釵進寶玉的院內去了。

〔甲戌夾批207b〕石頭記是最好看處此等章法。

因而站住看了一會。

〔庚辰夾批602〕避難法。

晴雯遷怒一段。

〔庚辰眉批602〕晴雯遣（遷）怒是常事耳，寫釵顰二卿身上，與踢襲人之文，令人于何處設想着筆。丁亥夏，畸笏叟。（甲戌209b作回末總評，參頁五一五）

有事沒事跑了來坐着。

〔甲戌夾批207b〕犯寶釵如此寫法。（庚辰夾批602「釵」作「卿」）

叫我們三更半夜不得睡覺。（庚辰「半夜」作「半夜的」）

〔甲戌夾批208a〕指明人則暗寫。（庚辰夾批602同）

晴雯越發動了氣，也並不問是誰。

〔甲戌夾批208a〕犯黛玉，如此寫明。

便說道，都睡下了，明兒再來罷。

〔甲戌夾批208a〕不知人則明寫。

〔庚辰夾批602〕寫黛玉如此犯，不知人則明寫。

因而又高聲說道，是我，還不開麼。晴雯偏生還沒聽出來。

〔甲戌夾批208a〕想黛玉高聲亦不過你我平常說話一樣耳，況晴雯素昔浮躁多氣之人，如何辨得出。此刻須得批書又唱「大江東去」的喉嚨，嚷着「是我林黛玉叫門」方可。又想若開了門，如何有後面許多好字好樣文章，看官者意爲是否？（庚辰夾批602「躁」作「燥」，「批書又」作「批書人」，「開了門」作「開開門」，「看官者」作「看觀者」）

雖說是舅母家如同自己家一樣，倒底是客邊。（庚辰「舅」作「旧」）

〔甲戌夾批208a〕寄食者着眼，況顰兒何等人乎。（庚辰夾批602同）

也不顧蒼苔露冷，花徑風寒，獨立墻角邊花陰之下，悲悲戚戚嗚咽起來。

〔甲戌夾批208b〕可憐殺，可疼殺，余亦淚下。

那附近柳枝花朵上的宿鳥棲鴉一聞此聲，俱忒楞楞飛起遠避，不忍再聽。眞是「花魂默默無情緒，鳥夢癡癡何處驚」。

〔甲戌夾批208b〕沉魚落雁，閉目羞花，來來哭止的，一笑。（庚辰夾批603「來來哭止的」作「原來是哭了出來的」）

不知是那一個來，且看下回。

〔甲戌特批209a〕每閱此本掩卷者，十有八九不忍下閱看完，想作者此時淚下如豆矣。

回末總評

〔甲戌209a〕此回乃顰兒正文，故借小紅許多曲折瑣瑣之筆作引。

怡紅院見賈芸，寶玉心內似有如無，賈芸眼中應接不暇。

「鳳尾森森，龍吟細細」八字，「一縷幽香從碧紗窗中暗暗透出」，又「細細的長嘆一聲」等句，方引出「每日家情思睡昏昏」①仙音妙音，俱純化工夫之筆。（庚辰594作眉批，參五〇八）

二玉這文字，作者亦在無意上寫來，所謂「信手拈來無不是」②是也。（庚辰594作眉批，參五〇八）

收拾二玉文字，寫顰無非哭玉再哭慟哭，玉只以陪事小心軟求慢懇，二人一笑而止；且書內若此亦多多矣，未免有犯雷同之病，故險語結住，使二玉心中不得不將現事抛卻，各懷以驚心意，再作下文。（庚辰596作眉批，參五〇八）

前回倪二紫英湘蓮玉菡四樣俠文，皆得傳眞寫照之筆，惜衛若蘭射圃文字迷失無稿，嘆嘆。（庚辰599作二條墨筆眉批，參五一一）

晴雯遷怒係常事耳，寫於釵顰二卿身上與踢襲人，打平兒之文，令人於何處設想着筆。（庚辰602作眉批，參五一三）

黛玉望怡紅之泣，是「每日家情思睡昏昏」①上來。

〔王府19a〕喜相逢，三生註定，遺手帕，月老紅絲。幸得人語說連理，又忽見他枝並蒂。難猜未解細追思。罔多疑，空向花枝哭月底。（有正978同）

---

① 參頁五〇八註①。
② 參頁三四一註①。

第二十七回　滴翠亭楊妃戲彩蝶　埋香塚飛燕泣殘紅

回前總批

〔庚辰605〕「葬花吟」是大觀園諸豔之歸源小引，故用在餞花日諸豔畢集之期。餞花日不論其典與不典，只取其韵耳。（王府0a、有正979同。甲戌223b作回末總評，參五三一）

猶望着門洒了幾點淚。。。。。

〔庚辰夾批607〕四字閃煞顰兒也。

無事悶坐，不是愁眉，便是長嘆。

〔庚辰夾批607〕畫美人之秘訣。（甲戌夾批211b同，參下頁「那林黛玉倚着床欄杆兩手抱着膝」之批）

且好端端的不知爲了什麼，常常的便自淚道不乾的。

〔庚辰夾批607〕補寫，却是避繁文法。

後來一年一月，竟常常的如此。
〔甲戌夾批211b〕補瀟湘館常文也。
所以也沒人理，由他去悶坐。
〔庚辰夾批608〕所謂「久病床前少孝子」是也。
那林黛玉倚着床欄杆兩手抱着膝，眼睛含着淚。
〔甲戌夾批211b〕畫美人秘決（訣）。（庚辰夾批607同，參上頁「無事悶坐」之批）
〔庚辰夾批608〕前批得畫美人秘訣，今竟畫出金閨夜坐圖來了。
好似木雕泥塑的一般。
〔甲戌夾批211b〕木是旃檀，泥是金沙方可。（庚辰夾批608「木」作「本」，「旃」作「栴」，「方可」作「才用得」）
眾花皆卸，花神退位。
〔庚辰夾批608〕無論事之有無，看去有理。
滿園中繡帶飄飄，花枝招展。（庚辰「中」作「里」，「飄飄」作「飄颻」）
〔甲戌夾批212a〕數句大觀園景倍勝省親一回①，在一園人俱得閑閑尋樂上看。被（彼）時只有元春一人閑耳。
〔庚辰夾批608〕數句抵省親一回文字，反覺閑閑有趣有味的領略。
更又兼這些人打扮的桃羞杏讓，燕妬鶯慚。（庚辰無「又」字，「的」作「得」，「羞」作

① 第十八回。

「差」，「杏」作「柳」）

〔甲戌夾批212a〕桃杏燕鶯是這樣用法。（庚辰夾批608同）

且說寶釵迎春探春惜春李紈鳳姐等。

〔庚辰眉批608〕寫鳳姐隨大衆一筆，不見紅玉一段則認爲泛文矣，何一絲不漏若此。畸笏。

只見文官等十二個女孩子也來了。

〔庚辰夾批609〕一人不漏。

說着，便往瀟湘館來，忽見寶玉進去了。（庚辰「往」作「逶迤往」，「忽見」作「忽然抬頭見」）

〔甲戌夾批212a〕安插一處，好寫一處，正一張口難說兩家話也。（庚辰夾批609同）

他兄妹間多有不避嫌疑之處，嘲笑喜怒無常。

〔庚辰夾批609〕道盡二玉連日事。

二則黛玉嫌疑，到是回來的妙。（庚辰「則」作「則恐」，庚辰、王府「疑」作「疑罷了」）

〔甲戌夾批212b〕道盡黛玉每每小性，全不在寶釵身上。（庚辰夾批609、王府夾批3a「小性」作「尖刺」，「身」作「心」）

寶釵意欲撲了來頑耍，遂向袖中取出扇子來。

〔甲戌夾批212b〕可是一味知書識禮女夫子行止？寫寶釵無不相宜。

〔庚辰夾批609〕可是一味知書識理女夫子行止？

寫寶釵無不相宜。（王府夾批3a同）

香汗淋漓，嬌喘細細。

〔庚辰夾批609〕若玉兄在，必有許多張羅。

寶釵也無心撲了。

〔庚辰夾批610〕原是無可無不可。

只聽亭子裏面嘁嘁喳喳有人說話。

〔甲戌夾批212b〕無閑紙閑筆之文如此。

只聽說道，你瞧瞧這手帕子，果然是你丢的那塊，你就拿着。

〔庚辰眉批610〕這椿風流案，又一體寫法，甚當。己卯冬夜。

曖呀，偺們只顧說語，看有人來悄悄在外頭聽見。

〔庚辰夾批611〕豈敢。

〔庚辰眉批611〕這是自難自法，好極好極。　　慣用險筆如此。壬午夏，雨窗。

不如把這隔子都推開了。

〔庚辰夾批611〕賊起飛志，不假。

寶釵在外面聽見這話，心中喫驚。（王府無「聽」字）

〔甲戌夾批213b〕四字寫寶釵守身如此。（庚辰夾批611同。王府夾批4a無「寶」字）

那些奸婬狗盜的人心機都不錯。

〔庚辰夾批611〕道盡矣。

寶釵便故意放重了腳步，笑着道，「顰兒。

〔庚辰夾批611〕閨中弱女機變如此之便，如此之急。

那亭內的紅玉墜兒剛一推窗，只聽寶釵如此說着，往前趕。

〔庚辰眉批611〕此節實借紅玉反寫寶釵也，勿得認錯作者章法。

你們把林姑娘藏在那裏了。

〔庚辰夾批611〕像極，好煞，妙煞，焉得不拍案叫絕。

別是藏在這裏頭了。

〔庚辰夾批612〕像極，是極。

一面說，一面故意進去，尋了一尋。

〔庚辰夾批612〕像極。

抽身就走。

〔庚辰夾批612〕是極。

一面說，一面走，心裡又好笑。

〔甲戌夾批214b〕眞弄嬰兒，輕便如此。即余至此亦要發笑。（庚辰夾批612同）

誰知紅玉見了寶釵的話，便信以爲眞。

〔甲戌夾批214b〕寶釵身分。（庚辰夾批612句下有「實有這一句的」六個字）

了不得了，林姑娘蹲在這裏，一定聽了話去了。

〔庚辰夾批612〕移東挪西，任意寫去，却是眞有的。

墜兒聽說，也半日不言語。紅玉又道，這可怎麼樣呢。

〔甲戌夾批214b〕二句係黛玉身分。（庚辰夾批612同）

便聽見了，誰管筋疼，各人幹各人就完了。

〔庚辰夾批612〕勉強話。

若說不齊全，悞了奶奶的事，憑奶奶責罰罷了。

〔甲戌夾批215a〕操必勝之權。紅兒機括志量，自知能應阿鳳使令意。

你是那位小姐房裏的。

〔庚辰夾批613〕反如此問。

他回來找你，我好替你說的。

〔庚辰夾批613〕問那小姐爲此。

噯喲，你原來是寶玉房裏的，怪道呢，也罷了。

〔甲戌夾批215a〕「噯喲」「怪道」四字，一是玉兄手下無能爲者。前文打諒生的「干淨俏麗」四字，合而觀之，小紅則活現於紙上矣。

〔庚辰夾批613〕誇讚語也。

要當面稱給他瞧了，再給他拿去。

〔庚辰夾批613〕一件。

再裏頭床頭間有一個小荷包拿了來。

〔庚辰夾批613〕二件。

因見司棋從山洞裏出來站着繫裙子。

〔庚辰夾批614〕小點綴，一笑。

司棋道，沒理論。

〔庚辰夾批614〕妙極。

頂頭只見晴雯。

〔庚辰夾批614〕又一折。

你只是瘋跑罷，院子里花兒也不澆，雀兒也不喂，茶罐子也不爖，就只在外頭徣。

〔庚辰夾批614〕必有此數句，方引出稱心得意之語來。再不用本院人見小紅，此差只幾分遂𠃉。

碧痕道，茶爐子呢。

〔甲戌夾批216a〕岔一人問，俱是不受用意。

二奶奶纔使喚我說話取東西去的。

〔甲戌夾批216a〕非小紅誇耀，係爾等逼出來的。離怡紅意已定矣。

說着，將荷包舉給他們看，方沒言語了。

〔甲戌夾批216a〕眾女兒何苦自討之。

〔庚辰夾批614〕得意稱心如意在此一舉荷包。

有本事從今兒出了這園子，長長遠遠的在高枝而上。

〔庚辰夾批615〕雖是醋語，却與下無痕。
奶奶剛出來了，他就把銀子收起來了。
〔甲戌夾批216b〕交代不在盤架下了。
纔張材家的來討，當面稱了給他拿去了。說着將荷包遞了上去。
〔庚辰夾批615〕兩件完了。
他怎麼按我的主意打發去了。
〔甲戌夾批216b〕可知前紅玉云：「就把那（這）（話）按奶奶的主意。「主意」是欲儉但恐累贅耳，故阿鳳有是問，彼能細答。
我們奶奶還會了五奶奶來瞧奶奶呢。
〔甲戌夾批217a〕又一門。
還要和這裏的姑奶奶尋兩丸延年神驗萬全丹。
〔甲戌夾批217a〕又一門。
明兒有人去就順路給那邊舅奶奶帶去的。
〔甲戌夾批217a〕又一門。
話未說完，李紈笑道，噯喲喲。（庚辰「李紈笑道」作「李氏道」）
〔甲戌夾批217a〕紅玉今日方遂心如意，却爲寶玉後伏線。
〔庚辰夾批616〕又一潤色。
別像他們扭扭捏捏的蚊子似的。

〔庚辰夾批616〕寫死假斯文。

我就問着他，難道必定粧蚊子哼哼，就是美人了。

〔庚辰夾批616〕貶殺，罵殺。

這個丫頭就好。（庚辰「這個」作「這一個」）

〔甲戌夾批217b〕紅玉聽見了麼？（庚辰夾批617同）

方纔說話雖不多，聽那口氣就簡斷。（庚辰「說話」作「兩遭說話」，「氣」作「聲」）

〔甲戌夾批217b〕紅玉此刻心內想，可惜晴雯等不在傍。（庚辰夾批617同）

我一調理你就出息了。

〔庚辰夾批617〕不假。

我媽是奶奶的女兒。

〔庚辰夾批617〕所以說；「比你大的大的。」

誰是你媽。

〔庚辰夾批617〕晴雯說過。

他就是林之孝之女。

〔甲戌夾批218a〕管家之女，而晴卿輩擠之，招禍之媒也。

哦，原來是他的丫頭。

〔甲戌夾批218a〕傳神。

我成日家說他們到是配就了的一對夫妻，一雙天聾地啞。

〔甲戌夾批218a〕用得是阿鳳口角。

又問名子。

〔甲戌夾批218a〕眞眞不知名，可嘆。

討人嫌的狠，得了玉的益是的。

〔庚辰夾批618〕又一下針。

明兒我和寶玉說。

〔甲戌夾批218b〕有悌弟之心。

可不知本人愿意不愿意。

〔甲戌夾批218b〕總是追寫紅玉十分心事。（庚辰夾批618「寫」作「足」）

愿意不愿意。

〔庚辰夾批618〕有話。

我們不敢說。（庚辰「不敢說」作「也不敢說」）

〔甲戌夾批218b〕好答，可知兩處俱是主兒。（庚辰夾批618作「好答」）

只是跟着奶奶，我們也學些眉眼高低。

〔庚辰夾批618〕千愿萬愿之言。

出入上下大小的事也得見識見識。

〔甲戌夾批218b〕且係本心本意，獄神廟①回內（方）（見）②。

---

① 獄神廟參頁三九三註①。

② 按「胡適文存」第三集第五卷頁六〇四所引此批有「方見」兩字，今影印本無此兩字。而此批恰抄至正文該行最後一字，故吳世昌以為系影印時漏去。俟查對原本。

紅玉答鳳姐一段。

〔庚辰眉批618〕姦邪婢豈是怡紅應答者，故即逐之。前良兒，後篆（墜）兒①，便是（却（確）證。作者又不得可也。己卯冬夜。

此係未見「抄沒」、「獄神廟」諸事，故有是批。丁亥夏，畸笏。

剛說着，只見王夫人的丫頭來請。

〔庚辰夾批618〕截得眞好。

紅玉回怡紅院去，不在話下。

〔庚辰夾批618〕好。　接得更好。

好妹妹，昨兒可告我不曾，叫我懸了一夜心。（庚辰「昨兒」作「你昨兒」，「告我」作「告我了」，「叫」作「敎」）

〔甲戌夾批219a〕明知無是事，不得不作開設。（庚辰夾批619「得」作「可」，「設」作「談」）

〔庚辰夾批619〕並不爲告懸心。

林黛玉便回頭叫紫鵑道。

〔甲戌夾批219a〕不見寶玉，阿顰斷無此一段閑言。總在欲言不言難禁之意，了却「情情」之正文也。

〔庚辰夾批619〕到像不曾聽見的。

① 按墜兒偷蝦鬚鐲被逐出賈府，見第五十二回。良兒偷玉事亦於該回提及。

還認作是昨日中晌的事。

〔甲戌夾批219a〕畢眞不錯。（庚辰夾批619同）

又沒有見他，再沒有冲撞了他的去處了。

〔庚辰夾批619〕畢眞不錯。

只見寶釵探春正再那邊看鶴舞。

〔庚辰夾批619〕二玉文字豈是容易寫的，故有此截（截）。

〔庚辰眉批619〕石頭記用截（截）法、岔法、突然法、伏線法、由近漸遠法、將繁改簡法、重作輕抹法、虛敲實應法。種種諸法，總在人意料之外，且不曾見一絲牽強，所謂「信手拈來無不是」①是也。己卯冬夜。（甲戌223b作回末總評，參頁五三一）

寶哥哥身上好，整整三天沒見了。

〔甲戌夾批219b〕橫雲截（斷）嶺，好極，妙極。二玉文原不易寫，石頭記得力處在茲。

寶哥哥你往這裏來，我和你說話。

〔庚辰夾批619〕是移一處語。

昨兒我恍惚聽見說老爺叫你出去的。

〔甲戌夾批219b〕老爺叫寶玉再無喜事，故園中合宅皆知。（庚辰夾批620同）

那想是別人聽錯了。

〔甲戌夾批219b〕非謊也，避繁也。（庚辰夾批620作「怕文繁」）

寶玉探春一段。

① 參頁三四一註①。

〔庚辰眉批620〕若無此一岔，二玉和合，則成嚼蠟文字。石頭記得力處正此。丁亥夏，畸笏叟。

拿五百錢出去給小子們，管拉一車來。（王府「一」作「兩」）

〔庚辰墨筆夾批620〕不知物理艱難，公子口氣也。（王府夾批12a「理」作「力」）

你揀那扑而不俗，直而不作者。

〔甲戌夾批220a〕是論物是論人，看官着眼。（庚辰夾批620同）

可巧遇見了老爺，老爺就不受用。

〔庚辰墨筆夾批621〕補遺法。（王府夾批12a同）

正緊兄弟，鞋搭拉襪搭拉的，沒人看見。（庚辰「看見」作「看的見」）

〔甲戌夾批220b〕何至如此，寫妬婦信口逗。

〔庚辰夾批621〕指環哥。

我不該說他，但他特昏憒的不像了，還有笑話兒呢。

〔甲戌夾批221a〕開一步，妙妙。

探春一段。

〔庚辰眉批622〕這一節特爲「興利除弊」①一回伏線。

正說着，只見寶釵那邊笑道，說完了來罷。

〔庚辰夾批622〕截得好。

---

① 第五十六回。

寶玉因不見林黛玉，便知他是躲了別處去了。(庚辰、王府「見」作「見了」，無「是」字)

〔甲戌夾批221b〕兄妹話雖久長，心事總未少歇，接得好。(庚辰夾批622同。王府夾批14a「雖」作「難」)

越性遲兩日，等他的氣嘆一嘆再去也罷了。

〔甲戌夾批221b〕作書人調侃耶？

各色落花錦重重的落了一地。

〔庚辰眉批623〕不因見落花，寶玉如何突至埋香塚；不至埋香塚，如何寫葬花吟。石頭記無閑文閑字正此。丁亥夏，畸笏叟。(甲戌223b作回末總評，參頁五三一，及頁五三〇靖藏特批)

待我送了去，明兒再問他。(庚辰、王府「問」作「問着」)

〔甲戌夾批212b〕至埋香塚方不牽強，好情理。(「埋」庚辰墨筆夾批623作「理」，王府夾批14a作「裏」。庚辰、王府「理」作「思」)

說着，只見寶釵約着他們往外頭去。

〔甲戌夾批212b〕收拾得乾淨。(庚辰夾批623同)

等他二人去遠了，便把那花兜了起來。

〔庚辰夾批212b〕怕人笑說。(庚辰夾批623「笑說」作「說笑」)

將及到了花塚。

〔庚辰夾批623〕新鮮。

那邊有嗚咽之聲，一行數落着哭，好不傷感。

〔甲戌夾批222a〕奇文異文，俱出石頭記上，且念出，愈奇文。

這不知是那房裏的髟頭，受了委屈，跑到這個地方來哭。

〔甲戌夾批22a〕岔開線路，活潑之至。

一面想，一面煞住腳步聽他哭道是。

〔甲戌特批222a〕詩詞歌賦，如此章法寫於書上者乎？

〔庚辰夾批623〕詩詞文章，試問有如此行筆者乎？

黛玉葬花一段。

〔甲戌眉批222a〕開生面，立新場，是書多多矣，惟此回處生更新。非顰兒斷無是佳吟，非石兄斷無是情聆(賞)。難爲了作者了，故留數字以慰之。

〔庚辰眉批623〕開生面，立新場，是書不止紅樓夢一回，惟是回更生更新。且讀去非阿顰無是且（佳）吟，非石兄斷無是章法行文，愧殺古今小說家也。畸笏。

〔靖藏特批〕開生面，立新場，是(書)不止紅樓夢一回，惟此回更生(更)新。(且)讀去非阿顰無是佳吟，非石兄斷無是情聆賞。難爲了作者，且愧殺〔也〕古今小說(家)，故留數語以慰之。

〔余〕不見落花，玉何由至浬（埋）香家（塚）；(不)(至)(埋)(香)(塚)，如何寫葬花吟。〔不〕〔至〕石頭記〔埋〕〔香〕無閑字閑文□正如此。丁亥夏，畸笏叟。（按此批抄於第八十回回末總評位置。參頁五二九庚辰眉批及頁五三一甲戌回末總評）

黛玉葬花吟一段。

〔甲戌特批223a〕余讀葬花吟至再至三四，其凄楚感慨令人身世兩忘，舉筆再四不能下批。有客曰：「先生身非寶玉，何能下筆，卽字字雙圈，批詞通仙，料難遂顰兒之意。俟看玉兄之後文再批。」噫唏，阻余者，想亦石頭記來的，故停筆以待。

〔庚辰眉批624〕余讀葬花吟凡三閱，其凄楚感慨令人身世兩忘，舉筆再四不能加批。「先生想（身）非寶玉，何得而下筆，卽字字雙圈①，料難遂顰兒之意。俟看過玉兄後文再批。」噫嘻，客亦石頭記化來之人，故擲筆以待。

回末總評

〔甲戌223b〕餞花辰不論典與不典，只取其韵致生趣耳。（庚辰605作回前總批，參頁五一六）

池邊戲蝶，偶而適興；亭外（金）（蟬），急智脫殼。明寫寶釵非拘拘然一迂女夫子。

鳳姐用小紅，可知晴雯等理（埋）沒其人久矣，無怪有私心私情。且紅玉後有寶玉大得力處，此於千里外伏線也。

石頭記用截法、岔法、突然法、伏線法、由近漸遠法、將繁改儉法、重作輕抹法、虛稿（敲）實應法。種種諸法，總在人意料之外，且不見一絲牽強。所謂「信手拈來無不是」是也。（庚辰619作眉批，參頁五二七）

不因見落花，寶玉如何突至埋香塚，不至埋香塚，又如何寫葬花吟。（庚辰623作眉批，參頁五二九；

① 按庚辰本「莽花吟」有用旁點（如「質本潔來還潔去」）、單圈（「桃李明年能再發」等）及雙圈者（如「明年閨中知有誰」等）。甲戌本無圈點。

又參頁五三〇靖藏特批）

埋香塚葬花乃諸艷歸源。葬花吟又係諸艷一偈也。（參頁五一六庚辰605回前總批）

〔王府17a〕幸逢知己無回避，密語隔窗怕有人。總是關心渾不了，叮嚀囑咐爲輕春。（有正1012「回」作「廻」）

心事將誰告，花飛動我悲。埋香吟哭後，日日斂雙眉。（有正1012同）

第二十八回　蔣玉函情贈茜香羅　薛寶釵羞籠紅麝串

回前總批

〔庚辰627〕「茜香羅」、「紅麝串」寫于一回，蓋琪官雖係優人，後回與襲人供奉玉兄寶卿得同終始者，非泛泛之文也。（甲戌244a作回末總評，參頁五四八。王府0a、有正1013同）

自「聞曲」回①以後回回寫藥方②，是白描顰兒添病也。（甲戌244a作回末總評，參頁五四八。王府0a同。有正1013「聞曲回」作「聞曲」）

寶玉聽葬花吟一段，

〔甲戌眉批225a〕不言鍊句鍊字詞藻工拙，只想景想情想事想理，反復追（推）求悲傷感慨，乃玉兄一生天性。眞顰兒不（之）知己（己），（玉）（兄）（外）則實無再有者。昨阻余批「葬花吟」之客，嫡是玉兄之化身無疑。余幾點金成鈍（鐵）之人。笨甚笨甚。（「拙」

①第二十三回。

②李夢生謂：「我以為『回回』之『回』，在這裡不作『章回』解，不是第幾回的『回』，而是『次』的意思；『回回』即『次次』、『每一次』。」（見「回回寫藥方」，「集刊」，第八輯，頁二〇四）

字用墨筆填）

〔庚辰眉批629〕不言鍊句鍊字辭藻工拙，只想景想情（想）事想理，反復推求悲感，乃玉兄一生之天性。眞顰兒之知己，玉兄外實無一人。想昨阻批「葬花吟」之客，嫡是寶玉之化身無移（疑）。余幾作點金爲鐵之人，幸甚幸甚。

〔靖藏特批〕玉兄生性之一天眞顰又之知己外無一玉兄人思阻「葬花吟」之客確是寶玉之化身余幸甚幾昨作□爲鋮之人幸甚。西（茜）（香）（羅）暗（繫）于襲人腰，亦係伏（線）之文。（是）（後）（回）累（累）〔又〕忘情之引〔□〕〔□〕〔是〕。（靖藏缺此回，此批抄於第八十回回末總評位置上，在「黛玉葬花」一段批之後，參頁五三〇。參甲戌回末總評，頁五四八）

因此一而二，二而三，反復推求了去。

〔庚辰夾批630〕百轉千回矣。

逃大造出塵網，使可解釋這段悲傷。（庚辰「使」圈改爲「便」）

〔甲戌夾批225b〕非大善知識說不出這句話來。（庚辰夾批630「說」作「道」，「這句話」作「此等語」）

正是「花影不離身左右，鳥聲只在耳東西」。

〔甲戌夾批225b〕二句作禪語參。（庚辰夾批630同）

〔甲戌眉批225b〕一大篇「葬花吟」却如此收拾，眞好機思筆伏，令人焉得不叫絕稱奇。

難道還有一個癡子不成。

〔甲戌夾批225b〕豈敢豈敢。

剛說着短命二字上，又把口掩住。（庚辰「着」作「道」，無「上」字。王府「着」作「到」，「口」作「口兒」）

〔甲戌夾批226b〕情情不忍道出「的」字來。

〔庚辰夾批630〕情情。（王府夾批2a同）

長嘆了一聲。

〔庚辰夾批630〕不忍也。（王府夾批2a同）

抖抖土起來下山尋歸舊路。

〔甲戌夾批226a〕折得好，誓不寫開門見山文字。

可巧看見林黛玉在前頭走。

〔庚辰夾批630〕哄人字眼。

我只說一句話，從今已後撂開手。（庚辰無「已」字）

〔甲戌夾批226a〕非此三字難留蓮步，玉兄之機變如此。（庚辰夾批630同）

兩句話說了，你聽不聽。

〔甲戌夾批226a〕相離尚遠，用此句補空，好近阿顰。（庚辰夾批631「離」作「難」）

黛玉聽說，回頭就走。

〔庚辰夾批631〕走的是。

寶玉在身後面嘆道，既有今日，何必當初。

〔甲戌夾批226a〕自言自語，眞是一句話。（庚辰夾批631同）

當初姑娘來了，那不是我陪着頑笑。

〔甲戌夾批226b〕以下乃答言，非一句話也。（庚辰夾批631「以」作「此」）

憑我心愛的，姑娘要就拿去。

〔甲戌夾批226b〕我阿顰之惱，玉兄實模（摸）不着，不得不將自幼之苦心實事一訴，方可明心以白今日之故，勿作閑文看。

〔庚辰夾批631〕阿顰惱者在玉兄實摸頭不著，不得不將自幼之苦心實事一訴，方明心以白今之故，勿作閒文爲幸。

和氣到了兒纔見得比人好。

〔庚辰夾批631〕要緊語。

如今誰承望姑娘人大心大。

〔庚辰夾批631〕反派不是。

到把外四路的什麼寶姐姐。

〔庚辰夾批631〕心事。

鳳姐姐的放在心坎兒上。

〔甲戌夾批226b〕用此人瞞看官也，瞞顰兒也。心動阿顰，在此數句也。一節頗似說閒（辭），玉兄口中却是衷腸話。

〔庚辰夾批631〕用此人瞞看官也。

〔庚辰眉批631〕一節頗似說辭，在兄口中却是衷腸之語。己卯冬夜。

不覺滴下淚來。（庚辰、王府「淚」作「眼淚」）

〔甲戌夾批227a〕玉兄淚非容易有的。（庚辰夾批632、王府夾批3a「非」作「不是」）

萬不敢在妹妹跟前有錯處。

〔庚辰夾批632〕有是語。

你到是或教道我，戒我下次。

〔庚辰夾批632〕可憐語。

誰知你總不理我。

〔庚辰夾批632〕實難爲情。

不知怎麼樣纔好。

〔庚辰夾批632〕眞有是事。

就便死了，也是個屈死鬼，任憑高僧高道懺悔也不能超生。

〔庚辰夾批632〕又瞞看官及批書人。

不覺將昨晚的事都忘在九霄雲外了。

〔庚辰夾批632〕「情情」衷腸。

〔甲戌夾批227a〕「情情」本來面目也。

昨晚爲什麼我去了，你不叫丫頭開門。

〔庚辰夾批632〕正文，該問。

這話從那裏說起。

〔庚辰夾批632〕實實不知。

我要是這麼樣，立刻就死了。

〔甲戌夾批227b〕急了。（庚辰夾批632作「眞急了」）

林黛玉啐道。

〔庚辰夾批632〕如聞。

就是寶姐姐坐了一坐。

〔庚辰夾批633〕不用兄言，彼已親覩。

教訓教訓他們就好了。

〔庚辰夾批633〕玉兄口氣畢眞。

你的那些姑娘們。

〔庚辰夾批633〕不快活之稱。

也該教訓教訓。

〔庚辰夾批633〕照樣的妙。

倘或明兒寶姑娘來，什麼「貝姑娘」來。

〔庚辰夾批633〕也還一句，的是心坎上人。

說着抿着嘴笑。

〔甲戌夾批227b〕至此心事全無矣。（辰庚夾批633同）

二人正說話，只見丫頭來請喫飯。

〔甲戌夾批228a〕收拾得干淨。（庚辰夾批633「拾」作「什」）

你喫那鮑太醫的藥可好些。

〔庚辰夾批633〕是新換了的口氣。

老太太還叫我喫王大夫的藥呢。

〔庚辰夾批633〕何如。

不過喫兩濟煎藥踈散了風寒，還是喫丸藥的好。（庚辰「濟」作「劑」，「踈散」作「就好了散」）

〔甲戌夾批228a〕引下文。（庚辰夾批633同）

我只記得有個金剛兩個字的。

〔甲戌夾批228a〕奇文奇語。（庚辰夾批634同）

寶玉扎手笑道。

〔甲戌夾批228a〕慈母前放肆了。（庚辰夾批634同）

若有了金剛丸，也自然有菩薩散了。（庚辰無「也」字，「散」作「丸」）

〔甲戌夾批228b〕寶玉因黛玉事完，一心無掛碍，故不知不覺手之舞之，足之蹈之。（庚辰夾批634同）

想是天王補心丹。

〔甲戌夾批228b〕慧心人自應知之。（庚辰夾批634同）

太太到不糊塗，都是叫金剛菩薩支使糊塗了。

〔甲戌夾批228b〕是語甚對，余幼時可聞之語合符，哀哉傷哉！（庚辰夾批634「可」作「所」）

又欠你老子搥你了。

〔庚辰夾批634〕伏線。

我老子再不爲這個搥我的。

〔甲戌夾批228b〕此語耳不假。（庚辰夾批634「語耳」作「言亦」）

寶玉與王夫人對話一段。

〔庚辰眉批634〕此寫玉兄，亦是釋却心中一夜半日要事，故大大一洩。己卯冬夜。

林黛玉藥方一段。

〔庚辰眉批634〕寫藥案是暗度顰卿病勢漸加之筆，非泛泛閑文也。□（丁）亥夏，畸笏叟。

只講那頭胎紫河車。

〔庚辰夾批634〕只聞名。

人形帶葉參，三百六十兩不足。龜大何首烏，千年松根茯苓胆。

〔庚辰夾批635〕聽也不曾聽過。

都不算爲奇。

〔庚辰夾批635〕還有奇的。

林黛玉坐在寶釵身後，抿着嘴笑，用手指頭在臉上畫着羞他。

〔庚辰夾批635〕好看煞，在顰兒必有之。

鳳姐因在裏間屋裏看着人放桌子。

〔庚辰夾批635〕且不接寶玉文字，妙。

人家死了幾百年，如今翻尸盜骨的作了藥也不靈。（庚辰「如今」作「這會子」）

〔甲戌夾批230a〕不止阿鳳圓謊，今作作者亦爲圓謊了，看此數句則知矣。（庚辰夾批636「作作者」作「作者」，無「句」字）

寶玉說藥方一段。

〔庚辰眉批635〕寫得不犯冷香丸方子。前「玉生香」回①中，顰云他有金你有玉，他有冷香你豈不該有煖香，是寶玉無藥可配矣。今顰兒之劑若許材料皆係滋補熱性之藥，兼有許多奇物，而尚未擬名，何不竟以暖香名之，以代補寶玉之不足，豈不三人一體矣。己卯冬夜。（甲戌244a作回末總評，參頁五四八）

何況如今在里頭住着呢，自然是越發不知道了。

〔庚辰夾批637〕分晰（析）的是，不敢正犯。

理他呢，過一會字就好了。

〔庚辰夾批637〕後文方知。

二哥哥，你成日家忙些什麼。

① 第十九回。

〔甲戌夾批231a〕冷眼人自然了了。（庚辰夾批638同）

拿耳挖子剔牙，看着十來個小廝們挪花盆呢。

〔庚辰夾批638〕也才吃了飯。　是阿鳳身段。

你來的好，進來，進來，替我寫幾個字兒。

〔庚辰夾批638〕如聞。

橫豎我自已明白就罷了。

〔庚辰夾批638〕有是語，有是事。

今兒見你纔想起來。

〔甲戌夾批231b〕字眼。

我屋裏的人也多的狠，姐姐喜歡誰，只管叫了來，何必問我。

〔甲戌夾批231b〕紅玉接盃到茶，自紗屜內覔，至回廊下再見。此處如此寫來，可知玉兄除襲兒外，俱是行雲流水。又了却怡紅一孽寃。一嘆。（參下批）

既這麼看，我就叫人帶他去了。

〔庚辰夾批639〕又了却怡紅孽寃，一嘆。（參上批）

說着便要走。

〔甲戌夾批231b〕忙極。

老太太叫我呢。

〔甲戌夾批231b〕非也，林妹妹叫我，一笑。

〔庚辰夾批639〕也非，林妹妹叫我呢，一嘆。

也沒什麼好的，我到多喫了一碗飯。

〔甲戌夾批232a〕安慰祖母之心也。

因問林妹妹在那裏呢。（庚辰無「呢」字）

〔甲戌夾批232a〕何如，余言不謬。（庚辰夾批639「何如」作「如何」）

寶玉走進來，笑道，呵。（原作「哦」改作「呵」）

〔庚辰夾批639〕句。

理他呢，過一會子就好了。寶玉聽了，只是納悶。（庚辰無「納」字）

〔甲戌夾批232a〕有意無意，暗合針對，無怪。（庚辰夾批639「無怪」作「無怪玉兄納悶」）

〔甲戌眉批232a〕連重二次前言，是顰、寶氣味暗合，（勿認作有小人過言也。）

〔庚辰眉批640〕連重兩遍前言，是顰、玉氣味相傚，無非偶然暗合相符，勿認作有過言小人也。

黛玉向外說道，阿彌陀佛。

〔甲戌夾批232b〕仍丟不下，嘆嘆。

趕你回來，我死了也罷了。

〔甲戌夾批233a〕何苦來，余不忍聽。（庚辰夾批640同）

自己便往書房裏來，焙茗一直到了二門前等人。

〔甲戌夾批233a〕此門請出玉兄來，故信步又至書房，文人弄筆，虛點贅也。（庚辰夾批641「贅」作「綴」）

放你娘的屁。

〔庚辰夾批641〕活理活跳。

寶二爺如今在園子裏住着。

〔甲戌夾批233a〕與夜間叫人對看。

前日不過是我的設辭，誠心請你們一飲，恐又推托，故說下這句話。

〔甲戌眉批233b〕若眞有一事則不成石頭記文字矣。作者得三昧在茲，批書人得書中三昧亦在茲。（庚辰眉批641「矣」作「也」，末多「壬午孟夏」四字）

拿住了三曹對案我也無回話。

〔甲戌特批234a〕此唱一曲爲直刺寶玉。（庚辰墨筆特批642、〔王府12b〕、〔有正1037〕同）

我先㪘一大海。

〔庚辰眉批643〕大海飲酒，西堂產九台靈芝日也。批書至此，寧不悲乎。壬午重陽日。

有不遵者，連罰十大海，逐出席外與人斟酒。

〔甲戌夾批234a〕誰曾經過，嘆嘆。西堂故事。

薛蟠未等說完，先跕起來攔住道，我不來。（庚辰「跕」作「站」，無「住」字）

〔甲戌夾批234b〕爽人爽語。（庚辰夾批643同）

這竟是捉弄我呢。

〔庚辰夾批643〕豈敢。

你如今一亂令，到㱃十大海，下去斟酒不成。

〔庚辰夾批643〕有理。

女兒樂，私向花園掏蟋蟀。

〔甲戌特批235a〕紫英口中應當如是。

女兒悲，將來終身指靠誰。

〔甲戌特批236a〕道着了。

我不開了你怎麼鑽。

〔甲戌特批236b〕雙關，妙。

薛蟠登時急的眼睛鈴鐺一般，瞪了半日纔說道，女兒悲，又咳嗽了兩聲。

〔甲戌夾批237a〕受過此急者，大都不止獃兄一人耳。

薛蟠說酒令一段。

〔甲戌眉批237a〕此段與「金瓶梅」內西門慶應伯爵在李桂姐家飲酒一回對看①，未知孰家生動活發（潑）。

女兒愁，繡房攛出個大馬猴，眾人呵呵笑道，該罰，該罰，這句更不通，先還可恕。

〔甲戌夾批237b〕不愁，一笑。

---

① 見「金瓶梅」第十二回。

女兒樂，一根毬毬往裏戳。

〔甲戌夾批237b〕有前韻句，故有是句。

你們要懶得聽，連酒底都免了，我就不唱。

〔甲戌夾批238a〕何常（嘗）歟。

女兒喜，燈花並頭結雙蕊。

〔甲戌夾批238a〕佳讖也。

可巧只記得這句。

〔甲戌夾批238a〕眞巧。

幸而席上還有這件東西。

〔甲戌夾批238b〕瞞至眾人。

了不得，了不得，該罰，該罰，這席上並沒有寶貝，你怎麼念起寶貝來。

〔甲戌夾批238b〕奇談。

雲兒便告訴了出來。

〔甲戌夾批239a〕用雲兒細說，的是章法。（庚辰夾批649「細說」作「說出」，無「的」字）

〔庚辰眉批649〕雲兒知怡紅細事，可想玉兄之風情意也。壬午重陽。

連忙接了，將自己一條松花汗巾解了下來，遞與棋官。

〔甲戌夾批289a〕紅綠牽巾是這樣用法，一笑。

襲人見扇子上的墜兒沒了。

〔庚辰夾批650〕身上事。

馬上丟了。

〔庚辰夾批650〕隨口謊言。

你的同寶姑娘的一樣。

〔甲戌夾批241b〕金姑玉郎是這樣寫法。

我們不過是草木之人。

〔甲戌夾批242a〕自道本是絳珠草也。

只見寶玉在這裏呢。

〔甲戌夾批242b〕寶釵往王夫人處去，故寶玉先在賈母處，一絲不亂。

等日後有玉的方可結爲婚姻等語，所以總遠着寶玉。

〔甲戌夾批243a〕此處表明以後二寶文章，宜換眼看。

〔甲戌眉批243a〕峯巒全露，又用烟雲截斷，好文字。

只見臉若銀盆，眼似水杏，唇不點而紅，眉不畫而翠。

〔甲戌夾批243a〕太白所謂「清水出芙蓉」①。

比黛玉另具一種嫵媚風流，不覺就獃了。

---

① 「李太白詩集」卷十：「經喪亂後，天恩流夜郎，憶舊遊書懷，贈江夏韋太守良宰」長詩有「清水出芙蓉，天然去雕飾」之句。

〔甲戌夾批243b〕忘情，非獃也。

回末總評

〔甲戌244a〕「茜香羅」、「紅麝串」寫於一回，棋官雖係優人，後回與襲人供奉玉兄寶卿得同終始者，非泛泛之文也。（庚辰627、有正1013作回前總批，參頁五三三）

自「聞曲」回①以後回回寫藥方，是白描顰兒添病也。（庚辰627、有正1013作回前總批，參頁五三三）

前「玉生香」回②中顰云，他有金，你有玉，他有冷香，你豈不是該有煖香，是寶玉無藥可配矣。今顰兒之劑若許材料皆係滋補熱性之藥，兼有許多奇物，而尚未擬名，何不竟以煖香名之，以代補寶玉之不足，豈不三人一體矣。（庚辰636作眉批，參頁五四一）

寶玉忘情露於寶釵是後回累累忘情之引。（參頁五三四靖藏特批）

茜香羅暗繫於襲人腰中，係伏線之文。（參頁五三四靖藏特批）

〔王府24a〕世間最苦是癡情，不遇知音休應聲。盟誓已成了，莫遲誤今生。（有正1062同）

---

① 第二十三回。

② 第十九回。

第二十九回　享福人福深還禱福　惷情女情重愈斟情

回前總批

〔庚辰657〕清虛觀，賈母鳳姐原意大適意大快樂，偏寫出多少不適意事來，此亦天然至情至理必有之事。（王府0a、有正1063「多少」作「多少小」）

二玉心事，此回大書，是難了割，卻用太君一言以定，是道悉通部書之大旨。（王府0a、有正1063同）

回末總評

〔王府21a〕一片哭聲，總因情重。金玉無言，何可爲證（有正1106同）

第三十回　寶釵借扇機帶雙敲　椿齡劃薔癡及局外

回前總批

〔庚辰685〕指扇槁雙玉，是寫寶釵金蟬脫殼。

銀釵畫薔學，是癡女夢中說夢。

腳踢襲人，是斷無是理，竟有是事。（王府0a、有正1107三句併作一批，「槁」作「敲」，「學」作「字」，「癡」作「寫癡」。有正「指」作「借」，「銀釵」作「銀簪」）

〔靖藏〕無限文字，癡情畫薔，可知前緣有定，(非)(人)(力)強求〔人〕〔力〕〔非〕。（原註：恐有缺字）

寶玉見他摔了帕子來，忙接住拭了淚。

〔甲辰3b〕寫盡寶黛無限心曲，假使聖歎見之，正不知批出多少妙處。

回末總評

〔王府15a〕愛眾不常，多情不壽。風月情懷，醉人如酒。（有正1136同）

第三十一回　撕扇子作千金一笑　因麒麟伏白首雙星

回前總批

〔己卯423〕「撕扇子」是以不知情之物供姣嗔，不知情時（事）之人一笑，所謂「情不情」。（庚辰707同。有正1137「姣」作「嬌」。王府0a同。王府、有正與下批合一）

金玉姻緣已定，又寫一金麒麟，是間色法也，何顰兒爲其所惑，故顰兒謂「情情」。（庚辰707「惑」作「感」。王府0a、有正1137同，與上批合一）

回末總評

〔己卯445〕後數十回若蘭在射圃所佩之麒麟，正此麒麟也。提綱伏於此回中，所謂草蛇灰線在千里之外。（庚辰729、王府18a、有正1172同）

第三十二回　訴肺腑心迷活寶玉　含恥辱情烈死金釧

回前總批

〔己卯224a〕前明顯祖湯先生有懷人詩一截，讀之堪合此回，故錄之以待知音：無情無盡卻情多，情到無多得盡麼。解到多情情盡處，月中無樹影無波。①（庚辰731、王府0a同。有正1173「截」作「絕」，末句作「月中無影水無波」）

如今大了，就拿出小姐的款來。

〔王府夾批1b〕大家風範，情景逼真。

一面說，一面打開手帕子，將戒指遞與襲人。

〔王府夾批2a〕心中意中，多少情致。

這些姐姐們，再沒一個比寶姐姐好的，可惜我們不是一個娘養的。

① 「所引湯顯祖七絕，確見玉茗堂詩之九，題為『江中見月懷達公』。按達公指廬山歸宗寺僧真可。真可字達觀，號紫柏。」（周汝昌「紅樓夢新證」頁九八七）

〔王府夾批2b〕感知己之一歎。

說着眼睛圈兒就紅了。

〔王府夾批2b〕千古同概。

見了你林妹妹又不知怎麼了。

〔王府夾批3a〕豪爽情形如畫。

你難道不知道，我們這屋裏的針線是不要那些針線上的做的。

〔王府夾批3a〕「我們這屋裏」等字，精神活跳。

襲人道，倒也不知道。

〔王府夾批3b〕反襯疊起，靈活之至。

我纔說了是你做的，他後悔的什麼似的。

〔王府夾批4a〕描神。

一面抱怨道，有老爺和他坐着就罷了。

〔王府夾批4b〕原本煩俗。

寶玉道，罷，罷。我也不敢稱雅，俗中又俗的一個俗人，並不願同這些人往來。

〔王府夾批5a〕我也不知寶玉是雅是俗，請諸同類一擬。

襲人道，雲姑娘，快別說這話。

〔王府夾批5a〕此際不同湘雲一語，湘雲也實難出一語。

眞眞寶姑娘敎人敬重，自己趔了一會子去了。

〔王府夾批5b〕襲人善解忿（紛）。

林姑娘從來說過這些混賬話不曾，若他也說過這些混賬話，我早和他生分了。

〔王府夾批5b〕花愛水明清，水憐花色鮮。浮落雖同流，空惹魚龍涎。

襲人和湘雲都點頭笑道，這原是混賬話。

〔甲辰5b〕寫足憨寶玉，殊可發一大笑。

你縱爲我知己，奈我薄命何，想到此間，不禁滾下淚來。

〔王府夾批7a〕普天下才子佳人英雄俠（士）都同來一哭！我雖愚濁，也願同聲一哭！

便忙趕上來笑道，妹妹往那裏去，怎麼又哭了，又是誰得罪了你。

〔王府夾批7a〕關心情致。

你又要死了，作什麼這麼動手動腳的。

〔王府夾批7b〕嬌羞態（態）。

一面說，一面禁不住近前伸手替他拭面上的汗。

〔王府夾批7b〕痴情態（態）。

寶玉瞅了半天，方說道，你放心三個字。

〔王府夾批7b〕連我今日看之也不懂，是何等文章。

好妹妹，你別哄我，果然不明白這話，不但我素日之意白用了，且連你素日待我之意也都辜負了。

〔王府夾批8a〕第二層。

但凡寬慰些，這病也不得一日重似一日。

〔王府夾批8a〕眞疼眞愛眞憐眞惜中，每每生出此等心病來。

竟有萬句言語，滿心要說，只是半個字也不能吐，卻怔怔的望着他。

〔王府夾批8b〕何等神佛開慧眼，照見衆生業障，爲現此錦誘（綉）文章，說此上乘功德法。

林黛玉只咳了一聲，兩眼不覺滾下淚來，回身便要走。

〔王府夾批8b〕下筆時用一「走」，文之大力，孟賁①不若也。

寶玉望着，只管發起獃來。

〔甲辰8b〕兒女之情畢露，至此極矣。

別是想起什麼來生了氣，叫出去教訓一場。

〔王府夾批10a〕偏是近。

想其形景來，自然從小兒沒爹娘的苦，我看着他也不覺的傷起心來。

〔王府夾批11a〕眞是知己，不罔湘雲前言。

且在別處能。

〔甲辰10b〕叶音。

偏生我們那個牛心左性的小爺，憑着小的大的活計，一概不要家裏這些活計上的人作。

〔王府夾批11b〕多情的嘗（常）有這樣「牛心左性」之癖。

---

① 戰國時勇士，或謂衛人或謂齊人。「孟子・公孫丑上」正義引「帝王世紀」：「秦武王好多力之士，齊孟賁之徒並歸焉。孟賁生拔牛角，是謂之勇士也。」

說不得我只好慢慢累去罷了。

〔王府夾批11b〕痴心的情愿。

襲人聽說，點頭讚嘆，想素日同氣之情，不覺流下淚來。

〔王府夾批12a〕又一哭法。

獨有王夫人在裏間房內坐着垂淚。

〔王府夾批12b〕又一哭法。

你從園中來，可見你寶兄弟。寶釵道，纔倒看見他穿了衣服出去了，不知那裏去。

〔王府夾批12b〕世人多是凡事欲瞞人，偏不意中將要着鬬（逗）露。理之所無而事則多有，何也？

豈有這樣大氣的理。總然有這樣大氣，也不過是個糊塗人，也不爲可惜。

〔王府夾批13a〕善勸人，大見解。惜乎不知其情，雖精（金）美玉之言，不中奈何！

王夫人正纔說他，因寶釵來了，卻掩了口不說了。

〔王府夾批14a〕雲龍現影法，可愛煞人。

回末總評

〔王府15a〕世上無情空大地，人間少愛景何窮。其中世界其中了，含笑同歸造化功。（有正1203同）

襲人湘雲黛玉寶釵等之愛之哭，各具一心，各具一見；而寶玉黛玉之痴情痴性，行文如繪，眞是現身說法，豈三家村老學究之可能夢見者，不禁炷香再拜。（有正1203同）

第三十三回　手足耽耽小動唇舌　不肖種種大受笞撻

回前總批

〔王府0a〕富貴公子，侯王應襲，容易在紅粉場中作罪。風流情性，詩賦文詞，偏只爲鶯花路間留滯。笑嘻嘻，哭啼啼，總是一般情事。（有正1205同）

恨不得此時也身亡命殞，跟了金釧兒去。

〔王府夾批1b〕眞有此情，眞有此理。

一定是在那裏，我且去我一回……賈政此時氣的目瞪口歪。

〔王府夾批4a〕寶玉其人，愛之有餘，豈可撻者。用此等文章逼之，能不使人肝膽憤烈（裂），以成下文之嚴酷耶？

說到這裏，便回頭四顧。

〔王府夾批5a〕如畫。

拉着太太的丫頭金釧兒強姦不遂，打了一頓。那金釧兒便賭氣投井死了。

〔王府夾批5b〕再逼下文，有不得不盡情若（苦）打之勢。再逼下（按「再逼下」三字抄在行末，「文」等十一字應過行，却誤抄在此三字同一行，且在此三字之上）

也免得上辱先人，下生逆子之罪。

〔王府夾批5b〕一激再激，實文實事。

那賈政喘吁吁的直挺挺坐在椅子上，滿面淚痕。

〔王府夾批6a〕爲天下父母一哭。

太太又賞了衣服又賞了銀子，怎麼不了事的。

〔王府夾批6b〕寫老妓（婆）子愛說無要緊的說（話），眞如見其入，如聞其聲。

也不暇問他在外流蕩，優伶表贈私物……只喝命堵起嘴來，着實打死。

〔王府夾批6b〕了結得靈活。

也不顧有人沒人，忙忙赶往書房中來。

〔王府夾批7b〕爲天下慈母一哭。

打死寶玉事小，倘或老太太一時不自在了，豈不事大。

〔王府夾批7b〕父母之心，昊天罔極。賈政王夫人易地則皆然。

到底在陰司裏得個依靠。

〔己卯476〕未喪母者來細玩，旣喪母者來痛哭。（〔庚辰760〕、〔王府8a〕、〔有正1221〕同）

〔王府夾批8a〕使人讀之，聲哽咽而淚雨下。
王夫人哭着賈珠的名字。
〔王府夾批8b〕慈母如畫。
只見窗外顫巍巍的聲氣說道，先打死我，再打死他，豈不乾淨了。
〔王府夾批9a〕老人家形影活現。
賈政上前躬身陪笑道，大暑熱天，母親有何生氣，親自走來。有話只該叫了兒子進去吩咐。
賈母聽說，便止住步，喘息一回，厲聲道。
〔王府夾批9a〕大家規模，一絲不亂。
我說了一句話，你就禁不起；你那樣下死手的板子，難道寶玉就禁得起了。
〔王府夾批9b〕偏是有理。
你說教訓兒子，是光宗耀祖，當初你父親是怎麼教訓你來。
〔王府夾批9b〕如此碍犯文字，隨景生情，毫無牽滯。
早有丫環媳婦等上來要攙寶玉，鳳姐便駡道……還不快進去把那籐屜子春凳抬出來呢。
〔王府夾批10b〕能事者自不凡。
賈政聽了，也就灰心自悔，不該下毒手打到如此地步。
〔王府夾批11a〕天下作父兄者教子弟時，亦當留意。
賈母含淚道，你不出去，還在這裏做什麼。難道於心不足，還要跟着看他死了纔去不成。賈政聽說，方退了出去。

〔王府夾批11a〕遣之有法。

自己揷不下手去，便越性走出來，到二門前，命小厮們找了焙茗來細問。

〔王府夾批11b〕各自有各自一番作用。

回末總評

〔王府13a〕嚴酷其刑以敎子，不情中十分用情。牽連不斷以思婢，有恩處一等無恩。嚴父慈母一般愛子，親優溺婢總是乖淫。濛頭花柳，誰解春光，跳出樊籠，一場笑話。（有正1230「濛」作「蒙」）

第三十四回　情中情因情感妹妹　錯里錯以錯勸哥哥

回前總批

〔王府0a〕兩條素怕，一片眞心，三首新詩，萬行珠淚。襲卿高見動夫人，薛家兄妹空爭氣。自古道，情是苦根苗，慧性靈心的，回頭須早。（有正1231「怕」作「帕」）

只見寶釵手裏托着一丸藥走進來，向襲人說道，晚上把這藥用酒研開，替他敷上。

〔王府夾批1b〕請問是關心不是關心？

便點頭嘆道，早聽人一句話，也不至今日。

〔王府夾批2a〕同襲人語。

自悔說的話急速了，不覺紅了臉，低下頭來。

〔王府夾批2a〕行雲流水語，微露半含時。

假若我一時竟遭殃横死，他們還不知是何等悲感呢。

〔王府夾批2b〕得過知己者，多生（此）等癡思癡喜。

可見在我們身上也算是用心了。

〔王府夾批3a〕天下古今英雄，同一感慨。

襲姑娘從小兒只見寶兄弟這麼樣細心的人。

〔王府夾批3b〕心頭口頭，不覺透露。

方纔我拿了藥來，交給襲人，晚上敷上，管就好了。

〔王府夾批4a〕何等關心。

你只勸他好生靜養，別胡思亂想的就好了。

〔王府夾批4a〕的確眞心。

將來對景，終是要吃虧的。

〔王府夾批4a〕要緊。

我這個樣兒，只粧出來哄他們，好在外頭佈散與老爺聽。其實是假的，你不可認眞。

〔王府夾批5a〕有這樣一段語（話），方不沒滅〔頻〕皁（顰）兒之痛哭眼腫，英雄失足，每每至死不改，皆猶此耳。

你從此可都改了罷。

〔王府夾批5b〕心血淋漓，釀成此數字。

我便爲這些人死了，也是情愿的，況已是活過來了。

〔王府夾批5b〕文氣斬節（截）。

你睄睄我的眼睛，又該他去笑開心呢。

〔王府夾批5b〕不避嫌疑，不惜聲名，破格牽連，誠爲可嘆，着實可憐。

襲人忙迎出來，悄悄的笑道，嬸嬸們來遲了一步，二爺纔睡着了。說着，一面帶他們到那邊房裏坐了，倒茶與他吃。

〔王府夾批6a〕襲卿善詞令，會週旋。

太太叫人，你們好生在房裏，我去了就來。

〔王府夾批6b〕身任其責，不憚勞煩。

恐怕太太有什麼話吩咐，打發他們來一時聽不明白，倒耽悞了。

〔王府夾批6b〕能事，解事，能了事。

寶姑娘送去的藥，我給二爺敷上了，此先好些了。

〔王府夾批7a〕補足。

因此我勸了半天，纔沒吃。

〔王府夾批7a〕能事處。

王夫人一聞此言，便合掌念聲阿彌陀佛。

〔王府夾批8b〕能了事處。

由不得趕着襲人叫了一聲我的兒。

〔王府夾批8b〕襲卿之心，所謂「良人所仰望而終身也」①。今若此，能不痛哭流泣(涕)，

①語見「孟子・離婁下」「齊人有一妻一妾」一段，參頁一〇一註①。

以成此語。

端的吃了虧纔罷了。若打壞了，將來我靠誰呢。

〔王府夾批9a〕變轉之句，勉強之言，眞體貼盡溺愛之心。

只是我怕太太心疑，不但我的話白說了，且連葬身之地都沒了。

〔王府夾批9b〕打進一層。非有前項如許講究，這一層卽爲唐突了。

雖說是姨妹們，到底是男女之分，日夜一處起坐不方便，由不得叫人懸心。

〔王府夾批10b〕遠慮近憂，言言字字，眞是可人。

但二爺一生的聲名品行，豈不完了。

〔王府夾批11a〕襲卿愛人以德，竟至如此，字字逼來，不覺令人敬聽。看官自省，切（不）可闊略，戒之。

我竟不知道你這樣好罷了。你且去罷，我自有道理。

〔王府夾批11b〕溺愛者偏會如此說。

寶玉便命晴雯來。（列藏作「寶玉便悄命晴雯」）

〔己卯249a〕前文晴雯放肆，原有把柄所恃也。（〔庚辰778〕同。〔王府12a〕、〔有正1255〕、〔列藏〕「恃」作「持」）

晴雯聽了，只得拿了帕子往瀟湘館來，只見春纖正在欄杆上晾手帕子。

〔王府夾批12b〕送的是手帕，晾的是手帕，妙文。

話未說了，把個寶釵氣怔了，拉住薛姨媽哭道，媽媽，你聽哥哥說的什麼話。

〔王府夾批17b〕揷寫薛蟠，不過要補足寶釵告襲人前項之言。

黛玉見他無精打彩的去了，又見眼上有哭泣之狀，大非往日可比，便在後面笑道，姐姐也自保重些兒，就是哭出兩缸眼淚來，也醫不好棒瘡。

〔王府夾批18a〕自己眼腫爲誰？偏是以此笑人，世間人多犯此症。

回末總評

〔王府19a〕人有百折不回之眞心，方能成曠世稀有之事業。寶玉意中諸多輻輳，所謂「求仁得仁，何怨」①。凡人作臣作子，出入家廷廊廟，能推此心此志，何患忠孝之不事業之不立耶。（有正1268「廷廊」作「庭廊」，「忠孝之不」作「忠孝之不全」）

---

① 參頁九〇註①。

第三十五回　白玉釧親嘗蓮葉羹　黃金鶯巧結梅花絡

回前總批

〔王府0a〕情因相愛反相傷，何事人多不揣量，黛玉徘徊還自苦，蓮羹甘受使兒枉。（有正1269「枉」作「狂」）

如今雖然是五月裏天氣熱，倒底也該還小心些。

〔王府夾批2a〕閨中相憐之情，令人羨慕之至。

那鸚哥便長嘆一聲，……接着念道，……「一朝春盡紅顏老，落花人亡兩不知」。黛玉紫鵑聽了，都笑起來。

〔王府夾批2b〕哭成的句字（子），到今日聽了，竟作一場笑話。

從今以後，我再不同他們一處吃酒閑侹如何。

〔王府夾批6a〕親生兄妹，形景逼眞貼切。

眼睛裡禁不起也滾下淚來。

〔王府夾批4b〕又是一樣哭法，不過是情之所至。

薛蟠道，妹妹的項圈我瞧瞧只怕該炸炸去了。……寶釵道，連那些衣服我還沒穿遍了，又作什麼。

〔王府夾批5a〕一寫骨肉悔過之情，一寫本等貞靜之女。

鳳姐先忙着要乾淨傢伙來替寶玉揀菜。

〔王府夾批10b〕家庭之間，亦復如此。

說着，便命一個婆子來，將湯餅等類放在一個捧盒裡，命他端了跟着。

〔王府夾批11a〕大家氣派。

玉釧便向一椅子坐了，鶯兒不敢坐下。

〔王府夾批11a〕兩人不一樣寫，眞是各進其文於後。

襲人便忙端了個腳踏來，鶯兒還不敢坐。

〔王府夾批11a〕寶卿之婢，自應與衆不同。

襲人見把鶯兒不理，恐鶯兒沒好意思。

〔王府夾批11b〕能事者。

寶玉便覺沒趣，半日只得又陪笑問道。

〔王府夾批11b〕何等幽（涵）度。

寶玉見他還是這樣哭喪，便知他是爲金釧兒的原故，……又見人多不好下氣的。

〔王府夾批12a〕金釧兒如若有知，敢（當）何等感激。

自己到不好意思的了，臉上方有三分喜色。

〔王府夾批12a〕我看到此處，也着實不過意。

玉釧見他這般，忍不住起身說道，淌下罷，那世裡造了業的，這會子現世現報，教我那一個眼睛看的上。

〔王府夾批12b〕偏于此間寫此不情之態，以表白多情之苦。

寶玉只管陪笑央求要吃，玉釧兒又不給他。

〔王府夾批13a〕寫盡多情人無限委屈柔腸。

恐薄了傅秋芳。

〔己卯522〕痴想。（〔庚辰802〕同。王府13b、有正1296作正文）

傅秋芳一段。

〔王府夾批13b〕大抵諸色非情不生，非情不合。情之表見于愛，愛衆則心無定象。心不定則諸幻叢生，諸魔蜂起，則汲汲乎流于無情。此寶玉之多情而不情之案，凡我同人其留意。

寶玉自己燙了手，倒不覺的，卻只管問玉釧兒燙了那裡了，痛不痛。玉釧兒合衆人都笑了。

〔王府夾批14b〕多情人每于苦惱時不自覺，反說彼家苦惱，愛之至，惜之深之故也。

愛惜東西起來連個線頭兒都是好的，遭榻起來，那怕值千值萬的都不管了。

〔王府夾批15a〕如人飲水，冷煖自知，其中深意味，豈能持告君。

兩個人一面說，一面走出園來，辭別諸人回去，不在話下。（庚辰「諸」作「眾」）

〔己卯524〕寶玉之為人，非此一論，亦描寫不盡；寶玉之不肖，非此一鄙，亦形容不到。試問作者是醜寶玉乎，是讚寶玉乎。試問觀者是喜寶玉乎，惡寶玉乎。（〔庚辰804〕同。〔王府15b〕、〔有正1300〕「惡」作「嫌」）

寶玉笑道，好姐姐，你閑着也沒事，替我打了罷。

〔王府夾批15b〕富家子弟每多有如是語，只不自覺耳。

襲人笑道，有客在這裡，我們怎好去的。

〔王府夾批16b〕人情物理，一絲不亂。

我常常和襲人說，明兒不知那一個有福的消受你們主子奴才兩個呢。

〔王府夾批17a〕是有心，是無心。

鶯兒笑道，我告訴你，你可不許告訴他去。

〔王府夾批17a〕閨房閒話，着實幽韻。

寶釵抿嘴一笑道，這就不好意思了，明兒還有比這個更叫你不好意思的呢。

〔王府夾批18a〕寶玉（釵）之慧性靈心。

回末總評

〔王府20a〕此回是以情說法，警醒世人。黛玉因情凝思默度，忘其有身，忘其有病。而寶玉千屈萬折，因情忘其尊卑，忘其痛苦，並忘其性情。愛何之深無底，何可泛濫，一溺其中，非死不止。且汎愛者不專，新舊疊增，豈能盡了，其多情之心不能不流于無情之地。究其立意，倏忽千里而不自覺，誠可悲夫。（有正1308同）

第三十六回　繡鴛鴦夢兆絳芸軒　識分定情語梨花院

回前總批

〔己卯531〕「絳芸軒夢兆」是金針暗度法。夾寫月錢是爲襲人漸入金屋地步。「梨香院」是明寫大家蓄戲，不免奸淫之陋，可不愼哉，愼哉。（庚辰811「地步」作「步位」。王府18a、有正1343此段作回末總評，參頁五七四）

〔王府0a〕造物何嘗作主張，任人稟受福修長。「劃薔」①亦自非容易，解得臣忠子也良。（有正1309同）

因此禍延古人，除四書外，竟將別的書焚了。

〔王府夾批2a〕寶玉何等心思，作者何等意見，此文何等筆墨。

如今且說王鳳姐自見金釧死後，忽見幾家僕人常來孝敬他些東西，又不時的來請安奉承。

① 第三十回。

〔王府夾批2a〕爲當塗（途）人一笑。

送什麼來我就收什麼，橫竪我有主意。

〔王府夾批3a〕確見高論，而其心思則不可問矣。任事者戒之。

先時在外頭關，那個月不打飢荒，何曾順順溜溜的過一遭兒。

〔王府夾批4b〕能事能言。

把我每月的月例二十兩銀子裡，拿出二兩銀子一吊錢來給襲人。

〔王府夾批5b〕寫盡慈母苦心。

你們那裏知道襲人那孩子的好處。

〔己卯539〕「孩子」二字愈見視熱，故後文連呼二聲「我的兒」。（〔庚辰819〕、〔王府6a〕、〔有正1321〕「視」作「親」。王府「兒」作「兒子」）

比我的寶玉強十倍。

〔己卯539〕忽加「我的寶玉」四字，愈令人墮淚。加「我的」二字者，是明顯襲人是彼的。然彼的何如此好，我的何如此不好，又氣又愧，寶玉罪有萬重矣。作者有多少眼淚寫此一句，觀者又不知有多少眼淚也。（〔庚辰819〕「是彼」作「是被」，「愧」作「恨」。〔王府6a〕〔有正1321〕同）

能彀得他長長遠遠的伏侍他一輩子也就罷了。

〔己卯539〕眞好文字，此批得出者。（〔庚辰819〕、〔王府6a〕、〔有正1321〕「此批」作「寫」）

如今作了跟前人，那襲人該勸的也不敢十分勸了。全且渾着，等再過二三年再說罷。

〔王府夾批6b〕苦心。作子弟的讀此等文章，能不墮淚。

鳳姐把袖子挽了幾挽，踏着那角門的門檻子笑道。

〔王府夾批6b〕能事得意之人，如畫。

如今裁了丫頭的錢就報怨了咱們，也不想一想自己也配使兩三個丫頭。

〔王府夾批7a〕的真活現。

忙放下針線起身悄悄笑道，姑娘來了，我倒也不防唬了一跳。

〔王府夾批7b〕閒情閒景，隨便拈來，便是佳文佳話。

襲人向床上㧑嘴兒。

〔王府夾批8a〕妙形景。

脖子低的怪酸的，又笑道，姑娘，你略坐一坐，我出去走走就來。

〔王府夾批8b〕隨便寫來，有神有理，生出下文多少故事。

黛玉見寶釵綉鴛鴦一段。

〔王府夾批9b〕觸眼偏生碍，多心偏是痴，萬魔隨事起，何日是完時？

薛寶釵聽了這話，不覺怔了。

〔王府夾批9b〕情（請）問此「怔了」是囈語之故，還是囈語之意不妥之故？猜猜。

襲人且含糊答應，至夜間人靜，襲人方告訴，寶玉喜之不盡。

〔王府夾批10a〕「夜深人靜」時，不減長生殿風味。何等告法，何等聽法？人生不遇此等景況，實辜負此一生。

說了那麼些無情無義的生分話唬我。（王府、有正無「麼」字）

〔己卯544〕「唬」字妙。爾果條明決男子，何得畏女子唬哉。（〔庚辰824〕同。〔王府10b〕、〔有正1330〕「條」作「係」，無「畏」字）

難道作了強盜賊，我也跟着罷。再不然還有一個死呢。

〔王府夾批10b〕自古及今，大凡大英雄，大豪傑，忠臣孝子，至其眞極，不過一死。嗚呼，哀哉。

可知那些死的，都是沽名，並不知大義。

〔王府夾批12a〕此一段議論文武之死，眞眞確確，的非凡常可能道者。

只見齡官獨自倒在枕上，見他進來，文風不動。

〔王府夾批12b〕另有風味。

因問其所以，寶玉便說了，……心下納悶。

〔王府夾批13a〕非齡官不能如此作勢，非寶玉不能如此忍（耐）。其文冷中濃，其意韻而誠，有富貴不能移、威武不能屈之意。

就沒有想到這上頭，罷，罷，放了生，免免你的灾病。

〔王府夾批14a〕此一番文章從畫薔而來，薔之畫爲不謬矣。

寶玉見了這般景況，不覺痴了，這才領會了劃薔深意。

〔王府夾批14b〕點明。

昨夜說你們眼淚單葬我，這就錯了。

〔王府夾批15〕這樣悞（悟）了，才是眞悞（悟）。

寶玉還要往外逘。

〔己卯552〕每逢此時就忘却嚴父，可知前云「爲你們死也情愿」①不假。（〔庚辰832〕、〔有正1342〕同。〔王府16b〕「云」作「去」）

回末總評

〔王府18a〕「絳芸軒夢兆」是金針暗度法。夾寫月錢是爲襲人漸入金屋地步。「梨香院」是明寫大家蓄戲，不免奸淫之陋，可愼哉。（有正1343同。己卯531、庚辰811作回前總批，參五七〇）

① 第三十四回。

第三十七回　秋爽齋偶結海棠社　蘅蕪苑夜擬菊花題

回前總批

〔己卯553〕美人用別號，亦新奇花樣，且韻且雅，呼去覺滿口生香。起社出自探春意，作者已伏下回「興利除弊」①之文也。（庚辰833同。王府、有正「下回」作「下」，參下批之說明）

此回纔放筆寫詩寫詞作札，看他詩復詩，詞復詞，札又札，總不相放。（庚辰833「放」作「犯」。王府第三十八回0a、有正1393此二批爲三十八回之回前總批，且二批連寫。然所批爲本回，姑依其位置相近，繫爲本回回末總評，參頁五八七）

湘雲詩客也，前回寫之。其今才起社後，用不寂不離閑人數語數折，仍歸社中，何巧活之筆如此。（庚辰同。王府第三十八回0a、有正1393此批位置同前二批，參頁五八七）

〔王府0a〕海棠名詩社，林史傲秋闈。總有才八斗，不如富貴兒。（有正1345「總」作「縱」）

上托大人金福，竟認得許多花兒匠。（有正無「兒」字）

〔己卯557〕直欲噴飯，眞好新鮮文字。（〔庚辰837〕同。〔王府2b〕、〔有正1350〕「

---

① 第五十六回。

文字」作「之字」）

大人若視男是親男一般。（王府、有正「是」作「如」）

〔己卯557〕皆千古未有之奇文，初讀令人不解，思之則噴飯。（〔庚辰837〕同。〔王府2b〕、〔有正1350〕「則」作「則令人」）

男芸跪書。

〔王府3a〕一笑。（〔有正1351〕同。列藏、甲辰3a、己酉2b、程乙2b作正文）

〔甲辰3a〕接連二啟，字句因人而施，誠作者之妙。

只見寶釵黛玉迎春惜春已都在那里了。

〔己卯558〕却因芸之一字工夫，已將諸豔請來，省却多少閑文。不然，必云如何請，如何來，則必至有犯寶玉，終成重複之文矣。（〔庚辰838〕無「工」字。〔王府3a〕、〔有正1351〕「却」作「都」，「有犯」作「齊犯」，無「矣」字。王府「複」作「復」）

你不敢，誰還敢呢。

〔己卯558〕必得如此，方是妙文。（〔庚辰838〕、〔王府3b〕、〔有正1352〕同）

若也如寶玉說與頭說（話），則不是黛玉矣。（〔庚辰838〕同）

這是一件正緊大事，大家鼓舞起來，不要你謙我讓的，各有主意，自管說出來大家平章。（有正「緊」作「經」，「自管」作「儘管」）

〔己卯558〕這是「正緊大事」已妙，且曰「平章」更妙；的是寶玉的口角。（〔庚辰838〕同）

〔王府3b〕正緊大事已妙，且爲（謂）平章更妙。（〔有正1352〕「緊」作「經」）

寶釵道，你忙甚麼，人還不全呢。

〔己卯558〕妙，寶釵自有主見，眞不誣也。（〔庚辰838〕同）

〔王府3b〕寶釵自有主見。（〔有正1352〕同）

旣是三妹妹高興，我就幫你作興起來。

〔己卯558〕看他又是一篇文字，分叙單傳之法也。（〔庚辰838〕同。〔王府4a〕、〔有正1352〕無「看他」、「也」三字。王府「又」作「只」）

先把這些姐妹叔嫂的字樣改了才不俗。

〔己卯559〕看他寫黛玉，眞可人也。（〔庚辰839〕同）

〔王府4a〕黛玉可人也。（〔有正1353〕同）

何不大家起個別號，彼此稱呼則雅。

〔己卯559〕未起詩社，先起別號。（〔庚辰839〕、〔王府4a〕、〔有正1353〕同）

我是定了稻香老農，再無人占的。

〔己卯559〕最妙，一個花樣。（〔庚辰839〕同。〔王府4a〕、〔有正1353〕作「最妙」）

林黛玉低了頭，方不言語。（庚辰「低」作「抵」）

〔己卯559〕妙極，趣極。所謂「夫人必自侮然後人侮之」①，看因一謔便勾出一笑（美）

---

①「孟子・離婁上」：「……夫人必自侮然後人侮之，家必自毀而後人毀之，國必自伐而後人伐之。太甲曰：『天作孽，猶可違；自作孽，不可活。』此之謂也。」

號來，何等妙文哉。另一花樣。（〔庚辰840〕同）

〔王府5a〕所謂「夫人必自侮然後人侮之」①。看伊一謔便勾出一笑號來。（〔有正1355〕「笑」作「美」）

惜春迎春都忙問是什麼。（庚辰「忙問」作「問」）

〔己卯560〕妙文。迎春惜春故不能答言，然不便撕之不序，故插他二人問。試思近日諸豪宴集，雄語偉辯之時，坐上或有一二愚夫不敢接談，偏好問，亦可厭之事也。（〔庚辰840〕無末「也」字）

〔王府5a〕迎春惜春故不能答言，然不便撕之不序，故挿他二人問。近日諸豪宴集之時，坐上或有一二愚夫不敢接談，偏好問，亦可厭之事也。（〔有正1355〕「故」作「固」，「撕」作「置」）

寶玉道，我呢，你們也替我想一個。

〔己卯560〕必有是問。（〔庚辰840〕同）

「無事忙」三字恰當的狠。（有正「三」作「忙」。「恰」王府作「怜」，有正作「確」）

〔己卯560〕眞恰當，形容的盡。（〔庚辰840〕同）

〔王府5a〕果眞恰當，刑客的畫。〔有正1355〕作「果眞確當，形容的盡」）

你還是你的舊號「絳洞花主」就好。（「主」庚辰作「王」，王府作「玉」）

① 見上頁註①。

〔己卯560〕妙極，又點前文。通部中從頭至末，前文已過者恐去之冷落，使人忘懷，得便一點；未來者恐來之突然，或先伏一線，皆行文之妙訣也。（〔庚辰840〕同）

〔王府5a〕又點前文。通過（部）中從頭至末，與後文先伏一線，行文妙絕。（〔有正1355〕同）

小時候幹的營生還提他作什麼。

〔己卯560〕赧言如聞，不知大時又有何營生。（〔庚辰840〕同）

〔王府5b〕赦顏如聞。（〔有正1256〕「赦」作「赧」）

我們愛叫你什麼，你就答應着就是了。

〔己卯560〕更妙，若只管挨次一個一個亂起，則成何文字。另一花樣。（〔庚辰840〕同，二批連寫）

〔王府5b〕只挨次一個一個亂起，便不成文。（〔有正1355〕同）

我們又不大會詩，白起個號作什麼。（庚辰「會」字旁加「作」字。王府「詩」作「作詩」）

〔己卯561〕假斯文守錢虜來看這句。（〔庚辰841〕同）

〔王府5b〕假斯文。（〔有正1356〕同）

方才我來時，看見他們抬進兩盆白海棠來，到是好花，你們何不就咏起他來。（王府、有正「他來」作「來」）

〔己卯563〕真正好題，妙在未起詩社，先得了題目。〔庚辰843〕同）

〔王府7b〕真正好題。（〔有正1360〕同）

若都是等見了作，如今也沒這些詩了。（王府、有正「等」作「看」。王府「作」作「才作」）

〔己卯563〕眞詩人語。（〔庚辰843〕同。〔王府7b〕、〔有正1360〕「語」作「話」）

獨黛玉或撫梧桐，或看秋色，或又和丫環們嘲笑。（王府無「獨」字）

〔己卯564〕看他單寫黛玉。（〔庚辰844〕、〔王府8b〕、〔有正1361〕同）

如香燼未成，便要罰。

〔己卯564〕好香，耑能撰此新奇字樣。（〔庚辰844〕同。按此批乃批前文「甜夢香」者，安錯了位置）

〔王府8b〕好香。（〔有正1362〕同）

稻香老農雖不善作，卻善看，又最公道。

〔己卯565〕理豈不公。（〔庚辰845〕同）

珍重芳姿晝掩門。

〔己卯565〕寶釵詩全是自寫身分，諷刺時事，只以品行爲先，才技爲末。纖巧流蕩之詞，綺靡穠豔之語，一洗皆盡，非不能也，屑而不爲也。最恨近日小說中，一百美人詩詞語氣，只得一個豔稿。（〔庚辰845〕同。〔王府9b〕、〔有正1364〕同，到「才技爲末」止）

冰雪招來露砌魂。

〔己卯565〕看他清潔自厲，終不肯作一輕浮語。（〔庚辰845〕同。〔王府9b〕、〔有正

1364〕同，至「自厲」止）

淡極始知花更艷。

〔己卯565〕好極，高情巨眼能幾人哉，正「一鳥不鳴山更幽」①也。（〔庚辰845〕同。〔王府9b〕、〔有正1364〕同，無末句）

愁多焉得玉無痕。

〔己卯565〕看他諷刺林寶二人，省手。（〔庚辰846〕同。〔有正1364〕「林寶」作「寶黛」。〔王府9b〕、有正無「省手」二字）

欲償白帝憑清潔。

〔己卯565〕看他收到自己身上來，是何等身分。（〔庚辰846〕「收到自己」作「自己收到」）

〔王府9b〕看他諷刺林，收到自己身上，是何等身分。（〔有正1364〕同）

曉風不散愁千點。

〔己卯566〕這句直是自己一生心事。（庚辰846〕同）

宿雨還添淚一痕。

〔己卯566〕妙在終不忘黛玉。（〔庚辰846〕同）

清砧怨笛送黃昏。

---

① 王安石（一〇二一——一〇八六）「王文公文集」卷第六十四「鍾山絕句二首」其一曰：「澗水無聲繞竹流，竹西花草弄春柔。茅檐相對坐終日，一鳥不鳴山更幽。」

〔己卯566〕寶玉再細心作，只怕還有好的，只是一心掛着黛玉，故手（平）妥不警也。（〔庚辰846〕同）

半捲湘簾半掩門。（王府「掩」作「揜」）

〔己卯566〕且不說花，且說看花的人，起的突然別致。（〔庚辰846〕同。〔王府10b〕、〔有正1366〕「別致」作「令人閱之有別致」）

碾冰爲土玉爲盆。

〔己卯566〕極妙，料定他自與別人不同。（〔庚辰846〕「自」作「白」。〔王府10b〕、〔有正1366〕無「極妙」、「自」三字）

月窟仙人縫縞袂，秋閨怨女試（拭）啼痕。

〔己卯567〕虛敲傍比，眞逸才也，且不脫落自己。（〔庚辰847〕同）

嬌羞默默同誰訴，倦倚西風夜已昏。

〔己卯567〕看他終結到自己。一人是一人口氣。逸才仙品固讓顰兒，溫雅沉着終是寶釵，今日之作，寶玉自應居末。（〔庚辰847〕「到」作「道」）

我的那首原不好了，這評的最公。（王府、有正無「了」字）

〔己卯567〕話內細思，則似有不服先評之意。（〔庚辰847〕同）

〔王府11a〕似有不服之心。（〔有正1367〕同）

當下別人無話。

〔己卯568〕一路總不大寫薛林興頭，可見他二人並不着意於此。　不寫薛林，正是大手

筆，獨他二人長於詩，必使他二人爲之則板腐矣。全是錯綜法。（〔庚辰848〕同）

〔王府11b〕一路總不大寫薛林興頭，可見他二人不着意與此。不寫薛林，正是大手筆，是錯綜法。（〔有正1368〕「與」作「於」）

且說襲人。

〔己卯568〕忽然寫到襲人，眞令人不解，看他如何終此詩社之文。（〔庚辰848〕同）

〔王府11b〕忽然寫入妙襲人，看他如何終此詩社。（〔有正1368〕同）

拿碟子盛東西與史湘雲送去。

〔己卯569〕線頭却牽出，觀者猶不理會。　不知是何碟何物，令人犯思奪。（〔庚辰849〕無「會」字。〔王府12b〕、〔有正1370〕「牽」作「索」，無「猶」字，「奪」作「索」，二批連寫）

卻見隔子上碟槽空着。（庚辰「隔」作「槅」）

〔己卯569〕妙極，細極，因此處係古董式樣區成槽子，故無此件此槽遂空，若忘却前文，此句不解。（「區」〔庚辰849〕、〔有正1370〕作「摳」，〔王府12b〕作「樞」。王府、有正「遂」作「隨」，「不解」作「不能解矣」。王府「忘」作「亡」）

他說這個碟子配上鮮荔枝才好看。「有正「枝」作「支」）

〔己卯569〕自然好看，原該如此。可恨今之有一二好花者，不肯像景而用。（〔庚辰850〕「肯」作「背」，「像」作「象」。〔王府13a〕、〔有正1371〕作「自然好看，原該如此」）

少輕狂罷，你們誰取了碟子來是正緊。（庚辰「緊」字改作「經」）

〔己卯572〕看他忽然夾寫女兒喁喁一段，總不脫落正事。所謂此書一回是兩段，兩段中却有無限事體，或有一語透至一回者，或有反補上回者，錯綜穿插，從不一氣直起直瀉至終爲了。（〔庚辰852〕「直」作「眞」）

叫過本處的一個老宋媽媽來。

〔己卯573〕宋，送也。隨事生文，妙。（〔庚辰853〕同。〔王府16a〕、〔有正1377〕無「妙」字）

里面裝是紅菱和雞頭。（庚辰、王府、有正「裝」作「裝的」，有正「頭」作「豆」）

〔己卯573〕妙。（〔庚辰853〕、〔王府16a〕、〔有正1377〕同）

再，前日姑娘說這瑪瑙碟子好，姑娘就留下頑罷。

〔己卯534〕妙，隱這一件公案。余想襲人必要瑪瑙碟子盛去，何必驕奢輕發如是耶。固（因）有此一案，則無怪矣。（〔庚辰853〕同）

心內早已和成，即用隨便的紙筆錄出。

〔己卯576〕可見起（越）是好文字，不管怎樣就有了；越用工夫越講究筆墨，終成塗雅。（〔庚辰856〕「究」作「完」）

〔王府18a〕可見是好文字，不管怎麽（就）有了。（〔有正1381〕同）

我卻依韻和了兩首。

〔己卯576〕更奇。想前四律已將形容盡矣，一首猶恐重犯，不知二者又從何處着筆。（〔庚辰856〕同）

〔王府18a〕更奇。想前四首已將形容盡矣，二首不知從何處提筆。（〔有正1381〕「二」作「此二」，「提」作「着」）

〔靖藏眉批〕觀湘雲作海棠詩，如見其嬌憨之態。是乃實有〔非〕〔作〕其事，（非）（作）者杜撰也。

神仙昨日降都門。

〔己卯576〕落想便新奇，不落彼四套。（〔庚辰856〕同。〔王府18b〕、〔有正1382〕作「落想便新奇」）

種得藍田玉一盆。

〔己卯567〕好，「盆」字押得更穩，總不落彼三（四）套。（〔庚辰856〕同。〔王府18b〕、〔有正1382〕作「押得穩」）

自是霜娥偏愛冷。（「霜」王府作「孀」，有正作「素」。王府「愛」作「耐」）

〔己卯576〕又不脫自己將來形景。（〔庚辰856〕同。〔王府18b〕、〔有正1382〕無「又」字）

秋陰捧出何方雪。

〔己卯576〕拍案叫絕。壓倒羣芳，在此一句。（〔庚辰856〕同）

〔王府18b〕壓倒羣英，在此一句。（〔有正1382〕同）

豈令寂寞度朝昏。

〔己卯577〕眞好。（〔庚辰857〕同。〔王府18b〕、〔有正1383〕作「眞妙」）

也宜牆角也宜盆。

〔己卯577〕更好。（〔庚辰857〕同。〔王府19a〕、〔有正1383〕作「更妙」）

無奈虛廊夜色昏。（王府、有正「色」作「已」）

〔己卯577〕二首眞可壓卷。　詩是好詩，文是奇奇怪怪之文，總令人想不到，忽有二首未（來）壓卷。（〔庚辰857〕「未」作「末」）

〔王府19a〕二首眞可壓卷。是奇怪之文，總令人想不到，忽有二首壓卷。（〔有正1383〕同）

寶釵聽他說了半日，皆不妥當。

〔己卯577〕却於此刻方寫寶釵。（〔庚辰857〕、〔有正1384〕同。〔王府19b〕「於」作「與」，點去）

你說大爺好歹別忘了，我今兒已請下人了。（王府、有正「兒」作「日」）

〔己卯579〕必得如此叮嚀，阿獃兄方記得。（〔庚辰859〕同）

〔王府21a〕必得如此叮嚀獃子。（〔有正1387〕同）

回末總評

〔王府24a〕薛家女子何貞俠，總因富貴不須誇。發言行事何其嘉，居心用意不狂奢。世人若肯平心度，便解雲釵兩不暇。（有正1392同）

〔王府0a〕美人用別號，亦新奇花樣，且韵且雅，呼去覺滿口生香。起社出自探春意，作者已伏下「興利除弊」①之文也。此回纔放筆寫詩寫詞作札，看他詩復詩，詞復詞，札復札，總不相犯。（有正1393同。此批原置於第三十八回前，且標明「第三十八回」，然按其內容應爲批此回者。已卯553、庚辰833作回前總批，且分作二批，參頁五七五）

湘雲詩客也，前回寫之。其今才起社後，用不接不離閑人數語數折，仍歸社中，巧話之筆如此。（有正1393「接」作「郎」，「話」作「活」。此批位置同上批。已卯553、庚辰833作回前總批，參頁五七五）

---

① 第五十六回「敏探春興利除宿弊」。

第三十八回　林瀟湘魁奪菊花詩　薛蘅蕪諷和螃蟹咏

回前總批

〔己卯583〕題曰「菊花詩」、「螃蟹詠」，偏自太君前。阿鳳若許詼諧中不失體，鴛鴦平兒寵婢中多少放肆之迎合取樂，寫來似難入題，卻輕輕用弄水戲魚之看花等遊沅事、及王夫人云「這里風大」一句收位入題，並無纖毫牽強，此重作輕抹法也，妙極，好看煞。〔庚辰863「偏」作「偽」，「沅」作「玩」。王府0a、有正1393本回之回前總批實屬上回，故錄為第三十七回之回末總評，參頁五八七〕

須要擾他這雅興。〔庚辰「擾」字原作「提」，改作「領」〕

〔己卯585〕若在世俗小家，則云你是客在我們舍下，怎麼反擾你的。一何可笑。〔「庚辰865」「的」作「的呢」〕

〔王府1a〕若在世俗小家，則云你是客在我們家，怎麼反擾他（你）的，一發可笑。〔「有正1395」「一」作「益」〕

賈母因問那一處好。（庚辰「處」原作「位」，改爲「處地方」）

〔己卯585〕必如此問方好。（〔庚辰865〕、〔王府1a〕、〔有正1395〕同）

憑老太太愛在那一處就在那一處。

〔己卯585〕必是王夫人。如此答方好。（〔庚辰865〕「好」作「妙」。〔王府1a〕「夫」作「大」。〔有正1395〕同）

看着水，眼也清亮。

〔己卯585〕知者樂水，豈其然乎。（〔庚辰865〕、〔王府1b〕、〔有正1396〕同）

這竹子橋規矩是咯吱咯喳的。（王府「是」作「是這様」，「喳」作「查」）

〔己卯586〕如見其勢，如臨其上，飛走過者必形容不到。（〔庚辰866〕同。〔王府1b〕〔有正1396〕「飛」作「非」，無「必」字，「到」作「出」）

芙蓉影破歸蘭槳，菱藕香深寫竹橋。

〔己卯586〕妙極，此處忽又補出一處，不入賈政試才一回，皆錯綜其勢，不作一直筆也。（〔庚辰866〕、「又」作「有」，「勢」作「事」。〔王府2a〕、〔有正1397〕「直」作「眞」）

未及說完，賈母與眾人都笑軟了。

〔己卯587〕看他忽用賈母數語，閑閑又補出此書之前，似已有一部十二釵的一般，令人遙憶不能一見。余則將欲補出枕霞閣中十二釵來，定（豈）不又添一部新書。（〔庚辰867〕同）

〔王府3a〕看他忽用賈母語，閑閑又補出此書之前，似已有一部十二釵的一般。（〔有正1399〕同）

沒的到叫他從神兒似的作什麼。（王府、有正「到」作「倒」）

〔己卯588〕近之暴發專講理法，竟不知禮法，此似無禮，而禮法井井。所謂「整瓶不動半瓶搖」，又曰「習慣成自然」①，眞不謬也。（〔庚辰868〕「搖」作「接」。〔王府3b〕、〔有正1400〕「講理法」作「講禮法」，「禮法井井」作「禮井井」）

迎春又獨在花陰下拿着花針穿茉莉花。

〔己卯593〕看他各人各式，亦如畫家有孤聳獨出，〔則〕有攢三聚五，疏疏密密，直是一幅百美圖。（〔庚辰873〕同）

〔王府7b〕看他各人各式，如畫家有三聚五，疏疏疏密密，眞是一幅百美圖。（〔有正1408〕「三」作「攢三」、「疏疏疏」作「疏疏」）

拿起那烏銀梅花自斟壺來。

〔己卯593〕寫壺非寫壺，正寫黛玉。（〔庚辰873〕同。〔王府8a〕、〔有正1409〕作「非寫壺，正寫黛玉」）

揀了一個小小的海棠凍石蕉葉杯。

〔己卯593〕妙杯，非寫杯，正寫黛玉。「揀」字有神理。蓋黛玉不善飲，此任興也。（〔庚辰873〕同）

---

①「孔子家語・七十二弟子解」孔子答孟武伯問，謂「少成則若性也，習慣若自然也。」

〔王府8a〕「揀」字有神理。蓋黛玉不善飲，此天性也。（〔有正1409〕同）

便命將那合歡花浸的酒燙一壺來。（庚辰「命」作「令」）

〔己卯594〕傷哉，作者猶記矮䫜舫前以合歡花釀酒乎①，屈指二十年矣。（〔庚辰874〕同。〔王府8a〕「矮」作「諉」，「前」作「將」，「二十」作「已二十」，末有「傷哉」兩字）

便蘸筆至牆上把頭一個「憶菊」勾了，底下又贅了一個蘅字。

〔己卯594〕妙極，韻極。（〔庚辰874〕、〔王府8b〕、〔有正1410〕同）

把第八個「問菊」勾了，接着把第十一個「菊夢」也勾了，也贅一個瀟字。（庚辰兩「第」字俱旁加。王府、有正「也贅」作「寫」）

〔己卯594〕這兩個妙題，料定黛卿必喜，豈讓他人作去哉。〔（庚辰874〕、〔王府8b〕、〔有正1410〕「黛卿」作「黛玉」。庚辰「他人」作「人」。有正「豈」作「豈肯」。王府、有正無「哉」字）

我又不住着，借了來也沒趣。

〔己卯595〕近之不讀書暴發戶，偏愛起一別號，一笑。（〔庚辰875〕同）

〔王府9a〕近之不讀書者愛起一別號，可笑可笑。（〔有正1411〕同）

② 陳詔「紅樓夢小考」之八三「合歡花酒」條曰：合歡六月開花，微香，性平，味甘。功用主治：舒鬱、理氣、安神、活絡；治鬱結胸悶，失眠健忘，風火眼疾，跌打損傷疼痛等。據「四川中藥志」稱：「合歡花，一朵雲，泡酒服，能治眼霧不明。」（「集刊」第四輯，頁三七〇）

憶菊　蘅蕪君。

〔己卯595〕眞用此號，妙極。（〔庚辰875〕同）

這幾句罷了。（庚辰「罷」原作「還罷」，塗改作「就是」）

〔己卯600〕總寫寶玉不及，妙絕。（〔庚辰880〕同。〔王府14a〕、〔有正1421〕作「寶玉不及」）

今日持螯賞桂，亦不可無詩。

〔己卯600〕全是他忙，全是他不及，妙極。（〔庚辰881〕同）

〔王府14a〕總寫寶玉不及。（〔有正1421〕同）

說着，便忙洗了手，提筆寫出。

〔己卯601〕且莫看詩，只看他偏于如許一大回詩後，又寫一回詩，豈世人想的到的。（〔庚辰881〕同）

〔王府14a〕且莫看詩，只看他於詩後又寫詩，豈人世想的到的，奇極怪極。（〔有正1422〕同）

這樣的詩要一百首也有。

〔己卯601〕看他這一說。（〔庚辰881〕同。〔王府14b〕、〔有正1422〕「看他」作「可有」）

助情誰勸我千腸。（有正「腸」作「觴」）

〔王府15a〕不脫自己身分。（〔有正1423〕同）

回末總評

〔王府16a〕請看此回中，閨中兒女能作此等豪情韵事，且筆下各能自盡其性情，毫不乖舛，作者之錦繡口無庸贅瀆。其用意之深，奬勸之勤，讀此文者亦不得輕忽，戒之。（有正1425「錦」作「錦心」）

第三十九回　村姥姥是信口開河　情哥哥偏尋根究底

回前總批

〔王府0a〕只爲貧寒不揀行，當家趨入且逢迎，豈知着意無名利，便是三才最上乘。（〔有正1427〕「當」作「富」）

眾人見他進來，都忙站起來了。

〔己卯607〕妙文。上回是先見平兒後見鳳姐，此則先見鳳姐後見平兒也，何綜錯巧妙得情得理之至耶。（〔庚辰887〕「綜錯」作「錯綜」）

〔王府4b〕上回是先見平兒後見鳳姐，此又不同，何綜錯巧妙得情得理之至耶。妙妙。（〔有正1436〕「綜錯」作「錯綜」）

平兒因問，想是見過奶奶了。

〔己卯609〕寫平兒伶俐如此。（〔庚辰889〕同。〔王府6a〕、〔有正1439〕「平兒」作

「平兒到」。王府「伶俐」作「怜悧」）

又往窗外看天氣。（有正「氣」作「色」）

〔己卯609〕是八月中當開窗時，細緻之甚。（〔庚辰889〕同。〔王府6a〕、〔有正1439〕末多「也」字）

有兩個又跑上來趕着平兒叫姑娘。（庚辰「有兩個」作「又有兩個」。王府、有正「趕着」作「趕」）

〔己卯610〕想這一個姑娘非下稱上之姑娘也。按北俗以姑母曰姑姑，南俗曰娘娘，此姑娘定是姑姑娘娘之稱。每見大家風俗，多有小童稱少主妾曰姑姑娘娘者。按此書中若干人說話語氣及動用前照飲食諸賴（類），皆東西南北互相兼用，此姑娘之稱，亦南北相兼而用無疑矣。（〔庚辰890〕同）

〔王府7a〕想這一個姑娘非下稱上之姑娘也。按北俗以姑母曰姑姑，南俗曰姑娘，此定是姑姑娘娘之稱。每見大家有小童稱少主妾曰姑姑娘娘者。按此書中千家說話語氣及動用前照飲食諸類，皆東西南北互相兼用，此姑娘之稱亦南北相兼而用者無凝矣。（〔有正1441〕「千家」作「千人」，「前照」作「器物」、「凝」作「疑」）

還說我作了情，你今兒又來了。

〔己卯610〕分明幾回沒寫到賈璉，今忽閑中一語，便補得賈璉這邊天天鬧熱，令人却如看見聽見一般，所謂不寫之寫也。劉姥姥眼中耳中，又一番識面，奇妙之甚。（〔庚辰891〕同）

奶奶也不要了，就越性送他使罷。（庚辰「越」改作「索」）

〔己卯611〕交代過襲人的話。看他如此說，眞比鳳姐又甚一層，李紈之語不謬也。不知阿鳳何福得此一人。（〔庚辰891〕「何福」作「何等福」。〔王府7b〕、〔有正1442〕無「如此說，眞」四字）

彼時大觀園中姊妹們都在賈母前承奉。

〔己卯611〕妙極，連寶玉一併算入姊妹隊中了。（〔庚辰891〕同。〔王府8a〕、〔有正1443〕「妙極」二字在句末）

鳳姐兒站着正說笑。（庚辰「站」作「跕」）

〔己卯611〕奇奇怪怪文章，在川姥姥眼中以爲阿鳳至尊至貴，普天下人都該站着說，阿鳳獨坐才是，如何今見阿鳳獨站哉。眞妙文字。（〔庚辰892〕「川」作「劉」，「都」作「獨」）

〔王府8a〕奇文，都在劉姥姥眼中，以爲阿鳳至尊至貴，凡天下人都該站着，阿鳳獨坐纔是，如何令見阿鳳獨站着哉。眞正極妙文字。（〔有正1443〕「令」作「今」）

口裏說請老壽星安。

〔己卯611〕更妙，賈母之號何其多耶。在諸人口中則老太太，在阿鳳口中則曰老祖宗，在僧尼口中則曰老菩薩，在劉姥姥口中則曰老壽星者，去似有數人，想去則皆賈母，難得如此各盡其妙。劉姥姥亦善應接。（〔庚辰892〕「則老太太」作「則曰老太太」，「去似」作「却似」）

〔王府8a〕更妙，不知賈母之號何其多耶。眾人曰老太太，阿鳳曰老祖宗，僧曰老菩薩，姥姥曰老壽星，却似數人，想去則皆賈母，難得如此則各盡其妙。（〔有正1443〕「數」作「眾」）

那板兒仍是怯人，不知問候。

〔己卯612〕「仍」字妙，蓋有上文故也。不知教訓者來看此句。（〔庚辰892〕、〔王府8b〕、〔有正1444〕同）

老親家，你今年多大年紀了。

〔己卯612〕神妙之極。看官至此必愁賈母以何相稱，誰知公然曰老親家，何等現成，何等大方，何等有情理。若去作者心中編出，余斷斷不信。何也？蓋編得出者，斷不能有這等情理。（〔庚辰892〕「若去」作「若云」）

〔王府8b〕神妙之極。（〔有正1441〕同）

命給劉姥姥換上。（庚辰「命」作「令」）

〔己卯614〕一段鴛鴦身分權勢心機，口（只）寫賈母也。（〔庚辰894〕同）

〔王府10a〕鴛鴦身分寫出來了。（〔有正1447〕同）

原來是一個十七八歲的極標緻的一個小姑娘，梳着溜油光的頭，穿着大紅襖兒，白綾裙兒。（庚辰「白綾」作「白綾子」，「子」字旁加，「裙兒」作「裙子」。有正「緻」作「致」）

〔己卯615〕劉姥姥口氣如此。（〔庚辰896〕、〔王府11a〕、〔有正1449〕同）

賈母足的看着火光熄了，方領眾人進來。（庚辰「足」改作「直等」，「熄」作「息」。「

足的看着」王府作「足等看着」，有正作「看着眞的」）

〔己卯616〕一段爲後回作引，然偏于寶玉愛聽時截住。（〔庚辰896〕同）

〔王府11b〕一段爲後回作引。（〔有正1450〕同）

回末總評

〔王府16a〕此回第一寫勢利之好財，第二寫窮苦趨勢之求財，且文章不得雷同。先既有杜詩，而今不得不〔用〕套（用）坡公聽鬼之遺事，以振其餘嚮，卽此以點染寶玉之癡。其文眞如環轉，無端倪可指。（有正1458「杜詩」作「詩社」，「嚮」作「響」）

第四十回　史太君兩宴大觀園　金鴛鴦三宣牙牌令

回前總批

〔王府0a〕兩宴不覺已深秋，惜春只如畫春游，可憐富貴誰能保，只有恩情得到頭。（有正1549同）

看着老婆子丫頭們掃那些落葉。

〔己卯622〕是八月盡。（〔庚辰904〕同）

〔王府1b〕八月盡的光景（〔有正1462〕同）

只坐在一邊吃茶。

〔己卯631〕妙。若只管寫薛姨媽來則吃飯，則成何文理。（〔庚辰913〕同。〔王府9b〕、〔有正1478〕「來則」作「到來只」）

回末總評

〔王府23a〕寫貧賤輩低首豪門，凌辱不計，誠可悲夫。此故作者以警貧賤，而富室貴家，亦當於其間着意。（有正1504「家」作「豪」）

第四十一回　櫳翠菴茶品梅花雪　怡紅院刦遇母蝗蟲①

回前總批

〔庚辰934〕此回櫳翠品茶，怡紅遇劫。蓋妙玉雖以清淨無爲自守，而怪潔之癖未免有過，老嫗只汚得一盃，見而勿用，豈似玉兄日享洪福，竟至無以復加而不自知。故老嫗眠其床，臥其蓆，酒屁燻其屋，卻被人（襲）襲（人）遮過，則仍用其床其蓆其屋。亦作者特爲轉眼不知身後事寫來作戒，紈袴公子可不愼哉。

〔王府0a〕任呼牛馬從來樂，隨分清高方可安。自古世情難意擬，淡妝濃抹有千般。立松軒。（有正1505同）

多飮點子也無妨。

〔庚辰936〕爲登厠伏脈。

① 靖藏有硃墨眉批抄於此回，按其內容實批第四十四回者，參頁六一九。

這可不敢，好姑奶奶，竟饒了我罷。

〔王府夾批2b〕挾炎的苦惱。

我們成日家和樹林子裏作街坊，困了枕着他睡。

〔王府夾批4a〕好充懂得的來看。

那樂聲穿林度水而來，自然令人神怡心曠。

〔王府夾批4b〕作者似曾在坐。

捧了過來，送到王夫人口邊。

〔庚辰940〕妙極，忽寫寶玉如此，便是天地間母子之至情至性。獻芹之民之意，令人酸鼻。

當日舜樂一奏，百獸率舞，如今纔一牛耳。

〔王府夾批5a〕隨筆寫來，趣極。

我又愛吃又捨不得吃。

〔王府夾批6b〕世上竟有這樣人。

忽見板兒抱着一個佛手，便也要佛手。

〔庚辰943〕小兒常情，遂成千里伏線。

眾人忙把柚子與了板兒，將板兒的佛手哄過來與他纔罷。

〔王府夾批7a〕伏線千里。

又忽見這柚子又香又圓，更覺好頑，且當毬踢着頑去，也就不要佛手。〔王府「要」作「要那」）

〔庚辰943〕抽（柚）子即今香圓之屬也，應與緣通。佛手者，正指迷津者也。以小兒之戲，暗透前後通部脈絡，隱隱約約，毫無一絲漏洩，豈獨爲劉姥姥之俚言博笑而有此一大回文字哉。

〔王府夾批7b〕畫工。

櫳翠菴妙玉治茶欵待諸人一段。

〔靖藏眉批〕尚記丁巳春日，謝園送茶乎？展眼二十年矣！丁丑仲春，畸笏。

妙玉忙命將那成窰的茶杯別收了，擱在外頭去罷。

〔靖藏眉批〕妙玉偏辟（僻）處，此所謂「過潔世同嫌」也。他日瓜州渡口勸懲不哀哉屈從紅顏固能不枯骨□□□①。

你雖吃的了，也沒這些茶遭塌。

〔庚辰945〕茶下「遭塌」二字，成窰杯已不屑再要。妙玉眞清潔高雅，然亦怪譎孤僻甚矣，實有此等人物，但罕有。

獨你來，我是不給你吃的。

〔靖藏眉批〕玉兄獨至豈（眞）無〔真〕〔吃〕茶（吃），作書人又弄狡猾，只瞞不過老朽，然不知落筆時〔作〕

① 毛國瑤按：缺字前二字看不清，似是「各示」兩字，第三字爲蟲蛀去。周汝昌謂：這一條批語，後半錯亂太甚，校讀已十分困難，今姑暫擬如下：「他日瓜州渡口，各示勸懲，紅顏固不能不屈從枯骨，豈不哀哉！」或者可以校讀爲：「他日瓜州渡口，紅顏固□屈從枯骨，不能各示勸懲，豈不哀哉！」（見「紅樓夢新證」，頁一〇五二——三）

作者如何想。丁亥夏。

總捨不得吃，埋在地下，今年夏天纔開了。

〔王府夾批10a〕妙手。層層叠起，竟能以他人所畫之天王作縱神矣。

黛玉知他天性怪僻。（靖藏無「天性」二字）

〔靖藏眉批〕黛是解事人。

若我吃過的，我就砸碎了。只是我可不親自給他。

〔王府夾批10b〕更奇，世上我也見過此等人。

你那裏和他說話授受去，越發連你都髒了。

〔王府夾批10b〕人若亡（忘）形，最喜此等言語。

抬了水來，只擱在山門外頭牆根下，別進門來。

〔王府夾批11a〕偏于無可寫處深入一層。

一時又見鴛鴦來了，要帶着劉姥姥各處去曠。

〔王府夾批11b〕又另是一番氣象。

裏面碧清的水，流往那邊去了。

〔王府夾批13a〕偺（借）劉姥姥醉中，寫境中景。

你只說是你醉了，在外頭山子石上打了個盹兒。

〔王府夾批15b〕這方是襲人的平素。筆至此不得不屈，再增支派則贅（贅）矣。

劉姥姥滿口答應。

〔王府夾批15b〕總是恰好便住。

回末總評

〔王府16a〕劉姥姥之憨從利，妙玉尼之怪圖名，寶玉之奇，黛玉之妖，亦自斂跡。是何等畫工，能將他人之天王，作我衞護之縱神。文技至此，可爲至美。（有正1537「縱神」作「神祇」，「美」作「矣」）

第四十二回　蘅蕪君蘭言解疑癖　瀟湘子雅謔補餘香

回前總批

〔庚辰955〕釵玉名雖二個，人卻一身，此幻筆也。今書至三十八回①時已過三分之一有餘，故寫是回，使二人合而爲一。請看黛玉逝後寶釵之文字，便知余言不謬矣。

〔王府0a〕誰謂詩書解誤人，豪華相尚失天眞。見得古人原立意，不正心身總莫論。（有正1539「謂」作「說」）

叫兩個人來，一個與賈母送祟，一個與大姐兒送祟。果見大姐兒安穩些睡着了。

〔庚辰959〕豈眞送了就安穩哉。蓋婦人之心意皆如此，即不送，豈有一夜不睡之理。——作者正描愚人之見耳。

① 馬力以為「三十八」是由原文「是」字形訛而成。所以這個句子本來讀作「今書至是回」。（參「關於庚辰本『石頭記』第四十二回前的一條脂評」，「學刊」，一九八三年第三期，頁二七五）

你貧苦人起個名字，只怕壓的住他。

〔庚辰959〕一篇愚婦無理之談，實是世間必有之事。

或一時有不遂心的事，必然是遇難成祥，逢凶化吉，卻從那「巧」字上來。（靖藏無「是」字）

〔王府夾批3a〕作籤（讖）語以射後文。

〔靖藏眉批〕應了這話固好，批書人焉能不心傷。獄廟相逢之日，始知「遇難成祥」，「逢凶化吉」實伏線于千里。哀哉傷哉。此後文字，不忍卒讀。辛卯冬日。

已經遭擾了幾日，又拿着走，越發心裏不安起來。

〔王府夾批3b〕世俗常態，逼眞。

老太太從不穿人家作的，收着也是白收着。

〔王府夾批7b〕寫富貴常態。一筆作三五筆用，妙文。

哄你頑呢，我有好些呢，你留着年下給小孩子們罷。

〔王府夾批8a〕逼眞。

你跪下，我要審你。

〔王府夾批9a〕嚴整。

昨兒行酒令兒，你說的是什麼，我竟不知是那兒來的。

〔王府夾批9b〕何等愛惜。

原是我不知道，隨口說的，你教給我，我再不說了。

〔王府夾批9b〕眞能受教，尊重之態，姣痴之情，令人愛煞。

因拉他坐下吃茶，款款的告訴他道。

〔王府夾批9b〕若無下文，自己何由而知。筆下一絲不露痕跡中補足，存小姐身份，顰兒不得反問。

我們家也算是個讀書人家。

〔靖藏眉批〕「也算」二字太謙。

諸如這西廂琵琶，以及元人百種，無所不有。

〔王府夾批10a〕藏書家當留意。

究竟也不是男人分內之事。

〔靖藏眉批〕男人分內究是何事？

男人們讀書明理，輔國治民，這便好了。

〔王府夾批10a〕作者一片苦心，代佛說法，代聖講道，看書者不可輕忽。

〔靖藏眉批〕「讀書明理，治民輔國」者能有幾人。

忽見素雲進來說，我們奶奶請二位姑娘商議要緊事呢。

〔王府夾批10b〕結的妙。

比方出來一句是一句。

〔王府夾批11b〕觸目驚心，請自回思。

我倒笑的動不得了。

〔庚辰971〕看他劉姥姥笑後復一笑，亦想不到之文也。聽寶卿之評，亦千古定論。

我連題跋都有，起個名字就叫作「攜蝗大嚼圖」。

〔王府夾批13a〕愈出愈奇。

寶玉和黛玉使個眼色兒。

〔王府夾批13a〕何等妙文心，故意唐突。

你明兒得個利害婆婆，再得幾個千刁萬惡的大姑子小姑子，試試你那會子還這麼刁不刁了。

〔王府夾批13b〕收結轉折，處處情趣。

也該留着，叫他替他抿去。

〔王府夾批18a〕又一點。作者可稱無漏子。

回末總評

〔王府19a〕摸寫富貴，至于家人女子無不粧顏；論詩書，講畫法，皆盡其妙；而其中隱語，驚人教人，不一而足。作者之用心，誠佛菩薩之用心，讀者不可因其淺近而渺忽之。（有正1576「摸」作「摹」，「顏」作「點」，「菩薩之用心」後爲「也」字）

第四十三回　閒取樂偶攢金慶壽　不了情暫撮土爲香

回前總批

〔王府20a〕①了與不了在心頭，迷卻原來難自由。如有如無誰解得，相生相滅第傳流。（有正1577同）

偺們大家好生樂一日。

〔庚辰982〕賈母猶云好生樂一日，可見逐日雖樂，皆還不趣心也。所以世人無論貧富各有愁腸，終不能時時遂心如意，此是至理，非不足語也。

我想着偺們也學那小家子大家湊分子。

〔庚辰982〕原來「請（湊）分子」是小家的事。近見多少人家紅白事一出，且籌算分子之多寡，不知何說。

① 王府此頁接上回回末總評第十九頁而編為第二十頁，參對有正本，應為本回回前總批。

多少儘着這錢去辦，你道好頑不好頑。

〔庚辰982〕看他寫與寶釵作生日後，又偏寫與鳳姐作生日。阿鳳何人也，豈不爲彼之華誕（誕）大用一回筆墨哉。只是虧他如何想來，特寫於寶釵之後，較姐妹勝而有餘；於賈母之前，較諸父母相去不遠。一部書中，若一個一個只管寫過生日，復成何文哉，故起用寶釵，盛用阿鳳，終用賈母①，各有妙文，各有妙景。餘者諸人，或一筆不寫，或偶因（用）一語帶過，或豐或簡，其情當理合，不表可知，豈必諄諄死筆，按數而寫衆人之生日哉。　迥不犯寶釵。

忙命人去請薛姨媽邢夫人等，又叫請姑娘并寶玉。

〔王府夾批2a〕世家之長上，多犯此等辦壽也要請人毛病。

我替你出了罷。

〔庚辰984〕必如是方妙。

依你怎麼樣呢。

〔庚辰985〕又寫阿鳳一詳（許），更妙。若一筆直下，有何趣哉。

說的賈母與衆人都大笑起來了

〔庚辰986〕寫阿鳳全付精神，雖一戲，亦人想不到之文。

果位雖低，錢卻比他們要多。

〔庚辰986〕驚魂奪魄，只此一句，所以一部書，全是老婆舌頭，全是諷刺世事，反面春

① 寶釵生日事見第二十二回。賈母生日事見第七十一回。

秋也。所謂癡子弟正照風自（月）鑑。若單看了家常老婆舌頭，豈非癡子弟乎。

不然，他們又該說小看了他們了。

〔庚辰987〕純寫阿鳳，以襯後文。

不如拘來咱們樂。

〔庚辰988〕純寫阿鳳，以襯後文。二人形景如見，語言如聞，眞描畫的到。

越性叫鳳丫頭別操一點心，受用一日纔算。

〔庚辰988〕所以特受用了，纔有璉卿之變。樂極生悲，自然之理。

昨日不過老太太一時高興，故意的說要學小家子湊分子，你們就記住了，到了你們嘴裏就當正經的話。

〔王府夾批7a〕世家風調。

這銀子都從二奶奶手裏發，一共都有了。

〔王府夾批7a〕伏線。

鳳姐兒笑道。

〔庚辰990〕「笑」字就有神情。

都了，快拿去罷，丟了我不管。

〔王府夾批7b〕鬪（逗）起。

說着，果然按數一點，只沒有李紈的一分。

〔王府夾批7b〕點明題目。

等不勾了，我再給你。

〔庚辰990〕可見阿鳳處處心機。

不看你素日孝敬我，我纔是不依你呢。

〔王府夾批8a〕處處是世情作趣，處處是隨筆埋伏。

尤氏說道，只許你主子作弊，不許我作情。

〔王府夾批8a〕請看。

使不了，明兒帶了棺材裏使去。

〔庚辰991〕此言不假，伏下後文短命。尤氏亦能干事矣，惜不能勸夫治字（家），惜哉痛哉。

〔靖藏眉批〕此語不假，伏下後文短命。尤氏可謂亦能于事矣，惜乎不能勤（勸）夫治家，惜哉痛哉。

尤氏臨走，也把鴛鴦的二兩銀子還了他，說還使不了呢。

〔王府夾批8b〕請看世情，可笑可笑。

他見鳳姐不在跟前，把周趙二人的也還了他。

〔王府夾批8b〕另是一番作用。

他兩個還不敢收。

〔庚辰992〕阿鳳聲勢亦甚矣。

二人聽說，千恩萬謝的方收了。

〔庚辰992〕尤氏亦可謂有才矣。論有德比阿鳳高十倍，惜乎不能諫夫治家，所謂人各有當也。此方是至理至情。最恨近之野史中，惡則無往不惡，美則無一不美，何不近情理之如是耶。

〔靖藏眉批〕人各有當，方是至情。（未指明批語所出正文，姑繫於此）

園中人都打聽得尤氏辦得十分熱鬧，不但有戲，連耍百戲的並說書的男女先兒全有。

〔王府夾批8b〕剩筆，且影射能事不獨熙鳳。

今兒是正經社日，可別忘了。

〔庚辰992〕看書者已忘，批書者亦已忘了，作者竟未忘，忽寫此事，眞忙中愈忙，緊處愈緊也。

〔靖藏眉批〕批書人已忘了，作者竟未忘，忽寫此事，眞忙中愈忙也。

想必他只圖熱鬧，把淸雅就丢開了。

〔庚辰992〕此獨寶玉乎？亦罵世人。余亦爲（謂）寶玉忘了，不然，何不來耶？

今兒一早，就出門去了。

〔庚辰992〕奇文。

說有個朋友死了，出去探喪去了。

〔庚辰993〕奇文，信有之乎？花園錦簇之日偏如此寫法。

今兒憑他有甚麼事也不該出門。頭一件，你二奶奶的生日，老太太都這麼高興。

〔王府夾批9b〕因行文不肯平，下一反筆，則文語並奇，好看煞人。

又不這樣沒命的跑了。

〔庚辰995〕奇奇怪怪，不知爲何？看他下文怎樣。

因聽些野史小說，便信眞了。

〔庚辰996〕近聞剛丙廟①，又有三敎菴②，以如來爲尊，太上爲次，先師爲末，眞殺有餘辜。所謂此書救世之溺不假。

荷出綠波，日映朝霞之姿。

〔庚辰997〕妙極。用「洛神賦」②譖（讚）洛神，本地風光③，愈覺新奇。

一齊來至井臺上，將爐放下。

〔庚辰997〕妙極之文。寶玉心中揀定是井台上了，故意使茗烟說出，使彼不犯疑猜矣。

寶玉亦有欺人之才，蓋不用耳。

含淚施了半禮。

〔庚辰997〕奇文，云只施半禮，終不知爲何事也。

茗烟祝告一段。

---

① 馬芷祥編「北京旅行指南」四十八「明剛丙墓」條載：「在頤和園東宮門迤南，有廟宇一座，甚為宏麗巍峨。殿二重，後殿二楹，中有尖頂圓封墓一，周圍數十武，相傳為明剛丙葬骨之所。前殿懸墨畫傳真，為明燕王遺像，廣顱豐額，髭長尺許。」

② 三敎庵，據「增訂實用北京指南」第八編載：「原址在西單牌樓中京畿道」。（據椎夫「剛丙廟與三敎庵」轉引，見「學刊」，一九八一年第一輯，頁一五七。）

③ 參頁六三「洛神賦」註。按此賦有「遠而望之，皎若太陽升朝霞；迫而察之，灼若芙蕖出綠波」之句，即此批所指。

〔靖藏眉批〕這方是作者眞意。

說畢，又磕幾個頭，纔爬起來。

〔庚辰998〕忽揷入茗煙一篇流言，粗看則小兒戲語，亦甚無味，細玩則大有深意。試思寶玉之爲人，豈不應有一極伶俐乖巧小童哉。此一祝，亦如西廂記中雙文降香第三柱（炷）則不語，紅娘則待（代）祝數語，直將雙文心事道破。此處若寫寶玉一祝，則成何文字。若不祝，直成一謌（啞）謎，如何散場。故寫茗煙一戲，直戲入寶玉心中，又發出前文，又可收後文。又寫茗煙素日之乖覺可人，且襯出寶玉直似一個守禮待嫁的女兒一般，其素日脂香粉氣不待寫而全現出矣。今看此回，直欲將寶玉當作一個極輕俊羞怯的女兒看，茗煙則極乖覺可人之丫環也。

〔靖藏眉批〕此處若使寶玉一祝，則成何文字。若不祝，直成一暗（謎），如何散場。看此回眞欲將寶玉作一□（個）□（極）□（輕）□（俊）□（羞）□（怯）之女兒看，□（茗）□（煙）□（則）□（極）乖覺可人之環也。（原註：十字被蛀去，後四字中只有一「火」旁尚存）

寶玉聽他沒說完，便掌不住笑了。

〔庚辰998〕方一笑，蓋原可發笑。且說的合心，愈見可笑也。

休胡說，看人聽見笑話。

〔庚辰998〕也知人笑，更奇。

你怕擔不是，所以拿這大題目來勸我。

〔庚辰999〕亦知這個大，妙極。

趕着進城，大家放心，豈不兩盡其道。

〔庚辰999〕這是大通的意見，世人不及的去處。

這馬總沒大騎的，手裏提緊着。

〔庚辰1000〕看他偏不寫鳳姐那樣熱鬧，却寫這般清冷，眞世人意料不到這一篇文字也。

只見玉釧兒獨坐在廊簷下垂淚。

〔庚辰1000〕總是千奇百怪的文字。

再一會子不來，都反了。

〔庚辰1000〕是平常言語，却是無限情理，看至後文再細思此言，則可知矣。

玉釧兒不答，只管擦淚。

〔庚辰1000〕無限情理。

一面又問他到底那去了，可吃了什麼，可唬着了。

〔庚辰1001〕奇文畢肖。

回末總評

〔王府17a〕攢金辦壽家常樂，素服焚香無限情。（有正1610同）

寫辦事不獨熙鳳，寫多情不漏亡人。情之所鍾，必讓若輩，此所謂「情情」者也。（有正1610同）

第四十四回　變生不測鳳姐潑醋　喜出望外平兒理粧

回末總評

〔王府0a〕雲雨誰家院，飄來花自奇。鶯鶯燕燕鬬芳菲。枝枝因風滴玉露，正春時。（有正1611同）

趁着今兒又體面，儘力灌喪兩鍾子罷。

〔庚辰1005〕閑閑一戲語，伏下後文，令人可傷，所謂「盛筵難再」。

一見了鳳姐，也縮頭就跑。

〔庚辰1008〕如見其形。

說着，又把平兒打幾下。

〔庚辰1009〕奇極，先打平兒，可是世人想得着的。

越發倚酒三分醉，逞起威風來。

〔庚辰1011〕天下小人大都如是。

便不似先前那般潑了。

〔庚辰1011〕天下奸雄妬婦惡婦大都如是，只是恨無阿鳳之才耳。

璉二爺要殺我呢。

〔庚辰1011〕瞧他稱呼。

原來平兒早被李紈拉入大觀園去了。

〔庚辰1013〕可知吃蟹一回①，非閑文也。

寶釵勸道，你是個明白人。

〔庚辰1013〕必用寶釵評出，方是身分。

忽見李紈打發丫頭來喚他，方忙忙的去了。

〔庚辰1016〕忽使平兒在絳芸軒中梳粧，非(但)世人想不到，寶玉亦想不到者也。作者費盡心機了。　寫寶玉最善閨閣中事，諸如胭粉等類，不寫成別致文章，則寶玉不成寶玉矣。然要寫又不便，特爲此費一番筆墨，故思及借人發端。然借人又無人，若襲人輩則逐日皆如此，又何必揀一日細寫，似覺無味。若寶釵等又係姐妹，更不便來細搜襲人之粧奩，況也是自幼知道的了。因左想右想，須得一個又甚親，又甚疏，又可唐突，又不可唐突，又和襲人等極親，又和襲人等不大常處，又得襲人輩之美，又不得襲人輩之修飾一人來，方可發端，故思及平兒一人方如此，故放手細寫絳芸閨中之什物也。

〔靖藏眉批〕忽使平兒在絳芸軒中梳粧，寶玉亦想(不)(到)。（原註：用筆墨塗去，字尚可

① 見第三十九回開頭一段。

見。按此批抄在第四十一回，但應批此段正文者）

今日是金釧兒的生日，故一日不樂。

〔庚辰1017〕原來爲此。寶玉之私祭，玉釧潛哀，俱針對矣。然於此刻補明，又一法也。眞十（千）變萬化之文。萬法俱備，毫無脫漏，眞好書也。

黃黃的臉兒。

〔庚辰1019〕大妙大奇之文。此一句便伏下病根了，草草看去，便可惜了作者行文苦心。

說着也滴下淚來了。

〔庚辰1021〕婦人女子之情有（肖）。但世之大英雄羽翼偶摧，尚按劍生悲，況阿鳳與平兒哉。所謂此書眞是哭成的。

說着又哭了。

〔庚辰1022〕轄治丈夫，此是首計。懦夫來看此句。

你細想想昨兒誰的不是多。

〔庚辰2022〕妙，不敢自說沒不是，只論多少，懦夫來者（看）。

鮑二的媳婦吊死了。

〔庚辰1022〕到也有氣性。只是又是情累一個，可憐。

有什麼大驚小怪的。

〔庚辰1022〕寫阿鳳如此。

鳳姐兒笑道。

〔庚辰1022〕偏於此處寫阿鳳笑，懷（壞）哉阿鳳。

到問他竹以屁訛詐。

〔庚辰1023〕寫阿鳳如此。

賈璉又命林之孝將那二百銀子入在流年賬上，分別添補，開消過去。

〔庚辰1023〕大敝（弊）小敝（弊），無一不到。

便仍然奉承賈璉。

〔庚辰1024〕爲天下夫妻一哭。

回末總評

〔王府17a〕富貴少年多好色，那如寶玉會風流。閻王夜叉誰曾說，死到臨頭身不由。（有正1641同）

第四十五回　金蘭契互剖金蘭語　風雨夕悶製風雨詞

回前總批

〔王府0a〕富貴榮華春暖，夢破黃粮（粱）愁晚。金玉作樓臺，也是戲場粧點。莫緩，莫緩，遺卻靈光不遠。（有正1645同）

你們聽聽，我說了一句他就瘋了，說了兩車的無賴泥腿市俗耑會打細算盤分斤撥兩的話出來。

〔庚辰1027〕心直口拙之人急了，恨不得將萬句話來併成一句，說死那人。畢肖。

寶玉每日便在惜春這裏幫忙。

〔庚辰1038〕自忙不暇，又加上一「幫」字，可笑可笑。所謂春秋筆法。

夜復漸長。

〔庚辰1038〕「復」字妙。補出寶釵每年夜長之事，皆春秋字法也。

遂至母親房中商議，打點些針線來，……每夜燈下女工，必至三更方寢。

〔庚辰1039〕代下收夕。　寫針線下。　「商議」二字，直將寡母訓女多少溫存活現在紙上。不寫阿獃兄終日醉飽優游，怒則吼，喜則躍，家務一概無聞之形景畢露矣。春秋筆法。

我長了今年十五歲。

〔庚辰1041〕黛玉纔十五歲，記清。

將來也不過多費得一付嫁庄罷了，如今也愁不到這裏。

〔庚辰1042〕寶釵此一戲，直抵過通部黛玉之戲寶釵矣，又懇切，又眞情，又平和，又雅致，又不穿鑿，又不牽強。黛玉因識得寶釵後方吐眞情，寶釵亦識得黛玉後方肯戲也。此是大關節大章法，非細心看不出。　細心（思）二人此時好看之極，眞是兒女小窗中喁喁也。

你也是個明白人，何必作司馬牛之嘆。

〔庚辰1043〕通部眾人必從寶釵之評方定，然寶釵亦必從顰兒之評始可，何妙之至。

寶玉忙問今兒好些。

〔庚辰1045〕一句。

吃了藥沒有。

〔庚辰1045〕兩句。

今兒一日吃了多少飯。

〔庚辰1045〕三句。

羞的臉飛紅，便伏在桌子上嗽個不住。

〔庚辰1047〕妙極之文。使黛玉自己直說出夫妻來，却又云畫的扮的。本是閒談，却是暗隱不吉之兆，所謂「畫兒中愛寵」①是也，誰曰不然。

寶玉卻不留心。

〔庚辰1047〕必云「不留心」方好，方是寶玉。若着心又有何文字，且直是一時獵色一(之)賊矣。

豈不比老婆子們說的明白。

〔庚辰1048〕直與後部寶釵之文遙遙針對。　想彼姊妹房中婆子丫環皆有，隨便皆可遣使。今寶玉獨云婆子而不云丫環者，心內已度定丫環之爲人。一言一事，無論大小，是方無錯謬者也，一何可笑。

如今園門關了，就該上場了。

〔庚辰1050〕幾句閑話，將潭潭大宅夜間所有之事，描寫一盡。雖偌大一園，且值秋冬之夜，豈不寥落哉。今用老嫗數語，更寫得每夜深人定之後，各處(燈)光燦爛，人烟簇集，柳陌之(上)，(花)巷之中，或提燈同酒，或寒月烹茶者，竟仍有絡繹人跡不絕，不但不見寥

---

① 元王實甫「西廂記雜劇」第二本第五折〔越調〕〔鬪鵪鶉〕：「雲斂晴空，冰輪乍湧；風掃殘紅，香堦亂擁；離恨千端，閒愁萬種。(夫人那)『靡不有初，鮮克有終。』他做了箇影兒裏的情郎，我做了箇畫兒中的愛寵。」(卷六)金聖歎批「第二才子書」此曲末二句作「他做會影裏情郎，我做會畫中愛寵。」

落，且覺更勝於日間繁華矣。此是大宅妙景，不可不寫出。又伏下後文，且又趂（襯）出後文之冷落。此閒話中寫出，正是不寫之寫也。脂硯齋評。

回末總評

〔王府20a〕請看賴大，則知貴家奴婢深分，而本主毫不以爲過分。習慣自然，故是有之。見者當自度是否可也。（有正1684「深」作「身」）

第四十六回　尷尬人難免尷尬事　鴛鴦女誓絕鴛鴦偶

回前總批

〔庚辰1051〕此回亦有本而筆，非泛泛之筆也。只看他題綱用「尲（尷）尬」二字於邢夫人，可知包藏含蓄文字之中莫能量也。

〔王府0a〕裹腳與纏頭，欲覓終身伴。顧影自爲憐，靜住深深院。　好事不稱心，惡語將人慢。誓死守香閨，遠卻楊花片。（有正1685同）

你知道你老爺跟前，竟沒有個可靠的人。

〔庚辰1059〕說得得體。我正想開口一句不知如何說，如此則妙極是極，如聞如見。

不如躲了這裏。

〔庚辰1061〕終不免女兒氣，不知躲在那裏方無人來羅皂，寫得可憐可愛。

平兒聽了，自悔失言，便拉他到楓樹底下。

〔庚辰1062〕隨筆帶出妙景。正愁園中草木黃落，不想看此一句，便恍如値（置）身於千霞萬錦，絳雪紅霜之中矣。

這是偺們好，比如襲人，琥珀，素雲，紫鵑，彩霞。玉釧兒，麝月，翠墨，跟了史姑娘去的翠縷，死了的可人和金釧，去了的茜雪。

〔庚辰1062〕余按此一算，亦是十二釵，眞鏡中花，水中月，雲中豹，林中之鳥，穴中之鼠，無數可考，無人可指，有跡可追，有形可據，九曲八折，遠響近影①，迷離烟灼，縱橫隱現，千奇百怪，眩目移神，現千手千眼大遊戲法也。脂硯齋。

這如今因都大了，各自幹各自的去了。

〔庚辰1062〕此語已可傷，猶未「各自幹各自去」，後日更有各自之處也，知之乎？

不是別個，正是寶玉走來。

〔庚辰1068〕通部情案，皆必從石兄挂號，然各有各稿，穿插神妙。

他爹的名字叫金彩。

〔庚辰1069〕姓金名彩，由鴛鴦二字化出，因文而生文也。

他哥哥名叫金文翔。

〔庚辰1069〕更妙。

他嫂子也是老太太那邊漿洗的頭兒。

〔庚辰1070〕只鴛鴦一家，寫的榮府中人各有各職，如目已睹。

① 戴不凡校作「遠響近應」，參「說脂硯齋」，「集刊」第二輯，頁二五五。

王夫人忙站起來，不敢還一言。

〔庚辰1075〕千奇百怪，王夫人亦有罪乎。老人家遷怒之言必應如此。

寶玉聽說，忙站起來。

〔庚辰1076〕寶玉亦有罪了。

鳳姐兒也不提我。

〔庚辰1076〕阿鳳也有了罪。　奇奇怪怪之文，所謂石頭記不是作出來的。

回末總評

〔王府21a〕鴛鴦女從熱鬧中別具一副腸胃。「不輕許人」一事，是官途中藥石仙方。（有正1726「官」作「宦」）

第四十七回　獃霸王調情遭（遭）苦打　冷郎君懼旤走他鄉

回前總批

〔王府0a〕不是同人，且莫浪作知心語。似假如眞，事事應難許。着緊溫存，白雪陽和曲。誰堪比，船上要離，未解奸俠起。（有正1727「和」作「春」）

王夫人笑道，可不只四個。

〔庚辰1082〕老實人言語。

問他這幾日可到秦鐘的墳上去了。

〔庚辰1090〕忽提此人，使我墮淚。近幾回不見提此人，自謂不表矣，乃忽於此處柳湘蓮提及，所謂「方以類聚，物以羣分」也。

〔靖藏眉批〕忽提此人，使我墮淚。近回不提，自謂不表矣，乃于柳湘蓮（提）及，所謂「物以〔分〕羣（分）」也。

薛蟠在那裏亂嚷亂叫，說誰放了小柳兒走了。

〔靖藏眉批〕奇談，此亦是□（阿）獃。（原註：「蛀一字」。按未指明所出正文，姑繫於此）

好兄弟，你一去都沒興了，好歹坐一坐，你就疼我了。

〔靖藏眉批〕獃子聲口如聞。（按未指明所出正文，姑繫於此）

薛蟠挨打一段。

〔靖藏眉批〕紈袴子弟，齊來看此。

說着，丟下薛蟠，便牽馬認鐙去了。

〔靖藏眉批〕至「情小妹」①回方出湘蓮文字，眞眞神化之筆。（參下回庚辰回前總批）

他吩咐不許跟去，誰還敢找去。

〔庚辰1097〕亦如秦法自悮。

回末總評

〔王府17a〕自鬪牌一節，寫貴家長上之尊重，卑幼之侍奉。寫薛蟠之獃，湘蓮之豪，薛母寶釵之言。無不逼眞。（有正1763「奉」字下有「遭打一節」四字）

---

① 第六十六回。

第四十八回　濫情人情誤思游藝　慕雅女雅集苦吟詩

回前總批

〔庚辰1101〕題曰「柳湘蓮走他鄉」，必謂寫湘蓮如何走。今卻不寫，反細寫阿獃兄之「遊藝」，了〔心〕卻湘蓮之分內。走者而不細寫其走，反寫阿獃，不應走而寫其走。文牽岐路，令人不識者如此。至「情小妹」①回申（中），方寫湘蓮文字，眞神化之筆②。（參上頁「說着，丢下薛蟠」之靖藏眉批）

〔王府0a〕心地聰明性自靈，喜同雅品講詩經，姣柔倍覺可憐形。皓齒朱唇眞　，痴情專意更嫪嫪，宜人解語小星星。（有正1765同）

只怕比在家裏省了好些事，也未可知。

---

① 第六十六回。

② 按：批中所謂「題曰『柳湘蓮走他鄉』」一事，為上回內容；「阿獃兄之遊藝」，則寫於本回中。故此總批實跨兩回。然依其位置，則應為本回回前批，姑繫於此。

〔庚辰1106〕作書者曾吃此虧，批書者亦曾吃此虧，故特于此註明，使後人深思默戒。脂硯齋。

到是慢慢的打聽着，知道來歷的買個還罷了。

〔庚辰1108〕閑言過耳無跡，然已伏下一事矣。

然後寶釵和香菱纔同回園中來。

〔庚辰1108〕細想香菱之爲人也，根基不讓迎探，容貌不讓鳳秦，端雅不讓紈釵，風流不讓湘黛，賢惠不讓襲平，所惜者青（幼）年罹禍，命運乖蹇，足（致）爲側室。且雖曾讀書，不能與林湘輩並馳於海棠之社耳。然此一人豈可不入園哉。故欲令入園，終無可入之隙，籌畫再四，欲令入園必獃兄遠行後方可。然阿獃兄又如何方可遠行？曰：名不可，利不可，正事不可，必得萬人想不到自己忽一發機之事方可。因此思及情之一字，及（乃）獃素所悞者，故借「情悞」二字生出一事，使阿獃游藝之志已堅，則菱卿入園之隙方妥。回思因欲香菱入園，是寫阿獃情誤；先寫一賴尚華（榮）；實委婉嚴密之甚也。脂硯齋評。

〔靖藏眉批〕湘（香）菱爲人根基不下迎探，容貌不讓鳳秦，端雅不讓龍（襲）平，惜幼年羅（罹）禍，命薄運乖，至（致）爲側室。雖會（曾）讀書，而不得與林湘等並馳于海棠之社。然此人豈能不入園，惟無可入之隙耳。（必）（使）獃兄遠行〔必〕〔使〕方可。試思兄如何可遠行？名利不可，正事不可，因借「情（悞）」二字生一事方妥。此批甚當。

你趁着這個工夫，交給我作詩罷。

〔庚辰1109〕寫得何其有趣。今忽見菱卿此句，合卷從紙上另走出一姣小美人來，並不是湘林探鳳等一樣口氣聲色。眞神駿之技，雖馳驅萬里而不見有倦怠之色。

只見平兒忙忙的走來。

〔庚辰1109〕「忙忙」二字奇，不知有何妙文。

你既來了，也不拜一拜街坊鄰舍去。

〔庚辰1110〕是極，恰是戲言，實欲支出香菱去也。

你本獃頭獃腦的，再添上這個，越發弄成個獃子了。

〔庚辰1118〕「獃頭獃腦的」，有趣之至。最恨野史有一百個女子皆曰聰敏伶俐，究竟看來他行爲也只平平。今以獃字爲香菱定評，何等嫵媚之至也。

好姑娘，別混我。

〔庚辰1119〕如聞如見。

寶釵正告訴他們說他夢中作詩說夢話。

〔庚辰1123〕一部大書起是夢，寶玉情是夢，賈瑞淫又是夢，秦之(氏)家計長策又是夢，今作詩也是夢，一並(面)「風月膉（鑑）」亦從夢中所有，故(曰)「紅縷（樓）夢」也。余今批評亦在夢中，特爲夢中之人特作此一大夢也。脂硯齋。

〔靖藏眉批〕一部書起是夢中，寶玉情是夢中，賈瑞淫又是夢中，可卿家計長(策)又是夢中，今作詩也是夢中，是故「紅樓夢」也。今余(批)(評)亦在夢中，特爲[批][評夢中之人而特作此一大夢也。（按原批在第四十九回，然庚辰有相同批於此回，姑繫於此）

回末總評

〔王府16a〕一扇之微，而害人如此其毒，藏之者故是無味，搆求者更覺可笑，多少沒天理處，全不自覺。可見好愛之端，斷不可生。求古董於古墳，爭盆景而蕩產，勢所以至，可不愼諸。（有正1799「故」作「固」，「以」作「必」）

第四十九回　琉璃世界白雪紅梅　脂粉香娃割腥啖膻①

回前總批

〔庚辰1125〕此回係大觀園集十二正釵之文。

〔有正1801〕此回原爲起社，而起社卻在下回。然起社之地，起社之人，起社之景，起社之題，起社之酒餚，色色皆備，眞令人躍然起舞。

若還不好，我就死了心了。

〔王府夾批1a〕說死了心不學，方是才人「語不驚人死不觔（休）」本懷。

香菱聽了，心中不信，料着他們是哄自己的話。

〔王府夾批1b〕聽了不信，方是才人虛心。香菱可愛。

因當年他父親在京時，已將胞妹薛寶琴，許配都中梅翰林之子爲婚，正遇（欲）進京發嫁。

① 靖藏此回開首處有一眉批，庚辰同一批繫於第四十八回末，故歸入，參頁六三三。

〔王府夾批2b〕寶琴許配梅門，於敘事內光逗一筆，後方不突實（然）。此等法脉，識者着眼。

賈母因笑道，怪道昨兒晚上燈花爆了又爆，結了又結，原來應在今日。

〔王府夾批2b〕「燈花」二語何等扯淡，何等包括有趣。着俗筆則語喇（剌）喇（剌）而不休矣。

黛玉見了，先是歡喜，次後想起衆人皆有親眷，獨自己孤單無個親眷，不免又去垂淚。

〔王府夾批2b〕黛玉先喜後悲，不悲非情，不喜又非情。作……（按下有缺文）

寶玉聽了歡喜道，倒是你明白，我終久是個糊塗心腸，空歡喜一會子，卻想不到這上頭。

〔王府夾批5a〕觀寶玉「倒底是你」數語，胸中純是一團活潑潑天機。

鳳姐籌算得園中姐妹多，性情不一，且又不便另設一處，莫若送到迎春一處去。

〔王府夾批5b〕鳳姐一番籌算，總爲與自己無干。奸雄每每如此。我愛之，我惡之。

鳳姐兒冷眼敁敠。

〔庚辰1133〕音「顛奪」，心內忖度也。

岫烟的心性行爲竟不像邢夫人並他父母一樣，卻是個極溫厚可疼的人。

〔王府夾批6a〕先敘岫烟，次敘李紈，又敘李紋李綺，亦何精緻可玩。

誰知保齡侯史鼐，又遷委了外任大員。

〔王府夾批6a〕史鼐未必左遷，但欲湘雲赴社，故作此一折耳，算（莫）被他混過。

此時大觀園中，比先更熱鬧了多少。

〔王府夾批6b〕「此時大觀園」數行收拾，是大手筆。

又指着黛玉，湘雲便不則聲。

〔庚辰1137〕是不知道黛玉病中相談贈燕窩之事也①。脂硯。

那寶琴年輕心熱。

〔庚辰1137〕四字道盡，不犯寶釵。脂硯齋評。（靖藏眉批「釵」作「琴」，無「脂硯齋評」四字）

且本性聰敏，自幼讀書識字。

〔庚辰1138〕我批此書竟得一秘訣以告諸公：凡埜史中所云才貌雙全佳人者，細細通審之，只得一個粗知筆墨之女子耳。此書凡云知書識字者，便是上等才女，不信時只看他通部行爲及詩詞詼諧皆可知。妙在此書從不肯自下評註，云此人係何等人，只借書中人閑評一二語，故不得有未密之縫被看書者指出，眞狡猾之筆耳。

鶴勢螂形。

〔庚辰1114〕近之拳譜中有坐馬勢，便似螂之蹲立。昔人愛輕捷便俏，閑取一螂，觀其仰頸疊胸之勢。今四字無出處，却寫畫矣。脂硯齋評。（〔列藏〕「俏閑」作「閒暇」，無「脂硯齋評」四字）

一定算計那塊肉去了。

〔庚辰1145〕聯詩極雅之事，偏於雅前寫出小兒啖膻茹血極腌臢的事來，爲錦心繡口作配。

① 見第四十五回。

我爲蘆雪广一大哭。

〔庚辰1147〕大約此話不獨黛玉，觀書者亦如此。

回末總評

〔王府19a〕此文線索在斗篷。寶琴翠羽斗篷，賈母所賜，言其親也。寶玉紅腥腥毡斗篷，爲後雪披一襯也。黛玉白狐皮斗篷，明其弱也。李宮裁斗篷是哆囉呢，昭其質也。寶釵斗篷是蓮青斗紋錦，致其文也。賈母是大斗篷，尊之詞也。鳳姐是披着斗篷，恰似掌家人也。湘雲有斗篷不穿，著其異樣行動也。岫烟無斗篷，敍其窮也。只一斗篷，寫得前後照耀生色。（有正1839「腥腥」作「猩猩」）一片含梅咀雪文字，偏從雉肉鹿肉鵪鶉肉上以煊染之，點成異樣筆墨，較之雪吟雪賦諸作，更覺幽秀。（有正1840同）

第五十回　蘆雪广爭聯即景詩　暖香塢創製春燈謎

回前總批

〔王府0a〕此回着重在寶琴，卻出色寫湘雲。寫湘雲聯句極敏捷聰慧，而寶琴之聯句不少於湘雲，可知出色寫湘雲，正所以出色寫寶琴。出色寫寶琴者，全爲與寶玉提親作引也。金針暗度，不可不知。（有正1841同）

起首恰是李氏。

〔庚辰正文1149〕一定要按次序，恰又不按次序，似脫落處而不脫落，文章歧路如此。（靖藏眉批「恰」作「却」，無「處」字，「歧」作「枝」）

湘雲那裏肯讓人，且別人也不如他敏捷，都看他揚眉挺身的說道。

〔靖藏眉批〕的是湘雲。寫海棠是一樣筆墨①，如今聯句，又是一樣寫法。（未指明所出

① 第三十七回。

正文，姑繫於此）

回來還罰寶玉。他說不會聯句，如今就叫他自己作去。

〔庚辰1161〕想此刻寶玉已到庵中矣。

寶釵只得依允。

〔庚辰1161〕想此刻二玉已會，不知肯見賜否？

各人房中丫鬟，都添送衣服來。

〔庚辰1162〕冬日午後景況。

原來這枝梅花只有二尺來高，傍有一橫枝縱橫而出，……香欺蘭蕙。（列藏「枝梅」作「一枝」，無「有」、「而出」三字）

〔庚辰1162〕一篇「紅梅賦」。（〔列藏〕同）

門斗上有「煖香塢」三個字。

〔庚辰1167〕看他又寫出一處。從起至末一筆一部之文，也有千萬筆成一部之文，也有一二筆成一部之文也。有如「試才」一回①，起若都說完，以後則索然無味，故留此幾處以爲後文之點染也。此方活潑不板，眼目屢新。

早有幾個人打起猩紅氈簾，已覺溫香拂臉。

〔庚辰1167〕各處皆如此，非獨因「煖香」二字方有此景。戲註於此，以博一笑耳。

鴉沒雀靜的。

---

① 第十七回。

〔庚辰1168〕這四個字俗語中常聞，但不能落紙筆耳，便欲寫時究竟不知係何四字，今如此寫來，眞是不可移易。

回末總評

〔王府21a〕詩詞之峭麗，燈謎之隱秀不待言，須看他極整齊，極參差，愈忙迫，愈安閒，一波一折，路轉峯廻，一落一起，山斷雲連，各人局度，各人情性都現。至李紈主壇而起句卻在鳳姐，李紈主壇而結句卻在最少之李綺，另是一樣弄奇。（有正1883「峭」作「俏」）最愛他中幅惜春作畫一段，似與本文無涉，而前後文之景色人物，莫不筋動脈搖，而前後文之起伏照應，莫不穿插映帶。文字之奇，難以言狀。（有正1883同）

第五十一回　薛小妹新編懷古詩　胡庸醫亂用虎狼藥

回前總批

〔王府0a〕文有一語寫出大景者，如園中不見一女子句，儼然大家規模。疑是姑娘一語，又儼然庸醫口角，新醫行徑。筆大如椽。（有正1885同）

不如另作兩首爲是。

〔庚辰1184〕如何，必得寳釵此駁，方是好文。後文若眞另作亦必無趣，若不另作又有何法省之？看他下文如何。

黛玉忙攔道。

〔庚辰1184〕好極，非黛玉不可。脂硯。

這話正是了。

〔庚辰1185〕余謂顰兒必有尖語來諷，不望竟有此飾詞代爲解釋，此則眞心以待寳釵也。

只管留着。寶釵聽說方罷了。

〔庚辰1185〕此爲三染無痕也。妙極，天花（衣）無縫之文。

寶玉命把煎藥的銀霊子找了出來。

〔庚辰1201〕「找」字神理，乃不常用之物也。

小姑娘們冷風朔氣的。

〔庚辰1202〕「朔」字又妙。「朔」作「韶」，北音也。用比（此）音，奇想奇想。

回末總評

〔王府19a〕此回再從猜謎着色，便與前回末犯重，且又是一幅卽景聯詩圖矣，成何趣味。就燈謎中生一番譏評，別有清思，迥非凡豔。（有正1923「末犯重」作「重複」）

閣起燈謎，接入襲人了，卻不就襲人一面寫照，作者大有苦心。蓋襲人不盛飾，則非大家威儀，如盛飾，又豈有其母臨危而盛飾者乎。在春姐一面，於衣服車馬僕從房屋鋪蓋等物，一一點檢，色色親囑，既得掌家人體統，而襲人之俊俏風神畢現。（有正1923「春姐」作「鳳姐」，「點檢」作「檢點」）

文有數千言寫一瑣事者，如一吃茶，偏能於未吃以前既吃以後，細細描寫；如一拏銀，偏能於開櫃時生無數波折，平（秤）銀時生無數波折。心細如髮。（有正1924「銀時」作「銀時又」）

第五十二回　俏平兒情掩蝦鬚鐲　勇晴雯病補雀金裘

回前總批

〔王府0a〕寫黛玉弱症的是弱症，寫晴雯時症的是時症；寫湘雲性快的是快性，寫晴雯性傲的是傲性。彼何人斯，而有肖物手段。（有正1925末句作「而具肖物手段如此」）

我只是疑心他爲什麼忽然間瞞起我來。

〔庚辰1205〕寶玉一篇推情度理之談，以射正事，不知如何。

麝月悄問道，你怎麼就得了的。

〔庚辰1205〕妙，這才有神理，是平兒說過一半了。若此時從寶玉口中從頭說起一原一故，直是二人特等寶玉來聽方說起也。

拿着這支鐲子，說是小丫頭子墜兒偷起來的，被他看見來回二奶奶的。

〔庚辰1206〕妙極。紅玉既有歸結，墜兒豈可不表哉。可知奸賊二字是相連的，故情字原非正道，墜兒原不情，也不過一愚人耳，可以傳姦，即可以爲盜。二次小竊皆出於寶玉房中，亦大有深意在焉。

盒裏面盛着些眞正汪恰洋烟。

〔庚辰1208〕汪恰，西洋一等寶烟①也。

眼淚鼻涕登時齊流。

〔庚辰1208〕寫得出。

你一夜咳嗽幾遍，醒幾次。

〔庚辰1214〕此皆好笑之極，無味扯淡之極，回思則皆瀝血滴髓之至情至神也。豈別部偷寒送煖，私奔暗約，一味淫情浪態之小說可比哉。

給了你小妹妹。

〔庚辰1217〕「小」字更妙，蓋王夫人之末女也。

只微笑點了點頭兒。馬已過去。

〔庚辰1219〕總爲後文伏線。

一劑好藥也不給人吃。

〔庚辰1219〕奇文，眞姣憨女兒之語也。

唬的小丫頭子篆兒忙進來，問姑娘作什麼。

---

①周策縱曰：「我相信『汪恰洋烟』一定是 Virginia 或 Virgin 的譯音。由於康熙時代（一六六二——一七二二）西人來華者，尤其是西洋傳教士與清廷有往來者，以法國人最多，恐怕『汪恰』可能是法文 Vierge 的譯音。（見「紅樓夢『汪恰洋烟』考」，「明報月刊」，一九七六年四月號，頁五三——五六）黃龍在「曹府之外事活動」一文中曰：「據『熙朝定案』所載，玄燁於康熙二十三年首次南巡江寧時，當地耶穌會士汪儒望進呈『西臘』，即『鼻烟』。鼻烟旣原教士進貢之物，故其商標亦帶宗教色彩，鼻烟之內盒狀如『安琪兒』。而英語中之『Watcher』可作『安琪兒』解。按當時約定俗成之譯音規則，『Wa』常譯成『王』或『汪』，故『汪恰』似應譯為『Watcher』（近似音）。」（「新華日報」，一九八三年十二月四日第四版）

〔庚辰1220〕此姑娘亦姑姑娘娘之稱，亦如賈璉處小厮呼平兒，皆南北互用一語也。脂硯。

晴雯便冷不防欠身一把，將他的手抓住。

〔庚辰1220〕是病臥之時。

姑娘們怎麼了，你姪女兒不好。

〔庚辰1221〕「侄女」二字妙，余前註不謬。

寶玉道，這就狠好，那裏又找哦囉嘶國的裁縫去。

〔庚辰1225〕妙談。

一時只聽自鳴鐘已敲了四下。

〔庚辰1226〕按四下乃寅正初刻。「寅」此樣（寫）法，避諱也。

回末總評

〔有正1965〕此回前幅以藥香花香聯絡爲章法，後幅以西洋鼻烟、西洋依弗哪藥①、西洋畫兒、西洋哦囉斯國雀金裘聯絡爲章法，極穿揷映帶之妙。

寫寶玉寫不盡，卻於僕從上描寫一番，於管家見時描寫一番，於園工諸人上描寫一番。園中馬是慢慢行，出門後又是一陣烟，大家氣象，公子局度如畫。

中一段寫黛玉與寶玉滿懷愁緒，有口難言，說不出一種淒涼，眞是吳道子畫頂上圓光。

---

① 依弗哪此回正文謂「西洋貼頭疼的膏子藥」。晴雯太陽穴疼，寶玉命麝月向鳳姐要此藥，「麝月答應了，去了半日，果拿了半節來。便去找了一塊紅緞角子兒，鉸了兩塊指頂大的圓式，將那藥烤和了，用簪挺攤上。晴雯自拿着一面靶鏡，貼在兩太陽上。」按依弗哪為此藥名，未知原料及出產地。黃龍謂：「至於『衣佛那』亦可譯為EPHALA』（頭痛藥）。」（見「曹雪芹的外事活動」，「新華日報」，一九八三年十二月四日第四版）

第五十三回　寧國府除夕祭宗祠　榮國府元宵開夜宴

回前總批

〔王府0a〕「除夕祭宗祠」一題極博大，「元宵開夜宴」一題極富麗，擬此二題於一回中，早令人驚心動魄，不知措手處。乃作者偏就寶琴眼中欵欵叙來，首叙院宇匾對，次叙抱厦匾對，後叙正堂匾對，字字古艷。檻以外檻以內是男女分界處，儀門以外儀門以內是主僕分界處，獻帛獻爵擇其人，應昭應穆從其諱，是一篇絕大典制文字。最高妙是神主「看不真切」一句，最苦心是用賈蓉爲檻邊傳蔬人，用賈芷等爲儀們傳蔬人，體貼入細。噫，文心至此，脈絕血枯矣，誰是知音者。（有正1967無「等」字）

〔婧藏〕「祭宗祠」，「開夜宴」，一番鋪叙，隱後回無限文字。〔亙〕〔古〕浩蕩宏恩，(亙)(古)(所)無。〔所〕毋孀，兄先(死)，無依。變故屢遭，(生)不逢辰，〔心〕〔摧〕(回)(首)(令)(人)〔令〕斷腸(心)(摧)。積德子孫到于今，旺族都中吾首門；堪悲〔英〕立業(英)雄輩，遺脈孰知祖父恩。〔知〕〔回〕〔首〕。（參頁六五〇王府、有正第五十四回回前總批）

迎春岫烟皆過去朝夕侍藥。

〔庚辰1228〕妙在一人不落，事事皆到。

李嬸之弟又接了李嬸和李紋李綺家去住幾日。

〔庚辰1228〕來的也有理，去的也有情。

御田胭脂米二石。

〔庚辰1233〕「在園雜字（志）」①曾有此說。

娘娘和萬歲爺豈不賞的。

〔庚辰1235〕是庄頭口中語氣。脂硯。

黃柏木作磬槌子，外頭體面裏頭苦。

〔庚辰1236〕新鮮趣語。

前兒我聽見鳳姑娘。

〔庚辰1236〕此亦南北互用之文，前註不謬。

〔靖藏眉批〕〔前〕〔註〕〔不〕（此）亦南北互用此（之）文，〔之〕（前）（註）（不）謬。

夜夜招聚匪類賭錢。

〔庚辰1238〕這一回文字斷不可少。

---

① 清劉廷璣「在園雜志」卷一第一則：「……浙閩總督范公時崇隨駕熱河，每賜御用食饌，內有硃紅色大米飯一種。傳旨云：『此本無種，其先特產上苑，只一二根苗穗，迥異他禾。乃登剖之，粒如丹砂，遂收其種，種於御園。今茲廣穫其米，一歲兩熟，祇供御膳。』」

賈珍罵賈芹一段。

〔靖藏眉批〕「招(集)匪類賭錢，養紅(老)〔小〕婆(小)子」卽是敗家的根本。其取便快樂，另與這邊不同的。

〔庚辰1246〕又交代一個。

回末總評

〔王府19a〕叙元宵一宴，卻不叙酒何以清，菜何以馨，客何以盛，令何以行，先於香茗古玩上渲染，几榻坐次上鋪叙，隱隱爲下回張本，有無限含蓄，超邁獺祭者百倍。（有正2008「渲」作「煊」）前半整飭，後半疎落，濃淡相間。宗祠在寧府，開宴在榮府，分叙不犯手。是作者胸有成竹處。（有正2008「宗祠」作「祭宗祠」，「開宴」作「開夜宴」）

第五十四回　史太君破陳腐舊套　王熙鳳傚戲彩斑衣

回前總批

〔庚辰1255〕首回楔子內云：古今小說「千部共成（出）一套」云云，猶未洩眞，今借老太君一寫，是勸後來胸中無機軸之諸君子不可動筆作書。鳳姐乃太君之要緊陪堂，今題「斑衣戲彩」，是作者塱我阿鳳之勞，特貶賈珍璉輩之無能耳。

〔王府0a〕積德於今到子孫，都中旺族首吾門。可憐立業英雄輩，遺脈誰知祖父恩。（有正2009同。參頁六四七第五十三回靖藏回前總批）

兩個媳婦忙蹲下身子。

〔庚辰1262〕細膩之極。一部大觀園之文皆若食肥蟹，至此一句，則又三月于鎮江江上啖出網之鮮鰣矣。

比如男人滿腹文章去作賊。（靖藏作「那男子文章滿腹卻去作賊」）

〔靖藏眉批〕文章滿（腹）去（作）贓（賊），〔腹〕〔作〕余謂多（多）。

回末總評

〔王府20a〕讀此回者凡三變。不善讀者徒讚其如何演戲，如何行令，如何挂花燈，如何放爆竹，目眩耳聾，接應不暇。少解讀者讚其坐次有倫，巡酒有度，從演戲渡至女先兒，從女先渡至鳳姐，從鳳姐渡至行令，從行令渡至放燈炮，脫卸下來，井然秩然不亂。會讀者須另具卓識，單著眼史太君一夕話，將普天下不盡理之奇文，不近情之妙作，一齊抹倒。是作者借他人酒杯，消自己傀（塊）儡（壘），畫一幅行樂圖，鑄一面菱花鏡，爲全部總評。噫，作者已逝，聖嘆云亡，愚不自諒，輒擬數語，知我罪我，其聽之矣。（有正2053「女先兒」作「女先」，「燈炮」作「花爆」，「不亂」作「一絲不亂」，「盡」作「近」）

第五十五回① 辱親女愚妾爭閑氣 欺幼主刁奴蓄險心

回前總批

〔王府0a〕此回接上文，恰似黃鐘大呂後，轉出羽調商聲，別有清涼滋味。（有正2055同）

只不過言語沉靜，性情和順而已。

〔庚辰1286〕這是小姐身分耳，阿鳳未出閣想亦如此。

若是鳳姐前他便早已獻勤，說出許多主意，又查出許多舊例來，任鳳姐兒揀擇施行。

〔庚辰1287〕可知雖有才幹，亦有羽翼方可。

正該和他協同，大家做個膀背。

〔己卯656〕阿鳳有才處全在擇人，收納膀背（臂）羽翼，並非一味倚才自恃者可知。這

① 己卯此回存五葉，由「話。二則恐這里人不方便，原是叫我幫着妹妹們伏侍奶奶姑娘的」起至回末，約存原文的五分之二。

方是大才。（〔庚辰1304〕「倚」作「以」）

過來坐下，橫豎沒人來，偺們一處吃飯是正緊。……平兒屈一膝于炕沿之上，半身猶立于炕下，陪着鳳姐兒吃了飯。（庚辰「緊」字改作「經」）

〔己卯658〕鳳姐之才又在能買邀人心。（〔庚辰1306〕「買邀」作「邀買」）

回末總評

〔王府19a〕噫，事亦難矣哉。探春以姑娘之尊，以賈母之愛，以王夫人之付託，以鳳姐之未謝事，暫代數月，而奸奴蜂起，內外欺侮，珠璣小事，突動風波，不亦難乎。以鳳姐之聰明，以鳳姐之才力，以鳳姐之權術，以鳳姐之貴寵，以鳳姐之日夜焦勞，百般彌縫，猶不免騎虎難下，爲移禍東吳之計，不亦難乎。況聰明才力不及鳳姐，權術貴寵不及鳳姐，焦勞彌縫不及鳳姐，又無賈母之愛，姑娘之尊，太太之付託，而欲左支右吾，撐前達後，不更難乎。士方有志作一番事業，每讀至此，不禁爲之投書以起，三復流連而欲泣也。（有正2097「珠璣」作「錙銖」）

第五十六回　敏探春興利除宿弊　時寶釵小惠全大體

回前總批

〔王府0a〕敘入夢景極迷離，卻極分明。牛鬼蛇神，不犯筆端，全從至情至理中寫出，「齊諧」①莫能載也。（有正2099同）

這些正事大節目事竟沒經歷，也可惜遲了。

〔己卯693〕反點題，文法中又一變體也。（〔庚辰1310〕同）

說笑了一回，便仍談正事。（庚辰「說」作「說了」）

〔己卯663〕作者又用金蟬脫　殼之法。（〔庚辰1311〕同）

如此一行，你們辦的又至公了，事又甚妥。李紈平兒都道是極。（庚辰「公了」改作「公道」）

〔己卯669〕寶釵此等非與鳳姐一樣，此是隨時俯仰，彼則逸才踰蹈也。（〔庚辰1317〕

① 莊子「逍遙遊」：「齊諧者，志怪者也。」南朝宋東陽無疑有「齊諧記」七卷，梁吳均有「續齊諧記」一卷。

「此是」作「此時」）

探春笑道，雖如此，只怕他們見利忘義。

〔己卯669〕這是探春敏智過人處，此諷亦不可少。（〔庚辰1317〕同）

前兒鶯兒還認了葉媽做乾娘，請吃飯吃酒，兩家和厚，好的狠呢。

〔己卯669〕夾寫大觀園中多少兒女家常閒景，此亦補前文之不足也。（〔庚辰1317〕同）

除了我們大觀園更又有這一個園子。

〔己卯681〕寫園可知。（〔庚辰1329〕同）

除了鴛鴦襲人平兒之外，也竟還有這一干人。

〔己卯681〕寫人可知。妙在並不說「更強」二字。（〔庚辰1329〕「並不」作「更不」）

他生的到也還乾淨。

〔己卯681〕妙。在玉卿身上只落了這兩個字，亦不奇了。（〔庚辰1329〕「卿」作「鄉」）

不知有何話說。

〔己卯684〕此下緊接「慧紫鵑試忙玉」。（〔庚辰1322〕同）

回末總評

〔有正2142〕探春看得透，拏得定，說得出，辦得來，是有才幹者，故贈以「敏」字。寶釵認的真，用的當，責的專，待的厚，是善知人者，故贈以「識」字。「敏」與「識」合，何事不濟。　敘園圃事極板重，卻極活潑，營心孔方，帶以圖記，勞形案牘，不費謳吟，高人焉肯以書香混於銅臭也哉。

第五十七回　慧紫鵑情辭試忙玉　慈姨媽愛語慰癡顰

回前總批

〔有正2143〕作者發無量願，欲演出眞情種，性地圓光，徧示三千，遂滴淚爲墨，研血成字，畫一幅大慈大悲圖。

一人手托着腮頰出神，不是別人，卻是寶玉。

〔己卯687〕畫出寶玉來，却又不畫阿顰，何等筆力。偏不從鵑寫却寫一雁，更奇是仍歸寫鵑。（〔庚辰1335〕「偏」作「便」，二批連寫）

敢是他也犯了獃病了。

〔己卯687〕寫妍憨女兒之心，何等新巧。（〔庚辰1335〕同）（庚辰「也犯」作「犯」）

寶玉聽了，吃了一驚，忙問誰往那個家去。

〔己卯690〕這句不成話，細讀細嚼，方有無限神清（情）嗞（滋）味。（〔庚辰1338〕

「話」作「寫」）

寶玉笑道。

〔己卯690〕「笑」字奇甚。（〔庚辰1338〕同）

你又說白話，蘇州雖是原籍，因沒了姑父姑母，無人照看，纔就了來的。明年回去找誰，可見是扯謊。（庚辰「纔就了來」作「纔來」）

〔己卯690〕此論極是不介意。（〔庚辰1338〕同）

不知紫鵑姑奶奶說了些什麼話，那個獃子眼也直了，手腳也冷了，話也不說了。李媽媽掐着也不疼了，已死了大半個了。（庚辰「眼」字旁加「睛」字）

〔己卯693〕奇極之語。從急怒姣憨口中描出不成話之話來，方是千古奇文。五字（句）是一口氣來的。（〔庚辰1341〕同）

回末總評

〔有正2197〕寫寶玉黛玉呼吸相關，不在字裏行間，全從無字句處，運鬼斧神工之筆，攝魄追魂，令我哭一回嘆一回，渾身都是獃氣，

寫寶釵岫烟相叙一段，眞有英雄失路之悲，眞有知己相逢之樂。時方午夜，燈影幢幢，讀書至此，掩卷出戶，見星月依稀，寒風微起，默立階除良久。

第五十八回　杏子陰假鳳泣虛凰　茜紗窗眞情揆癡理

回前總批

〔有正2199〕用清明燒紙徐徐引入園內燒紙，較之前文用燕窩回①照應，別有草蛇灰線之趣，令人不覺。前文一接，怪蛇出水；此文一引，春雲吐岫。

地名曰孝慈縣。

〔己卯正文719〕隨事命名。（庚辰正文1365同）

還要停放數日方入地宮，故得一月光景。（庚辰「停」作「安」）

〔己卯719〕週到細膩之至。眞細之致，不獨寫侯府得理，亦且將皇宮赫赫，寫得令人不敢坐閱。（〔庚辰1365〕「眞細之致」作「眞細之至」，二批連寫）

尤氏等又遣人告訴了鳳姐兒。

① 第四十五回。

〔己卯723〕看他任意鄙俚詼諧之中，必有一個禮字還清，足見是大家形景。（〔庚辰1368〕「足見是」作「足是」）

只得柱了一支杖，靸着鞋步出院外。（庚辰「支」字下右側加「拐」字）

〔己卯725〕畫出病勢。（〔庚辰1371〕同）

只管對杏流淚嘆息。

〔己卯726〕近之淫書滿紙傷春，究竟不知傷春原委。看他並不提傷春字樣，却豔恨穠愁，香流滿紙矣。（〔庚辰72〕同）

你是什麼阿物兒，跑來胡鬧。怕也不中用，跟我快走罷。

〔己卯728〕如何，必是含怨之人。又拉上寶玉，畫出小人得意來。（〔庚辰1374〕同）

寶玉聽了，心下納悶。

〔己卯731〕連觀書者亦納悶。（〔庚辰1376〕同）

比往日已算大愈了。

〔己卯731〕好，若只管病亦不好。（〔庚辰1376〕同）

自古說「物不平則鳴」。

〔己卯732〕自來經語未遭如是用也。（〔庚辰1377〕同）

天長地久如何是好。

〔己卯734〕畫出寶玉來。（〔庚辰1379〕同）

。。。。

敞着褲腿。

〔己卯734〕四字奇想，寫得紙上跳出一個女優來。（〔庚辰1379〕同）

寶玉便就桌上喝了一口。

〔己卯735〕畫出病人。（〔庚辰1381〕同）

一面說，一面忙端起，輕輕用口吹。

〔己卯735〕畫。（〔庚辰1381〕同）

回末總評

〔有正2234〕道理徹上徹下，提筆左瀠右拂，浩浩千萬言不絕，又恐後人溺詞失旨，特自註一句以結穴，曰誠曰信。

杏子林對禽惜花一席話，彷彿茂叔庭草不除襟懷①。

---

① 周敦頤（一〇一七——一〇七三），字茂叔，世稱濂溪先生。其「四時讀書樂」詩四首之一：「山光照檻水繞廊，舞雩歸詠春風香；好鳥枝頭亦朋友，花落水面皆文章。蹉跎莫遣韶光老，人生惟有讀書好；讀書之樂樂何如，綠滿窗前草不除。」

第五十九回　柳葉渚邊嗔鶯咤燕　絳（絳）雲軒裏召將飛符

回前總批

〔有正2235〕山無起伏，便是頑山；水無瀠洄，便是死水。此文於前回敘過事，字字應；於後回未敘事，語語伏，是上下關節。至鑄鼎象物手段，則在下回施展。

回末總評

〔有正2260〕蘇堤柳暖，閬苑春濃，兼之晨粧初罷，疎雨梧桐，正可借輭草以慰佳人，採奇花以寄公子。不意鶯嗔燕怒，逗起波濤；婆子長舌，丫環碎語，羣相聚訟，又是一樣烘雲托月法。

第六十回　茉藜（莉）粉替去薔薇硝　玫瑰露引來茯苓霜

回前總批

〔有正2261〕前回敍薔薇硝戛然便住，至此回方結過薔薇案。接筆轉出玫瑰露，引起茯苓霜，又戛然便住。著筆如蒼鷹搏兔，青獅戲毬，不肯下一死爪，絕世妙文。

全放出去與本人父母自便呢。

〔庚辰1404〕補前文不足處。

因他排行第五，因叫他是五兒。

〔庚辰1418〕五月之柳，春色可知。

一則給我媽爭口氣，也不枉養我一場。

〔庚辰1420〕爲母。

二則添上月錢，家裏又從容些。

〔庚辰1420〕二爲家中。

回末總評

〔有正2298〕以硝出粉是正筆，以霜陪露是襯筆。前必用茉莉粉纔能搆起爭端，後不用茯苓霜亦必敗露馬腳。須知有此一襯，文勢方不徑直，方不寂寞。寶光四映，奇彩繽紛。

第六十一回　投鼠忌器寶玉情贓　判冤決獄平兒情權

回前總批

〔有正2299〕數回用蟬脫體，絡繹寫來，讀者幾不辨何自起，何自結，浩浩無涯。須看他爭端起自環哥，卻起自彩雲；爭端結自寶玉，卻亦結自彩雲。首尾收束精嚴，六花長蛇陣也。識者着眼。

忽見迎春房里小丫頭蓮花兒走來。

〔己卯753〕總是寫春景將殘。（〔庚辰1429〕同）

回末總評

〔有正2332〕趙姨痛兒，弄得羞愧滿面；柳家惜女，幾至鞭楚隨身，可知養子種孫自有大體，莫學那溺愛禽犢。柳家婆袞糕烹茶，何等殷勤，未得些兒便宜。秦家婆偷倉盜庫，百般暗墊，反傷無數錢財。可知君子安貧，達人知命，原有樂處。

第六十二回　憨湘雲醉眠芍藥裀　獃香菱情解柘（石）榴裙

回前總批

〔有正2333〕眾姊妹一番賠貺，諸僧尼一番禱祝，確是寶玉生辰。園中行禮，不亢不卑；席上設筵，不豐不嗇，確是寶玉分地。

探春園棋理事，氣象嚴厲。香菱鬬草善謔，姿態俊逸。湘雲喜飲酒，何等踈爽。黛玉怕吃茶，何等嫵媚。晴雯刺芳官，語極尖利。襲人給裙子，意極醇良。字字曲到。

一壁胡思亂想。。。。。

〔己卯802〕又下此四字。（〔庚辰1480〕同）

回末總評

〔有正2390〕寫尋鬧是賈母不在家景況，寫設筵亦是賈母不在家景況，如此說來，如彼說來，眞有筆歌墨舞之樂。
看湘雲醉臥青石，滿身花影，宛若百十名姝抱雲笙月鼓而簇擁太眞者。

第六十三回　壽怡紅羣芳開晏（宴）　死金丹獨豔理親喪

回前總批

〔王府1a〕此書寫世人之富貴子弟易流邪鄙，其作長上者有不能稽查之處。如寶玉之夜宴，始見之文雅韻致，細思之，何事生端不基於此。更能寫賈蓉之惡賴無恥，亦世家之必有者。讀者當以「三人行必有我師」①之說爲念，方能領會作者之用意也，戒之。（有正2391同）

且忙着卸粧寬衣。

〔己卯809〕九吃酒從未先如此者，此獨怡紅風俗。故王夫人云他行事總是與世人兩樣的，知子莫過母也。（〔庚辰1488〕「九」作「凡」，「怡」作「抬」）

當時芳官滿口嚷熱。

〔己卯810〕余亦此時太熱了，恨不得一冷。旣冷時思此熱，果然一夢矣。（〔庚辰1488〕同）

---

① 「論語・述而篇」第七，子曰：「三人行，必有我師焉，擇其善者而從之，其不善者而改之。」

裏面不過是山南海北，中原外國或乾或鮮，或水或陸。（高閱2a原同，被畫改爲：「裏面不過是山南海北乾鮮水陸的酒饌菜果」）

〔高閱正文2a〕三兩二錢銀子，如何得這些東西？（被畫去）

襲人纔要擲，只聽有人叫門。老婆子忙出去，問時，原來是薛姨媽打發人來了，接黛玉的。（列藏無「的」字）

〔列藏正文〕奇文，不接寶釵而接黛玉。（龐英按：此批語被另筆點去，並將正文中之「黛玉」圈去，旁添「寶釵」二字）

上面寫着檻外人妙玉恭肅遙叩芳辰。寶玉看畢直跳了起來。

〔己卯823〕帖文亦蹈俗套之臥（外）。（〔庚辰1503〕同）

忽見岫烟顫顫巍巍的。

〔列藏正文〕四個俗字寫出一個活跳美人，轉覺別出（書）中若干蓮步香塵纖腰玉體字樣，無味之甚。（勾出，旁有「註」字）

我說你是無才的。

〔己卯826〕用芳官一罵有趣。（〔庚辰1507〕同）

因飯後平兒還席，說紅香圃太熱，便在榆蔭堂中擺了幾席新酒嘉殽。

〔列藏正文〕榆陰中者，餘蔭也。玆既感靈，今故懷親，所謂不失忠孝之大綱也。（龐英按：批語被另筆勾出，並於首側添一「註」字）

佩鳳偕鴛兩個去打鞦韆頑耍。

〔己卯830〕大家千金不令作此戲，故寫不及探春等人也。（〔庚辰1511〕同。列藏正文「令」作「合」，無「也」字。龐英按：批語被另筆勾出，首側加一「註」。書眉上原有一簽被撕去，但「註」字痕跡尚可辨識。）

他這繼母只得將兩個未出嫁的小女帶來，一並起居才放心。（列藏無「他這繼母」、「兩個六字）

〔己卯833〕原爲「放心」而來，終是「放心」而去，妙甚。（〔庚辰1514〕同。列藏正文同；龐英按：此批語亦被另筆指出，並在首右側批一「註」字。書眉上原亦有一簽條，後被撕掉，其「註」字尚可認出。）

〔靖藏眉批〕原爲「放心」（而）（來），終是「放心」〔而〕〔來〕〔妙〕而去，（妙）。

只和我們鬧，知道的說是頑。

〔己卯836〕妙極之「頑」，天下有是之「頑」亦有趣甚。此語余亦親聞者，非偏有也。

（〔庚辰1517〕「偏」作「編」）

〔靖藏夾批〕有天下是之亦有趣甚玩余亦之玩極妙此語編有也非親聞。

回末總評

〔王府29a〕寶玉品高性雅，其終日花園翠繞，用力維持其間，淫蕩之至，而能使旁人不覺，彼人不壓。賈蓉不分長幼微賤，縱意馳騁於中，惡習可恨。二人之形景天淵而終歸於邪，其濫一也，所謂五十步之間耳。持家有意於子弟者，揣此以照察之可也。（有正2446「彼」作「被」，「壓」作「厭」，「聘」作「騁」）

第六十四回　幽淑女悲題五美吟　浪蕩子情遺九龍佩

回前總批

〔王府1a〕①一回緊摟賈敬靈柩進城，原當鋪敍寧府喪儀之盛。但上回秦氏病故，熙鳳理喪，已描寫殆盡，若仍極力寫去，不過加倍熱鬧而已。故書中於迎靈送殯極忙亂處，卻只閑閑數筆帶過，忽揮入釵玉評詩，璉尤贈佩一段閑雅文字來，得所謂急脉緩受也。（有正2447「摟」作「接」。列藏爲回目後批，在回首詩後；「緊摟」作「緊接」；「柩」原作「樞」，點改爲「柩」；「熙鳳」作「鳳姐」；「喪」作「䘮」；「帶」原作「伐」，點改爲「帶」；「揮入」作「揷入」；「佩」作「珮」；「閑雅」作「閑雅風流」）

回首詩

〔列藏〕題目：深閨有奇女，絕世空珠翠，情痴苦淚多，未惜顏憔悴。哀哉千秋魂，薄命無二致。嗟

① 王府此回見新影印庚辰本，本批在一五二一頁。

彼桑間人，好醜非其類。（「悴」原作「顇」，圈去，旁加「悴」。「哀」原作「衷」，圈改爲「哀」。「其類」原作「豈顡」，點改爲「其類」）

又叫將那龍文鼐。

〔王府6a〕子之切，小鼎也。（〔有正2457〕同）

何不就命名曰五美吟。于是不容分說，便提筆寫在後面。（甲辰無「命」字）

〔王府11b〕「五美吟」與後「十獨吟」對照。（〔有正2468〕、〔甲辰10a〕同）

寶玉安慰黛玉一段

〔靖藏夾批〕玉兄此想周到，的是在可女兒工夫上身左右于此時難其亦不故證其後先以惱況無夫嗔處。

回末總評

〔王府25a〕五首新詩何所居，顰兒應自日欷歔。柔腸一段千般結，豈是尋常望雁魚。（有正2495同）

五百年風流債，一見了偏作怪。你貪我愛自難休，天巧姻緣渾無奈。父母者子女間，莫失教訓說前緣。防微之處休弛謝，嚴厲纔能眞愛憐。（有正2495「者」作「者於」，「謝」作「縱」。「奈」以下另爲一批）

第六十五回　賈二舍偷娶尤二姨　尤三姐思嫁柳二郎

回前總批

〔王府0a〕筆筆敍二姐溫柔和順，高鳳姐十倍，言語行事，勝鳳姐五分，堪爲賈璉二房，所以深著鳳姐不念宗祀血食，爲賈宅第一罪人，綱目書法。（有正2497同）文有雙管齊下法，此文是也。事在寧府，卻把鳳姐之奸酸刻薄，平兒之任俠直鯁，李紈之號菩薩，探春之號玫瑰，林姑娘之怕倒，薛姑娘之怕化，一時齊現，是何等妙文。（有正2497「酸」作「毅」）

尤三姐便知其意。

〔己卯881〕全用醍醐貫（灌）頂，全是大翻身大解悟法。（〔庚辰1584〕「貫」作「瀖」）

〔靖藏夾批〕今用大翻大解醍貫身頂法語是湖全。

酒過三巡，不用姐姐開口，先便滴淚泣道。

〔己卯881〕全用如是等語，一洗孽障。（〔庚辰1584〕同）

〔靖藏眉批〕用如是語先一今□障。

尤三姐便啐了一口道。

〔己卯882〕奇，不知何爲。（〔庚辰1586〕同）

我們有姊妹十個，也嫁你弟兄十個不成。

〔己卯882〕有理之極。（〔庚辰1586〕同）

難道除了你家，天下就沒了好男子了不成。

〔己卯882〕一罵反有理。（〔庚辰1586〕同）

除了他還有那一個。

〔己卯882〕余亦如此想。（〔庚辰1586〕同）

只在五年前想就是了。

〔己卯882〕奇甚。（〔庚辰1586〕同）

回末總評

〔王府17a〕房內兄弟聚麀，棚內兩馬相鬧，小廝與家母飲酒，小姨與姐夫同床。可見有是主必有奴奴，有是兄必有是弟，有是姐必有是妹，有是人必有是馬。（有正2531「奴奴」作「是奴」）

第六十六回　情小妹恥情歸地府　冷二郎一冷入空門

回前總批

〔王府0a〕余嘆世人不識情字，常把淫字當作情字；殊不知淫裏有情，情裏無淫，淫必傷情，情必戒淫，情斷處淫生，淫斷處情生。三姐項上一橫是絕情，乃是正情；湘蓮萬根皆削是無情，乃是至情。生爲情人，死爲情鬼，故結句曰「來自情天，去自情地」，豈非一篇盡情文字。再看他書，則全是淫，不是情了。（有正2533「有情」作「無情」，「項上」作「項下」）

這些混話到像是寶玉那邊的了。

〔己卯889〕好極之文。將茗烟等已全寫出，可謂一擊兩鳴法，不寫之寫也。（〔庚辰1595〕同）

〔靖藏夾批〕一擊兩鳥好樹之文法將茗烟已今等馬出謂。

可是你們家那寶玉，除了上學，他作些什麼。

〔己卯889〕拍案叫絕。此處方問，是何文情。（〔庚辰1595〕同）

主子寬了你們又這樣，嚴了又把怨，可知難纏。（庚辰「把」作「報」）

〔己卯890〕情語情文至語。（〔庚辰1596〕同）

裏頭有個作小生的叫作柳湘璉。

〔己卯893〕千奇百怪之文，何至於此。（〔庚辰1599〕同）

賈璉深爲奇怪。

〔己卯894〕余亦爲怪。（〔庚辰1600〕同）

我在那裏和他們混了一個月，怎麼不知，眞眞一對尤物。

〔己卯900〕可巧。（〔庚辰1606〕同）

你們東府裏除了那兩石頭獅子乾淨，只怕連貓兒狗兒都不乾淨，我不做這剩忘八。

〔己卯900〕極奇之文，極趣之文。金瓶梅中有云「把忘八的臉打綠了」①，已奇之至，此云「剩忘八」，豈不更奇。（〔庚辰1606〕「極奇」作「奇極」）

〔靖藏眉批〕極奇極趣之文。金瓶（梅）梅肖（有）「把忘八臉打綠」已奇，些（此云）「剩忘八」（豈）不更奇。

連忙作揖，說我該死胡說。

〔己卯900〕忽用湘蓮提東府之事罵及寶玉，可是人想得到的。所謂一人不曾放過。（〔

① 見萬曆本「金瓶梅詞話」第二十二回春梅在潘金蓮面前罵李銘：「我把王八臉打綠了。」（頁七A）張竹坡評本「第一奇書」此句作「我把忘八臉打綠了」，下有批語：「三字奇絕。」（頁七B）此處批語似引張竹坡評本。

庚辰1606〕「一人」作「一個人」）

回末總評

〔王府13a〕尤三姐失身時，濃粧豔抹，凌辱羣凶；擇夫後，念佛吃齋，敬奉老母。能辨寶玉，能識湘蓮，活是紅拂文君一流人物。（有正2559同）

鴛鴦劍能斬鴛鴦，鴛鴦人能破鴛鴦，豈有此理。鴛鴦劍夢裏不會殺奸婦，鴛鴦人自日偏要助淫夫，焉有此情。眞天地間不測的怪事。（有正2559「自」作「白」）

第六十七回　餽土物顰卿思故里　訊家童鳳姐蓄陰謀

回前總批

〔靖藏〕(此)四(回)撒手乃已悟，是雖眷戀，卻破〔此〕迷關，是〔必〕何(必)削髮？(青)埂峯時緣了證情，仍(不)出士〔不〕隱夢，而(中)(秋)前引卽〔秋〕三〔中〕姐。①

① 周汝昌曰：「文字錯亂已甚，初步校讀為：後回『撒手』，乃是已悟；此雖眷念，却破迷關。是何必削髮？青埂峯證了前緣，仍不出士隱夢中；而前引卽(湘)(蓮)三姐。」(「新證」，頁一〇五五—一〇五六)

戴不凡提出下列兩種校讀法，並以為第二種較好：

ⓐ (末)回撒手，乃是已悟(也)。(玉)(兄)雖眷戀，却破此迷關，是何必削髮。(青)埂峯時證情，仍不出士隱夢，而前引卽中秋三姐。

ⓑ (末)回撒手，乃是已悟緣了。(玉)(兄)雖眷戀，却破此迷關，何必削髮。(青)埂峯時證情。是仍不出士隱夢，而前引卽中秋三姐。

(參「版本識小錄」，「集刊」，第四輯，頁二五九)

梁歸智以為應作如是校讀：「此回撒手乃已悟，是雖眷戀，却破迷關，是何必削髮？青埂峰時緣了證情，仍不出士隱夢，而中秋前引卽三姐。」(見「關於靖藏本一條脂批的校讀」，載「石頭記探佚」，山西人民出版社，一九八三年，頁一一六)

寶釵勸慰薛姨媽一段。

〔靖藏夾批〕寶卿不以爲怪雖慰此言以其母不然亦知何爲□□□□寶卿心機，余已此又是□□。（原註：「前四字看不清，後兩字蛀去」）

一時糊塗了，就跟着道士去了呢。

〔靖藏眉批〕似「糊塗」却不「糊塗」，若非有風（夙）緣，（有）根基〔有〕之人，豈能有此。□（尤）□（三）□（姐）姣姣，册之副者也。

因見人家哥哥自江南帶了東西來送人，又係故鄉之物，勾想起別的痛腸來，是以傷感。

〔列藏正文〕是實。

向西北大哭一場。

〔靖藏眉批〕〔豈〕〔是〕犬（猷）兄也（是）有情之人。

第六十八回　苦尤娘賺入大觀園　俊（酸）鳳姐大鬧寧國府

回前總批

〔王府0a〕余讀左氏見鄭莊，讀後漢見魏武，謂古之大奸巨猾，惟此爲最。今讀石頭記，又見鳳姐作威作福，用柔用剛，占步高，留步寬，殺得死，救得活。天生此等人，琢喪元氣不少。（有正2621「琢」作「斲」）

回末總評

〔王府19a〕人謂鬧寧府一節，極兇猛，賺二姐一節，極和靄。吾謂鬧寧府情有可恕，賺二姐法不容誅。鬧寧府聲聲是淚，賺二姐字字皆鋒。（有正2658「寧府」皆作「寧國府」，「二姐」皆作「尤二姐」）

第六十九回　弄小巧用借劍殺人　覺大限吞生金自逝

回前總批

〔王府0a〕寫鳳姐寫不盡，卻從上下左右寫。寫秋桐極淫邪，正寫鳳姐極淫邪。寫平兒極義氣，正寫鳳姐極不義氣。寫使女欺壓二姐，正寫鳳姐欺壓二姐。寫下人感戴二姐，正寫下人不感戴鳳姐。史公用意，非念死書子之所知。（有正2659同）

回末總評

〔王府18a〕鳳姐初念在張華領出二姐，轉念又恐仍爲外宅，轉念卽欲殺張華爲斬草除根計，一時寫來，覺滿腔都是荆棘，渾身都是爪牙，安得借鴛鴦劍，手刃其首，以寒千古奸婦之膽。（有正2694同）看三姐夢中相敍一段，眞有孝子悌弟，義士忠臣之概，我不禁淚流一斗，濕地三尺。（有正2694同）

第七十回　林黛玉重建桃花社　史湘雲偶塡柳絮詞

回前總批

〔王府0a〕空將佛事圖相報，已觸飃風散艷花。一片精神傳好句，題成讖語任吁嗟。（有正2695「讖」作「識」）

就把海棠社改作桃花社。

〔己卯982〕起時是後有名，此是先有名。（〔庚辰1702〕同）

紫鵑住了一枝夢甜香。

〔己卯990〕重建，故人寫香。（〔庚辰1710〕「人」作「又」）

蕉丫頭的半首且寫出來。探春聽說忙寫了出來，衆人看時。

〔己卯990〕却是先看沒作完的，總是又變一格也。（〔庚辰1710〕同）

萬縷千絲終不改，任他隨聚隨分。

〔高閱正文3b〕人事無常，原不必戚戚也。（此批被畫去）

回末總評

〔王府17a〕文於雪天聯詩篇一樣機軸，兩機筆墨。前文①以聯句起，以燈謎結，以作畫爲中間橫風吹斷；此文以塡詞起，以風箏結，以寫字爲中間橫風吹斷，是一樣機軸。前文敍聯句詳，此文敍塡詞略，是兩樣筆墨。前文之敍作畫略，此文敍寫字詳，是兩樣筆墨。前文敍燈謎，敍猜燈謎；此文敍風箏，敍放風箏，是一樣機軸。前文敍七律在聯句後，此文敍古歌在塡詞前，是兩樣筆墨。前文敍黛玉替寶玉寫詩，此文敍寶玉替探春續詞，是一樣機軸。前文賦詩後有一首詩，此文塡詞前有一首詞，是兩樣筆墨。噫，參伍其變，錯綜其數，此固難爲粗心者道也。（有正2709「文於」作「文與」，「兩機」作「兩樣」）

---

① 第五十回。

第七十一回　嫌隙人有心生嫌隙　鴛鴦女無意遇鴛鴦

回前總批

〔王府0a〕敍賈母開壽筵與「寧府祭宗祀（祠）」①是一樣手筆，俱爲「五鳳」②裁詔體。

衆人中也有見過的，還有一兩家不曾見過的，都齊聲誇讚不絕。

〔王府正文4a〕人非草木，見此數人，焉得不垂涎稱妙。（有正正文2739同）

只見園中正門與各處角門。

〔庚辰1727〕伏下文。

指着隔斷的墻。

① 第五十三回。

② 歐陽修（一〇〇七——一〇七二）「歸田錄」卷一謂：「太宗時，宋白、賈黄中、李至、呂蒙正、蘇易簡五人同時拜翰林學士，承旨扈蒙贈以詩云：『五鳳齊飛入翰林。』」李心傳「舊聞證誤」卷一謂：「按『國史』，此太平興國八年五月事也。實李文恭穆與宋、賈、呂、李五公同入翰林，後二年，蘇易簡始為學士。」

〔庚辰1735〕細致之甚。

向賴大等笑道。

〔庚辰1738〕又寫笑，妙。凡鳳直（眞）怒處必曰笑，淩淩不錯。

只有江南甄家。

〔庚辰1739〕好，一提甄事。蓋直（眞）事欲顯，假事將盡。

只有該班的房裏燈光掩映，微有半天。

〔庚辰1744〕是月（初）（旬）起更〔初〕〔旬〕時也。

行至一湖山石後，大桂樹陰下來。

〔庚辰1745〕是八月，隨筆點景。

瞧準是一個穿紅裙子梳鬅頭高大豐壯身材。

〔庚辰1745〕是月下所（見）之像，故不寫至容兒（貌）也。

故意藏躲恐嚇着耍。

〔庚辰1745〕此見是女兒們常（事），觀書者白（自）亦爲如〔事〕此。

誰知他賊人膽虛。

〔庚辰1745〕更奇，不〔何〕知後爲（何）事。

雙膝跪下，只說好姐姐千萬別嚷。

〔庚辰1746〕奇甚。

心下便猜疑了八九。

〔庚辰1746〕是聰敏女兒，妙。

自己反羞的面紅耳赤，又怕起來。

〔庚辰1746〕是姣貴女兒，筆筆皆到。

是我姑舅兄弟。

〔庚辰1746〕妙。

鴛鴦啐了一口道，該死，該死。

〔庚辰1746〕如見其面，如問（聞）其聲。

回末總評

〔王府22a〕敍一番燈火未息，門戶未關；敍一番趙姨失體，費婆驁（慦）氣；敍一番林家托大，周家獻勤；敍一番鳳姐灰心，鴛鴦傳信；非爲本文渲染，全爲下文引逗。良工苦心，可爲慘淡經營。（有正2775「驁」作「癘」，「爲」作「謂」）

司棋事後從鴛鴦誤嚇得來，是善周全處，方與鴛鴦前後行景不至矛盾，一何精細如此。（有正2775「事後」作「事」）

第七十二回　王熙鳳特（恃）强羞說病　來旺婦倚勢霸成親

回前總批

〔王府0a〕此回似着意，似不着意，似接續，似不接續，在畫師爲濃淡相間，在墨客爲骨肉停匀，在藥工爲笙歌間作，在文壇爲養局爲別調，前後文氣，至此一歇。（有正2777「藥」作「樂」）

後日是尤二姐的週年，我們好了一場。（高閱「尤」字被圈去）

〔高閱正文3a〕奇想奇文。（被畫去）

如今到落了一個放賬破落戶的名聲。

〔庚辰1761〕可（兒），知放賬乃（生）發，〔所〕〔謂〕此家〔兒〕〔（所）〕恥惡之事也。①

那一位太太奶奶的頭面衣服折變了，不勾（彀）過一輩子的，只是不肯罷了。

---

① 楊光漢「庚辰本幾條批語校釋」，（「集刊」第六輯，頁三五六——三六二）將此校讀作：「可知放賬乃（事）發，所謂此家兒（鬼）如（知）恥惡之事也」。

〔庚辰1762〕間（閒）語補出近日諸事。

昨晚上忽然作了一個夢，說來也可笑。

〔庚辰1762〕反說「可笑」〔則〕〔思〕〔返〕〔落〕，妙甚。若必以此夢爲凶兆，（則）（思）（返）（反）（落）套，非紅樓之夢矣。

夢見一個人，雖然面善，卻又不知名姓。

〔庚辰1762〕是以前授方相之舊，數十年後矣。

正奪着，就醒了。

〔庚辰1762〕妙。實家常觸景間夢，必有之理，却是江淹才盡之兆也，可傷。

這是奶奶的日間操心常應候宮裏的事。

〔庚辰1762〕淡淡抹去，妙。

打發我來問舅奶奶家，說有現成的銀子暫借一二百，過一兩日就送過來。

〔庚辰1763〕可謂蜜（密）處不用（容）針。

兩個都與宮中之物不離上下。

〔庚辰1764〕是太監眼中看，心中評。

命他拿去辦八月中秋節。

〔庚辰1764〕過下伏脈。

見鳳姐親自和他說，何等體面。

〔庚辰1767〕今時人〔女〕〔兒〕因圖此現在體面，悮了多少（女）（兒）。此正是回（爲）今時女兒一笑

（哭）。

遂至晚間悄命他妹子小霞。

〔庚辰1768〕霞大小，奇奇怪怪之文，更覺有趣。

不過是個丫頭，他去了，將來自然還有。

〔庚辰1769〕這是世人之情，亦是丈夫之情。

便先求了賈政。

〔庚辰1769〕這是使〔却〕〔是〕〔大〕（人）想不到之文，（却）（是）（大）家必有之事。

又怕他們悞了書，所以再等一二年。

〔庚辰1769〕妙文。又寫出賈老兒女（之）（情）。（細）（思）（一）（部）（書），（總）（不）寫賈老則不然（成）文，若不如此寫，〔之〕〔情〕〔細〕〔思〕〔一〕〔部〕〔書〕〔總〕〔不〕則又非賈老。

回末總評

〔王府19a〕夏雨多風，常不解其何自來何自去。鴛鴦與司棋相哭發誓，事已瓦釋冰消，及平地風波一起，措手不及，亦不解何自來何自去。（有正2814同）

第七十三回　痴丫頭悞拾繡春囊　懦小姐不問纍金鳳

回前總批

〔王府0a〕賈母一夕話，隱隱照起全文，便可一直敍去。接筆卻置賊不論，轉出賭錢；接筆又置賭錢不論，轉出姦証；接筆又置姦証不論，轉出討情。一波未平，一波又起，勢如怒蛇出穴，蜿蜒不就捕。（有正2815「夕」作「席」）

小鵲不言語，直往房內來找寶玉。

〔庚辰1771〕奇，從未見此婢也。

見他來了，都問什麼事，這時候又跑了來作什麼。

〔庚辰1771〕又是補出前文矣，非只張一回也。

因近來作詩，常把詩經讀，雖不甚精闡，還可塞責。

〔庚辰1772〕妙，寶玉讀書原係從問中滋（臨）而有。

稍能適性者偶然一讀，不過供一時之興趣，究竟何曾成篇潛心玩索。

〔庚辰1773〕妙，寫寶玉讀書，非爲功名也。

你暫且把我們忘了，把心且略對着他些罷。

〔庚辰1775〕此處〔況〕〔又〕豈是讀書之處，又豈是伴讀之人，古今天下誤盡多少紈袴，何（況）（又）是此等時之怡紅院，此等之嬛婢，又是此等一個寶玉哉。

鳳姐雖未大愈，精神因此比常稍減。

〔庚辰1778〕看他漸次寫來，從不作一〔年〕易安之筆，況阿鳳之文哉。

敢是兩個妖猜打架，不然，必是兩口子相打。左右猜解不來，正要拿去與賈母看。

〔庚辰1781〕險極，妙極。榮富（府）堂堂詩禮之家，且大觀官園又何等嚴肅清幽之地。金閨玉閣尚有此等穢妙，天下淺閑浦慕之家寧不愼乎。雖然，但此等偏出大官（家）世族之中者。蓋因其房實香宵，嬛婢混殺（雜），鳥（烏）保其個個守禮特（持）卽（節）哉。此正爲大官（家）世族而告戒。其淺閑浦慕之處，母如（女）主婢日夕耳鬓交磨，一止一動悉在耳目之中，又何必諄諄再四焉。

眞個是個狗不識呢。

〔庚辰1781〕妙，寓言也。大凡知此交媾之情者，眞犯畜之說耳。飛（非）肆言惡詈，凡識此事者卽狗矣。然則云與賈母看，則先罵賈母矣。此處刑（邢）夫人亦看，然則又罵刑（邢）夫人乎。故作者又難。

嚇得連忙死緊攥住。

〔庚辰1782〕妙，這一「嚇」字方是寫世家夫人之筆。雖前文明書邢夫人之爲人稍劣，然不（亦）在情理之中，若不用愼重之筆，則刑（邢）夫人直係一小家卑汚極輕賊（賤）〕〕極輕之人已（矣），已（豈）得與榮府聯房哉。所謂此書針錦愼密處，全在無意中一字〔〔一句之間耳，看者細心方得。

偏偺們的人做出這事來，什麼意思。

〔庚辰1783〕「偺們」二字便見自懷異心，從上文生離異發遲而來，謹密之至。更有人（甚）於此者，君未知也，一矣（嘆）。

只有他說我的，沒有我說他的。

〔庚辰1783〕妙極，一直畫出一個懦弱小姐來。

如今直等外人共知，是什麼意思。

〔庚辰1783〕我敬問「外人」爲誰。

竟通共這一個妹子，全不在意。

〔庚辰1783〕加在于璉鳳，的是父母常情，極是。何必又如此說來，便見又有私意。

只好憑他們罷了。

〔庚辰1784〕如何，此皆婦女私假之意大不可者。

況且你又不是我養的。

〔庚辰1784〕更不好。

雖然不是同他一娘所生，到的是同出一父，也該彼此瞻顧些，也免別人笑活。

〔庚辰1784〕又問「別人」爲誰。又問彼二人雖不同母終是同父，被（彼）二人旣同父，其父又係君之何人。吁，婦人私心今古有之。

到是我一生無兒無女的一生乾淨，不能落人的笑話議論爲高。

〔庚辰1784〕最可恨婦人無字（子）者引乇（此）話是說。

他們明知姐姐這樣，他竟不顧恤一點兒。

〔庚辰1785〕殺殺殺，此輩耑生離異，余因實受其蠱。今讀乇（此）文直欲拔劍劈紙，又不知作者多少眼淚洒出乇（此）回也。又問不知如何顧恤些，又不知有何可顧恤之處，直令人不解。愚奴賤婢之言，酷肖之至。

明兒要帶時，獨偺們不帶，是什麼意思呢。

〔庚辰1786〕這個「偺們」使得，恰是女兒喁喁私語，非前問之一倒（例）可比者。寫得出。批得出。

拿幾吊錢來替他賠補上看是如何。

〔庚辰1786〕寫女兒各有機變，個個不同。

寧可沒有了，又何必生事。

〔庚辰1786〕總是懦語。

迎春聽見這媳婦說出刑夫人之私意。

〔庚辰1788〕大書。此句誅心之筆。

自拿了一本太上感應篇來看。

〔庚辰1789〕神妙之其（甚），（從）（書）（上）（跳）出一位懦弱小姐。〔從〕〔之〕〔上〕〔挑〕且書又有哥（奇）大（文），妙。（「之」、「挑」二字被點去）

若有不聞之狀。

〔庚辰1789〕看他寫迎春雖稍劣，然亦大家千金之格也。

便問才剛誰在這裏說話，倒像拌嘴似的。

〔庚辰1790〕瞧他寫探春氣宇。

回末總評

〔王府19a〕一篇姦盜淫邪文字，反以四子五經公羊穀梁秦漢諸作起，以太上感應篇結，後何心哉。他深見「書中自有黃金屋」、「書中有女美如玉」①等語，誤盡天下蒼生，而大奸大盜皆從此出，故特作此一起結，爲五陰濁世頂門一聲捧喝也。眼空似箕，筆大如椽，何得以尋行數墨繩之。（有正2853「四子」作「四子書」，「後」作「彼」，「捧」作「棒」）

探春處處出頭，人謂其能，吾謂其苦。迎春處處藏舌，謂其怯，吾謂其超。探春運符咒，因足役鬼驅神；迎春說因果，更可降狼伏虎。（有正2583「謂其怯」作「人謂其怯」，「因足」作「固足」）

① 「勸學詩」：「富家不用買良田，書中有自千鍾粟；安居不用架高堂，書中自有黃金屋；娶妻莫恨無良媒，書中有女顏如玉；出門莫恨無人隨，書中車馬多如簇；男兒欲遂平生志，六經勤向窗前讀。」按「解人頤」引此作宋真宗作，「通經篇」則謂「未考何人作」。

第七十四回　惑奸讒抄揀大觀園　矢孤介杜絕寧國府

回前總批

〔王府0a〕司棋一事，在七十一回叙明，暗用山石伏線；七十三回用「繡春囊」在山石上一逗便住；至此回可直敍去，又用無數曲折，漸漸逼來，及至司棋，忽然頓住，結到入畫。文氣如黃河出崑崙，橫流數萬里，九曲至龍門，又有孟門呂梁峽束不得入海，是何等奇險怪特文字，令我拜下服。（有正2855「石上」作「石」，「拜下」作「拜」）

這園中有素與柳家不睦的。

〔庚辰1795〕前文己卯之伏線。

一概是非都憑他們去罷。

〔庚辰1797〕歷了（來）世人到此作此想，但悔不及矣，可傷可嘆。

必是小丫頭們不知道說了出來，也未可知。

〔庚辰1798〕奇奇怪怪，從何處轉至素日〔成〕，眞如常山之蛇。

到跟前撒個姣兒，和誰要去，因此只粧不知道。

〔庚辰1800〕奇文神文，豈世人〔余〕相（想）得出者。前文云「一想（箱）子」若〔私〕是（私）拿出，賈母其睡夢中之人矣。蓋此等事作者曾經，批者經，實係一寫往是（事），非特造出，故弄新筆，究經不記不神也。　鴛鴦借物一回於此便結〔樂〕。

只見王夫人氣色更變。

〔庚辰1800〕奇。

這個東西必是你的，掉遺在那裏來着。

〔庚辰1801〕奇問。

太太怎知是我的。

〔庚辰1801〕問〔甚〕的（是）。

我想他們幾個姊妹也甚可憐了。

〔庚辰1804〕猶云可憐，妙〔人〕。在別人視之，今古無此，〔移〕若在榮府論，實不能比先矣。

如今這幾個姊妹，不過比別人家的丫頭略強些罷了。

〔庚辰1805〕所謂「貫（觀）子（于）海者難爲水」①。俗子謂王夫人不知足，是不可矣，又設（謂）作太過，眞{土惠}（蟪）姑（蛄）鳩覔（鷽）之見也。

餘者皆在南方，各有執事。

---

①「孟子・盡心」上：觀於海者難爲水，遊於聖人之門者難爲言。

〔庚辰1805〕又伏一筆。

王夫人向來看視夫人之得力心服人等原無二意。

〔庚辰1806〕大書。看下人猶如此，可知待刑（邢）夫人矣。

今見他來打聽此事，十分關切。

〔庚辰1806〕小人外是內非，委（類）皆如此。

一個寶玉屋里的晴雯那丫頭，……妖妖趫趫大不成個體統。

〔庚辰1807〕活畫晴雯出來。可知已前知晴雯必應遭妬者，可憐可傷竟死矣。

有一個水蛇腰。

〔庚辰1807〕妙妙，好腰。

削肩膀。

〔庚辰1807〕妙妙，好肩。　俗云水蛇要（腰），則遊曲小也。又云美人無肩，又曰前或皆之美之刑也。凡寫美人偏用俗筆反筆，與他書不同也。

眉眼又有些像你林妹妹的。

〔庚辰1807〕更好，刑（形）容（容）盡矣。

正值晴雯心上不自在。

〔庚辰1808〕音神之至，所謂魂早離會（舍）矣，將死之兆也。　若俗筆必云十分粧飾，金（今）云不自在，想無掛心之罷（態），更不入王夫人之眼也。

並沒十分粧飾，自爲無碍。

〔庚辰1808〕好，可知天生美人原不在粧飾，使人一見不覺心驚目駭。可恨也（世）之塗
脂抹粉，眞同鬼魅而不見覺。

他本是個聰敏過人的人。

〔庚辰1809〕深罪聰明，到應（底）不錯一筆。

不過是揀出些多餘攢下的蠟燭燈油等物。

〔庚辰1812〕畢眞。

鳳姐點頭道，我也這樣說呢。

〔庚辰1814〕寫阿鳳心灰意懶，且避禍從時，迥又是一個人矣。

王善保家的又聽見鳳姐如此說，也只得罷了。

〔庚辰1815〕一處一樣。

又到探春院內，誰知早有人報與探春了。

〔庚辰1815〕不板。

探春也就猜着必有原故，所以引出這些醜態來。

〔庚辰1815〕實註一筆。

果然今日眞抄了。

〔庚辰1816〕奇極，此日（曰）甄家事。

誰知竟在入畫箱中搜出一大包金銀錁子來，約共三四十個。（王府、有正、列藏、甲辰、高閱、程乙「搜」作「尋」。列藏無「大」字，「共」作「有」。高閱「中」作「內」，「金」

字被圈去。程乙無「金」字）

〔庚辰1820〕奇。

〔庚辰正文1820〕爲察姦情，反得賊贓。（王府19b、有正2895、列藏正文「察」作「查」。甲辰正文17b同。高閱5b原無，後作正文補上。程乙14b正文同）

這是珍大爺賞我哥哥的。

〔庚辰1820〕妙極事（是）極，蓋入畫本係寧府之人也。

嫂子若饒他，我也不依。

〔庚辰1821〕這是自己反不依的，各得自然之理，各有自然之妙。

因司棋是王善保的外孫女兒。

〔庚辰1821〕玄詭奇詭，出人意外。

便伸手掣出一雙男子的錦帶襪並一雙緞鞋來。

〔庚辰1822〕險極。

那帖子是大紅雙喜箋帖。

〔庚辰1822〕紙就好。　余爲司其（棋）心動。

表弟潘又安拜具。

〔庚辰1823〕名字便妙。（〔列藏〕「便」作「更」）

鳳姐看罷，不怒而反樂。

〔庚辰1823〕耍（惡）毒之至。

鳳姐只聡（聰）着他嘻嘻的笑。

〔庚辰1824〕惡毒之至。

他鴉雀不聞的給你們弄了一個好女婿來，大家倒省心。

〔庚辰1824〕刻毒（之）（至）。按鳳姐雖係刻〔之〕〔至〕毒，然亦不應在下人前為〔不〕尋（不）（是），次等人前不得〔不〕如是也。

回末總評

〔王府27a〕諸院皆宴息，獨探春秉燭以待，大有提防，的是幹才，須另席款待。（有正2909「提」作「隄」，「另席」作「另置一席」）

鳳姐喜事，忽作打破虛空之語；惜春年幼，偏有老成鍊達之操。世態何常，知人其難。（有正2909「鍊」作「練」）

第七十五回　開夜宴異兆發悲音　賞中秋新詞得佳讖

回前總批

〔庚辰1831〕乾隆二十一年五月初七對清。缺中秋詩，俟雪芹。
□□□　開夜宴　發悲音
□□□　賞中秋　得佳讖

〔王府0a〕賈珍居長，不能承先啓後，丕振家風。兄弟問柳尋花，父子呼么喝六，賈氏宗風，其墜地矣，安得不發先靈一嘆。（有正2911同）

尤氏聽了，便不往前去，仍往李氏這邊來了。

〔庚辰1833〕前只有探春一語，過至此回，又用尤氏略爲陪點，且輕輕談（淡）染出甄家事故，此畫家〔來〕落墨之法也。

尤氏笑道，你們家下大小的人，只會講外面的虛禮假體面，究竟作出來的事都勾使的了。

（〔列藏〕「你」作「我」，「下」作「上下」，「的人」作「人」，「兒的虛」作「假」）

〔庚辰1835〕按尤氏犯七出之條，不過只是「過干（于）從夫」四字，此世間婦人之常情耳。其心術慈厚寬順，竟可出于阿鳳之上。時（特）用〔之〕名（明）犯七出之人從公一論，可之（知）賈宅中暗犯七出之人亦不少。似明犯者反可宥恐（恕），其什（飾）已非而揚人惡者，陰味（昧）僻譎之流，實不能客（容）干（于）世者也。此爲打草驚忙（蛇）法，實寫形（邢）夫人也。

〔列藏正文〕如此說便知他已知昨夜之事。（龐英按：批語被勾出，並于首側加「註」字）

且商量偺們八月十五日賞月是正經。

〔庚辰1839〕賈母已看破孤（狐）悲兎死，故不改已（往），聊未（來）自遺（遣）耳。

地下的媳婦們聽說，方忙着取去了。

〔庚辰1843〕總伏下文。

只聽里面稱三讚四耍笑之音雖多。

〔庚辰1844〕妙，先畫贏（羸）家。

又兼有恨五罵六忿怨之聲亦復不少。

〔庚辰1844〕妙，人（又）畫輸家。

求舊太爺體恕些，我們就過去了。說着，便舉着酒，雙膝跪下。

〔庚辰1848〕弔（調）侃罵死世人。不是罵。

就是我邢家家私也就勾我花的了，無奈竟不得到手，所以有寃無處訴。
〔庚辰1850〕衆惡之，必察也，今邢夫人一人賈母先惡之，恐賈母心偏，亦可解之。若賈璉阿鳳之怨恕（怒），兒女之私亦可解之。若探春之怒，女子不識大而知小，亦可解之。今又忽用乃弟一怨，吾不知將又何如矣。
都悚然疑畏起來。
〔庚辰1853〕余亦「悚然疑畏」。
況且那邊又緊靠着祠堂。
〔庚辰1853〕奇絶神想，余更爲之悚懼矣。
禮畢，仍閉上門，看着關鎖起來。
〔庚辰1854〕未寫榮府慶中秋，却先寫寧府開夜宴；未寫榮府數盡，先寫寧府異道（兆）。蓋寧乃家宅，凡有關於吉凶者故必先示之。且列祖祠此，豈無得而警乎。几（凡）人先人雖遠，然氣遠（息）相關，必有之利（理）也。非寧府之祖獨有感應也。
今日看來，還是偺們的人也甚少，算不得甚麼。
〔庚辰1857〕未飲先感人丁，總是將散之兆
飲酒一杯，罰說笑話一個。
〔庚辰1857〕不犯前幾次飲酒。
恰恰在賈政手中住了。
〔庚辰1857〕奇妙，偏在政老手中，竟能使政老一謔，眞大文章矣。

眾姊妹弟兄皆悄悄的你扯我一下，暗暗的我又捏你一把，都含笑，到要聽是何笑話。

〔庚辰1858〕余也要細聽。

因從不曾見賈政說過笑話，所以纔笑。

〔庚辰1858〕是極，摹神之至。

賈母與眾人都笑了。

〔庚辰1859〕這方是賈政之謔，亦善謔矣。

不如不說的好。

〔庚辰1859〕實寫舊日往事。

便也索紙筆來，立成一絕與賈政。

〔庚辰1862〕偏立（寫）賈政戲謔，已是異文，而賈環作詩，賈（實）奇中又奇之奇文也，總在人意料之外。竟有人曰，賈環如何又有好詩，似前言不搭後文矣。蓋不可向說問，賈環亦榮公子正脈，雖少年頑劣，見（乃）今故（古）小兒之常情年（耳），讀書豈無長進之理哉。況賈政之教是弟子目（自）己，大覺跦（踈）忽矣。若是賈環連一平仄也不知，豈榮府是尋常膏粱（梁）不知詩書之家哉。然後之（知）寶玉之一種情思，正非有益子（之）總（聰）明，不得謂比諸人皆妙者也。

又行了一回令。

〔庚辰1863〕便又輕輕抹去也。

回末總評

〔王府 23a〕下回有一篇極清雅文字，下幅有半篇極整齊文字，故先敍搶快摸牌，沉緬（酒）色爲反振，有駿馬下坡，鷙鳥將翔勢。（有正2956「色」作「冒色」，「勢」作「之勢」）

看聚賭一段，宛然宵小羣君衆日圖。看賞月一段，又宛然望族序齒燕毛錄。說火則熱，而說冰則寒，文心固無所不可。（有正2956「衆」作「終」）

第七十六回　凸碧堂品笛感凄情　凹晶館聯詩悲寂寞

回前總批

〔王府1a〕此回著筆最難。不敘中元夜宴則漏，敘夜宴又與上元相犯；不敘諸人酬和則俗，敘酬和又與起社相犯。諸人在賈政前吟詩，諸人各自爲一席，又非禮。旣敘夜宴，再敘酬和，不漏不俗，更不相犯。雲行月移，水流花放，別有機括，深宜玩索。（有正2957「中元」作「中秋」）

少了四個人，便覺冷清了好些。

〔庚辰1865〕不想這次中秋，反寫得十分凄楚。（〔列藏〕同）

可憐你公公死了已經二年多了。

〔庚辰1868〕不是弄（算）賈敬，却是弄（算）赦死斯（期）也。

半日方知賈母傷感，纔忙轉身陪笑發語解釋。

〔庚辰1870〕「轉身」妙。畫出對（月）（聽）（笛）（如）（癡）（如）呆不覺尊長在上之形景來〔月〕〔聽〕〔笛〕〔如〕〔癡〕〔如〕。

〔列藏〕「轉身」妙。畫出對月吹笛如癡如呆，不覺尊長在上之形景矣。

只見賈母已朦朧雙眼，已有睡去之態。（列藏無「只見」二字，「已」作「似」）

〔庚辰1870〕總寫出淒涼無興景況來。（〔列藏〕「寫」作「說」）

你們只管說，我聽着呢。

〔庚辰1870〕活畫。（〔列藏〕同）

就遇見了紫鵑和翠縷來了。

〔庚辰1871〕妙，又書一個。

可知我們姑娘那去了。（列藏「那」作「那裏」）

〔庚辰1872〕更妙。（〔列藏〕作「妙」）

寶玉近因晴雯病勢甚重，諸務無心。

〔庚辰1873〕代（帶）一筆，妙，更覺謹密不漏。

沿上一帶竹欄相接，直通着那邊藕香榭的路徑。

〔庚辰1876〕點明，妙，不然此園竟有多大地畝了。

二人吃得既醉且飽，早已息燈睡了。

〔庚辰1876〕妙極，此書又徑（進）一步寫法。如王夫人云：「他姊妹可憐，那里像當日林姑媽那樣。」①有如賈母云：「如今人少，那里日（有）當日人多」等教（語）；此謂進

① 見第七十四回。庚辰本頁一八〇四原作：我（你）這〔的〕幾個姊妹也甚可憐了。也不用遠比，只說如今你林妹妹的母親，未出閣時是何等的嬌生慣養，是何等的金尊玉貴，那才像個千金小姐的體統。

一步法也。有退一步法，如寶釵之對刑（邢）岫煙：「此一時也，彼一時也，如今此（比）不得先的活了，只好隨是十分。」①又如鳳姐之對平兒云：「如今我也〔我〕明白了，我如今也要作好好先生罷」②等類；此謂退一步法也。今〔有〕方收拾故（過）賈母高樂，却有（又）寫出二婆子高樂，此（進）一步之實也。如前文海棠詩四手（首）以（已）足，忽又用湘雲獨成二律反厭（壓）卷③，此又進一步實事也。所謂法法皆全，然（全）然不夾（爽）也。

何況你我旅居客寄之人哉。

〔庚辰1877〕以立未不怡然得享自然之樂者矣。書中若干女子從生（主）及婢，未〔有〕必各有所覺，各有所試，各有所長者，皆未如寶寶（玉）無可關切籌畫，可嘆。

這笛子吹的有趣，到是助偺們的興趣了。

〔庚辰1878〕妙。正是吹笛之時，分（勿）認作人（又）一處之笛也。

將月影蕩散後，復聚而散者幾次。（列藏無「後」、「而散」三字）

〔庚辰1885〕寫得出。試思若非親歷其竟（境）者，如何莫（摹）寫得如此。（〔列藏〕「竟」作「妙境」，「莫」作「摸」）

---

① 見第五十七回，庚辰本頁一三五六原文作：「……如今一時比不得一時了，所以我都自己該省的就省了。……」

② 見第七十四回，庚辰本頁一七九七原文作：「……如今我也看破了，……我且養病要緊，便是好了，我也好先生，……」

③ 見第三十七回。

卻飛起一個白鶴來。

〔庚辰1885〕寫得出。

二人皆咤意。（列藏「意」作「異」）

〔庚辰1887〕原可「咤意」，余赤（亦）「咤意」。（〔列藏〕作「原可咤異」）

湘雲微笑道，我有擇息的病，況且走了困，只好倘倘罷，你怎麼也睡不着。黛玉嘆道。

〔庚辰1891〕一「笑」一「嘆」，只二字便寫出平日之行景。

回末總評

〔王府21a〕詩詞清遠閒曠，自是慧業才人，何須贅評。須看他眾人聯句填詞時，各人性情，各人意見，敍來恰肖其人。二人聯詩時，一番訊評，一番嘆賞，敍來更得其神。其看漏永吟殘，忽開一洞天福地，字字出人意表。（有正2996「訊」作「識」）

只一品笛，疑有疑無，若近若遠，有無限逸致。（有正2996同）

第七十七回　俏丫鬟抱屈夭風流　美優伶斬情歸水月

回前總批

〔王府0a〕司棋一事，前文着實寫來，此卻隨筆收去。晴雯一事，前文不過帶敍，此卻竭力發揮。前文借晴雯一襯，文不寂寞；此實借司棋一引，文愈曲折。（有正2997「襯」作「襯」，「此實」作「此文」）

也帶了去，命醫生認了，各包上號了來。

〔庚辰1895〕此等〔皆〕〔（皆）〕家常細是（事），豈事（是）揣拿得此皆者。

偺們比不得那沒見識面的人家，得了這個就珍藏蜜（密）貯的。

〔庚辰1896〕調侃語。

如今你又去，都要去了，這卻怎麼是好。

〔庚辰1901〕寶玉之語全作圖（囫）圖（圇）意，最是極無未（味）之（語），是極濃極有情之語也。只合如此寫，方字（是）寶玉，稍有眞功（切），則不是寶玉了。

這事更比晴雯一人較盛。

〔庚辰1903〕暗伏一段「更比」，覺烟迷霧罩之中更有無恨（限）溪山矣。

暫且挨過今年一年，給我仍舊搬出去心淨。

〔庚辰1906〕一段神奇鬼訝之文，不知從何想來。王夫人從未理家務，豈不一木偶哉。且前文隱隱約約已有無限口舌，漫（浸）潤（潤）之譖（譖），原非一日矣，若無此一番更變，不獨終無散場之局，且亦大不近乎想理。況此亦此（是）余舊日目覩親問（聞），作者身歷之現成文字，非搜造而成者，故迥不與小說之離合悲歡窠舊（臼）相對。想遺令（零）落之大族兒（兒）子見此，難（雖）事有各殊，然其想理似亦有點（默）契於心者焉。此一段不獨批此，眞（直）從「妙（抄）撿（檢）大觀園」及賈母對月典（興）盡生悲①，皆可附者也。

我究竟不知晴雯犯了何等滔天大罪。

〔庚辰1907〕余亦不知，蓋此等寃，實非晴雯一人也。

況且死了的也有，並沒見我怎麼樣，此一理也。

〔庚辰1912〕寶玉至終一着全作如是想，所以此（始）于情終于語（悟）者，旣能終于悟而止，而想不得濫漫而涉於淫佚之事矣。一人前事，一人了法，皆非棄竹而復惘筝之意。

---

① 見第七十四回，第七十六回。

爲人卻到還不忘舊。

〔庚辰1913〕口（只）此一句便是晴雯正傳，可知〔無〕晴雯爲聰明風流可（所）害也。一篇爲晴雯寫傳，是哭晴雯也；非哭晴雯，乃哭風流也。

又見他器量寬宏。

〔庚辰1914〕趣極。量器寬紅（宏）如此用，眞掃地矣。

便是上回賈璉所接見的多渾蟲燈姑娘兒的便是了。

〔庚辰1914〕奇奇怪怪，左盤右族（旋），千絲方（萬）緣（縷），皆自一體也。

一進來一眼就看見晴雯睡在蘆蓆土炕上。

〔庚辰1914〕「蘆蓆土坑」。（參本頁「看見晴雯睡在蘆蓆土炕」之批）

在外間房內爬着。

〔庚辰1914〕總哭晴雯。

他獨自掀起草簾。

〔庚辰1914〕「草簾」。

看見晴雯睡在蘆蓆土炕。

〔庚辰1915〕「蘆蓆土炕」。（此評兩見，因正文複抄，故批亦重出，參本頁「一進來」之批）

未到手內，先就聞得有羶嗅之氣。

〔庚辰1915〕不獨爲晴雯一哭，且爲寶玉一哭亦可。

只見晴雯如得了甘露一般一氣都灌下去了。寶玉心下暗道，……又道是「飯飽弄粥」，可見都不錯的。

〔庚辰1916〕妙，通篇寶玉最要書者，每因女子之所歷始信其可，此謂觸類傍通之妙快（訣）矣。

索性如此，也不過是這樣。（列藏「是這樣」作「這樣了」）

〔列藏〕晴雯此舉勝襲人多矣，眞一字一哭也，又何必魚水相得而後爲情哉。

只說，好妹妹別鬧。

〔庚辰1918〕如問（聞）如見。「別鬧」二字活跳。

寶玉發了一晚上獃。

〔庚辰1921〕一句是矣。

寶玉乃笑道。

〔庚辰1921〕「笑」字好極，有文章，蓋恐冷落襲人也。

回末總評

〔王府26a〕看晴雯與寶玉永絕一段，的是消魂文字。看寶玉幾番獃論，眞是至誠種子。看寶玉給晴雯斟茶，又眞是阿公子。前文敍襲人奔喪時，寶玉夜來吃茶先呼襲人，此又夜來吃茶先呼晴雯。字字龍跳天門，虎臥鳳闕；語語嬰兒戀母，稚鳥尋巢。（有正3050「阿」作「獃」）

第七十八回　老學士間(閒)徵姽嫿詞　痴公子社(杜)譔芙蓉誄

回前總批

〔王府0a〕文有賓主不可誤。此文以芙蓉誄爲主，以詭嫿詞爲賓；以寶玉古歌爲主，以賈蘭賈環詩絕爲賓。文有賓中賓不可誤。以清客作序爲賓，以寶玉出遊作詩爲賓中賓，由虛入實，可歌可詠。（有正3051「詭」作「姽」，「賈蘭賈環」作「賈環賈蘭」）

太太只管放心，我已大好了。

〔庚辰1930〕總是勉強。

王夫人見他精神復初，也就信了。

〔庚辰1930〕只用此一句，便又（入）後文。

將外面的大衣服都脫下來，麝月拿着。

〔庚辰1935〕看他用智之處。

那些鬼只倔搶去了，該死的人就可以多待些個工夫。（王府、有正「那些」作「那」，「倔」作「顧」，「搶」作「搶錢」，「些個」作「些」。王府「待」作「帶」）

〔庚辰1938〕好，奇之至。又捉（從）來皆說「閏（閻）王注定三便（更）死，誰人留至五更」之語，今忽借此小女兒一篇無稽之談，反成無人敢翻之案。且又寓意調侃，罵盡世熊（態），豈非〔之〕〔至〕文章（之）（至）耶。寄語觀者至此一（不）浮一大白者，已後不必看書也。

〔靖藏眉批〕古來皆說「閻王注定三更死，誰敢留人至五更」，今忽以小女兒一番無稽之談，及（反）成無人敢翻之案。且寓調侃世人之意，罵盡世態，眞（豈）非絕妙之文。可（寄）語觀者浮一（大）白，後不必看書了。

〔王府正文9a〕又從來皆說「閻王註定三更死，誰人留至五更」之語。（被點去。有正正文3070「人留」作「能留人」）

寶玉走來撲了個空。

〔庚辰1940〕收拾晴雯，故爲紅顏一哭，然亦大令人不堪。上云王夫人怕女兒癆不詳（祥），今則忽從寶玉心中（道）其苦。又〔模〕〔擬〕〔出〕非（模）（擬）（得）（出），是已悒鬱（其）詞，其母子至心中體貼眷愛之情，曲委已盡。

誰知次年便有黃巾赤眉一干流賊餘黨，復又烏合，搶掠山左一帶。

〔庚辰1943〕妙。赤眉黃巾兩時之時（事），今合而爲一，蓋云一（不）過是此等衆類，非特歷歷指名某赤某黃，若云不合兩用便呆矣。此書全是如此，爲混人也。

必將三人一齊喚來對作。

〔庚辰1947〕妙。世事皆不可無足厭，只又（有）「讀書」二字是萬不可足厭的，父母之心可不甚哉。近只（日）父母只怕兒子不能名利，豈不可嘆乎。

寶玉尚出神。

〔庚辰1947〕妙。篇（偏）寫出鈍熊（態）來。

閨閣習武，任其勇悍，怎似男人。

〔庚辰1951〕賈老在坐，故不便出「濁物」二字，妙甚細甚。

泣涕念曰。

〔庚辰正文1957〕諸君閱至此，只當一笑話看去，便可醒倦。（列藏正文「君」作「公」、「閱至」作「看」）

太平不易之元。

〔庚辰1957〕年便奇。

蓉桂競芳之月。

〔庚辰1757〕是八月。

無可奈何之日

〔庚辰1957〕日更奇。細思月（日）何難於說眞某某，今偏用如此說，可則知矣。

怡紅院濁玉。

〔庚1957〕自謙的更奇。蓋常以濁字許（評）天下之男子，竟自謂。所謂以責人之心責己矣。

謹以羣花之蕊。

〔庚辰1957〕奇香。

冰鮫之縠。

〔庚辰1957〕奇帛。

沁芳之泉。

〔庚辰1957〕奇奠。

楓露之茗。

〔庚辰1957〕奇名（茗）。

白帝宮中撫司秋豔芙蓉女兒之前。

〔庚辰1957〕奇稱。

竊思女兒自臨濁世。

〔庚辰1957〕世不濁，內（因）物所混而濁也，前後便有照應。「女兒」稱妙。蓋思普天下之稱斷不能有如此二字之清潔者，亦是寶玉之眞心。

迄今凡十有六載。

〔庚辰1958〕方十六歲而夭，亦傷矣。（靖藏眉批「十六而夭，傷哉！」）

其先之鄉藉姓氏湮論而莫能考者久矣。

〔庚辰1958〕忽又有此文不可，後來亦可傷矣。

相與共處者，僅五年八月有畸。

〔庚辰1958〕相共不足六載，一旦夭別，豈不可傷。

〔靖藏眉批〕共處不足（足）五（六）載，一〔日〕一（旦）夭別，可傷可嘆。

孰料鳩鴆惡其高，鷹鷙翻遭罦（罦）罬（罬）。

〔庚辰1958〕離騷「鷙鳥之不羣分（兮）」。又「語（吾）令鴆爲媒兮，鴆告余以不好。鴆（雄）鳩之鳴逝分（兮），余（猶）惡直（其）〔輕〕佻（巧）。」注，鷙（鷙）時（特）立不羣，故不羣，故不于。鴆羽毒殺人。（雄）鴆多聲，有如人之多言不實。罦罬，音孚拙，翻畢綢。詩經「雉憹（離）於罦」①。爾雅「罬（罬）謂之罦」②。

薋葹爐其嗅，茝蘭竟被芟租。（爐、茝、租、三字旁有×號。有正作「薋葹妬其臭，茝蘭竟被芟荑」）

〔庚辰1958〕離騷薋葹皆惡草，以便（辨）邪接（佞）。茝（茝）蘭花草，以別君子。

杏臉首枯，色除顑頷。

〔庚辰1959〕離騷「長顑頷亦何傷」，面黃色。

〔靖藏眉批〕「長顑額（頷）亦何傷」，黃面色。

豈照尤貝替，實攘詞而絡。（有正作「豈招尤則替，實攘詬而終」）

〔庚辰1959〕離騷「朝許（誶）夕替」③，廢也。「恐（忍）尤而相（攘）詢（詬）」④；詒（詬）同（詬）。攘，取也。

①「詩經・國風五・兎爰」第二章：有兎爰爰，雉離于罦。我生之初尚無造，我生之後逢此百憂。尚寐無覺。
②「爾雅・釋器」：䍐，謂之罿；罿，罬也。罬謂之罦；罦，覆車也。
③按「離騷」此句為：長太息以掩涕兮，哀民生之多艱；余雖好脩姱以鞿羈兮，謇朝誶而夕替。

〔靖藏眉批〕「朝滓（誶）夕替」①，發（廢）也。「思（忍）尤而攘（詬）」②；詬同詬（詢）。攘卽取也。

高標見嫉，閨幃恨比長沙。

〔庚辰1959〕汲黯輩嫉賈誼之才，謫（謫）貶長沙③。

〔靖藏眉批〕及（汲）暗（黯）輩嫉賈玉（誼）之才，謫泛（貶）長沙。

直烈遭危，巾幗慘於羽野。

〔庚辰1959〕鮌（鯀）剛眞（直）自命，舜殛於羽山。離騷曰：「鮌（鯀）悻（婞）眞（直）以（亡）身〔之〕兮，終然大（夭）乎羽之野。」

〔靖藏眉批〕「鯀（婞）眞（直）以亡身兮，終然夭乎羽（之）野。」

艷質將亡，檻外海棠預老。

〔庚辰1960〕恰極。

捉謎屏後，蓮瓣無聲。

〔庚辰1960〕元微之詩：「小樓深迷藏。」④

復泣杖而抛孤匱。

---

① 見前頁註③。

② 「離騷」：屈心而抑志兮，忍尤而攘詢，伏清白以死直兮，固前聖之所厚。

③ 潘重規曰：「我們知道賈誼為絳灌所扼，與汲黯毫無關係。賈誼卒於漢文帝十二年（西元前一六八），武帝建元六年（西元前一三五）汲黯才做主爵都尉，相去三十餘年，可謂風馬牛不相及。」（「紅樓夢新解」，頁一二四）

④ 元稹（七七九——八三一）「雜憶」五首之三：「寒輕夜淺遶迴廊，不辨花叢暗辨香。憶得雙文朧月下，小樓前後捉迷藏。」（「全唐詩」函六，册十，元稹廿七，頁九）

〔庚辰1960〕柩本字。

石欂成災，愧迨同灰之悄。

〔庚辰1960〕唐詩云：「先開石棺，木可爲棺。」晉楊公回詩云：「生回（爲）併身楊（物），死作〔同〕同棺灰。」①

箝詖奴之呂，討豈從寬。剖悍婦之心，忿猶未釋。

〔庚辰1961〕莊子：「箝楊墨之口。」②孟子謂「詖辭知其所蔽」③。

乘玉虬以遊乎穹窿耶。

〔庚辰1961〕楚詞：「駟玉虬以乘鷖兮。」④

駕瑤象以降乎泉壤耶。

〔庚辰1961〕楚詞：「雜瑤象以爲車。」④

列羽葆而爲前導兮，衞危虛于傍耶。驅豐隆以爲比從兮，望舒月以離耶。

〔庚辰1961〕危虛二星爲衞護星。豐隆，電（雷）師。（望）舒，月御也。

期汗漫而無夭閼兮，忍捐棄余于塵唉耶。

---

① 晉楊方（字公回）「合歡詩」五首其一：「虎嘯谷風起，龍躍景雲浮；同聲好相應，同氣自相求。我情與子親，譬如影追軀；食共並根穗，飲共連理杯；衣用雙絲絹，寢共無縫裯；居願接膝坐，行願携手趨。子靜我不動，子遊我無留；齊彼同心鳥，譬此比目魚。情至斷金石，膠漆未無牢；但願長無別，合形作一軀。生為併身物，死為同棺灰，秦氏自言志，我情不可儔。」（玉臺新詠卷三）

② 見「莊子・胠篋」篇。

③ 「孟子・公孫丑」上。

④ 見「離騷」。

〔庚辰1962〕逍遙遊，「天（夭）閼（閼），上（止）也。」

余中心爲之槩然兮。

〔庚辰1962〕莊子至樂篇：「我獨何能無槩然。」①

徒嗷嗷而何爲耶。

〔庚辰1962〕莊子：「嗷（噭）嗷（噭）善（然）隨而哭子（之）。」①

君偃善而長寢兮，豈天運之變於斯耶。

〔庚辰1962〕莊子：「偃善（然）寢於巨室」①，謂人死也。又：「……變而（有）氣，氣變而有形，形變之有生。今又變（而）之死，是相與爲春秋冬夏四時行也。」①天道變（篇）：「其死也物化。」

既窀穸且安穩兮，反其眞而復奚花耶。

〔庚辰1962〕窀穸，（夕）肫。左傳：「窀穸之事」②，墓穴幽堂也。左貴殯（嬪）楊石（后）誄：「早卽窀穸」。③莊子太（大）宗歸（師）：「而以（已）反（其）眞。」注：以死爲眞④。

余猶桎梏而懸附兮，靈格余以嗟來耶。

---

① 皆見「莊子．至樂篇．莊子妻死」一節。

② 「左傳」襄公十三年「唯是春秋窀穸之事，所以從先君於禰廟者，請爲靈若厲。」

③ 「晉書」卷卅一「左芬傳」謂「及元楊皇后崩，芬獻誄曰：「……悼后傷后，早卽窀穸。……」按此誄全錄於「左芬傳」中。

〔庚辰1962〕莊子太（大）宗歸（師），桎桔（梏）之名。「被（彼）以生爲（附）（贅）縣疣〔附〕〔贅〕，以死爲快（決）疣潰（潰）癰。」「嗟來桑戶乎，嗟來桑戶乎。」注，桑戶，人名，孟子（反）琴張二人，招其魂而語之也①。「方將不化，惡（知）如（已）意（化）哉②。言人死猶如化去。法華經云：「法華道師多砞（殊）方便，于險道中化一誠（城），疲極之眾，人（入）城皆生已度想，安穩想。」③

回末總評

〔王府26a〕前文入一院，必敘一番養竹種花，爲諸婆爭利渲染。此文入一院，必敘一番樹枯香老，爲親眷凋零淒楚。字字實境，字字奇情，令我把玩不釋。（有正3104「渲」作「煊」與下批合一）

姽嫿詞一段與前後文似斷似連，如羅浮二山煙雨爲連合，時有精氣來往。（有正3104同，與上批合一）

---

① 以上所引皆見「莊子・大宗師」。「以死爲真」，「招其魂而語之」二句皆「莊子因」之註。

② 見前頁註②。

③ 按此處節錄「法華經・化城喻品」第七大意，其經文云：「……導師多諸方便，……以方便力，於險道中，過三百由旬，化作一城。……是時疲極之衆，心大歡喜，歎未曾有。……於是衆人入城，生已度想，生安穩想。……」

第七十九回　薛文龍悔娶河東獅　賈迎春悞嫁中山狼

回前總批

〔王府0a〕靜含天地自寬，動蕩吉凶難定；一啄一飲係生成，何必夢中說醒。（有正3105同）

等我的紫鵑死了，我再如此說，還不算遲。

〔庚辰1967〕明是爲與阿顰作讖，却先偏說紫鵑，總用此狡猾之法。

這是何苦，又咒他。

〔庚辰1967〕又畫出寶玉來。究竟不知是咒誰，使人一笑一嘆。

莫若說茜紗窗下，我本無緣。

〔庚辰1967〕雙關句，意妥極。

黃土隴中，卿何薄命。

〔庚辰1967〕如此我亦爲（謂）妥極，但試問當面用爾我是（字）樣，究竟不知是爲誰之識，一笑一嘆。　一篇誄問（文）總因此二句而有，又當知雖來（誄）晴雯，而又實誄黛玉也，奇紉（幻）至此。若云必因請（晴）雯來（誄），則呆之至矣。

〔靖藏眉批〕觀此知雖誄晴雯，實乃誄黛玉也。試觀「證前緣」回黛玉逝後諸文便知。

黛玉聽了，移神變色。

〔庚辰1967〕慧心人可爲一哭。　觀此句，便知誄文實不爲晴雯而作也。

心中雖有無限的狐疑亂擬。

〔庚辰1967〕用此事更妙，蓋又欲瞞觀者。

一面說話，一面咳嗽起來。

〔庚辰1968〕總爲後文伏線。阿顰之問可見不是一筆兩筆所寫。

這孫家乃是大同府人氏。

〔庚辰1968〕設云大概相同也，若必云眞大同則呆。

相貌魁偉，體格健壯，弓馬嫺熟，應酧權便。

〔庚辰1969〕畫出一個俗物來。

且又家資饒富。

〔庚辰1969〕此句斷不可少。

見其軒窗寂寞，屏帳倏然，不過有幾個該班上夜的老嫗。

〔庚辰1970〕先爲對竟悼顰兒作卮。（靖藏眉批「竟」作「景」，「卮」作「引」）

既領略得如此寥落悽慘之景，是以情不自禁，乃信口吟成一律。

〔庚辰1970〕此回題上半截是「灰（悔）聚（娶）向（河）秉（東）獅」，今却偏連（逢）中山狼（狼）。倒裝〔業〕（上）下情〔工〕（業）（孽），細〔下〕膩寫來，可見迎春是書中正傳，阿獃夫妻是副，殯（賓）主次序嚴肅之至。其婚聚（娶）俗禮一概不及，只用寶玉〔玉〕一人過去，正是書中之大吉（旨）。

又讓他同到怡紅院去吃茶。

〔庚辰1972〕斷不可少。

你哥哥娶嫂子的事所以要緊。

〔庚辰1972〕出題去，閑閑片（引）出。

都稱他家是桂花夏家。

〔庚辰1973〕夏日何得有桂，又桂花時卽（節）焉〔有〕得又（有）雪？三是（者）原係風馬牛，金（今）若強凑合，故終不相符。來此敗運之事，大都如此，當局者自不解耳。

寶玉笑問道。

〔庚辰1973〕聽得桂花回（之）號原覺新雅，故不覺又一笑。余亦欲笑問。

只是這姑娘可好嗎，你們大爺怎麼就中意了。

〔庚辰1973〕補出阿獃素日難得中意來。

只是娶的日子太急，所以我們忙亂的狠。

〔庚辰1974〕阿獃求婦一段文字，切（却）從香菱口中補明，省却許多閑文累筆。

我也爬不得早些過來，又添一個作詩的人了。

〔庚辰1974〕妙極，菱（香）香（菱）口聲段（斷）不可少。看他下作死語，知其心中畧無忌諱疑盧（慮）等意，夏（直）是渾然天眞。〔之〕余爲（之）一哭。

〔靖藏眉批〕妙極，菱卿聲口斬（斷）不可少。看〔作〕他（作）此言，可知其心中〔等〕〔意〕略無忌諱疑（慮）（等）（意），直是渾然天眞。余爲（之）一哭。

寶玉冷笑道。

〔庚辰1974〕忽日（曰）「冷笑〔道〕」，二字便有文章。

到替你躭心慮後呢。

〔庚辰1974〕又爲香菱之識（識），偏是此等事體等到。

回末總評

〔王府13a〕作詠後，黛玉飄然而至，增一番感慨；及說至迎春事，遂飄然而去。作詞後，香菱飄然而至，增一番感慨；及說至薛蟠事，遂飄然而去。一點一逗，爲下文引線。且二段俱以「正經事」三字作眼，而正經裏更有大不正經者。在文家固無一呆字死句。（有正3130）

從起名上設色，別有可玩。（有正3130同）

第八十回　懦弱迎春腸迴九曲　姣怯香菱病入膏盲（肓）①

回前總批

〔王府0a〕敍桂花妬，用實筆。敍孫家惡，用虛筆。敍寶玉卧病，是省筆。敍寶玉燒香，是停筆。（有正3131同）

話說金桂聽了，將脖項一扭，嘴唇一咧。

〔庚辰1983〕畫出一個悍婦來。

鼻孔裏哼了兩聲。

〔庚辰1983〕眞眞追魂攝魄之筆。

「菱角誰聞見香來着」一段。

〔靖藏眉批〕是乃（仍）不及全（釵）兒，昨聞煦堂語，更難揣此意。然則余亦（有）幸〔有〕，

① 列藏第七十九、八十回不分，兩回連寫，只標第七十九回。

雨（兩）意（不）期然（而）合〔而〕〔不〕，□同。

就連菱角灘頭葦葉蘆根得了風露，那一股清香，就令人心神爽快的。

〔庚辰1983〕說的出便是慧心人，何況菱卿哉。

依你說，那蘭花桂花到香的不好了。

〔庚辰1983〕又〔一〕倍（陪）一個蘭花，一則是自高聲價，二則是誘人犯法。

是夜曲盡丈夫之道，奉承金桂。

〔庚辰1987〕「曲盡丈夫之道」，奇問奇語。（靖藏眉批「問」作「聞」）

原來這小丫頭也是金桂從小兒在家裏使喚的，因他自幼父母雙亡，無人看管，便大家叫他作小捨兒，專作些粗笨的生活。

〔庚辰1987〕鋪叙（敍）小捨兒手（首）尾，亡（忙）中又點薄命二字，與癡丫頭遙遙作對。

到我屋裏將手帕子取來，不必說我說的。

〔庚辰1987〕金桂壞極，所以獨使小捨為此。

百般竭力挽回不暇。

〔庚辰1987〕總爲癡心〔一〕人（一）嘆（嘆）。

半月光景，忽又粧起病來，只說心疼難忍，四肢不能轉動。

〔庚辰1990〕半月工夫，諸計安矣。

大約是寶蟾的鎮魘法兒。

〔庚辰1990〕惡極壞極。

薛蟠道，他這些時並沒多餘的空兒在你房里，何若賴好人。

〔庚辰1990〕正要老兄此句。

薛蟠更被這一夕話激怒，順手抓起一根門閂來。

〔庚辰1991〕與前要打死寶玉①遙遙一對。

抱怨說運氣不好。

〔庚辰1994〕果然不羞（差）。

便把金桂忘在腦後。

〔列藏〕妙。所謂天理還報不爽。

都是一時沒了主意。

〔庚辰1996〕補足本題。

焉得這等樣情性，可爲奇之至極。（列藏「焉」作「虧」）

〔庚辰1997〕別書中形容妬婦，必曰黃發黧面，豈不可笑。（〔列藏〕「發」作「髮」，「面」作「容」）

只因七事八事的都不遂心。（列藏無「的」字）

〔庚辰1997〕草蛇灰線，後文方不見突然，（〔列藏〕同）

前兒寶玉去了，回來也曾說過的。

① 見第三十四回。

〔庚辰1997〕補明。（〔列藏〕同）

哥兒別睡，仔細肚裏麵觔作怪。說着，滿屋裏人都笑了。（列藏「肚」作「肚子」）

〔庚辰1999〕王一貼又與張道士①遙遙一對，特犯不犯。（〔列藏〕「特」作「時」）

這茗烟手內點着了一枝夢甜香。

〔庚辰2000〕與前文一照。

王一貼心有所動。（列藏「貼」被點改爲「帖」）

〔庚辰2000〕四字好，（射）（則）（財）。萬〔生〕端（生）于心，心邪則意〔射〕〔則〕在于邪。

〔列藏〕四字好。萬端生於心，心邪則意在於財。

寶玉猶未解。（列藏「猶」作「忙猶」，「忙」被點去）

〔庚辰2001〕「未解」妙，若解則不成文矣。（〔列藏〕同）

寶玉道，我問你可有貼女人的妬病方子沒有。（列藏無「方子」二字）

〔列藏〕千古奇文奇語，仍歸縮結至上半回正文，細密如此。

吃過一百歲，人橫豎是要死的，死了還妬甚麼，那時就見效了。（列藏無「是」字）

〔庚辰2001〕此科諢一收，方爲奇趣之至。（〔列藏〕「如」作「如此」，無「之至」二字）

我有眞藥，我還吃了作神仙呢，有眞的跑到這裏來混。（列藏無「還」、「混」二字）

〔庚辰2002〕寓意深遠在此數目。（〔列藏〕「目」作「語」）

便罵我是醋汁子老婆擰出來的。

---

① 見第二十九回。

〔庚辰2002〕奇文奇罵，爲迎春一哭。恨薛蟠何等剛霸，偏不能以此語金桂，使人忿（忿）忿（忿）。世（此）書中全是不平，又全是意外之料。

〔列藏〕奇文奇罵，爲迎春一哭，又爲榮府一哭。恨薛蟠何等剛霸，偏又不能以此語及金桂，使人忿忿。此書中全是不平，又全是意外之料。

到沒的叫人看着趕勢利似的。

〔庚辰2003〕不通可笑，遁辭如開。（〔列藏〕「開」作「聞」）

還是王夫人薛姨媽等安慰勸釋方止住了，過那邊去。

〔庚辰2004〕凡迎春之文皆從寶玉眼中寫出。前「悔聚（娶）河東獅」是實寫，「悞家（嫁）中去（山）狼」，出迎春口中可爲實寫。以虛虛實實變幼（幻）體格，各盡其法。

回末總評①

〔王府17a〕此文一爲擇婿者說法，一爲擇妻者說法。擇婿者必以得人物軒昂，家道豐厚，蔭襲公子爲快；擇妻者必以得容貌艷麗，粧奩富厚，子女盈門爲快。殊不知以貌取人，失之子羽，試者桂花夏家，指擇孫家，何等可羨可樂，卒至迎春含悲，薛蟠貽恨，可慨矣夫。（有正3166「蔭」作「廕」，「試者」作「試看」，「指擇」作「指揮」，「矣」作「也」）

---

① 靖藏此處有二批，一為第二十七回批，一為第二十八回批，今分繫其相應正文位置，參頁五三〇及五三四。

附錄一：甲戌本後人批跋

扉頁題字

乾隆甲戌脂硯齋重評石頭記（胡適題）

跋「竹樓藏書圖」（甲戌影印本第二版附入）

王霱雲先生收藏的常州莊少甫畫的竹坳春雨樓藏書圖，有代州馮志沂的記，有貴筑黃彭年的後記。圖與記都是劉寬夫和他的兒子子重兩代的傳記資料。我最愛馮君說子重藏書。

喜借人觀，庋書連棟，蹋几榻取弆，無倦色，……又多巧思，時出已意敎肆工潢治之，無金玉錦繡之侈，而精雅可愛玩。朋友游書肆，見異本，力不能致者，多樂以告君，謂書入他人家不若在君家爲得所也。以故，君藏書日以富。

三十多年前，我初得子重原藏的乾隆甲戌脂硯齋重評石頭記十六回，我就注意這四本書絕無裝潢，而蓋有劉子重的私人印章八顆之多，又有他的短跋四條，都很有見地，裝潢無金玉錦繡之侈，而能細讀所收的書，能指出其佳勝處，寫了一跋又一跋，——這是眞正愛書的劉銓福先生。

胡適敬記 五十年十一月三日

內頁題字

字字看來皆是血，十年辛苦不尋常。甲戌本曹雪芹自題詩。（下蓋「胡適之印」。白文方印）

開卷首頁有「劉銓畐子重印」，「子重」①、「髣眉」②朱文方印各一方，「胡適之」朱文方印二方。

說說笑笑，來至峯下㊀，坐于石邊高談快論，……。

〔眉批5b〕㊀此下共四百二十四字，戚本作『席地而坐，長談，見』七個字。（「共」字圈去。按「戚本」即「有正本」。依筆迹此爲胡適批）

㊀至脂硯齋甲戍（戌）抄閱再評，仍用石頭記。

〔眉批9b〕㊀此下十五字，戚本無。（按：「戚本」指「有正本」。依筆迹此爲胡適批）

甲午八日淚筆。（眉批）

〔眉批10a〕此是八月。（依筆迹此爲胡適批）

這個斗字，莫作升斗之斗看，可笑。（「乃親斟一斗爲賀」句之夾批，批被畫去）

〔硃墨夾批15b〕（此語批得謬）（括號原有，批於上批之下）

你們同姓豈非同宗一族。

〔硃墨眉批26a〕同姓卽同宗出，可發一笑。（「出」字點去）

雨村論淸氣濁氣一段。

---

① 劉銓福（約一八一八——一八八〇）字子重，號白雪吟客，大興人。其資料見胡適「跋乾隆甲戌脂硯齋重評石頭記影印本」，周汝昌「紅樓夢新證」附錄三「劉銓福考」，徐恭時「紅樓夢版本有關人物資料札記」（收入「論叢」中）

② 髣眉，劉銓福側室馬壽護（？——一八六〇）字，馬氏又字「宜男花主人」、「木瓜山女」。參「紅樓夢新證」頁一一二〇——一一二一。

〔眉批30a〕絕大議論，實能發前人所未發。

但凡要說時，必須先用清水香茶漱了口纔可。

〔硃墨夾批31a〕恭敬。

設若失錯，便要鑿牙穿腮等事。

〔硃墨夾批31a〕罪過。

雨村至賈府一段。

〔眉批35b〕予聞之故老云：賈政指明珠而言，雨村指高江村。蓋江村未遇時，因明珠之僕以進身，旋膺奇福擢顯秩，及納蘭勢敗，反推井而下石焉。玩此光景，則寶石（玉）之爲容若無疑，請以質之知人論世者。　同治丙寅季冬月左綿痴道人記。（末有「情主人」朱文長方印）①

這是你大舅母。

〔夾批37a〕赦老夫人。

這是你二舅母。

〔夾批37a〕政老夫人。

第一個肌膚微豐。

〔夾批37b〕迎春。

第二箇削肩細腰。

〔夾批37b〕探春。

---

① 孫桐生字小峰，號飲真外史，懺夢居士、痴道人、情主人等。四川綿州人。咸豐二年（一八五二）三甲一百十八名進士，翰林院散館後出知湖南酃縣，後任湖南永州府知府。光緒七年（一八八一）刻成「妙復軒評石頭記」。扉頁上標「臥雲山館」。孫桐生輯有「國朝全蜀詩抄」六十四卷，「明臣奏議」十二卷等。引自徐恭時「脂本評者資料輯錄」（下簡稱「輯錄」），收入「論叢」，頁二一一。

第三箇身量未足。

〔夾批37b〕惜春。

我纔三歲時，聽得說來了一個癩頭和尚，說要化我去出家。

〔夾批38a〕三歲上尚未能甚記事，故云聽說，莫以爲親聞親見。

除父母之外，凡有外姓親友之人，一概不見，方可平安了此一世。

〔夾批38b〕惟寶玉是更不可見之人。

一語未了，只聽得後院中有人笑聲說。

〔夾批38b〕接笥（筍）甚便，史公之筆力。

雨村笑道，不妥，不妥。

〔眉批57b〕我也說不妥。

事自有他掌管，……因此遂將移居之念漸漸打滅了。

〔傍批62b〕此葉下半葉「事」字起原殘缺。胡適依庚辰本脂硯齋重評本補鈔九十四字，又依通行校本補一「鬧」字。

（按此爲胡適批）

黛玉生氣一段。

〔眉批63b〕此是頭一次生氣，以後似此者甚多，故於前略伏一筆，以後便不唐突，此文字一定章法也。（「甚」字下有「寫」字，圈去）

那裏有個叔叔往侄兒的房裏睡覺的禮。

〔眉批64b〕當頭一喝，故用反筆提醒。

上月你沒看見我那個兄弟來了，雖然和寶叔同年，兩個人若站在一處，只怕那一個還高些呢。

〔眉批65a〕所謂一枝筆變出恒河沙數枝筆也。

剛至房門，便有一股細細的甜香襲了人來，寶玉便愈覺得眼餳骨軟，連說好香。

〔眉批65a〕實實寫得出來。

秦氏房中陳設一段。

〔眉批65b〕歷敍室內陳設，皆寓微意，勿作閑文看也。

秦氏便吩咐小丫嬛們好生在廊簷下看着貓兒狗兒打架。

〔夾批65b〕寓言。

寶玉在秦氏房中睡去一段。

〔眉批65b〕何處睡卧不可入夢，而必用到秦氏房中，其意我亦知之矣。

此夢文情固佳，然必用秦氏引夢，又用秦氏出夢，竟不知立意何屬。惟批書人知之。（此條爲批「寶玉剛合上眼，便惚惚睡去。猶似秦氏在前，遂悠悠蕩蕩，隨了秦氏至一所在。」一段之夾批）

〔眉批65b〕我亦知之，豈獨批書人。

情天情海幻情深，情既相逢必主淫。漫言不肖皆榮出，造釁開端實在寧。

〔眉批71a〕判中纔是秦可卿眞正死法，眞正實事，書中掩却眞面，却從此處透逗。

名爲羣芳髓。

〔硃墨眉批72b〕「羣芳髓」可對「冷香丸」。

此曲不比塵世中所塡傳奇之曲。

〔眉批73b〕此語乃是作者自負之辭，然亦不爲過談。

非作者爲誰。余又曰，亦非作者，乃石頭耳。（此爲「開闢鴻濛，誰爲情種」一句之夾批）

〔夾批74a〕石頭即作者耳。

若說有奇緣，如何心事終虛話。（「虛話」原作「□□」，塗改不清，改者又於書眉寫出「虛話」兩字）

〔硃墨眉批74b〕徐作「虛化」。（旁有「適之」朱文方印。此批書於書眉「虛話」兩字下。按「徐」指「徐郙」，此處指徐氏原藏抄本石頭記，即「庚辰本」）

怎經得秋流到多盡，春流到夏。（盡」字圈去）

〔硃墨眉批74b〕徐有「盡」字。（按「徐」指「徐氏本」，卽「庚辰本」。依筆迹，此爲胡適批）

但其聲韵悽惋，竟能消魂醉魄，因此也不察其原委，問其來歷，就暫以此釋悶而已，

〔夾批74b〕此結是讀紅樓之要法。

太高人愈妬，過潔世同嫌。

〔眉批75b〕爲吾曹痛下鍼砭。

「第十支聰明累」一段。

〔眉批76b〕世之如阿鳳者蓋不乏人，然機關用盡，非孤卽寡，可不懼哉。

箕裘頹墮皆從敬。

〔眉批77b〕敬老悟元，以致珍蓉輩無以管束，肆無忌憚，故此判歸咎此公，自是正論。

吾所愛汝者，乃天下古今第一淫人也。

〔眉批78b〕石破天驚鬼夜哭。

在閨閣中固可爲良友，然於世道中未免迂濶怪詭，百口嘲謗，萬目睚眦。

〔眉批79a〕坐此病者覩此，甯不自怨自艾，然亦是怨艾不來的。

再將吾妹一人，乳名兼美，字可卿者許配與汝。

〔眉批79a〕可卿者，卽秦也。是一是二，讀者自省。

再休前進，作速回頭要緊。

〔眉批79b〕何減當頭一棒。

此卽迷津也。

〔眉批79b〕孽海茫茫，何處是岸。噫，沈淪墮落，誰爲指迷，誰爲援拯耶？

以情悟道。

〔眉批79b〕四字是作者一生得力處，人能悟此，庶不爲情所迷。

又聞寶玉口中連叫，可卿救我。因納悶道，我的小名這裡沒人知道，他如何從夢裏叫出來。

〔眉批80a〕作者瞞人處，亦是作者不瞞人處。妙妙，妙妙。

「按榮府中一宅中合算起來人口雖不多」一段。

〔眉批82a〕截斷正文，另起一段，筆勢蜿蜒縱肆，則莊子南華差堪彷彿耳。

周大媽，有個老奶奶來找你呢。

〔硃墨眉批86b〕畢竟孩子口氣。

劉姥姥見鳳姐一段。

〔眉批91a〕一幅美人圖。然究是阿鳳不是別底美人，作者眞是繪聲繪影之筆。然非目覩情形，焉能得此出神入化之筆，勿以杜撰目之，則不致爲作者瞞過矣。

鳳姐笑道，親戚們不大走動，都踈遠了。知道的呢說你們棄厭我們，不肯常來，不知道的那起小人還只道我們眼裏沒人似的。

〔眉批91b〕如聞如見。好筆，眞虧他寫得出。

這裏鳳姐忽又想起一事來，便向窗外叫，蓉兒回來。

〔眉批93b〕奇峯突起，好筆奇筆。如此方是活筆，不是死筆。

罷了，你且去罷，晚飯後你來再說罷。這會子有人，我也沒精神了。

〔眉批93b〕此等出神入化之筆，試問別書可有否？其中包藏東西不少，令閱者自會。作文者悟得此法，則耐人咀嚼，無意平語直之病矣。讀此而不長進學問開拓心胸者，眞鈍根人也。

「接着房門响處，平兒拿着大銅盆出來，叫豐兒舀水進去」一段。

〔硃墨夾批102b〕閱者試掩卷思之。

〔眉批102b〕所謂行文有賓有主，有虎有鼠。水滸記慣用此法，作者又神而明之。

誰知此時黛玉不在自己房中，卻在寶玉房中，大家解九連環作戲。

〔眉批103b〕二玉隔房只此一寫，化板爲活，令閱者不覺，眞是仙筆。

只是怯怯羞羞，有兒女之態。

〔硃墨夾批106b〕伏筆也，不可不知。

秦鐘心中亦自思道。果然這寶玉，怨不得人人溺愛他。

〔硃墨夾批107b〕所謂兩情脈脈。

先罵大總管賴二。

〔硃墨夾批110b〕來了。

趕着賈蓉叫蓉哥兒。

〔硃墨夾批110b〕來了。

焦大亦發連賈珍都說出來。

〔硃墨夾批111a〕來了。

那裏承望到如今生下這些畜生來。

〔硃墨夾批111a〕來了。

焦大說賈珍一段。

〔硃墨眉批111b〕一部紅樓淫邪之處，恰在焦大口中揭明。

爬灰的爬灰。

〔夾批111b〕珍哥兒。

養小叔子的養小叔子。

〔夾批111b〕寶兄在內。

焦大醉罵一段。

〔眉批111b〕用背面渲染之法，揭出正文，讀之便不覺污穢筆墨，此文字三昧也。

鳳姐和賈蓉等也遙遙的聞得，便都粧作聽不見。

〔硃墨夾批111b〕是極。

寶玉鳳姐問答一段。

〔眉批111b〕反是他來問，眞耶？假耶？欺人耶？自欺耶？然天下人不易瞞也，呵呵。戲裏藏春，任意起滅，文情文心眞曠絕宇宙也。（「任意起滅」四字爲補上者）

姐姐你聽他爬灰的爬灰，什麼是爬灰，

〔硃墨夾批111b〕問得妙。

少胡說，那是醉漢嘴裏混唚。

〔硃墨夾批111b〕答得妙。

鳳姐亦忙回色哄道。

〔硃墨夾批112a〕哄得妙。

你不去到茶，也在這裏發獃作什麼。

〔硃墨夾批116b〕閱者試思此一句是何意思。

我聽這兩句話，倒像和□（姑）娘的項圈上的兩句話是一對兒。

〔硃墨夾批117a〕金針度矣。　不着而着。

原來姐姐那項圈上也有八個字。

〔硃墨夾批117a〕又驚又喜。

你別聽他的話，沒有甚麼字。

〔硃墨夾批117a〕寫寶釵身分。

姐姐這八個字，到眞與我的是一對。

〔硃墨夾批117b〕明明是一對兒。

寶釵不待說完，便嗔他不去到茶。

〔硃墨眉批117b〕寫寶釵身分。

只聞一陣陣凉森森甜絲絲的幽香。

〔眉批117b〕此香可得一聞否。

黛玉答薛姨媽一段。

〔眉批120b〕強詞奪理，偏他說得如許，眞氷雪聰明也。

寶釵也忍不住笑着，把黛玉腮上一擰。（旁有夾批：「我也欲擰」）

〔眉批121b〕我則愛之不暇，豈忍擰耶？

秦氏出身一段。

〔眉批126a〕寫秦氏出身與史公寫趙飛燕其生微矣①，同一筆法。

寫送殯官客一段。

〔眉批148a〕不見守業字，何故？

賈環暗算寶玉一段。

〔眉批180b〕環兒種種行爲，毫無大家規範，實實可恨之至。

---

① 漢書卷九十七下，外戚傳第六十七下：「孝成趙皇后，本長安宮人。初生時，父母不舉，三日不死，乃收養之。及壯，屬陽阿主家，學歌舞，號曰飛燕。……許后之廢也，上欲立趙婕妤。皇太后嫌其所出微甚，難之。」

馬道婆聽說這話打攏了一處，他便又故意說道，阿彌陀佛，你快休來問我，我那裏知道這些事，罪過，罪過。

〔眉批185b〕「阿彌陀佛」四字念在此處，可歎之至，造孽之至，可恨之至。

佳蕙道，我想起來了，林姑娘生的弱，時常他吃藥，你就和他要些來吃也是一樣。

〔眉批196a〕暗暗言其紅玉之病與黛玉相同，皆係情字上害出來的。

襲人那怕他得十個分兒也不惱，他原該的。說良心話，誰還敢比他呢。

〔眉批196b〕此處云比不得襲人，乃美襲人是寶玉之愛妾也。爲後文伏線，無怪後來被逐。

紅玉道，也不犯着氣他們，俗語說的「千里搭長棚，沒有個不散的筵席」，誰守誰一輩子呢。不過三年五載各人幹各人的去了，那時誰還管誰呢。這兩句話，不覺感動了佳蕙的心腸，由不得眼睛紅了，又不好意思好端的哭，只得免強笑道，你這話說的卻是。

〔眉批196b〕小小黃毛丫頭亦有這等病，可見余前批不謬也。

昨兒寶玉還說明兒怎麼樣收拾房子，怎麼樣做衣裳。

〔眉批196b〕借佳蕙口中，補出寶玉平日閒談之言。

這是等芸哥看故作欵式者，果眞看書，在隔紗窗子說話已放下了。玉兄若見此批必云，老貨，他處處不放鬆我，可恨可恨。回思將余比作釵顰等乃一知己，全（余）何幸也。一笑。（此爲「寶玉穿着家常衣服，靸着鞋倚在床上，拿着本書。看見他進來，將書擲下。」一段之夾批）

〔眉批199b〕批書者眞欲效顰乎？

一面笑向寶玉道，人家睡覺，你進來作甚麼。

〔夾批202b〕余代答云：來看看妹妹，說說話兒，解解妹妹的午倦，可好可好？

見寶釵進寶玉的院內去了，自己也便隨後走了來。

〔眉批207b〕此層尚虛。

都睡下了。

〔眉批208a〕顰卿天眞爛漫。使我聞此四字，不待再問，不能無疑矣。及至後話黛玉焉得不氣怔哉！

此批欠細。此文明明寫寶釵在寶玉院中，而晴文說「都睡下了」；又說「二爺分付一概不准放人進來」。此正黛玉酸心處也。思其唐突寶釵與「綉鴛鴦」正同。

只聽裡面一陣笑話之聲，細聽了一聽，竟是寶玉寶釵兩人。

〔眉批208b〕索性賴得十分足十分圓滿。

明兒我和寶玉說，叫他在要人。叫這丫頭跟我去，可不知本人願意不願意。

〔眉批218b〕「在」徐本作「再」。適之。（「適之」兩字硃墨）

可喜你天生成百媚嬌，恰便似活神仙離雲霄。度青春年正小，配鸞鳳眞也巧。呀，看天河正高，聽樵樓鼓敲，剔銀燈同入鴛幃悄。

〔眉批238b〕曲內暗伏將來與襲人配偶。

也不該拿着我的東西給那起混賬人去。

〔眉批240b〕混帳人是卿卿甚麼人？

前玉生香回中顰云，他有金你有玉，他有冷香你豈不該有煖香，是寶玉無藥可配矣。今顰兒之劑若許芩料，皆係滋補熱性之藥，兼有許多奇物，而尚未擬名，何不竟以煖香名之，以代補寶玉之不足，豈不三人一體矣。（此段爲第二十八回回末總評）。

〔特批244a〕倘若三人一體固是美事，但又非石頭記之本意也。

甲戌本跋語

（一）濮文暹、濮文昶（第二四五頁背面）

紅樓夢雖小說，然曲而達、微而顯，頗得史家法。余向讀世所刊本，輒逆以己意，恨不得起作者一譚。睹此冊，私幸予言之不謬也。

子重其寶之。　青士、椿餘同觀於半畝園①，並識。乙丑孟秋。

按：此跋末有「青士」、「椿餘」朱文方印。又有硃墨批：「乙丑為同治四年（一八六五）。適之」

（二）劉銓福（第二四五頁背面）

紅樓夢非但為小說別開生面，直是另一種筆墨。昔人文字有翻新法，學梵夾書，今則寫西法輪齒、仿考工記。如紅樓夢實出四大奇書之外。李贄、金聖歎皆未曾見也。戊辰秋記。（下蓋「福」朱文方印章）

近日又得「妙復軒」手批十二巨冊，語雖近鑿，而於紅樓夢味之亦深矣②。雲客又記（下有「阿瘖瘖」朱文長方印章）

此批本丁卯夏借與緜州孫小峯太守刻於湖南②。（按：此條書於上條右側）

李伯盂郎中言翁叔平殿撰有原本而無脂批，與此文不同。

紅樓夢紛紛效顰者無一可取，唯「癡人說夢」③一種及二知道人「紅樓夢說夢」④一種尚可翫，惜不得與佟四哥三弦子一彈唱了。此本是石頭記眞本，批者事皆目擊，故得其詳也。　癸亥春日，白雲吟客筆。（下有「白雲吟客」朱文方印）

脂硯與雪芹同時人，目擊種種事故，批筆不從臆度。原文與刊本有不同處，尚留眞面，惜止存八卷。海內收藏家處有副

---

① 胡適在「跋乾隆甲戌脂硯齋重評石頭記影印本」中指出：「青士是濮文暹，同治四年三甲十二名進士；椿餘是他的弟弟文昶，同治四年三甲五十九名進士。他們是江蘇溧水人。半畝園是侍郎崇實家的園子。濮氏兄弟都是半畝園的教書先生。」徐恭時「紅樓夢版本有關人物資料札記」中第一條「半畝園中的人物」（「論叢」，頁二二一——二二七）有補充資料可參閱。

② 此處所提及抄本刻本，參一粟「紅樓夢書錄」，頁四八——五七。

③「癡人說夢」，苕溪漁隱撰。周紹良查出苕溪漁隱為范鍇號，其生平參「『癡人說夢』跋」。（「集刊」第二輯，頁二五二）

④ 劉世德考知「二知道人」為蔡家琬（一七六三——一八三五以後）。家琬字右峨，安徽合肥人。其資料可參「『紅樓說夢』作者考」。（「學刊」，一九八一年第一輯，頁三三九——三四五）

本，原抄補全之，則妙矣。　五月廿七日閱又記。（有「銓」朱文小方印）

按：末後二段跋語上有硃墨眉批：「大興劉銓福，字子重，是北京藏書家。他初跋此本在同治二年癸亥（一八六三），五月廿七日跋當在同年，他最後跋在戊辰，爲同治七年（一八六八）。　胡適。」

（三）胡適跋①

現存的八十回本石頭記，共有三本：一爲有正書局石印的戚蓼生本，一爲徐星署藏八十回鈔本（我有長跋），一爲我收藏的劉銓福家舊藏殘本十六回（我也有長跋）。三本之中，我這個殘本爲最早寫本，故最近於雪芹原稿，最可寶貴。今年周汝昌君（燕京大學學生）和他的哥哥借我此本去鈔了一個副本。我盼望這個殘本將來能有影印流通的機會。　胡適　一九四八、十二、一。

我得此本在一九二七年，次年二月我寫長跋，詳考此本的重要性。一九三三年一月我寫長跋，考定徐星署藏的八十回本（缺六四、六七回，又廿二回不全）脂硯齋四閱評本。一九四八年七月，我偶然在「清進士題名錄」發見德清戚蓼生是乾隆三十四年（一七六九）三甲廿三名進士，這就提高戚本的價値了。　胡適　一九四九、五、八夜（在紐約）

王際眞先生指出俞平伯在「紅樓夢辨」裏已引餘姚「戚氏家譜」，說蓼生是乾隆三十四年進士，與「題名錄」相合。

胡適　一九五〇、一、廿三。

（四）俞平伯跋①

此余所見「石頭記」之第一本也。脂硯齋似與作者同時，故每撫今追昔，若不勝情。然此書價値亦有可商榷者：非脂評原本，乃由後人過錄，有三證焉。自第六回以後，往往于鈔寫時將墨筆先留一段空白，預備塡入硃批，證一；誤字甚夥，觸處可見，證二；有文字雖不誤而鈔錯了位置的，如第二八回（頁三）寶玉滴下淚來，無夾評，却于黛玉滴下淚來有夾評

① 按胡適、俞平伯及周汝昌跋在原本中，各版影印本均未收入。俞平伯跋載「燕郊集」中，題作「脂硯齋評石頭記殘本跋」，文字略有出入。各跋據馮其庸「影印『脂硯齋重評石頭記』甲戌本上被胡適刪去的幾條跋文」（「學刊」，一九八二年第三期，頁三四四——三四六）所錄抄入。

曰：「玉兄淚非容易有的」，此誤至明，證三。又凡硃筆所錄，是否出于一人之手，抑有後人附益，亦屬難定。其中有許多極關緊要之評，却也有全沒相干的，翻覽可見。例如「可卿淫喪天香樓」，得此書益成定論矣；然十三回（頁三）於寶玉聞秦氏之死，有夾評曰「寶玉早已看定可繼家務者可卿也，今聞死了大失所望，急火攻心，焉得不有此血！爲玉一歎。」此不但違反上述之觀點，且與全書之說寶玉亦屬乖謬，豈亦脂齋手筆乎？是不可解者。以　適之先生命爲跋語，爰志所見之一二于右方，析疑辨惑，以俟君子。

二十年六月十九日俞平伯閱後記。

（五）周汝昌跋①

卅七年六月自　適之先生借得，與祜昌兄同看兩月，並爲錄副。

周汝昌謹識　卅七、十、廿四。

---

① 見前頁註①。

附錄二：己卯本後人批跋

第一回前補於第三頁末。

〔特批〕以上三頁甲戌鈔錄「豐神迥別」下多四百餘字，藍筆即是。庚辰本與此本原書均有凡例，特鈔手未鈔耳。同正文注中即知矣。①

第二回前所夾紙條：

〔硃墨特批〕「此回亦非正文」至「詩云」一節是楔子，須抵（低）二格寫。

雨村忙回頭看時。

〔特批37〕語言太煩，令人不耐，古人云「惜墨如金」，看此視墨如土矣。雖演至千萬回亦可也。

次日遣人備車轎去接等。後話暫且閣（擱）過，此時不能表白。

〔硃墨眉批344〕「不能表白」後是第十八回的起頭。②

第十九回前空頁。

---

① 此是陶洙筆迹。

② 武裕菴筆迹。

〔特批370〕十九回情切切良霄花解語，意綿綿靜日玉生香。移十九回後。（此五字硃墨寫）

王熙鳳正言彈妬意，林黛玉俏語謔嬌音。此題係二十回內。

第十九回末「正是」後：

〔硃墨特批402〕情切切良霄花解語，意綿綿靜日玉生香。①

十九回終。①

第二十回末總評後左下側。

〔特批420〕庚辰本校訖。丙子三月。②

第三十一至第四十回目錄頁右下側。

〔特批421〕此本與庚辰本校訖。二五年丙子三月。②

第三十二回末空頁。

〔特批466〕第三十二回評。③

第三十四回末。

〔特批505〕紅樓夢第三十四回終。第三十四回評。③

第六十七回末空頁。

〔特批934〕石頭記第六十七回終。按乾隆年間抄本。武裕菴補抄。③

陶洙跋

---

① 此是程本第十九回回目，武裕菴抄於此作為回末聯。

② 此二條似為董康所寫，丙子應為一九三六年。

③ 各條皆為武裕菴筆迹。

一

此己卯本闕第三册（二十一回至三十回），第五册（四十一回至五十回），第六册（五十一回至六十回），第八册（七十一回至八十回）。又第一回首殘（三頁半），第十回殘（一頁半）均用庚辰本鈔補。因庚本每頁字數款式均相同也。

凡庚本所有之評批注語，悉用硃筆依樣過錄。甲戌殘本祇十六回，計（一至八）（十三至十六）（廿五至廿八），胡適之君藏，周汝昌君鈔有副本，曾假互校，所有異同處及眉評旁批夾注，皆用藍筆校錄，其在某句下之夾注，祇得寫於旁而於某句下作乁式符號記之，與庚本同者以〇爲別。遇有字數過多，無隙可寫者則另紙照錄，附裝於前，以淸眉目。

己丑人日①燈下記於安平里憶園。

二

己卯本殘存

存一回至二十回：

第一回首殘三頁半，已據庚辰本補全，尚未釘入。

第二回末後有評批。第四回有注無多，各本無。

第十回有行間批語，亦各本無。末殘一頁半，已據庚辰本鈔補，尚未釘入。

第十二至二十回均有注。十七、八回未分卷，與庚本同。

第十六回末有題語。十九回無回目有鈔補，與庚本同。

---

① 一九四九年一月四日。

第二十回有後評，與戚本同。

二十一回至三十回：

缺。此十回現據庚本已鈔補齊全，並以甲戌本、庚辰本互校，所有評批均依式過錄，尚未裁釘。

存三十一回至四十回：

三十一回無注，有前後評批，庚本無。

三十二回有前評，三十四回有注，無多。

三十五回有後評，三十六回有注有後評。

三十七至三十九回均有注，四十回有注，只一處。

四十一回至六十回，缺。未鈔補（擬照庚辰鈔以戚本校）。

存六十一回至七十回：

六十三回有注，無多。

六十四回有。係同時從別本鈔補，但非一手所鈔，與戚本雖有異同，大致無差，庚本無。

六十五回有注。

六十七回有。此回亦庚本所無，此亦同時從別本鈔補，但非同時所寫，與戚本相校大不相同，竟另一結構（無從校起，只得另寫一篇附後）。

七十一回至八十回，缺。未鈔補（亦擬照庚本鈔補以戚本校）。

以上己卯鈔本殘存回數及與庚本異同大概情形也。

凡八十回之本只見四種：

一、甲戌本，胡適之氏藏，只有十六回（一至八）（十三至十六）（二十五至二十六）。

二、己卯本，即敝藏，缺四十回，存（一至二十回）（三十一回至四十回）（六十一至七十回）。

三、庚辰本，今在燕大，內缺六十四、六十七兩回，十七、十八回未分卷，有眉批，行間評語，但至二十八回即止，以下無。

四、戚蓼生本，即有正書局印行者，最完全，惟無眉批、行間評批耳。

三

庚辰本八十回，內缺六十四、六十七兩回，此己卯本封面亦書（內缺六十四、六十七回）而卷中有此兩回，並不缺。細審非一手所寫，但可確定同時在別本鈔補者，與通行本相近，可知即高鶚所據之本也。嘗以戚本對校，則六十四一回異同雖多，大體無差。六十七一回則大不相同，直是另一結構，無法可校，祇得鈔附於後，以存初稿時面目。

丁亥春①記於滬上憶園，時年七十①。

① 一九四七年。

附錄三：庚辰本後人批語

外則陪侍小姑等針黹。

〔眉批78〕黹音指。

慾根未斷。（「再想想鳳姐的模樣兒，又恨不得一時摟在懷內」一句之夾批）

〔夾批262〕評妙。（舊版本266有此批，新版本無，未知何故）

與紅樓夢呼應。（「這物出自太虛玄境空靈殿上，警幻仙子所製」句之眉批）

〔眉批264〕幻。

賈瑞進了鏡子一段。

〔眉批265〕此段有驚醒語，可以喚醒憒憒，謂之爲傳奇，誰曰不宜。鑑堂①識。

原來是忠靖侯史鼎的夫人來了，伏史湘雲王夫人邢夫人鳳姐等剛迎入上房。（「伏史湘雲」四字被勾出）

〔眉批278〕「伏史湘雲」應係注解。

「此時自己回想當初在大荒山青埂峯下那等淒涼寂寞」一段。（「此」字上有橫線標出）

〔眉批381〕「此時」句以下一段似應作註，其作「省親賦」之註或以訛作訛不可知，綺園②。

眞係玻璃世界，珠寶乾坤。

〔眉批382〕「玻璃世界，珠寶乾坤」，恰是新妙。鑑堂。

（第十七至十八回末空頁）

〔大字批402〕第十九回。（筆迹似與玉藍坡相同）

寶玉見茗烟偸情一段。

〔眉批406〕情景逼眞，如見如繪。鑑堂。

奇文，竟是寫不出來的。（「奇」字上有勾出記號）

〔眉批406〕「奇文」句似應作註。

（第十七、十八、十九回回末空頁）

〔大字批436〕此回宜分作三回方妙，係抄錄之人遺漏。玉藍坡③。

---

① 吳世昌說鑑堂是「李秉衡（一八三〇——一九〇〇），奉天海城人。清末山東巡撫（一八九四——一八九七）。八國聯軍入寇時，他曾率軍抗戰，其部下敗退，他在通州吞金自殺。謚忠節。傳見『清史稿』卷二五四。」（中華文史論叢，第六輯，頁二五二）

徐恭時在『輯錄』一文中引吳世昌說後指出：「但清人字『鑒堂』的還有別人。如昆山孫銓，他是乾隆間舉人，官山東知縣，工書畫，曾入成親王永瑆府中。他裒集諸名家法書，摹勒入石，名『壽石齋帖』。還有一位咸人鏡，原名士鏡，一號鑒堂，錢塘人，嘉慶進士。他與咸本序者咸婺生可能同宗。這二人都可供探索。」（「論叢」，頁二一五）梁麗在「關於鑒堂」中認為，他可能是「批本隨園詩話」下册五十七頁所指的鑒堂，「滿州正黃旗人，巡撫常鈞之子，累官至寧紹臺道。和坤門下。」（「學刊」，一九七九年第二輯，頁二九四）

② 徐恭時「輯錄」指出：「清人中有好幾個人用『綺園』作字號。其中有一人可供探索，就是滿洲正紅旗人文祥。他字博川，號文山，又號『綺園』，瓜爾佳氏。道光二十五年乙巳科進士。傳記見『清史稿』卷三九二、『清史列傳』卷五十一、『續碑傳集』卷五。著作有：『黑龍江松花江遊記』等三書。工書法，在清代書人傳中也有他的小傳。」（「論叢」，頁二一四）

③ 關於玉藍坡，至今仍未有任何資料，余恭時據批語推斷，，認為「玉藍坡這一人物應與曹雪芹是同時人。從名字上看，似為滿洲八旗人。」（同上，頁二一六）

我只說一句話，從今後撂開手。……還得你伸明了緣故，我纔得托生呢。

〔眉批630〕「撂開手」句起，至後「纔得托生」句止，此一段作者能替寶玉細訴受委曲後之衷腸，使黛玉竟不能回答一語，其心思爲何如，眞令人嘆服。予曾親歷其境，竟至有「相逢半句無」之事，予固深悔之。閱此慌惚將予所歷之委曲細陳，心身一暢。作者如此用心，得能不叫絕乎！綺園。（「綺園」兩字批於硃墨眉批「一節頗似說辭，在兄口中却是」右側，此硃批被墨筆勾出。「叫絕」原作「□□共賞」，「□□」被改爲「叫絕」，「共賞」兩字被圈去）

看來兩個人原本是一個心，但都多生了枝葉，反弄成兩個心了。

〔眉批677〕「一個心」「弄成兩個心」之句，期望之情殷，每有是事。近見「疑雨詩集」中句云：「未形猜妬情猶淺，肯露嬌嗔愛始眞」①，信不誣也。綺園。

倒底在陰司裏也得個依靠。

〔眉批760〕批得是。綺園。（正文句下有雙行批：「未喪母者來細玩，旣喪母者來痛哭」，此處似評此雙行批者）

寶玉論文死諫，武死戰一段。

〔眉批825〕玉兄此論大覺痛快人心。綺園。

可知那些死的都是沽名，並不知大義。

〔眉批826〕死時當知大義，千古不磨之論。綺園。

口裏說，請老壽星安。

〔眉批392〕是村庄中人語。若謂於賈母特增一稱呼，反失却作者摹寫田野老嫗面目矣。鑑堂。

劉姥姥講茗玉小姐一段。

---

① 明王彥泓「疑雨集」卷二戊辰年「再賦箇人」之八：「心期舊矣合歡新，蔗尾纔嘗味已珍。膽小易驚還易喜，眉彎宜笑更宜顰；未形猜妬恩猶淺，肯露嬌嗔愛始真。作計惱伊當試看，自憐終近薄情人。」（掃葉山房，一九一九年印本卷二葉廿八b）

〔眉批898〕此從「還魂記」①套來，未免可惜。鑑堂。

竟是一位青臉紅髮的瘟神爺。

〔眉批900〕瘟神之說，作者驚色中人也，敢不云妙。鑑堂。

念了幾聲佛。

〔眉批905〕「念了幾聲佛」，淡，妙。鑑堂。

賈母便揀了一朵大紅的，簪於鬢上。

〔眉批905〕必揀大紅者，喻賈母正在熏灼時也。須知。鑑堂。

才說嘴，就打了嘴。

〔眉批907〕「才說嘴，就打嘴」，非閱歷深者不能道。鑑堂。

劉姥姥也覷着眼看個不了，念佛說道，我們想他作衣裳也不能，拿着糊窗子豈不可惜。

〔眉批910〕劉姥姥語乃作者喚醒不知物力諸癡公子也。鑑堂。

平兒只得陪笑相問。

〔眉批1109〕「只得陪笑相問」，內有無限驚慌，作者摹擬神情，無不週密。

起首恰是李氏，一定要按次序，恰又不按次序，似脫落處而不脫落，文章歧路如此，然後按次各各開出。

（此段被勾出）

〔眉批1149〕勾出者似是批語，不宜混入。

寶玉笑道，你問我有趣，你到成了纔來的了。麝月也笑了，又要去問人。寶玉道，揀那大的給他一塊就是了，又不作買賣，算這些做甚麼。

〔眉批1199〕寫痴公子畢肖。鑑堂。

① 即「牡丹亭」。

沒一絲風，他也是亂響。

〔眉批1200〕無風亂響，喻寶玉無事忙也。鑑堂。

寶玉命把煎藥的銀吊子找了出來。

〔眉批1201〕評細。鑑堂。（正文句下有雙行批注：「『找』字神理，乃不常用之物也。」此處似評雙行批）

「鳳姐忙笑道」一段。

〔眉批1204〕妙緒繽紛，此是書中之筆路靈雋處，不可沒也。鑑堂。

寶琴笑道，在南京收着呢，此時那裏去取來。

〔眉批1212〕此等處最令人着急。鑑堂。

這會子又扯謊說沒帶來，他們雖信我是不信的。

〔眉批1213〕激語也。

寶釵笑道，箱子籠子一大堆，還沒清理，知道在那個裏頭呢。

〔眉批1213〕故作頓挫，以免直率爾。鑑堂。

「外國美人詩」一段。

〔眉批1214〕詩好，項聯壯麗之至。鑑堂。

賈蓉之妻迴避了。

〔眉批1230〕自可卿死後，未見賈蓉續娶，此同有蓉妻迴避語，是書中遺漏處。綺園。

肝腦塗地兆姓賴保育之恩，功名貫天百代仰蒸嘗之盛。

〔眉批1239〕此聯宜掉轉。

隨事命名。（四字被勾出）

〔眉批1365〕命名句似批語。

滿廳中紅飛翠舞，玉動珠搖，眞是十分熱鬧。

〔眉批1465〕玉兄此時置身於「紅飛翠舞」之中，得不飄欲仙乎。綺園。

（第六十六回首頁右下角黏有附頁）

〔小字特批1579〕以後小字刪去。（舊影印本有此批，未說明是附頁。新影印洋裝本此批佚去；線裝本有此批，亦未加說明。香港重印本無此批。參馮其庸「論庚辰本」再記，頁一二二——一二三）

這些古人曾說的，「百足之蟲，死而不僵」，必須先從家裏自殺自滅起來，纔能一敗塗地。

〔眉批1816〕說得透。

爲察姦情，反得賊贓。（八字被勾出）

〔眉批1820〕似批語，故別之。

「兩個變童都是演說的局套，忙都跪下奉酒說」一段。

〔眉批1843〕此一段變童語句太眞，反不得其爲錢爲勢之神，當改以委曲認罪語方妥。

怎麼這些人，只一嫁了漢子，染了男人的氣味，就這樣混帳起來，比男人更可殺了。

〔眉批1902〕「染了男人氣味」實有此情理，非躬親閱歷者亦不知此語之妙。

池塘一夜秋風冷，吹散芰荷紅玉影，蓼花菱葉不勝愁，吹散芰荷紅玉影。

〔特批1970〕此句遺失。（按此詩之第四句有正作「重露繁霜壓纖梗」。庚辰因重出第二句，遂失去第四句，故有此批）

附錄四：列藏本後人批語

第一回

靈性已通。

〔夾批〕能大能小。

獨自己無材，不堪入選。

〔夾批〕妙。

日夜悲號慚愧。

〔夾批〕對應愚頑氣。

携你到那昌明隆盛之邦，詩禮簪纓之族。

〔夾批〕數語微露下文。

溫柔富貴之鄉去安身樂業。石頭聽了喜不能禁。

〔眉批〕僧已不高，石更可鄙矣。

乃問不知弟子那幾件奇處，又不知携了弟子到何處。

〔眉批〕此時石頭依然，何由能語！

豈不省了口舌是非之害。

〔夾批〕轉得有趣。

易名爲情僧。（「情僧」二字旁加圈）

〔夾批〕呵呵。

到是神仙一流人品。（八字旁加點）

〔夾批〕微露。

那僧笑道你放心。（「放心」二字旁加圈）

〔夾批〕何心哉。

只因西方靈河岸上。（「靈河岸上」四字旁加圈）

〔夾批〕眞眞奇案。

實未有聞還眼淚之說。

〔夾批〕好！

你把這有命無運，累及爹娘之物抱在懷內做甚。（整句字旁加圈）

〔夾批〕瘋則瘋矣，而語言實有深長意味。

必是個巨眼英豪，風塵中之知己也。（整句字旁加圈）

〔夾批〕先伏此句，後意自不平。

但每遇兒時兒並未談及，愚故未敢唐突。（整句字旁加圈）

〔夾批〕有深淺。

夫妻日日說恩情，夫死又隨人去了。世人都曉神仙好，只有兒孫忘不了，痴心父母古來多，孝順兒孫誰見了。

〔眉批〕罵世語痛快，但非和尙語氣也。

好便是了，了便是好。（每字旁加圈）

〔夾批〕透徹之極。

第二回

那些人嚷快請出甄爺來。

〔夾批〕想雨村應亦生疑。

只見封肅方回來，歡天喜地，衆人忙問端的。

〔夾批〕正應前面那一唬。

雨村遣人送了兩封銀子。

〔夾批〕禮太薄了。

又寄一封密書與封肅轉托他向甄家娘子要那姣杏作二房。

〔夾批〕若不見姣杏，未必想士隱；若不要姣杏，未必以禮答謝甄家娘子。

乃封百金贈封肅。

〔夾批〕好買賣。

令其好生養贍，以待尋訪女兒下落。

〔眉批〕雨村二次欲訪英蓮，皆欺人耳。自得姣杏後至革職，其中定無暇及此，何竟忽哉。由此觀之，可見雨村心上只有姣杏，實無士隱矣。

那雨村心中雖十分慚恨，卻面上全無一點怨色，仍是嬉笑自若。

〔眉批〕眞奸雄也。

自己擔風袖月，游覽天下勝跡。

〔眉批〕亦有一股豪氣。

奈命中無子，亦無可如何之事。

〔夾批〕是。

不過假充養子之意，聊解膝下荒涼之嘆。

〔夾批〕父母之心，寔有此等情節。

謀了進去。

〔夾批〕妙在「謀了」二字上。

雨村見了便不在意。

〔夾批〕淺了。

賈府中可不玷辱了先生門楣了。

〔夾批〕此句出諸子興口中。

若論榮府一支，卻是同譜。

〔夾批〕此話却出諸雨村口中。

我們不便去攀扯。

〔夾批〕英雄欺人。

至今故越發生疎艱認了。

〔夾批〕不敢親近耳。

百足之蟲死而不僵。

〔夾批〕達人語。

方纔所說異事，就出在這里。

〔夾批〕起得奇，接得緊。

子興冷笑道。

〔夾批〕笑得妙，「冷」字尤妙。

「那年週歲時，政老爺便要試他將來的志向」至「因此便不大喜悅」一段。

〔眉批〕此囘自子興口中已將政玉父子等情性微露，則下文不至有手足不相錯之弊矣。

政老爺便大怒了，說將來酒色之徒。

〔夾批〕知子者莫如父。

除大仁大惡兩種，餘者皆無大異。

〔夾批〕先提一筆，雄健。

「今當運隆祚永之朝，太平無爲之世」至「正不容邪復邪正不相容」一段。

〔眉批〕從高下二層自大仁大惡分出一等平常人。從平常愚智中又分出一等有智無爲的。說來理足話圓，正與林玉等乖僻性情相合。妙，妙。

上則不能成仁人君子，下則不能爲大兇大惡。置之于萬萬人之中其聰俊靈秀之氣則在萬萬人之上。

〔眉批〕可知雨村才高處，其格致悟參功夫厚，不同俗眼也。

子興道依你說，成則公侯敗則賊了。雨村道，正是這意。

〔夾批〕非也。

〔眉批〕公侯而成，寧非上智？賊而敗，寧非下愚？必如雨村前篇方妙。

叫姐姐妹妹字樣或可解疼也未可知。

〔夾批〕癡之極矣。

叫了一聲，便果覺不疼了。

〔夾批〕奇談。

今知爲榮府之外孫女，又不足罕矣。

〔夾批〕榮府何遂出人頭地。

第三回

不知令親大人現居何職只怕晚生草率，不敢驟然入都干瀆。

〔夾批〕好問，可謂細心。

其爲人謙恭厚道，有祖父遺風，非膏粱輕薄仕宦，故弟方致書煩託，否則不但有汚尊兄清操，卽弟亦不屑爲矣。

〔眉批〕如海言語頗純正，且能以心推人。但不能知言，故所問並非所答。

小女入都，尊兄卽同路而往，豈不兩便。雨村唯唯聽命。

〔眉批〕在汝(如)海一味慷慨，而雨村却唯唯聽命，何也？

心中十分得意。

〔夾批〕革職時既嬉笑自如，此時又何必得意。可知英雄欺人，亦寔自欺耳。

正好減我顧盼之憂，何反云不往。黛玉聽了，方洒淚拜別。

〔眉批〕情節可觀。

因此步步留心，時時在意。

〔夾批〕此時正是俱(懼)生的時候。

忽見街北蹲著兩個大石獅子，三間獸頭大門，門前列坐着十來個華冠麗服之人。

〔眉批〕寧榮二府陳設由此始，用「忽見」字最妙。
却不進正門。只進了西邊門，那轎夫抬進去了。
〔眉批〕榮寧二府規矩自此始。
十七八歲的小廝上來復抬起轎子，眾婆子步下圍隨。
〔眉批〕清楚詳盡。
說剛才老太太還念哺呢，可巧就來了。
〔眉批〕正出賈母，自丫頭口中隨口喚出，筆法爽健靈活之至。
一把摟入懷中，心肝兒肉叫着大哭起來。
〔眉批〕好情節。
此卽冷子興所云之史氏太君賈赦賈政之母。
〔眉批〕赦、政斷出。
這是你大舅母，只是你二舅母，這是你先珠大哥的媳婦珠大嫂。
〔眉批〕邢、王夫人及李紈出在賈母口中。
「第一個」一段。
〔眉批〕寫迎、探二人容貌，而兩人性情亦在言表。
第三個身未長進，形容尚小。
〔眉批〕不以容貌顏色寫惜春，亦自有深意也。
皆是一樣的粧飾。
〔眉批〕亦自有深意也。
黛玉忙起身迎上來見禮，互相厮認。

〔眉批〕迎、探、惜、黛玉互相斷認。

因說我這些兒女，所疼者偏有你母親一人，今日一旦先捨我而去，連面也不能見，今見了你，我怎不傷心。

〔夾批〕語語重青。

眾人見黛玉年貌雖小，其舉止言談不俗。

〔眉批〕在衆人目中只是淡淡寫黛玉，餘皆留在寶玉眼中方見。

黛玉笑道。

〔夾批〕微熟化了。

一語未了，只聽後院中有人笑聲，說我來遲了。

〔眉批〕人尚未見，而突然出聲。

黛玉納罕道。

〔眉批〕「納罕」得有理。

項上戴着赤金盤璃瓔絡圈，裙邊繫着豆綠宮縧雙衡比目玫瑰珮。

〔夾批〕句法。一句長一句，□（與）盡而字不續。

一雙丹鳳三角眼，兩灣柳葉掉稍眉。

〔夾批〕艷麗之極。

體格風騷，粉面含春威不露，丹唇未啓笑先開。

〔夾批〕精神流露于動止之中，性情隱顯于言語之外，以聲寫色，以色寫神，皆無一不[illegible]。

〔眉批〕半篇美人賦。妙，妙。

賈母笑道。

〔眉批〕一見便笑。

只見眾姊妹都忙告訴道，這是璉嫂子。

〔眉批〕可見衆姊妹無不愛而畏之者。

也曾見母親說過，大舅舅賈赦之子賈璉，他娶的就是二舅母王氏之內姪女。

〔眉批〕賈璉出自黛玉之母口中，奇文。

只可憐我妹妹，是這樣命苦。

〔夾批〕好轉。

怎麼姑媽偏就去世了，說着便用手帕拭淚。

〔眉批〕熙鳳在賈王（母）面前大言大笑，更作出一股情感形狀，邢、王夫人、李氏姊妹均未嘗如是精神，老人家寧不喜歡。

忙轉悲爲喜道。

〔夾批〕可旋轉之速如是。

又是喜歡又是傷心。

〔夾批〕好收束。

林姑娘的行李東西可搬進來了。

〔夾批〕好細心一個當家人。

帶幾個人來，你們趕早打掃兩間下房，讓他們去歇歇。

〔眉批〕黛玉到榮府良久，衆人未嘗想到諸事，獨熙鳳一人無想不到的地方，可見心細而條道(理)亦正，可觀。

熙鳳道，這到是我先料着了。

〔夾批〕賊耶？鬼耶？

老爺說了，連日身上不好。見了姑娘彼此傷心，暫且不忍相見。

〔眉批〕一片脫（說）詞，人情天理所不容免之處，而彼以病推脫，是證此人之不端。

姊妹們雖拙，大家一處伴着亦可以解些煩悶，或有委曲之處，只管說得，不要外道纔是。

〔眉批〕前熙鳳一味慷慨，故能入耳，而此數語一片客言，故令人入骨之疵。

黛玉笑道，舅母愛恤賜飯，原不應辭，只是還要去拜見二舅舅，恐賜飯領去就不恭了，異日再領亦未爲不可。望舅母容量。

〔眉批〕話圓心細，足見聰明，寔非邢夫人所能見得到處。

寫着某年月日，書賜榮國賈源，又有萬幾宸翰之寶。

〔眉批〕有寶無年。

大紫檀雕璃案上設着三尺來高青綠古銅鼎，懸着待露隨朝墨龍大畫。一邊是金蜼彝，一邊是玻璃盒，地下兩溜十六張楠木椅。

〔眉批〕正室廳堂等陳設。

亦不在這正室。

〔夾批〕極有理。

「臨窗大炕」一段。

〔眉批〕此是臥房陳設。

其餘陳設自不必細說。

〔眉批〕總一筆，足見言不盡意。

我有一個孽根禍胎，是這家里的混世魔王。

〔眉批〕出寶玉，妙在王夫人與黛玉二人分出。

舅母說的可是啣玉所生的這位哥哥。

〔眉批〕黛玉心上早有一個寶玉了。

這位哥哥比我大一歲。

〔眉批〕誰問你合他歲數來。

兄弟們自是別院另室的，豈得有沾惹之理。

〔眉批〕體則然也。

若這一日姊妹們和他多說一句話，他心里一樂，便生出多少事來。

〔眉批〕亂臣賊子必得寵，而後不才之事生矣。蓋一日之寵寔足以助平生之虐。

所以囑咐你別採他，他觜里一時甜言密語，一時有天無日，一時又瘋瘋儍儍，只休信他。

〔夾批〕知其病而後醫。

〔眉批〕知子者莫如父，母亦然。

外間伺候之媳婦丫環雖多，卻連一聲咳嗽不聞。

〔眉批〕無聲而有神。

臉若桃瓣，睛若秋波，雖怒時而若笑，即嗔時而有情。

〔眉批〕美中有一股癡莊。

何等眼熟到如此。

〔眉批〕林、寶本係前緣，故眼熟。其事若奇，而在書則其正文也。

頭上週圍一轉的短髮都結成了小辮，紅絲結束共攢至頂中，胎髮總編成一根大辮，黑亮如漆，從頂至稍一串四棵大珠用金八寶墜角。

〔眉批〕兩寫寶玉，方知寫迎、探、熙鳳均是陪襯，妙極也。

富貴不知樂業，貧窮難奈淒涼。

〔眉批〕富貴不知樂業者，貧窮必不能奈淒涼，此定理也。

天下無能第一，古今不肖無雙。

〔夾批〕苦駡不知改。

細看形容與眾各別。

〔眉批〕黛玉亦在寶玉目中看出細膩來，兩心方對。

兩灣似蹙非蹙罥烟眉，一雙似泣非泣含露目。

〔夾批〕艷極矣！雖「西廂記」、「還魂」未能如此描畫，艷極矣！

態生兩靨之愁，姣襲一身之病，淚光點點，姣喘微微，閒靜時如名花照水，行動時似弱柳扶風，心較比干多一竅，病如西子勝三分。

〔眉批〕「洛神賦」之「翩若驚鴻，宛若遊龍」者，較此不及。

寶玉看罷因道，這個妹妹我曾見過的。

〔夾批〕小癡大癡。

賈母笑道，可又是胡說，你又何曾見過他。

〔眉批〕此豈不怪，而寔不為怪。

然我看着面善，心里就算是舊相識。

〔眉批〕天下人癡不能癡到此，而聰明亦不能聰明到此地步。

今日只作遠別重逢。

〔夾批〕如何不親。

登時發作起癡狂病來，摘下來就恨命摔去。

〔眉批〕雖是癡狂，然亦足以賣（買）人。

寶玉滿眼淚痕道。

〔眉批〕先以寶玉淚引黛玉淚。

賈母忙哄他道，你這妹妹原有這個來着，因你姑媽去世時，捨不得你妹妹，無法可處，遂將他的玉帶了去了，一則全殉葬之禮，進你妹妹之孝心，二則你姑媽之靈亦可權作見女兒之意。

〔眉批〕老誑兒圓全。

第四回

如槁木死灰一般，一概無見無聞，惟知侍親養子外，則陪侍小姑等針黹誦讀而已。

〔眉批〕古今若此平淡人最難得，至于筆之書文，尤難見也。

把出身之地竟忘了。

〔夾批〕當面好駡。

難道就沒有抄一張本省的護官符不成。

〔夾批〕好名色。

取出一張抄寫的護官符來。

〔夾批〕幹員。

卽打死馮公子奪了丫頭，他便沒事一般。

〔眉批〕賊膽。

雨村罕然道，原來就是他，聞得養至五歲被人拐去。

〔眉批〕還記得。

他是被拐子打怕了的。

〔夾批〕可憐可歎。

只說拐子係他親爹。

〔夾批〕可恨可恥。

雨村聽了亦嘆道，這也是他們的孽障遭遇，亦非偶然。

〔眉批〕但以英馮之遭愚(遇)自釋，便將前買妾時慰甄家娘子之語，悉置爲鯹風臭屁，雖能言之鳥獸，不若是之(忍)(也)，寧不恥？

且不要議論他人。

〔眉批〕然則一味保全自己富貴而矣。

老爺當日何其明決，今日何反成了沒主意的人了。

〔夾批〕門子何竟反復譏諷。

第八回

怎麼他說了你就依他，比聖旨還尊些。

〔眉批〕福厚者必不如此。

第九回

瑞大爺反派我們的不是，聽着人家罵我們，還調撥他們打我們。茗烟見人欺負我，他豈不爲我的，他們反打夥兒打了茗烟。

〔眉批〕好！洗得干淨。

第十二回

龐英按：本回以「代儒家道雖然淡薄，到也豐富完此事，家中很可度曰。再講這年冬底兩淮林如海的書信寄來，卻爲身染重疾寫書」爲終。在最末一行的書眉上原有一簽條，後被撕掉，尚殘留「□□□□俟瓦」字樣，字意頗似庚辰本二十二回末書眉上「此後破失俟再補」批註。

第十六回

女兒聞得父母退了前夫，她便一條麻繩，悄悄的自縊了。

〔眉批〕金哥可稱烈女，鳳婆娘不（可）稱淫貨。

那守備之子聞得金哥自縊，他也是個極多情的，遂也投河而死，不負妻義。

〔眉批〕此二人眞義夫節婦也。

第十七回

寶玉冷色道。

〔夾批〕輕薄。

無知的業障，你能知道幾個古人。

〔夾批〕極是。

賈政聽了，便批胡說。

〔夾批〕妙。

蘼蕪滿手泣斜暉。

〔夾批〕胡說。

這一聯竟比書成蕉葉，猶覺幽嫺活潑。
〔夾批〕可笑。
賈政笑說，豈有此理。
〔夾批〕妙。

第十八回

因忙把衣領解開，從裏面紅襖衿上將黛玉所給的那個荷包解下來遞與黛玉瞧。
〔眉批〕妙。
黛玉將剪子一摔，拭淚就道，你不用與我好一陣歹一陣的，要惱就撂開手罷。
〔眉批〕好！
寶玉道，好妹妹明兒另替我做個香袋兒罷。黛玉道，那也瞧我的高興罷了。
〔眉批〕好！
一會子我去了又不知多早晚才來。說到這句，不禁又哽咽起來。
〔眉批〕好！
誰是你姐姐，那上頭穿黃袍的才是你姐姐，你又認我這姐姐來了。
〔眉批〕寶釵亦未能免俗。
第一齣豪晏（宴），第二齣乞巧，第三齣仙緣，第四齣離魂。
〔眉批〕何必。

第十九回

襲人聽了才把心放下來，嗤了一聲笑道。

〔眉批〕好！

第二十二回

我原不配說他，他是小姐主子，我是奴才丫頭，得罪了他使不得。

〔眉批〕好！

寶玉沒趣，只得又來尋黛玉。剛到門檻前，黛玉便推出來將門關上。寶玉又不解何意，在窗外只是呑聲叫好妹妹。

〔眉批〕好！

黛玉道，你還要比，你還要笑，你不比不笑，比別人比了笑了的還利害呢。

〔眉批〕好！

這卻是你的好心，只是那一個偏又不領你的好情，一般也惱了，你又拿我作情，到說我小性兒。

〔眉批〕好！

五祖欲求法嗣，令徒弟諸僧各出一偈。

〔眉批〕腐。

第二十三回

再有那一等輕浮子弟愛上那風騷妖艷之句，也寫在扇頭壁上，不時吟哦賞贊。因此竟有人來尋詩覓字，倩畫求題的。

〔眉批〕全不稱。

仔細忖度，不覺心痛神馳，眼中落淚，正沒個開交，忽覺背後擊了一下。

〔眉批〕好。

第二十四回

只說舅舅見你一遭兒就派你一遭兒不是，你小人兒家很不知好歹，也到底立個主見賺幾個錢，弄的穿是穿吃是吃的，我看着也喜歡。

〔眉批〕可哭。

鳳姐聽了滿面是笑，不由的便止了步問道，怎麼好好的你娘兒兩個在背地里說起我來。

〔眉批〕好。

心下想道，我如今要告訴他那話，到叫他看着我見不得東西是的，因爲得了這點子香就叫他管事了。今兒先別提這事。

〔眉批〕好！

第二十五回

寶玉拉着黛玉的袖子只是嘻嘻的笑，心裡有話只是說不出來。此時黛玉心裡也有幾分明白，只是自己不住的把臉紅漲起來，掙着要走。

〔眉批〕好。

獨有薛蟠更比諸人忙到十分，走開罷又恐薛姨媽被人擠倒，又恐薛寶釵被人瞧見，又恐香菱被人燥也。

〔眉批〕活畫、趣極。

這些話沒說完，被賈母照臉啐了一口唾沫罵道，爛了舌頭的混賬老婆。

〔眉批〕該！

黛玉先就念了一聲阿彌陀佛。薛寶釵便回頭看了他半日嗤的一笑，別人都不會意。賈惜春道，寶姐姐，好好的笑什麼。

〔眉批〕好！

第二十六回

紅玉只粧着和墜兒說話，也把眼睛一溜賈云。四目恰相對時，紅玉不覺把臉紅了，一扭身進蘅蕪院去了。

〔眉批〕好！

薛蟠道，越法說的人熱刺刺的丟不下，多偺晚纔請我們告訴了，也免得人猶疑。

〔眉批〕好！

第二十八回

就是死了也是個屈死鬼，恁憑高僧高道懺悔也不能超生，還得你伸明了原故，我纔得托生呢。

〔眉批〕涎臉不堪。

寶釵聽說，笑着搖手兒說道，我不知道也沒聽見，你別叫姨娘問我。

〔眉批〕好！

口里說着，忽一回身，只見黛玉坐在寶釵身後，抿嘴笑，用手指頭在臉上畫着羞他。

〔眉批〕好！

林黛玉便把剪子一撂，說道，理他呢，一會子就好了。

〔眉批〕好！

黛玉道，理他呢，過一會子就好了。

〔眉批〕好！

見元春所賜的東西獨他與寶玉一樣，心裡越法沒意思起來。幸虧寶玉被一個林黛玉綿纏住了，心心念念只記掛着林黛玉，並不理論這事。

〔眉批〕好！

林黛玉笑道，何曾不是在屋裡來着，只因天上一聲叫，出來睄了一睄，原來是個獃雁。

〔眉批〕好！

將手裏的帕子一甩，向寶玉臉上甩來。寶玉不防正打在眼上。

〔眉批〕好！

第二十九回

林黛玉冷笑道，他在別的上心還有限，惟有這些人帶的東西上越發留心。

〔眉批〕尖刻。

寶釵聽說，便回頭粧沒聽見。

〔眉批〕好！

林黛玉一聞此言，想起上日的話來。今日原是自己說錯了，又是着急又是羞愧，便戰戰兢兢的說道，我要有心咒你，我也天誅地滅。

〔眉批〕好！

第三十回

寶釵聽說，不由的大怒，待要怎樣又不好怎樣。回思了一會，臉紅起來，便冷笑兩聲說道，我到想楊貴妃，只是沒有個好哥哥好兄弟可以作得楊國忠的。

〔眉批〕好！

寶釵笑道，原來這叫做負荊請罪。你們通今博古，纔知道負荊請罪，我不知道什麼是負荊請罪。

〔眉批〕好！

鳳姐故意用手摸着腮，吒異道，即沒人吃生姜，怎麼這麼辣辣的。

〔眉批〕好！

第三十六回

不想一入院來鴉雀無聞，一並連兩隻仙鶴在芭蕉下都睡着了。

〔夾批〕好景，寫得到家。

襲人坐在身傍手裏做針線，旁邊放着一柄白犀拂塵。

〔夾批〕此數語神理婉然，若有以跟前人自居之狀。

寶釵走近前來，悄悄的笑道，你也過于小心了。

〔夾批〕寶釵亦有這等輕薄語。

襲人不防。

〔夾批〕「不防」妙。靜之極處，故心別有所存焉。

姑娘不知道，雖然沒有蒼蠅蚊子，誰知有一種小蟲子從這紗眼裏鑽進來，人也看不見，只睡着咬一口，就像螞蟻叮的。

〔夾批〕眞眞小心，且頗體帖（貼）。

第三十八回

憶菊

〔特批〕薛寶釵。

訪菊　怡紅公子。

〔特批〕賈寶玉。

對菊　枕霞舊友。

〔特批〕史湘雲。

詠菊　瀟湘妃子。

〔特批〕林黛玉。

簪菊　蕉下客。

〔特批〕賈探春。

第四十一回

妙玉忙命將成窰的茶盃別收了，擱在外頭去罷。寶玉會意，知爲劉老老喫了，他嫌脏不要了。

〔眉批〕可厭。

第四十二回

黛玉一想，方想起來昨兒失於檢點，那「牡丹亭」「西廂記」說了兩句，不覺紅了臉，便上來摟著寶釵笑道，好姐姐，原是我不知道。

〔眉批〕好！

第三要安插人物也要有疎密、有高低，衣褶裙帶，手指足步，最是要緊。

〔眉批〕好！

第四十四回

鳳姐正自愧悔昨日酒吃多了，不念素日之情浮躁起來，爲聽了傍話無故給平兒沒臉，今反見如此，又是慚愧又是心酸。忙一把拉起來，落下泪來。

〔眉批〕好！

我千日不好也有一日好，可憐我熬的連個淫婦也不如，我還有什麼臉來過日子，說着又哭了。賈璉道你還不足，你細想想，昨兒的不是多，今兒當着人，還是我跪了一跪，又賠不是，你也是爭足了光了。

〔眉批〕好！

第五十回

寶琴道，綺袖籠金貂，光奪窓前鏡。

〔夾批〕琴志唐皇。

寶釵道，誰家碧玉簫，鰲愁坤軸限。

〔夾批〕釵全寓意。

第五十一回

交趾懷古。

〔特批〕馬援立銅主（柱）處。

鍾山懷古。

〔特批〕即孔稚圭「北山移文」處。

第五十二回

二則我們這些人常回老太太的話去，可不叫着名字回話，難道也稱他爺。那一日不把寶玉兩字念九百遍，偏嫂子又來挑這個來。

〔眉批〕說得痛快。

這裏不是嫂子久站的，再一回不用我們說話，就有人來問你了。

〔眉批〕今將你亦撵也。

第五十三回

鳳姐李紈等只在地下伺候。（此下抄本重複七行）

〔眉批〕自此至七行皆不寫。

第五十六回

想我一個女孩兒家，還鬧的沒人疼沒人顧的，我那里還有好處去待人。口內說到這裏，不免又流下淚來。

〔眉批〕好！

第六十一回

林之孝家的更說，不管你方官圓官，現有贜證，我自呈報，憑你主子前辯去。

〔眉批〕比（此）問（間）持（接）筍處不□（密）。

第六十二回

落霞與孤鶩齊飛。

〔特批〕古文。

風急江天過雁哀。

〔特批〕古詩。

卻是一隻折足雁。

〔特批〕骨牌名。

叫的人九迴腸。

〔特批〕曲牌名。

這是鴻雁來賓。

〔特批〕時憲書。

奔騰泙湃。

〔特批〕古文。

江間波浪兼天湧。

〔特批〕古詩。

須要鐵鎖纜孤舟。

〔特批〕骨牌名。

卽遇着一江風。

〔特批〕曲牌名。

不宜出門。

〔特批〕時憲書。

泉香而酒洌。

〔特批〕古文。

玉碗盛來琥珀光。

〔特批〕古詩。

直飲得梅稍月上。

〔特批〕骨牌名。

醉扶歸。

〔特批〕曲牌名。

第七十五回

尤氏笑道，我們家上下大小人只會講外面假禮假體面，究竟作出來的事，都勾使的了。

〔眉批〕不必一日。

第七十六回

這媳婦道，我來問那一個茶鐘往那里去了。

〔眉批〕不必。

附錄五：靖藏本所附曹寅詩

第一册封面下黏一長方形字條，長五寸，寬約三寸半，左下方撕缺，可見「丙白三丑刃录」①字樣，墨筆書寫，內容如下：

紫雪溟濛楝花老，蛙鳴廳事多青草；廬江太守訪故人，潯江幷駕能傾倒。
兩家門第皆列戟，中年領郡稍遲早；文采風流政有餘，相逢甚欲抒懷抱。
于時亦有不速客，合坐清炎鬥炎熇；豈無炙鯉與寒鷄，不乏蒸梨兼瀹棗；
二簋用享古則然，賓酬主醉今誠少。憶昔宿衞明光宮，楞伽山人貌姣好；
馬曹狗監共嘲難，而今觸痛傷懷抱。交情獨剩張公子，晚識施君通紵縞；
多聞直諒復奚疑，此樂不殊魚在藻；始覺詩書是坦途，未妨車轂當行潦。
家家爭唱飲水詞，納蘭小字幾曾知？布袍廓落任安在，說向名場爾許時。

按：此詩為曹寅所作，題張見陽（純修）所畫「楝亭夜話圖」。圖作於康熙三十四年（一六九五），繪曹

① 似為「丙卯年捌月錄」。

家楝亭，亭內坐者爲曹寅、施世綸、張見陽，旁有一童侍立。此圖及所附題詩舊藏葉恭綽。吳恩裕「有關曹雪芹十種」圖頁一爲此圖，二爲曹寅詩。周汝昌謂「字法拙鈍，與寅他迹不類，疑是摹本。」（「新證」，頁三八三—三八四）曹寅此詩，墨卷及刊本文字已有不同，此處所引，依違於二者間。又撕缺文字，周汝昌以爲應作「丙申三月□錄」（「新證」，頁一〇六一）

附錄六：甲辰本後人批語

第十九回回前總批

此回寫出寶玉閑闖書房，偸看襲人，筆意隨機跳脫。復又襲人將欲贖身，揣情諷諫，以及寶玉在黛玉房中尋香嘲笑，文字新奇，傳奇之中殊所罕見。原本評註過多，未免旁（龎）雜，反擾正文，删去以俟觀者凝思入妙，愈顯作者之靈機耳。

附錄七：高閱本後人題字及批語

扉頁題字

乾隆抄本百廿回紅樓夢稿。

紅樓夢稿本佛眉①尊兄藏　次游②簽。（下有「次游」、「又雲③秘笈」兩朱文方印）

紅樓夢稿　己卯秋月蓮公重訂。（下有「又雲印藏」朱文長方印，旁有「猗歟又雲」白文方印、「江南第一風流公子」朱文方印）

蘭墅④太史手定紅樓夢稿百廿卷，內闕四十一至五十十卷，據擺字本抄足，繼振記。（下有「又雲」朱文

---

① 佛眉即髣眉，參頁七三二註②。

② 秦光第字次游，別號微雲道人。于源有「贈秦次游（光弟）兼題其近稿」詩一首。次游曾為楊繼振的幕客。（參高閱本，范寧跋頁一）

③ 恩華「八旗藝文編目」：「漢軍楊繼振，字又雲，號蓮公，別號燕南學人，晚號二泉山人。隸內務府鑲黃旗。官廣東鹽運同知。著作有『蜀石經春秋左氏傳考異』、『五湖烟艇集』、『古泉喜神譜』等。」褚德彝「金石學續補」卷上：「楊繼振，字幼雲，漢軍鑲黃旗人。工部郎中。收集金石文字，無所不精。於古泉幣收藏尤富。剖析源流，考證文字，多發前人所未發。……」（據「輯錄」轉引，見「論叢」頁二三二）

④ 高鶚（約一七四〇——一八一五）字蘭墅，號江樓外史。隸內務府鑲黃旗。著有「高蘭墅集」，「蘭墅詩抄」等。

方印，左側有「楊印繼振」、「又雲」兩朱文方印）
紅樓夢稿 咸豐乙卯古華朝後十日，辛白于源①。（下有「于原私印」白文方印）
（目錄第一至八十三回原缺，爲文學研究所補抄入，其中第三十回、第四十二回、第五十八回、第七十四回總目與分目文字不完全相同。）

第五回

霽月難逢，彩云易散。心比天高，身爲下賤。風流靈巧招人忌，壽夭多因誹謗生，多情公子空牽念。

〔特批3a〕晴雯。

枉自溫柔和順，空云似桂如蘭；堪羨優伶有福，誰知公子無緣。

〔特批3a〕襲人。

可嘆停機德，堪怜咏絮才。玉帶林中掛，金簪雪裡埋。

〔特批3b〕寶釵。

二十年來辨是誰，榴花開處照宮闈。三春爭及初春景，虎兕相逢大夢歸。

〔特批3b〕元春。

才自精明志自高，生于末時運偏消。清明涕送江邊望，千里東風一夢遙。

〔特批3b〕探春。

富貴又何如，襁褓之間父母違。展眼弔斜暉，湘江逝水楚雲飛。

〔特批3b〕湘雲。

① 于源字秋詮（泉），又字惺伯、辛伯，秀水人。曾為楊繼振幕客。著有「一粟蘆合集」。（引同上頁註②）

欲潔何曾潔，雲空未必空。可憐金玉質，落陷汚泥中。

〔特批3b〕妙玉。

子係中山狼，得志便猖狂。金閨花柳質，一載赴黃泉。

〔特批4a〕迎春。

勘破三春景不長，緇衣頓改昔年粧，可憐綉戶侯門女，獨臥青燈古佛傍。

〔特批4a〕惜春。

勢敗休云貴，家亡莫論親。偶因濟劉氏，巧得遇恩人。

〔特批4a〕巧姐。

桃李春風結子完，到頭誰似一盆蘭。如冰水好空相妒，枉與他人作笑談。

〔特批4a〕李紈。

情天情海幻情身，情既相逢必主淫。慢言不肖皆榮出，造釁開端實在寧。

〔硃墨特批〕秦氏。

第三十七回回目右旁

〔硃墨特批1a〕此處舊有一條附粘，今逸去。又雲記。

第三十八回

持螯更喜桂陰涼。

〔夾批5a〕另一行寫。

黛玉笑道：這樣的詩一時要一百首也有。
〔夾批5a〕不可接，另一行寫。
鐵甲長戈死未忘。
〔夾批5b〕另一行寫。
寶玉看了正喝彩時。
〔夾批5b〕另抬寫。
桂靄桐陰坐舉觴。
〔夾批5b〕另一行寫。
酒未敵腥還用菊。
〔夾批5b〕另一行寫。
眾人道，這是食蟹絕唱。
〔夾批5b〕另抬寫。

第七十二回

〔特批5b〕第七十二回末頁點痕沁漫處，嚮明覆看有滿文字①影迹；用水擦洗，痕漬宛在。以是知此抄本出自色目人手，非南人所能僞託。己丑又雲。
旗下抄錄紙張文字皆如此，尤非南人所能措意，亦惟旗下人知之。

① 據李學智和廣祿的意見，此滿文上一字是「數詞的二字」，下一字是「漢文的篇字」。「恐怕此字的上面尚有他字，若僅從現存的一字釋之，就是『二篇』，或『第二回』」的意思。（見潘重規「紅樓夢新辯」，頁三七——三八）

第七十八回

且聽下回分解。

〔硃墨特批7a〕蘭墅閱過。

第八十三回

〔特批6b〕目次與元書異者十七處，既其語意，似不如改本。以未經注寫，故仍照後文標錄，用存其舊。又前數卷起訖，或有開章詩四句，煞尾亦有，或二句四句不同。蘭塾（墅）定本一概節去，較簡淨。己丑四月幼雲信筆□（記）於臥雲方丈。

附錄八：各抄本石頭記回末對及詩

第四回

〔甲辰13b〕正是：漸入鮑魚肆，反惡芝蘭香。

第五回

〔己卯106〕正是：夢同誰訴離愁恨，千古情人獨我知。（高閱7a同）
〔庚辰123〕正是：一枕幽夢同誰近，千古情人獨我痴。
〔王府21a〕正是：一枕幽夢同誰訴，千古情人獨我癡。（有正199同）
〔甲辰20a〕正是：一覺黃粱猶未熟，百年富貴已成空。
〔己酉〕正是：一場幽夢同誰訴，千古情人獨我知。

第六回

〔甲戌96a〕正是：得意濃時易接濟，受恩深處勝親朋。（己卯129、王府19a、有正237、甲辰16b、高閱6b、己酉17a同。庚辰147「易」作「是」。列藏此聯誤置於第七回末。己酉此聯亦於第七回末重見）

第七回

〔甲戌112a〕正是：不因俊俏難爲友，正爲風流始讀書。（己卯151、有「正是」二字，無對。庚辰171同。「正是」原有，對子抄於夾入小紙條。①王府21b、有正279、甲辰16b同。高閱7a「難爲友」作「爲朋友」，列藏、己酉此回末皆有第六回回末聯）

第八回

〔甲戌126b〕正是：早知日後閑爭氣，豈肯今朝錯讀書。（己卯86a、庚辰194、王府17b、有正314、列藏、甲辰16a、高閱6b同）

第九回

〔甲辰13a〕俗語云：忍得一時念，終身無惱悶。

---

① 王毓林以爲這一夾條原爲己卯本所有，和己卯第五、第六回回首詩的小夾條同一形式，且爲同一個人所抄。後來陶洙在校此兩書時，誤將己卯夾條夾入庚辰本中。（參「論『石頭記』己卯本和庚辰本」，（下），「文獻」，第二十一輯，頁三十一—五）

第十三回

〔甲戌137b〕正是：金紫萬千誰治國，裙釵一二可齊家。（己卯127b、庚辰284、王府14a、有正458、列藏同。高閱5b、己酉13b無「正是」二字）

第十八回

〔己卯368〕正是：（庚辰401同）
〔甲辰15b〕正是：暖入金溝細浪添，津橋楊柳綫織織。賣花聲動天街曉，幾處春風揭繡簾。

第十九回

〔己卯402〕正是：情切切良霄花解語，意綿綿靜日玉生香。（按「正是」原有，聯則爲後來硃墨加入者。此聯在有正諸本中，爲本回回目。庚辰435有「正是」兩字）
〔甲辰21a〕正意（是）：戲謔主人調笑僕，相合姐妹合歡親。

第二十一回

〔庚辰478〕正是：淑女從來多抱怨，嬌妻自古便含酸。（王府17a、有正777、列藏「從」作「自」，「自」作「從」）

第二十三回

〔庚辰527〕**正是**：粧晨繡夜心無矣，對月臨風恨有之。（王府14a、有正851、己酉13a同。列藏「矣」作「意」。鄭藏12a「之」作「云」）

第三十一回

〔甲辰16b〕正是：

第六十四回

〔王府24b〕正是：只爲同枝貪色慾，致叫連理起戈矛。（甲辰22b同）
有正2494〕正是：只爲同枝貪色慾，致敎連理起干戈。（列藏「干戈」作「戈矛」）

第六十九回

〔庚辰1698〕正是：

索引凡例

(一) 本索引分二部分，第一部分收集評語中所提到的石頭記一書人名、地名、批語署名、日期、批者、作者、書名以及其它有助於研究批語和石頭記創作的資料（如「實事」、「伏線」等）。古人古書除非有特殊啓發價值者，一般不列入。第二部分收評語所提文章筆法之批，形容文章妙處而無實際內容者不列入。

(二) 本索引按首字筆畫次序編排。同一首字者一道排列，按次字筆畫定先後，依此類推。首字筆畫相同者，依起筆橫（一）、直（丨）、點（丶）、撇（丿）、曲（ㄑ或亅）定先後，起筆相同者又以第二筆之橫直點撇曲定先後，餘類推。

(三) 爲方便查檢，本索引將同類資料集於主要名稱（主目）下。附入資料（附目）與主目首字不同者，皆分別列出並註明見某主目。如「大觀」、「大觀官園」、「大觀園題咏」、「園」等皆指「大觀園」，故全附入「大觀園」一目中。前三附目字首與主目相同，不另列出；「園」字筆畫不同，又排入十三畫中，註明「見大觀園」。

(四) 人物以正式姓名爲主目，其它各項稱呼皆繫入主目中。首字不同者又分別列入所屬筆畫次序中，註明見主目。如「史」、「史小姐湘雲」、「雲」、「雲兒」、「湘」、「湘雲」、「湘卿」皆指「史湘雲」，故繫入「史湘雲」一主目中；「雲」等又各入所屬畫次，說明「見史湘雲」。每一人物在同一頁中有不同稱呼者，一般只列首出之稱呼，其它異稱不一一列入。

(五) 批者、作者及批語日期，爲研究者最常用之資料，故主目以黑體排出，以便翻檢。

索引一

三　畫

四畫

五畫

六畫

七畫

九畫

十畫

十一畫

十二畫

十三畫

十四畫

十五畫

十六畫

十七畫

十八畫

十九畫

二十四畫

二十五畫

二十八畫

索引二

一　畫

三　畫

四　畫

十　畫

十一畫

十二畫

十三畫

十四畫

十五畫

十六畫

十七畫

十八畫

十九畫

二十二畫

新編石頭記脂硯齋評語輯校　增訂本

2010年6月二版　　定價：新臺幣1200元
2023年3月二版六刷

		編著者	陳慶浩
出版者	聯經出版事業股份有限公司	副總編輯	陳逸華
地址	新北市汐止區大同路一段369號1樓	總編輯	涂豐恩
叢書主編電話	(02)86925588轉5305	總經理	陳芝宇
台北聯經書房	台北市新生南路三段94號	社長	羅國俊
電話	(02)23620308	發行人	林載爵
郵政劃撥帳戶第0100559-3號			
郵撥電話	(02)23620308		
印刷者	世和印製企業有限公司		
總經銷	聯合發行股份有限公司		
發行所	新北市新店區寶橋路235巷6弄6號2F		
電話	(02)29178022		

行政院新聞局出版事業登記證局版臺業字第0130號

本書如有缺頁，破損，倒裝請寄回台北聯經書房更換。　ISBN 978-957-08-3616-5 (平裝)
聯經網址 http://www.linkingbooks.com.tw
電子信箱 e-mail:linking@udngroup.com

國家圖書館出版品預行編目資料

新編石頭記脂硯齋評語輯校 / 陳慶浩編著．
二版．新北市．聯經．2010.06．842面．14.8×21公分．
含索引
ISBN 978-957-08-3616-5（平裝）
[2023年3月二版六刷]

1.紅學　2.研究考訂

857.49　　99009092